Les Trois
Mousquetaires

三个火枪手

[法] 大仲马 著　李玉民 译

下册

中国友谊出版公司

第三十一章
英国人和法国人

到了约定的时间,四个朋友带着四名跟班,来到卢森堡宫后边的一座围起来放羊的废弃园子。阿多斯给牧羊人一枚硬币,让他把羊群赶走。四名跟班负责放风。

不大工夫,一群不声不响的人走过来,进入同一座园子,与火枪手会合,按照海峡对岸的习惯,彼此做了介绍。

几个英国人出身都非常高贵,可是一听对方的名字十分古怪,不仅吃惊,而且还感到不安。

"你们虽然介绍了,"温特爵士等三名火枪手报完名字,便说道,"我们还是不知道你们是谁,我们总不能同这样名字的人决斗,这些是牧羊人的名字。"

"因此,正如您猜想的,爵士,这些是假名。"阿多斯说道。

"这就更加使我们渴望了解你们的真名实姓了。"英国人答道。

"您不知道我们的名字,也照样同我们赌博过嘛,"阿多斯说道,"您赢了我们两匹马,不就是证据吗?"

"不错,然而,我们那次仅仅拿钱冒险,而这一次却要拿生命冒险。赌钱跟什么人都可以,而决斗只能同地位相当的人。"

"这话也对。"阿多斯说道。接着,他从四个人中选了一个决斗对手,小声报了自己的名字。

波尔托斯和阿拉密斯也照此办理。

"您看够格吗?"阿多斯问他的对手,"您觉得我的贵族头衔,还配得上比剑吗?"

"是的,先生。"那个英国人颔首答道。

"那好,现在,能让我告诉您一件事吗?"阿多斯冷冷地又说道。

"什么事?"

"就是刚才您不要求我报出姓名,对您恐怕更好些。"

"为什么这么说?"

"因为别人以为我死了,而我也有些理由不希望他们知道我还在世。这样,我就不得不杀了您,免得我的秘密泄露出去。"

那英国人瞧了瞧阿多斯,还以为他在开玩笑,哪知阿多斯毫无开玩笑的意思。

"先生们,"阿多斯同时对自己的伙伴和对手们说道,"大家都准备好了吧?"

"好了。"英国人和法国人异口同声地答道。

"那就接招儿吧。"阿多斯说道。

霎时间,八把剑在晚照中寒光闪闪,双方交手了,有国仇私怨的双重敌意,搏斗就格外激烈。

阿多斯十分沉着,一招一式都很到位,就好像在剑术演习厅上似的。

波尔托斯经历了尚蒂伊的那场遭遇,显然改掉了过分自信的毛病,现在搏斗起来,招式极为细腻而谨慎了。

阿拉密斯要把自己的诗第三章写完,就像个大忙人,想赶紧把眼前的事儿打发掉。

阿多斯头一个刺死了对手,只一剑就结果性命,不过他已有言在

第三十一章 英国人和法国人

先,因而一剑致命,刺穿了对手的心脏。

波尔托斯第二个取胜,刺中对手的大腿,把他撂倒在草地上。那个英国人当即不再抵抗了,缴械认输,于是,波尔托斯就把他抱回马车上。

阿拉密斯攻击十分凶猛,对方被逼得接连退了五十来步,最后在跟班们一片哄笑中逃命去了。

达达尼安这边,开头只招架不还手,等到对手显然疲惫了,他才发力,从侧面猛击一剑,就把对手的剑磕飞了。男爵一见武器脱了手,就急忙后退两三步,不料脚下一滑,摔了个仰面朝天。

达达尼安一个箭步蹿到跟前,用剑抵住他的喉咙。

"我可以杀死您,先生,"他对英国人说道,"您的性命掌握在我的手中,不过,看在令姐的情分上,我饶您一命。"

达达尼安真是乐不可支,他实现了预定的计划,再想到发展的前景,脸上不禁绽出前面提到过的那种微笑。

这个英国人见自己的对手是个性情极好的贵绅,不免喜出望外,上前一把搂住达达尼安,还百般称赞三名火枪手。波尔托斯已经把对手安放在马车上,阿拉密斯的对手也已逃之夭夭,大家只需考虑丧命的这一个了。

波尔托斯和阿拉密斯还抱一线希望,也许剑伤不是致命的,便给那人脱衣裳检查,从他的腰带上忽然掉下一个钱袋,达达尼安拾起来,递给温特爵士。

"真见鬼,您让我拿这个干什么?"英国人说道。

"以后您还给他家里。"达达尼安说道。

"他的家庭哪儿在乎区区这点钱,人家继承的遗产年金的收入,就有一万五千路易金币!这口袋里的钱,就赏给你们的跟班吧。"

达达尼安将钱袋揣进兜里。

"现在,我的年轻朋友,希望您能允许我这样称呼您,"温特爵士说道,"如果您愿意的话,今天晚上,我就把您介绍给我嫂子克拉丽斯夫人。因为，我也要让她好好接待您，而她在宫中走动得还算不错，也许日后她说一句话，对您不是一点儿用处没有的。"

达达尼安欢喜得红了脸，颔首同意。

这工夫，阿多斯已经凑到达达尼安身边。

"这袋钱您打算怎么处置？"他对着达达尼安的耳朵悄声问道。

"我就是打算交给您的呀，我亲爱的阿多斯。"

"给我？为什么给我呀？"

"还用问，是您杀了他，这是战利品。"

"我，继承一个敌人的钱！"阿多斯说道，"您把我当成什么人了？"

"这是战争的惯例，"达达尼安说道，"那么当作决斗的惯例有何不可呢？"

"即使在战场，我也从来没有这么干过。"阿多斯说道。

波尔托斯耸耸肩膀。阿拉密斯则努了努嘴，表示赞同阿多斯。

"那么，"达达尼安又说道，"咱们就照温特爵士的建议，把这些钱赏给跟班。"

"对，"阿多斯说道，"但这钱不是赏给我们的跟班，而是赏给英国人的跟班。"

阿多斯接过钱袋，扔到车夫的手中：

"给您和您的几个伙伴。"

一个身无分文的人，却有这种豪爽之举，也给波尔托斯很大的震动。而这种法国式的慷慨，由温特爵士和他的朋友传扬出去，到处都受到极大的赞誉。当然，只有格里莫、木斯克东、卜朗舍和巴赞这四位不以为然。

温特爵士在分手时，将他嫂子的住址告诉了达达尼安。她住在豪华街区，王宫广场六号。况且，温特爵士还主动提出来接他，好把他介绍给他嫂子。达达尼安约他晚上八点钟，在阿多斯的住所见面。

我们这位加斯科尼青年，脑子完全让这次引见给米莱狄的事给占据了，他不免回想迄今为止，那个女人以多么独特的方式干预了他的命运。他确信她是红衣主教的人，然而，他总感到有一种说不清道不明的感情，不可抵御地把他拖向那女人。他唯一担心的，就是怕米莱狄认出在默恩和多佛尔见过他。如果认出来，她就会知道他是德·特雷维尔先生的朋友，因而身心都属于国王。这样一来，他就必然丧失一部分优势，因为，双方都相互了解什么来路，他跟米莱狄就只好在对等的条件下较量了。至于她和德·瓦尔德伯爵开始的私情，我们这位自命不凡的青年倒不大在意，尽管那位伯爵年轻英俊，十分富有，又深得红衣主教的宠信。而我们这位年仅二十岁，尤其生于塔尔布的青年，也绝不是白给的。

达达尼安先回自己的住所，打扮得漂漂亮亮，然后又去阿多斯那里，并且照老习惯，把事情和盘向他托出了。阿多斯听了他的打算，便摇了摇头，劝他多加小心，声调还带了几分辛酸。

"怎么！"他对达达尼安说道，"您刚刚失去一个女子，照您说是个善良可爱的完美女子，现在又去追另一个女人了。"

达达尼安感到责备得好。

"我爱博纳希厄太太用的是心，而爱米莱狄呢，用的却是脑子，"他说道，"我设法让人把我带到她府上，就是特意要弄清楚，她在宫中究竟扮演什么角色。"

"她扮演的角色，还用说嘛！根据您对我讲的这些情况，就不难推测。她就是红衣主教的密使，一个要诱您掉进陷阱的女人，您的脑袋栽在里面就算完了。"

"活见鬼！我亲爱的阿多斯，我觉得，您把什么事情都看得一团漆黑。"

"亲爱的朋友，有什么办法呀，我就是信不过女人！我吃过大亏，尤其信不过金发女人。您对我说过，米莱狄的头发是金黄色的吧？"

"她那头金发是世间最美的。"

"噢！我可怜的达达尼安。"阿多斯说了一句。

"听我说，我要弄个水落石出，一旦掌握我渴望了解的情况，我就离开她。"

"您就去弄个水落石出吧。"阿多斯冷冷地说道。

温特爵士准时来到，不过阿多斯及时得知消息，就躲进另一间屋里。因此，温特爵士只见到达达尼安一人，由于快到八点钟了，他就把年轻人带走了。

一辆华丽的大轿车等候在楼下，由于两匹骏马拉车，不大工夫就驶到王宫广场。

克拉丽斯夫人郑重地接待了达达尼安。她的府邸特别豪华，而尽管由于战事，大部分英国人已经离开，或者即将离开法国，米莱狄新近仍然拿出一笔钱修缮住宅。这表明遣返英国人的通行措施，对她毫无妨碍。

"您瞧，"温特爵士将达达尼安介绍给她嫂子，说道，"这位年轻的贵绅，手里曾经掌握我的性命，尽管我是英国人，又侮辱了他，我们仇敌上加仇敌，他还是手下留情，丝毫不想乘势把事情做绝。夫人，您若是对我还有点感情的话，就向他表示感谢吧。"

米莱狄眉头微微一皱，额上掠过一片难以察觉的云影，嘴角随即又泛起十分怪异的微笑。年轻人见这瞬息三变的表情，不由得打了个寒战。

那位兄弟什么也没有看到，他早已转身去逗弄米莱狄宠爱的猴子，是被猴子扯衣襟拉过去的。

"欢迎光临，先生，"米莱狄说道，她那独特的甜美声音，同达达尼安刚才捕捉到的不悦神色极不相称，"今天您得享有我终生感激的权利。"

这时，温特爵士转过身来，一个细节也不落地叙述了白天那场决斗。米莱狄聚精会神地听着，虽然她极力掩饰自己的反应，别人还是不难看出她根本就不爱听这件事。血液升腾到她脸上，两只纤足也在裙子下面躁动。

温特爵士却丝毫没有注意到,他讲完了,便走到一张桌子跟前,桌子的盘子里,摆着一瓶西班牙葡萄酒和几只酒杯。他斟满两杯酒,举杯招呼达达尼安一起喝。

达达尼安懂得,拒绝同一个英国人干杯,是一种极大的冒犯,于是他走过去,从桌子上拿起第二杯。然而,他一刻也没有停止观察米莱狄,刚才从镜子里见到她脸上的变化,现在她以为无人瞧见,就狠狠地撕咬自己的手帕,脸上露出一种近乎残忍的表情。

达达尼安曾经注意到的那个俊俏的小使女,这时走进来,她用英语对温特爵士讲了几句话。温特爵士立刻说有急事,请达达尼安允许他离开一下,并且让他嫂子代他求得原谅。

达达尼安同温特爵士握手之后,又回到米莱狄的身边。她的神情变化快得惊人,又恢复了热诚之态,只是手帕上留下几个小红斑点,表明她曾咬破嘴唇出了血。

她的嘴唇十分美艳,赛似珊瑚。

交谈变得很活跃了,米莱狄似乎完全恢复了常态。她说温特爵士只是她的小叔子,而不是亲兄弟,她嫁给了这个家族的旁支,现在带着一个孩子守寡。如果温特爵士终生不结婚,这孩子就是他的唯一继承人。达达尼安听了这些话,就觉得还有一层幕布掩盖着什么隐私,但幕布下面究竟有什么还不得而知。

而且,交谈了半个小时之后,达达尼安确信米莱狄是他的同胞。她讲的法语纯正优美,毫无疑问是法国人。

达达尼安讲了一大套献殷勤的话,保证忠心耿耿地效劳。这种无聊的废话,每从达达尼安嘴里冒出一句,米莱狄就报以亲切的微笑。该走了,达达尼安向米莱狄告辞走出客厅,成了天下最幸福的男人。

他下楼时碰见那个俊俏的使女,她擦肩而过时拂了他一下,便满脸通红请他原谅，声音十分甜美。达达尼安当即说没关系。

次日，达达尼安又来拜访，他受到比头一天更热情的接待。温特爵士不在府上，这次，是米莱狄陪了他一个晚上。米莱狄似乎对他发生了极大的兴趣，问他是什么地方人，有什么朋友，有时是否也想投靠红衣主教先生。

大家知道，达达尼安虽是个二十岁的青年，行事却极为谨慎，他不免想起自己对米莱狄的种种怀疑。他在她面前大肆颂扬法座，说他当初如果结识德·卡伏瓦先生那种人，而不是认识德·特雷维尔先生，那他定然加入红衣主教的卫队，就不会去当禁军卫士了。

米莱狄若不经意地改变了话题，完全随便地问他是否去过英国。

达达尼安回答说，他奉德·特雷维尔先生之命，去英国采办军马，还带回了四匹样马。

在谈话中间，米莱狄咬了两三次嘴唇，她与之打交道的是个城府很深的加斯科尼人。

达达尼安还是跟头一天同样的时刻告辞，他在走廊里又遇见美丽的凯蒂——这是那使女的名字。凯蒂看见他时，那种亲近的表情是毫无疑问的。然而，达达尼安的心思全放在女主人身上，他绝不会去注意使女的种种表示。

第三天和第四天，达达尼安照样去拜访米莱狄，而每天晚上，米莱狄接待他也日益亲热。

同样，每天晚上，或者在前厅，或者在走廊，或者在楼梯上，达达尼安也总能遇见俊俏的使女。

可是，正如前面所说，可怜的凯蒂一而再，再而三地表示，根本没有引起达达尼安的注意。

第三十二章
讼师爷的午餐

在那场决斗中,波尔托斯扮演了一个十分出彩的角色,不过,他并没有忘记讼师爷太太请他吃饭的事。次日中午将近一点钟,他还让木斯克东最后刷刷衣服,然后前往狗熊街,那神气就好像人逢双喜。

他的心怦怦直跳,但不像达达尼安,那是年轻人因急切的爱情而心跳。不一样,激荡他的热血的,是一种更加物质化的利益。他终于要跨进那道神秘的门槛,登上那座陌生的楼梯,那是科克纳尔先生用一枚枚古老的埃居搭建的楼梯。

那个大钱柜,他梦见过多少次,现在就要在现实中看到了,那钱柜又长又深,装着门闩,上了铁锁,牢牢地嵌进地面。那个大钱柜,他经常听人提起,而现在,讼师爷太太就要用稍显干瘦、尚有姿色的双手,将柜门打开,让他的目光赞叹不已。

再说,他在大地上是个漂泊不定的人,没有财产,也没有家庭;他又是个大兵,在客店、饭馆、低级酒馆和小客栈混惯了日子。他这个美食家,大部分时间只好遇到什么吃什么,而现在,他要去尝一尝家庭餐饭了,去体验一下家庭的温馨了,去接受那种小体贴,而且据那些老兵油子说,人的境况越艰难困苦,就越喜爱那类小体贴。

以表弟的身份，每天能吃上好饭菜，让肌肤枯黄、满是皱纹的老讼师舒展眉头，再向年轻的文书传授打纸牌，掷骰子最巧妙的手法，赚点儿酬金，上一堂课换取他们一个月的积蓄，想到这些，波尔托斯真是喜不自胜。

这名火枪手又清楚地回想起关于诉讼代理人的道听途说，那种恶言恶语，从那个时期就广为流传，还传到后世，说他们视钱如命，雁过拔毛，天天过斋戒的日子，等等。然而，除了几件事情，波尔托斯认为过分节省之外，他倒觉得这位讼师爷太太在钱上面手相当松，当然这仅就一位讼师的妻子而言，总之，他期望踏入一座豪宅。

不料，走到门口，波尔托斯不免产生疑虑，这门脸实在吸引不了人。侧翼黑黢黢的，恶臭刺鼻；楼梯上光线微弱，仅仅从邻院透过铁窗栏射进一点阳光；二楼有一扇矮门，门上布满大铆钉，犹如大夏特莱监狱的大门。

波尔托斯用手指敲了敲门。过来开门的是一名高个子的文书，他脸色苍白，蓬乱的头发像原始森林。这名文书见来人身材魁伟，便知其孔武有力，见他身着军装便知其身份，见他满面红光便知其生活优越，因此，他显出不得已而对来人以礼相待的样子。

他身后还站着一名个子略矮的文书，第二个身后又站一名个子稍高的文书，一名十二岁的小跑腿则站在最后。

总共三个半文书，这在当时表明，这家事务所业务很红火。

火枪手要在一点钟才能到来，可是从中午起，讼师爷太太就守望了，她信得过情夫的那颗心，也许还有他那副肠胃，可以期待他提前到达。

因此，客人上了楼梯刚进门，几乎同时，科克纳尔太太就从里屋出来了。这位可敬的夫人一出现，就使他摆脱了极其尴尬的处境。当时，几名文书的好奇眼睛都盯住他，而他面对这些个头儿参差不齐的人，不知道说什么好，瞠目结舌始终没有讲话。

"这位是我的表弟，"讼师爷太太高声宣布，"请进，请进，波尔托斯先生。"

波尔托斯这名字产生了效果，几名文书都笑起来。不过，波尔托斯回头一瞧，他们的脸立刻又都恢复了严肃的神态。

他们穿过了文书所在的前厅，又穿过了文书本应留在职守的工作间，来到讼师的办公室。位于最里面的这个办公室黑乎乎的，间量较大，堆放了许多案卷。从工作间出来，右首是厨房，他们走进左首的客厅。

所有这些房间都相通，没有给波尔托斯留下一点儿好印象。所有房门都敞着，说话的声音远远就听得到。而且，他也顺便扫了厨房一眼，想探探情况，却不见什么动静，在这美食的圣殿里，并没有准备盛宴所通常呈现的那种炉火通红、一片繁忙的景象，他不禁感到极大的遗憾，就连讼师爷太太也无地自容。

毫无疑问，老讼师事先已得知这次拜访，他见波尔托斯神态相当自若地走上前，彬彬有礼地鞠了一躬时，并无惊异之色。

"我们好像是表亲关系吧，波尔托斯先生？"老讼师用臂力从藤椅上撑起身子说道。

这老头儿穿一件肥大的黑上衣，瘦小的身体完全隐没在里面，但是看样子很精干，一双灰色小眼睛射出宝石般的光泽，同那张做怪样的嘴一起，在他脸上构成了唯一尚存生气的部分。不幸的是，他那副骨头架子下面的两条腿开始不听使唤了。近五六个月，他的身体越发明显地垮下来，而这位可敬的老讼师差不多变成他妻子的奴隶了。

这位表亲被接受，实在是无可奈何的事情。科克纳尔先生如果腿脚利落，就可能根本不承认同波尔托斯先生有什么亲戚关系了。

"对，先生，我们是表兄弟。"波尔托斯应声说道，他显得从容不迫，况且他也从未指望受到科克纳尔先生的热情款待。

"是从女方说的吧，我想？"老讼师狡黠地说道。

波尔托斯根本没有理解这种嘲讽之意，而当成一句天真的话，他抖动着大胡子哈哈大笑，科克纳尔太太深知，天真的讼师是他这一族中的稀货，因此她只略微一笑，脸却红得很厉害。

波尔托斯一到来，科克纳尔先生便不安地望望他那橡木办公桌对面的一口大柜子。波尔托斯当即明白，那口大柜子虽然不符合他梦中所见，但八成是充满财气的钱柜。他不禁喜出望外，现实的钱柜比他梦见的高出六尺。

科克纳尔先生不再追问亲戚关系了，他那不安的目光又从大柜子移到波尔托斯身上，随便说道：

"我们这位表弟先生开赴战场之前，会赏光一次，同我们吃一顿饭，对不对呀，科克纳尔太太？"

这一次，波尔托斯感到重重一击，正中胃上，就连科克纳尔太太也不会感觉不到，只听她接口说道：

"我的表弟，如果觉出我们待他不好，是不会再登门的。不过，如果情况相反，那么，他在巴黎逗留的时间极短，也就没有多少时间来看我们，因此，我们不能不请他在动身之前，把他所能支配的几乎所有的时间都给我们。"

"噢！我这腿呀，我这可怜的两条腿！你们究竟怎么啦？"科克纳尔喃喃说道。他还勉颜微微一笑。

波尔托斯的美食希望正遭重创之时，这种声援来得正好，这位火枪手非常感激讼师爷太太。

很快就到吃饭时间了。大家都去餐室，那是厨房对面的一间大黑屋子。

几名文书早已闻到屋里不寻常的香味，都像军人一样，各自搬着凳子准时到来，随时准备坐下。还未开饭，就看见他们下腭蠕动，那架势实在骇人。

"老天啊！"波尔托斯瞥了一眼三个饿鬼，心中暗道，只有三名文书，因为小跑腿还上不了正式的台面，这是可想而知的，"老天啊！我若是我这位表姐夫，绝不会留用这样贪吃的人。他们活似海上遇难者，有六个星期没有吃东西了。"

科克纳尔先生坐着轮椅，由科克纳尔太太推进来了，波尔托斯也赶忙上前帮把手，将轮椅一直推到餐桌前。

科克纳尔先生一进餐室，也像他那些文书一样，鼻子和下腭全动起来。

"嗬！嗬！"他说道，"这汤真吊人胃口！"

"见鬼！他们从这汤里闻出什么特别的味道了？"波尔托斯心想，"就是一盆白汤嘛，满倒是很满，可是不见一点儿油星儿，上面漂着几块面包皮，好似孤零零的岛屿。"

科克纳尔太太微微一笑，她打了个手势，所有人都急忙坐下。

首先给科克纳尔先生盛汤，接着给波尔托斯，然后，科克纳尔太太也给自己的盘子盛满了，她再把汤盛干了剩下的面包皮分给了饥不可待的文书。

这时，餐室的门吱呀一声自己打开了，波尔托斯从门缝中瞧见，宴席没他份儿的那名小文书，正在厨房和餐室两边香味的夹击中啃干面包呢。

喝过汤，女用人又端上来一只清炖母鸡，这道佳肴，引得在座的人眼珠子都要把眼皮涨破了。

"看来您很喜爱娘家人啊，科克纳尔太太，"老讼师说着，几乎凄然一笑，"您这肯定是特意款待您的表弟。"

这只可怜的老母鸡瘦得皮包骨，而骨头无论怎么往外支，也始终穿不透疙里疙瘩的老皮。它躲在鸡窝架上等待老死，一定找了好久才找见它。

"见鬼！"波尔托斯想道，"这实在可悲。我尊重老年，不过，如果炖熟了或者烤好了，我就不大在乎了。"

接着，他扫视一圈，看一看他这种观点是否有人赞成，可是情况恰恰相反，他只见到冒火的眼睛抢先在吞食这只出色的母鸡，他看不上眼的食物。

科克纳尔太太拉过去盛鸡的盘子,动作麻利地拽下两只大黑爪子,放到她丈夫的餐盘里,又揪下鸡头和脖子留给自己,再撕下一只翅膀给波尔托斯,然后,她就让女用人把几乎完整的鸡又端走了,未待这名火枪手看清文书们的反应,鸡就消失得无影无踪,须知文书们所感到的失望,引起脸上表情的变化,则因每人的性格与气质而不同。

消失的鸡由一盘蚕豆替代,盘子极大,还有几块初看恍若带肉的羊骨头,在蚕豆之间若隐若现。

然而,这种骗术蒙蔽不了这些文书,他们一脸沮丧换成了逆来顺受的表情。

科克纳尔太太将这道菜分给几个年轻人,显示出这位善于治家的主妇的节俭。

该喝葡萄酒了。科克纳尔先生拿起一个粗陶小酒瓶,给每个年轻人倒了三分之一杯,也斟了同样量的酒,随即就将酒瓶传向波尔托斯和科克纳尔太太那边。

几个年轻人给自己的酒杯兑满了水,喝剩半杯时再兑满水,总是如此反复,结果吃完饭时,原木红宝石一般的红酒变成焦黄色了。

波尔托斯小心翼翼地啃着鸡翅膀,他忽然感到在桌子下面,科克纳尔太太的膝盖贴上他的膝盖,就不禁浑身一抖。他也喝了半杯主人家十分爱惜的酒,品出是低劣的蒙特勒伊①葡萄酒,这对喝惯佳酿的口腔来说,真是比汤药还可怕。

科克纳尔先生见他喝这种酒不兑水,不免叹了一口气。

"波尔托斯我的表弟,要不要吃点儿蚕豆啊?"科克纳尔太太说道,但是她说话的声调分明表示,"请相信我,您千万不要吃。"

---

① 蒙特勒伊:邻近巴黎东边的一个小镇。

"我若是尝这蚕豆才见鬼呢!"波尔托斯咕哝道。

接着,他又高声说道:"谢谢,表姐,我吃饱了。"

餐桌上一片冷场,波尔托斯不知如何应对这种局面。讼师爷则反复讲了好几次:"嘀!科克纳尔太太!我应当向您祝贺,这真是一顿丰盛的宴席啊!天哪!我都吃光啦!"

的确,科克纳尔先生汤喝光了,两只黑鸡爪和一块唯一带点肉的羊骨头,也都啃光了。

波尔托斯觉得自己受了愚弄,于是他翘起胡子,又皱起眉头了。可是这时,科克纳尔太太又用膝头轻轻地碰碰他,劝他耐心等一下。

餐桌上无人讲话,又不上菜了,这在波尔托斯看来是无法理解的,对文书来说则相反,有一种可怕的含义。年轻人见先生瞥了他们一眼,太太又微微一笑,他们就只好动作极其缓慢地站起来,更加缓慢地折好餐巾,这才躬躬身离开了餐桌。

"去吧,年轻人,去干事儿,好消化消化食儿。"讼师郑重其事地说道。

等文书们一走,科克纳尔太太便站起来,从食品橱里取出一块奶酪、一瓶木瓜果酱,以及她亲手做的一块杏仁蜂蜜蛋糕。

科克纳尔先生皱起眉头,只因他见食品太多;波尔托斯则咬咬嘴唇,只因他见没什么可吃的。

他看了看那盘蚕豆是否还在,蚕豆已经不见了。

"一桌宴席,毫无疑问,"科克纳尔先生在座椅上晃动着身子,高声叹道,"一桌名副其实的宴席,epulae epularum[1],卢库卢斯在卢库卢斯府上吃饭[2]。"

---

[1] 拉丁文,意思为"宴席中的宴席"。
[2] 这句话引自古希腊作家普鲁塔克的传记《卢库卢斯传》。卢库卢斯(约公元前117-约前57),罗马将军,著名美食家,他回答他的厨师的这句话原为:"今天晚上卢库卢斯家里吃什么,难道你不知道吗?"言外之意,不请客时也要吃好。

波尔托斯瞧了瞧身边的酒瓶,心里希望喝点儿酒,吃点儿面包和奶酪,这顿饭就算凑合了。可是酒倒光,只剩下空瓶子,而科克纳尔夫妇故意视而不见。

"好吧,"波尔托斯心中暗道,"我算是领教了。"

他舀了一小匙果酱,用舌尖尝了尝,又吃了一口科克纳尔太太做的黏牙的蛋糕。

"现在,已经做了牺牲,"他心中暗道,"哼!如果无望同科克纳尔太太一起,瞧瞧她丈夫的柜子里装着何物,那我算什么呢!"

科克纳尔先生吃过他认为过于丰盛的一顿美餐后,感到有必要睡个午觉。波尔托斯倒希望他立刻就在餐室里休息,然而,这个可恶的讼师就是不肯,非要回到他的办公室不可,而且,轮椅推到大柜子前,他为多加一分小心,双脚放到柜门边上,才不叫囔了。

然后,讼师爷太太带着波尔托斯到隔壁房间,双方开始确定重归于好的基本条件。

"您每周可以来吃三顿饭。"科克纳尔太太说道。

"谢谢,"波尔托斯说道,"我也不愿来得太勤,况且,我还必须考虑这次装备。"

"真的,"讼师爷太太哀叹道,"还有这该死的装备。"

"唉!"波尔托斯说道,"是啊,该死的东西。"

"可是,波尔托斯先生,您这身体到底要装备什么呀?"

"嗯!要装备的东西多得很,"波尔托斯答道,"您也知道,火枪手都是精锐的士兵,他们必备的许多物品,禁军卫士和御前卫士都不需要。"

"您还是详细跟我说说吧。"

"全算上,可能达到……"波尔托斯说道,他喜欢算总数而不愿意谈细账。

讼师爷太太胆战心惊,等待下文。

"达到多少？"她问道，"但愿不要超过……"

她戛然止声，说不下去了。

"哎！不会，"波尔托斯说道，"绝不会超过两千五百利弗尔，我甚至认为，如果精打细算，有两千利弗尔我就对付过去了。"

"仁慈的上帝啊，两千利弗尔！"她嚷起来，"这可是一笔巨款啊。"

波尔托斯做了个怪相，特别意味深长，科克纳尔太太则心领神会。

"我想问问具体是什么东西，"她说道，"因为，我有许多亲戚和关系做买卖，几乎可以肯定，我置办这些物品，百分之百要比您去买便宜。"

"嗯！嗯！"波尔托斯说道，"您刚才讲的话，如果是这个意思就没问题。"

"就是嘛，亲爱的波尔托斯先生！首先，您总得需要一匹马吧？"

"对，要有一匹马。"

"您瞧！我正巧能解决您这个问题。"

"哈！"波尔托斯笑逐颜开，说道，"这样一来，我的马就有着落了。其次，我需全副鞍辔，这套用品，火枪手只能自己挑选，况且，花费也不会超过三百利弗尔。"

"三百利弗尔，就算三百利弗尔吧。"讼师爷太太叹了口气，说道。

波尔托斯面露微笑，大家想必记得，他还有白金汉赠送的那副鞍辔，也就是说，这三百利弗尔他就中饱私囊了。

"此外，"他继续说道，"我的跟班得有一匹马，我得有旅行箱，至于武器，我全有，无须您操心。"

"给您的跟班买匹马？"讼师爷太太颇为犹豫地接口说道，"我的朋友，真是大老爷的派头啊。"

"哎，夫人！"波尔托斯高傲地说道，"怎么，难道我是个乡巴佬？"

"不是，我仅仅想对您说，一头漂亮的骡子，有时也跟一匹马同样神气，我觉得您若是为木斯克东弄一头漂亮的骡子……"

"就弄一头漂亮的骡子吧,"波尔托斯说道,"您的话有道理,我见过一些西班牙大贵族,他们的随从全骑骡子。不过,科克纳尔夫人,您应当明白,骡子要有头饰,要挂铃铛吧?"

"这您就放心吧。"讼师爷太太说道。

"只剩下置办旅行箱了。"波尔托斯又说道。

"嗯!这事儿,您丝毫不必担心,"科克纳尔太太高声说道,"我丈夫有五六只箱子,您就挑选最好的,尤其有一只,他旅行时最爱携带,那箱子大得很,什么都能装进去。"

"这么说,你们的那只箱子是空的喽?"波尔托斯天真地问道。

"当然是空的了。"讼师爷太太也天真地回答。

"哎!我所需要的旅行箱,"波尔托斯高声说道,"可是一只装满物品的旅行箱啊,我亲爱的。"

科克纳尔太太又叹了几口气。当时,莫里哀尚未写出他那剧本《悭吝鬼》,因此,科克纳尔太太超过了阿巴贡①。

总之,其余的装备,也是这样一件一件讨价还价,最后算下来,讼师爷太太要提供八百利弗尔现金,以及一匹马和一头骡子,它们将荣幸地驮着波尔托斯和木斯克东去建功立业。

这些条件定下来了,波尔托斯便向科克纳尔太太告辞。科克纳尔太太向他投去许多媚眼,很想留住他。然而,波尔托斯借口说公务在身,要去执勤,讼师爷太太也只好向国王让步了。

我们这位火枪手心情十分恶劣,饿着肚子回到住所。

---

① 阿巴贡:法国古典主义戏剧家莫里哀(1622-1673)的名剧《悭吝鬼》中的主人公。

第三十三章
使女和女主人

正如我们前面所讲，在这段时间，达达尼安不顾良心的呼吁，也不顾阿多斯明智的忠告，日益陷入米莱狄的情网，因此他天天登门，总要向她表达爱慕之情。这个爱冒险的加斯科尼人也深信不疑，迟早能得到她的回报。

一天傍晚，他满面春风，脚步轻快，活似一个等待天上掉金子的人，又来到米莱狄的府邸门口，恰巧碰到那名使女。不过，俊俏的凯蒂这回就不满足于错身时碰碰他了，而是多情地抓住了他的手。

"好嘛！"达达尼安心中暗道，"她是受女主人的派遣，给我捎什么信来了，必是她女主人当面不好对我讲，派她来给我定约会。"

于是，他极力摆出得意的样子，注视着美丽的姑娘。

"骑士先生，我很想跟您说两句话……"使女结结巴巴地说道。

"说吧，我的孩子，说吧，我听着呢。"达达尼安说道。

"在这里不行，我要对您说的话很长很长，尤其是非常非常机密。"

"是吗！那该怎么办啊？"

"骑士先生愿意随我走吗？"凯蒂又怯声怯气地说道。

"随你去哪儿都成，我漂亮的姑娘。"

"那就走吧。"

凯蒂始终抓住达达尼安的手,拉他登上一条昏暗的小旋梯,上了十五六级之后,便打开一扇门。

"请进吧,骑士先生,"她说道,"这里没有别人,我们可以谈一谈了。"

"我漂亮的姑娘,这是谁的卧室啊?"达达尼安问道。

"我的卧室呀,骑士先生,通过这道门连着我的女主人的卧室。不过,请您放心,我们说话她不会听见,每天她都要到半夜才睡下。"

达达尼安环视周围。小卧室雅致而洁净,十分可爱。不过,他的目光总是不由自主,凝视凯蒂对他说的连接她女主人卧室的那扇门。

凯蒂猜出年轻人的心思,不免叹了一口气。

"您非常爱我的女主人啦!骑士先生!"她说道。

"哦!我用言语都表达不出来!凯蒂,我爱得发疯啊!"

凯蒂又叹了一口气。

"唉!先生,"她说道,"这事儿实在遗憾!"

"活见鬼,你怎么看得那么糟糕呢?"达达尼安问道。

"就因为,先生,我的女主人根本就不爱您呀。"凯蒂又说道。

"哼!"达达尼安则说道,"是她派你来告诉我这种话的吗?"

"唉!不是,先生!是我出于对您的关心,才下了决心告诉您的。"

"谢谢,我的好凯蒂,但只是感谢你的好意,因为,你也得承认,这种秘密谁也不愿意听。"

"这就是说,您根本不相信我对您讲的话,对不对呀?"

"这种事情,总是让人难以相信,我的漂亮女孩,哪怕是仅仅由于自尊心。"

"这么说,您是不相信我啦?"

"我承认,你得向我证明自己说的话……"

"您看这个证明怎么样？"

凯蒂说着，就从胸前取出一封信来。

"给我的？"达达尼安说着，一把将信抢过来。

"不，是给另一位的。"

"给另一位？"

"对。"

"他的姓名，他的姓名！"达达尼安嚷道。

"您看看信封。"

"德·瓦尔德伯爵。"

圣日曼大街的那一场景，当即又浮现在这个自负的加斯科尼人的脑海中，接着，他拆开信封，动作跟一个闪念同样迅疾。凯蒂见他要拆信，更准确地说，见他动手拆信，就不由得叫起来，然而他根本不理睬。

"噢！上帝啊！骑士先生，"她说道，"您这是干什么呀？"

"我嘛，什么也不干！"达达尼安答道，随即他就看信：

> 我的第一封信尚未得到您的答复。您究竟是身体不适，还是忘了在德·吉兹夫人的舞会上，您递给我的那种眼色呢？现在正是机会，伯爵，切勿错过。

达达尼安面无血色，他的自尊心受到了伤害，还以为伤害了自己的爱情。

"好可怜呀，亲爱的达达尼安先生！"凯蒂说道，她的声调充满了怜悯之情，重又紧紧握住年轻人的手。

"你可怜我呀，好心的姑娘！"达达尼安说道。

"嗯！是啊，这可是发自我的内心！因为我知道，爱情究竟是怎么回事！"

"你知道爱情是怎么回事?"达达尼安说着,第一次留心注意看她。

"唉!是啊。"

"那好!与其可怜我,你还不如干脆帮我报复你的女主人。"

"您打算怎么报复她呀?"

"我要战胜她,取代我的情敌。"

"我永远也不会帮您干这种事,骑士先生!"凯蒂激动地说道。

"这是为什么?"达达尼安问道。

"有两个原因。"

"哪两个?"

"第一个,就是我的女主人永远也不会爱您。"

"你怎么知道?"

"您伤了她的心。"

"我!我怎么会伤了她的心呢,自从认识她之后,我就像个奴隶俯伏在她的脚下啊!说呀,求求你了。"

"这种事我绝不会讲,否则也只能告诉……看透我灵魂的那个男人!"

达达尼安第二次注视凯蒂。这个年轻姑娘鲜艳的肌肤、美丽的相貌,多少公爵都会以头上的桂冠相换。

"凯蒂,"他说道,"如果你愿意,我就能看透你的灵魂,这真的没有什么关系,我亲爱的女孩。"

说罢,他就吻了一下凯蒂,羞得可怜的姑娘脸红得像樱桃。

"哎,不!"凯蒂高声说道,"您并不爱我!您爱的是我的女主人,刚才您还这么对我讲呢。"

"怎么,这能妨碍你告诉我第二个原因吗?"

"第二个原因,骑士先生,"凯蒂接着说道,有了年轻先生的一吻,随后多情的眼神,她就多了几分胆量,"就是在爱情上,人人都为自己。"

直到这时达达尼安才想起，凯蒂抛来的忧伤的目光，每次在前厅、楼梯和走廊相遇时，她的手总要拂到他，还有她压下去的一声声叹息。然而，当时他的心思全放在贵夫人身上，对使女自是不屑一顾，要猎获鹰的人，绝不会去留意小麻雀。

不过这一次，我们这个加斯科尼人一眼就看出，可以充分利用凯蒂如此天真，或者说毫无羞耻地承认的这份爱情，截获写给德·瓦尔德伯爵的每封信，买通内应，随时进入同女主人的卧室一门相隔的凯蒂房间。可以想见，这个不讲信义的家伙，为了得到米莱狄，无论情愿还是强行得到她，他在思想上已经牺牲掉了这个可怜的姑娘。

"那好哇！"他对年轻姑娘说道，"我亲爱的凯蒂，你怀疑这份爱，就让我向你证明一下吧。"

"哪份爱呀？"年轻姑娘问道。

"我这就能感到对你的这份爱。"

"怎么证明？"

"就在今天晚上，我用一般陪你女主人那么长的时间去陪你，你看行吗？"

"哈！好啊，"凯蒂拍着手说道，"非常乐意！"

"那好！我亲爱的孩子，"达达尼安坐到一张扶手椅上，说道，"过来吧，让我来告诉你，你是我见过的最美的使女！"

他对她讲得那么多，又那么美妙动听，可怜的姑娘巴不得相信，而且真的相信了……不过，达达尼安人为吃惊的是，凯蒂相当坚决地卫护自身。

就在进攻与防守之间，时光飞快过去。

午夜的钟声敲响了，几乎同时，米莱狄房中也响起摇铃声。

"老天啊！"凯蒂高声说道，"主人唤我啦，你走吧，快走吧！"

达达尼安站起来，抓起自己的帽子，仿佛顺从她的话要走似的，不料他急忙打开的不是下楼的房门，而是一个大衣柜的柜门，一头钻进去，蜷缩在米莱狄一排衣裙和睡衣中间。

"您这是干什么呀？"凯蒂高声说道。

达达尼安事先就拔下钥匙，也不答话，将柜门反锁上。

"怎么的！"米莱狄尖声叫道，"我摇铃还不来，睡着了吗？"

达达尼安听见连接两间卧室的门猛然打开。

"我来了，夫人，来了。"凯蒂高声答应着，冲过去迎候女主人。

她们二人都进入主卧室，由于间隔的房门敞着，达达尼安听见米莱狄对使女训斥好一会儿。她的火气终于平息之后，在凯蒂服侍她更衣时，话题突然转到达达尼安身上。

"对了！"米莱狄说道，"今天晚上，我怎么没有见到我们那位加斯科尼人呢？"

"怎么，夫人，他没有来？"凯蒂说道，"他还没有如愿以偿，心就又飞走啦？"

"哎！不会！一定是德·特雷维尔先生，或者德·艾萨尔先生把他拖住了。这情况我了解，凯蒂，他那个人，我算抓住了。"

"夫人要怎么处置他呢？"

"怎么处置他！……放心吧，凯蒂，这个人和我之间，还有一件他不知道的事情……他险些毁了法座对我的信任……哼！我一定要报仇！"

"我还以为夫人爱他呢！"

"我，爱他！我憎恶他！一个白痴，温特爵士的性命曾经掌握在他手里，他却不杀掉爵士，害得我丧失了三十万利弗尔年金！"

"真的，"凯蒂说道，"您的儿子是他叔父的唯一继承人，而您在儿子成年之前，就有权享受这份遗产。"

这个甜言蜜语的女人，用她极难掩饰的刺耳声调，指责他没有杀掉对他满怀情谊的一个男人，达达尼安听了不禁冷彻骨髓。

第三十三章 使女和女主人

"因此,"米莱狄接着说道,"我早就该对他报复了,可是不知道为什么,红衣主教吩咐我对他手下留情。"

"哦,是吗!可是,夫人对他爱的那个小女人下手,却没有留情啊。"

"嗯,就是掘墓人街的那个服饰用品商的妻子吗?我们这个加斯科尼人,不是已经忘记世上有她那个人吗?这真是非常漂亮的报复!"

达达尼安的额头流下冷汗。这个女人,难道是个魔鬼!

他开始注意倾听,可惜晚妆更换完了。

"好了,"米莱狄说道,"回你自己屋去吧,记着明天,一定要取来我给你的那封信的答复。"

"是给德·瓦尔德先生的信吗?"凯蒂问道。

"当然是给德·瓦尔德先生的那封信了。"

"在我看来,"凯蒂说道,"这一位同可怜的达达尼安先生截然相反。"

"去吧,小姐,"米莱狄说道,"我不喜欢这样评论人。"

达达尼安听见间隔的门重又关上,继而又听见插上两道门闩的声响,是米莱狄从里面锁上了。凯蒂这边也极轻地将门钥匙拧了一圈,这时,达达尼安才推开大衣柜门。

"上帝啊!"凯蒂压低声音说道,"您怎么啦?脸色这么苍白?"

"可恶的女人!"达达尼安喃喃说道。

"别出声!别出声!出去吧,"凯蒂说道,"我的屋和米莱狄的卧室只隔一道间壁墙,两边说话全听得见!"

"正因为如此,我就不出去了。"达达尼安说道。

"为什么?"凯蒂说着,脸唰地红了。

"至少这么说吧,我出去……也得等一阵子。"

说着,他就把凯蒂拉过来。这回凯蒂无法抵抗了,一挣扎就会发出很大声响!因此,她只好顺从了。

这是报复米莱狄的一种举动。达达尼安觉得"报复是神仙的乐趣"这句话讲得很对。因此，达达尼安稍微讲点儿良心，对这次新的征服就应该心满意足。然而，他的头脑里只有野心和自负。

当然，也应当讲他一句好话，他利用对凯蒂的影响，首先是打听博纳希厄太太的情况。不过，这个可怜的女孩对着耶稣受难像，向达达尼安发誓说，这件事她一无所知，因为女主人的秘密只让她了解一半，但是她可以肯定，博纳希厄太太还活着。

至于是什么原因，害得米莱狄险些丧失红衣主教的宠信，凯蒂也同样不甚了了。不过，达达尼安离开英国时，曾经发现米莱狄在一艘暂时不准离港的船上，他从而猜出，这事肯定同钻石别针的事件有关。

在所有这些情况中，最清楚的莫过于米莱狄对他真正的仇恨，因为他没有杀掉她小叔子而对他恨入骨髓。

次日，达达尼安又来登门拜访，见米莱狄情绪十分恶劣，心下便明白她这样气恼，是由于没有收到德·瓦尔德伯爵的回信。米莱狄对凯蒂说话也是恶狠狠的。凯蒂瞥了达达尼安一眼，分明在说：您瞧见了，我这是为您吃苦头。

然而，这次晚上会面接近尾声时，美丽的母狮态度缓和了，她微笑着倾听达达尼安的情话，甚至伸出手去让他吻一吻。

达达尼安告辞出来，真不知该作何感想。不过，这个小伙子不会轻易被人弄昏头，他追求米莱狄的时候，心里早已定了一个小计划。

他在大门口见到凯蒂，又像昨天那样，上楼去她的房间。凯蒂受到严厉的训斥，被指责办事粗心大意。米莱狄根本无法理解，德·瓦尔德伯爵何以只字没有回复，于是又吩咐凯蒂，次日早晨九点钟去她卧室取第三封信。

达达尼安让凯蒂答应，次日早晨把信送到他的住所。可怜的姑娘爱得发疯，对她的情人有求必应。

第三十三章 使女和女主人

事情的经过还同昨天一样,达达尼安躲进大衣柜里,米莱狄唤去凯蒂给她更衣做晚妆,再打发回来,将间隔门锁上。又像昨天那样,直到早上五点钟,达达尼安才返回自己的住所。

到了十一点钟,他看见凯蒂来了,手里拿着米莱狄新写的一封信。这一次,可怜的姑娘甚至都不想争辩一下,就由着达达尼安处置了,她的肉体和灵魂都属于她的英俊的军人了。

达达尼安拆开信,读到以下内容:

这是我第三次给您写信,要对您讲我爱您。您要当心,不要让我给您写第四封信表明我鄙视您。

假如您已后悔以这种方式对待我,那么,送交这封信的年轻姑娘就会告诉您,一个风雅的男人怎样才能求得宽谅。

达达尼安看这封信时,脸色一阵红一阵白,反复变化好几次。

"噢!您还一直爱她呀!"凯蒂说道,她始终目不转睛地注视着年轻人的脸。

"不对,凯蒂,你弄错了,我不爱她了。不过,她这样蔑视人,我要进行报复。"

"对,我了解您的报复,您对我讲过。"

"你管这个干什么,凯蒂!你完全清楚,我只爱你一个人。"

"这事儿怎么能知道呢?"

"就看我多么蔑视她了。"

凯蒂叹了一口气。

达达尼安拿起羽毛笔来写道:

夫人,此前,我不免怀疑您的头两封信是写给我的,认为自己不配这样的荣幸。而且，当时我病痛缠身，便犹豫再三，没有及时回信。

然而今天，您不仅写信，还派使女送来，向我明示我有福气得到您的爱，由不得我不相信您这种过当的深情厚谊。

不必由您的使女告诉我，一个风雅男子如何能得到宽谅，今天晚上十一点钟，我就去当面向您提出恳求。现在，拖延一日，在我看来就是对您新的冒犯。

您使之成为最幸福的男人

德·瓦尔德伯爵

这封信首先是冒名顶替，其次写得很粗俗，按我们今天的习俗来看，这种行径甚至有点儿卑劣。不过那个时期，人们不像今天这样多的顾忌。况且，米莱狄也亲口承认，她背叛过一些更加重要的人物，因此，达达尼安对她的敬重也就所余无几。然而，他尽管不大敬重这个女人，却还是感到心内燃起一股不可理喻的激情。醉心于轻蔑的激情，究竟是激情还是欲望，随人怎么说吧。

达达尼安的意图十分简单，他从凯蒂的房间进入她的女主人的卧室，突如其来，趁米莱狄一时羞愧和恐惧而战胜她。他也许不会得手，然而有些事情就得碰碰运气。一周之后战事一开，就得开赴战场，达达尼安来不及编织完美的爱情。

"拿着，"年轻人说着，将盖好封印的信交给凯蒂，"这是德·瓦尔德先生的回信。"

可怜的凯蒂脸色陡变，像死人一样惨白，她猜出了信中写的是什么。

"听我说，我亲爱的姑娘，"达达尼安对她说道，"你也明白，整个这件事，不管以什么方式，总归有个了结。米莱狄有可能发现，她那第一封信你没有交给伯爵的跟班,却交到我的跟班手中;她还有可能发现,写给德·瓦尔德先生的其他信件是我给拆开了。这样一来,米莱狄就会把你赶走,这个女人你了解,她还要报复,不会赶走你了事。"

"唉!"凯蒂叹道,"我冒这种风险,究竟是为了谁呀?"

"为了我呀,我当然知道,我的大美人,"年轻人说道,"因此,我对你十分感激,这一点我可以向你发誓。"

"您总得告诉我,您这信里写了什么呀?"

"米莱狄会告诉你的。"

"噢!您不爱我!"凯蒂叫起来,"我的命好苦啊!"

有一种回答,对付这种指责很有效,总能把女人蒙蔽住。达达尼安就是这样回答的,从而让凯蒂陷入极大的谬误中不能自拔。

然而,凯蒂大哭了一通,才决定把这封信交给米莱狄,最后总算横下一条心,达达尼安的要求也不过如此。

况且,达达尼安还答应凯蒂,当天晚上他早点儿离开她的女主人,下去之后再上楼去她房间。

这一许诺终于抚慰了可怜的凯蒂。

第三十四章
话说阿拉密斯和波尔托斯的装备

自从分头张罗各自的装备以来,四个朋友就没有固定的时间聚会了。吃饭也缺你少他,走到哪儿就吃到哪儿,确切说来,就是随遇而安了。而且还要值勤,这段宝贵的时间流逝得很快。他们约好每周仅仅聚一次,下午一点左右,都到阿多斯的家中,只因阿多斯已发誓不再跨出门槛。

凯蒂去找达达尼安的那一天,也正是他们聚会的日子。

凯蒂前脚刚走,达达尼安后脚就去费鲁街了。

他赶到那里,看见阿多斯和阿拉密斯正在坐而论道。阿拉密斯又有点儿动心,要重新穿上道袍。阿多斯仍照老习惯,既不劝阻也不鼓励他。阿多斯主张各自做主,别人求到头上他也从不出主意,要恳求他两次才行。

"一般来讲,"阿多斯时常说,"别人来讨主意,就是不想听从,或者听从了,也是为了日后可以抱怨某个人给他出了主意。"

波尔托斯比达达尼安稍迟点儿也到了。四个朋友又聚齐了。

四张面孔,四种不同的表情,波尔托斯心中释然,达达尼安满怀希望,阿拉密斯惴惴不安,阿多斯则满不在乎。

大家交谈了一会儿之后,波尔托斯就略微透露点儿情况,一位有地位的人愿意把他拉出困境。恰好这时,木斯克东进来了。

第三十四章 话说阿拉密斯和波尔托斯的装备

木斯克东一副可怜相,他来请波尔托斯回住所,说是有急事。

"是不是我的装备的事?"波尔托斯问道。

"是也不是。"木斯克东回答。

"究竟什么事,你就不能说说吗?"

"请出去一下,先生。"

波尔托斯站起身,向朋友们打了个招呼,就随木斯克东出去了。

过了片刻,巴赞也出现在门口。

"您找我有什么事,我的朋友?"阿拉密斯非常和蔼地说道。大家都注意到,他每起重返教会的念头,就会用这种语气讲话。

"一名男子在家里等着先生。"巴赞回答。

"一名男子!什么人?"

"一个乞丐。"

"施舍给他点儿钱,巴赞,告诉他为一个可怜的罪人祈祷吧。"

"那个乞丐非要同您谈谈不可,还说您见到他肯定会很高兴。"

"他没有什么特别话让您捎给我吗?"

"有的。他说,阿拉密斯先生如果犹豫来见我,那您就告诉他,我是从图尔来的。"

"图尔来的?"阿拉密斯高声说道,"先生们,万分抱歉,那人一定给我带来了我盼望的消息。"

说着,他立即起身,急匆匆走了。

现在,只剩下阿多斯和达达尼安两个人了。

"我想,这两个小伙子问题都解决了。您看呢,达达尼安?"

"我知道波尔托斯的事进展顺利,"达达尼安答道,"至于阿拉密斯,老实讲,我从来就没有认真为他的事担心。可是您呢,我亲爱的阿多斯,那个英国人的一袋钱,本应是您的合法所得,而您却慷慨地分给了别人,现在,您打算怎么办呢?"

"我很高兴杀了那个怪家伙,我的孩子,因为,干掉一个英国人总归是件好事儿。然而,他的钱若是装入我的腰包,就会像一种愧疚,沉甸甸地压在我心头。"

"算了吧,我亲爱的阿多斯!您的想法,有些实在不可思议!"

"不谈了,不谈了!昨天,德·特雷维尔先生光临舍下来看望,他对我讲了什么话知道吗?他说您常去拜访受红衣主教庇护的那些英国人?"

"不就是常去看一位英国女郎,我向您提过的那位嘛。"

"哦!对,一位金发女郎,我还劝阻过您,您自然不会听从我的劝告了。"

"我的原因也跟您讲过了。"

"不错,根据您对我讲的,我想您是要从那里弄到装备。"

"绝非如此!我已经得到确凿证据,那个女人参与了绑架博纳希厄太太的事件。"

"是啊,我明白,为了找回一个女人,您就去追求另一个女人。这条寻找之路最长,不过也最开心。"

达达尼安差点儿全讲给阿多斯听听,但是欲说又止,有一个顾忌,阿多斯是一位有高度荣誉感的贵族,而我们这位恋人在制订对付米莱狄的小小计划中,事先就可以肯定,有几方面不会得到这个清教徒的赞同,因此,还是不讲为妙。况且,阿多斯这个人又最不爱打听别人的事,达达尼安的知心话,也就说到此处为止。

这两位朋友再也没有什么重要的话可谈了,我们就离开他们,随后去看看阿拉密斯。

要跟他谈话的那个人是从图尔来的,我们已经看到这个年轻人听到这个消息,多么飞速地跟随巴赞走了,确切说来,甩掉巴赞跑到前面去了,简直就是一个箭步,便从费鲁街窜到伏吉拉尔街。

他进了家门,果然看到有人来,那人身形矮小,有一对聪慧的眼睛,只是满身衣衫褴褛。

第三十四章 话说阿拉密斯和波尔托斯的装备

"是您找我吗?"火枪手问道。

"我是要见阿拉密斯先生。您是这样称呼吗?"

"正是我。您有什么东西要交给我吗?"

"有,不过,您要先给我瞧瞧一块绣花手帕。"

"就在这儿,"阿拉密斯说着,就从胸前取出一把钥匙,打开一个镶嵌螺钿的乌木匣子,"就在这儿,请看吧。"

"很好,"乞丐说道,"请让您的跟班走开一下。"

巴赞的确很想知道乞丐找他主人有什么事,于是紧紧跟随,同他主人前后脚到达。然而,他匆匆赶到也无济于事,主人照乞丐的要求,示意让他退下,他也就只有遵命了。

巴赞一走,乞丐又迅速扫视周围,以便确认再也无人看见也听不到他,他这才解开用皮带扎得很松的破烂外衣,开始拆紧身衣胸襟的缝线,从夹层里掏出一封信。

阿拉密斯看到信的封印,欢叫一声,他吻了吻字迹,并以近乎虔诚的敬意,把信拆开,看到如下内容:

> 朋友,命运还要把我们拆开一段时间,然而,青春的美好时光,并不是一去不复返。您去战场尽自己的职责吧,我在别的地方则尽我的义务。请收下送信人交给您的东西,作为体面的贵绅,打扮得英俊一些去打仗吧,请思念我,思念这个深情吻您黑眼睛的人。
>
> 别了,还是应当说,再见!

乞丐还一直在拆线,从肮脏的衣服里一枚一枚掏出钱币,共有面值两皮斯托尔的一百五十枚西班牙金币,全摆在桌子上。然后,他打开房门,施礼告辞而去,而我们这个年轻人一时目瞪口呆,连一句话也未敢对他讲。

于是,阿拉密斯又看了一遍信,发现信后面还附了一句话。

附言：您可以招待送信人，他是伯爵，西班牙的大贵族。

"黄金美梦啊！"阿拉密斯说道，"哈！美好的人生！对，我们还年轻！对，我们还会有幸福的日子！啊！我的爱情、我的鲜血、我的生命，一切，一切，一切，都献给你，献给你，我的美丽的情人！"

接着，他就狂热地亲吻信，甚至没有看一看桌上那些光闪闪的金币。

巴赞轻轻地敲了敲门，阿拉密斯没有理由让他避开了，就允许他进来。

巴赞见满桌子金币，一下子惊呆了，竟然忘了替达达尼安通报了。达达尼安也想了解那乞丐是什么人，他从阿多斯家出来，就赶到阿拉密斯这里来了。

达达尼安跟阿拉密斯无拘无束，他见巴赞忘了替他通报，就干脆自己进屋通报了。

"嘿！见鬼！我亲爱的阿拉密斯，"达达尼安说道，"如果这些李子干是从图尔给您送来的，那么，就请您向收获李子的园丁转达我的赞美。"

"您弄错了，我亲爱的朋友，"向来慎言的阿拉密斯说道，"这是我的出版商刚给我送来的稿酬，他出版了我在客栈那里动手写的那首单音节诗。"

"哦！真的呀！"达达尼安说道，"那好哇！您的出版商出手真大方啊，我亲爱的阿拉密斯，那我就没有别的话可说了。"

"什么，先生！"巴赞嚷起来，"一首诗卖这么多钱！真叫人无法相信！哈！先生，您干什么都成，您能跟德·乌瓦图尔①先生和德·邦斯拉德②先生齐名。我呢，我更喜欢这样。一位诗人，几乎就是一位神父。唉！阿拉密斯先生，您就当诗人吧，我请求您了。"

"巴赞，我的朋友，"阿拉密斯说道，"我们谈话，看来您多嘴了。"

---

① 德·乌瓦图尔（1597-1648）：法国作家，贵族矫揉造作文学的代表。
② 伊萨克·德·邦斯拉德（1613-1691）：法国沙龙和宫廷诗人，是德·乌瓦图尔的竞争对手。

巴赞明白自己错了，他低下头走出去。

"嘿！"达达尼安微笑着说道，"您的作品按金价卖呀，您又交上好运，我的朋友。不过，您要当心，插在您外套里的这封信要掉了，不用说，这也是您那出版商的信了。"

阿拉密斯一下子脸红到耳根子，他把信又塞进里面，重新扣好紧身衣的纽扣。

"我亲爱的达达尼安，"他说道，"如果您愿意的话，就一同去找咱们的朋友。既然现在我有钱了，从今天开始，咱们就一同吃饭，等到你们也都有了钱再说。"

"好哇！"达达尼安答道，"非常乐意。咱们好久没有吃一顿像样的饭了，正好今天晚上，我要有一个颇为冒险的举动，能先喝上几瓶勃艮第的陈酿葡萄酒，借借酒力，我承认我是不会气恼的。"

"那就去喝勃艮第的陈酿葡萄酒吧，那酒我也不讨厌。"阿拉密斯说道，他见到金币，头脑中出家的念头就仿佛一挥而去了。

他抓起三四枚皮斯托尔金币，塞进兜里以供眼下的花费，其余的装进镶嵌螺钿的乌木匣中，那里收藏着成为他的护身符的宝贝手帕。

两个朋友首先去阿多斯家。他还恪守足不出户的誓言，就答应让人把酒菜送到他家里。不过，由于他是美食家，会点菜，达达尼安和阿拉密斯没有费什么口舌，就把这项重要差使丢给他了。

他们二人又去找波尔托斯，走到克街的拐角，撞见了木斯克东。木斯克东一副可怜样，赶着一头骡子和一匹马。

达达尼安惊叫一声，但声调里不排除几分喜悦。

"嘿！我的黄马！"他嚷道，"阿拉密斯，瞧瞧这匹马！"

"噢！这驽马真难看死了！"阿拉密斯说道。

"告诉您说吧！亲爱的朋友，"达达尼安又说道，"当初我就是骑着这匹马到巴黎来的。"

"怎么，先生认识这匹马？"木斯克东问道。

"它的毛色很独特，"阿拉密斯说道，"这种毛色独一份儿，我还从未见过。"

"这我相信，"达达尼安接口说道，"因此，我把它卖了三埃居，就凭这皮毛，看这骨头架子，当然不值十八利弗尔了。可是，木斯克东，这匹马怎么到你手里啦？"

"唉！"跟班答道，"别提了，先生，是我们那位公爵夫人的丈夫搞的恶作剧。"

"怎么回事，木斯克东？"

"是这样，我们得到一位有身份的夫人的青睐，那是一位公爵夫人，称为德……哦，对不起！主人吩咐我不要乱讲。她非要我们接受一点纪念品不可，送一匹西班牙骏马和一头安达卢西亚骡子，都棒极了。不料她那丈夫得知这件事，中途截获了送给我们的骏马健骡，换成这两个糟糕透顶的牲口。"

"你就给他赶回去吗？"达达尼安问道。

"一点儿不错！"木斯克东接着说道，"您也明白，许诺送给我们那样好的坐骑，换成这样的东西，我们绝不能接受。"

"当然不能接受，尽管我倒想瞧瞧，波尔托斯骑着我这匹黄马是什么样子，从而可以了解我当时到达巴黎的模样。不过，我们不阻拦你，木斯克东，去给你主人办事吧，去吧。你主人在家吗？"

"在家，先生，"木斯克东说道，"不过，他心情很坏，去吧！"

说罢，他继续朝大奥古斯丁会河滨路走去，这边两个朋友则去拉门铃，要见倒霉的波尔托斯。波尔托斯瞧见他们穿过院子，却不去开门，让他们白拉了一通门铃。

这工夫，木斯克东还继续赶路，催着两头牲口过了新桥，到达狗熊街。到了地方，他就按主人的命令，将马和骡子拴到讼师大门的门闩上，

第三十四章 话说阿拉密斯和波尔托斯的装备

然后也不管两头牲口会有什么遭遇,便回复主人,说他的差使办完了。

这两头倒霉的牲口,从早上起就没有吃食料,过了不大工夫就躁动起来,拉动门环反复起落,噼啪作响,老讼师就吩咐小跑腿到四周问问,那匹马和那头骡子究竟是谁的。

科克纳尔太太认出是她送出去的礼物,一时不明白怎么又退回来了,不过,波尔托斯很快就来访,令她恍然大悟。火枪手虽然竭力控制自己,但是眼睛冒出的怒火,也足以吓坏了他那敏感的情妇。这里还有一层原因,木斯克东丝毫也没有向主人隐瞒,他如何遇见达达尼安和阿拉密斯,而达达尼安如何认出那匹黄马,正是他骑到巴黎,然后卖了三埃居的那匹贝亚恩矮种马。

波尔托斯同讼师爷太太定了约会,到圣马格卢瓦尔修道院见面,随即就告辞走了。讼师见波尔托斯要走,就请他留下吃饭,但是火枪手神态威严地拒绝了。

科克纳尔太太心惊胆战,来到圣马格卢瓦尔修道院,她已猜测出,等待自己的又是一顿痛责。不过,她也给波尔托斯的颐指气使的派头迷住了。

一个自尊心受到伤害的男人,对一个女人所能给予的责骂和申斥,波尔托斯一股脑儿全抛到讼师爷太太低垂的头上。

"唉,"讼师爷太太回答,"我是想尽量把事情办好。我们的一位顾客是马贩子,他欠事务所一笔钱总不肯付。我就牵来这头骡子和这匹马顶我们的账,他曾向我保证是两匹非常神奇的坐骑。"

"算啦!太太,"波尔托斯说道,"那个马贩子欠你们的账,如果超过五埃居,那么他就是个骗子。"

"总不能禁止买便宜货吧,波尔托斯先生。"讼师爷太太说道,她还要为自己辩解。

"并不禁止,太太,但是,去找便宜货的人,也应当允许别人去找更为慷慨的朋友。"

波尔托斯转过身去，举步要走。

"波尔托斯先生！波尔托斯先生！"讼师爷太太高声说道，"是我错了，我承认，给您这样一位骑士置办装备，我就不应该讨价还价。"

波尔托斯没有搭理，又跨出去第二步。

讼师爷太太恍若看到波尔托斯在绚烂的云端，由众多公爵夫人和侯爵夫人簇拥着，而她们纷纷向他脚下投去一袋袋金币。

"站住，看在上天的分上！波尔托斯先生，"她嚷道，"站住，咱们再谈谈。"

"跟您谈谈会给我带来晦气。"波尔托斯答道。

"您总可以告诉我，您要求什么呀？"

"没什么要求，提也白提，还不是一码事！"

讼师爷太太吊在波尔托斯的臂膀上，十分痛心地高声说道：

"波尔托斯先生，我呀，这种事一窍不通。我怎么知道一匹马是好还是坏？我怎么知道一副鞍辔都有什么？"

"您本来就应该交给我这行家来办，夫人，然而，您却图省钱，结果适得其反。"

"这事儿办错了，波尔托斯先生，我以人格担保，一定弥补上。"

"怎么弥补？"火枪手问道。

"请听我说，今天晚上，科克纳尔先生要去德·省纳公爵府上，是公爵先生召他去，要咨询一件事，少说也得两个小时。您到家来吧，只有咱们俩，咱们把事儿都解决了。"

"好吧！这还像点儿话，我亲爱的！"

"您宽恕我了吗？"

"到时候再看吧。"波尔托斯神态威严地说道。

二人互道，晚上见，便分手了。

"活见鬼！"波尔托斯边走边想，"看来，我终于靠近了科克纳尔的大钱柜。"

第三十五章
黑夜里猫全是灰色的

波尔托斯和达达尼安都万分焦急地等待，这天夜晚终于到来。

达达尼安一如往常，约莫九点钟到米莱狄府上，看出她情绪极佳，他也从未受到她那么好的接待。我们这位加斯科尼人一眼就明白，他的信交到她手上了，已经产生了作用。

凯蒂端着果汁进来了。女主人对她和颜悦色，还十分可亲地冲她微笑。然而，唉！可怜的姑娘伤心极了，甚至都没有发觉米莱狄那样和蔼的态度。达达尼安眼前两个女人，他瞧瞧这个，又看看那个，心中不得不承认，天地造就这两个女人时搞混了，将一颗卑劣的灵魂安给贵妇，将一位公爵夫人的心给了使女。到了十点钟，米莱狄就开始显得坐不住了，达达尼安心下明白是何缘故。她瞧了瞧挂钟，站起身来，重新又坐下，冲达达尼安微微一笑，那神态分明表示，您当然非常可爱，不过，您若是现在告辞就更好了。

达达尼安站起来，拿起自己的帽子，米莱狄伸过手去让他吻了吻。年轻人觉出她的手用力握了一下他的手，明白她这不是卖弄风情，而是感谢他知趣地离开。

"见鬼，她这么痴情地爱他。"他自言自语，然后便出去了。

这一次，凯蒂根本没有等他，无论在前厅，在走廊，还是在大门口，都不见她的人影儿。没有办法，达达尼安只好自个儿摸到楼梯，上楼摸进她的小房间。

凯蒂坐在那里，双手捂着脸哭泣。

她听见达达尼安进屋，但是她连头抬也没有抬。年轻人走到她跟前，抓住她的双手，她就干脆放声大哭。

正如达达尼安预见的那样，米莱狄收到信后一阵狂喜，便把信的内容全告诉了使女，还给了她一袋钱，奖励她这次差使办得好。

凯蒂回到房间，便把钱袋扔到角落里，袋口一直张开，有三四枚金币散落在地毯上。

可怜的姑娘得到达达尼安的爱抚，这才抬起头来，她脸上痛苦的表情，叫达达尼安也大惊失色。她双手合十，一副恳求的样子，但是一句话也不敢讲。

达达尼安心肠再怎么硬，也感到自己被这无言的痛苦打动了。然而，他计划已定，绝不动摇，尤其这次的计划更要坚持，丝毫也不能改变他事先制订的方案。因此，他不给凯蒂一点能令他退让的希望，只是让她明白，他这个行动无非是一次报复行为。而且，这种报复变得更加方便了，米莱狄吩咐凯蒂熄灭整个住宅的灯火，甚至包括她本人房间的灯光，无疑是为了不让情夫看到自己的羞愧。德·瓦尔德先生应在天亮之前离去，这样，他来幽会就始终处于黑暗中。

过了一会儿，他们听见米莱狄回到自己卧房。达达尼安急忙闪身，躲进大衣柜里。他刚蜷缩在里边，就听见了摇铃声。凯蒂走进女主人的卧房，把间隔门带上了。不过，间壁墙很薄，达达尼安差不多全部听到两个女人的谈话。

米莱狄仿佛陶醉在喜悦中，让凯蒂重述她和德·瓦尔德先生所谓见面的详细过程，他是如何收下她那封信的，如何回答，他脸上的表情怎样，能否看出他已坠入情网。可怜的凯蒂强作镇定，一一回答女主人的这些问题，但是声音十分压抑，那种痛苦的语调女主人居然没有注意到，可见幸福有多么自私。

同伯爵定好幽会的时间终于到了，米莱狄果然让凯蒂熄灭了房中的灯火，让她回自己房间等待，一俟德·瓦尔德伯爵赴约就把他带进来。

凯蒂没有等多久。达达尼安对着衣柜的锁孔，一看见房间里全部黑灯了，刚好凯蒂关上间隔门时，他就从隐身处蹿出来。

"是什么响动？"米莱狄问道。

"是我，"达达尼安小声说道，"是我，德·瓦尔德伯爵。"

"噢！上帝呀！上帝呀！"凯蒂咕哝道，"他连自己定好的时间都等不及啦！"

"好哇！"米莱狄声音颤抖地说道，"他怎么还不进来呢？伯爵，伯爵，"她又补充道，"您完全清楚我在等您！"

听到这声呼唤，达达尼安轻轻地推开凯蒂，冲进米莱狄的卧房。

如果说愤怒和痛苦能折磨一个人的心灵，那么一定是一个冒名顶替的情夫的心灵，不得不听着向他幸运的情敌表达的海誓山盟。

达达尼安陷入一种痛苦的境况，是他始料不及的，嫉妒啃噬他的心，凄苦的程度几乎不亚于此刻在隔壁房间哭泣的凯蒂。

"是啊，伯爵，"米莱狄握住他的手，以最甜美的声调说道，"是啊，每次我们相遇，您用眼色和话语向我表白的爱情，令我十分幸福，我同样爱您。嗯！明天，明天，我希望我一个证物，能向我证明您在思念我，真难说，您可能把我忘记。拿着吧。"

她说着，从手指退下一枚戒指，套到达达尼安的手指上。

达达尼安记得见过米莱狄戴的这枚戒指，这是一枚镶一圈儿钻石的精美蓝宝石戒指。

达达尼安自发的动作是把戒指还给她,然而,米莱狄又补充道:

"别,别,作为对我的爱留下这枚戒指吧。再说,您若是接受了,"她声音激动地补充道,"您想象不到帮了我一个大忙。"

"这个女人浑身充满了谜。"达达尼安心中暗道。

这时候,他感到自己准备和盘托出了,刚张开嘴要告诉米莱狄他是谁,来到这里是抱着怎样的报复目的,可是米莱狄却接着说道:

"可怜的天使,加斯科尼的那个魔鬼险些把您杀害了!"

这个魔鬼,就是他。

"嗯!"米莱狄继续说道,"您的伤口还疼吗?"

"疼,很疼。"达达尼安不知如何回答,便随口应对。

"您就放心吧,"米莱狄喃喃说道,"我会替您报仇的,狠狠地报仇!"

"好家伙!"达达尼安心中暗道,"现在还不是交底的时间。"

达达尼安还需要一点儿时间,才能从这一小段对话中镇定下来,不过,他怀有的所有报复的念头,都已烟消云散了。真难以想象,这个女人对他产生巨大的影响力,他对她又恨又崇拜,而他从不相信,这样截然相反的两种感情,居然能寓于同一颗心中,相互结合并形成一种奇特的、带有几分阴毒的爱情。

这工夫,凌晨一点的钟声已然敲响,应该分手了。达达尼安要离开米莱狄的时候,心中只有一种感觉了,强烈的难分难舍。二人在热烈的道别中,又约定了下周幽会的时间。

第二天早晨,达达尼安跑到阿多斯住所。他这次冒险行为简直奇特极了,很想听听阿多斯的看法。他把事情从头至尾讲了一遍,阿多斯在倾听的过程中,有好几次皱起眉头。

"您那个米莱狄,"阿多斯对他说,"在我看来是个下贱女人,但是,您欺骗她照样是错误的。现在,您有了一个可怕的敌人,她总会以这种或那种方式危害您。"阿多斯边说边注意看达达尼安戴的戒指。他原先戴的王后赏给的那枚戒指，已经小心地放进一个首饰盒里，换上了这枚周边镶钻石的蓝宝石戒指。

"您在看这枚戒指吗？"加斯科尼人得意扬扬地说着，就把这个十分宝贵的礼物举到朋友眼前。

"对，"阿多斯答道，"看到它，我想起家传的一件首饰。"

"它很漂亮，对不对？"达达尼安说道。

"非常精美！"阿多斯答道，"这样晶莹剔透的蓝宝石，我不相信世上还能找出第二颗来。您是用那枚钻石戒指换取的吧？"

"不是，"达达尼安答道，"这是一件礼物，就是我那位漂亮的英国女郎，确切说来，是我那位漂亮的法国女郎送给我的——我尽管没有问过她，但是确信她生于法国。"

"这枚戒指，是米莱狄送给您的吗？"阿多斯高声问道，从他的声调里不难听出他非常激动。

"是她送的，就是昨天夜里她送给我的。"

"给我瞧瞧这枚戒指。"阿多斯说道。

"给您。"达达尼安从手指退下戒指，答道。

阿多斯接过来仔细审视，脸色变得煞白，接着，他又往左手无名指上试一试，戴着非常合适，仿佛专给他定做的。这位贵族一向安详的面容，掠过一片愤怒和复仇的云影。

"不可能是啊，"他说道，"这枚戒指，怎么会落到米莱狄·克拉丽斯手里呢？然而，很难有这样相似的两件首饰啊。"

"您认识这枚戒指吗？"

"我本来以为认得，"阿多斯答道，"可是，恐怕是我弄错了。"

他把戒指还给达达尼安，但还是不断地注视它。

"听着，"过了片刻，他又说道，"达达尼安，您把这枚戒指摘下来，再不就把宝石转到里面去，它唤起我的一些非常残酷的往事，结果头脑一乱，就无法同您交谈了。您不是来向我讨主意吗？您不是对我说您感到为难，不知道该怎么办吗？……对了，等一等……把蓝宝石戒指再给我瞧瞧，我刚才提到的那颗宝石，一个刻面上有破损，是意外磕碰的。"

达达尼安重新又取下戒指，交给阿多斯。

阿多斯浑身一抖。

"喏，您瞧，"他说道，"这不是奇怪吗？"

他让达达尼安看他记得有的伤痕。

"那么，这枚宝石戒指是谁给您的，阿多斯？"

"是我母亲传给我的，先前是她母亲传给她的。正如我对您讲的那样，这是一件家传的古老首饰……永远也不应该从家里流失出去。"

"而您却把它……卖掉啦？"达达尼安犹豫地问道。

"不是，"阿多斯怪笑一下，接口说道，"在一夜之情中我给了人，正如别人把它给您一样。"

达达尼安陷入沉思，他在米莱狄的灵魂中，仿佛看到幽暗且深不可测的深渊。

这回他没有再把戒指戴到手上，而是装进口袋里。

"听我说，"阿多斯拉起他的手，说道，"您知道我有多么爱您，达达尼安，我就是有个儿子，爱他也不会比爱您更深。听我说，相信我的话，别再同那个女人打交道了。我不认识她，但是有一种直觉，感到她是个堕落的女人，她身上有不祥的东西。"

"您说得对，"达达尼安答道，"因此，我要同她分手，不瞒您说，那个女人也让我恐惧。"

"您有这种勇气吗？"阿多斯问道。

"到时候我会有的，"达达尼安答道，"而且说办就办。"

"很好！真的，我的孩子，您若这么做就对了。"这位贵族说着，几乎以父爱紧紧握住达达尼安的手，"但愿刚进入您生活的这个女人，不会给您的生活留下可怕的印迹！"

阿多斯说罢，向达达尼安颔首示意，他想独自面对纷乱的思绪。

达达尼安回到住所，见到凯蒂在等他。这一夜不眠的痛苦，比一个月高烧使可怜的姑娘变化还要大。

她被女主人打发来见假的德·瓦尔德。米莱狄爱得发狂，陶醉在欢乐中，想要知道她的情夫何时给她第二个夜晚。

可怜的凯蒂面无血色，浑身颤抖，等待达达尼安要给予的答复。

阿多斯对这个年轻人影响很大，这位朋友的劝告，会同他内心的呼声，在他挽回了自尊心，满足了复仇心理之后，就使他痛下决心，不再去见米莱狄了。于是，他拿起笔，写了这样一封信作为答复：

> 夫人，请勿期待我能赴下一次约会，我自身体康复以来，这类活动实在太多，不得不安排一定的顺序。等轮到您的时候，我会荣幸通知您。
>
> 亲吻您的手
德·瓦尔德伯爵

只字不提蓝宝石戒指，这个加斯科尼人是想保留一件对付米莱狄的武器吗？或者坦率地说，他留下这枚蓝宝石戒指，恐怕是当作置办装备的最后指望吧。

况且，不应当以这个时代的眼光，去评断另一个时代的行为。如今一个风雅男士视为丢丑的行为，在那个时期则是一件极平常、极自然的事情，名门世家的子弟，通常都由他们的情妇供养。

信没有折上，达达尼安就交给凯蒂。凯蒂看一遍还没有明白什意思，看了第二遍她简直乐疯了。

凯蒂不敢相信这种福运，因此，达达尼安不得不用口头复述一下，他写在信中对她做出的保证。可怜的女孩深知米莱狄脾气火暴，但是，送交这封信给女主人不管冒多大危险，她也以最快的速度赶回王宫广场。

最善良的女人的心，对情敌的痛苦也绝不同情。

米莱狄拆开这封信，同凯蒂带回这封信的心情一样急切，然而刚看头一句话，她的脸色顿时惨白，接着，她把信纸揉成一团，又扭头，目光如闪电，逼视凯蒂。

"这封信是怎么回事儿？"她问道。

"这不就是给夫人的回信吗？"凯蒂战战兢兢地回答。

"不可能！"米莱狄嚷道，"不可能，一位贵族，怎么能给一个女子写这样一封信！"

继而，她浑身猛然一抖。"上帝啊！"她又说道，"莫非他得知……"她又戛然而止。

她咯咯咬着牙齿，脸庞转为灰白色。她想走向窗口透透气，两条腿却站不住，颓然坐到一把椅子上。

凯蒂以为她晕倒了，急忙上前要给她解开胸衣。不料米莱狄又腾地站起来。

"您要干什么？"她问道，"您的手为什么伸过来碰我？"

"我以为夫人晕过去了，就想来救护。"使女见女主人骇人的表情，便惊恐万状地回答。

"我，晕过去！我！您把我看成一个柔弱的女子啦！有人侮辱我的时候，我不会晕过去，我要报仇，懂不懂！"

她一挥手，让凯蒂出去。

第三十六章
复仇之梦

当天晚上，米莱狄特意吩咐，达达尼安先生像往常那样一到，就立刻让他进来。可是，他没有到。

次日，凯蒂又去看这个年轻人，从头至尾向他讲述了昨天晚上发生的情况。达达尼安面露微笑，米莱狄由嫉妒引发的恼怒，正是他的报复。

到了晚上，米莱狄比前一天还要急不可待，她又吩咐一遍接待这个加斯科尼人的事。可是，又像前一天那样，她白白等待了。

第三天，凯蒂来到达达尼安的住所，不过，这次一反常态，她愁苦得要命，没有了两天来那种欢快的神情。

达达尼安问这个可怜的姑娘怎么了。可是，她却不回答，只是从兜里掏出一封信，交给达达尼安。

这封信是米莱狄的手笔，但是这次是明确写给达达尼安，而不是写给德·瓦尔德先生的了。

他拆开信，读到如下内容：

  亲爱的达达尼安先生，这样忽略朋友可不妥当，尤其是在即将长久别离的时候，昨天和前天，我的小叔子和我都空等了您一场。今天晚上也会如此吗?

您的不胜感激的
克拉丽斯夫人

"这很简单,"达达尼安说道,"我就料到会有这封信。德·瓦尔德伯爵的声誉下降,我的声誉相应就提高了。"

"您去不去?"凯蒂问道。

"你听着,我亲爱的女孩,"加斯科尼人答道,他要对阿多斯食言而力图自我辩解,"您也明白,如此盛情的邀请,拒不接受是不明智的。米莱狄不见我露面了,就会感到莫名其妙,不明白我为什么突然中断去拜访,就可能觉察出问题,而像她那样性情的女人报起仇来,谁说得准会到什么程度?"

"噢!我的上帝!"凯蒂说道,"您真会解释,什么事情经您一说总有道理。可是,您又要去追求她了,而且这一次,如果您以真姓名和真面目去讨她欢心,那就比第一次还要糟!"

可怜的姑娘出于本能,已然猜出几分将要发生的事情。

达达尼安竭力劝她放宽心,向她保证绝不受米莱狄的引诱。

他让凯蒂捎口信给女主人,他十分感激她的盛情,要去听候她的吩咐。但是,他不敢写回信,怕笔迹伪装不好,被米莱狄敏锐的眼睛认出来。

晚上九点钟的钟声响了,达达尼安来到王宫广场。前厅里的仆人显然已经奉命等候,达达尼安一到,还未问及米莱狄是否见客,一名仆人就跑去通报了。

"请他进来。"米莱狄说道。她的声音短促,十分尖厉,达达尼安在前厅都听见了。

仆人引他进客厅。

"来客一概不见了,"米莱狄说道,"听明白了吧,来客一概不见。"

仆人出去了。

达达尼安偷眼观察,只见米莱狄面无血色,眼神倦怠,大概是哭过,或者失眠的缘故。客厅里有意比平时少点一些蜡烛,但是这位少妇仍难掩饰两天来激愤所留下的印痕。

达达尼安还一如既往,殷勤地走到她跟前。米莱狄则勉力接待他,然而再怎么亲切的笑容,也被那极度烦恼的神情破坏掉了。

达达尼安探问她的身体状况。

"糟糕,"她答道,"非常糟糕。"

"这样看来,"达达尼安说道,"我来拜访实在冒昧,您一定需要休息,我还是告辞吧。"

"不必,"米莱狄说道,"恰恰相反,达达尼安先生,请留下来,有您这样可爱的人陪伴,我会感到很开心。"

"哦!哦!"达达尼安心中暗道,"她可从来没有如此热情,可要当心呀。"

米莱狄极力拿出最亲热的样子,谈话尽可能生动有趣。与此同时,那种火热的情绪暂退复来,她的眼睛重又炯炯有神,面颊红润、嘴唇也鲜红了。达达尼安又撞见了曾经迷惑他的喀尔刻①。他原以为熄灭了的爱情,仅仅是打着瞌睡,此刻又在他心中醒来。米莱狄面带微笑,而达达尼安感到,为了这微笑,自己甘愿下地狱。

有一阵,他还产生类似愧疚的一种感觉。

米莱狄的谈兴逐渐浓起来。她问达达尼安有没有情妇。

"唉!"达达尼安尽可能拿出伤感的样子,叹息道,"您向我提出这样一个问题,心也够狠的了,我呀,自从遇见了您,我也就只因您,只

---

① 喀尔刻:希腊神话中的女仙,太阳神的女儿,精通巫术,居于地中海上的一个岛上,迷惑过路的旅客,曾把奥德修斯的同伴变成了猪。

为您而呼吸，而叹息了！"

米莱狄微微一笑，样子十分怪异。

"这么说，您爱我啦？"她问道。

"这一点还有必要对您讲吗，难道您就没有看出来？"

"当然看出来了，不过您也知道，心越是高傲，就越是难以得到。"

"哎！困难可吓不倒我，"达达尼安说道，"我只怕办不到的事情。"

"对于真心实意的爱情，根本就没有办不到的事儿。"米莱狄说道。

"根本没有吗，夫人？"

"根本没有！"米莱狄答道。

"活见鬼！"达达尼安又暗自思忖，"调子怎么变了。这个喜怒无常的女人，莫非碰巧爱上我了？几天前，她把我当成德·瓦尔德，送了一枚蓝宝石戒指，难道她还有类似的一枚，准备送给我本人吗？"

达达尼安急忙移动座椅，朝米莱狄靠拢。

"喏，"米莱狄说道，"您谈到的这种爱，要以什么行动证明呢？"

"要求我做什么都行。只要吩咐一声，我随时准备行动。"

"准备做任何事情？"

"准备做任何事情！"达达尼安朗声回答，他心中有数，这种许诺不会有多大风险。

"好哇！那咱们就谈谈吧。"米莱狄说着，也挪扶手椅向达达尼安靠拢。

"我洗耳恭听，夫人。"达达尼安说道。

米莱狄半响没讲话，似有顾虑，举棋不定，继而好像下了决心。

"我有一个仇敌。"

"您，夫人！"达达尼安故作惊讶地高声说道，"我的上帝，这怎么可能？像您这样又美丽又善良的人！"

"一个不共戴天的仇敌。"

第三十六章 复仇之梦

"真的吗？"

"一个极端恶毒地侮辱了我的仇敌，因此，在他和我之间有一场殊死的战争。我能指望您做我的帮手吗？"

达达尼安当即明白，这个报仇心切的女人怀的是什么鬼胎。

"您完全可以这么指望，夫人，"他以夸张的口气说道，"我的手臂和性命，同我的爱情一样，全属于您。"

"那么，"米莱狄说道，"您既然这么仗义，又这么多情……"

她住了口。

"怎么样呢？"达达尼安问道。

"那么，"米莱狄沉默了一下，又说道，"从今天起，就不要再说什么不可能的事儿。"

"不要给我这么大福运，让我承受不了！"达达尼安高声说道，他一下扑到米莱狄的膝下，狂吻丢给他的双手。

"替我向那个下流的德·瓦尔德报仇吧，"米莱狄在心里嘀咕，"你这双料傻瓜，给人当剑使的家伙，事后我有办法把你打发掉！"

"您这虚伪而又危险的女人，先是那么肆无忌惮地嘲笑我，现在，投入我的怀抱吧，"达达尼安也在心中暗道，"然后，我就要同你想借我手杀掉的那个人一起嘲笑你。"

达达尼安抬起头。

"我准备好了。"他说道。

"看来，您领会了我的意思，亲爱的达达尼安先生！"米莱狄说道。

"您只要递个眼色，我就会猜出来。"

"这么说，您肯为我使用这双赢得极大名望的手臂啦？"

"此刻即可。"

"可是我呢，"米莱狄说道，"帮了这么大忙，让我如何回报呢？我了解那些恋人，他们做什么都不白干。"

"您知道我渴望的唯一答复,"达达尼安说道,"唯一配得上您和我的答复。"

说罢,他就轻轻地把她拉向自己。

她几乎没有推却。

"贪心!"她微笑道。

"哦!"达达尼安高声说道,他真的被这女人善于在他心中点燃的激情卷走了,"哦!我觉得我这福运不是真的,总怕它像一场梦似的飞走,也就急于把它变成现实。"

"那好!您就不要辜负您所称的这种福运。"

"我听候您的吩咐。"达达尼安说道。

"肯定吗?"米莱狄带着最后一点疑虑说道。

"惹您美丽的眼睛落泪的那个无耻之徒,请把他的姓名告诉我。"

"谁对您说我流过泪?"她问道。

"我是觉得……"

"像我这样的女人是不流泪的。"米莱狄说道。

"那就更好了!喏,告诉我吧,那人叫什么名字?"

"您要想一想,他的名字就是我的全部秘密。"

"我总得知道他的名字啊。"

"是的,总得告诉您,您瞧我对您有多么信任!"

"您真让我乐不可支。他叫什么名字?"

"您认识他。"

"真的吗?"

"真的。"

"是我的一个朋友吗?"达达尼安又问道,他佯装有点儿犹豫,好让她相信他全然不知。

"如果是您的朋友,您就会犹豫吗?"米莱狄高声问道,她的眼里同时闪现一道威胁的光芒。

"不会犹豫,哪怕是我的兄弟!"达达尼安朗声答道,就仿佛一阵冲动。

我们的加斯科尼人这样讲毫无风险,因为他清楚自己往哪儿走。

"我喜爱您的忠诚。"米莱狄说道。

"唉!您在我身上只爱这一点吗?"达达尼安问道。

"我也爱您这个人啊。"她握住他的手,答道。

这种火热的握手,让达达尼安浑身一抖,就好像通过这样接触,米莱狄把心中燃烧的激情传到他身上似的。

"您啊,您爱我!"他高声说道,"嗯!果真如此的话,那就会把人乐疯了。"

于是,他搂住她亲吻,她并不移开自己的嘴唇,只是不报以回吻。

她的嘴唇冰凉,给达达尼安的感觉吻的是一尊雕像。

尽管如此,他受到爱情的激励,还是陶醉在喜悦中,几乎相信了米莱狄的温情,也几乎相信了德·瓦尔德的罪过。假如德·瓦尔德此刻落到他的手下,他就结果他的性命。米莱狄抓住这一机会。

"他名叫……"她终于说道。

"德·瓦尔德,我知道。"达达尼安抢着高声说道。

"您是怎么知道的?"米莱狄抓住他的双手问道,还试图通过他的眼睛洞彻他的心灵。

达达尼安觉出自己忘乎所以,犯了一个过错。

"说呀,说呀,您倒是说呀!"米莱狄追问道,"您是怎么知道的?"

"我是怎么知道的吗?"达达尼安重复道。

"对。"

"我是昨天知道的,当时德·瓦尔德和我同在一个府上的客厅里,他拿出一枚戒指给大家看,说是您送给他的。"

"这个浑蛋!"米莱狄嚷道。

我们完全可以理解,这样一个评语,如何在达达尼安的内心深处震响。

"怎么样?"她继续问道。

"怎么样!我就去找那个浑蛋为您报仇。"达达尼安接口说道,同时摆出亚美尼亚人堂雅弗①的那副神态。

"谢谢,我勇敢的朋友!"米莱狄高声说道,"什么时候为我报仇?"

"明天,即刻,您说什么时候都成。"

米莱狄真要嚷一声:"即刻。"不过转念一想,这样未免操之过急,对达达尼安不大客气。

况且,她还要采取多少预防措施,要为她的复仇者出多少主意,让他避免同伯爵在别人面前争辩起来。达达尼安一句话,就给这一切留出余地了。

"明天,"他说道,"不是您的仇得报,便是我死了。"

"不!"米莱狄说道,"您要替我报仇,但是您死不了。他是个懦夫。"

"同女人打交道也许如此,面对男人则不然。我嘛,多少还是了解的。"

"然而我觉得您上次同他搏斗,对运气并没有什么可抱怨的。"

"运气是个朝三暮四的娼妓,昨天对您好,明天就可能掉头不理您。"

"这话的意思是,现在您还犹豫呢。"

"不是,我并不犹豫,是上帝要我当心。话又说回来,仅仅给我一点点希望,就让我去冒生命危险,难道这算公正吗?"

米莱狄用一个眼色回答,分明表示:"说说看,仅仅如此吗?"

接着,伴随这眼色还有解释性的话。"这样公正极了。"她温情脉

---

① 亚美尼亚人堂雅弗:法国作家斯卡隆(1610-1660)的同名喜剧中的主人公。

脉地说道。

"嗯！您真是个天使！"年轻人说道。

"那么，事情就完全谈定了？"她问道。

"只差我向您提出的要求了，心爱的！"

"如果我对您说，您尽可以信赖我的温情呢？"

"我有今天没明天，等不起啊。"

"别出声，我听到我小叔子的声音，不能让他瞧见您在这里。"

米莱狄摇铃，凯蒂进来。

"您从这扇门出去，"她说着，推开一扇暗门，"十一点钟您再来吧，我们好结束这场谈话，凯蒂会把您带进我的房间。"

可怜的姑娘听了这些话，险些仰面倒下去。

"怎么！小姐，您像一尊雕像，站着一动不动！好了，带骑士出去。今天晚上，十一点钟，您听见了吧！"

"看来，她的幽会总是约在夜晚十一点钟，"达达尼安心中暗道，"这已经成为习惯了。"

他深情地吻了吻米莱狄伸给他的手。

"哎，"他边往外走边想，并不搭理凯蒂的责备，"哎，咱们可不能当个傻瓜呀。毫无疑问，这个女人是个罪大恶极的人，对她可要当心啊！"

第三十七章
米莱狄的秘密

达达尼安出了米莱狄的府邸,并没有照凯蒂的再三恳求立即上楼去她房间,他这样做是有原因的:一是避开这个姑娘的指责、非难和哀求;二是最好探究一下自己的想法,如有可能,也探究一下米莱狄这个女人的想法。

两者关系中最清楚的一点,就是达达尼安爱米莱狄爱得发疯,而米莱狄根本不爱他。达达尼安一时明白,他最好还是回到自己的住所,写一封长信,向米莱狄承认迄今为止,他和德·瓦尔德是同一个人,因而他除非自杀,否则就不能履行杀掉德·瓦尔德的承诺。可是,他本人也受到报复的强烈激励,要以本人的名义占有这个女人。而且,这种报复行为,在他看来还带有几分温情蜜意,他也就实在不愿放弃。

他在王宫广场转了五六圈,每走上十来步就回过头去,望望米莱狄那套房间从百叶窗透出的灯光。显而易见,那位少妇不像上次那样急于回自己的卧房了。

终于,灯光熄灭了。

达达尼安心中最后一点犹豫,也随那灯光一起熄灭了。他又想起昨夜缠绵的情景,心便狂跳起来,脑袋也像一炉旺火。他又返回米莱狄的府邸，冲进了凯蒂的房间。

年轻的姑娘脸色像死人一样惨白，浑身瑟瑟发抖，她真想拦住情人。然而，米莱狄在侧耳细听，她已经听见达达尼安到来的动静，就打开了间隔门。

"过来吧。"她说道。

整个情形，竟如此厚颜无耻，令人难以置信，竟如此肆无忌惮，简直骇人听闻，达达尼安真不敢相信自己的眼睛，也不敢相信自己的耳朵。他恍若做梦一般，身不由己地进入一场神奇的幽会。

然而，尽管如此，他还是抵制不了那种磁石吸铁似的吸引力，朝米莱狄冲了过去。

间隔门在他们身后重又关上。

凯蒂也随即扑向那道门。

嫉妒，怒火中烧，自尊心受了伤害，总之，一个热恋中的女人心中所能产生的激愤情绪，无不推动她去揭露真相。可是，她一旦承认协助这样一个阴谋诡计，自己就完了，尤其还会连累达达尼安。她最后还是丢不下这份爱，又做出这最后的牺牲。

至于达达尼安，他完全如愿以偿了，对方现在似乎爱他本人，而不是把他当作他的那个情敌了。不过，一个隐秘的声音，在内心深处对他说，他仅仅是一件用以复仇的工具，人家在他送死之前将他爱抚一番。然而，骄傲、自尊，以及痴心妄想，将这种声音压下去了，窒息了这种喃喃自语。继而，我们这个加斯科尼小伙子，怀着我们深知的自信，又将自己同德·瓦尔德比较一下，心想归根结底，米莱狄为什么就不能爱上他本人呢。

于是，他什么也不考虑了，完全沉浸到此时此刻的感受中。在他看来，米莱狄不再是那个心怀叵测、一时令他恐惧的女人，而是一个激情似火、完全投入似乎发自内心的欢爱的情妇。将近两个小时，就这样流逝了。

两个情人欢爱一阵之后,终于消停下来。米莱狄和达达尼安不同,心中别有打算,不会忘记的,她首先回到现实,询问年轻人是否事先想好了措施,第二天怎么去找德·瓦尔德算账。

然而,达达尼安早已驰心旁骛,像个傻瓜似的得意忘形,潇洒地回答说,现在时间太晚,就不必去操心什么决斗了。

可是,这是米莱狄唯一操心的事情,她见达达尼安这样不上心,就越发急切地追问起来。

这种决斗根本不可能,达达尼安从来就没有认真考虑过,他想改变话题,可是扭转不了了。

米莱狄以其无人抵御的智慧和铁的意志,事先就画好了圈子。

达达尼安自以为非常聪明,还要劝米莱狄放弃一怒之下所定的计划,宽恕那个德·瓦尔德。

不料,他刚开口讲一两句话,少妇就浑身一抖,猛然走开。

"莫非您害怕了,亲爱的达达尼安?"她问道,声音尖刻而带有几分嘲笑,在黑暗中回响,听来十分奇特。

"您不会这么想吧,亲爱的!"达达尼安回答,"话又说回来,那个可怜的德·瓦尔德伯爵,他的罪过如果不像您认为的那么大呢?"

"不管怎么说,"米莱狄严肃地说道,"他欺骗了我,既然欺骗了我,那他就该死。"

"您让他死,那他就死定了!"达达尼安口气十分坚定地说道,在米莱狄听来,这种忠诚的表白经得起一切考验。

于是,她又立即回到他身边。

这个夜晚,米莱狄觉得过了多长时间,我们说不好。然而,达达尼安还以为在她身边刚待了两小时,灰白色的曙光就从百叶窗叶片缝里透进来,而且很快便充斥整个房间。

第三十七章 米莱狄的秘密

米莱狄见达达尼安要同她分手了,就提醒他给她的许诺,替她向德·瓦尔德报仇。

"我全准备好了,"达达尼安说道,"不过行动之前,我要弄清一件事。"

"什么事?"米莱狄问道。

"就是您爱我吗?"

"我好像已经向您证明了。"

"对,那么我的肉体和灵魂也都属于您了。"

"谢谢,我的勇敢的情人!不过,我向您证明了我的爱情,同样,您也要向我证明您的爱情,对不对?"

"当然了。不过,您真如所说的那样爱我的话,"达达尼安又说道,"您就一点儿也不为我担心吗?"

"我担心什么呢?"

"难说我就不会受重伤,甚至去了性命。"

"不可能,"米莱狄说道,"您英勇无敌,剑术又那么高明。"

"换一种办法,"达达尼安接口说道,"既给您报了仇,又无须决斗,难道您就不乐意吗?"

米莱狄默默地注视她的情夫,晨光熹微,给他明亮的眼睛增添一种奇怪的凄然之色。

"真的,"她说道,"看来,现在您犹豫起来了。"

"不,我并不犹豫,只是从您不再爱德·瓦尔德伯爵之后,我真的替他伤心。觉得一个男人单单失去了您的爱,应当说就已经受到极为残酷的惩罚,无须再施以惩罚了。"

"谁对您说我爱过他?"米莱狄问道。

"至少现在,我不算过分自负地相信,您爱上了另一个人,"年轻人软语温柔地说道,"而且,我要再向您说一遍,我挺关注伯爵的。"

"您?"米莱狄问道。

"对,是我。"

"为什么是您。"

"因为唯独了解……"

"了解什么?"

"他远非您所想的,对您,确切地说曾经对您有那么大罪过。"

"真的!"米莱狄神色不安地说道,"您讲明白点儿,因为,我实在不知道您要说什么。"

她凝视搂着她的达达尼安,那双眼睛仿佛逐渐燃烧起来。

"对,我是个文雅的人,我!"达达尼安说道,也下决心要了结这件事,"自从您的爱给了我,自从我确信拥有了这份爱,应当说我拥有了,对不对?……"

"完全拥有了,说下去。"

"那好!我好像感到心荡神迷,但是有一件事压在心头,要供认出来。"

"供认!"

"对您的爱假如还有怀疑,我也就不会这么做了。但是,您爱我吧,我的美丽的情人?对不对,您爱我吧?"

"毫无疑问。"

"那么,假如我爱过了头,对您犯下了罪过,您肯饶恕我吗?"

"也许吧。"

达达尼安极力带着最甜美的微笑,试着凑过去要吻米莱狄的嘴唇,可是米莱狄却避开了。

"供认,"她说道,脸颊也随之失去血色,"供认什么事?"

"上星期四,您约来德·瓦尔德,就在这间卧房,对不对?"

"我,没有!没有这种事。"米莱狄回答,口气异常坚定,脸上丝毫不动声色,要不是达达尼安有百分之百的把握,他就会动摇了。

"别撒谎了,我美丽的天使,"达达尼安微笑道,"这是徒劳的。"

"究竟怎么回事?您倒是说呀!真要把人给急死了!"

"唉!您就放心吧,您根本没有对不起我的,我也已经原谅您了。"

"说下去,说下去呀!"

"德·瓦尔德也丝毫没有什么可夸耀的。"

"为什么?您亲口对我讲那枚戒指……"

"那枚戒指,我亲爱的,星期四德·瓦尔德伯爵和今天的达达尼安,是同一个人。"

这个冒失鬼,还以为对方会又惊讶又羞愧,发一通小脾气,最后流几滴眼泪了事。然而他大错特错了,这种错误也很快就得到证明。

米莱狄面无血色,神情骇人,她霍地坐起来,照达达尼安胸口猛击一拳,将他推开,随即跳下床。

这时,天色差不多大亮了。

达达尼安想要讨饶,就抓住米莱狄的印度细布浴衣不放,然而她要逃开,拼命一挣,细布浴衣便撕开,露出了丰腴雪白的美丽肩膀。达达尼安惊诧不已,他认出那肩上有一朵百合花,正是刽子手施以辱刑给烙上去的。

"上帝啊!"达达尼安叫了一声,立刻放开手。

他再也说不出话来,一动不动,仿佛冻僵在床上。

然而,米莱狄从达达尼安那副魂飞魄散的神情便感到自己被揭了真相。不用说他全看见了,这个年轻人,现在知道了她的隐私,而这可怕的秘密,除了他还无人知晓。

她又转回身来,那样子不再像一个狂怒的女人,简直就是一只受了伤的豹子。

"噢!混账东西,"她嚷道,"你这么卑劣,背叛了我,还得知我的秘密!你死到临头啦!"

说着,她跑回梳妆台上放着的一只镶化细木小匣,用气得发抖的手打开,取出一把金柄尖细锋利的小匕首,回身扑向身子半裸的达达尼安。

大家知道，这个年轻人很勇敢，尽管如此，他看到那张完全失态的脸、那双怒目圆睁的眼睛、那惨白的面颊和血红的嘴唇，也不禁惊慌失措，就像对面爬过来一条蛇似的，他连连后退，一直退到床铺和墙壁的夹道，汗水湿透的手碰到他的剑，他就拔剑出鞘了。

哪知米莱狄根本不怕他的剑，还想跳上床去刺他，直到她觉出剑尖抵住她的喉咙才肯停止。

可是，她力图用双手抓住那把剑，然而，达达尼安总能避开她的手爪，剑尖忽而指向她的眼睛，忽而指向她的胸口，同时趁势滑下床铺，要从通往凯蒂房间的那道门逃走。

这时，米莱狄发疯一般扑向他，同时发出骇人的咆哮声。

其实，这颇有决斗的意味，达达尼安也就慢慢镇定下来。

"好哇，美丽的夫人，好哇！"他说道，"可是，看在上帝的分上，您要冷静下来，要不然，我就会在您这美丽的脸蛋上画第二朵百合花了。"

"无耻狂徒！无耻狂徒！"米莱狄吼道。

这工夫，达达尼安一边招架，还一直想靠近那扇门。

米莱狄冲向闪避到家具后面的达达尼安，掀翻了家具，弄得噼啪作响，凯蒂闻声便打开了间隔门。达达尼安不停地左闪右避，力图靠近那扇门，待门打开的时候，也就只离三步远了。于是，他一纵身，便从米莱狄的房间冲进使女的房间，又把门关上，动作疾如闪电，随即又用身体抵住，凯蒂则急忙插上门闩。

这时，米莱狄还想撞开挡住她去路的房门，那么大力气，简直不像个女人。接着，她感到不可能把门撞开，就用匕首乱戳，有几下穿透了门板。

每戳一下，她就恶狠狠地骂一句。

"快，快，凯蒂，"达达尼安见插上了门闩，便小声说道，"把我带出府去，如果等她返过神儿来，她就会叫起那些仆人杀掉我。"

"可是，您这样无法出去，"凯蒂说道，"您还光着身子。"

"真的,"达达尼安说道,他这才发觉自己身上穿着什么,"真的,你尽量给我穿上点什么,可是咱们得赶紧,你明白吗,这可是生死关头啊!"

凯蒂再明白不过了,她三下两下,就给他穿上一件印花连衣裙,戴上一顶宽檐儿女帽,再披上一件短斗篷,最后让他赤脚穿上一双拖鞋,拉着他下楼去。真玄啊,米莱狄已经摇铃,将府邸的人全叫起来。看门人刚拉起门闩绳放走人,米莱狄就半光着身子,俯在窗口叫喊:

"别开门!"

第三十八章
阿多斯如何唾手而得装备

达达尼安落荒而逃,米莱狄已无能为力,还是用手势威胁他,直到不见他的踪影了,才晕倒在自己的房间里。

达达尼安惊慌失措,也顾不得凯蒂会怎么样,奔跑着穿过半个巴黎城,到了阿多斯住所的门口才站住。他失魂落魄,又受恐惧的驱赶,身后还有追上来的巡逻军警的吆喝,以及清早出门办事的几个行人的嘲笑,因此,他也就越跑越快。

他穿过庭院,登上两层楼梯,便拼命敲阿多斯的房门。

格里莫睡眼惺忪,刚打开门,就差点儿让猛冲进来的达达尼安撞倒。

这个可怜的小伙子平日不言不语,这回却开口说话了。

"哎呀呀!"他嚷道,"哪儿来的女人,乱跑什么?要干什么,疯婆子?"

达达尼安从短斗篷里伸出两只手,掀起帽子,而那个可怜的家伙一看见他的胡须和出鞘的剑,才发觉眼前是一个男人。

这时,他又以为是个刺客。

"救命啊!来人啊!救命啊!"他嚷了起来。

第三十八章 阿多斯如何唾手而得装备

"住口,混账东西!"年轻人说道,"我是达达尼安,你没认出我来?你的主人在哪儿?"

"是您,达达尼安先生!"格里莫嚷道,"不可能。"

"格里莫,"阿多斯穿着睡衣,从里屋出来,说道,"看来,您居然开口说话了。"

"哎!先生!还不是因为……"

"住口!"

格里莫只好向主人指了指达达尼安。

阿多斯认出是自己的伙伴,他尽管是个不动声色的人,看到这种怪异的扮相,也不禁哈哈大笑。歪戴着女帽,裙摆拖到鞋子上,袖子捋起来,小胡子也因为神情紧张而硬撅撅的。

"不要笑,我的朋友,"达达尼安高声说道,"看在老天的分上,不要笑,因为,以我的灵魂起誓,我告诉您吧,这一点儿也不好笑。"

他讲这话时,神态是那么郑重其事,惶恐的样子是那么真实可信,因此,阿多斯立即抓住他的双手,高声问道:

"您是不是受伤了,我的朋友?您这脸色这么苍白!"

"没受伤,不过,刚才我碰到一件可怕的事情。阿多斯,只有您一个人吗?"

"当然了!这种时刻,您想能有谁在我家里呢?"

"很好,很好。"

于是,达达尼安急忙走进阿多斯的房间。

"喂,您倒是说呀!"阿多斯关上房门,又插上门闩,以免有人打扰,这才说道,"是不是国王死了?是不是您杀了红衣主教先生?瞧您这魂不附体的样子,唉,唉,说呀,真叫我担心死了。"

"阿多斯,"达达尼安说着,脱掉女人的衣裙,身上只剩下衬衣了,"您做好准备,要听一个难以想象、闻所未闻的故事。"

"您先把这件睡衣穿上吧。"火枪手对他的朋友说道。

达达尼安心情还十分紧张,穿睡衣竟然伸错了袖子。

"怎么回事儿?"阿多斯问道。

"是这么回事儿!"达达尼安对着阿多斯的耳朵,压低声音回答,"米莱狄的肩上,打了一朵百合花的烙印。"

"啊!"火枪手叫了一声,就仿佛心口中了一颗子弹。

"唉,"达达尼安说道,"您能肯定,那一位死了吗?"

"那一位?"阿多斯重复道,声音十分低沉,达达尼安勉强听见。

"对,就是有一天,您在亚眠向我提起的那个女人。"

阿多斯呻吟一声,双手捧住垂下去的脑袋。

"而这一位,"达达尼安接着说道,"她是个二十七八岁的女人。"

"一头金发,对不对?"阿多斯问道。

"对。"

"淡蓝色的眼睛,闪着一种奇特的光芒,眼眉和睫毛都是黑色的吧?"

"对。"

"个头儿很高,身材很好吧!左侧犬齿旁边缺一颗牙齿,对不对?"

"对。"

"那朵百合花很小,棕红色,有些模糊了,就仿佛抹了一层脂膏似的。"

"对。"

"然而,您说她是英国人呀!"

"别人叫她米莱狄,不过,她也可能是法国人。不管怎样,德·温特爵士仅仅是他的小叔子。"

"我要见见她,达达尼安!"

"当心啊,阿多斯,当心啊!那个女人,您本想杀掉,她要以牙还牙，准会要您的命。"

"她什么也不敢讲，要讲也会暴露她自己。"

"她什么都能干出来！您从来就没有见过她发怒吧？"

"没有。"阿多斯答道。

"那是一只老虎，是一只豹子！噢！我亲爱的阿多斯！我真害怕，怕是已经给咱们二人招来了可怕的报复！"

于是，达达尼安把事情的原委讲述了一遍，米莱狄发起怒来如何丧失理智，威胁要他的命。

"您说得对，以我的灵魂起誓，我动不了她一根毫发，自己倒会送了命，"阿多斯说道，"幸好后天，咱们就要从巴黎开拔，很有可能开往拉罗舍尔，而一旦启程……"

"一旦她认出您来，阿多斯，她会追踪到世界尽头，还是让她的怒火发泄到我一个人身上吧。"

"哎！我亲爱的！她杀了我又有什么关系！"阿多斯说道，"怎么，难道您以为我就那么拿命当回事儿？"

"所有这一切，背后一定有骇人听闻的秘密！我敢肯定，那个女人是红衣主教的密探。"

"果真如此，那您可得当心。对您去伦敦的那次行动，红衣主教不是高度赞赏，就是极端仇恨。当然，归根结底，他还不能公开指责您什么，可是，仇恨又非得发泄不可，尤其是红衣主教的仇恨，因此，您要当心啊！您想出门，千万不要一个人，您要吃东西，也得防人下毒。总而言之，您对什么都要提防，甚至您的影子。"

"幸好熬到后天傍晚不出麻烦就行，"达达尼安说道，"咱们一到部队里，我希望就只用防备男人了。"

"开拔前这段时间，我就放弃足不出户的计划，"阿多斯说道，"您无论去哪儿我都要跟着。现在您得回掘墓人街一趟，我陪您一道去。"

"这段路再怎么近,我也不能就这样子回去。"达达尼安又说道。

"此话有理。"阿多斯说道。接着,他就拉了拉铃。

格里莫进来了。

阿多斯打手势,示意他去达达尼安住所取些衣服来。

格里莫也用手势回答,表明他完全领会,然后就出门去了。

"哼,又碰到这事儿!我亲爱的朋友,咱们的装备还没有着落呢,"阿多斯说道,"因为,假如我没有弄错的话,您的全套服装全丢在米莱狄家中,她当然不会有那么好心,给您送回来了。幸好,您还有那枚蓝宝石戒指。"

"蓝宝石戒指是您的,我亲爱的阿多斯!您不是对我讲过,这是家传的一枚戒指吗?"

"对,按当初家父对我说的,他是花了两千埃居买的[①]前,是他送给我母亲的结婚礼物的一件首饰。家母又把这枚戒指给了我,而我呢,当时我简直昏了头,不知把它当作神圣的遗物保存,竟然给了那个贱人。"

"既然如此,我亲爱的,这枚戒指您就收回去吧,我明白您一定很珍视它。"

"我,这枚戒指,过了那无耻女人的手,我还收回?绝不可能!这戒指被玷污了,达达尼安。"

"那就卖掉呗。"

"卖掉家母传下来的戒指!不瞒您说,我会把这视为一种亵渎的行为。"

"那就把它抵押出去,您总可以抵押一千埃居,这笔钱办您的事儿绰绰有余,以后您一有了钱,再把东西赎回来,到那时,它既已过了放

[①] 第三十五章中说,戒指是外祖给他母亲,母亲又给了他。前后文不一致。

高利贷者的手，原先的污点也就洗刷净了。"阿多斯脸上露出笑容。

"您真是个好伙伴，我亲爱的达达尼安，"他说道，"您总是这么喜气洋洋，能让可怜的人摆脱苦恼，振奋起精神来。那好吧！就这么办，将这枚戒指抵押出去，不过要有一个条件！"

"什么条件？"

"就是有您五百埃居，有我五百埃居。"

"您怎么想得出来，阿多斯！我是禁军卫队的，置办装备花不了这个数目的四分之一，而且，我卖掉那副鞍辔，钱也就够了。我还需要什么呢？就是要给卜朗舍买一匹马。再说，您忘了我也有一枚戒指。"

"我珍视我这枚戒指，您好像更为珍视您那枚戒指，至少，我认为看出了这一点。"

"是的，因为，到了危难关头，它不仅能使我们摆脱困境，还能让我们免遭巨大的危险。它不仅是一颗宝贵的钻石，还是一件具有法力的护身符。"

"您对我讲的话，我还不理解，但是我相信。话题还是扯回到我的戒指，确切地说，您的戒指，抵押来的钱您拿一半，否则我就把它扔进塞纳河里。我想不会像波利克拉特斯①那样，有哪条鱼好心把戒指给我们送回来。"

"好吧！那我就接受！"达达尼安说道。

这时，格里莫带着卜朗舍回来了。卜朗舍替主人担心，很想了解出了什么事儿，便趁机亲自把衣服送来。

达达尼安穿上衣服，阿多斯也换好衣服，二人准备出门，阿多斯又向格里莫做了个举枪瞄准的姿势，格里莫立刻摘下他的短枪，准备随主人出去。

---

① 波利克拉特斯：古希腊萨摩斯岛土（约公元前 535- 前 522），据传说他曾将镂刻他的印章的一枚戒指扔进海中。后来一名渔夫献给他一条鱼，他发现鱼腹中有他的戒指。

他们一路无事，来到掘墓人街。博纳希厄站在门口，带着一种嘲笑的神态瞧着达达尼安。

"喂，我亲爱的房客！"他说道，"您倒是快点呀，您屋里有一位美丽的姑娘等您呢，您也知道，女人可不喜欢等人啊。"

"是凯蒂！"达达尼安嚷了一句。

他立刻冲进过道。

他果然发现浑身发抖的可怜姑娘，靠着他的房门蜷缩在楼梯平台上。凯蒂一看见他，便说道："您答应过保护我，答应救我逃离她的愤怒。您还记得吧，正是您把我给毁啦！"

"对，当然了，"达达尼安说道，"你就放心吧，凯蒂。对了，我走之后，又出了什么事儿？"

"我怎么知道！"凯蒂回答，"听见她连声呼叫，仆人们都跑来了，她气得发疯，吐出骂人的话，凡是骂人话全用到您的头上。当时我就想，等一会儿她会想起，您是从我的房间进入她的房间的，因而会以为我是您的同谋。于是，我拿了自己仅有的一点儿钱，以及我最宝贵的旧衣裙，赶紧逃了出来。"

"可怜的女孩！可是，叫我怎么安置你呢？后天我就动身了。"

"随您怎么办吧，骑士先生，让我离开巴黎，让我离开法国。"

"我总不能带着你去攻打拉罗舍尔啊。"达达尼安说道。

"那不行。然而，您总可以把我安顿到外省，安顿到您认识的哪位夫人府上，比方说到您的家乡。"

"哎！我亲爱的朋友！在我的家乡，那些贵夫人根本不用使女。嗯，等一等，你的事儿有办法了。卜朗舍，你去把阿拉密斯给我找来，叫他立刻就来，我们有非常重要的事情跟他讲。"

"我明白了，"阿多斯说道，"可是，何不去找波尔托斯呢？我觉得他那位侯爵夫人……"

"波尔托斯的那位侯爵夫人,是由她丈夫的那些文书侍候穿衣裳的,"达达尼安笑道,"再说了,凯蒂也不愿意住在狗熊街,对不对呀,凯蒂?"

"要我住在哪儿都成,"凯蒂回答,"只要把我藏好了,不要让人知道我在哪儿。"

"现在,凯蒂,咱们就要分手了,因此,你就不会再因为我吃醋了……"

"骑士先生,不管您远离我还是在跟前,"凯蒂说道,"我会一直爱您的。"

"见鬼,她这片痴情要往哪儿安置啊?"阿多斯咕哝一句。

"我也一样,"达达尼安说道,"我也一样,我会一直爱你,放心吧。喏,现在听好了,回答我,我特别重视问你的这件事儿。你从来就没有听说过,一天夜晚绑架了一位年轻女子吗?"

"等一等……噢,我的上帝!骑士先生,难道您还爱那个女人啊?"

"不,是我的一位朋友爱她。喏,就是这儿的阿多斯。"

"我!"阿多斯叫起来,他那声调就好像一个人要踩到一条蛇。

"当然了,就是你!"达达尼安说着,使劲握了握阿多斯的手,"你完全清楚,我们大家都很关心那位年轻可怜的博纳希厄太太。况且,凯蒂什么也不会讲出去,对不对呀,凯蒂?要知道,我的小姑娘,"达达尼安接着说道,"你进来时,看见站在门口的那个丑八怪,那就是她的丈夫。"

"噢!我的上帝!"凯蒂叫道,"您这一提,可真叫我害怕,但愿别让他认出我来!"

"什么,认出来!你已经见过那个人啦?"

"他有两次去找米莱狄。"

"这就对了,大约什么时候?"

"大约半个来月,十七八天吧。"

"一点儿不错。"

"昨天晚上他又去了。"

"昨天晚上?"

"对,就在您去的前一会儿。"

"我亲爱的阿多斯,咱们让密探网给包围啦!唉,凯蒂,你认为他认出你来了吗?"

"我看见他时把帽子拉低了,不过,也许太晚了。"

"您下楼去,阿多斯,他对您不像提防我那样,去看看他是不是一直在门口。"

阿多斯下楼去,但是很快又转回来了。

"他走了,"阿多斯说道,"他的家门也上了锁。"

"他去报信了,说是这时候,所有鸽子都在鸽棚里。"

"那好!咱们就飞走吧,"阿多斯说道,"这儿只留卜朗舍,好给咱们通风报信。"

"稍等片刻!还有阿拉密斯呢,咱们派人去找他来了。"

"此话有理,"阿多斯说道,"等一等阿拉密斯吧。"

恰好这时,阿拉密斯进屋了。

大家把事情向他介绍一遍,对他说最急着要解决的事儿,就是在他熟悉的上流人士中,给凯蒂找一户人家当使女。

阿拉密斯略微思考一下,红着脸说道:

"办这件事儿,真的帮您很大忙吗,达达尼安?"

"我会终生感激您的。"

"那好,德·布瓦-特拉的夫人就曾托过我,为她住在外省的一位女友找个人,我想是要个可靠的贴身使女。我亲爱的达达尼安,您能向我担保,这位小姐……"

"哦！先生，"凯蒂高声说道，"您尽管放心好了，对于设法让我离开巴黎的人，我一定会忠心耿耿。"

"既然这样，那就再好不过了。"阿拉密斯说道。

于是，他坐到一张桌子前，写了一封便函，用一枚戒指压了封印，就把信交给凯蒂。

"现在，我的女孩，"达达尼安说道，"你也清楚，无论是你还是我们，再待在这儿都没有好处。因此，咱们就分手吧，等到好日子的时候，咱们再见面吧。"

"今后无论到什么时候，无论在什么地方见面，"凯蒂说道，"您都会发现，我还是像今天这样爱您。"

"赌徒的誓言。"阿多斯见达达尼安送凯蒂下楼去，便说了一句。

过了一会儿，三个年轻人便分手，约定四点钟到阿多斯那里碰头，这个家只留下卜朗舍照看。

阿拉密斯回自己的住所，阿多斯和达达尼安则考虑如何抵押蓝宝石戒指。

不出我们这位加斯科尼人所料，戒指很容易就抵押了三百皮斯托尔。而且，那个犹太人还明确表示，这枚蓝宝石戒指正配他那副漂亮耳坠，他愿意出五百皮斯托尔买下来。

阿多斯和达达尼安以军人的雷厉风行，又以两个行家的眼光，只用了三个小时，就置办齐了火枪手的全部装备。此外，阿多斯是个地地道道的大贵族，性情非常随和，只要觉得东西合心意，连价也不还，要多少钱就照付。达达尼安总想表示一下异议，阿多斯就微笑着拍拍他的肩膀，而达达尼安也随即明白，讨价还价这种行为，对他这个加斯科尼小绅士倒还罢了，但是对一个大有王爷派头的人来说，就不适当了。

火枪手发现一匹安达卢西亚骏马，六岁牙口，毛色如乌玉一般，鼻孔火红，细长的腿十分英挺。他仔细检查，觉得没有缺陷。马贩子开价一千利弗尔。也许可以压压价,达达尼安还在那儿讨价还价呢,阿多斯这边已经数好一百皮斯托尔,放到桌子上了。

还花了三百利弗尔,给格里莫买了一匹矮壮的庇卡底种马。

再给这匹马配了鞍子,又给格里莫买了各种武器,阿多斯的一百五十皮斯托尔,就花得连一个子儿也不剩了。达达尼安请他朋友接受他那份额的一部分,作为借款以后再还给他。然而,阿多斯只是耸耸肩膀。

"那个犹太人要买下蓝宝石戒指,出多少价啦?"阿多斯又问道。

"五百皮斯托尔。"

"这就是说,还能拿到二百皮斯托尔,一百归您,一百我要。这实实在在是一大笔钱,我的朋友,麻烦您往犹太人那儿再跑一趟。"

"怎么,您打算……"

"那枚戒指,肯定还要唤起我太多的伤心往事。再说,咱们永远也不会有三百皮斯托尔去向他赎东西,结果在这次交易中,咱们白白损失两千利弗尔。达达尼安,您去对他说戒指归他,再取回两百皮斯托尔来。"

"您好好考虑考虑,阿多斯。"

"这段时间,现钱很宝贵,该舍的时候就得舍掉。去吧,达达尼安,去吧。格里莫带着短枪陪您一道去。"

半小时之后,达达尼安带回来两千利弗尔,途中没有发生任何意外。阿多斯待在自己的住所,并未指望,钱财就是这样滚滚而来。

第三十九章
幻象

下午四点钟,四位朋友又在阿多斯家中相聚。为装备的事而生的愁容,从他们的脸上一扫而光,每人的表情只存留各自的隐忧了,因为,在眼下皆大欢喜的背后,还隐藏着一种对未来的担忧。

卜朗舍突然来了,给达达尼安送来两封信。

一封短笺,折成精巧的长方形,绿色封印很漂亮,图案是衔着一根绿树枝的鸽子。

另外一封是一个方方正正的大信封,光彩夺目,盖有红衣主教公爵法座骇人的纹章。

看到小巧的信笺,达达尼安的心便怦怦跳起来,他仿佛认出这字迹,尽管从前只见过一次,这字迹已经铭刻在他心上了。

因此,他接过小信笺,急忙拆开,只见信上这样写道:

> 星期三傍晚六点到七点钟,务请到夏月①路去散步,细心察看过往马车里的人。不过,您若是珍爱自己的性命和爱您的人的性

---

① 夏月:巴黎城西郊村庄,后建成夏月宫与左岸的埃菲尔铁塔隔河相望。

命，就不要讲一句话，不要做一个动作，免得让人看出，您认出了为看您一眼而甘冒一切危险的女子。

下面没有签名。

"是个陷阱，"阿多斯说道，"您不要去，达达尼安。"

"然而，我好像认得这个笔迹。"达达尼安回答。

"也可能是模仿的，"阿多斯又说道，"六七点钟那个时间，夏月那条路根本没有行人了，您就像在邦迪森林里散步。"

"假如咱们全部出动呢！"达达尼安说道，"见鬼！他们总不能把四个人全吞掉，而且还有四名跟班呢，还有马匹呢，还有武器呢。"

"再说，也可以乘机展示一下咱们的装备。"

"可是，这信如果是一位女子写的，她又不想让人瞧见，那么达达尼安，想想您会损害她的名誉的，一位贵绅这么做可就不好了。"

"那我们就跟在后面，"波尔托斯说道，"到时候他一个人上前去。"

"是啊，不过也难说，一颗子弹会突然从一辆飞驰的马车里射出来。"

"算了！"达达尼安说道，"射不中我的。咱们会赶上马车，将车上的人全部干掉。这样，总归还灭了几个敌人。"

"此话有理，"波尔托斯说道，"干一仗，咱们的武器也得试一试呀。"

"好哇！咱们就找找这种乐子吧。"阿拉密斯说道，还是那副温和而满不在乎的神态。

"随你们便吧。"阿多斯说道。

"先生们，"达达尼安说道，"现在四点半了，咱们若想六点赶到夏月路，也刚好来得及。"

"再说，咱们若是出发晚了，"波尔托斯则说道，"别人就瞧不见，那就太可惜了。走吧，准备上路，先生们。"

"还有这第二封信呢，"阿多斯说道，"您怎么忘记了，从封印章上看来，我倒觉得这封信很值得拆开一看。若依我看嘛,我亲爱的达达尼安,可以明确告诉您,我关切这封信,远远超过您刚悄悄揣进胸口的那封小笺。"

达达尼安脸红了。

"那好!"年轻人说道,"瞧一瞧,先生们,法座找我干什么。"

达达尼安说着就拆开信,念道:

德·艾萨尔所部禁军卫队达达尼安先生,今晚八点请来红衣主教府等候接见。

卫队长

拉乌迪尼埃尔

"活见鬼!"阿多斯说道,"这个约见比另一个更让人担心。"

"离开头一个约会,我就直接去赴第二个约会,"达达尼安说道,"一个七点钟,另一个八点钟,全部赴约时间够用。"

"哼!我是不会去的,"阿拉密斯说道,"一位风流的骑士,不能不赴一位贵夫人的约会,但是一位谨慎的贵族,总可以借故不去见法座,尤其他还有理由相信去了得不到奖掖。"

"我同意阿拉密斯的看法。"波尔托斯也说道。

"先生们,"达达尼安答道,"法座的这种邀请,德·卡伏瓦先生也曾转交给我一次,当时我没有理会,第二天就遭遇巨大的不幸,孔斯唐丝失踪了。因此,无论会出什么事情,我也得去一趟。"

"既然主意已定,那您就去吧。"阿多斯说道。

"怎么不防备巴士底狱啊?"阿拉密斯说道。

"没关系!你们会把我搭救出去的。"

"那当然,"阿拉密斯和波尔托斯异口同声地说道,那种镇定的口气实在令人赞叹,就好像讲一件极寻常的事情,"我们当然会搭救您出来了。不过，后天咱们就开赴前线了，您最好还是别去冒险进巴士底狱。"

"咱们尽量办得稳妥一些，"阿多斯说道，"今天晚上，咱们就不离开他，分别守住红衣主教府的一扇门，每人身后都带着三名火枪手，如果有一辆马车从府里驶出来，我们看见车门关闭，形迹可疑，就立刻扑上去。好久没有同红衣主教先生的卫士们交手了，德·特雷维尔先生还以为咱们全死光了呢。"

"毫无疑问，阿多斯，"阿拉密斯说道，"您生来就是当将军的料。先生们，你们说这个计划怎么样？"

"好极了！"年轻人齐声回答。

"那好！"波尔托斯又说道，"我赶到队部，通知战友们八点钟待命，约好在红衣主教府前广场集合。在这段时间，你们也都吩咐各自的跟班备好马。"

"可是，我还没有马呢，"达达尼安说道，"不过没关系，我派人去德·特雷维尔先生那里牵一匹来。"

"不必了，"阿拉密斯说道，"您就用我的一匹吧。"

"您有几匹马啊？"达达尼安问道。

"三匹。"阿拉密斯微笑着答道。

"我亲爱的，"阿多斯则说道，"可以十分肯定地说，您是全法兰西和纳瓦尔[①]最讲究坐骑的诗人了。"

"请听我说，我亲爱的阿拉密斯，您有三匹马，恐怕不知道怎么处置了，对不对？我简直不明白，您干吗买三匹马呢？"

"不是买的，第三匹，就是今天早晨，一名没有穿号衣的仆人牵来的，他还不肯说是哪个府上的，只说他奉了主人之命……"

"或者是奉了他女主人之命。"达达尼安插言道。

[①] 纳瓦尔：古时独立王国，位于西班牙北部和法国西南部。1607年，纳瓦尔的一部分并入法国，即法国现在的大西洋沿岸比利牛斯省西部地区。

"这就无关紧要了,"阿拉密斯说着脸就红了……"嗯,他只说奉了他女主人之命,将这匹马牵到我的马厩里,但是不肯讲是谁派来的。"

"也只有诗人,才会碰到这种事。"阿多斯又严肃地说道。

"好哇!既然如此,咱们就尽量做得稳妥一些,"达达尼安说道,"这两匹马您要骑哪一匹,骑您买的那匹,还是人家送给您的那匹?"

"毫无异议,骑人家送给我的那匹。您也理解,达达尼安,我总不能得罪……"

"得罪那个不露身份的赠马人。"达达尼安接口说道。

"或者那个赠马的神秘女人。"阿多斯也说道。

"您先前买的那匹,也就用不着了。"

"差不多吧。"

"是您亲自挑选的吗?"

"而且极其上心地挑选。要知道,骑马者的安危,几乎总取决于他的坐骑。"

"那好!您就按原价让给我吧。"

"我本来是想先给您用,我亲爱的达达尼安,这点小意思,您什么时候还上都可以。"

"您买它花了多少钱?"

"八百利弗尔。"

"给您四十枚皮斯托尔,我亲爱的朋友。"达达尼安说着,从兜里掏出这笔钱,"我知道,别人出版您的诗作就是付现钱的。"

"您手头上钱很多吗?"阿多斯问道。

"很多,太多了,我亲爱的!"

于是,达达尼安把兜里余下的金币弄得哗啦哗啦响。

"把您的马鞍送到火枪队部去,有人就会把您的马连同我们的马一道牵来。"

"很好。不过，马上就五点了，咱们得抓紧呀。"

一刻钟之后，波尔托斯出现在费鲁街口，胯下一匹非常英俊的西班牙种马，跟在后面的木斯克东则骑一匹奥弗涅[①]种马，那马个头儿矮小，但是非常漂亮。波尔托斯那种高兴劲儿、那种得意劲儿，全流露在脸上了。

就在同一时刻，阿拉密斯从街道的另一端出现，胯下一匹英国种骏马，跟在后面的巴赞则骑一匹杂色马，还牵着一匹德国的高头大马，那便是达达尼安的坐骑。

两个火枪手在门口相遇，阿多斯和达达尼安就在窗口望着他们。

"见鬼！"阿拉密斯说道，"您这匹马真出色呀，我亲爱的波尔托斯。"

"对，"波尔托斯回答，"开头本来就是要送给我这一匹，可是那位丈夫搞恶作剧，换了另一匹。后来，做丈夫的受了惩罚，而我的愿望也完全得到满足。"

这工夫，卜朗舍和格里莫也到了，他们牵来各自主人的马。达达尼安和阿多斯下楼去，在他们伙伴身边认镫上马，四人便上路了。阿多斯骑的是妻子的马，阿拉密斯骑的是情妇的马，波尔托斯骑的是讼师爷太太的马，达达尼安骑的则是幸运的马，而幸运才是最好的情妇。

四名仆人紧随其后。

不出波尔托斯所料，这队人马的确英姿勃发，十分招眼。假如此刻，科克纳尔太太正巧在波尔托斯经过的路上，定能看到他骑在那匹西班牙骏马上，是何等威风凛凛，那么她也就不会后悔给她丈夫的钱柜放血了。

四个朋友走到卢浮宫附近，遇见从圣日耳曼返回的德·特雷维尔先生。德·特雷维尔先生叫住他们，赞美了他们的装备。这样一停，便吸引来数百名围观者。

达达尼安又趁此机会，向德·特雷维尔先生谈了那个有大红封印、

[①] 奥弗涅：法国旧地名，位于中央高原的腹地，即现今的康塔尔省、多姆山省和部分上卢瓦尔省。

盖了公爵纹章的信件，至于另外那封信，他当然未透露一点儿口风。

德·特雷维尔先生同意他做出的决定，并且向他保证，如果第二天不见他露面，那么无论把他弄到什么地方，这位队长都能把他找回来。

这时，撒马利亚人水塔上的大钟敲响了六点钟，四位朋友便抱歉说有约会，随即告辞了德·特雷维尔先生。

他们策马奔驰了一阵，便上了夏月的大路。这时天色渐晚，车辆来来往往，达达尼安由拉开几步远的几位朋友保护，窥视每辆马车里的人，但是没有看到一张熟悉的面孔。

过了一刻钟，夜幕完全降临了，终于从塞弗尔大路疾驶来一辆马车，达达尼安立刻有一种预感，那辆马车里肯定坐着写信约会他的那个人，年轻人自己也深感诧异，这颗心忽然狂跳起来。差不多紧接着，一位女子的头从车窗探出来，她用两根手指按在嘴唇上，既像示意噤声，又像送来一个飞吻。达达尼安喜出望外，轻轻地叫了一声。那个女人，确切点儿说，那个显形，因为马车如幻象一般迅疾，一闪而过，那个显形，正是博纳希厄太太。

达达尼安不顾信上的嘱咐，身不由己地催马追去，几个蹿跳就赶上了。然而，车窗的玻璃已经严严实实地关上了，幻象已然消失了。

达达尼安这才想起信上的叮嘱："您若是珍爱自己的性命和爱您的人的性命，那么您就要站在原地不动，就仿佛什么也没有看到。"①

于是他勒马站住，倒不是为他自己，而是为那可怜的女人担心，显而易见，她约他这样见一面，冒了极大的危险。

那辆马车朝巴黎城区方向疾驶而去，很快就不见踪影了。

达达尼安愣愣地待在原地，一时不知作何感想。假如那是博纳希厄太太，假如她返回巴黎，那么为什么安排这瞬间的约会呢？为什么只是这

---

① 这段信文与文章开头部分那封信的内容略有出入。

样匆匆彼此看上一眼？为什么抛来那无望的飞吻呢？从另一方面想，假如不是她，这也很可能，暮色昏沉中很容易看错，假如不是她，那么是不是有人知道他爱这个女人，便利用她做诱饵，又开始跟他玩一手呢？

三个伙伴都凑上来。他们三人都清清楚楚地看到，一位女子从车窗探出头来，而三人中唯独阿多斯认识博纳希厄太太。阿多斯也认为正是她本人，不过，他不像达达尼安那样，眼睛专注那张漂亮的脸蛋，他觉得还看到第二张面孔，是坐在车厢里侧的一个男人的脸。

"果真如此，"达达尼安说道，"那么毫无疑问，他们是在给她转移监狱，可是，究竟要怎样处置这个可怜女子呢？我又如何才能找见她啊？"

"朋友，"阿多斯严肃地说道，"您要记住，只有死了的人，在这人世间才没有可能遇见了。这种事，您同我一样了解，对不对？因此，假如您的情妇没有死，而我们刚才见到的正是她，那么早晚有一天，您会与她重逢的。甚至有可能，我的上帝，"阿多斯以他那特有的愤世嫉俗的语气，又补充道，"甚至有可能，比您希望的还要早。"

七点半的钟声响了，那辆马车比原定的时间迟到二十分钟。几位朋友提醒达达尼安，他还有一次拜访，并且向他指出，他要改变主意还来得及。

然而，达达尼安既性情倔强，好奇心又强。他已经打定主意，要去红衣主教府，听听法座究竟要对他讲些什么。主意已定，什么也休想让他改变。

他们一路行到圣奥诺雷街和红衣主教府前广场，看见那十二名应邀前来的火枪手，正在闲溜达等待他们。到了现场，他们才向这些火枪手说明是什么事情。

在国王的这支光荣的火枪卫队中，达达尼安很有名气，而且人人都知道，他迟早会当上火枪手，因而先就把他当作伙伴了。正因为如此，大家都十分情愿接受这项任务，况且，这次很有可能又戏弄一下红衣主教及其部下，只要是这类行动，这些可敬的贵绅总是摩拳擦掌。

阿多斯把他们分成三组，一组由他指挥，第二组交给阿拉密斯，第三组交给波尔托斯。然后，各组分头埋伏在一道府门的对面。

达达尼安则了无惧色，从正门进去了。

年轻人虽然感到自己有强大的后援，可是一步一步登上那座大楼梯，心里总难免忐忑不安。他那样对付米莱狄，当然同一种背叛行为搭不上边，但是他料想那个女人和红衣主教之间，存在着政治关系。此外，受到他百般欺侮的德·瓦尔德，也是法座的一个忠实部下，而且达达尼安也知道，法座对敌人特别狠，对朋友们则十分关怀。

"德·瓦尔德如果把我们之间发生的事，全部告诉了红衣主教，这一点是无可怀疑的，而他又认出是我，这一点也很有可能，那么，我就应该把自己看成一个差不多定了罪的人。"达达尼安摇着头，自言自语，"可是，他为什么要一直等到今天呢？其实也很简单，米莱狄很可能又告了我的状，她装出来的痛苦特别能打动人，而最后这桩罪行，也就让他忍无可忍了。"

"幸而，"他又补充道，"我的那些好朋友就在下面，他们要保护我，不会听任别人把我带走的。然而，德·特雷维尔先生的火枪卫队，单靠自己的力量，不可能向掌管法国全部武装力量的红衣主教开战。在红衣主教面前，王后毫无权力，国王也缺乏意志。达达尼安呀，我的朋友，你很勇敢，你有一些出色的品质，不过，你要断送在女人的手里啊！"

他走进前厅，也正好得出这样可悲的结论。他将邀请信交给值勤的执达吏，而执达吏把他引进候见厅，便独自朝里面的宫室走去。

候见厅里布置了五六名红衣主教的卫士，他们认出了达达尼安，知道正是他刺伤了朱萨克，于是都面带古怪的微笑看着他。

达达尼安觉得，这种微笑不是个好兆头，只不过，我们这位加斯科尼人不会轻易让人吓倒，更为确切地说，他那地方的人天生自尊心就特别强，心生类似恐惧的情绪时，绝不会轻易流露出来，因此，他面对那些卫士先生们，故意趾高气扬，手叉在后腰上，摆出一副不乏庄严的姿态。

执达吏回来了，示意达达尼安跟随他。达达尼安似乎感到，那些卫士目送他走开时，相互窃窃私语。

他穿过一条走廊，又过了一间大厅，最后进入一间书房，只见对面书案后边坐着一个写字的人。

执达吏带他进来之后，一言未发便退下了。达达尼安站在原地，打量对面那个人。

达达尼安首先以为，他面对的是一个在审阅案卷的法官，但是，他看见那人伏案写字，确切地说是在修改长短不一的句子，同时还用手指击节，看来他面对的是一位诗人。过了片刻，那诗人合上手稿——手稿的封面上写着：《米拉姆》（五幕悲剧）——这才抬起头来。

达达尼安认出那人就是红衣主教。

第四十章
一个可怕的幻象

红衣主教臂肘撑在手稿上，手托着面颊，注视了一会儿年轻人。哪个人的眼睛，也不会比红衣主教德·黎世留的目光更具洞察力。达达尼安感到那目光好似一股热流，冲击他全身的脉管。

然而，他还是镇定自若，手里拿着呢帽，不卑不亢，等待法座垂问。

"先生，"红衣主教对他说道，"您是不是贝亚恩地区达达尼安家族的人？"

"是的，大人。"年轻人回答。

"在塔尔布和塔尔布那一带，达达尼安家族有好几支，"红衣主教说道，"您属于哪一支？"

"家父曾经跟随伟大的国王亨利，当今陛下的先王，参加了历次宗教战争。"

"这就对了。大约七八个月之前，正是您离开家乡，到京城来谋求发展吧？"

"是的，大人。"

"您途经默恩，在那里还出了点事儿，是什么情况我记不大清了，反正出了点事儿。"

"大人,"达达尼安说道,"情况是这样……"

"不必了,不必讲了,"红衣主教微笑道,表明他与要讲给他听的人同样了解这件事,"您是让人推荐给德·特雷维尔先生的,对不对?"

"对,大人,不过,正是在默恩碰到那个倒霉事时……"

"那封推荐信失落了,"法座接口说道,"不错,这情况我了解。德·特雷维尔先生还真善于相面,一眼就能分辨人,因此,他把您安置在他妹夫德·艾萨尔先生所部的卫队,并且给您希望,迟早有一天能进火枪卫队。"

"大人了解的情况十分准确。"达达尼安说道。

"从那以后,您又碰到了许多情况。有一天,您最好应当去别的地方,却偏偏去了查尔特勒修道院散步。接着,您和几位朋友又去福尔日温泉旅行,您的几位朋友中途滞留了,而您呢,还继续赶路。这很自然,您要去英国办差使。"

"大人,"达达尼安不胜惊愕,说道,"我是去……"

"去打猎,到温莎,或者别的什么地方,这同任何人都不相干。这件事我了解,这是我的职责,一切都要了如指掌。您回国之后,又受到一位极为尊贵的人物接见,我十分高兴地看到,您还保留着她送给您的纪念物。"

达达尼安伸手摸摸王后赠给他的那枚钻石戒指,迅速将钻石转向里侧,然而太迟了。

"那之后的第二天,您曾接待过德·卡伏瓦的拜访,"红衣主教接着说道,"他是去请您来我这府里一趟。可是,您没有回访他,而您这事儿就做错了。"

"大人,当时我害怕受到法座的惩戒。"

"哦!为什么呢,先生?就为了您完成上司交给的任务,表现得比别人更聪明更大胆吗?您应当得到赞扬的时候,怎么会受到我的惩戒呢?我要惩罚的,是那些不服从命令的人,而不是像您这样执行命令……表现突出的人……要证据吗?您回想一下,我派人去叫您来见我的那一天吧,搜索一下您的记忆,当天晚上发生了什么事。"

正是那天晚上,博纳希厄太太遭到绑架。达达尼安打了一个寒战,他当即又想起半小时前,那可怜女人从他面前过去的情景。自不待言,还是从前劫持她的那股权势把她带走了。

"后来呢,"红衣主教继续说道,"有一段时间,我没有听人提起您了,就想了解一下您在干什么。况且,您还没有向我表示感谢呢,您自己也应当注意到,在这一系列事件中,您一直得到很大姑息。"

达达尼安恭恭敬敬地鞠了一躬。

"这种情况,"红衣主教继续说道,"不仅是出于天生的公正心理,而且还基于我为您制订的一项计划。"

达达尼安越来越感到惊诧了。

"本来,在您接到我第一次邀请的那天,我就打算向您谈这项计划,可是您没有前来,这种延误,幸好还没有造成什么损失,今天,您就要听到这项计划了。您在我面前坐下吧,达达尼安先生,您是一位体面的贵族,不应当站着听我讲话。"

红衣主教指了指一把椅子,示意年轻人坐下。可是,达达尼安对眼前发生的事情万分惊诧,要等对方打了第二个手势才坐下。

"您这个人很勇敢,达达尼安先生,"法座接着说道,"您这个人也很谨慎,这一点更有价值。我喜爱有头脑又有胆量的人,您听我说有胆量的人不要害怕,"他微笑道,"我是指勇敢的人。不过,您尽管年纪轻轻,又刚刚进入社会,却已经有了一些势力强大的敌人,假如您不当心,他们就要把您毁掉!"

"唉!大人啊,"年轻人答道,"那对他们当然易如反掌,因为他们很强大,又有很硬的后台,而我却单枪匹马!"

"对,是这样,可是,您尽管单枪匹马,还是做了许多事情,我毫不怀疑,您还会做得更多。不过,依我看,您在闯荡的生涯中,需要有人引导,因为，如果我没有弄错的话，您来到巴黎，是雄心勃勃，想要飞黄腾达。"

"在我这种年龄，人难免要痴心妄想，大人。"达达尼安说道。

"只有傻瓜，才算痴心妄想，而您呢，是个有头脑的人。喏，到我的卫队里当个掌旗官，等打完仗，再当队长，您意下如何？"

"噢，大人！"

"您接受了，对不对？"

"大人……"达达尼安又说道，样子十分为难。

"怎么，您拒绝？"红衣主教诧异地高声说道。

"我是在陛下的卫队里效力，大人，我毫无理由不满意这份差事。"

"可是在我看来，"法座说道，"我的卫队，也是国王陛下的禁军卫队，而且，只要在法兰西的一支部队里，就是在为国王效力。"

"法座大人没有理解我的话。"

"您是要等一个机会，对不对？我理解。好吧！这种机会，您有了。提升，开战，我向您提供的机会，对所有人都适用，就您而言，您还需要可靠的保护。对了，达达尼安先生最好还是把情况告诉您吧，我收到一些对您严重的指控，您白天和夜晚并没有把全部时间都用来为国王效力啊。"

达达尼安不由得脸红了。

"再说，"红衣主教接着说道，同时将一只手放到一叠纸上，"我这儿有您的档案材料，可是，在审阅之前，我还是愿意同您谈一谈。您是个果断的人，而您的效劳，如果引导得好，非但不会触霉头，还要给您带来很多好处。好啦，考虑考虑吧，您要当机立断。"

"承蒙厚意，实在令我汗颜，大人，"达达尼安答道，"我看法座心灵无比高尚，相比之下，我就渺小得像一条蚯蚓，既然大人恕我冒昧，那我就以实相告……"

达达尼安停住话茬儿。

"对，讲吧。"

"那好！我要告诉大人，我的所有朋友，都在火枪卫队和禁军卫队中，而我的所有敌人，由不可思议的命数的安排，全都是法座的部下，因此，我若是接受大人的委任，既要遭受这边的白眼，又会受到那边的鄙视。"

"难道您的心气儿太高，认为我提供给您的，还够不上您的身价吗，先生？"红衣主教说道，同时鄙夷地微微一笑。

"法座大人对我过分厚爱，我反倒觉得受之有愧。拉罗舍尔的围城战役即将开始，大人，我要在法座的注视之下为国效力。在这场围城战役中，假如我有幸表现英勇，能引起大人的关注，那就好啦！事后，我总归有些战功，也好表明法座抬爱保护我自有道理。什么事情都要正当其时，大人。也许过些时候，我就有权献身了，而现在我好像出卖自己。"

"这就是说，您拒绝为我效力，先生，"红衣主教说道，他那恼怒的语气中，还透出一种敬意，"那您就保持自由吧，保留您那些恩恩怨怨。"

"大人……"

"好了，好了，"红衣主教说道，"我并不怪罪您。不过，您也应当明白，只能保护和奖赏朋友，而对敌人，就什么也不欠了，但是我还是要给您一个忠告，您就多多珍重吧，达达尼安先生，因为，我一旦撒手不管您了，就不会再花一文钱去救您的命了。"

"我一定尽力而为，大人。"加斯科尼人答道，脸上一副凛然正气。

"以后什么时候，您如果遭遇不幸，"黎世留加重语气说道，"您就要想一想，我可是曾经找过您，尽了我所能，以免您遭遇这种不幸。"

"不管发生什么事情，"达达尼安把手放在胸前，鞠了一躬说道，"法座此刻为我所做的，我将终生感激。"

"好哇！正如您刚才讲的，达达尼安先生，这次战事之后，我们还会见面。我将注视您的表现，因为，我也要去那里，"红衣主教说着，给达达尼安指了指他将披挂的一副漂亮的盔甲，"好哇，等打完仗回来吧！到那时我们再算账！"

"噢！大人，"达达尼安高声说道，"请您消除我因失去您的恩宠而产生的思想负担。如果您认为我的行为还像个正人君子，大人，那么就请您保持中立吧。"

"年轻人，"黎世留说道，"今天我对您说过的话，如果还有机会再讲一遍，那么我答应您，我还会原话讲给您听的。"

黎世留最后这一句，表明了一种巨大的疑虑，这比一种威胁还要令达达尼安惊愕，因为，这是一个警告。看来，红衣主教正设法使他免遭威胁他的某种不幸。他正要开口回答，可是红衣主教高傲地挥了挥手，打发他走了。

达达尼安往外走，可是到了门口，他几乎丧失了勇气，差一点儿掉头回去。然而，阿多斯那张庄严肃穆的面孔出现在他眼前，假如他跟红衣主教订了向他提议的契约，那么阿多斯就再也不会把手伸给他，阿多斯就会不认他了。

正是这种担心把他拉住，一个真正伟大的性格，对周围的人产生了多么巨大的影响。

达达尼安还是沿着原来的楼梯下来，走出大门口，便看到阿多斯和那四名火枪手，他们等他回来，已经开始担心了。达达尼安一句话就让他们放下心来，卜朗舍马上跑去通知其他守候的人撤岗，说是他的主人安然无恙，已经从红衣主教府出来了。

他们回到阿多斯的住所，阿拉密斯和波尔托斯就问起来，这次奇怪的约见所为何故。可是，达达尼安仅仅告诉他们，德·黎世留先生叫他去，是为了让他进红衣主教的卫队当掌旗官，被他拒绝了。

"您做得对！"波尔托斯和阿拉密斯异口同声地嚷道。

阿多斯却陷入沉思，没有应声。等到只有他和达达尼安时，他才说道：

"您做了您应该做的事，达达尼安，不过，也许您做错了。"

达达尼安叹了一口气，因为，这个声音正好应和他的隐秘的心声。心声对他说，等待他的是巨大的不幸。

次日整个白天，就用来打点行装。达达尼安前去向德·特雷维尔先生辞行。到这时候，大家还是认为，禁军卫队和火枪卫队只是暂时分开，当天国王还主持御前会议，要到明天才御驾亲征。因此，德·特雷维尔先生也仅仅问了问达达尼安，是否还需要他帮什么忙。达达尼安则踌躇满志地回答，他应有尽有了。

夜晚，德·艾萨尔先生所部的禁军卫士，同德·特雷维尔先生所部的火枪手欢聚一堂，共叙友情。他们分手，只要上帝保佑，随时都可以相聚。可以想见，这一夜晚闹翻了天，因为碰到这种情况，只有把一切置之度外，极度的忧虑才能战而胜之。

次日，一听见军号声，朋友们便分手了。火枪手跑向德·特雷维尔先生的府邸，而禁军卫士则跑向德·艾萨尔先生的府邸。两位队长率领各自的部下前往卢浮宫，等待国王检阅。

国王神情忧郁，仿佛身体欠安，他那飞扬的神采也就减少了几分。实际上，国王昨天主持御前会议中间，就突然发了烧。然而，他丝毫不改当天夜晚就启程的决定，而且不顾劝阻，他还是要检阅部队，希望一看到雄壮的气势，就能一扫开始侵扰他的病症。

检阅完了，只有禁军各部开拔，火枪卫队留下来，奉命护驾启程。这样，波尔托斯就有了时间，去狗熊街兜一圈儿，显示他那华丽的装备。

讼师爷太太望见他身穿崭新的军装，胯下雄壮的战马，从街道经过，她实在太爱波尔托斯了，不能就这样让他走了，于是招呼他下马，到她身边来一下。波尔托斯真是棒极了，他的马刺啪啪作响，盔甲闪闪发亮，那把长剑神气地拍打着他的小腿。这一次，那些文书都笑不出来了，波尔托斯那样子，活像来割他们耳朵的人。

这名火枪手被带到科克纳尔先生跟前。科克纳尔先生看见表弟整个人焕然一新，他那灰色小眼睛立时闪现愤怒的光芒。不过，他内心稍感安慰的是，外面盛传这场战争一定很残酷，他打心眼儿里希望波尔托斯死在战场上。

波尔托斯问候科克纳尔先生，并向他辞别。科克纳尔先生则祝愿他荣立战功。至于科克纳尔太太，她那眼泪止不住流下来，不过，她这样悲痛惜别，也不会授人诟病的把柄，谁都了解她特别重亲情，为了亲戚总是同丈夫发生激烈的争吵。

然而，到了科克纳尔太太的房间，才是真正的告别，那情景简直令人心碎。

讼师爷太太从窗口探出身子，目送她的情夫，只要还望得见就挥动手帕，真让人以为她要冲出去。波尔托斯显然习惯了这类场面，大大咧咧地接受所有这些惜别的表示，到了街口要拐弯时，他才摘下呢帽，挥了挥就算告别了。

阿拉密斯也没有闲着，他写了一封长信。写给谁的呢？谁也不知道。凯蒂等在隔壁房间，当天晚上，她就要动身去图尔了。

阿多斯则慢慢独酌，喝下他的最后一瓶西班牙葡萄酒。

在这段时间，达达尼安跟着队伍在行进。

部队行进到圣安托万城郊大街，达达尼安回头愉快地望一望巴士底狱，当然，他仅仅望见了巴士底狱，却根本没有瞧见米莱狄。她骑在一匹浅栗色的马上，指着达达尼安让两个凶汉看。那两个人立即靠近队伍辨认，然后又用目光询问米莱狄，米莱狄则打个手势表示确认。继而，她深信别人在执行她的命令中，再也不可能出差错了，她便策马扬长而去。

那两个汉子跟在部队的后面，到了圣安托万城关，从一名未穿号衣的仆人手中接过两匹备好鞍的马，骑上马飞驰而去。

第四十一章
拉罗舍尔围城战

拉罗舍尔围城战,是路易十三在位时期一个最重大的政治事件,也是红衣主教一次最重大的军事行动。因此,我们稍微谈论几句,不仅令人感兴趣,甚至还是必要的,何况这场围城战的好些细节,对我们所讲述的故事至关重要,更不能省略过去。

红衣主教经营这场围城战,怀有十分重大的政治目的,我们首先阐明一下,然后再来谈谈他的私人目的,这对红衣主教的影响,也许并不亚于那些政治目的。

亨利四世让给胡格诺教派作为阵地的那些重要城市,至此仅仅剩下拉罗舍尔了。必须摧毁加尔文主义的最后这座堡垒,因为拉罗舍尔成了祸根,不断地滋生内乱和外战。

心怀不满的西班牙人、英国人、意大利人,各国的冒险家、不同教派想发迹的士兵,他们一听到召唤,便聚到新教徒的旗帜之下,组织起来,成为一个庞大的联盟,枝权繁衍,延伸到欧洲各地方。

加尔文教派的势力,在其他城市既已覆灭,拉罗舍尔也就凸显一种新的重要性,成为孕育纷争和野心的温床。而且,在法兰西王国中,英国人可以自由出入的门户,最后只剩下拉罗舍尔港了。如果此港对英国,我国的宿敌一封闭,那么贞德和德·吉兹公爵的未竟之业,便在红衣主教手中完成了①。

巴松皮埃尔既是新教徒,又信奉天主教,在信念上他是新教徒,作为圣灵骑士团的骑士,又是天主教徒,他生为德国人,心理情感上却是法国人。总之,在拉罗舍尔围城战中,他担负了一种特殊的指挥,他率领一些同他一样信奉新教的贵族,开始冲锋时说道:

"你们就等着瞧吧,先生们,我们去攻打拉罗舍尔城,其实相当愚蠢了!"

巴松皮埃尔这话讲得有道理,炮击雷岛向他预示龙骑兵在塞文山区对新教徒的迫害,夺取拉罗舍尔城,只是废除《南特敕令》②的序幕。

这位具有平均主义和简化倾向的首相所抱的意图,如今已属于历史范畴了。但是,正如我们所说的,历史学家不得不承认,除了这些意图,还有一些小目标,即单恋男人兼嫉妒的情敌所确定的目标。

尽人皆知,黎世留爱过王后。在他的心中,这种爱究竟纯粹是一种政治图谋,还是一种自然而生的深情,如同奥地利安娜激发她周围男子产生的那种情感,我们实在难以断言。然而,不管怎么说,大家从这个故事前段的情节发展中,看到了白金汉公爵占了上风,在两三件事情上,尤其在钻石别针的事件上,多亏三名火枪手的忠诚和达达尼安的勇敢,红衣主教被愚弄得很惨。

因此,黎世留的意图,不仅要让法国摆脱掉一个敌人,而且他本人也要报复一个情敌。还有,这种报复必须大张旗鼓,从各方面都配得

---

① 英法百年战争(1337-1453)是由法国王位的继承问题引起,基本上是在法国本土进行。法国伐卢瓦王朝自菲利浦六世(1328年至1350年在位)起,力图完成统一大业,而英王爱德华三世(前法王菲利浦四世的外孙)想收复在法国的失地。故而有后来的圣女贞德抗英军之举,又有弗朗索·德·吉兹公爵收复加来港(1558),最终将英国势力逐出法国。

② 《南特敕令》:1598年,法国国王亨利四世在南特城颁布这项法令,以便结束胡格诺派和天主教派的内战,规定天主教为国教,秘密条款规定胡格诺派保留设防城堡,拉罗舍尔即其中之一。天主教派屡次破坏这项法令,1685年,路易十四废除了名存实亡的《南特敕令》。

上他这样一个人，手中掌握的决斗之剑，是整个王国的兵力。

黎世留深知，打击英国，就是打击白金汉，战胜英国，就是战胜白金汉，总而言之，在全欧洲人的眼中灭了英国的威风，就等于在王后的眼里灭了白金汉的志气。

同样，白金汉维护英国的荣誉，也受个人利益的驱使，这一点同红衣主教毫无二致。白金汉也一样，一直想要报私仇，他以任何借口，都未能以使臣的身份进入法国，他就要以征服者的身份莅临这个国家。

由此可见，两个情敌随便拿两个最强大的王国进行豪赌，而真正的赌注，仅仅是奥地利安娜的一瞥。

起初，优势在白金汉一边，他率领九十艘战舰和将近两万名将士，出人意料地进袭雷岛，打个为国王守岛的德·图瓦拉克伯爵措手不及，经过一场血战，他挥军登上该岛。

顺便交代一句，守岛血战中，德·尚塔尔男爵阵亡了，他的遗孤是一个一岁半的女孩。

那孤女就是后来的德·塞维涅夫人①。

德·图瓦拉克伯爵带领驻军退守圣马尔丹堡垒，只投入一百来人死守一个叫拉普雷的小要塞。

这一战事加速了红衣主教的决策。拉罗舍尔围城战略已决，国王和他亲临指挥之前，红衣主教请亲王先行一步，指挥初步的军事行动，并且调动各路人马开往战场。

我们的朋友达达尼安就编进这支先遣部队里。

而国王呢，正如我们所讲，一俟御前会议结束，就要马上启程。不料，六月二十三日开完御前会议，他就感到发烧了，尽管如此，他还是执意拔营起驾，可是途中病情加重，他不得不在维尔鲁瓦停下。

---

① 德·塞维涅夫人（1626-1696）：法国散文作家，著有《书简集》流传于世。

自不待言，王驾在何地驻跸，火枪卫队也就停留在哪里。这样一来，达达尼安这个禁军的普通卫士，同他的好友阿多斯、波尔托斯和阿拉密斯，只好暂时分开了。对达达尼安来说，这种分离不过是一件无可奈何之事，然而他如能猜测到自己身陷何等暗藏的杀机，那也就肯定变成一种严重的忧虑了。

约莫一六二七年九月十日，达达尼安倒也没有发生什么意外，抵达设在拉罗舍尔城下的营地。

战事仍处僵持状态，白金汉公爵和英军占领了雷岛，继续围困圣马尔丹堡垒和拉普雷要塞，一时也难以攻下。但是两三天来，同拉罗舍尔城也开始剑拔弩张，只因德·昂古莱姆公爵在城下建筑了工事。

德·艾萨尔先生所部的禁军卫队，就驻扎在米尼姆。

不过，我们也知道，达达尼安雄心勃勃，一门心思要加入火枪卫队，同现在卫队的弟兄们就不大深交，因而他总是独来独往，遇事自己思考。

思考的结果并不乐观，他到达巴黎两年来，参与了不少公事，而他的私事，如爱情与前程，都还没有什么进展。

在爱情上，唯一能称为他爱过的女人，就是博纳希厄太太，而博纳希厄太太却失踪了，至今他也未能发现她的下落。

在前程上，他这样一个势单力薄的人，却与红衣主教那样的人为敌，须知红衣主教，可是自国王算起，王国中最有权势者见了他也无不发抖的人。

此人可以把他碾得粉身碎骨，但是没有对他下手。达达尼安也是个善于洞察事物的聪明人，认为这种宽容就是一线光明，他从中看到了自己可喜的前程。

此外，他还树了一个敌人，他想这个敌人不是那么可怕，但是也本能地感到不可小视，这个敌人就是米莱狄。

他的这些所作所为得到的回报，就是王后的保护与恩惠，然而，王后的恩惠，在眼下反倒给他招来更多的迫害。至于王后的保护，众所周知，保护得更是糟糕得很，夏莱与博纳希厄太太便是很好的例证。

他从这一系列事件中，得到的更为明显的实惠，就是他戴在手上的这枚价值五六千利弗尔的钻石戒指。不过，他在实施自己雄心勃勃的计划中，假如想保存它，将来好作为感激的一个信物出示给王后，那么就不能出手，它在那之前对他所具有的价值，也就不见得超过他脚下踩的石子儿了。

我们说到达达尼安脚下踩的石子儿，因为他这样独自想心事，正一个人走在由军营通向昂古坦村美丽的小路上，因想心事不觉走得很远，而此时太阳西沉，在最后的夕照中，他仿佛看见一道篱笆背面一支枪筒闪闪发亮。

达达尼安目光敏锐，脑子转得快，他当即明白，火枪不会自己跑到那儿去，持枪躲在篱笆后面的人，也不会心怀善意。于是，他决定溜之大吉，不料在路的另一侧的一块岩石后边，他又瞧见第二支火枪的枪口。

显而易见，这是一次伏击。

年轻人又望一眼第一支火枪，颇为担心地见那枪筒慢慢压低，瞄准他后随即稳住不动了，他立刻卧倒。与此同时，一声枪响，他听见子弹从他脑袋上方呼啸飞过。

事不宜迟，达达尼安纵身跃起，就在这同时，另一支火枪也打响了，子弹打飞了他刚才扑倒在地的石子儿。

达达尼安绝非徒逞匹夫之勇的人，为了让人赞美一句一步也不退却，就白白送死。况且，此刻也无所谓勇敢，达达尼安是中了埋伏。

"假如再有第三枪，"他心中暗道，"我就一命呜呼了！"

于是，他撒腿就跑，朝营地逃去，速度飞快，显示他那地方的人善跑名不虚传。然而，他跑得再快，放第一枪那人还是有时间上子弹，又朝他开了一枪，而且瞄得很准，子弹穿透呢帽，打飞出去十来步远。

达达尼安只有这一顶帽子，无奈又跑着拾了起来，他面无血色，气喘吁吁地跑回驻地，坐下歇息，对谁也没有讲，开始思索起来。

这个事件，只可能有三种起因。

第一种最合乎情理了。拉罗舍尔那边的人可能打伏击，他们乐得干掉一名禁军卫士，首先打死一个少一个敌人，其次这个敌人兜里可能有装得满满的钱袋。

达达尼安拿起呢帽察看弹洞，随即摇了摇头。这弹洞不是现今的火枪打的，而是老式火枪的子弹，而且枪打得那么准，也使他想到用的是一件特殊的武器。子弹的型号不对，显然不是一次军事的埋伏。

第二种就是红衣主教难以忘怀。现在想来，他借助夕阳那抹幸运的余晖，发现那支枪筒时，心里还正诧异红衣主教对他何以那么宽容。

但是，达达尼安还是摇了摇头。法座很少采用这种办法，对付那些伸手便可抓到的人。

第三种，可能是米莱狄的报复行为。

这种可能性更大。

他怎么也回想不起来那两名刺客的相貌和服装了，当时他避之唯恐不及，哪里还有工夫注意看他们。

"噢！我的几位可怜的朋友啊！"达达尼安喃喃自语，"你们在哪里呀？现在我多么需要你们啊！"

达达尼安一夜没有睡安稳，他惊醒了三四次，总以为有人到床前来行刺。最后天亮了，这一夜倒也没有发生什么意外。

不过，达达尼安完全意识到，事情推延了，不会自消自灭。

达达尼安在营房里待了一整天了，推说天气不好，找借口自我安慰。

第三天上午九点钟，敲响了集合的鼓声。奥尔良公爵前来视察营盘哨所。卫士们都跑去持枪列队，达达尼安也排进弟兄们的队列里。

王爷在队伍前面走过，然后，所有高级军官都上前趋奉，禁军卫队长德·艾萨尔先生也不甘落后。

过了一会儿,达达尼安似乎看出德·艾萨尔先生示意要他过去。但是,他怕看错了,等他的上司重新打手势再说。果然,上司又招了招手,他这才出列,上前去听候命令。

"王爷需要几名志愿人员,去完成一项危险的任务。不过,完成任务者非常光荣,因此,我示意要您过来,以便做好准备。"

"谢谢,队长!"达达尼安答道,这机会他求之不得,要在统领的面前显显身手。

事情原来是这样,拉罗舍尔守军昨夜出城袭击,又夺回王国军队两天前攻占的一座棱堡。现在要士兵冒着生命危险深入侦察,以便了解那座棱堡的守军情况。

片刻之后,老王爷果然提高声音说道:

"我需要三四个自告奋勇的人,由一个可靠的人带领,去完成这项任务。"

"说到可靠的人,我手下便有,大人。"德·艾萨尔先生指了指达达尼安,说道,"至于四五个自告奋勇的人,大人只要讲明意图,人是不缺的。"

"四个自告奋勇的人,同我一道去送命!"达达尼安举起剑,朗声说道。

同队的两名弟兄立即冲上前,另外两名士兵也加入队列,所需要的人数够了。其他慢一步的所有志愿者,达达尼安只好拒绝了,他不能亏待最先站出来的人。

拉罗舍尔守军夺回那座棱堡之后,究竟是撤走了呢,还是留军驻守,情况不得而知,必须接近去探明。

达达尼安同四个伙伴出发了,他们沿着一条壕沟走去,两名卫士与他并肩而行,那两名士兵跟在后面。

他们利用壕沟坡堤作掩护,一直摸到距棱堡一百来步远的地方。这时,达达尼安回头瞧瞧,那两个士兵却不见了。

他以为他们害怕了,故意拖在后边,于是他还继续前进。

到了壕沟坡堤的拐弯处，他们离棱堡差不多只有六十步远了。

不见一个人影，棱堡似乎被放弃了。

三名敢死队员讨论一下，要不要再往前探一探，突然，巨大的棱堡飘起一圈烟雾，接着，十二三颗子弹呼啸着，从达达尼安和他的两个伙伴周围飞过去。

他们知道了想要了解的情况，棱堡有人把守。此地危险，再待下去既不谨慎，又徒劳无益。达达尼安和两名卫士转身开始撤退，那样子就像溃逃。

到了壕沟的拐角，就有了掩体，可是一名卫士倒下了，一颗子弹打穿他的胸膛。另一个安然无恙，继续往营地飞跑。

达达尼安不愿意就这样丢下同伴，于是俯下身去要扶起他，帮他回到自己的阵地。不料这时候，两枪齐发，一颗子弹打烂已经受伤的卫士的脑袋，另一颗只差两寸，贴着达达尼安身子飞过去，击在石头上。

年轻人猛然回头望去，因为有壕沟拐角坡堤遮护，这次袭击不可能来自棱堡。这时，他忽然想起那两名没有跟上来的士兵，又联想到两天前就要干掉他的刺客，这次他决心弄个水落石出，便倒在同伴的身上装死。

他很快就瞧见两个脑袋，从三十步远的一个废弃的工事上面探出来，正是我们讲的那两名士兵的脑袋。达达尼安没有判断错，那两个人跟随他前来，只是为了干掉他，并且希望把年轻人的死算到敌人的账上。

不过，年轻人也许仅仅受了伤，事后会揭露他们的罪恶，于是他们走过来，要彻底结果他的性命。幸好他们被达达尼安的诡计给蒙蔽了，大意起来，没有再往枪里上子弹。

达达尼安刚才扑倒时，特意没有丢开手中的剑，等到那二人走近，相距十步远了，他就突然跃起，一纵身冲到他们面前。

两个杀手明白，他们不把此人杀掉，就是逃回营地去，那无疑也会被他告发，因此，他们第一个念头就是投敌。其中一人抓着枪筒举起来，把枪当作大头棒狠狠向达达尼安砸去。年轻人闪身避开，但同时也给恶徒让开了一条路。那恶徒立刻夺路逃向棱堡，然而，把守棱堡的拉罗舍尔军并不知道那人跑过去是何意图，便朝他开了枪。结果，他肩上中了一颗子弹，随即倒下了。

这工夫，达达尼安又扑向第二名士兵，挥剑进击。这场搏斗持续时间不长，那坏蛋只能用老式火枪抵挡，我们禁军卫士的剑从失去效用的枪筒滑过去，刺穿杀手的大腿，那杀手倒下，达达尼安立刻用剑尖抵住他的喉咙。

"噢！不要杀我！"凶徒高声说道，"饶命啊，饶命啊，长官！我把事情全告诉您。"

"您的秘密至少值得我饶你一命吗？"年轻人收住手臂，问道。

"是啊，如果您认为人生还有点儿价值的话，尤其像您这样，才二十二岁，又像您这样，相貌英俊，人又勇敢，很可能前途远大。"

"坏蛋！"达达尼安说道，"喂，快点儿讲，是谁派您来杀我的？"

"一个女人，我不认识，不过别人叫她米莱狄。"

"说什么话，那女人你不认识，怎么知道她的名字呢？"

"我的伙伴认识她，他就那样叫她。她是直接找的他，而不是找我。他兜里甚至还装着那女人的一封信，根据我听他讲的话来判断，那封信对您一定很重要。"

"那么，你又干吗参与这种阴谋呢？"

"他向我提出两个人一起干，我接受了。"

"干这种漂亮的勾当，那女人给你们多少钱？"

"一百路易金币。"

"啊哈！还不错嘛，"年轻人笑道，"她认为我还值点儿什么，值一百路易！对你们这两个坏蛋来说，这笔钱数目不小啊，因此，我理解你为什么接受了，我饶你一命，但是有个条件！"

"什么条件?"那士兵担心地问道,他明白事情还没有完。

"你必须过去,从你同伙的兜里把信给我取回来。"

"那不是变个法儿要我送死吗?"杀手嚷道,"就在棱堡的火力下,您让我怎么取那封信啊!"

"你非得横下一条心,去取那封信不可,否则我发誓,要让你死在我的手下。"

"饶命啊!先生,行行好吧!看在您爱的那位年轻夫人的分上。您大概以为她已经死了,其实她没有死!"那杀手高声说道,同时跪下去,用一只手撑着,因为他流血不止,体力开始不支了。

"你怎么知道我爱一个年轻女子,并且以为她死了呢?"达达尼安问道。

"就是从我伙伴装在兜里的那封信上知道的。"

"你瞧,那封信我务必拿到,"达达尼安说道,"因此,你不要拖延时间,也不要再犹豫了,否则的话,尽管我十分厌恶,还是让我的剑再被你这坏蛋的血玷污一次,我可是以我这体面的人的名义发誓……"

达达尼安说着,就做了一个极有威胁性的动作,吓得那个受伤者又站起来。

"别动手!别动手!"那人高声说道,他极度恐惧,便又恢复了勇气,"我这就去……我这就去!……"

达达尼安拿了这士兵的枪,让他走在前面,并且剑尖抵住他的腰,推着他朝他的同伙走去。

这个倒霉的家伙的惨样儿,真叫人看着不忍心。他一路留下长长的血迹,脸像要死的人那样苍白,还尽量匍匐着前进,怕被敌方发现,慢慢凑近相距二十步远的那个倒在地上的同伙。

他一脸冷汗,神情惶恐到极点,达达尼安觉得实在可怜,便鄙夷地看着他,说道:"算啦!我就让你瞧瞧,一个勇敢的人和一个你这样的懦夫,两者有什么不同。你待在这儿,我去。"

达达尼安动作敏捷，目光警觉，观察着敌人的举动，利用地势作掩护，抵达另一名士兵的跟前。

要达到目的有两种办法：一是就地搜身取信，二是背起那人当作盾牌，回到壕沟再找信。

达达尼安喜欢第二种办法，将那杀手背上肩，与此同时，敌人开了火。

微微震动了一下，三颗子弹打进肌肉发出的闷声，最后一声叫喊，咽气时的抽搐，所有这些都向达达尼安表明，企图暗杀他的人刚刚救了他一命。

达达尼安回到壕沟，将尸体扔到那个脸色如死人一样苍白的伤者跟前。

他立刻清点遗物，一个皮夹子、一个显然装着行刺所得部分酬金的钱袋、几颗骰子和一只用于掷骰子的牛角杯，这是死者的全部遗产。

牛角杯和骰子散落到地下就不管了，他把钱袋扔给伤员，急不可待地打开皮夹子。

皮夹子装有几页无关紧要的纸张，他从纸张中间找见了那封信，这是他冒着生命危险取回来的。信的内容如下：

> 既然你们跟丢了那女人的踪迹，而今她又安全进了你们本该阻止她的修道院，那么至少要设法别放过那个男的。如再失手，你们也知道我有多大手段，拿了这一百路易要付多大代价。

信的下面没有签字。然而很明显，信是米莱狄写的，因此，他要当作证物保存起来。现在躲在壕沟拐角比较安全，达达尼安就开始盘问受伤的士兵。此人供认他和同伙，即刚才被打死的那个人，负责劫持要从拉维莱特城门出巴黎的一个青年女子。可是，他们在一家酒馆里喝酒误了时间，晚到十分钟而没有截住那辆马车。

"你们若能劫走那女子,打算怎么处置她呢?"达达尼安心惊肉跳地问道。

"我们要把她送到王宫广场的一座府邸去。"受伤的士兵回答。

"是了!是了!"达达尼安咕哝道,"正是这样,送到米莱狄的住宅。"

于是,年轻人不寒而栗,他明白那女人复仇的渴望多么强烈,不仅要除掉她,还要除掉爱他的人,而且,她又多么熟悉宫里的事情。毫无疑问,这些情况,她是从红衣主教那里了解到的。

不过,他也感到一阵由衷的喜悦,从所有这些情况中弄明白一件事,王后终于发现在哪座监狱,关押着忠心耿耿的可怜的博纳希厄太太,并且把她解救出来。这样,他收到年轻女子的那封信,她从夏月那条大路经过,就像幻影一般闪现一下,对他来说,这些都好解释了。

正如阿多斯所预言的,从此以后,就有可能找见博纳希厄太太了,而一座修道院并不是坚不可摧的。

有了这个念头,他终于又生了恻隐之心,于是转过身去,又伸出胳臂,对那个惶恐不安注视他脸上表情变化的伤员说道:

"走吧,你这样子,我不想丢下不管,你就扶住我的胳膊,我们一道回军营去。"

"是,"伤员说道,他简直不敢相信对方竟如此宽宏大量,"回去不是要绞死我吧?"

"有我的话你就放心,"达达尼安说道,"我再次救你一命。"

伤员又跪下去,再次亲他救命恩人的脚。然而,达达尼安再也没有任何理由待在敌军的鼻子底下,他就催着对方赶紧结束这种感激的表示。

且说敌人放第一排枪时便逃回营的那名卫士,已经宣布他的四个同伴全阵亡了。因此,待到达达尼安又出现在军营里,而且安然无恙,大家都又惊又喜。

达达尼安临时编了一套话,说是敌人突然出击,他的同伴中了一剑，还讲述另一名士兵如何阵亡，他们冒了多大风险。他讲述这段险历，着实大出了一次风头。整整一天，全军上下都纷纷谈论这次侦察行动，王爷还派人来向他表示祝贺。

再说，任何漂亮的行动，都会赢得奖赏，同样，达达尼安这次漂亮行动的结果，也为他找回了丧失的安宁。达达尼安的确以为可以高枕无忧了，既然他的两个敌人，一个死了，另一个转而忠心为他效力了。

这种高枕无忧证明了一件事，就是达达尼安还不了解米莱狄那个人。

第四十二章
安茹①葡萄酒

头几天,国王病况的消息,几乎总令人失望,后来军营里开始盛传,他快要康复了。国王急于亲临围城战,据说他一能够重新上马,就立刻拔营上路了。

在这期间,统领全军的亲王爷深知,昂古莱姆公爵、巴松皮埃尔和绍姆贝格,都在争夺指挥权,迟早有一天他会被其中一人所取代,因此他无所作为,在摸索中延宕时日,没敢贸然组织大规模的军事行动,以便赶走雷岛上的英军。在这期间,英国军队一直在攻打圣马尔丹堡垒和拉普雷要塞,而法国军队则围困拉罗舍尔城。

正如我们说过的那样,达达尼安心里安稳多了,每次经历危险,而危险似乎消失了,他都会产生这种感觉。现在他唯一担心的事,就是没有得他几位朋友一点音信。

不过,在十一月初的一天早上,他收到一封从维尔鲁瓦送来的信,一看信的内容,就完全释怀了。

---

① 安茹:法国古省名,地理位置在曼恩－卢瓦尔、安德尔－卢瓦尔等省的部分地区。

第四十二章 安茹葡萄酒

达达尼安先生：

阿多斯、波尔托斯和阿拉密斯几位先生，在敝店叫了一桌丰盛的酒菜，吃得特别开心，喧闹得实在太凶，而城堡长官是个极其严厉的人，罚他们关几天禁闭。不过，他们吩咐我的事我还是要完成，给您送去十二瓶自酿的安茹葡萄酒。他们请您用这种得到他们赞赏的葡萄酒，为他们几位的健康干杯。

先生，我怀着极大的敬意，办了这件事。

您的十分恭顺的仆人

戈多

火枪手先生们下榻的客店店主

"好极啦！"达达尼安高声说道，"他们欢乐时想着我，而我在烦恼时也同样想念他们。毫无疑问，我要诚心诚意为他们的健康干杯，不过，酒我不能光一个人喝呀。"

达达尼安跑去找两个关系比较密切的卫士，邀请他们共饮从维尔鲁瓦送来的精酿安茹葡萄酒。事不凑巧，两个人都另有所约，一个是当天晚上，另一个定于次日。因此，达达尼安就把聚饮安排到第三天。

达达尼安回来，便把十二瓶酒送到卫队膳食营，嘱咐那里的人为他妥善保管。到了宴饮的这天，定于中午相聚，早上九点钟，达达尼安就派卜朗舍把一切安排妥当。

卜朗舍升任膳食总管，心中万分得意，要像个聪明人那样，一切都准备周全，为此他找了两个帮手，一个名叫富罗，是应邀的一位客人的跟班。另一个就是那冒牌的士兵，根本不属于任何部队，本来要暗杀达达尼安，被达达尼安救了一命之后，就归顺来给他当差了，说得确切些，给卜朗舍当差了。

宴饮的时间到了，两位客人应邀前来入座，菜肴一道一道排列在桌子上。卜朗舍手臂上搭着餐巾,站在一旁侍候,富罗则一瓶一瓶开启葡萄酒,布里斯蒙——这是那个受伤复原的假士兵的名字——把开启的葡萄酒倒进大肚长颈的玻璃瓶里。大概是长途颠簸的缘故,酒中有些沉淀物,第一瓶酒底子就有点儿浑浊,布里斯蒙就另倒在一只玻璃杯中。达达尼安看到那个倒霉蛋还没有恢复体力,就允许他把酒底子喝了。

大家喝过汤之后,就端起第一杯酒,刚凑到唇边,却忽然听见路易要塞和新要塞炮声隆隆。几名卫士以为遭到敌军突袭,不是被围的拉罗舍尔军冲出来,就是英国军队打来了,他们立刻跳起来,各自操剑。达达尼安也不敢稍许息慢,也操起剑来,三人跑出营房,要回到战斗岗位。

然而,他们刚从吃饭的地方冲出来,就确认了人喧炮响的原因了。各处高呼:"国王万岁!""红衣主教万岁!"各处也敲起军鼓。

果然是国王驾到。正如我们所说,国王急不可待,带着文臣武将和一万士卒的增援部队,日夜兼程,刚刚赶到战地,他的前后都有火枪卫队簇拥着。达达尼安站在本部队排成的行列中,用明显的手势,招呼也在注视他的那几位朋友,招呼首先认出他来的德·特雷维尔先生。

接见的仪式一结束,四位朋友立刻就拥抱在一起。

"巧极了!"达达尼安嚷道。"到得真及时啊,餐桌上的肉还没有凉呢!对不对呀,先生们?"年轻人扭头又对那两名卫士说道,并且把他们介绍给他的朋友们。

"嘿!嘿!我们就好像是来赴宴的!"波尔托斯说道。

"但愿你们的餐桌上没有女人!"阿拉密斯也说道。

"在你们这小地方,还有可以喝的酒吗?"阿多斯则问道。

"当然啦!有你们的酒啊,亲爱的朋友。"达达尼安回答。

"我们的酒?"阿多斯惊奇地问道。

"对呀,你们给我送来的葡萄酒啊。"

"我们给您送来的葡萄酒?"

"你们明知故问,不就是安茹丘陵地区生产的上等葡萄酒吗?"

"对,我完全知道,您想说的是什么葡萄酒。"

"您爱喝的那种酒。"

"当然了,在我没有香槟酒,也没有尚贝尔坦酒的时候。"

"对啦!您没有香槟酒,也没有尚贝尔坦葡萄酒时,可以将就喝那种酒。"

"我们这些品酒行家,派人给您送来安茹葡萄酒啦?"波尔托斯问道。

"不是你们,是有人以你们的名义给我送来的。"

"以我们的名义?"三名火枪手异口同声地问道。

"酒是您送的吗,阿拉密斯?"阿多斯问道。

"不是我。是您吗,波尔托斯?"

"不是。那么您呢,阿多斯?"

"也不是。"

"如果说不是你们,"达达尼安说道,"那也是你们住的那家旅店老板。"

"我们的旅店老板?"

"对呀!你们的旅店老板,戈多,火枪卫士的旅店老板。"

"真的,管它是从哪儿送来的呢,无所谓,"波尔托斯说道,"咱们先尝一尝,酒果真好,咱们就畅饮。"

"不行,"阿多斯说道,"来路不明的酒,咱们就不能喝。"

"您说得对,阿多斯,"达达尼安说道,"你们当中,谁也没有委托店家戈多给我送酒来吗?"

"没有!然而,他却以我们的名义给您送酒来啦?"

"这儿有信呢!"达达尼安说道。

他说着，就拿出信来给他的朋友看。

"这不是他的笔迹！"阿多斯说道，"他的笔迹我认识，离开旅店之前，是我去给大家结的账。"

"伪造的信，"波尔托斯说，"我们根本没有关过禁闭。"

"达达尼安，"阿拉密斯以责备的语气说道，"您怎么能相信我们会大吵大闹呢？……"

达达尼安脸色大变，浑身抽搐似的颤抖。

"你真叫我害怕，"阿多斯说道，他只有在异乎寻常的情况下才以"你"相称，"究竟出了什么事儿？"

"快跑，快跑，朋友们！"达达尼安嚷道，一种可怕的怀疑穿越他的脑海，"恐怕又是那个女人的一次报复行动吧？"

这回是阿多斯脸色大变。

达达尼安朝餐室飞快跑去，三名火枪手和两名卫士紧随其后。

达达尼安冲进餐室，首先映入眼帘的，就是在地下剧烈抽搐打滚的布里斯蒙。

卜朗舍和富罗二人，脸色也像死人一般惨白，他们尽力救护，但是显而易见，怎么救助都没有用了。人已垂危，那张脸痉挛得已经变形，就要咽气了。

"噢！"那人一看见达达尼安就嚷道，"噢！真可怕，您装样子饶了我的命，却又下毒害死我！"

"我！"达达尼安高声说，"我！你这坏蛋！你在胡说什么？"

"我说这酒是您给我的，我说这酒是您让我喝的，我说您是要向我报仇，我说这太可怕了！"

"绝不要这样以为，布里斯蒙，"达达尼安说道，"绝不要这样以为，我向您发誓，我向您保证……"

"噢！可是有上帝在呀！上帝会惩罚您的！上帝啊，等哪天，也让他尝尝我受的痛苦!"

"我以《福音书》发誓,"达达尼安慌忙跑到垂死的人跟前,高声说道,"我向您发誓,我不知道这酒下了毒,我也跟您一样,差一点儿喝下去。"

"我不信您的话。"那士兵说道。

他在变本加厉的折磨中咽了气。

"真可怕!真可怕!"阿多斯咕哝道。

这时候,波尔托斯砸碎了所有酒瓶,阿拉密斯吩咐去找个忏悔师来,可是未免迟了点儿。

"嗯,朋友们,"达达尼安说道,"你们再次救了我一命,不仅救了我,还救了这两位先生。先生们,"他又对那两名卫士说道,"这个意外事件,我请求你们不要讲出去。一些大人物可能染指了你们目睹的这件事,而整个这件事的恶果还会落到我们头上。"

"噢!先生!"几乎要吓死的卜朗舍结结巴巴地说道,"噢,先生!我真是捡了一条命!"

"怎么回事,坏小子,"达达尼安高声说,"你也要喝我的酒吗?"

"是为国王的健康啊,先生,我正要喝一小杯,忽听富罗对我说有人叫我。"

"唉!"富罗说道,他吓得牙齿直打战,"我是想把他支走,好一个人喝酒!"

"先生们,"达达尼安对两名卫士说道,"你们也理解,出了这种事,再宴饮,只能会非常扫兴。因此,请接受我们万分歉意,改日再聚吧,请赏光。"

两名卫士十分客气地接受了达达尼安的道歉,他们明白四位朋友希望单独叙一叙,于是告辞走了。

等到没有外人了,年轻的禁军卫士和三名火枪手面面相觑,人人的神情都表明,他们清楚事态的严重性。

"首先,"阿多斯说道,"咱们离开这间屋,同一个死人做伴,尤其同一个暴死的人做伴,可不是一件开心的事儿。"

"卜朗舍,"达达尼安说道,"这个可怜家伙的尸体就交给你了。把他葬到教堂墓地里。不错,他犯下一桩罪过,可是他已经悔悟了。"

四个朋友走出房间,让卜朗舍和富罗处理布里斯蒙的葬礼。

房东另外给他们安排一间房子,给他们送来煮鸡蛋,阿多斯亲自去打来喝的水。只需讲几句话,就让波尔托斯和阿拉密斯明白了当前的形势。

"怎么样!"达达尼安对阿多斯说道,"您看到了,亲爱的朋友,这可是一场殊死的战争。"

阿多斯点了点头。

"是啊,是啊,"阿多斯回答,"我看得很清楚,不过,您认为是她干的吗?"

"我敢肯定。"

"然而不瞒您说,我还心存疑虑。"

"可是,她肩上的百合花烙印怎么解释呢?"

"可能是一个英国女子在法国犯了罪,然后就给她打上百合花烙印。"

"阿多斯,跟您说吧,那就是您的妻子,"达达尼安重复道,"难道您不记得了吗,两个人的形貌特征该多么相像?"

"然而我相信,另一个已经死了,明明是我把她吊死的。"

现在轮到达达尼安点头了。

"说来说去,到底该怎么办呢?"年轻人说道。

"事实上,头顶上永远悬着一把剑,总不能让这种情况继续下去,"阿多斯说道,"必须走出这种境地。"

"怎么走出去呢?"

"听我说,设法见见她,同她把话讲明白。您就对她说:'要么和解,要么开战!我以贵族的人格保证,永远也不谈论您,也绝不做任何危害您的事。同样，您那方面也要庄严发誓，对我保持中立。否则的话，我就去找大法官，我就去找国王，我还去找刽子手，我煽动起整个朝廷的人反对您，我要揭发您是打过烙刑的人，我要让您上法庭受审。假如法庭判您无罪，那好，我就杀了您，我以贵族的名义发誓，就在大路的某块界石旁边，像打死一条疯狗一样杀了您。"

"这种办法我还是挺喜欢的，"达达尼安说道，"可是，怎么能见到她呢？"

"时间，亲爱的朋友，时间会带来机会。机会，就是赌输之后下的双倍赌注，善于等待的人，下的赌注越大，赢的就越多。"

"是啊，然而，在杀手和下毒者的包围中等待……"

"哎！"阿多斯说道，"迄今为止，上帝保佑了我们，上帝还会保佑我们的。"

"对，我们是这样，况且，我们嘛，我们是男子汉，归根结底，出生入死，正是我们的职分。可是她呢！"他小声补充了一句。

"她，谁呀？"阿多斯问道。

"孔斯唐丝呗。"

"博纳希厄太太！嗯！说得对，"阿多斯说道，"可怜的朋友！我倒忘记了，您爱她呀。"

"那好啊！"阿拉密斯也说道，"您在那个死了的坏蛋身上，不是找到了一封信，从信上得知她在修道院吗？在修道院里很好哇，等拉罗舍尔的围城战 结束，我向您保证我也要……"

"好了！"阿多斯说道，"好了！是的，我亲爱的阿拉密斯！我们知道您的心愿，要进教会……"

"我只是暂时当当火枪手。"阿拉密斯谦卑地说道。

"看来，他又久未得到他情妇的消息了，"阿多斯压低声音说道，"哎！您不必在意，这情况我们了解。"

"有了！"波尔托斯说道，"我倒觉得有一个办法简单易行。"

"什么办法？"达达尼安问道。

"您不是说，她在修道院吗？"波尔托斯又问了一句。

"对。"

"好哇！围城战一结束，咱们就把她从修道院抢出来。"

"那还得先知道她在哪座修道院。"

"此话有理。"波尔托斯说道。

"嗯，有了，"阿多斯说道，"您不是说过，亲爱的达达尼安，是王后为她选定的修道院吗？"

"是啊，至少我是这样认为。"

"那好！在这方面，波尔托斯就能帮上我们的忙了。"

"请问，我怎么就能帮上忙呢？"

"就通过您那位侯爵夫人，您那位公爵夫人，您那位王妃呀，她一定有这种手段。"

"嘘！"波尔托斯将一根指头按在嘴唇上，说道，"我认为她是红衣主教派的人，她什么也不会知道。"

"那好，"阿拉密斯说道，"我来吧，打听消息的事就包在我身上。"

"包在您身上，阿拉密斯，"三个朋友同时高声说道，"您，怎么就能办得到？"

"通过王后的忏悔师，我跟他的关系很密切……"阿拉密斯说着，脸就红了。

有了这种保证，四位朋友又已凑合吃了饭，约好当天晚上再见面，便分手了。达达尼安回米尼姆去，而三名火枪手则去国王大营，还要各自安排住处。

第四十三章
红鸽棚客店

且说国王特别急切，要同敌军对阵，他与红衣主教同样憎恨白金汉，但是理由更为冠冕堂皇，因此，他刚刚到达战地，就要全面部署，先将英国人赶出雷岛，再加紧对拉罗舍尔城的围困。然而，他心虽急切，军事部署还是拖延了，只因德·巴松皮埃尔和绍姆贝格两位先生，同德·昂古莱姆公爵意见相左。

德·巴松皮埃尔和绍姆贝格两位先生，都是法国元帅，他们要求统领部队直接受国王节制。然而，红衣主教不放心，巴松皮埃尔骨子里是胡格诺派教徒，恐怕不会全力攻打他的教友弟兄，那些英国人和拉罗舍尔人，因此反而支持德·昂古莱姆公爵，也正是在他的怂恿下，国王已经把德·昂古莱姆公爵封为副统帅了。可是，造成这种局面，又担心德·巴松皮埃尔和绍姆贝格两位手下军队，负气而走，就不得不让他们三人各指挥一个方向，即巴松皮埃尔在城北扎营，掌管从拉勒到拉皮埃尔地段；德·昂古莱姆公爵扎营城东，负责从栋皮埃尔到佩里尼地段；而德·绍姆贝格先生则驻守城南，控制从佩里尼到昂古坦地段。

工爷的行营设在拉皮埃尔。

国王的行营设两处，他时而在埃特雷，时而在拉雅里。

最后，红衣主教的行营设在沙丘地上，那是拉皮埃尔桥的一座普通民房，四周没有掩护的物体。

这样布防，由亲王爷监视巴松皮埃尔，国王监视德·昂古莱姆公爵，而红衣主教则监视德·绍姆贝格先生。

一旦部署完毕，就专门考虑如何把英军从雷岛赶走了。

形势相当有利，英国人首先必须吃得好，才能当好兵，而他们在岛上只能吃到咸肉和劣质饼干，结果兵营里病倒了不少人。此外，每年这个季节，大西洋沿岸的海面十分凶险，每天都有沉船覆舟。每次退潮，从艾吉永角一直到壕沟，海滩上到处可见平底渔船、斜桅小帆船及各种船舶的残骸。因此，就连国王的人马也都守在军营里，显而易见，白金汉只因一意孤行，才留守在雷岛上，迟早有一天要撤围的。

然而，德·图瓦拉克伯爵又派人来禀报，敌营正准备发起新的进攻，国王认为必须结束这种局面，便传下必要的指令，准备决一雌雄。

我们在此无意逐日记叙这场围城战，恰恰相反，只想讲述一些同本故事有关的事件，而对这次军事行动，我们就一语带过，当时节节胜利，让国王深感诧异，也给红衣主教增添无比荣耀。英国军队步步后退，每次与法国军队遭遇就败下阵去，最后在卢瓦岛的狭长通道被击溃，纷纷上船逃走，在战场上丢下两千名将士，其中有五名上校、三名中校、二百五十名上尉，以及二十来位名门世家的贵族，还丢下四门大炮和六十面战旗。后来，这些战旗由克洛德·德·圣西蒙带回巴黎，悬挂到巴黎圣母院的穹顶，那场面十分壮观。

军营里高唱感恩赞美诗，而且从军营一直传唱到法国各地。

这样，红衣主教就腾出手来，继续围困这座城市，不必担心，至少暂时不必担心英国军队方面会有什么行动了。

然而正如我们所说，停歇只是暂时的。

一个叫蒙太古的白金汉公爵的使者被抓住，法国方面从而截获了证据，神圣罗马帝国、西班牙、英国和洛林结成了联盟。

这个联盟的锋芒指向法国。

此外，白金汉撤离大营时，因情况紧急而过于匆忙，丢下了能证明这个同盟存在的文件，也被法国人发现了。后来，红衣主教先生在他的《回忆录》中明确写道，那些文件严重地牵连到德·舍夫勒兹夫人，从而牵连到王后。

整个责任落到红衣主教的肩上，须知不负责任，就不可能成为完美的大臣。因此，他那巨大天赋的全部潜能，都日夜调动起来，专心致志地倾听，注意欧洲这一强大的王国中极小的风吹草动。

红衣主教了解白金汉的活动，尤其了解他的怨恨。如果听任威胁法国的联盟得逞，那么他的影响就要全部丧失。西班牙的政治和奥地利的政治，在卢浮宫的内阁中分别有代表人物，虽说还仅仅只是一些支持者，而他，黎世留，法国首相，杰出的国家首相，也就势必垮台。国王，一方面像孩子一样服从他，另一方面又像学童恨老师那样恨他，也就听凭王爷和王后对他进行个人报复，那他就必然垮台，也许法国要跟他一起垮掉。凡此种种，必须防止发生。

因此，红衣主教下榻的拉皮埃尔桥的那座小房，进进出出的信使日夜不停，而且数量日益增多。

有些人是修士，但是身上穿的修士服很不合体，不难辨认出他们主要属于战斗教会①；也有些是妇女，她们穿着少年侍从的服装颇为拘谨，肥大的灯笼短裤难以完全掩饰她们丰满的肢体；最后，还有一些农民，手掌又黑又脏，但是腿很细溜儿，离一法里就能让人觉出他们是有身份的人。

不过，也有一些不速之客，据传闻，有两三回，红衣主教险些遭人

---

① 战斗教会：指世俗的所有基督教徒。

暗杀。

不错，法座的敌人都说，正是他本人派出不少笨拙的杀手，以便有了机会就能够进行报复。不过，无论大臣们的说法，还是敌人的说法，都不要信以为真。

诽谤最激烈的人，对红衣主教个人的胆量也从来没有提出过质疑。尽管有遭人暗杀的危险，夜晚他还照样经常出门，有时去向德·昂古莱姆公爵传达重要命令，有时去同国王商议军情，有时还出去同某个信使谈话，只因他不愿意让那人进入自己的住所。

再说火枪手那边，围城期间，他们没有什么事情可干，管制又不严，乐得过着开心的日子。对我们三位伙伴来说尤其如此，他们是德·特雷维尔先生的朋友，很容易就能得他的特许，可以在外面逗留很久，甚至在营门关闭之后才回营地。

一天晚上，达达尼安在战壕里值勤，没有陪伴他那三位朋友。阿多斯、波尔托斯和阿拉密斯去一家名叫红鸽棚的小酒店饮酒，那是两天前阿多斯在通往拉雅里的大路旁发现的。三人从小酒店回营，骑着战马，身披作战用的斗篷，一只手按着手枪的枪柄，正如我们所讲的，沿着回营的路走去，都十分警惕，唯恐遭遇伏击。到了离布瓦纳尔村四分之一法里的地点，他们仿佛听见马蹄声。有人骑马朝他们走来，三个人随即站住了，并且紧紧靠拢，守在大路中间等待。过了片刻，巧好月亮从一片云彩后面钻出来，他们望见大路拐弯处出现两个骑手。那边的人发现了他们，也戛然停下，似乎在商议是继续赶路还是折回去。那种犹豫不决的情景，引起了三个朋友的怀疑，阿多斯驱马朝着他们走了几步，声音坚定地喊话：

"口令？"

"你们的口令？"那两名骑手中一人反问道。

"这不是回答！"阿多斯说道，"口令！回答，要不然，我们就动手了。"

"注意你们的举动,先生们!"一个响亮的声音说道,听那声音显然惯于发号施令。

"是一位高级军官在巡夜,"阿多斯说道,"你们要干什么,先生们?"

"你们是什么人?"还是那个声音,以发号施令的口气问道,"现在该你们回答了,如不服从就可能有麻烦。"

"我们是禁军火枪卫队的。"阿多斯回答,他越来越确信对方有权问话。

"哪一部的?"

"德·特雷维尔部的。"

"听命令走过来,过来向我报告,你们在这种时候,来到这里干什么?"

三个伙伴朝前走去,心里不免有点儿懊丧,现在他们已经确信,撞上了地位比他们高的人,于是,他们让阿多斯出面应付。

那两名骑手中的一个,即第二个开口说话的人驱马走上前,让同伴留在原地,自己驱马走上前十步。阿多斯也示意波尔托斯和阿拉密斯原地不动,他独自走上前。

"对不起,长官!"阿多斯说道,"但是我们不清楚对方的身份,而您也能看出来,我们都严加防范。"

"您的姓名?"那个用斗篷遮住半张脸的军官问道。

"那么您的姓名呢?"阿多斯反问道,他对这种盘问开始有了抵触情绪,"请您拿出证据来,表明您有权这样问我。"

"您的姓名?"那骑手放下斗篷,脸完全露出来,又第二次问道。

"红衣主教先生!"火枪手不胜惊愕,高声说道。

"您的姓名?"法座第三次问道。

"阿多斯。"火枪手回答。

红衣主教招呼他的侍从，侍从便走了过来。

"这三名火枪手要跟随我们，"他低声说道，"我不愿意让人知道我出了军营，让他们跟随，我们就能确保他们不能把此事告诉任何人。"

"我们是贵族，大人，"阿多斯说道，"您可以让我们许诺，然后您就无须担心了。感谢上帝，我们还懂得保守秘密。"

红衣主教锐利的眼睛，凝视这个大胆的对话者。

"您的耳朵真灵，阿多斯先生，"红衣主教说道，"不过，现在您听清了，我要你们陪同，并不是不信任，而是为了我的安全。那两位，想必是您的同伴波尔托斯和阿拉密斯吧？"

"是的，法座。"阿多斯答道。这时，停在后边的两名火枪手都摘下帽子，走了过来。

"我认识你们，各位先生，"红衣主教说道，"我认识你们，也知道你们并不完全是我的朋友，对此我很遗憾。然而我还知道，你们都是勇敢而忠诚的贵族，值得信赖。阿多斯先生，赏给我这个面子吧，有您和您的两位朋友陪同，那么如果遇见陛下，我这卫队就足令他羡慕了。"

骑在马上的三名火枪手深深地鞠躬，头接触到马脖子了。

"好吧！以我的名义保证，"阿多斯说道，"法座带上我们是对的，我们在路上已经遇见过相貌不善的人，我们在红鸽棚客店，甚至还同四个那样的人争吵起来。"

"争吵，为什么争吵，先生们？"红衣主教说道，"我是不喜欢争吵的，这你们知道啊！"

"正因为如此，我才荣幸地主动告诉法座，因为法座很可能从别人的口中了解到，而根据虚假的报告，还会以为那里刚刚发生的事情怪我们呢。"

"那场争吵，造成什么后果？"红衣主教皱起眉头问道。

"喏，我这位朋友阿拉密斯，胳膊中了一剑，受了点儿轻伤。不过大人可以看出来，如果法座明天下令攻城，这点儿伤阻止不了他登上去。"

"然而，你们几位，可不是挨了剑就肯罢休的人，"红衣主教说道，"喏，还是坦白一点儿吧，先生们，你们肯定还了手，伤了他们几个？忏悔吧，你们知道，我有权赦免罪孽。"

"我嘛，大人，"阿多斯说道，"当时我连剑也没拔，只是拦腰抱住对我无礼的人，把他从窗户扔出去。他摔下去的时候，好像……"阿多斯颇为犹豫地继续说道，"好像摔断了腿。"

"哦！哦！"红衣主教咕哝两声，又问道，"您呢，波尔托斯先生？"

"我呢，大人，我知道禁止决斗，就抓起一条长凳，砸到了一个匪徒，我想是把他的肩胛骨给砸碎了。"

"是啊，"红衣主教说道，"那么您呢，阿拉密斯先生？"

"我嘛，大人，我天生性情温和，而且大人也许还不知道，我准备回到教会，因此，当时我想拉开我的伙伴，不料那些坏蛋中有一个下黑手，刺了我左臂一剑。这样我才急了，也拔出剑来，等那人又一个冲刺，扑向我的时候，我就似乎感到他的身体被我的剑穿透了。我仅仅知道他倒在地上，好像被他两个同伙抬走了。"

"见鬼，先生们！"红衣主教说道，"在小酒馆一场争斗，三条汉子就丧失了战斗力，你们下手可不轻啊。究竟是为什么争吵起来的呢？"

"那些坏蛋喝醉了，"阿多斯答道，"他们得知一位女子当晚来到客店，就想破门而入。"

"破门而入！"红衣主教说道，"那是干什么？"

"当然是要向她施暴啦，"阿多斯回答，"我已经荣幸地告诉法座，那些坏蛋喝醉了。"

"而那女子又年轻，又漂亮吧？"红衣主教神色稍显不安地问道。

"我们没有见到她，大人。"阿多斯回答。

"你们没有见到她，嗯！很好，"红衣主教又急忙说道，"你们做得对，保护了一位女子的贞洁。不过，我正要去红鸽棚客店，会弄清楚你们讲的是否是实话。"

"大人，"阿多斯昂然说道，"我们全是贵族，即使是为了保住脑袋，我们也不会讲一句谎话。"

"因此，我并不怀疑您对我讲的，阿多斯先生，一刻也没有怀疑过。对了，"红衣主教为改变话题，又说道，"那位女子是独自一人啦？"

"还有一名骑士，同她关在客房里，"阿多斯答道，"不过，尽管外面闹得很凶，那个骑士也没有露面，可想而知那是个懦夫。"

"《福音书》上说：对人不可妄断。"红衣主教反驳道。

阿多斯躬了躬身。

"好了，先生们，"法座接着说道，"该了解的我全知道了，现在，跟随我走吧。"

红衣主教又用斗篷遮住脸，骑马缓步继续赶路，而三名火枪手随后跟上，这四名护卫同前面的法座保持在八九步、十来步的距离。

不久他们就到那家僻静的客店。店主显然已经知道他等待的是多么高贵的客人，因此将那些不速之客都打发走了。

还离客店大门十来步远，红衣主教就向他的侍从和三名火枪手打了个手势，要他们原地站住。一匹备好鞍的马拴在护窗板的前面，红衣主教走过去，以特定的方式在护窗板上敲了三下。

一个身披斗篷的男人立刻走出来，他迅速同红衣主教交谈几句，就又翻身上马，朝絮热尔方向，即巴黎方向飞驰而去。

"都过来吧，先生们。"红衣主教说道。

"你们对我讲的是实话，我的绅士们，"他对三名火枪手说道，"你们今天晚上碰见我可不怎么合算，但是这也怪不得我呀。眼下，还是跟我来吧。"

红衣主教跳下马，三名火枪手也跟着下马。红衣主教把缰绳丢到侍从手中，而三名火枪手则将马拴在护窗板上。

店主在门口迎候，在他看来，红衣主教只不过是一位军官，前来拜访一位夫人。

"您这客店的楼下有没有房间，安置这几位先生边烤火边等我呢？"红衣主教问道。

于是，店主打开一扇门，里面是一间大厅，近日刚好砌了一座又大又美观的壁炉，替掉一个旧铁炉子。

"我有这间大厅。"

"很好，"红衣主教说道，"进去吧，先生们，请等着我，我不会超过半小时。"

三名火枪手走进楼下大厅，而红衣主教也没有再向店主多问什么，就像不需要人指路似的径直上楼去了。

第四十四章
火炉烟筒的用途

显而易见,我们这三位朋友没有意识到,仅仅受仗义和爱冒险的骑士性格的驱使,就帮了受红衣主教特殊保护的一个人的忙。

现在问题就来了,那究竟是个什么人呢?三名火枪手先提出这个问题,然后找答案,但是,他们聪明的头脑所能找出的任何答案,都不能令他们满意。于是,波尔托斯叫来店主,要他送一副骰子来。

波尔托斯和阿拉密斯坐到一张桌子前,开始赌起来。阿多斯边踱步边思考。

阿多斯思考并踱步时,总是在一截烟筒旁边走过来走过去,烟筒下面的火炉撤了,上端通楼上的房间。他每次从烟筒旁边走过时,总能听见轻微的谈话声音,这终于引起他的注意。阿多斯凑到近前,有几句话他听得很清楚,而且他无疑认为特别值得关注,就示意两个伙伴安静,而他略微弯下腰,耳朵对准了下端的烟筒口。

"听我说,米莱狄,"红衣主教说道,"事情很重要,您请坐到那儿,我们谈一谈吧。"

"米莱狄!"阿多斯咕哝道。

"我全神贯注,聆听法座的指示。"一个女人的声音回答——阿多斯听见那声音，不由得浑身一抖。

"在夏朗特河口，拉普安特要塞，有一只船员是英国人的小船在等您，船长是我的人，那条船明天早晨扬帆起航。"

"这么说，今天夜里，我就得赶往那里啦？"

"即刻动身，也就是说，在您接受了我的指示之后。您出店门会发现两个人，他们护送您。您让我先走，半小时之后，您再出去。"

"是的，大人。现在，还是回到您要交给我的使命上。我一定坚持不懈，绝不辜负法座对我的信赖，恳请法座明明白白地交代给我，以免我执行中出任何差错。"

有一阵工夫，两个对话者都沉默不语，显然红衣主教要字斟句酌，要讲的话先打好腹稿。而米莱狄则聚拢浑身的聪明才智，以便领会他要讲的事情，一讲出来便铭刻在她的记忆中。

阿多斯趁此间歇的工夫，告诉两个伙伴从里面插上房门，并且示意他们过来和他一起倾听。

两名火枪手讲究舒适，每人搬来一把椅子，还给阿多斯搬来一把。三个人都坐下来，脑袋凑在一起，侧耳窥听。

"您要动身去伦敦，"红衣主教接着说道，"到了伦敦，您就去面见白金汉。"

"我得提请法座注意，"米莱狄说道，"自从出了钻石别针的事件，公爵就一直怀疑我，那位大人对我怀有戒心了。"

"因此，这一次，"红衣主教说道，"就再也不必赢得他的信任，而是以谈判者的身份，堂堂正正地去见他。"

"堂堂正正。"米莱狄重复道，那种虚伪的口气实在难以描摹。

"对，堂堂正正，"红衣主教以同样的口气又说道，"这场谈判，自始至终都应当摆在桌面上。"

"我会一字不差地执行法座的指示，我等待大人的指示。"

"您就以我的名义去见白金汉，对他说我全然了解他筹备的事情，其实我也并不怎么担心，只要他一贸然行动，我就让王后身败名裂。"

"他能相信法座向他发出威胁，到时候就能实施吗？"

"他会相信，因为我有证据。"

"那我必须拿出这些证据，由他去判断。"

"当然了，您就对他说，我将公布布瓦-罗贝尔和德·博特吕侯爵的报告，报告中讲述了大元帅夫人府上举行假面舞会的那天晚上，公爵和王后会面的情景。为使他不产生一点儿疑虑，您还告诉他，他身穿一套蒙古皇帝的服装参加舞会，而那套衣服原是给德·吉兹骑士准备的，被他买下来，付给骑士三千皮斯托尔。"

"记住了，大人。"

"一天夜里，他化装成意大利算命先生，潜入卢浮宫，他如何进入，又是如何出去的，详细情况全在掌握之中。为了消除他对我这情报的真实性还可能产生的怀疑，您就对他说，他那次披的斗篷里面，身穿一件白色长袍，白袍上布了表示眼泪的黑点儿，还有交叉的枯骨和骷髅头的图案。那是他怕万一被人撞见，就充作白衣娘娘的鬼魂，因为众所周知，每逢卢浮宫要出大事，白衣娘娘总来现形。"

"就这些吗，大人？"

"您还告诉他，他到亚眠的那次冒险行为，所有情况我也都掌握，准备写成一部篇幅不长的传奇故事，情节安排得十分巧妙，还配上那座花园的平面图，以及那场黑夜幽会的主人公的画像。"

"这些我会对他讲的。"

"您还可以告诉他，我抓住了蒙泰古，把他关进了巴士底狱，我们在他身上没搜出什么书信，这倒是真的，不过只要动点儿刑，就能让他供出他所了解的情况，甚至供出……他不知道的事情。"

"好极了。"

"最后，您再补充一句，公爵大人仓皇撤离雷岛时，有一封信遗忘在营房，而德·舍夫勒兹夫人给他的那封信，特别牵连了王后，证明王后陛下不仅爱着国王的敌人，还同法兰西的敌人串通密谋。我对您讲的这一切，您全都记牢了，对不对？"

"法座可以做出判断，大元帅夫人的舞会、卢浮宫的那个夜晚、亚眠的晚会、蒙泰古的被捕、德·舍夫勒兹夫人的信件。"

"正是这些，"红衣主教说道，"正是这些，您的记忆力很好，米莱狄。"

"然而，"刚刚受到红衣主教夸奖的女人却又说道，"公爵不顾所有这些理由，还不肯退让，并且继续威胁法国呢？"

"公爵一片痴情，像个疯子，说得更准确些，像个傻子，"红衣主教内心酸溜溜地又说道，"他效仿古代的游侠骑士，发动这场战争，只为了博得他心上美人的一瞥。假如他知道这场战争的代价，可能要危害他思念的——如他所说——女人的名誉，也许还要危害她的自由，那么我可以向您保证，他会重新考虑这件事。"

"可是，"米莱狄又说道，这种坚持的态度表明，她要彻底弄明白她所担负的使命，"可是，他还一意孤行呢？"

"他还一意孤行，"红衣主教说道……"这不大可能。"

"这很有可能。"

"假如他还一意孤行……"法座沉吟一下，又说道，"假如他还一意孤行，那好！我就寄希望于改变国家面貌那类的一个事件。"

"历史上的那类事件，"米莱狄说道，"法座如能给我举出两三件，那么对未来，也许我就会分享法座的这种信心了。"

"好吧，您听着！例如，"黎世留说道，"就在一六一〇年，留下一世英名的先王亨利四世，出于和今天的公爵几乎同样的动机，要举兵同时入侵佛朗德尔和意大利,以便让奥地利腹背受敌,[①]不料,不正是发生了一个事件,拯救了奥地利吗?那么法国国王,为什么就不能有奥地利皇帝那样好的运气呢[②]?"

"法座是不是指铁器店街那一刀呢?"

"一点儿不错。"红衣主教说道。

"难道法座就不担心,拉瓦亚克所受的酷刑,不会吓退一时想效仿他的人吗?"

"任何时代,在任何国家,尤其在那些因宗教而四分五裂的国家,总有一些狂热分子,巴不得以身殉教。喏,恰恰在此刻,我想到了英国的清教徒,他们切齿痛恨白金汉公爵,他们的布道士宣布他是基督的大敌。"

"那又怎么样?"米莱狄说道。

"怎么样!"红衣主教不以为然的样子继续说道,"比方说目前,只需找到一个又漂亮又机灵、要亲自向公爵报仇的年轻女子。这样的女子是遇得到的,公爵是个特别风流的男子,如果说他向许多相爱的女子许下永远钟情的诺言,那么他也一定以其永远不忠播下许多仇怨。"

"当然,"米莱狄冷冷说道,"这样一位女子能够遇见。"

"那好!这样一位女子,就会将雅克·克莱芒或者拉瓦亚克的匕首,交到一名宗教狂热分子手中,从而解救法兰西。"

"对,但是她就会成为一桩凶杀案的同谋。"

"难道有人知道拉瓦亚克,或者雅克·克莱芒有什么同谋吗?"

"不知道,也许是那些人地位太高,别人知道他们在哪儿也不敢去

[①] 当时统治奥地利的是哈布斯堡王朝,它是强盛一时的大帝国,曾占领了荷兰(佛朗德尔)和意大利。法国出兵这两国即可使奥地利王国腹背受敌。
[②] 指斐迪南二世(1578-1637)。当时法国国王亨利四世要向奥皇发动战争,到荷兰时,于1610年5月14日,被宗教狂热分子拉瓦亚克刺杀。

找。不是为了随便什么人，就放火烧掉高等法院的，大人。"

"依您之见，高等法院失火并非偶然，另有图谋啦？"黎世留问道，他那口气就像谈一件无关紧要的事情。

"我嘛，大人，"米莱狄答道，"我毫无所见，在这里无非举出一个事实。只不过我要说，如果我叫德·蒙邦西埃小姐①，或者玛丽·德·梅迪契王后，那么，我就不会像现在，仅仅叫克拉丽斯夫人这样谨慎小心了。"

"这话也对，"黎世留说道，"那么，您有什么要求呢？"

"我要求一份命令，它能先行证明，我的所作所为，完全是为了法国的最高利益。"

"不过，必须首先找到我所说的，要向公爵报仇的那位女子。"

"已经找到了。"米莱狄说道。

"然后，还必须找到那个宗教狂的可怜虫，去充当上帝审判的工具。"

"肯定能找到。"

"那好！"公爵说道，"能找到人，那就可以拿到您刚才要求的命令了。"

"法座说得对，"米莱狄说道，"倒是我开头把我荣任的这项使命的本意理解错了，也就是说要代表法座明确告诉白金汉公爵，您知道在大元帅夫人举行的舞会上，他借助不同的化装接触了王后；您也掌握证据，证明王后约见的那个意大利星相术士，不过是他白金汉公爵；您已经约人写一个短小的传奇故事，要把亚眠那段风情写得极为精彩，配以那次幽会的花园平面图，以及主要角色的画像；另外，蒙泰古关进巴士底狱，他受刑不住，就能供出他想起来的事情，甚至供出他忘记了的事情；最后，您还掌握在他营房发现的德·舍夫勒兹夫人的一封信，那封信不仅

---

① 可能是德·蒙邦西埃公爵夫人（1552-1596）之误，她是亨利三世的死敌。有的历史学家认为是她指使雅克·克莱芒于1589年8月1日行刺亨利三世，但是没有证据。

严重损害了写信人的名誉，而且严重损害了授意写信的人的名誉。然后，如果他不顾这一切，还要一意孤行，那么我的使命也就到我刚才讲的为止，接下来就只有祈求上帝创造奇迹来拯救法国了。是不是这样呢，大人，没有别的事情要我做了吧？"

"正是这样。"红衣主教语气冷淡地接口道。

"现在，"米莱狄说道，她没有显出注意到对她改变了讲话的语气，"现在，我接受完了法座如何对付他的敌人的指示，大人能否允许我也谈两句我的敌人呢？"

"怎么，您也有敌人？"黎世留问道。

"是的，大人，您应当全力支持我对付的敌人，因为，我正是为法座效力，才树了那些仇敌。"

"是哪些人呢？"公爵又问道。

"首先，就是博纳希厄的那个搞阴谋的小女人。"

"她关在芒特监狱里。"

"应当说，她曾经关在那里，"米莱狄接口说道，"后来，王后得到国王的一道旨谕，就将她转移到一座修道院去了。"

"转移到一座修道院啦？"公爵问道。

"是啊，转移到一座修道院去了。"

"哪座修道院？"

"我不得而知，此事严守秘密。"

"哦，我会了解出来的。"

"到时候，法座会告诉我那女人在哪座修道院吧？"

"我想这没有什么不妥当的。"红衣主教说道。

"好。现在，再说另一个敌人，比起博纳希厄太太那个小女人，我觉得他更可怕得多。"

"哪一个？"

"她的情夫。"

"他叫什么名字?"

"嗯!法座对他很熟悉,"米莱狄突然发火,嚷道,"他是我们两个人的恶魔,正是他,在一次同法座的卫队冲突中,起了决定作用,让国王的火枪卫士占了上风;正是他刺了您的密使德·瓦尔德三剑,挫败了钻石别针那件事;最后还是他,得知是我劫走了博纳希厄太太,他就发誓要我的命。"

"哦!哦!"红衣主教说道,"我知道您指的是谁了。"

"我指的就是达达尼安那个坏蛋。"

"他可是个浑身是胆的伙计。"红衣主教说道。

"正因为他是个浑身是胆的伙计,就更加可怕了。"

"说他同白金汉串通一气。"主教说道,"那就必须拿出一个证据。"

"一个证据!"米莱狄高声说道,"我能拿出十个来。"

"那好哇!果真如此,事情就再简单不过了,给我证据,我就把他送进巴士底狱。"

"好哇,大人!送进去之后呢?"

"一个人进了巴士底狱,就不存在什么以后了。"红衣主教声音低沉地说道,"噢!真见鬼,"他又接着说道,"除掉我的敌人,如果像除掉您的仇敌那么容易,而您向我请求的赦免令,如果是为了对付这样的人!……"

"大人,"米莱狄接着说道,"货抵货,命抵命,人换人,您给我这个,我给您那个。"

"我不知道您想要说什么,"红衣主教接口说道,"甚至也不想知道,不过,我倒是渴望做您高兴的事,而且,关于那样区区一个人,同意给您索要的,我看也没有丝毫不妥之处。尤其达达尼安那小子,他是个放肆的家伙,是个好打架的人,还是个叛逆。"

"一个无耻之徒，大人，一个无耻之徒！"

"给我预备纸张笔墨。"红衣主教说道。

"都在这儿呢，大人。"

这时寂静了一会儿，表明红衣主教正在斟酌要下笔的词句，或者正往纸上写的词句。刚才的对话，阿多斯一句不漏全听见了，现在他每人抓住一只手，将两个伙伴拉到大厅的另一端。

"哎！"波尔托斯说道，"你要干什么，怎么不让我们把这场谈话听完呢？"

"嘘！"阿多斯压低声音说道，"我们该听的全听到了，况且，我也并不阻拦你们听下文，不过，我必须出去。"

"你必须出去！"波尔托斯说道，"可是，如果红衣主教问起来，我们怎么回话呢？"

"你们不必等他问起来，主动告诉他，我去探探路，因为听了店主的一些话，我想到路上恐怕不安全，我先跟红衣主教的侍从说一声，余下的事儿我来管，你就不必操心了。"

"小心点儿，阿多斯！"阿拉密斯说道。

"放心吧，"阿多斯回答，"你们也知道，我遇事一向很冷静。"

波尔托斯和阿拉密斯又回到烟筒旁边的座位上。

阿多斯则正大光明地走出客店，解开同两个朋友一起拴在护窗板上的马，对法座的侍从简短讲几句，就让他相信在返回的路上，必须有人打前哨，他还装模作样察看一下手枪的扳机，用嘴叼住剑，活像一个敢死队员，沿着通往军营的大道走去。

第四十五章
冤家路窄

不出阿多斯所料,不大工夫,红衣主教便下楼来,他打开火枪手们进去等候的大厅的门,看见波尔托斯和阿拉密斯掷骰子,兴致正浓。他迅速扫了一眼大厅的每个角落,发现少了一人。

"阿多斯先生呢?"他问道。

"大人,"波尔托斯答道,"他听客店老板讲了几句话,认为路上不安全,就先去探一探路。"

"您呢,波尔托斯先生,您干了什么?"

"我赢了阿拉密斯五皮斯托尔。"

"现在,你们可以随同我回去了!"

"我们听从法座的命令。"

"那就上马吧,先生们,时间已晚。"

侍从牵着红衣主教那匹马,候在门口。稍远一点儿,黑地里显现两个人和三匹马的形影,那二人奉命将米莱狄送到拉普安特要塞,监视她上船。

关于阿多斯的去向,侍从向红衣主教证实两名火枪手刚才讲的话。红衣主教点了点头,表示赞许,便重又上路了,他返回还像来时一样,用斗篷小心地遮住面孔。

按下他由侍从和两名火枪手护送回营不表，再回来谈谈阿多斯。

他骑马一路走出百十来步远，一到视线之外，便勒马朝右拐去，兜了一个圈子绕回来，停到二十来步远的一片矮树林中，窥伺着那一小队人马走过去。他认出他那两位伙伴的大檐儿帽，以及红衣主教先生斗篷上的金黄流苏，又等那几个骑马的人过了弯道，直到望不见踪影了，他才策马回到客店，不难叫开门。

店主认出了他。

"我那位长官，"阿多斯说道，"忘了一件重要的事，派我来告诉二楼的那位夫人。"

"请上去吧，"店主说道，"她还在客房里。"

阿多斯得到允许，便脚步极轻地登上楼梯，到了二楼的楼道，从虚掩的房门看到，米莱狄正在屋里系帽带。

他走进去，随手把房门关上。

米莱狄听见插门闩的声响，便回头瞧瞧。

阿多斯站在门口，身披斗篷，帽子压低到眉毛上。

看那个人好似雕像，伫立不动，沉默无语，米莱狄不觉胆战心惊。

"您是什么人？您想干什么？"她高声问道。

"好哇，果然是她！"阿多斯咕哝一句。

他抖掉斗篷，摘下帽子，朝米莱狄走去。

"您还认得我吧，夫人？"他问道。

米莱狄朝前挪了一步，随即像见了蛇似的往后退去。

"好哇，"阿多斯说道，"很好，看得出来您还认得我。"

"德·拉费尔伯爵！"米莱狄讷讷说道，顿时面无血色，连连后退，直到墙壁退无可退了。

"是的，米莱狄，"阿多斯回答，"正是德·拉费尔伯爵本人，他特意从另一个世界赶来，好得到与您相见的欢乐。就像红衣主教大人说的那样，我们坐下来谈谈吧。"

米莱狄受到一种难以名状的恐惧的震慑，一句话也说不出来就坐下了。

"看来，您是派到人世间的一个恶魔！"阿多斯说道，"我了解，您很有威力。然而您也知道，人有上帝的帮助，往往战胜了最可怕的魔鬼。您曾经挡在我的路上，我还以为把您彻底清除了，夫人。然而，不是我弄错了，就是地狱又使您复活了。"

这些话唤起她可怕的回忆，米莱狄听了垂下脑袋，只是低沉地呻吟一声。

"是的，地狱又使您复活了，"阿多斯又说道，"地狱使您暴富，地狱给予您另一个名字，地狱还几乎给您换了一张面孔，然而，地狱既没有冲掉您灵魂上的污垢，也没有抹去您肉体上的烙印。"

米莱狄仿佛被弹了起来，猛地站立，双眼射出光芒。阿多斯仍坐着不动。

"我以为您死了，同样，您也以为我死了，对不对？阿多斯这名字掩藏起德·拉费尔伯爵，而米莱狄·克拉丽斯这名字，则掩藏起安娜·德·布埃伊！您那位可敬的哥哥当初把您嫁给我的时候，您不是就用的这个名字吗？我们二人的处境实在奇妙，"阿多斯笑起来，继续说道，"我们二人都一直活到今天，彼此却都以为对方死了，一种记忆有时尽管很痛苦，但是总归不像一个大活人那样妨碍你！"

"到底是谁把您带到我这儿来的？"米莱狄声音低沉地说道，"您找我来究竟想怎么样？"

"我要告诉您，您一直看不见我，而我呢，我可没有失去您的目标吧？"

"您知道我的所作所为？"

"您的行为，我可以按日子一天一天讲给您听，从您归附红衣主教开始，一直到今天晚上为止。"

米莱狄苍白的嘴唇上，掠过一丝不会轻信的微笑。

"您听着：是您从白金汉公爵肩上取下两只钻石别针；是您指使人绑架了博纳希厄太太；是您爱上德·瓦尔德，以为同他共度良宵，却向达达尼安先生打开了房门；是您以为德·瓦尔德欺骗了您，要派他的情敌去杀他；是您这可耻的秘密被达达尼安发现之后，就派两名杀手去追杀他；是您看到枪弹没有射中他，又送毒酒去害他，还冒名写了一封假信，想让受害者相信那毒酒是朋友送给他的；最后，还是您，刚才就在这间客房里，坐在此刻我坐的这把椅子上，同红衣主教商定，由您找人去暗杀白金汉公爵，而作为交换条件，他默许您去杀害达达尼安。"

米莱狄面色铁青。

"怎么，难道您是撒旦吗？"她说道。

"也许吧，"阿多斯说道，"可是，不管怎样，您还是听好了这话，您去暗杀或者找人暗杀白金汉公爵，这事与我不相干！我不认识他，况且他又是英国人，然而，您休想用手指尖碰一根达达尼安的头发。他是我喜爱也是我要保护的一个忠实朋友，否则的话，我以我父亲的头向您发誓，这将是您犯下的最后一桩罪行。"

"达达尼安先生严重地冒犯了我，"米莱狄声音低沉地说道，"达达尼安先生一定得死。"

"冒犯您，夫人，真的有这种可能性吗？"阿多斯笑道，"他冒犯了您，他就一定得死。"

"他就一定得死，"米莱狄又说道，"那个女的先死，然后是他。"

阿多斯只觉一阵眩晕，眼前这个毫无女人味的女人，又唤起他撕心裂肺的记忆。他想起从前有一天，处境还没有今天这样危险，他为了维护名誉，就已经要把她牺牲掉。现在，他重又心生杀机，杀人的欲望像无孔不入的高烧侵入他的肌体。于是，他也站起来，伸手从腰上拔出手枪，上了扳机。米莱狄的脸色像死人一样惨白，她想叫喊，可是舌头却僵硬了，只能发出一种嘶哑的声音，根本不像人语，倒像野兽的喘息。只见她贴在暗色的壁毯上，披头散发，活生生一副恐怖的骇人形象。阿多斯慢慢抬起手枪，胳膊伸过去，枪口几乎触到米莱狄的额头，而说话

的声音尤为可怕,那种异常平静显示不可动摇的决心:

"夫人,"他说道,"红衣主教给您签署的那份文件,立刻交给我,要不然,我以我的灵魂起誓,当即就打烂您的脑袋。"

换个男人,米莱狄对此可能还有所怀疑,但是她很了解阿多斯,所以,她还是一动不动。

"一秒钟,您决定吧。"阿多斯说道。

米莱狄看见他脸上肌肉在抽动,表明就要开枪了,她急忙伸手,从胸口掏出一张纸,递给阿多斯。

"拿去吧,"她说道,"您不得好死!"

阿多斯接过那张纸,又把手枪插回腰带上,凑到灯火近前,确认是不是那份文件,展开了念道:

本文件持有者,奉我之命,为了国家的利益,做了他所做的事。

黎世留

一六二七年十二月三日

"现在,"阿多斯说着,又重新披上斗篷,把呢帽往下拉一拉,"现在,你这条毒蛇,我已经拔掉你的牙齿,随你怎么去乱咬吧。"

说罢,他头也不回,就走出房间。

到了客店门口,他遇见牵着马的那两个人。

"先生们,"他说道,"大人的命令,你们是知道的,不能耽搁,要把这个女子护送到拉普安特要塞,一直等她上了船,你们方可离开。"

这话符合他们所接到的命令,二人点了点头,表示首肯。

阿多斯轻捷地翻身上马,飞驰而去,不过,他没有走大路,而是从田野斜插过去,用马刺催马快跑,时而停下侧耳细听。有一次停下时,他听见大路上传来几匹马的马蹄声,断定是红衣主教及其护卫。于是,他立即策马飞奔,穿过荆棘和灌木丛,又从田野回到离军营二百步远的大路上。

"口令?"他望见马队,远远地喊道。

"想必是我们那勇敢的火枪手了。"红衣主教说道。

"是的,大人,"阿多斯回答,"正是我。"

"阿多斯先生,"黎世留说道,"请接受我的衷心感谢,感谢您给我们安排的出色的保护。你们进左首那道门,口令是'国王'和'雷岛'。"

红衣主教说着,向三位朋友点头辞别,由侍从陪同走进右首那道门,今天夜晚他就在军营安歇。

"好嘛!"波尔托斯和阿拉密斯等红衣主教走远,听不到他们声音了,便齐声说道,"好嘛!他应米莱狄的要求,签了那份文件。"

"这我知道了,"阿多斯平静地说道,"文件就在我手上。"

三位朋友回答了哨兵的口令,就再也没有交谈一句话,回到了营房。

不过,他们打发木斯克东去通知卜朗舍,要他主人在工事里值完勤,就马上到火枪卫队营地来。

且说米莱狄那边,正如阿多斯所料,她在客店门口找见那两个等候她的人,颇为痛快地跟随他们走了。其实,有一阵工夫,她很想让他们把她送去见红衣主教,全部对他讲了。然而,她这方面揭露,就势必引起阿多斯那方面的揭露。她固然可以说阿多斯要把她吊死,可是,阿多斯也要讲出她打过烙印。思来想去,她觉得最好还是不声张,先悄悄动身,施展她惯有的机变,完成她身负的艰难使命,等到事情办得十分圆满,让红衣主教深感满意之后,她再要求为她报仇。

因此,整整一夜,她都在赶路,到达拉普安特要塞时,已是早晨七点钟了。八点钟便上船,九点钟起航。那只船有红衣主教签发的通行证,名义上要前往巴约讷[①],实际上却驶向英国了。

---

① 巴约讷:法国西南部海港城市。

第四十六章
圣热尔韦棱堡

达达尼安来到三位朋友的营房，看到他们聚在一间屋里：阿多斯正在沉思默想，波尔托斯在卷着小胡子，而阿拉密斯则在念祈祷文，手拿小开本漂亮的蓝色天鹅绒封面的日课经。

"老实说，先生们！"达达尼安说道，"但愿你们要对我讲的话值得一听，否则的话，我可先告诉你们，我是不会原谅你们的。要知道，我们要夺取并拆毁一座棱堡，折腾了一个通宵，你们不让我休息，却把我叫到这儿来。哼，先生们，你们都不在现场！那儿热闹得很！"

"我们去了别的地方，那里也不冷清啊！"波尔托斯接口说道，但是手不闲着，给他的小胡子打了个特有的卷儿。

"嘘！"阿多斯开了口。

"哦，哦！"达达尼安说道，他明白阿多斯微微皱眉是什么意思，"看来这儿有什么新鲜事儿。"

"阿拉密斯，"阿多斯说道，"前天，我想，您是在'帕尔帕约'①客栈吃的饭吧？"

---

① "帕尔帕约"是"加尔文派教徒"的戏称，有"新教徒"的含义。

"对。"

"那地方怎么样?"

"老实说,我在那儿吃的糟透了,前天是斋日,可是他们只供应荤菜①。"

"什么!"阿多斯说道,"在一个海港,他们居然没有鱼吃?"

"他们说,"阿拉密斯一边继续说,眼睛一边盯着日课经,"红衣主教先生组织建造堤坝,把鱼都赶到远海去了。"

"哎!我问您的不是这个,阿拉密斯,"阿多斯又说道,"我是问您,您在那儿是不是很自在,是不是没有人打扰?"

"哦,我倒是觉得,咱们在那儿没有遇到多少讨厌的人。对,不错,阿多斯,您要想谈事儿,咱们去帕尔帕约倒是蛮好的。"

"那咱们就去帕尔帕约,"阿多斯说道,"因为这里,墙壁跟纸一样薄。"

达达尼安已经习惯他这位朋友的行事方式,从他一句话、一个手势、一个眼色,马上就能了解形势很严重,于是二话未说,挽上阿多斯的胳膊,一道出了门,波尔托斯和阿拉密斯聊着天跟在后面。

路上碰见格里莫,阿多斯打了手势让他跟上。格里莫按照习惯,默默地服从了,可怜的小伙子,最后练得差不多不会讲话了。

他们来到帕尔帕约客栈的餐厅,已是早上七点钟,太阳开始露头了。四个朋友要了早餐,走进一间屋子,据店主说,他们在这里不会有人打扰。

可惜的是,这样一个秘密集会,选择的时间不对。军营刚刚敲过起床鼓,人人都想抖起精神,消除夜晚的睡意,驱走清晨的潮湿之气,便到餐厅来喝一杯,龙骑兵、瑞士雇佣兵、禁军卫士、火枪手、轻骑兵,

---

① 天主教规定星期五为斋日,不吃肉,但是规定鱼虾不是荤菜。

走马灯似的出出进进，生意红火对店主固然好，可是闹得我们这四位朋友不得清静。因此，他们部队的伙伴上前来问好，祝酒或者说说笑话，他们的反应非常冷淡。

"算了！"阿多斯说道，"照这样，咱们非得跟人家大吵一通不可，而现在，这可不是咱们的急需。达达尼安，您先给我们讲讲昨晚的情况，然后我们把这一夜做了什么也告诉您。"

"的确，"一名轻骑兵插言道，他一边摇晃着身子，一边慢慢呷着一杯烧酒，"的确，昨天夜里你们守工事了，卫士先生们，你们同拉罗舍尔守军好像有过小摩擦吧？"

达达尼安望了望阿多斯，想了解他该不该回答这个乱插嘴的冒失鬼。

"喂，"阿多斯说道，"你没有听见吗，德·布西尼先生赏面子问你呢？既然这些先生想知道，你就讲讲昨夜发生的情况吧。"

"你们不是那（拿）下一坐（座）棱抱（堡）吗？"一名瑞士雇佣兵端着啤酒杯喝朗姆酒，用发音不准的法语问道。

"对，先生，"达达尼安颔首答道，"我们是有这份荣幸。我们甚至还像你们所能听到的那样，将一桶炸药放置在棱堡的一角，炸开一个大豁口，而且棱堡也不是昨天才造的，没有炸到的部分也震得松散了。"

"是哪一座棱堡啊？"一名龙骑兵问道，他的马刀上插着一只鹅，是拿来烤着吃的。

"圣热尔韦棱堡，"达达尼安回答，"拉罗舍尔守军躲在那后面，总是骚扰我们的工兵。"

"这场战斗挺激烈吧？"

"当然了，我们损失了五个人，拉罗舍尔方面，则损失了八九个人。"

"真他妈的胖（棒）！"瑞士雇佣兵说道，他尽管掌握德语的一大堆骂人话，却还是养成了用法语骂骂咧咧的习惯。

"今天早晨，"轻骑兵说道，"他们很可能派工兵，去修复棱堡。"

"对,很有可能。"达达尼安附和道。

"先生们,"阿多斯说道,"打个赌!"

"哈!好哇!打个肚(赌)!"

"打什么赌?"轻骑兵问道。

"等一等,"龙骑兵说道,他把马刀当作烤肉扦子,横搭在壁炉火上的两个大柴架上,"也算我一个,倒霉的店家,马上给我拿来一个接油的盘子,不能让这只出色的肥鹅白丢一滴油。"

"他说的油(有)理,"瑞士雇佣兵又说道,"我(鹅)油加火(果)枪(酱),那为(味)道太妹(美)啦!"

"好啦!"龙骑兵说道,"现在,说说打赌吧!我们听您讲,阿多斯先生!"

"对,打赌!"轻骑兵也说道。

"好吧!德·布西尼先生,我同您打赌,"阿多斯说道,"我这三个伙伴,波尔托斯、阿拉密斯、达达尼安三位先生和我,我们到圣热尔韦棱堡去用早餐,手上拿着表,不管敌人用什么手段驱赶,我们也要待上一小时。"

波尔托斯和阿拉密斯交换了一下眼色,他们开始明白了。

"哎!"达达尼安对着阿多斯的耳朵说道,"你也不发点慈悲,就让我们去送命。"

"咱们若是不去那儿,恐怕就活不成了。"阿多斯回答。

"哈!真的!先生们,"波尔托斯坐在椅子上往后一仰,捋着小胡子,说道,"我希望,这是一次美妙的打赌。"

"因此,我同意了,"德·布西尼先生说道,"现在,要把赌注定下来。"

"各位先生,你们一共四人,"阿多斯说道,"我们也是四人,就赌八人一桌的晚餐,吃多少不限,你们觉得怎么样?"

"好极了。"德·布西尼先生接口道。

"没问题。"龙骑兵答道。

"我看兴（行）。"瑞士雇佣兵也回答。

在谈话中，那第四位扮演哑角，一直在旁边听着，这时也点了点头，表示他赞成这项提议。

"几位先生的早餐准备好了。"店主说道。

"很好！端上来吧。"阿多斯说道。

店主照吩咐端来了。阿多斯叫来格里莫，给他指了指放在墙角的一只大篮子，又做了个手势，让他把端来的肉食用餐巾包起来。

格里莫当即明白要去野餐，他拿来篮子，将包好的肉食放进去，又装了几瓶酒，然后挎到胳膊上。

"请问，你们这要去哪儿吃我备的早餐啊？"店主问道。

"这关您什么事儿，"阿多斯说道，"付给您钱不就得了吗？"

他掏出两枚皮斯托尔，派头十足地丢到餐桌上。

"要不要给您找钱，长官？"店主问道。

"不必了，再加两瓶香槟酒，剩下来的钱就算几条餐巾的账吧。"

店主觉得这桩生意不如开头以为的那么划算，不过，他还是想法儿多克扣些，拿了两瓶安茹葡萄酒，充作香槟酒塞给四位顾客。

"德·布西尼先生，"阿多斯说道，"对对表好吗？或者您照我的调一调，或者我照您的调一调。"

"好极了，先生！"轻骑兵说着，就从小兜里掏出一只镶了一圈钻石的十分华丽的怀表，"七点半。"

"七点三十五分，"阿多斯说道，"我们记住，我的表比您的快五分钟，先生。"

四个年轻人向几个目瞪口呆的人点头告辞，便走上去圣热尔韦棱堡的路。格里莫挎着篮子跟在后面，他不知道去哪里，可是在阿多斯身边，养成了唯命是从的习惯，也就连想也不想问一声。

只要还没有走出军营的范围，四个朋友就一句话也不讲。况且，也有一些好事之人跟着，他们知道是打赌，就想看个究竟，最后会是什么结果。然而，他们一越过封锁线，就到了旷野，对情况还一无所知的达达尼安憋不住了，该要求做出解释了。

"现在，我亲爱的阿多斯，"他问道，"您行行好，告诉我咱们去哪儿好吗？"

"您这不是看得明明白白，"阿多斯回答，"咱们去棱堡呀。"

"可是，咱们去那儿干什么？"

"您也明明知道，咱们去吃早饭呀。"

"咱们干吗不在帕尔帕约客栈吃早饭呢？"

"因为咱们有非常重要的事情要谈，在那客栈里，连五分钟的话都说不了，那些不识趣的人总是来来往往，上前跟你打招呼，跟你搭话。到了这里，"阿多斯指了指棱堡，接着说道，"至少不会有人来打扰咱们。"

"我倒觉得，"达达尼安谨慎地说道，这种谨慎在他身上，同大无畏相得益彰，结合得极其自然，"我倒觉得，在海边一带的沙丘地，咱们能找到僻静的地方。"

"那准会有人瞧见咱们四人一起商议，过不了一刻钟，红衣主教的密探就会向他报告，我们正在密谋。"

"不错，"阿拉密斯说道，"阿多斯说得对：Animadvertuntur in desertis①。"

"有一片荒野倒也不赖，"波尔托斯说道，"不过找到了才算数。"

"没有鸟儿不在头上飞的荒野，没有鱼儿不跃出水的荒野，也没有兔子不钻出洞窟的荒野，我认为鸟儿、鱼儿、兔子，全都给红衣主教当密

---

① 拉丁文，大意为：有人发现他们在荒野上。

探了。咱们这次行动,最好还是进行下去,到了这种地步,咱们再后退,就难免不被人耻笑。咱们跟人打了个赌,既是打赌,就不可预料,但是这其中真正的原因,我敢说谁也猜不出来。咱们要想赢,就必须在棱堡里坚守一小时。咱们可能遭到攻击,也可能遭不到攻击。如果没有遭到攻击,全部时间就可以用来交谈,谁也听不见咱们的谈话。我可以保证,棱堡的墙壁没长耳朵。如果遭受攻击,咱们也照样可以谈事情,而且,咱们抵抗了。就会满载荣誉而归。您完全明白了吧,什么情况都有利。"

"对,"达达尼安说道,"只不过,咱们准得挨枪子儿。"

"哎!我亲爱的,"阿多斯说道,"您完全清楚,最可怕的枪子儿不是敌人的枪子儿。"

"然而我觉得,要进行这样一次冒险行动,咱们至少应当带着火枪。"

"您这么笨啊,波尔托斯朋友,咱们为什么带个无用的包袱呢?"

"我可不认为面对敌人,有一杆好火枪、一打子弹和一壶火药,是什么无用的包袱。"

"嗯,是啊!"阿多斯说道,"达达尼安说的话,您没有听见吗?"

"达达尼安说了什么?"波尔托斯问道。

"达达尼安说,在昨夜那次突袭中,八九个法国人被打死,拉罗舍尔方面也损失了这么多。"

"那又怎么样?"

"谁也没顾上搜走他们的装备,对不对?"

"那又怎么样?"

"那又怎么样!咱们去收集他们的火枪、他们的火药壶和子弹,总共能有十五六杆火枪、一百发子弹,而不是四杆火枪和一打子弹。"

"阿多斯啊!"阿拉密斯说道,"你这个人真伟大!"

波尔托斯点了点头,表示首肯。

唯独达达尼安似乎还不心悦诚服。

毫无疑问，格里莫和这个年轻人有同样的疑虑，他一直不相信这事儿，可是看到大家不停地朝棱堡走去，便扯了扯主人的衣襟儿，用手势询问："我们这是去哪儿？"

阿多斯给他指了指棱堡。

"可是，"沉默无语的格里莫还是用手势语言说道，"我们会把命丢在那儿的。"

阿多斯举目并用手指指天。

格里莫将篮子往地上一撂，人坐下去连连摇头。

阿多斯从腰带拔出手枪，看看是否上好子弹，再扣上扳机，将枪口对准格里莫的耳朵。

格里莫屁股下仿佛有弹簧，他一下子就跳起来。

于是，阿多斯示意他挎篮子，走在前面。

格里莫服从了。

格里莫演了这出瞬间的哑剧，只争得了一个权利，他从后卫变成了前锋。

四个朋友到达棱堡，便回头望去。

三百多名各兵种的士兵，聚集在军营大门口，在单独的一堆人中，他们认出德·布西尼先生、那名龙骑兵、那个瑞士雇佣兵和第四个打赌人。

阿多斯摘下帽子，放在他的剑尖上，举向空中摇晃。

所有观望的人都以礼相还，即一片欢呼，欢呼声一直传到四个朋友那里。

然后，他们四人便进入棱堡，身形隐没了，而格里莫已经先行进去了。

第四十七章
火枪手密议

不出阿多斯所料，占据棱堡的，只有十几具尸体，既有法国士兵，也有拉罗舍尔军卒。

"先生们，"阿多斯担当这次行动的指挥，他说道，"趁格里莫去摆早餐的工夫，咱们就先收集枪支弹药吧，况且，还可以边干边谈话。这几位先生，"他指着那些尸体说道，"是不会注意听我们的。"

"不过，在检查完他们兜里没有什么了，"波尔托斯说道，"总可以把他们丢进沟里吧？"

"当然，但这是格里莫的事。"阿多斯回答。

"那何不让格里莫搜一搜，"达达尼安说道，"然后扔到墙那边去呢！"

"还是不要那么做，"阿多斯又说道，"他们还可能为我们效劳。"

"死人还能为我们效劳？"波尔托斯说道，"怎么讲这话，您敢情疯了，亲爱的朋友！"

"不要轻易做出判断，这是《福音书》和红衣主教讲的，"阿多斯回答，"一共有多少支枪，先生们？"

"十二支。"阿拉密斯回答。

"有多少发子弹？"

"一百来发。"

"有这些就够咱们用了,都装好弹药吧。"

四名火枪手干起来,等上完了最后一支枪的弹药,格里莫打手势表明早餐已经摆好。

阿多斯也以手势回答,表明干完就好,他还指了指棱堡的一个瞭望角,格里莫当即明白让他去放哨。不过,阿多斯允许他带上一块面包、两块排骨和一瓶葡萄酒,以解放哨时的烦闷。

"现在,大家入座用餐吧。"阿多斯说道。

四位朋友席地而坐,两腿盘起来,就像土耳其人或者裁缝那样。

"哦!现在,"达达尼安说道,"你再也不用怕人听见了,但愿你这就能把秘密告诉我们。"

"但愿我同时给你们带来喜悦和荣耀,先生们,"阿多斯说道,"我带你们来散散步,挺开心的,还有这顿极其美味的早餐,而那边有五百人看热闹,从枪眼就能望见他们。他们把我们当成疯子或者英雄,这两类傻瓜也相像得很。"

"可是,那件秘密呢?"达达尼安问道。

"秘密嘛,"阿多斯答道,"就是昨天晚上,我见到了米莱狄。"

达达尼安刚把酒杯举到唇边,一听米莱狄这个名字,手立刻剧烈地颤抖起来,赶紧把酒杯撂在地下,以免抖洒了酒。

"你见到你妻……"

"嘘!"阿多斯接口说道,"您忘记了,我亲爱的,这几位先生并不像您这样,了解我家事的秘密。我见到了米莱狄。"

"在哪儿?"达达尼安问道。

"离这儿大约两法里,在红鸽棚客店。"

"真是这样,那我就完了。"达达尼安说道。

"不,还不至于就完了,因为此刻,她可能离开法国海岸了。"

达达尼安松了一口气。

"可是，说来说去，"波尔托斯问道，"真的，那个米莱狄到底是什么人？"

"一个迷人的女人。"阿多斯说道，同时品尝一杯起泡沫的葡萄酒，"店主这个坏东西，"他叫起来，"他不给香槟酒，竟然用安茹葡萄酒来蒙人，还以为能骗得过我们！是的，"他又接着说道，"一个迷人的女人，她对我们的朋友一片美意，我不知道他怎么辜负了人家，她就千方百计地要报仇。一个月前，她派人想用火枪打死他，一周之前，又企图毒死他，而昨天，她向红衣主教讨他的脑袋。"

"什么！向红衣主教讨我的脑袋？"达达尼安吓得面如土色，高声说道。

"这事儿，就跟《福音书》一样真实，"波尔托斯说道，"这是我亲耳听见的。"

"我也听见了。"阿拉密斯也说道。

"既然如此，"达达尼安泄气地垂下双臂，"再斗下去也徒劳无益，还不如我对着自己脑袋一枪开了瓢，就算了结了。"

"实在走投无路，才干这种傻事，"阿多斯说道，"因为，唯独这种傻事，再也无法挽回。"

"可是，我永远也不可能逃出这种敌人之手，"达达尼安说道，"先是在默恩遇见的那个陌生人；其次是吃了我三剑的德·瓦尔德；再就是被我发现了秘密的米莱狄；最后，还有让我挫败复仇计划的红衣主教。"

"好哇！"阿多斯说道，"加在一起，不就是四个嘛，咱们也是四人，一对一。哎呀，见鬼！格里莫向我们打的手势，如果可信的话，咱们要对付的人，数量可就多得多。有什么情况，格里莫？"阿多斯问道，"鉴于形势严重，我允许您开口讲话，我的朋友，不过，请您说话一定简短。您看见什么啦？"

"一支部队。"

"多少人?"

"二十人。"

"什么兵?"

"十六名工兵、四名步兵。"

"离我们有多远?"

"五百步。"

"好,咱们还来得及吃完这只鸡,喝下这杯葡萄酒,为达达尼安的健康干杯!"

"为健康干杯!"波尔托斯和阿拉密斯附和道。

"也行啊,为我的健康干杯!尽管我不相信你们的祝愿能顶多大事儿。"

"算了吧!"阿多斯说道,"正如穆罕默德的信徒们说的,天主是伟大的,未来掌握在他的手中。"

阿多斯说着,一口干掉杯中酒,将空杯放到身边。他懒洋洋站起来,就近拿了一支枪,朝一个枪眼走去。

波尔托斯、阿拉密斯和达达尼安,也都照样操起枪,占一个枪眼。格里莫则奉命待在四个朋友的身后,将他们放过的枪重新装上弹药。

不大工夫,那支队伍就出现了。那些人正沿着羊肠小道似的壕沟走过来,那是棱堡和拉罗舍尔城之间的交通壕。

"见鬼!"阿多斯说道,"原来是二十来个扛着尖镐、镢头和铲子的家伙,真不值当咱们动手!当时格里莫只需摆摆手,示意他们走开就是了,我确信他们就不会来打扰我们。"

"我看不见得,"达达尼安说道,"因为,他们很坚定地朝这边走来。况且,同民工来的还有四个当兵的和一个小队长,他们可都带着火枪。"

"那是因为他们没有看见咱们。"

"真的,"阿拉密斯说道,"我承认,我就不愿意朝城里那些可怜虫开枪。"

"可恶的教士,"波尔托斯说道,"居然可怜起异教徒!"

"真的,"阿多斯说道,"阿拉密斯说得有理,我这就去知会他们一声。"

"见鬼,您胡闹什么呀?"达达尼安说道,"亲爱的,您要让人家一枪给撂那儿!"

然而,阿多斯根本不理睬,他登上豁口,一只手举枪,一只手举起帽子。

"先生们,"阿多斯冲那些士兵和工兵说道,同时有礼貌向他们躬了躬身,而那些人见突然冒出个人来,都吃了一惊,在离棱堡五十米远处站住了,"先生们,我和几个朋友,我们正在棱堡里用早餐。大家都明白,用早餐时有人打扰,是最讨厌的事儿了。因此,我们有个请求,你们真的要来这办什么事儿,那就等我们吃完饭的,或者过些时候再来。除非你们想弃暗投明,脱离乱党,过来同我们为法国国王的健康干杯。"

"当心,阿多斯!"达达尼安嚷道,"你没有看到他们在瞄准你吗?"

"看到了,看到了。"阿多斯回答,"不过,那是些市民,玩枪很笨,他们打不着我的。"

果然,四杆枪同时打响,子弹击到阿多斯的周围,没有一颗碰到他。

几乎就在同时,回答他们的也是四声枪响,而这四枪比进攻者打得准:二名士兵被击毙,一个民工被打伤。

"格里莫,再拿来一支枪!"阿多斯说道,他仍旧站在豁口上。

格里莫立刻遵命。三个朋友也各自给枪上了弹药。紧接着就是第二排枪响,队长和两名工兵被击毙,剩下的人全掉头逃走了。

"来,先生们,出击!"阿多斯说道。

四个朋友冲出棱堡,一直跑到战场,拾起四名士兵的火枪和队长的指挥短矛。他们确信那些人逃进城去才会停止，于是带着战利品又返回棱堡。

"每支枪都重新装好弹药，格里莫，"阿多斯说道，"咱们呢，各位先生，咱们还得接着用早餐，接着谈话。刚才咱们说到哪儿啦？"

"我想起来了。"达达尼安说道，"米莱狄向红衣主教要了我的脑袋，然后就离开法国海岸。她去哪儿啦？"他又问了一句，显然特别关心米莱狄的去向。

"她去了英国。"阿多斯回答。

"是什么目的？"

"要暗杀或者找人暗杀白金汉。"

达达尼安既吃惊又气愤，喊叫了一声。

"太卑鄙啦！"他嚷道。

"哎！至于这件事嘛，"阿多斯说道，"请您相信我可不大在乎。格里莫，您的事儿已经干完了，"阿多斯接着说道，"现在，您拿那队长的短矛，将一条餐巾系在矛尖上，再把它插到棱堡最高点，让拉罗舍尔那些叛乱分子都瞧瞧，他们面对的是国王勇敢忠诚的士卒。"

格里莫也不答话就照办了。过了一会儿，一面白旗就在四位朋友的头上飘扬。一阵雷鸣般的掌声向这面旗帜致敬[①]：军营里有半数将士都拥到栅栏近前观看。

"怎么！"达达尼安又说道，"她去杀害，或者找人杀害白金汉，您不大在乎？然而，公爵是咱们的朋友啊。"

"公爵是英国人，公爵向我们开战了。米莱狄要把公爵怎么样随她便，我对待这事儿，就像对待一个空酒瓶。"

阿多斯说着，就拿起一只酒瓶，将剩的酒全倒在自己的杯中，随即

---

① 法兰西王国的国旗是绣有百合花徽案的白旗。

将空瓶子抛出十五六步远。

"等一等，"达达尼安说道，"我不能就这样抛弃白金汉，他赠给了咱们那么好的骏马。"

"特别是那么华丽的鞍子。"波尔托斯也说道，他此刻披的斗篷的花边，就是从他那马鞍上拆下来的。

"再说，"阿拉密斯也说道，"天主是要人皈依，而不是治人死罪。"

"阿门，"阿多斯说道，"如果各位对这个话题感兴趣，那咱们以后再谈吧。现在我最关心的，说出来您也肯定会理解，达达尼安，就是把她向红衣主教索取的那份全权证书夺过来。她依仗那份证书，就能除掉您，甚至除掉我们，又不会受到任何惩罚。"

"怎么，那个女人是个魔鬼呀？"波尔托斯说道，他把餐盘递过去，请阿拉密斯给他切一块鸡肉。

"那份全权证书呢？"达达尼安问道，"那份全权证书还一直在她手中吗？"

"不在她手中，已经到我手里了。我不能说轻而易举就拿到了，这样讲我就是说谎。"

"我亲爱的阿多斯，"达达尼安说道，"我不再计数你救了我多少回命了。"

"这样看来，昨天晚上您离开我们，就是去找她啦？"阿拉密斯问道。

"正是。"

"红衣主教签发的文件在您手中？"达达尼安说道。

"在这儿呢。"阿多斯回答。

他说着，就从军服口袋里掏出那份宝贵的文件。

达达尼安展开文件时，甚至都不想掩饰手在颤抖，他念道：

本文件持有者，奉我之命，为了国家的利益，做了他所做的事。

> 黎世留
>
> 一六二七年十二月三日

"的确，"阿拉密斯说道，"这份全权证书完全符合规定。"

"这份文件就该撕毁。"达达尼安说道，他就觉得念的是他的死刑判决书。

"恰恰相反，"阿多斯说道，"务必妥善保存起来，即使有人用在这上面铺满的金币交换，我也绝不同意。"

"现在，她该怎么办呢？"年轻人问道。

"这个嘛，"阿多斯漫不经心地回答，"她有可能写信告诉红衣主教，一个名叫阿多斯的该死的火枪卫士，强行夺走了她的安全通行证。她在同一封信里，还会建议同时铲除阿多斯和他的两个朋友，波尔托斯和阿拉密斯。红衣主教从而能想起，正是这几个人总挡在他的路上。于是有朝一日，他命人逮捕达达尼安，再打发我们去巴士底狱陪伴他，以免他独自一人闷得慌。"

"会这样，是吗？"波尔托斯说道，"我亲爱的，我倒觉得不像话，开这种玩笑。"

"我可不是开玩笑。"阿多斯回答。

"你知道不知道，"波尔托斯说道，"比起扭断那些可怜的胡格诺派教徒的脖子，扭断这个该死的女人米莱狄的脖子，罪过要轻些？因为那些胡格诺派教徒根本没有别的什么罪过，只不过用法语唱圣歌，而我们唱圣歌则用拉丁文。"

"神父有何见教？"阿多斯平静地问道。

"要我说，我赞成波尔托斯的看法。"阿拉密斯答道。

"我也是同样的看法！"达达尼安说道。

第四十七章 火枪手密议

"幸而她离得远远的，"波尔托斯说道，"我得承认，她若是在这里，就会极大地妨碍我。"

"她无论是在英国还是在法国，对我都有妨碍。"

"她在哪儿都妨碍我。"达达尼安说道。

"可是，当时你已经抓住她了，"波尔托斯又说道，"干吗不溺死她、掐死她、吊死她呢？人只有死了，才不会再来。"

"您这样认为，波尔托斯？"火枪手惨然一笑，回答道，唯独达达尼安能理解那种笑意。

"我有个主意。"达达尼安说道。

"说说看。"几名火枪手说道。

"操家伙！"格里莫喊了一嗓子。

几个年轻人急忙站起来，朝枪支跑去。

这一次开来的队伍，有二十人至二十五人，没有工兵了，全是城防军的兵卒。

"咱们是不是返回军营去？"波尔托斯说道，"我觉得敌我力量悬殊。"

"返回军营不可能，理由有三，"阿多斯回答，"第一，早餐咱们还没有用完；第二，咱们还有要事商谈；第三，还差十分钟才到一小时。"

"喏，"阿拉密斯说道，"总得制订个作战计划。"

"计划很简单，"阿多斯说道，"敌人一走进火力圈儿，咱们就开火。如果他们继续前进，咱们就再打，一直到装了弹药的枪全打完。如果剩下的人还往上冲，就让他们一直冲到棱堡下面的壕沟里，到那时咱们就推倒一堵墙砸死他们，那堵墙还没有倒塌简直是个奇迹。"

"太棒啦！"波尔托斯说道，"你天生就是个将军，红衣主教自认为是个伟大的军事家，照你一比就不算什么。"

"先生们，"阿多斯说道，"请你们不要一心二用，每人都瞄住一个人。"

"我瞄准了。"达达尼安说道。

"我也瞄住了。"波尔托斯说道。

"我也瞄好了。"阿拉密斯说道。

"那好,开火!"阿多斯一声令下。

四支枪同时开火,只听一声枪响,可是看见倒下四个人。

那边立刻响起军鼓声,一支小小的队伍便以冲锋的速度前进。

这时,枪声虽不断,但不整齐了,不过总是打得很准。然而,拉罗舍尔人看来认定我们的几位朋友人数少,因而还是向前奔跑。

又打了三枪,两个人应声倒下,而那些没有倒下的人并不放慢奔跑的速度。

敌军冲到棱堡下面,还剩下十二三个,不到十五人。迎接他们的是最后一排枪,但还是阻挡不住。他们纷纷跳下壕沟,就要爬上围墙的豁口。

"好了,朋友们,"阿多斯说道,"咱们一举全歼,推墙!推墙!"

于是,四个朋友在格里莫的协助下,用枪筒顶着一起猛推一面大墙。墙根儿很快松动,整个一面墙仿佛被狂风吹得向外倾斜,随即轰的一声,倒进壕沟里,只听一阵惨叫声,又见一大团烟尘升向天空,大局已定。

"从头一个到最后一个,是不是全压死了?"阿多斯问道。

"没错,看来是这样。"达达尼安说道。

"不对,"波尔托斯却说道,"那儿有两三个人,正一瘸一拐逃命呢。"

果然,倒霉的敌军还有三四人,他们灰头土脸,满身是血,正沿着交通壕往城里逃去。那支小部队,只有他们几个死里逃生。

阿多斯瞧了瞧怀表。

"先生们,"他说道,"咱们到这儿有一个钟头了,现在打赌赢了。不过,赢也要赢个漂亮,况且,达达尼安有了个主意,还没有跟我们谈呢。"

说罢，这位火枪手以他一贯的镇定态度，走过去坐到早餐剩余的食物旁边。

"我的主意？"达达尼安说道。

"对呀，刚才您说有了个主意。"阿多斯提醒他。

"嗯！想起来了，"达达尼安接着说道，"我再去英国一趟，去见白金汉先生。"

"您绝不能干这种事儿，达达尼安。"阿多斯冷冷地说了一句。

"这又是为什么？我不是已经干过一回吗？"

"不错，然而那时候，我们没有开战。那时候，白金汉先生还是一位盟友，而不是敌人。现在您要干的事，完全可以扣上叛国的罪名。"

达达尼安明白这种推论的分量，也就无言以对。

"对了，"波尔托斯说道，"我好像也有了个主意。"

"肃静，听一听波尔托斯先生的主意！"阿拉密斯说道。

"我向德·特雷维尔先生请个假，用什么由头，你们去想吧，这方面我不是行家。米莱狄不认识我，我接近她，也不会引起她的恐惧，等抓到那个美人儿，我就掐死她。"

"好哇！"阿多斯说道，"我离采纳波尔托斯的主意，也差不太远了。"

"算了吧！"阿拉密斯说道，"杀害一个女子！不行，喏，听着，我这才是真正的主意呢。"

"瞧瞧您的主意，阿拉密斯！"阿多斯说道，他十分敬重这名年轻的火枪手。

"应当通知王后。"

"啊！真的，对呀，"波尔托斯和达达尼安齐声说道，"我认为咱们找到了办法。"

"通知王后！"阿多斯说道，"怎么通知法？咱们在宫廷里有关系吗？咱们派人去巴黎，能不让军营里的人知道吗？从这里到巴黎，有一百四十法里的路程，还未等咱们的信送到昂热尔，咱们早就给关进地牢里了。"

"要找一个可靠的人，把信送交王后陛下，"阿拉密斯红着脸说道，"这事儿可以包在我的身上，我认识住在图尔的一个十分机灵的人……"

阿拉密斯见阿多斯微笑起来，便戛然住口。

"怎么样！您不采纳这种办法，阿多斯！"达达尼安问道。

"我也不完全反对，只是想提醒阿拉密斯注意，他不可能离开军营，而除了咱们几个，任何人都是靠不住的。而且，信使出发之后两小时，红衣主教手下的所有那些嘉布遣会修士、所有那些警探、所有那些黑帽子，都能背出您那封信的内容，他们就会逮捕您和您那位机灵的人。"

"不仅如此，"波尔托斯也说道，"王后会救白金汉公爵，却根本不会救我们几个人。"

"先生们，"达达尼安说道，"波尔托斯所讲的话非常有道理。"

"嘿！嘿！那城里出什么事儿啦？"阿多斯说道。

"他们在敲鼓紧急集合。"

四位朋友侧耳细听，鼓声果然传到他们的耳畔。

"等着瞧吧，他们要派一团人马来攻打我们。"阿多斯说道。

"您不会跟一团人马对抗吧。"波尔托斯说道。

"有何不可？"这位火枪手说道，"我感到精神抖擞，能对抗一支大军，只要早想到这一点，多带来十二瓶酒就成。"

"我敢说，鼓声越来越近了。"达达尼安说道。

"越近就越近，"阿多斯说道，"从这里进城有一刻钟的路程，因此从城里到这儿也同样。咱们制订个计划，也用不了这么长时间，咱们如果离开这儿，那就再也找不到这样合适的地点了。听着，先生们，真巧，我忽然有了真正的主意。"

"那就说说看。"

"对不起,有几件事刻不容缓,我得先交代给格里莫。"

他打了个手势,让他跟班过去。

"格里莫,"阿多斯指着棱堡里的尸体,说道,"您过去,将那几位先生扶起来靠墙站立,给他们戴上帽子,再把枪放到他们手上。"

"非凡的人啊!"达达尼安说道,"我理解您的意思了。"

"您理解了?"波尔托斯问道。

"您呢,格里莫,你明白吗?"阿拉密斯也问道。

格里莫点了点头。

"这就足够了,"阿多斯说道,"咱们再来看我这主意。"

"我倒是很想弄明白这到底是干什么。"波尔托斯说道。

"无此必要。"

"对,对,还是看看阿多斯的主意吧。"达达尼安和阿拉密斯同时说道。

"那个米莱狄,那个女人,那个娼妇,那个魔鬼,有一个小叔子,我觉得您对我说过,达达尼安。"

"对,那人我甚至还很熟悉,我还认为,他对他嫂子没有多大好感。"

"这倒没有什么不好,"阿多斯回答,"他若是鄙视她,那就更好了。"

"那就更合咱们的心愿了。"

"然而,"波尔托斯说道,"我还是想弄明白格里莫在干什么。"

"住口,波尔托斯!"阿拉密斯说道。

"那个小叔子怎么称呼?"

"温特爵士。"

"现在他在哪里?"

"一有开战的传闻,他就返回伦敦去了。"

"好哇!他正是我们所需要的人,"阿多斯说道,"他也正是我们应当通知的人。我们派人告诉他,他的嫂子要暗杀一个人,我们请他监视他嫂子。我想，伦敦总该有妇女感化院之类的机构，他就把他嫂子送进去，我们也就平安无事了。"

"对，"达达尼安说道，"一直到她出来为止。"

"噢！老实说，"阿多斯又说道，"您的胃口也太大了，达达尼安，我倾其所有，全部给您了，告诉您，这可是我的箱子底。"

"照我看啊，这个主意最好了，"阿拉密斯说道，"咱们同时通知王后和温特爵士。"

"对，可是，咱们派谁把信送到图尔，还把信送到伦敦呢？"

"我保证巴赞能胜任。"阿拉密斯答道。

"我保证卜朗舍胜任。"达达尼安也答道。

"其实，"波尔托斯说道，"我们是不能离开军营啊，但是我们的跟班可以离开。"

"当然了，"阿拉密斯说道，"今天咱们就写信，给他们钱，让他们出发。"

"给他们钱？"阿多斯接口说道，"怎么，您有钱啦？"

四位朋友面面相觑，刚舒展一会儿的眉头，又掠过一片阴云。

"有敌情！"达达尼安嚷道，"我望见那边有黑点和红点在晃动。刚才您怎么说，阿多斯，一团人马！那是一支名副其实的大军。"

"真的，是啊，"阿多斯说道，"他们来了。瞧瞧那些偷袭的家伙，不敲鼓也不吹号。喂！喂！你干完了吗，格里莫？"

格里莫打了个手势，表示他干完了，他指了指那十来具尸体，一个个姿态活灵活现，有的端着枪，有的还在瞄准，另外一些则手中握着剑。

"棒极了！"阿多斯称赞道，"真精彩，这表明你有想象力。"

"精彩又怎么样？"波尔托斯说道，"我还是想弄个明白。"

"咱们先撤，"达达尼安说，"然后你就明白了。"

"稍等一下，先生们，稍等一下！容点儿时间，让格里莫把早餐收拾了。"

"哇!"阿拉密斯说道,"那些黑点和红点明显扩大,我赞成达达尼安的看法,我认为要回营时间紧迫,不能再耽误了。"

"真的,"阿多斯说道,"我再也没有任何理由反对撤退了。咱们打赌停留一小时,现在已经待了一个半小时。没的说了,走吧,先生们,咱们走吧。"

格里莫已经走在前面,挎着篮子带走吃剩下的东西。

四个朋友随后出了棱堡,已经走了十几步远。

"哎呀!"阿多斯忽然叫道,"见鬼,先生们,咱们这是干的什么事啊?"

"您忘记了什么东西吗?"阿拉密斯问道。

"当然了,还有那面旗呢!那面旗帜,哪怕只是一块餐巾,也绝不能落入敌人手中!"

阿多斯说着,又冲进棱堡,登上顶部平台,拔起那面旗帜。然而,这时拉罗舍尔军已经到了射程之内,他们猛烈开火,射向那个仿佛冒着枪林弹雨嬉戏的人。

然而,阿多斯身上就好像有魔法,无数子弹从周围呼啸而过,但是没有一颗子弹击中。

阿多斯背向拉罗舍尔军队,摇晃旗帜向军营的将士致敬。两边阵营喊声震天,一边是狂呼怒吼,一边是欢呼喝彩。

紧接着第一排枪,第二排枪又打响了,有三颗子弹打穿餐巾,使它变成一面真正的战旗了。只听全军营的人都在高喊:

"下去,快下去!"

阿多斯下去了。他的伙伴们惴惴不安地等着他,见他从棱堡出来,都感到由衷的高兴。

"走吧,阿多斯,走吧,"达达尼安说道,"放开脚步,放开脚步,除了金钱,咱们什么都找到了,现在再被打死,那就未免太蠢了。"

然而，不管伙伴们说什么，阿多斯还是照样大摇大摆，迈着四方步。他们见怎么说也没有用，也就按照他来调整自己的步伐。

格里莫和他的篮子先行，现在已经走出了火枪的射程。

过了一会儿，忽然又传来一阵激烈的枪声。

"怎么回事儿？"波尔托斯问道，"他们朝什么开枪？我没有听到子弹的呼啸声，也不见一个人影儿。"

"他们朝我们立起的那些死人开枪呢。"阿多斯回答。

"可是，那些死人不会还击呀。"

"一点儿不错，那样一来，他们就要以为有埋伏，就要停下来商议，再派出代表要谈判，等他们发现那是一场玩笑，咱们就走到射程之外了。这就是为什么，咱们不必狂跑，也就不会患上胸膜炎了。"

"嗯！我明白了。"波尔托斯不胜惊奇地说道。

"这可真难得啊！"阿多斯耸耸肩膀来了一句。

法国人那方面，他们看见四个朋友大摇大摆地回来，都热烈欢呼起来。

最后，又响起一阵火枪声，这一次，子弹夹着呼啸声，传到他们耳畔颇为凄厉，打在这四位朋友周围的碎石上。拉罗舍尔军终于夺取了棱堡。

"这些人可真笨到家了，"阿多斯说道，"咱们打死他们多少？有十二个？"

"也许十五个。"

"咱们砸死他们多少？"

"八九个，十来个吧。"

"歼敌这么多人，我方就没有受一点儿伤吗？嗯！不对！您那只手怎么啦，达达尼安？我看好像有血迹？"

"没什么。"达达尼安回答。

"中了一颗流弹？"

"不是流弹。"

"那是怎么回事儿?"

我们说过,阿多斯爱达达尼安,就当成是自己的孩子,这个性情忧郁而宁折不弯的人,对这个青年有时就像父亲那样关怀。

"破了一点儿皮,"达达尼安又说道,"我的手指让石头夹住了,一边是棱堡墙石,一边是戒指的钻石,结果夹破了皮。"

"这就是戴钻石戒指的结果,我的少爷。"阿多斯不屑地说道。

"咦,怎么?"波尔托斯高声说道,"有一枚钻戒,不错,活见鬼了,既然有一枚钻戒,咱们还干吗哀叹没有钱呢?"

"咦!果然啊!"阿拉密斯叹道。

"好哇,波尔托斯,这一次,可倒是个主意。"阿多斯说道。

"当然啦,"波尔托斯说道,他听见阿多斯的赞扬,便昂首挺胸,"既然有钻石戒指,那就卖掉好了。"

"要知道,"达达尼安说道,"这可是王后的钻石戒指呀。"

"那就多出一条理由卖掉它了,"阿多斯又说道,"王后救助她的情人白金汉公爵,这是理所当然的事;王后救助我们,她的朋友,也是义不容辞的事。咱们把钻石戒指卖掉吧。神父先生怎么看?我不问波尔托斯的看法,他已经表明了。"

"照我看,"阿拉密斯说着脸就红了,"他的戒指不是情人送的,因此不是爱情的信物,达达尼安就可以卖掉它。"

"我亲爱的,您说话就同神学一样玄妙啊。这么说,您的看法是?……"

"卖掉钻石戒指。"阿拉密斯回答。

"那好哇!"达达尼安欢快地说道,"咱们卖掉钻戒,不要再说了。"

枪声依然不断,可是,他们几个朋友已经在射程之外了。拉罗舍尔军那样放枪,也只为求个心安理得。

"真的，波尔托斯想到这个主意，还挺及时，咱们这就到军营了。因此，先生们，整个这件事儿，一个字也不要再提及。大家都在注意观察我们，他们迎上来，对我们要大加赞扬了。"

的确，正如我们所说，全军营都沸腾了。两千多人，如同观看演出似的，目睹了四个朋友成功进行的疯狂之举，却没人去猜想这种疯狂之举的真正动机。"禁军卫士万岁！""火枪手万岁！"欢呼声响成一片。德·布西尼先生头一个跑上前来，握住阿多斯的手，承认他赌输了。那名龙骑兵和那名瑞士雇佣兵跟在他后面。这二人身后又跟随着所有弟兄。祝贺、握手、拥抱，简直没完没了，说起那些拉罗舍尔人，又都大笑不止。最后，喧闹之声沸反盈天，惊动了红衣主教，他还以为有人哗变，就派他的卫队长拉乌迪尼埃尔察看情况。

大家都欢欣鼓舞，向这位特派员讲了事情的经过。

"怎么回事？"红衣主教见拉乌迪尼埃尔回来，便问道。

"是这么回事！大人，"卫队长答道，"有三名火枪手和一名禁军卫士，同德·布西尼先生打赌，要去圣热尔韦棱堡用早餐，他们边吃饭边战斗，坚守了两小时，我也说不清打死了多少拉罗舍尔敌军。"

"您问过那三名火枪手的姓名吗？"

"问过，大人。"

"他们叫什么？"

"就是阿多斯、波尔托斯和阿拉密斯几位先生。"

"总是我那三位勇士！"红衣主教咕哝道，"那名禁军卫士呢？"

"达达尼安先生。"

"总是我那怪怪的青年！自不待言，务必将这四人收到我的帐下。"

当天晚上，红衣主教见到德·特雷维尔先生，又提起早晨全营议论的那件英雄事迹。德·特雷维尔先生听过这次冒险的几位英雄的叙述，他就把事情的经过详详细细地讲给法座听，甚至餐巾的那段插曲也没有漏掉。

"很好，德·特雷维尔先生，"红衣主教说道，"请您把那条餐巾给我取来，我让人用金线绣上三朵百合花，然后再还给您，作为火枪卫队的队旗。"

"大人，"德·特雷维尔先生说道，"这样处置，对禁军卫队就不大公平，达达尼安先生不属于我的卫队，而是德·艾萨尔先生的部下。"

"那好！您就把他调过来吧，"红衣主教说道，"这四名勇敢的军人如此相亲相爱，不让他们在同一支部队里效力，也就有失公正了。"

当天晚上，德·特雷维尔先生就向三名火枪手，以及达达尼安宣布了这条好消息，还邀请他们四人于次日共进早餐。

达达尼安乐不可支。我们知道，当一名火枪卫士，曾是他终生的梦想。三位朋友也都满心欢喜。

"真的！"达达尼安对阿多斯说道，"你的这个主意大获成功，正如你说的，咱们既赢得了荣耀，又进行了一次极其重要的谈话。"

"而现在咱们就可以接着谈话，不会引起任何人的怀疑了。因为，有了老天帮忙，从今往后，咱们要被人视为红衣主教的人了。"

就在同一天晚上，达达尼安去拜见德·艾萨尔先生，表示敬意，并告诉他自己晋级的事。

德·艾萨尔先生十分喜爱达达尼安，当即表示愿意提供帮助，这次调换部队，必然要花钱置办装备。

达达尼安谢绝了，不过，既然有这样的好机会，就把钻石戒指交给他，请他找人估估价，说他希望变卖成现金。

次日早晨八点钟，德·艾萨尔先生的跟班走进达达尼安的房间，交给他价值七千利弗尔的一袋金币。

这就是王后的那枚钻石戒指的价值。

第四十八章
家务事

阿多斯已经想到"家务事"这种说法。一件家务事,绝不属于红衣主教监督调查的范围。一件家务事同谁都不相干,人人都可以正大光明地处理家务事。

因此,阿多斯想到了这样的说法,家务事。

阿拉密斯则想到了这样的主意,派跟班去办。

波尔托斯也提出了这样的办法,卖掉钻石戒指。

唯独达达尼安,这次什么也没想出来,而平时,四个人当中数他花样最多,不过也应当说明一点,仅仅米莱狄这个名字,就把他吓掉了魂儿。

嗯!不对,我们说错了,他想到了钻石戒指的买家。

在德·特雷维尔先生那里吃早饭,气氛非常欢快。达达尼安已经有了军装。由于他的身材跟阿拉密斯差不多,而大家还记得,阿拉密斯卖诗给书商得到丰厚的稿酬,置办全部装备都是双份的,闲置的一整套就让给了达达尼安。

如果不是看到米莱狄隐约出现,像天边的一片乌云,那么,达达尼安本来就可以踌躇满志了。

早饭之后,大家商定晚上到阿多斯的寝室相聚,将事情谈出个结果来。

整个白天，达达尼安在军营所有路上转悠，炫耀他那套火枪卫士军装。

到了晚上约定的时间，四位朋友相聚，他们只剩下三件事要做出决定了：

给米莱狄小叔子的信如何措辞；

给图尔那个机灵人的信如何措辞；

派哪两个跟班去送信。

每个人都推荐自己的跟班：阿多斯说格里莫极其慎言，不经主人特许绝不开口讲话；波尔托斯则吹捧木斯克东力气大，能打败四个一般的汉子；阿拉密斯认为巴赞的机敏靠得住，并且大事赞扬一番他所推荐的人；达达尼安也完全信赖卜朗舍的勇敢，还提起他在布洛涅的棘手事件中的表现。

四种品质各有价值，大家讨论了许久，都发表了高论，我们在此就不一一详录，怕的是拖长了故事。

"只可惜啊，"阿多斯说道，"选派送信的人，必须一身兼有这四种品质。"

"可是，到哪儿去找这样的跟班呢？"

"没处找！"阿多斯说道，"这完全清楚，那就派格里莫去吧。"

"派木斯克东去。"

"派巴赞去。"

"派卜朗舍去，卜朗舍又勇敢又机灵，四种品质，他就具备两种了。"

"各位，"阿拉密斯说道，"最重要的不是了解我们这四个跟班中，哪个最谨慎，最有力气，或者最勇敢，而是了解哪个最爱钱。"

"阿拉密斯这话讲得非常有道理，"阿多斯说道，"应当充分利用人的缺点，而不是人的优良品质。神父先生，您真是个伟大的伦理学家。"

"这是毫无疑问的，"阿拉密斯说道，"我们不仅需要办事得力的人争取成功，也需要办事得力的人以免失败。要知道，万一失败，脑袋就难保，保不住的倒不是跟班的脑袋……"

"小点儿声，阿拉密斯！"阿多斯说道。

"此话有理，保不住的不是跟班的脑袋，"阿拉密斯又说道，"而是主人的脑袋，甚至是几个主人的脑袋！咱们的跟班，能忠心到甘为咱们冒生命危险的程度吗？不能。"

"老实说，"达达尼安说道，"我几乎可以为卜朗舍打包票。"

"好哇！我亲爱的朋友，在他天性忠诚上，再加上能让他过好日子的一大笔钱，这就不是单保险，而是双保险了。"

"唉！仁慈的天主！你们这样算计还是要失误，"阿多斯说道，他看事总乐观，而看人总悲观，"他们为了得到钱，什么都会答应，一上路就害怕，便把事情给撂了。一旦被人抓住，就要拷问，一拷问就全部招认。真见鬼！咱们又不是孩子了！要去英国（阿多斯压低声音），就必须穿越整个法国，而法国到处布满红衣主教的密探和打手，还必须有通行证才能上船，必须懂英语，到伦敦好问路。总之，我看事情相当难。"

"一点儿也不难，"达达尼安说道，他是无论如何也要把这事办成，"正相反，我看这事儿很容易。见鬼！当然了，给温特爵士的信上，如果写了家务事之外的话，提到红衣主教的残暴行为……"

"小点儿声！"阿多斯说道。

"如果谈到国家的阴谋和秘密，"达达尼安遵嘱压低了声音，接着说道，"咱们全得受车轮刑，活活被折磨死。可是，谢天谢地，您不要忘了，阿多斯，正如您所说的，咱们给他写信只为家务事，给他写信只有这一个目的，就是请他等米莱狄一到伦敦，便设法使她危害不了我们。因此，我想给他写的信大致这样措辞……"

"说说看……"阿拉密斯说着，就摆出一副准备挑刺儿的样子。

"先生和亲爱的朋友……"

"嘿！对呀，亲爱的朋友，这样称呼一个英国人，"阿多斯插言道，

"好一个开头！真棒，达达尼安！单凭这一句话，您就不是受车轮刑，而是五马分尸了。"

"那好！这样吧，我就干脆只称他：先生。"

"您也不妨称他爵士。"特别重视礼仪的阿多斯又说道。

"爵士，您还记得卢森堡宫身后那小片牧场吗？"

"好哇！现在这时候，又提卢森堡宫！有人会以为您是暗指王太后[①]！措辞真妙啊！"阿多斯说道。

"那好吧！咱们干脆这样写，'爵士，您还记得在某一小片牧场救您一命的事情吗？'"

"我亲爱的达达尼安，"阿多斯又说道，"您这辈子，也只能成为一个拙劣的拟稿人：'救您一命！'呸！这实在不像话。对一位绅士，永远也不要提这类帮助。说人知恩不报，就是对人冒犯。"

"噢！我亲爱的，"达达尼安说道，"您真叫人受不了，如果必须接受您的检查，老实说，这封信我就不写了。"

"这就对了。我亲爱的，您还是摆弄火枪和剑吧，这两样您是行家，做起来得心应手。因此，把笔交给神父先生吧，这是他的拿手好戏。"

"哦！对，的确如此，"波尔托斯说道，"把笔交给阿拉密斯吧，他写论文还用拉丁文呢。"

"好吧！交就交，"达达尼安说道，"阿拉密斯，您来给我们起草这封信吧。不过，我以我们的圣父教皇起誓，您可得多加小心，我把话说在前头，肯定也要找您的茬儿的。"

"那求之不得。"阿拉密斯说道，表现出诗人都具有的那种天真的自信，"不过，要把情况告诉我，当然，我也零零星星听说几句，那个嫂子是个坏女人。我甚至听见她与红衣主教的谈话，直接得到了证据。"

---

① 王太后. 即路易｜二的母后玛丽·德·梅迪契，卢森堡宫是由她决定建造的（从 1615 年至 1620 年）。

"小点儿声，噢，天哪！"阿多斯说道。

"可是，"阿拉密斯接着说道，"详细情况我并不了解。"

"我也同样不了解。"波尔托斯也说道。

达达尼安和阿多斯默默无言，对视了片刻。阿多斯略微考虑之后，脸色变得比平时更加苍白了，他终于示意可以，达达尼安明白他可以讲讲这件事了。

"好吧！"达达尼安说道，"信中要写上这样的内容：'爵士，您的嫂子是个罪大恶极的女人，她为了继承您的财产，就要派人杀害您。其实，她根本不能嫁给您哥哥，只因她在法国已经结了婚，并且被……'"

达达尼安住了口，眼睛注视着阿多斯，仿佛在想词儿。

"被她丈夫赶出家门。"阿多斯说道。

"因为她身上打过烙刑印。"达达尼安接着说道。

"哎！"波尔托斯高声说道，"不可能呀！她要派人杀害她小叔子？"

"对。"

"她身上有烙刑印？"

"对。"

"她肩上有一朵百合花烙印，被她丈夫发现啦？"波尔托斯高声说道。

"对。"

这三声"对"，全是阿多斯讲的，可是一声比一声低沉。

"谁见过那朵百合花烙印？"阿拉密斯问道。

"达达尼安和我，如果按照时间顺序，应当这样讲，我和达达尼安。"阿多斯回答。

"那可怕女人的丈夫还在世吗？"

"还在世。"

"您能肯定吗？"

"就是我。"

一时冷场，每人都深深感受到触动，只是随每人的天性而程度不同。

"这一次，"阿多斯首先打破沉默，又说道，"达达尼安倒是提供给我们一个极好的提纲，这些内容首先应当写上。"

"见鬼！您说得对，阿多斯，"阿拉密斯接口说道，"不过，落成文字却很棘手。就是司法大臣本人，要写这种分量的一封信，也不免十分为难，尽管他写起案件笔录来挥洒自如。无所谓！各位都肃静，我来写。"

阿拉密斯说着，便操起笔来，略微想了想，便下笔写了十来行，字体娟秀，如出女子的手笔。接着，他念了一遍所写的内容，声音温柔舒缓，仿佛每个字都经过仔细地斟酌：

爵士：

给您写下这几行文字的人，曾有幸在地狱街的一小片牧场同您比过剑。从那之后，您也曾多次自称是那人的朋友，因此他认为有必要向您提个忠告，以回报这种友情。您两次险些受害，而您还把要害您的一位女近亲视为您的继承人，殊不知她在英国结婚之前，在法国已是有夫之妇了。然而，她要第三次下手了，这一次您就可能性命难保。您的那位亲戚昨天夜晚启程，从拉罗舍尔前往英国。她要实施几个可怕的重大计划，等她一到达，您就严密监视她。如果您一定要了解她究竟能干出什么事来，那么您从她的左肩上看看她的过去吧。

"很好！这样十分得体，"阿多斯说道，"您这支笔不亚于国务大臣的笔，我亲爱的阿拉密斯。这封信如真能送达，温特爵士就会多加戒备了，即使落到法座手中，也不会牵连到我们。不过，我们要派去送信的跟班，有可能中途停留在沙泰勒罗城，没有离开法国却谎称去了伦敦，因此，我们把信交给他时，也只给他一半钱，答应他另外一半拿回信换取。钻石戒指您还带在身上吗？"阿多斯接着问了一句。

"我有比钻戒还顶用的,我有这笔钱。"

达达尼安说着,就把钱袋扔到桌子上。听到金币的响声,阿拉密斯抬起眼睛,波尔托斯浑身一抖,而阿多斯却始终毫无表情。

"这小袋里装了多少钱?"他问道。

"七千利弗尔,全是每枚价值十二法郎的路易金币。"

"七千利弗尔!"波尔托斯高声说道,"那枚小小的钻石戒指,看着不怎么样,还值七千利弗尔?"

"看来没错,"阿多斯说道,"既然钱都摆这儿了。我想,我们的朋友达达尼安,不会加上自己的钱充数吧。"

"要注意,先生们,咱们整个这套安排,"达达尼安说道,"却没有为王后着想。稍微照顾一点她那亲爱的白金汉的健康吧。这是咱们起码应该为她做的。"

"说得对,"阿多斯说道,"不过,这还是阿拉密斯的事儿。"

"那好吧!"阿拉密斯脸又红了,答道,"可是,要我怎么办呢?"

"这还不简单,"阿多斯又说道,"再给住在图尔的那个机灵人写封信嘛。"

阿拉密斯又拿起羽毛管笔,重又考虑了一下,写了几行,立即念一念,征得几个朋友的同意。

亲爱的表妹……

"哦!哦!"阿多斯说道,"这个机灵人是您的亲戚呀!"

"我的表妹。"阿拉密斯回答。

"表妹就表妹吧!"

阿拉密斯继续念道:

亲爱的表妹:

红衣主教法座,就要彻底击败拉罗舍尔叛乱的异教徒,愿天主为了法国的福运和王国之敌的溃败,保佑红衣主教大人吧!驰援的英国舰队,很可能还未望见影儿,战事就结束了。我甚至敢断言,白金汉会受到某种重大事件的阻遏,最终无法成行。无论过去的时代,还是现在的时代,甚至未来,法座都是最杰出的政治家。如果太阳妨碍他,他就会让太阳熄灭。我亲爱的表妹,这些好消息请转告给令姐。我梦见过那个该诅咒的英国人死了,但是想不起来他是被刺死的还是被毒死的,唯一可以肯定的是,我梦见他死了,而且您也知道,我的梦一向非常灵验。您放心吧,很快就会看到我回去了。

"好极啦!"阿多斯高声赞道,"您真是诗人的王者,我亲爱的阿拉密斯,您讲话赛似《启示录》,而您又像《福音书》一样真实。现在,您只要写上收信人的住址就行了。"

"这很容易。"阿拉密斯说道。

他把这封信折得很雅致,又拿起笔来写上:

请转交图尔的裁缝米松小姐收。

三位朋友相视而笑,他们上当了。

"现在,你们都明白了,各位先生,"阿拉密斯说道,"这封信只能派巴赞送往图尔了。我那表妹只认识巴赞,也只信任他。换任何别人去,就会把这事办砸。再说了,巴赞又有学问又有志气,他读过历史,知道西克斯图斯－昆图斯[①]早年放过猪,后来才当上教皇。难得啊!巴赞准备和我同时献身教会,而且始终抱有希望,迟早有一天,他也能当上教皇,至少

---

① 西克斯图斯五世(1520-1590),意大利人,出身贫寒,1585年至1590年任教皇。

也能成为红衣主教。你们应当明白，一个人有这样的追求目标，是不会让人抓住的，或者说，即使被人抓住，那也宁愿受刑，绝不肯招供。"

"好哇，好哇，"达达尼安说道，"我完全同意您派巴赞去，同样，您也要同意我派卜朗舍去。有一天，米莱狄曾经让下人一顿乱棍把他打出门去，而卜朗舍记性可好，我敢向您担保，只要他认为有可能报这个仇，就是打断脊梁骨他也绝不罢休。如果说您那图尔的事是您自己的事情，阿拉密斯，那么伦敦的事，也就是我本人的事情。因此，我请求大家挑选卜朗舍，况且，他还去过伦敦，能十分准确地讲：London, sir, if you please①，以及My master lord d'Artagnan②。能讲这几句话，你们就放心吧，他怎么去，也能怎么回来。"

"既然如此，"阿多斯说道，"卜朗舍行前就应当先拿七百利弗尔，回来再拿七百；巴赞行前拿三百，回来再拿三百。这样，还剩下五千利弗尔，咱们每人各拿一千，作为日常花销，余下的一千由神父保管，以备不时之需，或者共同使用。这样处理你们看行吗？"

"我亲爱的阿多斯，"阿拉密斯说道，"您讲话就和涅斯托尔③一样，谁都知道，他是希腊最明智的人。"

"好吧！就这么定了，"阿多斯又说道，"卜朗舍和巴赞去办事。归根结底，把格里莫留在身边，对我也不是什么坏事儿，他习惯了我的方式，我身边没他还真不行。昨天那次行动，已经把他折腾得够呛了，再出远门办事，他非垮掉不可。"

卜朗舍被叫来了，把事情交代给他。达达尼安事先就给他打了招呼，先讲这个使命多么光荣，再谈奖赏多少钱，最后说明有多么危险。

---

① 英语，意思为："请问，先生，去伦敦怎么走？"
② 英语，意思为："我的主人达达尼安爵士。"
③ 涅斯托尔：希腊神话传说中的皮罗斯王，是特洛伊战争中的名将。他为人公正，长于辞令，又足智多谋。

"我把信藏在衣服的镶边里,"卜朗舍说道,"如果被人抓住,我就把信吃下去。"

"可是,那样一来,你就完不成任务了。"达达尼安说道。

"那么今晚,您就抄一份给我,明天我就记在心里了。"

达达尼安瞧了瞧几位朋友,那意思分明是说:

"怎么样!我事先是怎么向你们保证的了!"

"现在,"他接着对卜朗舍说道,"给你八天时间赶到温特爵士那里,再给你八天时间返回来,往返十六天。你动身之后的第十六天头上,如果到晚上八点钟你还没有赶回来,即使是八点零五分到的,你也拿不到第二份钱了。"

"那好,先生,"卜朗舍说道,"您给我买一只表吧。"

"拿上这只,"阿多斯说着,就把自己的表给了他,一副满不在乎的慷慨神气,"要记住,如果你说出什么,如果您饶舌,如果你闲逛,那么你的主人就要受连累,掉脑袋,而他多么信任你的忠心,向我们为你担保。而且,你也要记住,如果由于你的过错,达达尼安遭了殃,那么你跑到什么地方,我也能找到你,找到了就给你开膛破肚。"

"噢!先生!"卜朗舍说道,他受此怀疑感到屈辱,尤其害怕这位火枪手的平静态度。

"还有我呢,"波尔托斯转动着大眼珠子,也说道,"要记住,我会活活剥你的这张皮。"

"噢!先生!"

"还有我呢,"阿拉密斯以他温柔悦耳的声音说道,"要记住,我要用小火,就像烧野蛮人那样烧死你。"

"噢!先生!"

卜朗舍哭起来,我们不敢轻易断言,他是因为受到威胁吓哭的,还是看到四位朋友如此亲密而感动得落了泪。

达达尼安抓住他的手，拥抱了他。

"你瞧你，卜朗舍，"达达尼安对他说道，"几位先生对你讲这些话，是因为对我的感情很深，而其实他们也很喜欢你。"

"嗯！先生！"卜朗舍说道，"我要么成功，要么被剁成四块，就是被剁成四块，也请大家相信，绝不会有一块会说出去的。"

他们决定卜朗舍次日早上八点钟动身，以便像他本人所说的那样，当天晚上好把信背诵下来。这样安排，他就争取了十二个小时，按计划，他应当在第十六天头上八点钟赶回来。

次日早上，卜朗舍就要上马了，达达尼安内心还感到对白金汉公爵的关爱，便把卜朗舍拉到一旁。

"听我说，"达达尼安对他说道，"你把信交给温特爵士，等他看完信，再对他说一声：'要特别注意白金汉大人的安全，因为有人图谋杀害他。'不过这句话，你可知道，卜朗舍，特别重要，关系重大，告诉你这个秘密，我甚至不愿意向我的朋友承认，如果让我写下来，就是给我队长委任状我也不干。"

"您就放心好了，先生，"卜朗舍说道，"您等着瞧吧，我这个人是不是靠得住。"

卜朗舍跨上一匹骏马，他要跑二十法里才能换乘驿马。他催马奔驰，心里有点紧张，忘不了三位火枪手那种发狠的话，不过总的来说，他的精神十分饱满。

巴赞在第二天早晨动身去图尔，给他八天时间完成使命。

在两个跟班远行这段时间，四位朋友比以往任何时候都更睁大眼睛观望，扬起鼻子细闻，竖起耳朵倾听。白天从早到晚，他们都力图捕捉别人的谈话，窥探红衣主教的神色，猜测信使带来的消息。有几次被意外召去办差，他们就吓得魂不附体。此外，他们还得注意自身的安全，须知米莱狄是个幽灵，一旦显形，就不让人睡安稳觉了。

第四十八章 家务事

第八天头的早上,巴赞走进帕尔帕约客店餐厅,依然那样容光焕发,脸上挂着一贯的微笑。他按照事先约定的暗语,对正在吃早餐的四位朋友说:

"阿拉密斯先生,这是您表妹的回信。"

四位朋友喜悦地交换一下眼色,事情办成了一半,当然了,这一半花时间最少,办起来也最容易。

阿拉密斯不由得满脸通红,他接过信,只见信上字体很大,还有错别字。

"仁慈的上帝!"他笑着高声说道,"我真是拿她没治了,这个可怜的米松,写字永远不会像德·乌瓦图尔那样好了。"

"这个可邻(怜)的米荣(松),这是什么戏(意)思啊?"那名瑞士雇佣兵问道,信送到的时候,他正巧同四个朋友聊天。

"嗯!我的上帝!什么意思也没有,"阿拉密斯答道,"就是一个洗衣裳的青年女工,很可爱,我很喜欢,就让她写几行字留作念心儿。"

"好气(极)了!"瑞士雇佣兵又说道,"她如果现(像)洗(写)的次(字)一洋(样)大的溃(贵)夫人,我的活(伙)计,那您可沉(真)有富(福)气呀!"

阿拉密斯看了信,便交给阿多斯。

"您瞧瞧她写的吧,阿多斯。"他说道。

阿拉密斯瞧了一眼,为了消除可能引起的各种猜疑,他就大声念信:

我的表兄:

我们姐妹二人都很能圆梦,因而我们甚至极端恐惧梦。不过,您所做的梦,我想可以这样讲,任何梦都是虚幻的。再见!您要保重身体,隔一段时间就通通您的消息。

阿格拉埃·米松

"她说的是什么梦啊?"龙骑兵在念信这工夫凑上前问道。

"细(是)呀,学(说)的什么梦?"瑞士雇佣兵也问道。

"哎,没什么!"阿拉密斯回答,"我就是做了一个梦,在信上对她讲了。"

"嗯,细(是)呀,没什么!就细(是)抢(讲)他的梦,我就松(从)来不错(做)梦!"

"那真太幸运了,"阿多斯站起身说道,"我能像您一样就好了!"

"松(从)来!"瑞士雇佣兵又说道,他见阿多斯这样一个人还羡慕他,就乐不可支,"松(从)来!松(从)来不错(做)!"

达达尼安见阿多斯站起身,也随着站起来,挽上他的胳膊走出去了。

波尔托斯和阿拉密斯留下来,好同龙骑兵和瑞士雇佣兵周旋。

至于巴赞,他出去躺到一捆麦秸上,已经进入梦乡,他远比瑞士雇佣兵有想象力,梦见了阿拉密斯先生成为教皇,正拿一顶红衣主教冠给他戴上呢。

然而,正如我们前面所讲,巴赞顺利归来,也仅仅部分排解四位朋友坐卧不安的心情。等待的日子过得很慢,尤其达达尼安,他都敢同别人打赌,现在每天有四十八小时。他忽视了航船不得已行驶得缓慢,在心里又过分夸大了米莱狄的能量。他就感到这个女人好似魔鬼,一定有她那样的鬼神相助。只要听到一点儿响动他就想象是来人要抓他,或者把卜朗舍押来,同他和他的朋友对质。更有甚者,他当初对这个忠厚的庇卡底人的极大的信赖,现在却日益削弱了。他这种极大的不安情绪,也逐渐感染了波尔托斯和阿拉密斯。唯独阿多斯始终满不在乎,还像平时一样安闲自在,就仿佛周围根本不存在任何危险。

特别是到了第十六天头上,达达尼安和他两个朋友焦躁的情绪尤为明显,他们简直坐不住了,就像幽灵似的,跑到卜朗舍回来要走的路上转悠。

"没错儿,"阿多斯对他们说道,"你们全是孩子,而不是汉子,让一个女人吓成这种样子!说到家,又能怎么样呢?被关起来吗?好吧!总会有人把我们从牢房里接出去,博纳希厄太太不是被接出去了吗?砍脑袋吗?其实在战壕里,我们每天高高兴兴所冒的危险,比砍脑袋还要糟糕,要知道,说不上什么时候飞来一颗炮弹,炸断我们的腿,我确信外科医生锯掉我们大腿时,让我们忍受的疼痛,远远超过刽子手砍我们的脑袋。因此,你们就安安静静地等着吧,过两小时,再过四小时,多说再过六小时,卜朗舍就回到这里了,他答应过准时回来,而我呢,我非常相信卜朗舍的保证,我看他那小伙子完全靠得住。"

"可是,他万一到不了呢?"达达尼安问道。

"那又怎么样!他万一到不了,也没什么,无非是旅途耽搁了。他有可能从马上摔下去,有可能马失前蹄,从桥上跌进河里,还可能赶路跑得太急,得了肺炎。好了,先生们!各种意外事件都应当考虑进去。生活嘛,就是由各种各样的烦恼事穿成的念珠,而达观者总是笑着数这串念珠。你们要像我一样达观,先生们,我们坐下来喝酒吧,一杯尚贝尔坦葡萄酒比什么都管用,透过它看未来就是一片粉红色。"

"太对了,"达达尼安应和道,"真的,我总担心,怕新开启的酒是从米莱狄的酒窖取来的,现在懒得再想那么多了。"

"您真是个刺儿头,"阿多斯说道,"那么一个漂亮的女人啊!"

"一个打了烙印的女人!"波尔托斯说着,哈哈大笑。

阿多斯浑身一抖,他伸手擦了一把额头的汗珠,自我克制不住,神经质地站起来。

白昼还是过去了,暮色缓缓地降临,但毕竟还是降临了。各家小酒店都客满为患。阿多斯兜里揣着卖掉钻戒分到的那份钱,就一直泡在帕尔帕约客店的餐厅里。而且,他觉得德·布西尼先生挺够意思,曾经请他们吃了一顿丰盛的晚餐,是配得上他的一位赌友。因此,他们俩像往常一样正赌着钱,忽听巡逻队走过,要去增添一倍岗哨。七点半钟,归营的号声吹响了。

"咱们输了。"达达尼安对着阿多斯的耳朵说道。

"您是说咱们输了钱呀,"阿多斯平静地说道,同时从兜里掏出四枚皮斯托尔,扔到桌子上,他又补充一句,"好了,先生们,该回营了,我们回去睡觉吧。"

阿多斯和达达尼安一前一后,走出了帕尔帕约客店,阿拉密斯让波尔托斯挽着胳臂,也跟了上来。阿拉密斯嘴里咕哝着诗句,而波尔托斯不时揪下一根胡须,以表示大失所望。

不料,突然间,黑暗中闪出一个人影,那身形达达尼安特别眼熟,对他说话的声音也同样耳熟:

"先生,我给您拿来斗篷了,今天晚上挺凉的。"

"卜朗舍!"达达尼安惊喜地叫起来。

"卜朗舍!"波尔托斯和阿拉密斯也跟着叫起来。

"怎么样!就是卜朗舍嘛,"阿多斯说道,"这有什么值得大惊小怪的呢?他保证过八点钟返回,这不刚开始敲八点钟。好样的,卜朗舍,您是个说话算数的小伙子,真有哪天您要离开这个主人,我这儿可给您保留一个位置呢。"

"哎!不,绝不,"卜朗舍说道,"我绝不会离开达达尼安先生。"

说话间,达达尼安感到卜朗舍往他手中塞了一张纸条。

达达尼安就像出发时拥抱卜朗舍那样,现在归来还特别想拥抱他,可这是在街上,只怕对仆人这样过分亲热的举动,让过路人瞧见会觉得太离谱,于是就克制住了。

"我拿到回信了。"他对阿多斯以及另外两个朋友说道。

"很好,"阿多斯说道,"咱们回营房去看信吧。"

达达尼安感到这封信烧手,他很想加快脚步。然而,阿多斯却抓住他的胳臂,放到自己腋下夹住,迫使这个年轻朋友调整步伐,与他同步前进。

他们终于走进营帐,点亮一盏灯。卜朗舍守在帐门口,不让人来打扰这四位朋友。达达尼安两手微微颤抖,启开封印,展开急切盼望的回信。

这封信仅有半行字,纯英国式的笔体,纯斯巴达式的简洁。

Thank you, beeasy.

这句话的意思是:"谢谢,请您放心。"

阿多斯从达达尼安手中拿过信,放在灯盏的火苗上点燃,直到烧成灰烬才放手。

然后,他把卜朗舍叫进来。

"现在,我的小伙子,"他对卜朗舍说道,"你可以索取答应给你的七百利弗尔了,不过,携带这样一封信,你没有冒多大危险。"

"这也免不了我想出各种办法,把它紧紧藏好。"卜朗舍说道。

"好啦!"达达尼安说道,"跑了这趟的情况,讲给我们听听吧。"

"哎呀!说起来话可就长了,先生。"

"你说得对,卜朗舍,"阿多斯说道,"而且,已经敲过了归营鼓,一会儿全熄灯了,我们营帐的灯光还亮着,就会引起注意了。"

"好吧,"达达尼安说道,"那咱们就睡觉。好好睡觉吧,卜朗舍。"

"真的,先生!十六天来,这还是头一回能睡个好觉。"

"我也是!"达达尼安说道。

"我也是!"波尔托斯也说道。

"我也是!"阿拉密斯也说道。

"好哇!要我跟你们讲心里话吗!我也是啊!"阿多斯则说道。

第四十九章
命数

再说米莱狄,她在航船的甲板上咆哮如雷,活似一头被装上船的母狮,心头念念不忘所受达达尼安的侮辱、所受阿多斯的威胁,此仇不报,实在不甘心离开法国,恨不能纵身投入海中,游回岸去。这个念头很快就变得无法克制,她甚至不顾可怕的后果,曾恳求船长把她丢到岸上。然而,航船置于法国巡洋舰和英国巡洋舰之间,如同一只蝙蝠处于老鼠和飞鸟之间,身份暧昧不明,船长急于摆脱这种困境,要尽快赶回英国,因此他执意不予考虑,还认为这是女人的一种任性。不过,这位女乘客毕竟是红衣主教特别托付给他的,他也只好答应,在大海和法国人允许的情况下,设法在布列塔尼的一个港口让她上岸,是到洛里昂港还是布雷斯特港,要视情况而定。而眼下正逢逆风,大浪汹涌,船一直抢风迂回曲折地航行,驶离夏朗特之后九天,因无比的悲愤而面无血色的米莱狄,才望见菲尼斯太尔的蓝汪汪的海岸。

她算了算日子,穿越法国这一隅,再回到红衣主教那里,至少还得花三天时间,拢岸下船也要花一天工夫,这就是四天,再加上已经过去的九天,总共十三天白白耽误了,而在这段日子里,伦敦那里有可能发生多少重大事件啊。她转念又一想,红衣主教见她无功而返,毫无疑问要火冒三丈，因而听不进去她对别人的指控，更容易听信别人对她的抱怨。船先后驶过洛里昂和布雷斯特，她没有再坚持下船，而船长更是回避提醒这件事。就这样，米莱狄继续原定的行程，终于得意扬扬地抵港，而就在同一天，卜朗舍从朴次茅斯[①]登船回法国了。

全城一片异常忙乱的景象，新造成的四艘大军舰刚刚下水。防波堤上站着白金汉，他身穿镶饰金线绦子，还像往常一样，浑身缀满了钻石和各种宝石。他的呢帽上斜插的一根白羽翎，一直垂到他的肩上。簇拥在他周围的参谋人员，几乎同他一样满身珠光宝气。

这是难得晴朗的一个冬日，能让英国忆起天上还有一颗太阳。那颗苍白的星体已经西沉，但是依然光灿灿的，抛出一片片火烧云，将天空和大海染成紫红色，还将金黄色的余晖洒到城中的塔楼和古老房舍上，映照得玻璃窗仿佛失火一般闪亮。米莱狄呼吸着接近陆地的海上空气，觉得更加凛冽，平添了一种香脂气味，她凝望着由她负责去摧毁的那全部备战的军事力量，那支大军的全部力量，要由她孤身一人去击垮，由她这带了几袋金币的女人去击垮。她在精神上，已经自诩为犹滴了，那可怕的犹太女人，进入亚述军队的大营时，看到大批战车、战马、兵卒和武器，她一挥手就要像驱散乌云那样，将那一切一扫而光。

航船驶入锚地，正待抛锚的时候，忽见一只全副武装的快艇，看似海岸巡逻炮艇，迅速接近这只商船。炮艇上放下一只小船，坐着一名军官、一名水手和八名桨手，划向商船的舷梯。只有军官登上商船，受到极为恭敬的接待，当然是对他那身军装恭而敬之。

那军官同船长交谈了片刻，让他看了带米的文件。于是，船长发布命令，船上所有人都到甲板上集合，包括船员和乘客。

等到类似点名那样的集合完毕，军官就高声询问这艘双桅横帆商船

[①] 朴次茅斯：英国军港城市，位于伦敦西南百余公里。

从什么港口起航，行驶什么路线，沿途停靠了哪些地方。船长则毫不犹豫，也毫不费力地一一回答了所有这些问题。接着，军官又上前逐个审视船上所有的人，他走到米莱狄面前站住，仔细打量她，但是一句话也没有对她讲。

然后，军官回到船长面前，对他又讲了几句话，就开始指挥船员操作，仿佛从这时起全船就应当听他指挥似的。船员立刻执行命令，商船重新起航，炮艇则并排行驶监视，六门炮的炮口对准商船的侧舷。那只小船跟随着大船的航迹，但是比起那条庞然大船来，就成了一个小斑点了。

就在军官打量米莱狄的时候，可以想见，米莱狄也死死地盯着他看。这个目光如火的女人，在需要的时候，不管多么惯于洞彻别人内心的秘密，然而这次面对的却是一张毫无表情的脸，审视一番之后什么也没有看出来。那位站到她面前，默默地打量她的军官，估计有二十五六岁，白皙的脸庞，淡蓝色的眼睛略显凹陷，而嘴唇的线条分明，十分端正，但是纹丝不动；他那下颏儿奇崛险削，显示那种意志力，而在大不列颠的普通脸型中，这仅仅是固执的标志；他那额头稍嫌扁平，正适于诗人、通灵者和军人的那种，由疏薄的短发勉强遮护，而头发和覆盖下半张脸的胡须，全是漂亮的深褐色。

船驶入港口时，天已经黑了，雾气弥漫，夜色就更加浓重了。防波堤的指示灯和照明灯，都形成一个个光圈，酷似快要下雨时月亮周围的光晕。空气阴冷潮湿，一片凄清。

米莱狄，这个女强人，也不由得打起寒战。

那军官让人挑出了米莱狄的行李，搬上小船，行李装好之后，他就请她本人下到小船上，还伸手去要扶她。

米莱狄注视这个人，不免有点迟疑。

"您是谁，先生？"她问道，"为什么这样热心，特别照顾我呢？"

"您看我这身军装，夫人，就应当看得出来，"年轻人回答，"我是英国海军军官。"

"怎么，英国海军军官有这种习惯，来港口接回英国的女同胞，听候她们的吩咐，甚至极献殷勤，一直把她们送上岸吗？"

"是的，夫人，这是习惯，但绝非献殷勤，而是基于谨慎，在战争期间，外国旅客都要被送到指定的客店，接受政府人员的监视，直到完全查清他们的身份。"

这几句讲得极有礼貌，语气又极其平静，但是不足以让米莱狄信服。

"然而我并不是外国人呀，先生，"米莱狄说道，她那英国口音，从朴次茅斯到曼彻斯特，也没有听到如此纯正的，"我是克拉丽斯夫人，而这种措施……"

"这种措施对所有人都一律适用，夫人，您想逃避，是完全徒劳的。"

"那我就跟您走吧，先生。"

她扶着军官的手，从梯子下到等她的小船上，军官也随后下去。船尾铺了一件大斗篷，军官请她坐到斗篷上，他本人则坐到她身边。

"划吧。"他对水兵们说道。

八支桨又落入水中，桨声很齐，一个动作似的同时划水，小船在水面上快速如飞。

只用五分钟，就划到岸边。

军官跳上码头，把手递给米莱狄。

一辆马车在那儿等候。

"这辆马车，是等我们的吗？"米莱狄问道。

"是的，夫人。"军官回答。

"看来，客店离这儿很远啦？"

"在城区的另一端。"

"那就去吧。"米莱狄说道。

说罢,她毅然登上马车。

行李装在车厢后身,军官监视着仔细捆牢,完了事他才上车,挨着米莱狄坐下,关上了车门。

无须吩咐,也无须告诉车夫去哪里,车夫便赶车飞驰,驶入城区的街道中。

这种接待十分离奇,真让米莱狄大伤脑筋。她还看到年轻的军官毫无谈话的意思,于是臂肘就撑在车厢的角落里,将可能想到的各种推测,一个个过一下脑子。

然而,马车行驶了一刻钟之后,她感到奇怪,路途这么远,就俯身从车窗往外张望,看看要把她拉到什么地方,路边不见房舍了,黑暗里树影憧憧,仿佛黑乎乎的高大的鬼魂,一群接着一群跑过去。

米莱狄不寒而栗。

"可是,我们已经出了城了,先生。"她说道。

年轻的军官依然沉默不语。

"如果您不告诉我送我去哪儿,我就再也不往前走了,我可有话在先,先生!"

这种威胁没有得到一点应答。

"噢!太不像话啦!"米莱狄嚷道,"救命啊!救命啊!"

她这么喊叫,没有一声回应;马车继续飞速行驶;军官活似一尊雕像。

米莱狄注视着军官,她的脸显露一种特有的凶相,一般总能把人吓住,那双眼睛在黑暗中也射出愤怒的光芒。

年轻人仍然不为所动。

米莱狄想打开车门跳下去。

"当心点儿,夫人,"年轻人冷冷地说道,"您跳下去会摔死的。"

第四十九章 命数

米莱狄气急败坏,重又坐下。这时,军官侧过身子,也瞧了瞧她,不禁十分惊诧,原先那么美丽的一张脸,因盛怒而失了态,变得相当丑陋了。这个狡诈的女人当即明白,如果这样子让人看透内心,那自己就完了。于是,她恢复了平静的神态,以哀怨的声音说道:

"看在上天的分上,先生!请告诉我,究竟是您本人,还是您的政府,或者一个敌人,向我施加这种暴力呢?"

"没有向您施加任何暴力,夫人,您所受到的待遇,完全是一种措施的结果,而我们对所有在英国下船的人,都不得不采取这种措施。"

"这么说,您不认识我吧,先生?"

"我这是头一次有幸见到您。"

"您能以人格发誓,没有任何仇恨我的事由吗?"

"绝没有,我向您发誓。"

年轻人的声调听来极为怡然、镇定,甚至极为温和,米莱狄也就放下心来。

马车行驶了将近一小时,到了一道铁栅栏门前,终于停下了。进门是一条低洼的路径,通向一座孤零零的、外观肃穆而高大的城堡。这时,车轮轧在细沙路上,米莱狄隐隐听见轰鸣,听出那是大海拍击陡岸的浪涛声。

马车穿过两道门洞,最后停到一座方形阴森的院子里。车门几乎立即打开,年轻人敏捷地跳下车,把手伸给米莱狄,米莱狄则扶着他的手,相当平静地下了车。

"我成了被囚禁的人,"米莱狄说着,张望一下四周,再收回目光,注视年轻军官,同时粲然一笑,"尽管如此,我还是确信,这种状况不会持续多久。"她又补充一句,"我的良心和您的礼貌,先生,都向我做出了保证。"

这种恭维话再怎么中听,那军官还是一点儿也不搭理。不过,他从腰带上摘下一只小银哨子，类似战舰上水手长使用的那种，连续吹了三下，每次声调都不同。好几个汉子闻声而至，卸下汗气腾腾的马匹，将车推进车棚。

这时，军官以同样平静有礼貌的态度，请女囚进屋。米莱狄脸上则始终挂着微笑，挽上他的胳臂，一起走进一扇低矮的拱门，穿过一条只有另一端点了灯的拱廊。拱廊尽头矗立一根石柱，围着柱子有一座石旋梯，他们登上楼梯，到一扇厚实的房门前站住。年轻人取出随身带的一把钥匙，插进锁孔，这扇沉重的房门就慢慢打开，里面便是为米莱狄准备的房间。

女囚略微扫一眼，整个房间就一览无余。

屋里的陈设，作为一间牢房是蛮好的，就是作为自由人的居所，也相当不错。只是窗户上安装了一根根铁条，房门外侧还安装了几道铁栓，表明这十有八九是一间牢房。

这个久经磨炼、总是精神百倍的女人，一时间却心情沮丧，意志消沉。她一屁股坐到扶手椅上，双臂叉在胸前，垂下脑袋，料想随时会进来法官审问她。

然而，进来的也只有两三名海军士兵，他们将行李搬进来，安放在墙角之后，一言不发便退出去了。

那名军官亲自安排所有这些细事，仍然像米莱狄一开始所见到的那样，一副平静的神态，一句话也不讲，不是打一个手势，就是吹一声哨子，让人执行他的命令。

在此人和他的手下人之间，就好像话语不复存在，或者变得多余了。

米莱狄终于憋不住了，她首先打破沉默：

"看在上天的分上，先生，"她高声说道，"这些究竟是怎么回事儿啊？请您不要再让我猜疑了，我有勇气面对我能预见的任何危险、我所明了的各种不幸。然而，现在我在哪儿？为何送我到这里？我有自由吗，那为什么有这些铁窗厚门？我被囚禁了吗，可我犯了什么罪呢？"

"您所在的这套房间，就是给您安排的，夫人。我奉命去海上接您，然后把您送到这座城堡，而这道命令，我已经完成，我想我的表现既像军人那样一丝不苟，又像绅士那样十分有礼。我到您身边所应完成的任务，至少到现在该结束了，以后的事，就由另外一个人负责了。"

"那另外一个人，是谁呀？"米莱狄问道，"他叫什么名字，您不能告诉我吗？……"

这时，楼梯传来响亮的马刺声响，有人说话，又戛然而上，只剩下一个人的脚步，朝门口走来。

"那个人，他来了，夫人。"军官说着，便闪身让开路，一副恭顺的神态候在一旁。

与此同时，房门打开，门口出现一个男子。

那人没有戴帽子，身边佩带着剑，手指间在揉搓着一块手帕。

米莱狄仿佛认识黑暗中的那个身影，她一只手扶住椅子的扶手，头往前探去，就好像要迎头接住一种确认。

这时，陌生人缓步走过来，越走越近，终于进入灯光投照的光圈之中，米莱狄不由自主，身子又往后缩去。

继而，等到再也无可怀疑了，她惊讶到了极点：

"怎么！是您，我的兄弟！"她嚷起来。

"对，美丽的夫人！"温特爵士回答，同时半恭敬半嘲讽地鞠了躬，"正是在下。"

"那么，这座城堡呢？"

"属于我的。"

"这间房屋呢？"

"给您的房间。"

"怎么，您要囚禁我？"

"差不多。"

"这样滥施权势,实在骇人听闻!"

"不要扣大帽子,我们还是坐下来,心平气和地聊一聊吧,叔嫂之间就应该这样。"

接着,他转向房门,见年轻军官还在恭候他的最后命令,便说道:

"很好,多谢了,现在,您可以走了,费尔顿先生。"

第五十章
叔嫂之间的谈话

温特爵士去关上房门，又推上一扇护窗板，再搬过来一把椅子，放到他嫂子的扶手椅旁边。在这工夫，米莱狄陷入沉思，将目光探进各种可能性的深层，发现这是完整的一套阴谋，而她事先却一点儿也没有看出来，到现在还不清楚自己落到谁的手中。她了解她小叔子是一位体面的贵绅，不受拘束的猎人，绝不认输的赌徒，在女人身上肯下功夫，但是在搞阴谋诡计方面，能力就在中等水平之下了。他如何能够发现了她要到英国呢？又怎么能派人抓住她呢？为什么要扣住她这个人呢？

阿多斯对她讲过的几句话，表明她同红衣主教的谈话被外人听去了。然而，她实在难以相信，他的反行动居然如此迅疾，如此大胆。

她更害怕的倒是她先前在英国的行动被发现了。白金汉有可能猜到，正是她摘去了那两只钻石别针，从而要报复这一小小的背叛。不过，对付一位女子，白金汉绝不会做得过分，尤其这个女子的举动显然是因为争风吃醋。

在她看来，这一推测的可能性最大，别人是要报复她的过去行为，而不是防范将来的举动。不管怎样，她庆幸自己落到小叔子手中，对付他不在话下，如果落到一个直接而精明的仇敌手中，那可就糟了。

"好吧，让我们聊聊吧。"她带着几分欣喜说道，心里已经决定，不管温特爵士怎样掩饰，她还是能从谈话中搞清一些情况，也好确定她下一步怎么办。

"看来，您还是决定回英国来了？"温特爵士问道，"虽说在巴黎时，您可一再向我表示，绝不再踏上大不列颠的土地一步。"

米莱狄以另一个问题代替回答：

"首先，您应该告诉我，"她说道，"您是如何让人相当严密地监视我，不仅事先掌握我要到英国的消息，而且还掌握我到达的日期、时辰和港口。"

温特爵士也采取米莱狄的战术，心想这种战术，既然嫂子运用了，那一定很好。

"您还是亲口对我讲讲吧，我亲爱的嫂子，"他又说道，"您此行到英国有何贵干。"

"我是来看您的呀。"米莱狄答道。她讲这样一句谎话，仅仅是想博得对方的好感，殊不知这种回答，反而加深了她小叔子看了达达尼安的信后产生的怀疑。

"哦！来看我？"温特爵士话中有话地问道。

"当然是来看您呀。这有什么可大惊小怪的呢？"

"您此行到英国来，除了看我，就没有别的目的了吗？"

"没有。"

"这么说，您不顾旅途劳顿，横穿英吉利海峡，仅仅是为了我一个人吗？"

"仅仅是为了您一个人。"

"好家伙！这么深情厚谊，我的嫂子！"

"难道我不是您最近的亲人吗？"米莱狄回答，她那天真的语气真是感人至深。

"甚至还是我的唯一继承人呢,对不对呀?"温特爵士直视米莱狄的眼睛,也跟着问了一句。

米莱狄自控的能力再怎么强,她也还是禁不住猛然一抖,而温特爵士在讲最后这句话时,手恰恰就按在他嫂子的胳膊上,因而这一抖并没有逃过他。

这一打击,的确又直接,又切中要害。米莱狄思想上产生的第一个念头,就是自己被凯蒂出卖了。当初她在那个女仆面前言语不慎,流露出来由利害关系引起的这种憎恨,一定是女仆学了话讲给了男爵听。她还想起来达达尼安救了她小叔子一命之事,当时她听了气急败坏,竟然不慎对达达尼安大为光火。

"我不明白,爵爷,"她说道,既要争取时间,又想引出对方的话,"您究竟想说什么呀?您这话里话外,难道隐藏着什么意思吗?"

"唉!我的上帝,没有。"温特爵士说道,同时摆出一副坦荡的样子,"您渴望来瞧瞧我,于是您来到英国。我得知您这种渴望,说得再准确些,我意识到您萌生了这种渴望,为了让您免受深夜抵港的种种麻烦,下船上岸的处处劳累,我就派手下一位军官去接您,由他支配一辆马车。于是,他把您接到这里,到这座城堡来,而我正是这座城堡的司令,每天都要来处理公事,而且为了满足我们见面的双重愿望,我就让人在这里为您准备了一个房间。比起您刚才对我讲的,我所说的这一切,难道更加令人奇怪吗?"

"不是,我觉得令人奇怪的是,关于我到来之事,您事先就得到了通知。"

"其实,这件事再简单不过了,我亲爱的嫂子,您不是看到了么,您那只小海船驶进锚地时,船长先派了一只小艇,办理入港许可证,送来了航海日记和船上的人员名单吗?我是港务总监,看了送交上来的材料,注意到您的名字。我的心声对我讲了您来亲口向我证实的事,也就是知道您此行的目的,而且在这种时候,不顾海上旅程的危险,至少不顾劳顿,因此我派了炮艇去接您。后来的情况您都知道了。"

米莱狄明白温特爵士在说谎,因而越发感到心惊肉跳。

"我的兄弟呀,"米莱狄接着问道,"傍晚抵港时,我望见站在防波堤上的那个人,是不是白金汉大人?"

"正是他本人。嗯!我明白了,您望见他不免震惊,"温特爵士接着说道,"您来自一个他备受关注的国家,我也知道,他针对法国的那些军备,成为您的朋友红衣主教的一块心病。"

"我的朋友红衣主教!"米莱狄提高嗓门儿,她看出无论在这点上还是在其他方面,温特爵士显然全面掌握了情况。

"难道他不是您的朋友吗?"男爵似不经意地又说道,"嗯!对不起,我还以为是朋友关系呢。好了,关于公爵大人,我们还是以后再谈吧,刚才谈话本来是充满感情的,绝不要偏离了。据您说,您此行是来看我的?"

"是的。"

"那好哇!我已经向您表明,您会受到满意的招待,我们天天都可以见面。"

"怎么,要我永远待在这里吗?"米莱狄问道,语气中流露出几分恐惧。

"难道您觉得这里住的条件不好吗,我的嫂夫人?缺少什么您尽管提出来,我会尽快给您置办齐全。"

"这不,我既没有带女用人,也没有带男仆人……"

"这些您全会有的,夫人。请您告诉我,您的头一位丈夫,是以什么样的标准给您安的家,我虽然仅仅是您的小叔子,也一定以同样的标准,来给您安排这个住所。"

"我的头一个丈夫!"米莱狄高声说道,她注视着温特爵士,眼睛显出惊慌的神色。

"是的，您的法国丈夫，现在不谈我的堂兄。您若是把那个丈夫忘记了，也没有关系，反正他人还在世，我只要写一封信去，他就会向我提供这方面情况。"

米莱狄的额头冒出了冷汗。

"您在开玩笑。"她声音低沉地说道。

"我像开玩笑的样子吗？"男爵问道，这时他又站起身来，往后退了一步。

"说得更准确些，您是在侮辱我！"她接着说道，同时，她的双手紧紧抓住椅子两侧的扶手，腕子一用劲，身子便站了起来。

"我，在侮辱您！"温特爵士鄙夷地说道，"真的，夫人，您认为会有这种可能性吗？"

"真的，先生，"米莱狄说道，"您不是喝醉了，就是丧失了理智。您出去吧，给我派来一个女用人。"

"女用人的嘴往往是不牢的，我的嫂夫人！难道我就不能充当使女，侍候您吗？这样一来，我们所有的隐私，都会保留在家庭之内，而不至于外传了。"

"放肆！"米莱狄呵斥了一声，同时就好像脚下安了弹簧似的，一纵身朝男爵扑去。男爵双臂交叉在胸前等着她，不过，他的一只手还是按在剑柄上。

"嗨！嗨！"男爵说道，"我知道您杀人杀惯了。不过，我可先告诉您，我会自卫的，哪怕是对付您。"

"哼！您说得对，"米莱狄说道，"您给我的印象也是够卑劣的，完全会对一个女人下手。"

"也许是这样吧，况且，我也情有可原，要说对您下手，照我想来，恐怕我不是头一个男人吧。"

男爵说着,缓缓地抬起手,以控告的姿势指向米莱狄的左肩膀,手指几乎触到了她。

米莱狄低沉地吼了一声,一直退到房间的角落,就好像一只豹子先蜷缩起身子,再往前扑那样。

"嗯!您就可劲儿咆哮吧,"温特爵士厉声说道,"不过,我要先告诉您,不要乱咬人,那样的话,事态对您就很不利了。这里没有诉讼代理人,可以事先解决遗产继承权的问题,也没有游侠骑士来向我寻衅,以便解救被我囚禁起来的美丽的贵夫人。反之,我已经安排好了几位法官,他们会处置一个厚颜无耻的女人,一个钻到我的堂兄温特伯爵床上来的重婚女人。我可以先告诉您,那几位法官会打发您给一个刽子手,那刽子手会把您的两个肩膀搞成一个模样的。"

米莱狄的怒目射出闪电般的光芒,温特爵士见了也不寒而栗。尽管他这个男子汉还有武装,面对一个手无寸铁的女人,他还是感到一股恐惧的寒流钻入他的灵魂深处。然而,他还照样说下去,而且越说火气越大:

"是啊,我明白,您继承了我堂兄的遗产之后,如果再能继承我的财产,那就称心如意了。不过,我要事先告诉您,杀了我或者派人杀了我,这您做得到,但是我已经采取了预防措施。我拥有的财产,连一个便士也到不了您手中。您已经拥有近百万家私,难道还嫌不富有吗?您干坏事,假如仅仅为了从中得到无穷的乐趣,得到至高无上的享受,那么,您就不能在这条丧心病狂的道路上停下来吗?嗻!听着,我告诉您吧,对我堂兄的怀念,我若不是神圣的,那么您就不是在这里,而是进国家监狱的地牢里等死,或者押送到泰伯恩①,好让水手们的好奇心大大地满足。我可以保持沉默,您也得安静一点儿,容忍对您的囚禁。过十五天

---

① 泰伯恩:英国泰晤士河左岸的小支流,该河西岸有中塞克斯绞架,故而闻名,这一刑场自1300年起,使用期直至1783年。

至二十天,我就随同大军前往拉罗舍尔。不过在启程的前一天,会有一只海船来接您,把您送往我国的南方殖民地去,我要亲眼看着那条船起航。您尽可放心,我会给您派一个旅伴,一旦您图谋返回英国或者大陆,他就会立刻开枪,打烂您这颗脑袋。"

米莱狄注意听着,那双冒火的眼睛瞪得大大的。

"就这样,"温特爵士接着说道,"眼下,您就待在这座古堡里,这四面墙壁很厚实,门非常坚固,铁窗也结实得很,况且,您这窗外是悬崖峭壁,下面是大海。我的人对我都忠心耿耿,肯为我卖命,他们在这房子周围布满岗哨,把守所有通往院子的通道,您就是到了院子,要出去还得过三道铁栅门。指令十分明确,哪怕您是探出一步,做一个动作,讲一句话,有一点点要越狱的迹象,他们就当即朝您开枪。如果把您打死了,那么英国司法当局,照我的希望啊,一定会感激我代劳除恶。哼!您的神情又恢复了平静,您的脸重又表露出自信。

"您心里在说:十五天、二十天,好哇!这期间,我这灵脑瓜,准能想出好主意,我这鬼脑瓜,准能找到牺牲品。您心里在说:从现在起半个月,我人就离开这儿了。哼!哼!您就试试吧!"

米莱狄一看自己这点心思被人猜中,指甲就用力抠进自己的肉里,竭力控制自己的神情,除了惶恐不安,不让脸上流露出别的情绪。

温特爵士继续说道:

"我不在时,这里只听一位军官的指挥,您见过,已经认识他了。正如您所看到的,他懂得如何执行命令,只因我深知您这个人,从朴次茅斯到这里,一路上您绝不会不试图引他说话。结果怎么样呢?就是一尊大理石雕像,也不见得比他还不动声色,沉默无语吧?您的诱惑力,已经在许多男人身上试过了,不幸的是您每次都得了逞。好吧,您再试试这个男人吧!如果这次您再得手,那我就得承认您是魔鬼转世。"

他朝房门走去,猛地打开门。

"去叫费尔顿先生来一下,"他说道,"再稍等片刻,夫人,我就把您交给他了。"

两个人物一时无语,出现奇特的冷场,而在这工夫,只听缓慢而均匀的脚步越走越近。幽暗的走廊里,很快就出现一个身影,我们已经认识了的那个年轻中尉,走到门口站住,等候男爵的命令。

"进来吧,我亲爱的约翰,"温特爵士说道,"进来,再把门关上。"

年轻的军官进来了。

"现在,"男爵说道,"您瞧瞧这个女人,她年轻,她漂亮,她具备尘世上所有的诱惑力,殊不知,她是个魔鬼,二十五岁就罪行累累,您去我们的法庭翻阅一下她的犯罪材料,能足足看上一年的时间。她的声音能博取人的好感,她的美貌是害人的诱饵,她的肉体,应当说句公道话,还是能为她的许诺付出代价的。她会试图引诱您,甚而企图杀掉您。费尔顿,我把您从苦难中救出来,任命您为中尉,我还救过您一命,您也知道那是在什么场合。对您来说,我不仅是个保护者,还是个朋友,不仅是个恩人,还是个父亲。这个女人回到英国,就是企图谋害我的性命,这条毒蛇,现在让我抓住了。喏,我让人把您叫来,就是要对您说,费尔顿朋友,约翰,我的孩子,你要保护好我,尤其保护好你本人,免遭这个女人的毒手,以你灵魂的永福起誓,一定看好她,让她受到应得的惩罚。约翰·费尔顿,我信得过你的誓言;约翰·费尔顿,我相信你的忠诚。"

"大人,"年轻军官说道,他那纯洁的目光中汇聚了他心中所唤起的全部仇恨,"大人,我向您发誓,一定如您所愿,办好这件事。"

米莱狄一副屈从的受害者的样子,接受这种目光。不可能见到比她美丽的脸上此刻的神态更温顺的表情了。这只母老虎,刚才还要扑上来,就连温特爵士都不敢相认了。

"绝不能让她走出这个房间,您听清楚了,约翰,"男爵继续说道,

"绝不能让她跟任何人联系。她只能跟您说话,那也要看您是否赏脸愿意跟她说话了。"

"这就够了,大人,我发誓。"

"现在,夫人,想法儿同天主和解吧,既然您已经受到了人的审判。"

米莱狄垂下脑袋,就好像真的感到被这一审判压垮了。温特爵士往外走时,向费尔顿打了个手势,费尔顿也就跟了出去,随手把房门关上了。

过了一会儿,只听走廊里传来沉重的脚步声,那是腰插利斧、手握火枪的一名海军士兵在上岗放哨。

米莱狄保持这种姿态,在原地站了好几分钟,因为她想到,也许有人会从锁眼往屋里窥视。继而,她慢慢地抬起头,脸上又恢复威胁和挑战的凶相,跑到门口听了听,又往窗外张望一下,这才返身回来,颓然坐到一张宽大的扶手椅上,开始思前想后。

第五十一章
长官

这期间，红衣主教等待英国的消息，然而传来的消息无不糟糕，无不咄咄逼人。

拉罗舍尔可以说被围得水泄不通，由于采取了防范措施，尤其封锁海堤，不准任何船只驶入被围困的城市，这场战事的胜利也可以说确凿无疑了，然而，围城还要持续很长一段时间，这对国王的大军是奇耻大辱，对红衣主教先生也是巨大的烦恼。固然，红衣主教先生不必再费心，去挑拨路易十三同奥地利安娜失和，既然此事已经成功，但是，他还得充当调解人，缓和反目的巴松皮埃尔先生和昂古莱姆公爵的关系。

至于王爷，他先指挥围困拉罗舍尔城，然后把这任务交给红衣主教去完成。

拉罗舍尔的市长死硬的态度令人难以置信，尽管如此，城里还是有人要投降，发动了一场叛乱。市长将那些叛乱分子统统处以绞刑，起到了杀一儆百的作用。此后，连最不安分的人也都平静下来，决定静静地等着饿死就算了。在他们看来，饿死毕竟缓慢一些，也不见得像上绞刑那样必死无疑。

至于围攻者，他们时而抓住一些奸细，不是拉罗舍尔派给白金汉的信使，就是白金汉派往拉罗舍尔的间谍。抓住这两类人，很快就判决，红衣主教先生只有这一句话：绞死！国王被请来观赏绞刑，他无精打采，坐到最佳位置上，以便看清执行绞刑的每一个环节。这种场面，虽然总能给他排遣一点儿烦闷，给他在这场围城战中增添一点儿耐心，但他还是感到十分厌倦，动辄就提出要返回巴黎。因此，假如抓不到信使和间谍了，那么法座想象力再丰富，也要束手无策了。

然而，时间就这样流逝，拉罗舍尔城还不投降。最近捉到的一名间谍，从身上搜出一封信，信中明确告诉白金汉，全城已经陷入绝境。但是信的结尾仅仅补充一句："如果半月之内您还不来救援，我们就全饿死了。"而没有这样讲："如果半月之内您还不来救援，我们就投降了。"

可见，拉罗舍尔人的全部希望，都寄托在白金汉身上了。白金汉就是他们的救世主。很显然，有朝一日他们确知再也不能指望白金汉了，希望一破灭，他们的勇气也就随之泄光了。

因此，红衣主教十分焦急，等待从英国来的消息，也就是要宣布白金汉来不了了。

在御前会议上，时常讨论强攻夺取城池的问题，但总是被排除了。首先，拉罗舍尔似乎难以攻破。其次，红衣主教说归说，心里却完全明白，法国人打法国人，这场流血冲突令人发指，从政治上看就是倒退六十年的事件了，而红衣主教在当时，正是我们今天所称呼的进步人士。到了一六二八年，如果再洗劫拉罗舍尔城，残杀四千宁死不降的胡格诺派教徒，那就酷似一五七二年那场圣巴托罗缪大屠杀了。此外，这种极端的办法，国王身为虔诚的天主教徒，虽然绝不反对，但总是遭到围城的将军们的否决，他们提出这样的论点，拉罗舍尔只能以饥馑克之，否则是攻不破的。

红衣主教也十分了解，他派出的那个女人具有超凡的能力，时而是条蛇，时而是头猛狮，因此，那女密使在他心头引起的恐惧，他总也挥之不去。她背叛他了吗？她一命呜呼了吗？他对那女人了解颇深，知道无论什么情况，不管为友为敌，不管拥护他还是反对他，如无巨大障碍的阻遏，她绝不会无所作为。然而，那些障碍来自何处呢？这是他不得而知的。

不过，他还得指望米莱狄，而且自有其道理，他早已猜到，这个女人的过去有极其见不得人的事情，唯独他的红教袍能掩盖得住。他还感到，这个女人因这种或那种缘故，已经投靠了他，也只能从他那里得到位极人臣的支持，以便对付威胁她的危险。

于是，他决定独自进行这场战争，完全像人们期待一种好运气那样，靠外力一举成功。他还继续组织人力，加高那道著名的海堤，断绝拉罗舍尔城的食物供应。此刻，他眺望这座不幸的城市，知道城中苦难有多深重，那么多品德可歌可泣，便想起了他的政治先导，路易十一的一句话，想起了特里斯唐①的君主的这句名言："分而治之。"当然，他——黎世留本人，也是罗伯斯庇尔②的先导。

亨利四世围困巴黎的时候，曾经命人从城墙往城里投掷面包和食物。红衣主教则派人往城内投掷小传单，他以这种方式告诉拉罗舍尔人，他们的头领的行为有多么不仁不义，有多么自私而又野蛮，那些头领囤积大量的小麦，却不分发给城里的居民，他们也有行为准则，而他们所奉行的准则，就是妇女、儿童和老人的死活无所谓，只要替他们守城的男子身强力壮就行。时至今日，这条准则虽然没有被普遍接受，却已经从理论转入了实施阶段了，而市民们没有起来反抗不是出于献身的精神，就是本身无能为力。然而，传单要沉重打击这种准则，提醒那些守城男人，饿死也无人管的那些儿童、妇女和老人，正是他们的儿子、妻子和父亲；传单还提醒他们，有难同当才更加公平，大家都处于同一困境，

---

① 特里斯唐：法国国王路易十一（1461-1483年在位）的宠臣，任大法官，著名的酷吏。
② 罗伯斯庇尔（1758-1794）：1789年法国大革命时期，雅各宾派的领袖。

才能够万众一心。

这些传单产生了书写者的期望的效果，促使大量居民单独开始与王国军队谈判。

红衣主教见自己的办法已经奏效，正暗自庆幸之时，不料拉罗舍尔的一个居民，从朴次茅斯回来——天晓得他怎么穿过了王国大军的一道道防线，须知那些防线都由巴松皮埃尔、绍姆贝格和昂古莱姆公爵严密监视，而他们本人又受红衣主教的监视——且说拉罗舍尔的一个居民，从朴次茅斯回来，进了城，说他亲眼看见庞大的舰队，一周之内就要起航。此外，白金汉还通知拉罗舍尔市民，反法大联盟终于要宣告成立了，英国军队、奥地利帝国军队和西班牙军队，将同时打进法国。在城中大小广场宣读了这封信，抄件还张贴在各条街的路口。这样一来，那些已经开始谈判的人也就终止了接触，决定等待如此大张旗鼓宣布的救援。

这一情况出人意料，黎世留又回到当初的忧虑，他迫不得已，目光重又转向大海的另一边。

在这期间，王国军队过着快乐的生活，并没有它唯一而真正的首脑的那些忧虑。军营里食品丰富，也不缺钱花。各支营队都竞相比试胆量，看谁玩得痛快。大家去捉间谍，并且处以绞刑，到堤坝或海上去冒险，想象出各种疯狂的举动，非常冷静地去实施，正因为有了这类消遣，大军才觉得日子短些。无论饱受饥饿和惶恐之苦的拉罗舍尔人，还是严厉封锁他们的红衣主教，都觉得时日过得特别漫长。

红衣主教从法国各地招募来一些工程技术人员，组织他们修建工事，但是按照他的意图，工程进行得极为缓慢。他时常出来巡视，总是像军中普通的宪兵那样骑着马，若有所思的目光望着那些工程，如果遇见特雷维尔部的一名火枪手，便凑到近前，眼神古怪地看着人家，等看清楚不是我们那四个伙伴中的一个之后，他那深沉的目光和遐思便移向别处了。

有一天，红衣主教烦闷得要命，同城里人谈判既无希望，又没有英国方面的消息，他便出来走走，别无目的，只是出来散散心，身边仅仅带卡于扎克和拉乌迪尼埃尔。他骑在马上，信马由缰，沿海滩走去，将他那无限的遐思融入大西洋的无际无涯中。他骑马信步来到一座小山冈上，望见一道树篱后面的沙滩上，躺着七个人，顺便晒晒一年中这个季节罕见的阳光。他们四周丢弃了许多空酒瓶，那七人中有四个正是我们的火枪手，正准备听他们当中一个念他刚收到的一封信。那封信看来非常重要，大家顾不上玩，都把纸牌和骰子丢在一面鼓上。

另外三个人是那些先生的跟班，他们正忙着打开一个大酒坛的封盖，坛里装的是科利乌尔红葡萄酒。

正如我们前面所讲，红衣主教的心情十分恶劣，而每逢心绪不佳，没有什么比看到别人快乐而更增添他的烦恼了。而且，他还有一种莫名其妙的忧虑，就是总认为促使别人的欢乐，以及造成他的愁苦都是同样的缘由。他打了个手势，让拉乌迪埃尔和卡于扎克留在原地，他则下了马，朝那些谈笑风生、形迹可疑的人走去，他希望靠沙子减轻脚步声响，又借树篱遮挡他的行迹，接近一些，好能听见几句他们的谈话，心想那一定十分有趣。他走到距树篱仅有十步远的地方，就听出加斯科尼人叽里咕噜的口音，而他既已知道这些人是火枪手，也就可以断定另外三人正是人称形影不离者，即阿多斯、波尔托斯和阿拉密斯。

大家也能判断出来，由于这一发现，他偷听谈话的欲望是不是更加强烈了。他的眼睛呈现一种怪怪的神情，迈着山猫似的步子，悄悄逼近树篱，这时，他还只能听见一些抓不准意思的含混的声音，猛然间忽听一声叫喊，那亮嗓吓得他浑身一抖，也引起了火枪手们的注意。

"长官！"格里莫喊道。

"嘿，怪家伙，好像说起话来了。"阿多斯说着，用臂肘支起身子，以炯炯的目光镇住格里莫。

这样，格里莫再也不敢多说一句话了，只是伸手指向树篱，这一动作就把红衣主教及其随从暴露出来了。

四名火枪手一下子全跳起来，恭恭敬敬地施礼。

红衣主教好像十分恼火。

"看来，火枪手先生们也有护卫啦！"他说道，"究竟是英国人从陆地攻来了，还是火枪手也自诩为高级军官啦？"

"大人，"阿多斯答道，他在大家的恐惧中，独能保持那种从不丧失的大贵族式的沉着与镇定，"大人，火枪手在不值勤的时候，或者值完勤之后喝酒和掷骰子的时候，在他们跟班的心目中就是很高级的军官。"

"跟班！"红衣主教咕哝道，"跟班还奉命放哨，看见有人过来就通知主人，这哪里是跟班，分明是哨兵嘛。"

"想必法座看得很清楚，假如我们根本不采取这种措施，那么我们就很可能错过机会，不能向您致意，也不能向您表示谢意，感谢您恩准把我们调在一起。达达尼安，"阿多斯继续说道，"刚才您还想找机会，向大人表示感谢，机会来了，要充分把握啊。"

阿多斯讲这段话，神态极其镇定，又彬彬有礼。在危险时刻，正是这种不可动摇的镇定态度，使他显得与众不同，而且在某些时候，也正是这种异乎寻常的礼貌，使他成为比生为国王还更加威严的国王。

达达尼安走上前，结结巴巴地讲了几句感激的话，但是在红衣主教阴沉的目光注视下，他很快就说不下去了。

"算了，先生们，"红衣主教接着说道，他似乎未改初衷，根本不理会阿多斯搞的插曲，"算了，先生们，我不喜欢普通士兵在特种部队服役就搞特殊，摆起大老爷的派头，而纪律约束所有人，也同样约束他们。"

"纪律，大人，我希望，我们绝没有置之脑后。现在我们不值勤，我们本以为不值勤的时候，就可以随意支配我们的时间。假如我们运气好，正赶上法座要我们接受特殊的命令，我们随时准备听候差遣。大人也看得出来,"阿多斯接着说道,但是他已皱起眉头,对这种盘问开始不耐烦了,"我们出营都带着武器,能应付任何紧急情况。"

他指给红衣主教看,那四支火枪架在一起,就在放着纸牌和骰子的那面鼓旁边。

"请法座相信,"达达尼安补充说道,"我们如能早些断定是您带这么少人走过来,就肯定迎上前去了。"

红衣主教咬起胡须,甚至还咬住点儿嘴唇。

"你们知道你们像什么样子吗?喏,你们总一起活动,又总带着武器,还有跟班当护卫,"红衣主教说道,"你们这样子,就好像四个密谋分子。"

"嗯!这样说嘛,大人,倒是真的,"阿多斯说道,"正如那天早晨法座所见,我们密谋,仅仅是要打击拉罗舍尔人。"

"哎!政治家先生们!"红衣主教也皱起眉头,又说道,"在你们的脑海里,也许能发现秘密,隐藏许多不为人所知的事情,假如能看看你们的脑子,就像你们看那封信一样,你们一见我来就把那封信藏起来了。"

阿多斯脸上泛起红晕,他朝法座走了一步。

"看样子,您真在怀疑我们,大人,让我们接受一次名副其实的审问。果真如此,也恳请法座说明白点儿,至少让我们了解究竟是怎么回事儿。"

"就是审问又如何呢?"红衣主教答道,"何止你们,别人也接受过审问,阿多斯先生,也都问什么回答什么。"

"因此,法座大人,刚才我讲了,您就尽管问吧,我们随问随答。"

"那是一封什么信,阿拉密斯先生,您刚要念又藏起来了?"

"女人写来的一封信,大人。"

"嗯!我明白了,"红衣主教说道,"这类信件应当保密,不过,完全可以给一名忏悔师看看,而你们也知道,我是得到了这种神职品位的。"

"大人，"阿多斯回答，他明白这样回答无异于拿脑袋冒险，因而平静到了极点，"信是一位女子写来的，但是签署的名字既不是玛丽蓉·德·洛尔姆①，也不是戴吉荣夫人。"

红衣主教的脸顿时煞白，如同死人一般，他眼里射出一道凶光。他转过身去，看样子要向卡于扎克和拉乌迪埃尔下命令。阿多斯看到这一动作，也朝火枪跨了一步，而那三个朋友眼睛都盯着火枪，显然不甘心束手就擒。红衣主教连自己加上才三个人，而火枪手连同跟班在内，总共七个人。红衣主教再一斟酌，阿多斯及其伙伴果真在搞阴谋，那么双方力量就更为悬殊了，于是，他拿出随机应变的本事，一脸怒气忽然化作笑容。

"好啦，好啦！"他说道，"你们都是忠勇的年轻人，在光天化日之下非常自豪，在黑暗里也忠心耿耿。既然尽心尽力地守护别人，那么保护自己也没有什么不好。先生们，我没有忘记那天夜晚，是你们护送我去红鸽棚客店的，我若是担心前面的路上有危险，一定还会请你护送一程。不过，既然没有危险，你们还是待在原地，该干什么干什么，喝干你们瓶中的酒，打完你们那局牌，念完你们那封信。再见，先生们。"

说罢，他重又跨上卡于扎克牵过来的马，向他们挥了挥手，便扬长而去了。

四个年轻人站在原地不动，谁也不讲一句话，目送他走远，直到消失得无影无踪。

然而，他们面面相觑。

每人都一脸沮丧，因为他们都明白，法座虽然友好地告别，但他是怀着满腔怒火离去的。

唯独阿多斯面带微笑，一副凛然难犯的不屑的神态。等到红衣主教

---

① 玛丽蓉·德·洛尔姆（1611—1650）：法国名妓，曾结交许多权贵，包括白金汉公爵，据传黎世留也与她有染。

走远，既听不到也看不见他们了，波尔托斯就嚷起来，他满肚子恶气，特别想发泄到什么人的头上：

"这个格里莫，等他发现人也太晚啦！"

格里莫正要开口分辩，却看见阿多斯举起一根指头，也就一声不吭了。

"您会把信交出去吗，阿拉密斯？"达达尼安问道。

"我嘛，"阿拉密斯阴阳怪气地答道，"我早已决定，如果他执意要求把信交给他，那我就一只手把信递给他，另一只手就一剑把他的身体刺穿。"

"我就料到会这样，"阿多斯说道，"正因为如此，我就插进您和他之间。老实说，此人极不谨慎，跟别的男人居然这样讲话，看来，他一向只跟女人和孩子打交道了。"

"我亲爱的阿多斯，"达达尼安说道，"我真是佩服您，不过，归根结底，还是我们不占理。"

"什么，我们不占理！"阿多斯说道，"我们呼吸的这空气，究竟属于谁？我们举目展望的这片大西洋，究竟属于谁？我们躺在上面的这片沙滩，究竟属于谁？还有，关于您情妇情况的这封信，又究竟属于谁呢？难道属于红衣主教吗？以我的人格发誓，这个人就以为世界是属于他的。刚才您站到他面前，说话结结巴巴，目瞪口呆，那副不知所措的样子，简直就像巴士底狱矗立在您面前，这个庞然大物美杜莎①，一下子将您变成了石头。怎么，有了恋情，难道就是搞阴谋？您爱上的那个女人，被红衣主教给投进了监狱，您想要把她从红衣主教手中解救出来，这就是您同法座进行的一场赌博，这封信是您手中掌握的牌，您有什么必要让对方看您的牌呢？这种事儿干不得。他要猜，那好啊，就让他猜去好了！"

---

① 美杜莎：又译墨杜萨，希腊神话中的美女，因触怒雅典娜，相貌变得无比丑陋，头发变成毒蛇，谁看她一眼，立时就化作石头。

我们呢,也猜得出他手中的牌!"

"真的,"达达尼安说道,"您讲的这番话,阿多斯,完全合情合理。"

"既然如此,这事儿就过去,不要再提了。阿拉密斯接着念您表妹的信,从刚才红衣主教先生打断的地方念起。"

阿拉密斯从兜里掏出信来,三位朋友重又聚到他身边,而三名跟班也重又围住大肚酒坛。

"刚才那会儿,您只念了一两行,"达达尼安说道,"现在,还是从头念起吧。"

"好吧。"阿拉密斯应道。

> 我亲爱的表兄,我想我就要做出决定,动身去斯特内。我姐姐已经把我们的小使女送进了那里的加尔默罗会修道院。那个可怜的女孩也只好认了,她知道自己到别处生活,灵魂的救赎就会遭遇危险。然而,我们的家事,如能随心所愿安排妥当,我认为她会冒着甘受天罚的危险,回到她想念的那些人身边,尤其她知道别人也在惦念她。眼下,她的生活还不算太不幸,她的全部渴望,就是能收到她的未婚夫的一封信。我完全清楚,这类东西很难通过铁栅门。但是无论怎样,我亲爱的表兄,我并不算太笨,已经向您提供了成功的例证,因此,传书的这个使命就由我来承担吧。我姐姐感谢您永远记着她,感谢您的深情厚谊。有一阵子她特别担心,现在好了,总算稍许宽慰了一点儿,只因她往那边派去了一个伙计,以便防止发生任何意外的情况。
>
> 再见,我亲爱的表兄,尽量经常向我们通通消息,也就是说,每次您认为有把握就给我们写封信。拥抱您。
>
> 玛丽·米松

"哦!我真不知道该怎么感谢您了,阿拉密斯,"达达尼安高声说道,

"亲爱的孔斯唐丝！我终于得到了她的消息,她还活着,在一所修道院里很安全,她在斯特内！对了,阿多斯,斯特内在哪儿?"

"在洛林,离阿尔萨斯的边境线只有几法里,这里一旦撤围了,咱们就可以到那地方去游一圈。"

"有盼头了,那一天也不远了,"波尔托斯说道,"要知道,今天早晨还绞死一个奸细,他就明确说,拉罗舍尔人已经粮绝,吃起他们的皮鞋帮了。假设一下,他们把皮鞋帮吃完了,就该吃皮鞋底了,到头来我看不出还剩下什么可吃的,那就只有相互吃了。"

"那些可怜的傻瓜!"阿多斯说着,就干下一杯波尔多佳酿,而当时波尔多葡萄酒还没有今天这样的名气,但是质量丝毫也不差。"那些可怜的傻瓜!就好像天主教不是天下最优越的、最开心的宗教似的!不管怎么说,"他舌头抵着上腭打了一个响儿,又说道,"他们总归是好样的。喂!见鬼,您那是干什么呀,阿拉密斯?"阿多斯继续说道,"您将这封信塞进兜里啦?"

"是啊,"达达尼安也说道,"阿多斯说得对,应当烧掉,就是烧掉也很难说,红衣主教先生会不会有什么秘诀,专门审问纸灰?"

"想必他有秘诀。"阿多斯说道。

"那么这封信,您说该怎么办呢?"波尔托斯问道。

"过来,格里莫。"阿多斯说道。

格里莫站起身,上前听命。

"为了惩罚您未经准许就开口说话,我的朋友,您把这张纸吃下去,然后再奖赏您帮了我们这个忙,给您喝这杯葡萄酒。先吃这封信,要用劲儿嚼烂。"

格里莫面带微笑,眼睛盯住阿多斯刚倒的满满一杯酒,嘴里嚼着信纸,最后吞下去。

"真棒,格里莫师傅!"阿多斯说道,"现在,您来喝这杯酒,好,这次我就不让您道谢了。"

格里莫大口喝着波尔多葡萄酒,默默无言,但是举目望着天空,在品味美酒的这段时间,从头至尾都在用眼睛说话,他这语言虽然不出声,但是表达力并不逊色。

"现在我认为,咱们差不多可以放宽心了,"阿多斯说道,"除非红衣主教先生有了绝妙的主意,让人把格里莫的肚子剖开。"

在这段时间,法座心情郁闷,还继续散步,他那胡髭下面的嘴唇在咕哝道:

"这四个人,务必收到我的手下。"

第五十二章
囚禁第一天

我们把目光投向法国海岸,一时间丢开了米莱狄,现在再扯回话题谈谈她吧。

我们回来就会看到,她仍旧陷在我们离开她时的绝境。她以颓丧的思考自掘了一个深渊,一座阴森的地狱,并且把希望几乎全部留在地狱的门外了。因为,有生以来,她这是头一回丧失信心,头一回害怕了。

两次触了霉头,两次败露并被人出卖,而这两次时机,无疑是天主派来克星把她打败,她这个不可战胜的邪恶的力量,败在了达达尼安的手下。

达达尼安欺骗了她的爱情,羞辱了她的高傲,欺哄了她的野心,现在又要毁掉她的财富,剥夺她的自由,甚至危及她的性命了。更难容忍的是,他掀起了她这假面具的一角,而这副假面具,正是她用以掩饰自己,给自己增添神力的盾牌。

米莱狄憎恨所有她爱过的人,也就憎恨白金汉,而黎世留借王后的隐私,掀起一场威胁白金汉的风暴,不料这场风暴被达达尼安从白金汉头上引开了。此外,她像难以驯服的母老虎发了情,突然爱上德·瓦尔德,这是她这种性格的女人所特有的情况,不料又是达达尼安,乘机冒充了德·瓦尔德。达达尼安发现了她身上的可怕秘密,而她曾发誓,谁发现这秘密就必死无疑。最后,她得到一份空白的授权书,借此可以向自己的仇敌进行报复了,不料证书刚拿到手就被人夺走。全怪达达尼安,她现在才遭到囚禁,要被流放到肮脏的植物学湾①,流放到印度洋中某个臭名昭著的泰伯恩。

她这一系列的遭遇,毫无疑问是达达尼安在作祟。这么多奇耻大辱,一桩桩汇聚到她头上,罪魁祸首不是他又是谁呢?命中注定,正是他先后发现了所有这些骇人听闻的秘密,也唯独他能把这些秘密转告给温特爵士。他认识她的小叔子,很可能给她小叔子写了信。

多少仇恨啊从她身上散发出来!她在那儿静止不动,冒火的双眼直勾勾地凝视空洞洞的房间,胸膛随着深深的呼吸,不时发出低沉的怒吼,十分和谐地伴随着涛声,海浪高高涌起,犹如永恒而无奈的绝望,冲击这座阴森而孤傲的城堡下面的岩壁,一次次都撞得粉碎!她那愤怒的风暴,在她的脑海里电闪雷鸣,而在一道道闪电的光亮中,她构思出多么宏伟的计划,去报复博纳希厄太太、报复白金汉,尤其报复达达尼安,可是这些报复计划,却又一个个消失在未来的溟蒙中。

是的,要想报仇,首先必须赢得自由,而一个人遭受囚禁,要获取自由,就必打通墙壁,拆掉窗上的铁条,凿开地板。这种种劳累的活计,一个有耐性的、身体强壮的男人,才可能干出结果来,而一个只会胡乱发火的女人,面对这种活计只能认输。况且,按照这种办法越狱,要有充分的时间,需要几个月、几年,而她呢……只有十一二天,这是温特爵士,跟她有叔嫂关系的可怕的典狱长对她讲的。

然而,她若真是个男人,这一切她都要尝试,也许还能成功。老天

---

① 植物学湾:澳大利亚新南威尔士州的一个小海湾,是1770年库克船长首次发现澳洲的地点,因发现许多新奇植物而得名,十余年后英国在此建了罪犯教养中心,但与本书故事相距百年。

为什么出了这种悖谬,这颗明明阳刚的灵魂,却放进了这个柔弱之躯中!

因此,囚禁的最初时刻很惨。她一时怒不可遏,暴跳如雷,为她天生女性的弱点付出了代价。不过,她逐渐控制住狂怒的发作,而驱使身体冲动的神经质也消失了,现在她蜷缩成一团,活似一条疲惫的蛇在歇息。

"好了,好了,刚才我简直疯了,发那么大火。"她一边自言自语,一边照照镜子,看见镜中映现的火热目光仿佛在询问自己,"不能使用暴力,暴力是软弱的一种表现。首先,我就从来没有使用这种办法成功过。如果我用力量对付女人,也许我还有运气发现她们比我柔弱,因而能够战胜她们。可是现在,我是同男人斗,而对他们来说,我只不过是个女人。那就以女人的身份同他们斗,我的力量就寓于我的弱点中。"

于是,她好像要让自己弄清楚,她有多大能力让这张表情丰富而多变的脸庞,按照意愿来变化,她就做出各种各样的表情,从失态的愤怒,一直到最甜美、最亲热而又最迷人的微笑。接着,她又用灵巧的手摆弄各种发式,以便增添她那张脸的魅力。她终于感到满意了,喃喃说道:

"行啊,一点儿也没有丧失,我总是这么漂亮。"

这时约莫是晚上八点钟。米莱狄瞧见有一张床,心想歇息几小时,她不仅头脑和思路会更加清晰,脸色也会变得更加鲜艳。未待上床躺下,她忽然又有了一个更好的主意。她想起刚才说过将要晚餐。这个女囚不愿意白白浪费时间,今天晚上就开始,她决意试探试探,摸一摸底,看一看她的这些看守的性格。

门底下透进一道灯光,表明狱卒们又回来了。米莱狄已经站起来了,这时她又急忙坐回到椅子上,脑袋朝后仰去,披散开她那美丽的头发,扯开揉皱的衣领花边,让胸脯半裸露出来,一只手按在心口窝儿,另一只手垂下去。

有人拉开门闩,门枢吱扭作响,房间里响起了脚步声,越来越近了。

"就把这桌晚餐放在这儿吧。"女囚听说话人的声音，认定就是费尔顿。

其他人奉命行事。

"你们再送来几支蜡烛，让他们换换岗哨。"费尔顿接着又吩咐了一句。

年轻的中尉向同样一些人下了这两道命令，从而向米莱狄证明，照顾她生活的人就是她的看守，也就是一些士兵。

此外，执行费尔顿命令的人非常迅速，一句话也不讲，这充分表明他维持非常严明的纪律。

费尔顿还一直没有瞧米莱狄一眼，这时他终于朝她转过身去，说道，"哦！哦！她睡着，这样也好，她醒来再吃晚饭吧。"

说罢，他要出去，朝门口走了几步。

"不对呀，中尉，"一名士兵不像他的长官那么死板，走到了米莱狄的跟前，"这个女人不是睡着了。"

"什么，她不是睡着了！"费尔顿说道，"那她在那儿干什么呢？"

"她昏过去了！她的脸色很苍白，我怎么仔细听，也听不见她的呼吸声。"

"您说得对，"费尔顿说道，他一步也没有走过去，只是站在原地望着米莱狄，"好吧，去禀报一声温特爵士，就说他囚禁的女人昏过去了，我也不知道该如何处理，事先没有估计到会出这种情况。"

那名士兵奉长官的命令出去了。靠房门附近恰巧有一把扶手椅，费尔顿便坐下等待，一句话没有讲，也没有任何举动。米莱狄掌握了女人琢磨透了的这种高超的技巧，看似没有睁开眼睑，却能透过睫毛观察。她瞧见费尔顿背对着她，而且她继续窥视差不多有十分钟，而在十分钟这么长时间里，那个冷漠的看守者连一次也没有回头看看她。

这时她心想，等一会儿温特爵士就要来了，他一来就会给她的监狱看守带来新的力量，那么她的头一次较量就完了。因此她当机立断，就像胸有成竹的女人那样，她抬起头，睁开眼睛，微微地叹了口气。

听到这声叹息，费尔顿终于转过身来。

"嗯！您又苏醒过来了，夫人！"他说道，"这儿就没有我什么事情了！如果您有什么需要，您就拉拉铃。"

"噢！我的上帝，我的上帝！真够我受的！"米莱狄喃喃说道，她那美妙悦耳的声音，赛似古代女巫的声音，能迷住她想毁掉的人。

她在扶手椅上坐正了身子，而她坐着的身姿，比刚才半躺着还要优美，还要放浪。

费尔顿站起身：

"您每日就像这样三餐，夫人，"他说道，"早餐九点钟，午餐一点钟，还有晚餐八点钟。时间如果您觉得不合适，您可以另外指定，改变我向您提出的时间，在这一点上，我们可以顺从您的意愿。"

"怎么，这个又大又冷清的房间，难道总是我一个人吗？"米莱狄问道。

"已经安排了住在附近的一个女人，通知她明天来城堡，您一召唤就会前来的。"

"感谢您的照顾，先生。"女囚谦卑地答道。

费尔顿略微躬了躬身，便朝门口走去，他正要跨出门槛时，温特爵士已经出现在走廊里，身后跟随着那个前去报告米莱狄昏过去的消息的士兵。他手上拿着一小瓶嗅盐。

"喂！怎么回事儿？这里究竟发生了什么情况？"他望着已经坐起来的女囚和要出去的费尔顿，以嘲讽的口气问道，"我们这位死了难道又复活了？好家伙，费尔顿，我的孩子，你怎么就没有看出来，人家把你当成未出道的新手了，给你演了一出喜剧的第一幕吗？毫无疑问，我们会很高兴看这出喜剧，注意它的所有情节的发展。"

第五十二章 囚禁第一天

"我也想到是这么回事儿,大人,"费尔顿说道,"不过,受到囚禁的这位毕竟是女流,因此,我刚才对她就特别关照一点儿。任何出身高贵的男子,对待一个女流都应当如此,即使不是为了她,也应当为了本人的自尊。"

米莱狄浑身打了一个冷战。费尔顿的这番话犹如冰水,一下子流遍了她全身的血管。

"这样看来,"温特又笑着说道,"这样巧妙披散的一头美发、这雪白的肌肤、这种忧郁的眼神,居然还没有迷惑住你,真是铁石心肠啊!"

"没有,大人,"冷漠的年轻人答道,"请相信我好了,要想腐蚀我,光是女人耍的手段和卖弄风情,是远远不够的。"

"既然如此,我的勇敢的中尉,那就让尊贵的夫人找点儿别的东西,我们先去吃晚饭吧。嗯!你就放心吧,她的想象力丰富着呢,这出喜剧的第一幕演完了,紧接着就要演第二幕了。"

温特爵士讲完这番话,就挽上费尔顿的胳膊,嘿嘿笑着将他带走了。

"哼!我肯定能够找到你所需要的东西,"米莱狄口里咕哝道,"你就放心吧,没有当成修士的可怜人,用修士袍裁剪成军装的可怜兵。"

"对了,"温特走到门口停住,说道,"对了,夫人,不要让这次失败倒了您的胃口。尝尝这只鸡、这些鱼吧,我以人格担保,绝没有让人下毒。对我的厨师,我还比较满意,他不会成为我的财产继承人,因此我完完全全信任他。您也持我这样的态度吧。再见,嫂夫人!等您下一次昏过去再见。"

米莱狄简直就要忍受不住了,她那双手紧紧抓住扶手椅,牙齿咬得咯咯作响,她的目光注视着温特爵士和费尔顿出去之后关上的房门,等到屋里只剩她一个人了,绝望的情绪又突然发作了。她的目光投向餐桌,瞧见一把亮闪闪的餐刀,便冲过来,一把抓起来,可是,她却大失所望,刀尖是钝头的,是一把银制的软刀子。

没有关严的房门外面，突然一阵哈哈大笑，门也重又打开了。

"哈！哈！"温特爵士高声笑道，"哈！哈！哈！这回你看清楚了吧，我的忠厚的费尔顿，你看清楚了吧，我是怎么跟你说的，那把刀，那是给你预备的，我的孩子，她要杀了你。你瞧见了，这是她的一种怪癖，不管以什么方式，总要清除妨碍她的人。假如我听你的，给她一把尖尖的钢刀，那就没有你这费尔顿了，她就会一刀捅死你，接着还要捅死所有人。好好瞧瞧，费尔顿，她那握刀的姿势，多么标准啊。"

果然，米莱狄手中还紧紧握着这件凶器，可是最后这几句话，这种莫大的侮辱，促使她松开手，也放松了全身绷紧的力量，甚至松懈了自己的意志。

刀子失落到地上。

"您是对的，大人，"费尔顿说道，他那深恶痛绝的声调，响彻了米莱狄的内心，"您是对的，还是我错了。"

两个人说罢，重又出去了。

不过这一次，米莱狄比头一次留心了，她竖起耳朵，更仔细地倾听，听着他们的脚步声渐远，在走廊的里端消失了。

"这下我完了，"她自言自语，"我落到这些人的手掌里。他们是青铜塑像，或者花岗岩雕像，我拿他们一点儿办法也没有。他们把我看透了，全身披上坚甲，能对付我的各种武器。

"然而，这件事如何了结，也不可能按照你们的决定。"

的确，最后这一想法，这种本能就恢复希望的事实，表明在这颗灵魂的深处，畏惧和软弱的情感不会浮现很长时间。米莱狄坐下用餐，吃了好几样菜，喝了一点西班牙葡萄酒，只觉得又完全恢复了坚定的信念。

她上床睡觉之前，已经从各个方面反复品评、分析，从各个角度审察这两个对手的言谈话语、步伐动作、特征乃至沉默，经过深入的、灵活而高明的研究，她得出了这样的结论：两个迫害她的人当中，总的说来，费尔顿是较容易攻破的一个。

尤其有一句话，重又浮现在女囚的脑海。

"假如我听你的。"温特爵士这样对费尔顿说过。

"不管是弱是强，"米莱狄重复道，"这个人的灵魂里，总归还有一点怜悯火花，有这点火花，我就能点燃大火，将他吞噬。

"至于另外那个人，他了解我，也惧怕我，知道我一旦从他手中逃脱，会如何报复他，因此，在他身上打什么主意，肯定徒劳无益。然而，费尔顿就不同了，他年轻、天真、纯洁，似乎还讲点儿道德。这个人嘛，倒是有办法将他毁掉。"

米莱狄上床躺下，嘴角泛着微笑进入梦乡，她那副睡容，谁见了都会说，她像个梦见即将在节日里戴上花冠的少女。

第五十三章
囚禁第二天

米莱狄梦见她终于逮住了达达尼安,亲眼看他受刑,只见他那可憎的鲜血,从刽子手的斧头流下来,她的嘴角就不禁泛起了微笑。

她睡得很安稳,如同一名囚犯有了希望而安睡那样。

次日,有人进入她的房间时,她还在床上。费尔顿停留在走廊里,他带来了昨天提到的那个女人。那个女人刚到,她走进房间,来到米莱狄的床前,表示来侍候她的。

米莱狄平时脸色就很苍白,初次见面的人,就可能被她的脸色蒙骗了。

"我在发烧,"米莱狄说道,"昨晚这一夜真漫长,我一眼也没有合上,简直要把我折腾死了。您对待我,要比昨天那些人尽点儿人情吧?况且,我也只是请求允许我继续躺在床上。"

"要不要给您找一位大夫来?"那女人问道。

费尔顿听着这种对话,他一句话也不讲。

米莱狄在心里斟酌,她周围的人越多,要引起他们怜悯的人数就越多,而温特爵士也就要加倍监视,再说,大夫有可能断言病是装的。米莱狄第一局已经输掉,不愿意再输一局了。

"去找个大夫来,有什么用呢?"她说道,"那些先生昨天就硬说,我的病是演的一出喜剧,毫无疑问,今天他们还会这样讲。因为从昨天晚上起,他们有充分的时间去通知大夫。"

"那好哇,"费尔顿失去了耐心,说道,"您自己说说看,夫人,您究竟要接受什么样的治疗。"

"唉!我的上帝,我怎么知道呀!我感到浑身难受,就是这么回事儿,愿意给我什么治疗都可以,我是无所谓。"

"那就去找温特爵士来。"费尔顿说道,他厌腻了这样没完没了的抱怨。

"哎!不!不!"米莱狄叫起来,"不,先生,我恳求您了,不要叫他来,我已经好些了,什么也不需要,不要叫他来。"

她这种要求显得特别强烈,又特别令人信服,以至于费尔顿也被牵动了,他往屋里走了几步。

"他过来了。"米莱狄心中暗道。

"不过,夫人,"费尔顿说道,"如果您确确实实感到难受,那就派人去请个大夫来。如果您欺骗我们,哼!那您就更要倒霉了,但是,至少从我们这方面来讲,我们就没有一点儿好自责的了。"

米莱狄一句话也不回答,她那美丽的头只是往枕头上一仰,失声痛哭,泪如雨下。

费尔顿以通常的冷漠态度,注视了一会儿,看看她这样伤心痛哭有可能持续下去,就干脆走出房间,那女人也跟了出去。温特爵士倒是没有露面。

"我觉得开始看清楚了。"米莱狄心头一阵狂喜,嘴里咕哝道。她整个人赶紧埋进被子里,不让可能窥视她的人瞧见她心满意足的这阵冲动。

两个小时过去了。

"现在,病应该停一停了,"她自言自语,"应该起床了,从今天起，就要取得点儿进展，我只有十天的时间，而到今天晚上，两天就过去了。"

早晨进入房间的人，就已经给米莱狄送来了早餐。她已经考虑到，很快就会有人来撤餐桌，到那时她又能见到费尔顿了。

米莱狄没有判断错，费尔顿又露面了，他并没有注意米莱狄碰没有碰早餐，就打了个手势，让人撤走通常摆好饭菜送到房间来的餐桌。

费尔顿留在最后，他手中拿着一本书。

米莱狄躺在靠壁炉的一把扶手椅上，脸色苍白，显得那么美丽而又温顺，简直就像一个等待殉教的童贞圣女。

费尔顿走到她跟前，说道：

"温特爵士同您一样，夫人，都是天主教徒，他考虑剥夺您参加您所信奉的宗教仪式，您可能受不了，因此，他允许您每天念念您的日课的常规经，这本书里就有经文。"

米莱狄注意到费尔顿将书往她旁边小桌上一摆的态度，他讲"您的日课"这几个字的声音，以及相伴随的鄙夷的微笑，她不禁抬起头，更加仔细地端详这位军官。

看他这规规矩矩的发型，看他这身过分朴素的服装，看他这赛似大理石般光洁，也赛似大理石般坚硬而难以穿透的额头，她认出一个清教徒。这类神情忧郁的清教徒，她在詹姆士①的王宫里，在法兰西的王宫里经常遇见，数量很多，他们虽然还记得圣巴托罗缪惨案，但有时还要到法兰西王宫来寻求避难。

她灵机一动，突然计上心来，须知在决定前途的危急关头，在性命攸关的重大时刻，唯独天才人物才能产生这种灵光。

"您的日课"这四个字，以及她稍微向费尔顿瞥了一眼，她心下也就

---

① 詹姆士：指英国国王詹姆士一世（1603-1625年在位）。

完全明白,她要回答的话至关重要。

她全凭特有的聪慧,头脑极为敏捷,立刻就想好了这种答话,从嘴唇吐露出来:

"我!"她说道,那鄙夷的声调,同她注意到年轻军官的声调相媲美,"我,先生,'我的日课'!温特爵士这个腐朽的天主教徒,他明明知道我和他信奉的宗教不同。这是他给我设下的一个陷阱!"

"那么,夫人,您信奉的是哪一种宗教呢?"费尔顿惊讶地问道,他再怎么有克制力,也未能完全掩饰他感到的惊讶。

"我会讲出来的,"米莱狄佯装慷慨激昂,高声说道,"但是要等到我为自己的信仰饱受了磨难的那一天。"

费尔顿的眼神向米莱狄揭示,她这么一句话,就开辟了多么大的空间。

这工夫,年轻军官仍旧默默无言,站在那儿一动不动,唯独他的目光表露了内心的活动。

"我落入我的敌人手中,"她口气激烈地继续说道,而她知道这是清教徒最常用的口气,"好吧!愿我的上帝来救我,或者我为我的上帝而死!这就是我的回答,请您转告给温特爵士。至于这本书嘛,"她用手指尖指了指日课经,仿佛怕触碰到就会玷污自己似的,又补充说道,"您可以拿走,拿回去自己用吧。毫无疑问,您是温特爵士的双料同谋,既是他进行迫害的同谋,又是他传播异端的同谋。"

费尔顿一句话也不回答,只是以刚才表露出来过的那种憎恶的神情,拿起那本书,若有所思地走出房间。

约莫晚上五点钟,温特爵士来了。这整整一天,米莱狄有充分时间制订自己的行动计划。因此,她接待他时,已经成为重又占了上风的女人。

"看米,"爵士说着,就坐到米莱狄对面的扶手椅上,双脚随意地伸向壁炉,"看来,我们有一个小小的违背信仰的行为!"

"您这话是什么意思,先生?"

"我的意思是,自从我们上次见面之后,我们改变了宗教信仰。怎么,您又嫁了人吧,第三个丈夫是清教徒?"

"您说清楚,大人,"女囚正言厉色地又说道,"我明确告诉您,您的话我是听见了,但是领会不了。"

"这就是说,您根本就没有宗教信仰,果真如此,我倒认为更好。"温特爵士冷嘲热讽地又说道。

"毫无疑问,这更符合您的信仰原则。"米莱狄冷冷地接口说道。

"哼!我向您承认,这对我来说完全一个样。"

"哼!您怎么不承认对宗教信仰的这种无所谓态度,大人,您的放荡行为和所犯的罪过,就可以证明这一点。"

"哦!您提起了放荡行为,梅萨利纳夫人[①]、麦克佩斯夫人[②]!不是我没有听清楚,就是您啊,实在不知羞耻。"

"您这样讲,无非是因为您知道,先生,您手下的人在倾听我们的对话,"米莱狄冷淡地说道,"因为您要激发您的那些狱卒,您那些刽子手对我的憎恶。"

"我的那些狱卒!我那些刽子手!哎哟,夫人,您又换了一副腔调,富有抒情的意味,昨天演喜剧,今天晚上又换成了悲剧。不管怎样,再过八天,您就要去该去的地方了,而我的任务也就大功告成。"

"卑鄙的任务!亵渎宗教的任务!"米莱狄说道,那种激愤的口气,完全是受害者在对抗审判官。

[①] 梅萨利纳夫人(约25-48):罗马皇帝克劳狄的妻子,以淫乱和政治野心著称,她因与情夫秘密结婚的事败露而被处死。

[②] 麦克佩斯夫人:苏格兰国王麦克佩斯(1040-1057年在位)的妻子,她怂恿当郡长的丈夫杀害堂兄邓肯一世,自立为王。但是邓肯一世之子于1057年发兵灭了麦克佩斯。

第五十三章 囚禁第二天

"我敢以名义发誓,"温特爵士站起身来说道,"这个坏女人想必发疯了。好啦,好啦,您就冷静一点儿吧,清教徒夫人,否则的话,我就命人把您关进地牢里。真邪门!是我那西班牙葡萄酒,让您喝昏了头吧,对不对?不过,请您放宽心,喝这种酒,醉了也没有危害,不会产生严重后果。"

温特爵士骂骂咧咧走出房间,这也是那个时期一种十足的骑士习惯。

费尔顿的确就在门外,这场争执自始至终他全听见,一句话也没有漏掉。

米莱狄猜得一点儿不错。

"好哇,去吧!去吧!"她对小叔子说道,"恰恰相反,后果就要出现了,可是,你这个笨蛋,只有等到避之不及的时候,你才能够看见。"

周围又恢复了一片寂静,两个小时流逝过去。有人送来晚餐,发现米莱狄正在聚精会神地高声祈祷,口中念的祈祷文,是她从第二个丈夫的一个老仆人那儿学会的,那个老仆人是个严于律己的清教徒。她的神思似乎完全投入祈祷中,甚至注意不到周围发生的事情。费尔顿摆了摆手,不让人去打扰她,等到晚餐饭桌摆好之后,他就带着士兵蹑手蹑脚出去了。

米莱狄知道可能有人监视她,因此她还接着祈祷,一直到把祈祷文念完,而她觉得出来,守在门外的那名士兵仿佛在倾听,不再像先前那样走来走去了。

眼下做到这种程度,她认为也就够了,于是站起身来,坐到餐桌前,吃了点儿东西,这回她只喝清水。

一小时之后,有人进来撤餐桌,但是米莱狄注意到,费尔顿这次没有陪同士兵们一起来。

显然,他害怕过于频繁地见到她。

她憋不住笑,就转身面向墙壁,她这种微笑简直得意忘形,仅仅这一笑，就会使她暴露无遗。

　　她沉住气，又等着过了半小时，这时城堡万籁俱寂，只听见永无休止的涛声，大西洋吸纳无限的喘息。于是，她亮起她那清纯、圆润而激越的歌喉，开始唱当时备受清教徒喜爱这首赞美诗的第一段：

> 主啊，你将我们抛弃，
> 要看看我们是否坚强；
> 然后见我们坚定不移，
> 又亲手给我们棕榈枝来褒奖。

　　这几行诗并不多么出色，远远谈不上完美，但是众所周知，清教徒并不夸耀他们是作诗的圣手。

　　米莱狄边唱边侧耳细听，守在门外的那名士兵站住不动了，仿佛变成了石像。米莱狄由此能判断出，她的歌声会产生多大效力。

　　于是，她又继续唱歌，而且满怀着难以描摹的热忱和情感。她这歌声在拱顶下似乎传得很远，要显示魔力，软化她那些狱卒的心。然而，在门外站岗的那名士兵，无疑是个狂热的天主教徒，他打破这种魔力，隔着房门嚷道："别唱啦，夫人，"他说道，"您的歌这么哀伤，就像从地狱里传出来的。在这儿站岗就够让人不开心的了，还得听这种东西，简直就叫人没法儿待了。"

　　"住口，"这时一个严肃的声音说道，米莱狄听出来正是费尔顿的声音，"混账东西，您管什么闲事儿！有人命令您禁止这个女人唱歌吗？没有。只是吩咐您看守她，假如她企图逃走，您就朝她开枪。好好看守她吧，她若逃跑就打死她，但是，丝毫也不要改变发下的命令。"

　　她的脸豁然开朗，洋溢出一种难以言传的喜悦，不过，这种表情转瞬即逝，仿佛一道电光。刚才的对话，她一个字也没有漏掉，但是她就好像什么也没有听见似的，又唱起来，将魔鬼所赋予的全部魅力、整个音域和诱惑力，都融入她的歌声里：

> 我自有青春，自有祈祷，
> 流多少泪，受多少苦难，
> 流放和坐牢，全受得了，
> 受的苦难上帝都要记录在案。

她这歌喉，音域宽得出奇，充满了无可比拟的激情，给粗糙而未经修饰的赞美诗句，增添一种魔力和一种表现力，而这种魔力和这种表现力，却是最狂热的清教徒在他们教友的歌声中极难找到的，因而他们只好凭空发挥全部想象力来加以美化。费尔顿以为听见天使歌唱，在安慰烧窑中的三个希伯来人[①]。

米莱狄继续唱道：

> 啊！公正而强大的上帝，
> 我们终有得救的一天，
> 我们的希望如遭主弃，
> 我们总归还有死亡和殉难。

唱这段赞美诗，可怕的巫婆投入了全部情感，终于搅乱了年轻军官的心绪。他猛然打开门，米莱狄看见他进来，他那脸色虽然还像往常那样苍白，但是那双眼睛却火辣辣的，目光几乎错乱了。

---

① 故事引自《旧约·但以理书》：巴比伦王尼布甲尼撒造一尊金像，奉为神灵，让人膜拜。有三个希伯来人拒不敬拜，国王大怒，命人将他们捆起来，投入烈火的窑中。但是窑中出现第四个人，却是神子，于是国王醒悟，放出三个希伯来人，从此敬奉三个希伯来人所敬之神。

"为什么您要这样唱歌，"他问道，"要用这样的声音呢？"

"对不起，先生，"米莱狄柔声细语地回答，"我忘记了在这座房子里，不适合唱我这种歌。也许我冒犯了您的宗教信仰，但是我向您发誓，这完全是无意的。请宽恕我的过错吧，这一过错也许很大，但确确实实是无意的。"

此刻米莱狄美极了，她仿佛完全沉浸在宗教信仰的神往中，面容增添了一种圣洁的表情。费尔顿一下子看花了眼，真以为见到了他刚才仅仅以为听见唱歌的天使。

"是的，是的，"他回答，"您打扰了、您惊动了住在这座城堡的人。"

这个丧失理智的可怜人，竟然没有觉察自己前言不搭后语，而这时，米莱狄的锐利目光则一直探入他内心的最深处。

"我不再唱了。"米莱狄垂下眼睛说道，声音极尽其甜美温柔，神态也极尽其服帖恭顺。

"不，不，夫人，"费尔顿说道，"只是唱歌的声音别那么高，尤其到了夜晚。"

费尔顿说完这几句话，就感到自己对这个女囚，再也保持不住严厉的态度了，于是他急匆匆地走出房间。

"您做得真对，中尉，"站岗的士兵说道，"这些歌搅得人心慌意乱，不过，听久了会习惯的，她的嗓音太美啦！"

第五十四章
囚禁第三天

费尔顿来过了，然而，还要前进一步，必须留住他，说得更准确些，必须让他单独留下来。为了达到这种结果，米莱狄觉得有了办法，但是还很模糊。

还应当再进一步，必须引他开口说话，她也好能对他说说话。因为，她十分清楚，自己的最大诱惑力就在嗓音里，她这嗓音，从人间话语直到天国语言，能够极为灵活地达到所有音阶。

米莱狄虽然全部拥有这种诱惑力，她还是有可能失败，只因费尔顿的脑袋先就给灌满了，这就不允许出最细小的意外情况。从即刻起，她就十分留意自己的一举一动、一言一行，直至自己眼中最细微的神色，直至自己最寻常的手势，直至自己的可能被人解释为叹息的呼吸。总而言之，她仔细研究一切，犹如一个灵活的演员，刚刚接受一个还不习惯扮演的新角色。

如何对付温特爵士，那就容易多了，因此，昨天她就确定了行动计划。在温特爵士面前，她要保持沉默和尊严，时而故意表示一下轻蔑，讲一句鄙夷的话，激他发出威胁，粗暴对待她，让他的行为同她温顺的态度形成鲜明的对照，这便是她所确定的计划。这一切，费尔顿会看在眼里，也许他一句话也不讲，但是他毕竟会看在眼里。

早晨，费尔顿照例又来了。不过，米莱狄就由着他安排早餐，没有对他说话。可是，到了他要退出房间的时候，她就看到一线希望，以为他就要开口说话了。他的嘴嚅动几下，但是没有发出一点儿声音，最后他还控制了一下自己，将要脱口而出的话又咽下去，埋进心里。他走了出去。

中午时分，温特爵士进来了。

这一天是一个相当晴朗的冬日，不过，英国的太阳那么苍白，从牢房的铁窗透进一束阳光，只是照亮房间，却毫无暖意。

米莱狄望着窗外，佯装没有听见开门的声响。

"哈！哈！"温特爵士说道，"演了喜剧又演悲剧，现在可好，又演起伤感剧来了。"

女囚不予应答。

"不错，不错，"温特爵士接着说道，"我明白，您是渴望在这海岸上获得自由，渴望乘上一艘大海船，在那翡翠碧绿的海上劈开波浪。无论在陆地还是在海洋上，您总想巧妙地给我设下一个小小的埋伏，这是您的拿手好戏。别着急！别着急！再过四天，海岸就向您敞开，大海就向您开放，开放的程度要超出您的期望，因为再过四天，英国就要摆脱您了。"

米莱狄合拢手掌，抬起美丽的眼睛望着天空。

"天主啊！天主啊！"她以天使般美妙的手势和声调说道，"请宽恕这个人吧，就像我宽恕他一样。"

"对，祈祷吧，该死的，"男爵嚷道，"你的祈祷尤其要显得慷慨，就因为你落入，我可以向你发誓，你落入一个绝不会饶过你的人手里。"

说罢，他就离去了。

就在他往外走的当儿，从半开的房门溜进一道锐利的目光，只见费尔顿急忙闪到一旁，以免被她瞧见。

这时，她跪到地下，开始祈祷。

"我的上帝！我的上帝！"她说道，"您了解，我是在为何等神圣的事业受磨难，因此，赋予我经受磨难的力量吧。"

房门轻轻地打开了，而美丽的祈求者佯装没有听见开门的响动，用十足的哭腔继续祈祷：

"复仇的上帝啊！仁慈的上帝啊！您就让这个人去实现他那残酷的计划吧！"

直到这时，她才装作听见费尔顿的脚步声，立刻站起来，仿佛闪念一样迅疾，脸唰地红了，就好像跪在地下被人撞见而不好意思似的。

"我绝不愿意打扰正在祈祷的人，夫人，"费尔顿郑重地说道，"您不必分神，请您不要因我分神。"

"您怎么知道我是在祈祷呢，先生？"米莱狄以哽噎的声音说道，"您看错了，先生，我并没有祈祷。"

"夫人，难道您认为，"费尔顿回答，他的声音同样郑重，但是语气缓和了，"难道您认为我自以为有这种权力，阻止一个世人跪倒在造物主面前吗？天理不容啊！况且，罪人本就应该悔恨，一个罪人无论犯下什么罪过，只要跪在上帝的脚下，在我看来都是神圣的。"

"罪人，我！"米莱狄微笑着说道，她那笑容能在最后审判时解除天使的武装，"罪人！我的上帝，你知道我是否有罪！先生，好吧，您就说我是个被定了罪的人，然而您也清楚，上帝喜爱殉教者，有时也允许世人判处一些无辜的人。"

"您纵然是被定了罪的人，纵然是殉教者，"费尔顿答道，"就更应当祈祷了，而我本人，也会用我的祈祷来帮助您。"

"嗯！您是一位义士，您，"米莱狄高声说道，同时扑到他的脚下，"听着，我坚持不了多久了，只恐怕在我需要坚持斗争、表达信仰的时候，我又缺乏力量了。您受了蒙蔽，先生，但是问题不在这里，我仅仅请求您一个恩典，如果您给了我，那么我就将在尘世和另一个世界为您祝福。"

"去对我的主人讲吧，夫人，"费尔顿说道，"我呢，幸好不管饶恕或者惩罚的事，这种责任，上帝交给了地位比我高的人。"

"不，要对您讲，只对您一个人讲。请听我说，您听了就不会再帮人损害我，不会再帮人羞辱我了。"

"这种羞辱，夫人，如果是您咎由自取，这种耻辱，如果是您作法自毙，那您就应该接受，向上帝赎罪。"

"您说什么？噢！您没有理解我的话！我说耻辱，您以为我是指某种惩罚，坐牢或者处死！上天保佑！处死还是坐牢，难道我还在乎吗？"

"我真的听不懂您的话了，夫人。"

"或者有意装作听不懂我的话了，先生。"女囚回答，同时怀疑地微微一笑。

"真不懂，夫人，我以一个军人的荣誉，以一个基督徒的信仰发誓！"

"什么！您竟然不知道温特爵士害我的图谋！"

"我不知道。"

"不可能，您，可是他的心腹！"

"我从不说谎，夫人。"

"哎！他可不怎么掩饰，不难猜出来。"

"我不会试图去猜测什么，夫人，只等人家从实相告。温特爵士除了当着您的面对我讲的，什么也没有向我透露过。"

"怎么，"米莱狄高声说道，那种真诚的口气令人无可置疑，"难道您不是他的同谋？难道您不知道，他企图让我遭受的耻辱令人发指，要超过世间的所有惩罚吗？"

"您错了，夫人，"费尔顿红了脸，说道，"温特爵士不可能犯下这样的罪过。"

"好嘛,"米莱狄心中暗道,"他还不知道怎么回事儿,就把这称为罪过了。"

继而,她高声说道:

"无耻之徒的朋友,什么都能干得出来。"

"您称谁是无耻之徒?"费尔顿问道。

"配得上这样称呼的人,在英国难道还有第二个吗?"

"您是指乔治·维利尔斯①啦?"费尔顿说着,两眼就冒火了。

"就是那些异教徒、那些不忠的基督教徒称为白金汉公爵的那个人,"米莱狄又说道,"我认为在全英国,还能有一个英国人需要人解释这么长时间,才辨认出我所指的那个人!"

"天主的手已经伸向他,"费尔顿说道,"他逃不掉应受的惩罚。"

费尔顿所表达的,不过是一般英国人对公爵怀有的憎恨,就连天主教徒也都说他横征暴敛,贪赃枉法,生活放荡,而清教徒则干脆叫他撒旦。

"噢!我的上帝!我的上帝!"米莱狄高声说道,"当我恳求您给那人送去他应得的惩罚时,您知道我寻求的不是报私仇,而是拯救整个民族!"

"这么说,您认识他啦?"费尔顿问道。

"他终于问我的情况了。"米莱狄心中暗道,她乐不可支,这么短时间就取得这么大进展。"哼!"她答道,"问我认识不认识他!哼!认识!这正是我的不幸,我的永世的不幸!"

米莱狄绞着手臂,仿佛痛苦到了极点。费尔顿无疑感到自己要丧失勇气,便朝门口走了几步。女囚紧紧盯着他,这时追上去,把他拦住。

---

① 全称为乔治·维利尔斯·德·白金汉公爵。

"先生！"她高声说道，"您要行行好，发发慈悲吧，听一听我的祈求。那把刀子，也是命中注定，爵士加了一份儿小心，从我的手中夺走，因为他知道我拿刀子要干什么。哎！请听我把话说完！那把刀子，请您还给我，只用一分钟，发发慈悲，可怜可怜我吧！我会搂住您，亲您的双膝。喏，您把门关上吧，我怨恨的不是您。上帝啊！怎么能怨恨您呢，您是我在人世间遇到的唯一的义士，又善良又富有同情心，也许是拯救我的人，怎么能怨恨您呢！那把刀子，用一分钟，只用一分钟，我就从门上的小窗口还给您，仅仅用一分钟，费尔顿先生，您就会保全了我的名誉！"

"您，自杀！"费尔顿恐怖地叫起来，忘记了把自己的手从女囚的手里抽出来，"您，要自杀！"

"我说出来了，先生，"米莱狄压低嗓音，喏嚅道，同时身子一软，瘫倒在地上，"我说出来了我的秘密！他全知道啦！我的上帝！我完啦！"

费尔顿站在原地，没有动弹，还犹豫不决。

"他还有疑虑，"米莱狄心中暗道，"刚才我的表演还不够完全真实可信。"

这时，走廊那边传来走动的声响，米莱狄听出是温特爵士的脚步声。费尔顿也听出来了，他朝门口跨了一步。

米莱狄冲上去。

"噢！一个字也不要提，"她压低嗓音说道，"对那个人，一个字也不要提我对您讲的话，否则我就完了，正是您，您……"

继而，由于脚步声渐近，她怕被人听见，便住口不讲了，但在万分惊恐中，还是用她那美丽的手按住费尔顿的嘴唇。费尔顿轻轻推开米莱狄，她就走过去，瘫倒在一把长椅上。

温特爵士没有停下，从门前走过去了，脚步声逐渐远去。

费尔顿的脸色如死人一样惨白，他停在那里，竖起耳朵倾听了片刻，

第五十四章 囚禁第三天

等到脚步声完全消失了,他才像从梦中醒来似的,猛地喘了口气,然后就急匆匆走出房间。

"哈!"米莱狄也侧耳倾听,听出费尔顿走的方向与温特爵士相反,脚步声也逐渐远去,便说道,"你终于属于我了!"

接着,她的额头又阴沉下来。

"万一他跟男爵说了,那我就完了,"她说道,"因为,男爵完全了解我不会自杀,当着他的面往我手里塞一把刀子,好让他看清楚,我这样寻死觅活不过是做戏。"

她走到镜子前,看了看镜中的影像,觉得从来没有像这样漂亮过。

"嗯!不错!"她微笑着说道,"他肯定不会讲的。"

到了晚上,温特爵士陪着送晚餐的人来了。

"先生,"米莱狄对他说道,"您来视察,难道是囚禁我的一个必不可少的附加条件吗?您就不能不来,免得给我额外增添折磨吗?"

"怎么回事儿,亲爱的嫂夫人!"温特爵士说道,"您这张美丽的小嘴,今天怎么对我这样冷酷无情呢,当初不是深情地向我宣布,您这趟来英国唯一的目的,就是能拥有天天同我见面的喜悦。而这种喜悦,据您说,您丧失的那段时间就感到五内如焚,因此您不顾一切危险,哪怕晕船、海上暴风雨或者被捕!那好哇!我这不来到面前,您就心满意足吧。再说了,我这次来看您还另有缘故。"

米莱狄不由得打了个寒战,还以为费尔顿说出去了。这个女人经历了多少截然相反的强烈激动的冲击,有生以来,也许还从未感到心跳得如此厉害。

她坐在那里,温特爵士也拉过来一把椅子,坐到她旁边,然后从兜里掏出一张纸来,慢腾腾地展开。

"瞧瞧,"他对米莱狄说道,"我要给您看看我亲手起草的证件,也就是我同意您今后在生活中所使用的身份证件。"

他又把目光从米莱狄移回到纸上,念道:

"'兹命令将人犯夏洛特·贝克松,押送到……'地名还空着,"温特停下来说道,"假如您喜欢哪个地方,就可以告诉我,只要离开伦敦一千法里就成,您的请求可以得到满足。好,我继续往下念:'押送到……该人犯曾被法兰西王国司法机构打上烙刑印,惩罚后又被释放了。她将在此地永久居住,不得走出方圆三法里,如果企图潜逃,则当即处死。她每日领取五先令,以供食宿花销。'"

"这道命令与我无关,"米莱狄冷淡地说道,"上面这姓名不是我的,而是另外一个人的。"

"姓名!难道您还有姓名吗?"

"我有您堂兄的姓氏。"

"您错了,我的堂兄不过是您的第二个丈夫,然而您的头一个丈夫还活着。告诉我他的姓氏,我就用来替换夏洛特·贝克松这个名字。不说?……您不愿意说出来?……您保持沉默?那好吧!您就用夏洛特·贝克松这个名字,登记到囚徒花名册上。"

米莱狄始终沉默不语,然而这一次,她可不是有意伪装,而是真的恐惧了。她以为这道命令马上就要执行了,心想温特爵士准把遣送她的日期提前了,她甚至以为当天晚上就要把她押走。看来,她头脑里的全部谋划,刹那间就化为泡影,不料她突然发现,这道命令还没有签署。

这一发现,她感到一阵狂喜,甚至都难以掩饰了。

"是啊,是啊,"温特爵士看出她的心理活动,说道,"是啊,您在找签字,心想既然这份文件没有签字,就不算大势已去,拿出来无非是吓唬人的。您这样想就错了,明天,这份文件就是送给白金汉公爵,经他亲手签署,又盖上印章,后天就能拿回来,然后再过二十四小时,我敢对您讲这话,就开始执行了。再见,夫人,我来就是要对您说这些。"

"我也敢对您讲,先生,这样滥用职权,用匿名将人流放,完全是一种卑鄙无耻的行径。"

"您更喜欢用自己的真名实姓被绞死吧，夫人？您完全清楚，对于重婚罪，英国法律是毫不留情的。您坦白地讲清楚，尽管我的姓氏，确切地说我堂兄的姓氏，卷入到这个案件中，我也不怕公布家丑，提起公诉，以保永远摆脱您这个人。"

米莱狄没有应声，但是脸色大变，像尸体一样惨白。

"嗯！看得出来，您还是更喜欢远行。这样好极了，夫人，有一句古谚，大意是说，旅行培养青春。老实说，归根结底，您选择得不错，生活是美好的嘛！也正因为如此，我不大担心您会要我的命。剩下来要解决那五个先令的事，我未免显得小气了点儿，对不对？这样我可以放心，因为您没有钱去收买您的看守。况且，您的魅力还留在身上，总可以去引诱他们。这种企图，对付费尔顿没有得手，如果还不气馁，您就再试试吧。"

"费尔顿一句也没有讲出来，"米莱狄心中暗道，"这就是说，一切都还有指望。"

"好了，夫人，再见吧。明天我来向您宣布，我的信使启程了。"

温特爵士站起来，戏谑地对米莱狄施了个礼，便离去了。

米莱狄长出了一口气，她还有四天的时间，四天足够最终迷住费尔顿的了。

这时，她的头脑里突然产生一个可怕的念头，温特爵士也许会派费尔顿跑一趟，去请白金汉签署这份命令。如果出现这种情况，费尔顿就逃出了她的手心儿，而女囚要想得手，就必须持续不断地施展她那诱惑的魔力。

然而，正如上面所说，有一件事使她心安了，费尔顿守口如瓶。

她受到温特爵士的威胁，不愿意显出乱了方寸，就照常坐下来吃饭。

然后，她又像昨天那样，跪下来高声祈祷。而那名士兵也像昨天那样，不再走动了，站住听她祈祷。

不大工夫，她就听见走廊里端传来脚步声，比哨兵的脚步轻些，走到她的门前停下了。

"是他来了。"米莱狄自言自语。

于是，她又唱起同一首宗教歌曲，正是这首歌曲，昨天令费尔顿激动不已。

尽管她的歌喉十分美妙，丰满而清亮，听来格外悦耳，格外揪心，可是房门却始终关闭。米莱狄偷偷瞥了几眼，就觉得隔着门上小窗的密密的铁条，恍若看见年轻军官那双火热的眼睛。然而，她所见到的不管是真相还是幻象，不过这一次，他确实控制住了自己，没有进房间。

米莱狄唱完了宗教歌曲之后，过了一会儿才仿佛听见一声长叹，接着又听见来时的那种脚步声，十分缓慢地走开了，就好像恋恋不舍似的。

第五十五章
囚禁第四天

次日，费尔顿走进房间时，米莱狄正站在一把扶手椅子上，手中拿着一根绳子，是用几条麻纱手绢撕成长条编织而成、再结扎绳头接起来的。米莱狄听见费尔顿开门声响，便轻盈地跳下椅子，试图把手中这根临时编成的绳子藏到身后。

年轻人的脸色比往常还要苍白，双眼因失眠而红红的，表明他一夜都处在亢奋状态。

不过，他的额头却罩上格外严峻的神态。

他慢腾腾地走向米莱狄，而这时，米莱狄已经坐下，手上那根寻短见的绳子，是不小心，抑或有意为之，有一头露了出来。

"这是什么，夫人？"费尔顿冷冷地问道。

"这个嘛，没什么，"米莱狄微笑道，而脸上却是一副她微笑时善于赋予自己的那种痛苦表情，"烦闷是囚犯的死敌，我感到闷倦，就寻点儿消遣，编了这根绳子。"

费尔顿的目光投向米莱狄身后的墙壁，注意到刚才她站到椅子上头顶的那一点，有一个镀金的钩子，是用来挂衣服或者武器的。

他浑身一抖，女囚看见了这一颤抖，须知她虽目光低垂，却什么也逃不过她的眼睛。

"刚才，您站在这把扶手椅上在干什么？"费尔顿问道。

"这同您有什么关系？"米莱狄回答。

"可是，我渴望了解。"费尔顿又说道。

"不要盘问我了，"女囚说道，"您完全清楚，我们这些真正的基督教徒，是禁止说谎的。"

"那好吧，"费尔顿说道，"让我来对您说说，刚才您在干什么，或者正要干什么，您是要完成头脑中的意念，舍生取义。不过，夫人，您应当想一想，如果说我们的上帝禁止说谎，那么，他也更加严厉地禁止自杀。"

"如果上帝看到他的子民中，有一个受到非正义的迫害，身处自杀和受辱的两种选择。那么请相信我，先生，"米莱狄以深信不疑的口气回答，"上帝就会宽恕他选择自杀，因为，落到那种境况，自杀就是殉教。"

"您说得太多了，或者说得太少了。讲讲吧，夫人，看在上天的分上，您说明白一点儿。"

"我的不幸讲给您听，好让您拿去当笑柄；我的打算告诉您，好让您去向迫害我的人告发。再说了，一个被判了刑的不幸女人，生与死同您有什么关系？您只管负责我的形体，对不对？您交出一具尸体，只要让人认出是我，上司对您就别无要求，甚至还可能加倍奖赏您呢。"

"什么，我，夫人，我！"费尔顿高声说道，"设想我拿您的性命去请赏。噢！您只是说说而已，不会这么想吧？"

"您不要管我，费尔顿，您不要管我，"米莱狄激动地说道，"但凡军人，都应当有雄心大志，对不对？您还是中尉，好哇！您押送我的灵车时，就会佩戴上尉军衔了。"

"我到底有什么对不起您的，"费尔顿一时慌了神儿，说道，"要把这种责任推到我的头上，让我如何去面对世人和上帝呢？再过几天，您就要离开这里了，夫人，您的性命就不再由我监护了，"他叹了口气，补充一句,"到那时候,怎么办就随您的便了。"

"这么说,"米莱狄仿佛再也控制不住,怀着圣洁的怒火嚷道,"您,一个虔诚的人,您,人称的一位义士,您也只求一件事,就是我的死亡,别把您牵连进去,别引起您的良心不安!"

"我必须守护您的生命,夫人,我一定要守护好。"

"可是,您理解您要完成的使命吗?这一使命,假如我有罪,就够残忍的了,假如我是清白无辜的,您又该给它定什么名,上帝又该给它定什么名呢?"

"我是军人,夫人,我要完成接受的命令。"

"到了最终审判的那一天,上帝会区分盲目的刽子手和不公正的法官吗?您不希望我杀害自己的肉体,而您却甘愿代理要杀害我这灵魂的那个人!"

"然而,我再向您说一遍,"费尔顿内心动摇了,又说道,"您没有受到任何危险的威胁,我既能为我本人,也能为温特爵士担保。"

"丧失头脑的人!"米莱狄高声说道,"丧失头脑的可怜人,居然敢为另外一个人担保,就连最明智的人,最信奉上帝的人,都犹豫而不敢为自己担保。而且还站到最强大的、最幸运的人一边,去欺凌最弱小的、最不幸的女人!"

"不可能,夫人,不可能,"费尔顿嗫嚅道,他在内心深处感到这种论断的正确性,"您被囚禁,不可能通过我而获得自由。您活在世上,也不可能由于我而丧失生命。"

"是啊,"米莱狄高声说道,"然而,我要丧失比生命还宝贵的东西,我要丧失名誉,费尔顿,我蒙羞受辱,将来在上帝和世人面前,我要举证由您承担责任。"

费尔顿再怎么冷漠,或者装作冷漠,这一次他也顶不住了,这种秘密的影响已经控制了他。看到这个女人如此美丽,洁白得赛似最清纯的幻象，看到她时而哀怨流泪，时而咄咄逼人，同时受到她的痛苦和容貌的双重巨大冲击。这种情况，一个爱产生幻觉的人，怎么受得了呢！一个因狂热的信仰而满脑子火热梦想的人，怎么受得了呢！一个心灵既受上天之爱的烈火烧灼、又被世人之恨的怒火吞噬的人，又怎么受得了呢！

米莱狄看出他心慌意乱，凭直觉就感到，两种截然相反的激情燃烧的烈火，随着血液流遍这个年轻的宗教狂的所有脉管。于是，她就像一位看出敌人要溃退、便高呼胜利往前冲的精明的将军，站起身来。那副形象，美如古代的一位女祭司，受神灵启示又如一个信奉基督教的童贞女。她领口敞开，头发披散，一条手臂伸直，另一只手则害羞地拉起衣裙来遮护胸脯。她眼神明亮，燃烧着搅乱年轻的清教徒神智的火焰。她走向费尔顿，用她无比甜美的嗓音，必要时又能赋予这嗓音一种令人畏惧的声调，朗朗抛出这样一段激愤的曲调：

> 将人献祭给巴力①，
> 将殉教者抛给狮子。
> 我向上帝呼吁深渊，
> 上帝会让你痛悔！……

听到这样奇特的斥责，费尔顿一下子愣住，仿佛惊呆了。

"您是谁，您究竟是谁？"他合拢双手，高声嚷道，"您受上帝的派遣，还是地狱的使者，您是天使还是魔鬼，您名叫爱洛亚②还是叫阿斯塔特③？"

"你认不出我来了吗，费尔顿？我既不是天使，也不是魔鬼，我是大

---

① 巴力：古代近东许多民族信奉的丰收神，当时习俗向他献祭活人。
② 爱洛亚：据传是耶稣的一滴眼泪化作的女天使。
③ 阿斯塔特：传说是巴力的配偶，近东古代人崇拜的女神。

地的女儿,是你的信仰同宗的姊妹,仅此而已。"

"是的!是的!"费尔顿说道,"我原先还有所怀疑,现在相信了。"

"现在相信了,然而你还参与其谋,帮助那个叫温特爵士的彼列[①]之子!现在相信了,然而我落到敌人手中,落到英国的敌人、上帝的敌人手中,你却坐视不管!现在相信了,然而你却把我交给那个用异端邪说、放荡行为充斥并玷污这个世界的人,交给盲目的人称为白金汉公爵,而信徒们叫作反基督的那个无耻之徒沙达那帕路斯[②]。"

"我,把您交给白金汉!我!您这是在说什么呀?"

"他们有眼睛,却视而不见,"米莱狄高声说道,"他们有耳朵,却充耳不闻。"

"是啊,是啊,"费尔顿说道,他的双手擦着满额头的汗水,就好像要抹去他最后的疑虑,"是啊,我听出来了,正是在我梦中对我说话的那个声音。是啊,我认出来了,正是每天夜晚出现在我面前的那个天使的容颜,那天使每次出现,就对我难以入眠的灵魂呼喊:'打击吧,拯救英国吧,也拯救你自身,免得你将来死去时,还未能平息上帝的雷霆!'您讲吧,讲吧!"费尔顿高声说道,"现在,我能够理解您了。"

米莱狄心中狂喜,眼睛一亮,但是疾如神思,一闪即逝。

这道凶光无论怎样短暂,费尔顿还是看见了,他不由得打了个寒战,就好像这道闪光照见了这个女人心灵的深渊。

费尔顿猛然想起温特爵士的警告,想起米莱狄的诱惑、她刚到达时的初步试探。于是,他后退一步,低下脑袋,但是始终盯着看她,就像被这奇异的女人迷惑住,他的目光不能从她的注视下移开了。

米莱狄绝非寻常女人,会看错这种犹豫的神色。这个女人表面上激动万分,心里却保持极度的冷静。她必须抢在费尔顿回答之前,抢在她

---

① 彼列:《圣经·新约》中撒旦的另一称号。
② 沙达那帕路斯:传说中的古代亚述国王,以生活淫奢著称。

被迫以同样激昂的口气继续这场难以为继的谈话之前，赶紧无力地垂下自己的双手，就好像女人的软弱占了上风，受神灵启示的激情消失了。

"唉！不对，"她说道，"我当不了犹滴，不能把伯凤利亚城从那个荷罗浮尼手中解救出来。永恒的天主的利剑太沉重，我这手臂举不动。因此，还是让我一死，好免遭耻辱，让我逃避到殉教的行为中吧。我既不像罪犯那样请求您释放，也不会像异教徒那样请求您报仇。就让我一死了之吧，我别无所求，只恳求这一点，跪下向您哀求了，让我一死了之吧，我的最后一声叹息，就是对我的恩人的祝福。"

听到这温柔的哀告之声，看见这颓丧的怯弱的眼神，费尔顿又靠上前来。渐渐地，这个女巫重又戴上她任意取舍的魔法饰物，即美貌、温柔、眼泪，尤其那种最具毁灭性的性感，神秘性感的不可抗拒的诱惑力。

"唉！"费尔顿说道，"我只能做一件事，在您向我证明自己是个受害者的情况下，对您表示同情！然而，温特爵士对您恨之入骨。您是基督教徒，是我宗教信仰的姊妹。我在生活中见到的净是叛徒、亵渎宗教的人。所以我只爱我的恩人，可是我却感到被什么力量拉向您。不过，夫人，老实说，您如此美丽，看样子又如此纯洁，一定是犯下了罪行，温特爵士才这样不肯放过您。"

"他们有眼睛，却视而不见，"米莱狄以难以名状的痛苦语气重复道，"他们有耳朵，却充耳不闻。"

"既然如此，"年轻军官高声说道，"您何不讲讲呢，何不讲讲呢？"

"把我的耻辱透露给您！"米莱狄也高声说道，一时羞红了脸，"要知道，一个人的罪恶，往往是另一个人的耻辱。您，一个男子，我，一个女子，要我把的耻辱透露给您！噢！"她羞愧地用手捂住眼睛，继续说道，"噢！我不行，我绝做不到！"

"透露给我听，透露给一个兄弟呀！"费尔顿高声说道。

米莱狄凝视他半晌，她那种表情，在年轻军官看来是疑虑，其实仅仅是在审视，尤其是要把人迷住的意愿。

这回，却是费尔顿合拢手掌恳求了。

"好吧，"米莱狄说道，"我信赖我的兄弟，我敢讲出来！"

这时，忽然听见温特爵士的脚步声。然而这次，米莱狄的那个可怕的小叔子却不像昨天那样径直从门前走过去，而是站住，同站岗的士兵说了两句话，随即打开房门，走进来了。

就在门外说那两句话时，费尔顿急忙往后退，等到温特爵士进来时，他已经离开女囚有几步远了。

男爵缓步走进屋，他那探询的目光，从女囚身上又移到年轻的军官身上。

"您进屋来，待的时间可够长的了，约翰，"温特爵士说道，"这个女人向您讲述了她犯下的罪行了吗？如果是这样，谈了这么长时间，我倒好理解。"

费尔顿浑身一抖，米莱狄当即感到，这个清教徒惊慌失措了，她如不出手相救，那么连她也跟着完了。

"哎！您还担心，您的囚犯能跑了不成！"她说道，"好吧，您就问问您这称职的狱卒，就在刚才，我恳求他给我什么恩典。"

"恳求给您一个恩典。"男爵心生怀疑，不禁重复道。

"对，大人。"年轻人神色窘迫，答道。

"说说看，是什么恩典？"温特爵士问道。

"一把刀子，接过去之后一分钟，她就从门上的小窗口还给我。"费尔顿答道。

"怎么，这里边隐藏了什么人，而这位丽人要把他杀掉吗？"温特爵士接口说道，那声调又嘲讽又鄙夷。

"就是我。"米莱狄答道。

"我已经让您选过了，是美洲还是泰伯恩？"温特爵士又说道，"选择泰伯恩吧，夫人，请相信我，用绳子比用刀子稳妥多了。"

费尔顿的脸唰地白了，他朝前跨了一步，心想他进来时，就瞧见米莱狄手中拿着一根绳子。

"此话有理，"米莱狄说道，"这一点我考虑过了，而且，"她声调低沉地补充道，"我还会加以考虑。"

费尔顿感到，一阵寒意传遍他的骨髓。这一动作，温特爵士可能看到了。

"当心啊，约翰，"他说道，"约翰，我的朋友，我完全信得过你，你可得多加小心啊！事先我都告诉你了！况且，我的孩子，鼓足勇气，再过三天，我们就会摆脱掉这个女人，我要把她打发到该去的地方，她也就再也不能危害任何人了。"

"您听见他这话了吧！"米莱狄朗声说道，让男爵以为是宣告上天，其实是要费尔顿明白是对他讲的。

费尔顿低下头来，陷入沉思。

男爵拉着军官的手臂往外走，同时扭头注视着米莱狄，一直到出了房间为止。

"算了，算了，"女囚等房门关上之后，就自言自语，"我以为取得很大进展，其实不然。温特变了，原先那么愚蠢，现在十分谨慎，简直判若两人。这是因为有了复仇的愿望，而人一旦有了这种愿望就成熟了！至于费尔顿，他还在犹豫。哎！这个人可不像那个该死的达达尼安。一个清教徒只是崇拜童贞女子，双手合十崇拜她们。一名火枪手则爱女人，他要把人搂在怀里去爱她们。"

然而，米莱狄还是焦急地等待着，她料想这一天不会白白过去，还能见到费尔顿。在我们讲述的场面过后一小时，她终于听见门外有人低语，继而房门打开，她一看正是费尔顿。

年轻人快步走进房间，让房门仍旧敞着，他示意米莱狄不要说话，而他的神色十分惶遽。

"您找我有什么事儿？"她问道。

"您听着，"费尔顿低声答道，"我刚把站岗的打发走，就是不让人知道我来这里，也不让人听见我对您说了什么话。男爵刚才给我讲了一个故事，真是骇人听闻。"

米莱狄微微一笑，摇了摇头，摆出一副受害者无可奈何的样子。

"也许您是个魔鬼，"费尔顿接着说道，"或许男爵，我的恩人，我的父亲，他是个妖魔。我认识您才有四天，可我爱他已有两年之久了。在你们二人之间，我还犹豫不决。您听了我的话不必惊慌，我需要听到令我信服的东西。今天夜晚，过了午夜，我来看您，到那时您来说服我吧。"

"不，费尔顿，不，我的兄弟，"米莱狄说道，"做这种牺牲太大了，我也感到您要付出巨大代价。不，反正我已经完了，您不要随着我一起毁掉。我死了比活着更有说服力，尸体的沉默比女囚的话语更能令您信服。"

"不要讲了，夫人，"费尔顿嚷道，"不要对我讲这种话。我来这里，就是要您以人格向我保证，要您以对您最神圣的事物向我发誓，您绝不自杀。"

"我不愿意保证，"米莱狄回答，"因为，我比谁都更遵守誓言，我一旦做出保证，就得言出必果。"

"那好吧！"费尔顿说道，"您就只保证到我再见到您的时候为止。我同您再次见面之后，您仍固执己见，那好，您就随便吧，我会向您提供您向我要的武器。"

"好吧！"米莱狄说道，"为了您，我可以等一等。"

"您发誓。"

"我以我们的上帝发誓。这回您满意了吧。"

"很好，"费尔顿说道，"今天夜里见。"

说罢，他冲出房间，重又关上门，手持那士兵的短矛，在外面等候，就好像他替人站岗似的。

那士兵回来，费尔顿就把兵器还给他。

这工夫，米莱狄已经靠近门上的小窗口，她从铁条缝往外张望，看见年轻的军官狂热地画了十字，兴高采烈地沿走廊离去了。

至于米莱狄，她又回到原来坐的位置，嘴角挂着鄙夷而残忍的微笑。她咕哝着亵渎神灵的话，并且几次提到"上帝"这个可怕的名字。她曾以上帝的名义发誓，却始终没有学一学如何认识上帝。

"我的上帝！"她说道，"丧失理智的狂热之徒！我的上帝！正是我，我和帮助我复仇的那个人。"

第五十六章
囚禁第五天

然而,在胜利的路上,米莱狄才走了半程,不过,取得了这一成功,她的力量就倍增了。

迄今为止,在对付男人方面,米莱狄屡屡得手。战胜那些很快就会上钩、被朝廷放荡生活的教育拖进陷阱的男人,并不是什么难事。米莱狄还很有姿色,不会遇到肉体方面的阻力,她也相当机灵,能够战胜精神方面的各种各样的障碍。

然而,她这次搏斗的对手,却是一个性情孤僻、内向,因生活过分刻苦而变得冷漠的男人。宗教信仰和苦行,将费尔顿培养成一个面对寻常诱惑毫不动心的人。他那狂热的头脑里,总在酝酿无比庞大的计划、无比纷乱的方案,结果没有一点点空间容纳任何爱情,无论是一夜风流还是世俗的相爱,只因这种感情要靠闲适来哺育,要在淫靡之风中生长壮大。米莱狄倚仗她伪装的品德操行,在一个先入为主极端憎恶她的一个男人的见解中,打开了一个缺口;还倚仗她的美貌姿色,在一个纯贞圣洁的人心中和感情里,打开了另一个缺口。总而言之,她有多大手段,原先连她本人也不甚了了,这次施展出来,试图驾驭一个由天性和宗教提供给她研究的、最难驯服的人。

这一天晚上，有多少次，她对命运和对她自己感到绝望。她并不祈求上帝，这我们知道，她早就信奉恶魔了，而这种无所不在的魔力，正统摄着人世生活的各个方面。如同阿拉伯民间故事讲述的那样，一颗石榴子儿借助这种魔力，就能重建一个失去的世界。

米莱狄做好充分准备接待费尔顿，能够制订她的第二天行动计划了。她知道自己仅剩两天时间，那项命令一旦由白金汉签发了（白金汉极容易签发，因为命令上写的是假名，他不可能认出是哪一个女人），可以这样说吧，男爵就会立即打发她上船。而且，她也完全清楚，被判决流放的女人，使用诱惑这种武器来，远远比不上那些所谓品德端正的女人。因为所谓品德端正的女人，她们的美貌由上流社会的阳光照耀，才情由时髦舆论的吹捧，她们的身份，又由贵族的映像给镀上迷幻的金光。一个女人被判处一种可耻的、人所不齿的刑罚，虽然这不妨碍其美丽，却成为她终生的障碍，再也不能变成强势人物了。如同所有真正有才能的人，米莱狄了解什么环境适于她的天性、适于她施展手段。她厌恶贫穷，遭受屈辱，她身价也降低三分之二。米莱狄只有在王后中间才是王后，她的统治，少不了满足自尊心的乐趣。对她来说，指挥低下的人谈不上乐趣，倒是一种屈辱。

毫无疑问，即使流放，她也能回来，这一点她一刻也没有怀疑过。可是，这次流放会有多长时间呢？对于米莱狄这样好斗的性格，又野心勃勃，不能使她飞黄腾达的日子就是凶日。那么使她往下滑的日子，但愿能找到一个合适的称呼！损失一年、两年、三年的时间，也就等于蹉跎了永恒。等她回来时，幸运的达达尼安就得胜了，他和他那些朋友为王后效劳，就得到了应得的奖赏。这些念头十分揪心，像米莱狄这样的女人，是绝难容忍的。况且，她心中的风暴在怒吼，使她力量倍增，假如她的肉体能在一瞬间具有她精神的威力，那么她就必然推倒这监狱的墙壁。

在这些念头中，还有一件事如芒刺在背，那就是想到红衣主教。红衣主教用人疑人，总是担心，好生疑虑，久久得不到她的音信，他会怎么想，又会怎么说呢？红衣主教，不仅在现时是她唯一的靠山、唯一的支柱、唯一的保护者，而在将来，还是她得势和报仇雪恨的主要工具。她了解红衣主教的脾气，知道自己如果无功而返，即使强调遭到监禁，夸大自己遭受的磨难，说什么也都没有用了。红衣主教这个怀疑论者，因其权势和才能而说话更有力量，他准会用讥讽的平静口气回答："您就不应当让人给抓住！"

于是，米莱狄便集中自己的全部精力，在内心深处默念费尔顿的名字，这是她坠入的地狱里唯一一束透进来的阳光。犹如一条蛇，身子反复盘结和伸展，以便确认自己的力量，米莱狄也一样，她发挥具有创造性的想象力，事先就用无数的圈套将费尔顿给缠住了。

时间还在流逝，一小时又一小时过去，而每次有人路过都仿佛把钟唤醒，那青铜钟锤每敲一下，都在女囚的心中震响。晚上九点钟，温特爵士又照例来观察一遍，看了看窗户和安装的铁条，敲了敲地板和墙壁，又瞧了瞧壁炉和每一扇门。这次视察时间长，看得又仔细，但自始至终，他和米莱狄谁也没有讲一句话。

毫无疑问，两个人心里都明白，局面变得十分严重，没时间空打嘴仗和生闲气了。

"好了，好了，"男爵离开时说道，"今天夜里，您仍然逃不掉了。"

十点钟，费尔顿来布置一名岗哨。米莱狄听出是他的脚步声，现在她能推测出来，就像一个情妇能猜心上人的脚步声那样。不过，她既憎恶又鄙视这个意志薄弱的宗教狂。

还不到约定的时刻，费尔顿也就没有进来。

又过了两小时，午夜的钟声敲响了，那名岗哨又被换下。

这回时间到了，因此，从这一时刻起，米莱狄就急切地等候。

新换上来的岗哨开始在走廊里踱步。

十分钟之后,费尔顿来了。

米莱狄侧耳细听。

"听着,"年轻军官对哨兵说,"无论出现什么情况,你都不要离开这扇门,恐怕你也知道,昨天夜里,一名士兵受到大人的惩罚,只因他离开了一会儿,而在他短暂离开的时候,还是我替他站的岗。"

"是的,我知道。"那士兵答道。

"因此,我要叮嘱你一句,站好岗,保持高度警惕。我呢,"他又补充说道,"我还得再次进入这个女人的房间,检查一遍,我担心她有寻短见的打算,而且我也接到命令监视她。"

"好哇,"米莱狄低声说道,"这个古板的清教徒也说起谎话来了!"

至于那名士兵,他只是微微一笑。

"活见鬼,我的中尉,"士兵说道,"有这样差使,您还不算倒霉,尤其是有了男爵大人的准许,您连她的床铺都可以察看。"

费尔顿红了脸,换了任何别种场合,他肯定要申斥那个胆敢开这种玩笑的士兵。然而,他的良心在大声疾呼,也就不敢开口讲话了。

"我一招呼,你就过来,"费尔顿说道,"同样,如果有人来,你也立刻叫我。"

"是,中尉。"士兵回答。

费尔顿走进米莱狄的房间。米莱狄马上站起身。

"您来啦?"她问道。

"我答应过您,这不就来了。"费尔顿答道。

"您还答应过我别的事情。"

"什么事?我的上帝啊!"年轻人说道,他尽管竭力控制自己,还是感到双膝发抖,额头冒出汗来。

"您答应我带一把刀来,在我们谈完话之后就留给我。"

"不要提这事了，夫人，"费尔顿说道，"境况再怎么凶险，也不准许上帝创造出来的一个人去自杀。我考虑过了，我绝不应该犯下这样的罪过。"

"哦！您考虑过了！"女囚说着，神情不屑地微微一笑，又坐到扶手椅上，"我也一样，我考虑过了。"

"考虑什么啦？"

"我考虑，对一个不信守诺言的男人，我没什么话可讲。"

"我的上帝啊！"费尔顿咕哝道。

"您可以走了，"米莱狄说道，"我不会讲的。"

"这是刀子！"费尔顿说道，他从口袋里掏出来。这件武器，他是按照许诺带来了，但是要交给女囚还难免犹豫不决。

"瞧瞧它。"米莱狄说道。

"瞧它干什么？"

"我以人格担保，瞧一眼就还给您。您就把它放在这张桌子上，然后您站在它和我之间。"

费尔顿把刀子递给米莱狄。米莱狄注意检查刀刃，还用手指头试了试刀尖。

"好，"她说着，就把刀还给年轻军官，"这把刀是纯钢的。您是一位忠实的朋友。"

费尔顿接过这件武器，放到桌子上，这也是他刚同女囚说定的。

米莱狄注视着他的动作，并且打了一个表示满意的手势。

"现在，您就听我讲吧。"她说道。

多此一举，年轻军官不等叮咛，就在她面前站定，如饥似渴地等听她讲些什么。

"费尔顿，"米莱狄说道，庄严的语气中饱含伤感，"费尔顿，就当是您的姊妹，令尊的女儿对您讲这话：'我还年轻，不幸还长得相当美，落入了人家设置的陷阱,我就进行反抗。那人在我周围布满圈套,使用各种暴力手段,但是我一直反抗。他继而亵渎我信奉的宗教、我崇拜的上帝,只因我向这上帝和这种宗教呼救。我继续反抗,于是,他又百般凌辱我,既然毁不掉我的灵魂,就要永远玷污我的肉体,终于……'"

米莱狄住了口,嘴角掠过一丝苦笑。

"终于,"费尔顿说道,"终于,那人干出了什么?"

"终于,有一天晚上,那人就决意搞瘫了他战胜不了的反抗,一天晚上,他往我喝的水中加了强效的麻醉药。我刚吃完饭,就感到神志逐渐进入从未有过的麻木状态。我虽然还没有产生怀疑,但也心生一种隐忧,极力同困倦搏斗。我挣扎着站起来,想跑到窗口呼救,可是我的双腿不听使唤,只觉得天棚坍塌下来,重重地压到我头上,将我压垮。我张开双臂,还竭力要说话,也只能发出不连贯的声音。麻木的感觉不可抗拒,完全攫住了我,我觉得自己要倒下,就扶住一张椅子,然而我的手臂一点力气也没有了,很快就扶不住,先是一个膝盖着地,接着双膝跪倒。我想要祈祷,但是舌头僵硬,毫无疑问,上帝没有看见我,也没有听见我的声音。我瘫软在地板上,沉睡过去,就同死了一样。

"这次沉睡持续多长时间,发生了什么事情,我没有留下一点儿记忆,只记得一个情况,就是我醒来时,发现自己身在一个圆屋里,周围的陈设很豪华,而只有从天窗才透进一点儿光线。再仔细看,好像一个出入口也没有,简直就是一座华丽的牢房。

"过了许久,我才弄明白我所待的地方,以及我讲述的这些细节。我的头脑仿佛徒然地挣扎,怎么也摆脱不掉这种睡意,摆脱不掉这种睡眠的重重黑暗。我恍若行驶了一段路,恍若听见隆隆的马车声响,就好像做了一场噩梦,浑身力气都耗尽了。不过这些印象,在我的头脑里朦朦胧胧,一点儿也不清晰,仿佛发生在另外一个人身上,但是又同我有关,怪诞得就像我分了身似的。

第五十六章 囚禁第五天

"有一段时间,我感到处于十分奇特的状态,真以为是在做梦。我身子摇摇晃晃地坐起来,我的衣服就放在身边的椅子上,然而我不记得自己脱过衣裳,也不记得躺倒在床上。就这样,现实逐渐摆到面前,充满了丧失贞操的恐怖。这不是我居住的那所房子,从射入的阳光来判断,已经到了后半晌!我是在前一天傍晚睡着了,这一觉睡了将近二十四小时。睡了这么久,这期间发生了什么事情呢?

"我尽快穿上衣裳,无奈动作又缓慢又僵硬,这表明麻醉的药效还未完全消失。再者,这间卧房的布置,专门是为了接待女子的。哪怕是最风骚的女人,只要扫一眼整个房间,就会看到无处不满意,再也提不出什么要求了。

"当然了,关进这间华丽牢房的女囚,我不是第一人。不过,费尔顿,您能理解,牢房越漂亮,我越感到恐惧。

"不错,的确是一间牢房,我试着想出去,可是徒劳无益。我转圈儿敲打墙壁,想发现一扇门,然而每处墙壁都发出一种实心的声响。

"我在屋里转悠,绕了也许有二十圈儿,想找见一个出口,但是根本没有。我又疲惫又恐惧,最后支持不住,瘫倒在一把扶手椅上。

"这工夫,夜幕很快就降临了。我不知道是不是应该坐在那里不动,就觉得自己被未知的危险所包围,每走一步都如临深渊。尽管从前一天起我就没有进食,但是我太恐惧,也就不感到饥饿了。

"听不到外面一点声响来判断时间,我只能推测,大约是晚上七八点钟,当时是十月份,天已经完全黑了。

"突然,响起吱嘎的开门声,吓得我浑身一抖,忽见玻璃天窗出现一盏球形罩的吊灯,明亮的灯光射进我的房间。我猛又发现,一个男人就站在离我几步远的地方,更吓得我魂不附体。

"就好像变魔术似的,屋子中央出现一张桌子,桌上摆好两副餐具和一顿晚餐。

"正是这个男人,追逐我有一年之久,他早就发誓要毁掉我的贞节。这次,他嘴刚冒出两三句话,就让我明白昨天夜晚他达到了目的。"

"无耻之徒!"费尔顿咕哝了一声。

"嗯!对,无耻之徒!"米莱狄高声说道,她看到年轻军官听得入迷,对她这离奇的故事很感兴趣,"嗯!对!无耻之徒!他原以为只要在我睡眠中战胜了我,就可以大功告成,于是抱着希望来见我,但愿我接受这种耻辱,既然受辱已成事实。他来见我,要以他的财富换取我的爱情。

"一个女人的心中能容纳多少的蔑视、多少鄙夷的话语,我全部朝他泼洒过去。毫无疑问,对于这类谴责,他早已习以为常,只见他面带微笑,胳膊交叉在胸前,平静地听我斥责。然后,看看我的话讲完了,他就朝我走来。我猛地一跳,便到了桌旁,抓起一把刀,抵在我的胸口上。

"'您再往前走一步,'我对他说,'那么您在良心上要自责的,除了败坏了我的名节,还得加上害死我一条命!'

"当时我的眼神、我的声音,乃至我的全身,无疑有那种令最邪恶的人也深信不疑的动作、姿态和声调。结果,他站住不动了。

"'害您一条命!'他对我说,'哎!不,不,您这样的情妇太迷人了,刚刚有艳福轻易拥有您第一次,我绝不能随便失去您。再见,我的大美人儿。等您心情好起来,我再来看望您吧。'

"他说完这些话,就吹了一声哨子。那盏照亮房间的吊灯又升上去不见了,我重又陷入黑暗当中。过了一会儿,又是同样的吱嘎声响,一扇门打开又关上了。球形照明灯又吊下来,屋里又只剩下我孤身一人了。

"这一时刻太可怕了。在我遭遇的不幸方面,如果我还有几分怀疑的话,现在面对令人绝望的现实,这种怀疑也就化为乌有了。我落到了这个人的手掌心。这个我不仅憎恨、而且鄙视的人,什么事都干得出来,他已经干了一件伤天害理的事,向我证明了这一点。"

"这个人,他到底是谁啊?"费尔顿问道。

"我坐在椅子上熬过一个通宵,稍有点儿声响就心惊肉跳。因为,将近午夜时分,那盏吊灯熄灭了,我的周围又是一片黑暗。不过,这一夜总算过去,我的迫害者再也没有企图做什么。天亮了,那张餐桌不见了,但是我手中还握着那把刀子。

"那把刀子,就是我的全部希望。

"我通宵未眠,浑身疲惫不堪,眼睛火烧火燎,这一夜片刻也未敢阖上。到了天亮,我才放心,便扑倒在床上,但是始终不丢开那把救命刀子,把它藏在枕头下面了。

"我醒来时,又见到一张摆好饭菜的餐桌。我已经有四十八小时没有吃东西了。这一次尽管恐惧,且惶惶不安,但是饥饿难熬,也顾不了许多,便吃些面包和水果。接着,我想起上次喝的水中下了麻醉药,也就碰也不碰桌上放的饮水,而是去洗脸池上方砌在墙中的大理石水箱接了一杯水。

"即使这样小心谨慎,我还是怕得要命,担心了好一阵子,不过这次倒虚惊一场,一天过去,并没有出现类似令我疑惧的反应。

"我又多加了一分小心,将水瓶里的水倒掉一半,以免我的戒备措施被人发现。

"又到了夜晚,屋里一片黑暗。不过,周围再怎么漆黑一团,我的眼睛也开始适应了。我在黑暗中看见,那张餐桌沉到地板下面去,过了一刻钟,又摆好晚餐升上来了。隔了一会儿,又是那盏灯将我的房间照亮了。

"我决意只吃那些加不进去催眠药的食物,两个鸡蛋和几个水果,便是我的一餐饭。然后,我去保命的水箱接一杯水喝下。

"我刚喝下去几口,就觉得不对味儿,跟今天早晨喝的不一样,立刻产生怀疑,便停下来,但是已经喝下半杯了。

"我惊恐万分,赶紧倒掉剩下的水,等着出现反应,吓得额头沁出了冷汗。

"毫无疑问，有一个隐形人瞧见我接水箱的水，就利用我放心的机会，更有把握地毁掉我，而这种十分冷酷的决定，还在十分残忍地继续执行。

"喝了水还不到半小时，就出现了同样的症状。不过，这一次我仅仅喝了半杯水，搏斗的时间就长些，也没有完全睡死，而是坠入似睡非睡的状态，还能感到我周围发生的事情，但是又丧失自卫或者逃走的力量。

"我挣扎着走向床铺，去拿我唯一的防身武器，那把救命的刀子。可是，我怎么也走不到床头，中途跪倒在地，双手抓住一根床腿。于是，我心下明白，这回我又完了。"

费尔顿脸色煞白，非常吓人，整个身体一阵抽搐。

"更加可怕的是，"米莱狄接着往下讲，她都岔了声，就好像她又感到了那种可怕时刻的惶恐不安，"更加可怕的是，我还能意识到威胁我的危险。可以这么说吧，我的沉睡的肉体中，灵魂还醒着。也就是说，我看得见，也听得着。老实说，整个状态就像在一场梦中，可是这样反而更加令人心惊胆战。

"我望见那吊灯往上升，逐渐把我丢在黑暗中。接着，我听见那扇门十分熟悉的吱嘎声响，尽管才听它开启过两次。

"我本能地感到有人朝我走来，就像在美洲的荒原上不幸迷路的人，感到毒蛇逼近那样。

"我还想挣扎一下，试图呼喊，还以令人难以置信的意志力，甚至又支撑着站起来，可是随即又倒下去……倒在迫害我的那人的怀抱里。"

"您告诉我呀，那人是谁？"年轻军官嚷道。

米莱狄一眼就看出，她在讲述中每强调一个细节，都会刺痛费尔顿。然而，她不想对他留情，一点儿也不减免这种痛苦的折磨。她越是使他肝肠寸断，他也就越是要为她报仇。因此，她还要讲下去，就仿佛没有听见他的呼喊,或者她认为还没有到回答他的时机。

"只不过这一次,那个无耻之徒要对付的,不再是一具死尸一般无知无觉的人。我对您说过,我怎么也不能完全启用身体的功能,只剩下对我所面临的危险的意识了。我竭尽全力拼搏,我尽管极其虚弱,无疑还是抗拒了很长时间,因而听见他叫起来:

"'这些该死的女清教徒!我早就知道她们死硬,把她们的刽子手都弄得精疲力竭,但是我还以为她们对付情人总要好一点儿。'

"唉!这种绝望的反抗坚持不了多久,我感到身上的气力耗尽了,而这一次,那无赖利用的不是我的沉睡,而是我的昏迷。"

费尔顿听着,只能发出低沉的咆哮声。不过,他那大理石般的额头大汗淋漓,他那只藏在衣服里面的手抓破了自己的胸膛。

"我恢复知觉之后,头一个举动,就是寻找枕头下面刚才我没有够到的那把刀。那把刀,我如不能用来防卫,至少还可以用来赎罪。

"可是,我拿到那把刀时,费尔顿,我忽然心生一个可怕的念头。我发过誓,对您和盘托出,我就要全对您讲了。我答应过您讲真话,我就要讲真话,哪怕会毁了自己。"

"您心生一念,要向那个人报仇,对不对?"费尔顿嚷道。

"嗯,对呀!"米莱狄说道,"这种念头,我知道,不是一个女基督教徒所应当有的。毫无疑问,正是我们灵魂的永恒敌人,那头在我们周围不断怒吼的狮子,将这一念头提示给我。归根结底,要我对您怎么说呢,费尔顿?"米莱狄继续说道,却是一种女人自责犯罪的语气,"我一产生这一念头,当然也就再也离不开了。正因为有了这种杀人的念头,今天我才受到这样的惩罚。"

"您说下去,说下去吧,"费尔顿说道,"我要尽快看到您如何报仇。"

"嗯!我心下决定尽早报仇,算定他夜晚还要来。整个白天,我丝毫也不必担心。

"因此,到了吃早饭的时候,我又吃又喝,毫不犹豫,心里拿定主意,到晚上就不吃不喝,只是假装吃了晚饭,因此,早上我必须吃得饱饱的,好能顶到晚上也不饿。

"不过,我从早餐留出一杯水藏起来,四十八小时不吃不喝时,我感到最难忍受的还是干渴。

"白天过去了,这一天对我没有产生别的影响,只是更加坚定了我的决心。但是有一点我要注意,脸上的表情一丝一毫也不能流露内心的想法,因为我毫不怀疑自己受人监视,甚至有好几次我感到嘴角泛起微笑。费尔顿,我真不敢对您说,我想到什么事才微笑起来,您听了肯定要憎恶我……"

"您说下去,说下去吧,"费尔顿说道,"您看得一清二楚,我在听,而且急于听您讲完。"

"到了晚上,情况完全正常,还像平时那样,我的晚餐在黑暗中送来,然后吊灯点亮了,我坐下来吃饭。

"我仅仅吃了几个水果,又假装拿起水瓶倒水,但是只喝我保存在杯子里的清水。而且,偷换饮水的动作做得相当巧妙,真有暗中监视我的人,也不会产生一点儿怀疑。

"吃完晚饭之后,我就装作出现昨天那样的反应。然而这次,我就仿佛特别疲惫得支撑不住了,或者,就仿佛对危险开始习以为常了,我拖着脚步走向床铺,脱下衣裙躺下了。

"这一次,我从枕头底下找到了刀子,一边佯装睡觉,一边紧紧握住刀柄。

"两个小时过去了,没有出现什么新情况。我的上帝啊!这一次,我反倒担心他不来了,换了昨天,这简直不可想象。

"终于,我看见吊灯慢慢升高,隐没在幽邃的天棚里。我的房间又漆黑一团,我极力睁大眼睛,洞穿沉沉黑暗。

"又过了将近十分钟。周围一点动静也没有,我只听见自己怦怦的心跳声。

"我恳求上天让他前来。

"我终于听见那扇门打开又关上的熟悉的声响。地毯虽然很厚,我还是听见脚步踏上去,地板发出的吱咯声。屋里虽然黑洞洞的,我还是看见一个人影走近床铺。"

"您快说呀,快说呀!"费尔顿催促道,"您没有看见吗?您的话句句像熔化的铅水,在烫灼我的身心!"

"于是,"米莱狄继续说道,"于是,我提醒自己,复仇的时刻,更确切地说,伸张正义的时刻到了,我集中了全身的力气,把自己看成另一个犹滴。我手握刀子,蓄势待发。我看见那人走到近前,伸出双臂寻找他的受害者,于是,我就发出最后一声悲痛欲绝的叫喊,照他的胸口刺去。

"那个无赖!什么都在他预料之中,他的胸部套了锁子甲,我的刀子卷了刃儿。

"'哈!哈!'他大声笑道,同时抓住我的胳臂,夺下我手中没起什么作用的刀子,'您想要我的命啊,我的清教徒美人儿!这可是超越了仇恨,成了忘恩负义啦!好了,好了,您还是冷静下来,我的小美人儿!我原以为您的气儿总该消了。我不是那种暴君,强行把女人留在身边。您不爱我,对此我有怀疑,因为我一向自视太高,现在我信服了。明天,您就自由了。'

"我只有一个愿望,就是让他杀掉我。

"'您要当心!'我对他说,'因为,我一有了自由,就要把您的名声搞臭。'

"'您说明白些,我亲爱的预言家。'

"'不错,我一离开这里,就把所有情况讲出去,我要对人说您在我身上使用了什么暴力,对人说您囚禁了我,还要揭露这座荒淫无耻的暗宫。别看您的地位那么高,大人,可是,您就发抖吧!在您之上有国王,国王之上还有上帝。'

"迫害我的人尽管显得很沉稳,仍禁不住发了火。我看不见他脸上的表情,但是,我按在他胳膊上的手,感到了他在抖动。

"'那您就休想从这里出去!'他说道。

"'好哇,好哇!'我嚷道,'那么,折磨我的地方,也就成了埋葬我的地点。好哇!我就死在这里,您就等着瞧吧,一个喊冤的鬼魂,是不是比一个威胁的活人更可怕?'

"'一件武器也不给您留下。'

"'还有一件武器,由绝望放到任何有勇气使用的人手边。我绝食饿死。'

"'想想看,'那无赖说,'和解不比打这样一场战争更好吗?我立刻恢复您的自由,宣布您是贞德的女子,称您是英格兰的卢克蕾蒂娅①。'

"'那么,我就要说,您就是塞克斯图斯,我已经向上帝揭发了您,同样,我也向世人揭发您。如果需要,我也会像卢克蕾蒂娅那样,用我的鲜血来签署我的诉状。'

"'哈!哈!'我的仇人用讥笑的口气说道,'那可就是另外一回事儿了。老实说,您在这里,归根结底还是不错的,什么也不会少您的。您若绝食,饿死自己,那就只能怪您自己了。'

"说完这些话,他就抽身走了,我听见那扇门打开又关上的声响。我又陷入悲痛中,不过我得承认,主要还是此仇未报而感到羞愧。

"他倒是信守了诺言,次日一整天、一整夜,我都没有再见到他。同

---

① 卢克蕾蒂娅:古罗马烈妇。她被罗马暴君塔奎尼乌斯之子塞克斯图斯奸污,要求父亲和丈夫为她报仇,便自杀身亡。青年贵族布鲁图斯举着血淋淋的刀,号召人民起事,推翻了暴君的统治(公元前509年),罗马共和国随即诞生。

样，我也遵守了我的诺言，既不吃饭，也不喝水，正如我对他讲的，决意饿死。

"那一天一夜，我是在祈祷中度过的，因为我希望上帝能宽恕我的自杀行为。

"绝食进入第二天夜晚，我躺在地板上，气力快消耗完了，这时，门打开了。

"我听见开门声，便用一只手支撑起身子。

"'怎么样，'一个声音对我说，那声音在我耳畔震响，十分可怕，我不可能听不出来，'怎么样！稍微心平气和一点儿了吧，只要承诺守口如瓶，就能换取自由，干不干？要知道，我呀，可是个宽大为怀的人，'他补充说道，'我尽管不喜欢清教徒，还是能够公正地评价他们，甚至能够公正评价美丽的女清教徒。好了，指着十字架向我发一个小誓，我对您不会再提别的要求。'

"'指着十字架发誓！'我嚷道，同时又站起来，因为，我听了这深恶痛绝的声音，一下子就恢复了全身的力气，'指着十字架！我发誓，任何许诺、任何威胁、任何折磨，都不可能封住我的口；指着十字架！我发誓到处去揭发您是一个害人精，是一个窃取贞操的盗贼，是一个卑鄙无耻的小人；指着十字架！我发誓假如有一天，我能逃脱此地，我就要呼吁全人类向您报仇。'

"'当心啊！'那声音说道，口气含有我从未听见过的威胁，'我还有个绝招，只有到万不得已才拿出来，能够封住您的嘴，至少能阻止人相信您讲的任何话。'

"我集中全身气力，以哈哈大笑当作回答。

"他明白了，从此以后，我们之间就进行一场永无休止的战争，一场殊死之战。

"'您听着，'他说道，'今天夜晚余下的时间，还有明天整个白天，我留给您考虑。您要三思，如果保证守口如瓶，那么财富、地位，甚至荣誉，都会伴随着您；如果还威胁讲出去，我就让您身败名裂。'

"'就您！'我嚷道，'就您！'

"'终生耻辱，永远也洗刷不掉！'

"'就您！'我重复道。——嗯！费尔顿，这么对您说吧，当时我还以为他丧失了理智。

"'对，我就办得到！'他又说道。

"'哼！您走吧，'我对他说道，'出去，以免您亲眼目睹我的脑袋撞墙身亡！'

"'好吧，'他接口说道，'随您的便，明天晚上见！'

"'明天晚上见！'我回答一声，便倒在地上，恨得我咬住地毯……"

费尔顿身子靠到一件家具上，而米莱狄则怀着魔鬼般的喜悦看到，恐怕不等她讲完，他就会支撑不住了。

第五十七章
古典悲剧的手法

米莱狄沉默了片刻，仔细观察一下听她讲述的这个年轻人，然后又继续说道："差不多有三天了，我没有喝水，也没有吃东西，忍受着剧痛的折磨。有时就好像乌云压下来，罩住我的额头，蒙住我的双眼，我的精神开始错乱了。

"到了夜晚，我的身体虚弱极了，时时昏迷过去，每次昏迷我都感谢上帝，以为自己就要死了。

"在一次昏迷中，我听见开门的声响，由于恐惧我又苏醒过来。

"他进了我的房间，身后跟随一个戴面具的人。他本人也同样戴了面具，不过，他那脚步我听得出来，他那声音我听得出来，他那神气样子我也认得出来，那正是制造人类不幸的地狱赋予他的。

"'怎么样！'他对我说，'您决定了吗，是不是按我的要求向我发个誓呢？'

"'您讲过，清教徒说一不二。我的话您也听见了，就是在人间，到世俗法庭控告您，到天上，也要去上帝的法庭控告您！'

"'这么说，您还固执己见？'

"'我对着倾听我的上帝发誓：我要请所有世人为您的罪恶做证，一

直到我找见了一个复仇者。'

"'您是一个娼妓,'他以雷鸣般的声音说道,'您要受到惩治娼妓的刑罚!您在要求帮助的世人眼中,是打过耻辱烙印的人,看您怎么向世人证明您没有罪,又没有疯!'"

"接着,他转身对跟随来的人说道:'刽子手,履行您的职责!'"

"噢!他的名字,他的名字!"费尔顿嚷道,"他的名字,告诉我!"

"我开始明白,这对我来说比死还要糟糕,可是,不管我怎么叫喊,怎么反抗,刽子手硬是抓住我,把我按倒在地,死死压住我。我哽咽得窒息,几乎昏厥过去。我呼天,天不应,忽然我惨叫一声,又疼痛又耻辱。一块灼热的烙铁,烧得通红的烙铁,刽子手的烙铁,在我的肩头打了一个烙印。"

费尔顿怒吼一声。

"您瞧,"米莱狄说着,就站起身,一副王后的庄严神态,"您瞧,费尔顿,看看有人如何别出心裁,发明新办法,残害一个纯洁的姑娘,一个被禽兽强暴了的年轻姑娘。您要学会知人心,从今往后,您就不会轻易让人当枪使,去达到他们非正义的复仇目的。"

米莱狄动作麻利地解开衣裙,扯破细麻布的胸衣,因佯装又恼又羞而满脸通红,指给年轻人看玷污那美丽肩膀的无法消除的烙印。

"可是,"费尔顿高声说道,"给我看的是一朵百合花呀!"

"卑鄙无耻恰恰表现在这里,"米莱狄回答,"英国刑罚的烙印!……那就必须证明是哪个法庭给我的判决,我也有权向王国的所有法庭上诉。然而,法国刑罚的烙印……噢!有这种烙印,有这种烙印,我就成了名副其实的刑徒了。"

费尔顿实在无法忍受了。

他脸色煞白,身子一动不动,完全被揭出的这件骇人听闻的秘事压垮了,也被这女子超凡的美迷住了。他认为这种不知羞耻的袒胸露怀,

第五十七章 古典悲剧的手法

是崇高的举动。他终于跪倒在她面前，犹如早期的基督教徒跪在圣洁的女殉教者面前那样——那时的帝王迫害基督徒，就把那些信女投进斗兽场，以供爱看血腥场面的大众淫乐。烙印消失了，唯独美色留下来。

"对不起，对不起！"费尔顿高声说道，"噢！请原谅！"

米莱狄从他眼中读到：爱情，爱情！

"原谅什么？"她问道。

"原谅我加入了迫害您的队伍。"

米莱狄伸手给他。

"这么美丽，这么年轻！"费尔顿高声赞道，并且连连亲吻这只手。

米莱狄落到他身上的目光，能让一个奴隶变成国王。

费尔顿是个清教徒，他放开这个女人的手，要去亲吻她的脚。

他已经不只是爱她，而是崇拜她了。

这阵激动过后，米莱狄似乎又恢复她从未丧失的冷静。费尔顿看到贞洁的轻纱又遮住这些爱的珍宝，而遮掩起来，是要激发他更加强烈的渴望。

"嗯！现在，"他说道，"只有一件事我要问您了。真正迫害您的刽子手叫什么名字？因为在我看来，只有一个刽子手，另一个不过是个工具。"

"什么，兄弟！"米莱狄高声说道，"还要我向你道出他的姓名，难道你没有猜出来吗？……"

"什么！"费尔顿接口说道，"他！……又是他！……总是他！……什么！真正的罪犯……"

"真正的罪犯，"米莱狄说道，"就是英格兰的窃国大盗，真正信徒的迫害者，毁掉多少女子贞操的卑劣的采花贼。他那颗堕落的心又要一意孤行，让英格兰血流成河，今天保护新教徒，明天又要出卖他们……"

"白金汉！原来是白金汉！"费尔顿怒气冲冲地嚷道。

米莱狄双手捂住脸,就好像忍受不了这个名字唤起她的耻辱。

"白金汉,残害这个天使一般的女子的刽子手!"费尔顿嚷道,"我的上帝,你没有用雷把他劈死,居然让他身居高位,名声显赫,权倾朝野,好毁掉我们所有人!"

"上帝放纵自我放纵的人。"米莱狄说道。

"那是让他作法自毙,受到该下地狱的人那样的惩罚!"费尔顿接着说道,情绪也越来越激烈,"那是先让世人报仇,再用天理惩罚!"

"世人都怕他,都姑息他。"

"哼!我呀,"费尔顿说道,"我就不怕他,也不会姑息他!……"

米莱狄感到一阵狂喜。

"可是,温特爵士,我的保护人,我的父亲,"费尔顿问道,"他怎么也插手了这件事呢?"

"您听我说,费尔顿,"米莱狄又说道,"要知道,除了令人不齿的卑鄙无耻之徒,总还有大仁大义的人。我有个未婚夫,我爱他,他也爱我,跟您有一颗同样的心,费尔顿,他是一个像您这样的男人。我去见他,把事情全部向他讲了。他这个人,完全了解我,片刻也没有产生怀疑。他是一个大贵族,在各个方面,他都是一个能与白金汉相匹的人。他什么话也没有讲,只是佩带上那把剑,披上斗篷,前往白金汉公爵府。"

"对,对,"费尔顿说道,"我理解,尽管对付这号人,应当用匕首,而不是用剑。"

"白金汉作为特使派往西班牙,头一天就启程了。他去那里,是要为当时的威尔士亲王,即现在的国王查理一世,向西班牙公主求婚。我的未婚夫只好返回。

"'您听我说,'他对我说道,'那人走了,因而暂时逃脱我这复仇的手。不过,咱们本该结婚,眼下就办了吧。复仇的事,您就交给我,德·温特勋爵,他一定能维护他本人和他妻子的名誉。'"

"德·温特勋爵！"费尔顿惊叫道。

"对，"米莱狄说道，"德·温特勋爵。现在您就该全明白了，对不对？白金汉出使将近一年时间，他回国的一周之前，德·温特勋爵突然去世，我成了他的唯一继承人。这一打击来自何处？上帝全知道，当然知道了，而我呢，没有指控任何人……"

"噢！罪恶的渊薮！罪恶的渊薮！"费尔顿恨恨地说道。

"德·温特勋爵生前，一句话也没有向他堂弟透露。这件可怕的秘密，不能告诉任何人，直到天雷击到那罪人的头上。您的那位保护人，看到他的堂兄同一个没有家产的年轻姑娘结婚，心中不以为然，他继承财产的希望破灭了。我感到这样一个人，我无法依靠，于是打定主意，到法国度过我的下半辈子。然而，我的财产全在英国，因为战争，两国中断了联系，我的生活完全没了着落，不得不回来，六天前，我在朴次茅斯上了岸。"

"怎么样呢？"费尔顿问道。

"怎么样！毫无疑问，白金汉得知我回国，就向对我抱有成见的温特爵士谈起我，对他说他嫂子是一个娼妓，是一个打了刑罚烙印的女人。我丈夫不在世了，不可能用他那纯洁而高尚的声音为我辩护。而温特爵士，正因为别人讲的话句句符合他的利益，他就特别愿意相信。他派人去抓我，把我弄到这里来，交给您看守。接下来的情况您全知道了。后天，他就要将我驱逐，流放到遥远的地方；后天，他就要将我打发到那些败类的堆里。噢！真的，策划得非常周密！阴谋安排得十分巧妙，我的名誉一下子就臭了。您完全明白，费尔顿，我就是应当死去；费尔顿，您把那把刀子给我吧！"

讲完这番话，全身气力就仿佛耗尽，米莱狄软绵绵地倒在年轻军官的怀抱里。年轻军官心醉神迷，沉醉在爱情和愤怒中，也沉醉在从未有过的快感里，他激动万分，紧紧把她搂在胸口，闻着如此美丽的口中呼出的气息,他浑身不由得一阵阵战栗,而贴着这突突跳动的胸脯,他已经忘乎所以了。

"不行,不行,"他说道,"不行,你要活下去,而且活得清清白白,受人敬重,你要活下去,以便战胜你的仇敌。"

米莱狄用手慢慢地推开他,同时又用目光勾引他。费尔顿则紧紧搂住她不放,就像面对女神一样哀求她。

"噢!宁愿死,宁愿死!"米莱狄说道,她阖上眼皮,声音也变得朦胧,"宁愿死,也不受辱!费尔顿,我的兄弟,我的朋友,求求你成全我!"

"不行,"费尔顿嚷道,"不行,你要活下去,你要活下去,报仇雪恨!"

"费尔顿,我总给周围的人带来不幸!费尔顿,你就不要管我了!费尔顿,让我结束生命吧!"

"那好,我们就一起死吧。"费尔顿高声说道,同时亲吻女囚的嘴唇。

有人连连敲了几下门,这一次,米莱狄就真的把他推开了。

"你听,"她说道,"有人听见了我们的谈话,叫人来了!这回完了,我们全交代了!"

"没事儿,"费尔顿说道,"是站岗的士兵,他只是通知我巡逻队来了。"

"那您快点跑过去,自己打开门。"

费尔顿听从了。这个女人已经成为他的整个思想,整个灵魂了。

他打开房门,同一名率领巡逻队的军士打了照面。

"怎么回事儿,有什么情况?"年轻的中尉问道。

"您吩咐过,我若是听见呼救就打开,"站岗的士兵说道,"可是,您忘记把钥匙留给我。刚才听见您叫喊,我不明白您在说什么,就要开门,房门却从里面插上了,于是我就叫来军士。"

第五十七章 古典悲剧的手法

费尔顿一时惊慌失措，几乎要疯了，愣在那儿连一句话也说不出来。

米莱狄当即明白，要由她来控制局面，她立即跑到桌前，操起费尔顿放在桌上的刀子。

"您有什么权力阻止我去死！"她嚷道。

"上帝啊！"费尔顿看见她手上亮闪闪的刀子，便嚷了一句。

这时，走廊里响起一阵讥讽的哈哈大笑。

温特爵士被喧闹声吸引来，他身穿睡袍，腋下夹着一把剑，已经站立到门口了。

"哈，哈！"温特爵士笑道，"现在演到悲剧的最后一幕了。您瞧见了吧，费尔顿，这出戏正像我事先指出的，一场一场演下来。不过您就放心，不会见到血的。"

米莱狄心下当即明白，她若是没这个勇气，向费尔顿证明她求死的决心，那她就完了。

"您错了，大人，会见到血的，但愿这鲜血溅到让它流出来的那些人身上！"

费尔顿大叫一声，扑上前去，可是太迟了，米莱狄一刀刺下去了。

不过，刀子碰巧，应当说灵巧地刺到胸衣的铁撑上，滑落时割破衣裙，斜刺进肌肉和肋骨之间。要知道，在那个时代，胸衣铁撑好似护胸甲，能保护妇女的胸部。

刹那间，鲜血还是染红了米莱狄的衣裙。

米莱狄仰面倒下去，仿佛昏过去了。

费尔顿一把夺过刀子。

"您瞧，大人，"他脸色阴沉地说道，"由我看管的一个女人自杀了。"

"放心吧，费尔顿，"温特爵士说道，"她死不了，魔鬼不会这么容易就死了，您就放心吧，去我的房间等我。"

"可是，大人……"

"去吧,我命令您。"

费尔顿听了上司这声命令,便服从了,不过,他走出屋时,将刀子塞进了胸前的衣服里。

温特爵士仅仅叫来侍候米莱狄的那个女人,等她来了,就把一直昏迷的女囚交给她,留下她单独陪伴女囚。

然而,他尽管怀疑,还是想有可能伤重了,为防备万一,他当即派人去请医生。

第五十八章
逃走

温特爵士所料不错,米莱狄的伤势并不危险,因此,等男爵一走,屋里只剩下派给她的那个女人,急忙要给她脱衣裳的时候,她就又睁开了眼睛。

不过,她还必须装出身体虚弱、十分疼痛的样子。这对于善于表演的米莱狄来说,倒不算什么难事。因此,那个可怜的女人完全被这女囚给骗住了,坚持看护一整夜,尽管女囚一再说无此必要。

有这女人在身边,米莱狄还是照样可以想事儿。

再也没有疑问了,费尔顿已经信服了,费尔顿属于她了。这个年轻人处于这种思想状态,哪怕是一个天使来当他面指控米莱狄,他也肯定认为是魔鬼派来的使者。

想到此处,米莱狄脸上绽开笑容,只因从此往后,费尔顿成为她的唯一希望,唯一获救的工具。

不过,温特爵士对费尔顿可能起了疑心,现在费尔顿也有可能受人监视了。

约莫凌晨四点钟,医生赶到了。但是这期间,米莱狄自己刺的伤口已经封上,医生无法诊断刀子走的方向和刺进的深度,他只能根据伤者的脉搏断定，伤势并不严重。

到了早晨，米莱狄借口夜晚没有睡觉，需要休息，就把看护她的那个女人打发走了。

她怀有一个希望，费尔顿最好在吃早饭时来一趟，可是他没有露面。

她所担心的情况成了事实吗？费尔顿受到温特爵士的怀疑，在这关键时刻，他不能来帮她了吗？只剩下一天的时间了，温特爵士向她宣布过，要她二十三日上船，现在已是二十二日上午了。

然而，米莱狄还是相当有耐心，一直等到吃午饭的时候。

早饭尽管她没有吃，午饭还是照常送来。米莱狄惊恐地发觉，看守她的士兵换了军服。

于是，她试探着询问，费尔顿为何没来。看守告诉她，费尔顿骑马走了有一小时了。

她又询问温特爵士是否在城堡，那士兵回答说，温特爵士倒是还在城堡，而且吩咐过，如果女囚有话要说，他就马上去通知温特爵士。

米莱狄则说，眼下她还太虚弱，只想单独一个人歇息。

士兵摆好午餐的桌子，便出去了。

费尔顿被支走了，看守换了海军士兵，难道对费尔顿产生了怀疑。

这是对女囚的致命打击。

屋里只剩下她一个人了，便下了床。本来为谨慎起见，她一直躺在床上，好让人相信她伤得挺重。可是床铺就好似一盆炭火，她躺着实在难受。她望了望房门，看到门上的小窗口已经钉上了一块木板。温特爵士采取这一措施，就是怕她再施展什么魔法，通过小窗口引诱看守。

米莱狄心头一喜，便微笑起来，因为这样她就可以尽情发泄，也不会被人看见了。她在房中激动地走来走去，活似一个发怒的疯婆子，或者一只关在笼子里的母老虎。此刻刀子如果还在她手中，她肯定要想杀人，不过这次不是自杀，而是杀掉温特爵士。

晚上六点钟，温特爵士进来了，他武装到了牙齿。在米莱狄的眼里，以前这个男人不过是个相当傻的公子哥儿，现在突然变成一个出色的狱卒。他仿佛能预料一切，猜测一切，预防一切了。

温特爵士瞥了一眼，就看出米莱狄的内心活动了。

"好吧，"他说道，"不过今天，您没有武器了，还杀不了我，再说，我也有了戒备。您要引诱坏了我那可怜的费尔顿，而且开始得手了。他已经受了您的邪恶影响，不过，我要挽救他，他再也不会见您，这一切都结束了。您把自己的物品收拾一下，明天就启程。登船的日子原定在二十四日，但是我又一考虑，夜长梦多，事情越抓紧越保险。等明天中午，我就能拿到白金汉签署的流放您的命令。您上船之前，再讲一句话，无论对谁再讲一句话，我的军士就会一枪打烂您的脑袋，他已经接到这个命令。还有，您上了船之后，没有事先征得船长的允许，对谁也不准讲一句话，否则他就让人把您扔进海里，这也是讲定了的事情。再见，今天我要对您说的就是这些。我明天再来，就是给您送行了！"

男爵说罢就出去了。

这样一大套威胁的话，米莱狄听着，心中怒不可遏，而嘴角却始终挂着轻蔑的微笑。

晚餐送来摆好了，米莱狄感到需要补充体力，凶险的夜晚就要来临，不知道会发生什么情况，天上已经乌云滚滚，远处一道道闪电，预示着暴风雨就要来临。

约莫夜晚十点钟，突然狂风大作，暴雨滂沱。看到大自然分担她内心的紊乱，米莱狄颇感欣慰。空中降隆的雷声，犹如她在头脑里大发的雷霆。那扫过的狂风，就仿佛吹乱她额前的头发，吹得树枝低伏，掠走了树叶，像飓风一般咆哮。她的声音则淹没在大自然响彻云霄的声音里，而大自然也似乎在呻吟，在悲痛欲绝。

猛然间，她听见有人敲玻璃窗，在一道闪电的亮光中，她看见铁窗外面出现一张男人的面孔。

她跑过去，打开窗户。

"费尔顿，"她叫起来，"我得救啦！"

"对！"费尔顿说道，"可是别出声，别出声！我得花些时间，锯断您窗户的这些铁条。您只要当心一点儿就行，别让他们从门上的小窗口瞧见您。"

"嗯！这是个明证，天主站在我们一边，费尔顿，"米莱狄又说道，"他们用一块木板将小窗口钉死了。"

"很好，天主让他们丧失理智了！"费尔顿说道。

"可是，要我做什么呢？"米莱狄问道。

"什么也不要做，什么也不要做，把窗户关上就行了。您先去躺下，或者，至少和衣躺在床上。我干完了就敲敲窗。可是，您能跟我走吗？"

"嗯！能啊！"

"您的刀伤呢？"

"还感到疼痛，但是我还能走路。"

"那就做好准备，等我的头一个信号。"

米莱狄又关上窗户，熄灭了灯，按照费尔顿叮嘱的那样，蜷缩身子躺在床上。在暴风雨的呼啸中，她听见钢锯锯铁条的声响。每打一道闪电，她都能瞧见费尔顿在窗外的身影。

她惴惴不安，大气不敢喘，额头上沁出了汗珠，一听见走廊里有动静，就吓得心怦怦狂跳，正是在这种状态中过去了一小时。

有时候，一小时就像度过一年。

过了一小时，费尔顿又敲了敲窗户。

米莱狄从床上一跃而起，她去开了窗户。锯断了两根铁条，铁窗缺口就能容人钻过了。

"您准备好了吗？"

"准备好了。我都要带什么东西？"

"如果有金币，您就带上。"

"有，我的金币，幸好他们没有拿走。"

"好极了，我租了一条船，钱全花了。"

"您接着。"米莱狄说着，就把满满的一袋路易金币递给费尔顿。

费尔顿接过钱袋，扔到墙脚下。

"现在，您就可以过来吗？"他问道。

"这就来。"

米莱狄登上一把椅子，上半身整个钻出窗口。她看见年轻军官登着一条悬空的绳梯，下面便是深渊。

一阵恐惧感令她第一次想起自己是个女人。

悬空的绳梯令她恐惧。

"这情况我预料到了。"费尔顿说道。

"没关系，没关系，"米莱狄说道，"我下去时闭上眼睛。"

"您信得过我吗？"费尔顿问道。

"还用问吗？"

"您两只手合拢，交叉起来，就这样。"

费尔顿用一块手帕缠住她的手腕，再用一根绳子捆住。

"您这是干什么？"米莱狄惊讶地问道。

"您的胳膊就套在我的脖子上，一点儿也不用害怕。"

"可是，我会让您失去平衡，我们俩都要摔得粉身碎骨。"

"您就放心吧，我是海员。"

一秒钟也不能耽搁，米莱狄胳膊搂住费尔顿的脖子，下半身就滑到窗外。

费尔顿开始缓慢地、一级一级顺着绳梯下去。尽管有两个身体的重量，他们在半空中还是被狂风吹得摇曳不定。

费尔顿猛然停下了。

"怎么啦?"米莱狄问道。

"别出声,"费尔顿说道,"我听见脚步声。"

"我们被人发现了!"

他们敛声屏息,过了片刻,费尔顿说道:

"没什么事儿。"

"可是,那声音到底是怎么回事儿?"

"是巡逻队的声音,要经过这条巡逻路。"

"巡逻路在哪儿?"

"就在我们下方。"

"他们会发现我们。"

"不会,只要不打闪电。"

"他们碰到绳梯的下端。"

"下端幸好离地面有六尺高。"

"他们来了,我的上帝!"

"别出声。"

二人悬在二十尺高的半空,屏住呼吸,一动也不敢动。这工夫,巡逻队士兵说说笑笑,从他们下方走过去。

对这两个逃跑者来说,这一刻真是惊心动魄。

巡逻队走过去,脚步声越来越远,他们说笑的声音,也越来越微弱了。

"现在,我们没事儿了。"费尔顿说道。

米莱狄长出了一口气,便昏迷过去。

费尔顿继续往下爬,到了绳梯下端,他感到脚没有支撑点了,就靠双手抓住梯级,终于到了最后一级,全凭手腕的力量吊下去,接触到了地面。他俯身拾起钱袋,用牙齿叼住。

然后，他抱起米莱狄，朝着巡逻队的反方向快步走去。他不久便离开巡逻路，在岩石中间往下走，到了海边，他吹了一声哨子。

应答的也是一声哨子，五分钟之后，只见四个人划来了一只小船。

小船尽可能靠近岸边，但是水比较浅，船不能完全靠拢。费尔顿便下去，水没到腰部，他也不肯把宝贝的累赘交给别人。

幸好暴风雨平息下来，但是大海仍然波涛汹涌，小船在波浪上颠簸，就像半个胡桃壳儿。

"上单桅帆船，"费尔顿说道，"快些划过去。"

四个人开始划桨，但是海浪太大，桨叶划在波浪上借不了多大力。

不过，城堡还是越来越远了，这是最主要的。夜色黑沉沉的，在小船上，几乎看不清海岸了。那么在海岸上，就更不可能分辨出小船了。

海上一个黑点在摇动。

那便是单桅帆船。

四名桨手全力划桨，小船驶向单桅帆船。费尔顿则趁这工夫，给米莱狄解开捆手腕的绳子和手帕。

费尔顿给她解开双手之后，又捧了点儿海水，洒在她脸上。

米莱狄长出了一口气，睁开双眼。

"我这是在哪儿？"她问道。

"得救了。"年轻的军官答道。

"嗯！得救啦！得救啦！"米莱狄叫起来，"对，这是天空，这是大海！现在我呼吸的，是自由的空气。啊！……谢谢，费尔顿，谢谢！"

年轻人将她搂在胸口。

"可是，我这双手怎么啦？"米莱狄问道，"手腕子就好像给大虎钳夹断了。"

米莱狄抬起两只手臂，手腕果然勒破了。

"唉！"费尔顿注视着这双美丽的手，叹息一声，并且轻轻摇了摇头。

"哎！没关系，没关系！"米莱狄高声说道，"现在，我想起来了！"

米莱狄用眼睛四下寻找。

"在这儿呢。"费尔顿说着，用脚推了推装金币的钱袋。

离单桅帆船渐渐近了。值班水手招呼小船，小船上的人应声回答。

"那是什么船？"米莱狄问道。

"是我给您租的。"

"要把我送往哪里？"

"送往您要去的地方，只要让我到朴次茅斯下船就行了。"

"您到朴次茅斯去做什么？"米莱狄问道。

"执行温特爵士的命令。"费尔顿凄然一笑，答道。

"执行什么命令？"米莱狄又问道。

"难道您还不明白吗？"费尔顿说道。

"不明白，请您解释一下。"

"他不信任我了，于是就要亲自看押您，派我代替他去见白金汉，请求签署流放您的命令。"

"可是，他若真不信任您，怎么还会把这份命令交给您去办呢？"

"他怎么能够知道，我已经了解送交的是什么呢？"

"此话有理。那么，您要去朴次茅斯？"

"时间紧迫，不能耽误了，明天二十三日，明天白金汉就要率舰队出发。"

"明天出发，开往哪里？"

"开往拉罗舍尔。"

"不能让他出发！"米莱狄嚷道，忘记了她遇事一贯的冷静。

"放心吧，"费尔顿回答，"他走不了。"

米莱狄一阵欣喜，身子不禁直颤抖，她洞彻了年轻人的心灵，里面明明白白地写着，白金汉必死。

"费尔顿……"米莱狄说道,"比得上犹大·马加比①,您真伟大!如果您死了,我也跟您一道死去,我就只对您这样讲了。"

"别出声!"费尔顿说道,"我们到了。"

小船果然靠拢了单桅帆船。

费尔顿头一个爬上梯子,再把手递给米莱狄,而水手们则从下面她,因为海浪还十分汹涌。

不大工夫,他们就全上了甲板。

"船长,"费尔顿说道,"这位就是我向您提过的人,要把她送到法国,保证安然无恙。"

"费用为一千皮斯托尔。"船长说道。

"我已经预付给您了五百。"

"不错。"船长回答。

"这是另外五百。"米莱狄接口说道,同时用手拍了拍钱袋。

"不必,"船长说道,"我说了话就算数,而且对这位年轻人讲过了,抵达布洛涅,再付给我另外五百皮斯托尔。"

"我们能行驶到那里吗?"

"保证平安到达,"船长说道,"就跟我名叫杰克·巴特勒一样错不了。"

"那好吧!"米莱狄说道,"假如您履行诺言,我要给您的就不是五百,而是一千皮斯托尔了。"

"那就向您欢呼,乌拉!我的美丽夫人,"船长喊道,"但愿上帝经常给我派来您这样的尊贵客人!"

"眼下,"费尔顿说道,"先把我们送到那个小海湾……您知道,已经

---

① 犹大·马加比(?-前160),马加比家族是犹太家族,率犹太人起义,抗击塞琉西国王安条克四世的统治,反对犹太的希腊化。其中犹大·马加比领导犹太人斗争,获取了宗教的自由。

说好了您先送我们去那儿。"

船长会意，立即发令操作了。约莫早晨七点钟，小海船到了指定的海湾抛锚。

在这段航行中，费尔顿把情况全讲给了米莱狄。他如何没有去伦敦，而是租了这只小海船，又如何返回，如何爬墙而上，在石缝中打了扣钉，好有脚踏的支点，最后，他又如何爬到铁窗口，拴上了绳梯。后来的情况，米莱狄全知道了。

米莱狄则要极力鼓励费尔顿实现他的计划，但是刚讲几句话，她就完全明白，这个年轻的宗教狂无须增强决心，倒是需要克制一点情绪。

他们商量好。米莱狄等到十点钟，到了十点钟，如果费尔顿还不返回，她就扬帆启程。

即使船走了，费尔顿如果并没有丧失自由，他还可以去法国贝蒂纳城，到加尔默罗会修女院去找她。

第五十九章
一六二八年八月二十三日
朴次茅斯发生的事件

费尔顿告别米莱狄,就像要随便出去散散步的弟弟离开姐姐那样,只是吻了吻她的手。

他这个人整个状态,还像往常那样平静,唯独眼睛放射出不同寻常的亮光,好似发烧病人的目光。他那额头比平时还要苍白,牙关咬得紧紧的,说话急促而不连贯,这表明他内心极不平静,翻腾着一种凄惶的念头。

坐在送他上岸的小船上,他的脸始终朝向米莱狄。米莱狄也一样,站在单桅帆船的甲板上目送他。两个人差不多都可以放心了,不必害怕有人追捕。九点钟之前,从来就没有人进入米莱狄的房间,而从那城堡到伦敦,路程需要三个小时。

费尔顿上了岸,登上通往悬崖顶的小石冈,最后一次向米莱狄挥手致意,就拔腿朝城里跑去。

他跑出一百来步,正巧地势下降,也就只能望见那只单桅帆船的桅杆了。

他立刻朝朴次茅斯的方向跑去,在晨雾中隐约望见塔楼的房舍,就在前面约半英里。

朴次茅斯港的另一侧,海面上布满了军舰。桅杆如冬季叶子掉光的杨树林，在风中摇曳不定。

　　费尔顿脚步匆匆，头脑里则浮想联翩，对白金汉的各种指责都过了一遍。这些针对詹姆士一世和查理一世的这位宠臣的指责，不管言之有据还是莫须有，全是他两年来发古人之幽思，又长时间混迹在清教徒中所获取的。

　　这位权臣公然的罪行，昭彰的罪恶，也可以说在欧洲犯下的罪行。比之米莱狄所指控他私下所犯的、不为人知的罪行，费尔顿倒认为，白金汉身上所体现的这两个人，罪恶更大的还是公众不了解其生活的那个人。这也情有可原，费尔顿所萌生的爱情如此奇特，如此新鲜，又如此热烈。他看待德·温特夫人无耻臆造的指控，自然就像有人用放大镜观察那样，把事实上比蚂蚁还小得多的难以觉察的微粒，看成了骇人的妖魔巨怪了。

　　他脚步飞快，周身的血液也沸腾起来。又想到他暂时抛下的他心爱的，更确切地说他当作圣女崇拜的女人，以及有可能遭受到的可怕的报复，再加上他近来所感到的冲动和现时的疲惫。凡此种种，都促使他精神高亢激昂，远远超过人的情感所能达到的程度。

　　约莫早上八点钟，他进入朴次茅斯。居民全已起床，街道和码头上鼓声阵阵。准备登船的部队朝岸边开来。

　　费尔顿风尘仆仆，大汗淋漓，赶到海军司令部。他那张脸平时极为苍白，此时因走得太热和气愤而变红了。哨兵要把他赶走，但是他招呼哨所队长，从兜里掏出他携带的信件。

　　"温特爵士派我送来的急件。"他说道。

　　温特爵士是公爵大人的一位密友，这是众所周知的，因此，队长一听到温特爵士的名字，又看见费尔顿本人也穿着海军军官服，也就下令放他进去。

　　费尔顿冲进司令部大楼。

第五十九章 一六二八年八月二十三日朴次茅斯发生的事件

他进入前厅时,还有一个男子进来了。那人满身尘土,气喘吁吁,他骑的驿马留在门外,刚一跑到就累得两个前蹄跪下了。

费尔顿和那人都同时请求帕特里克,公爵的心腹跟班,通禀一声。费尔顿报上温特爵士的名号,而那陌生人却不愿说出受何人委派,声称他只能对公爵本人讲。二人各不相让,都要先见公爵。

帕特里克知道温特爵士同公爵既有公务关系,又有私交,便让爵士派来的人先进去。另一个人不得不等候,不难想见他对这种耽搁,心里该有多么恼火。

跟班带着费尔顿穿过一间大厅,只见由德·苏比斯亲王①率领的拉罗舍尔的代表团,正在等候接见。费尔顿被带进一间办公室时,白金汉刚从浴室里出来一会儿,快要穿戴完了,这次也不例外,异常细心地打扮自己。

"费尔顿中尉,"帕特里克说道,"温特爵士派来的。"

"温特爵士派来的!"白金汉重复了一遍,"让他进来吧。"

费尔顿进来。这时,白金汉脱下一件绣金线的华丽便袍,扔到长沙发上,换上一件镶满珍珠的蓝色天鹅绒紧身衣。

"为什么男爵本人没有来?"白金汉问道,"今天早晨我还在等他呢。"

"他委派我来告诉大人,"费尔顿答道,"他十分遗憾不能领受这份荣幸,只因他不得不留在城堡,看守一名女囚。"

"对,对,"白金汉说道,"这事我知道,他看管一名女囚犯。"

"我要同大人谈的,正是这个女囚犯。"费尔顿又说道。

"好哇!说吧。"

"我要对您讲的,大人,只能您一个人听。"

"帕特里克,您先出去吧,"白金汉说道,"不过,你要守候在听到铃

---

① 德·苏比斯亲王(1583—1642):法国军事家,法国胡格诺派领袖之一,他曾率领拉罗舍尔城军民,抵抗路易十三的王国军队。

声的地方,等一会儿我还要叫您。"

帕特里克出去了。

"现在只有我们了,先生,谈吧。"白金汉说了一句。

"大人,"费尔顿说道,"温特爵士有一天给您写信,请求签署一份命令,流放一个叫夏洛特·贝克松的女人。"

"不错,先生,我已经答复,他可以亲自送来,或者派人送来文件,我就签署。"

"就在这儿呢,大人。"

"给我吧。"公爵说道。

他从费尔顿手中接过文件,迅速扫了一眼,看清楚文件与所说的相符,便放到书案上,拿起羽毛管笔,准备签发了。

"请原谅,大人,"费尔顿阻止公爵签发,说道,"夏洛特·贝克松不是那个年轻女子的真名实姓,这情况您知道吗?"

"对,先生,我知道。"公爵一边回答,一边往墨水瓶里蘸了蘸羽毛管笔。

"这么说,大人知道她的真名实姓啦?"费尔顿声调颇为生硬地问道。

"我知道。"

公爵手中的羽毛管笔已经移到那份文件上。费尔顿的脸色唰地白了。

"大人既然知道她的真名实姓,"费尔顿又说道,"还是照样签发吗?"

"当然了,"白金汉说道,"有两份我也全签发了。"

"我简直不能相信,"费尔顿接着说道,他的声调越发生硬,越发不连贯了,"大人知道事关德·温特夫人……"

"我完全知道,不过我很奇怪,您怎么也知道!"

"大人签发这份命令,难道不感到内疚吗?"

白金汉傲慢地看着年轻人。

"嗯，讲这种话！先生，"公爵对他说，"您向我提的问题实在奇怪，您知道不知道，我若是回答您，头脑不是太简单了吗？"

"请您回答，大人，"费尔顿又说道，"也许您没有想到，情况要严重得多。"

白金汉想到，这个年轻人受温特爵士的委派，当然是以男爵的名义说话，于是口气缓和下来。

"丝毫也不会感到内疚，"他说道，"男爵同我一样，知道德·温特夫人罪大恶极，而对她的惩罚，仅仅是终身流放，这就几乎等于赦免她了。"

公爵执笔落到纸上。

"您不会签发这项命令，大人！"费尔顿说着，就向公爵逼近了一步。

"我不会签发这项命令！"白金汉说道，"为什么？"

"因为，您还要扪心自问，还要还给德·温特夫人一个公道。"

"还给她一个公道，就该把她送到泰伯恩去，"白金汉说道，"德·温特夫人是个无耻的女人。"

"大人，德·温特夫人是个天使，这您完全清楚，我要求您给她自由。"

"嘿，这么放肆！"白金汉说道，"居然敢对我这么讲话，您是疯了怎么的？"

"大人，请原谅我！我只能这么讲，我还在克制自己。然而，大人，您做什么要三思而行，而且要当心，事情别做得过分！"

"您再讲一遍？……上帝饶恕我，"白金汉高声说道，"看样子，他是在威胁我！"

"不，大人，我还在恳求您，我要对您说，一只罐子盛满了水，只要再加一滴，水就会溢出来。一个罪行累累但还得到宽恕的人，再犯一个极小的错误，就会招致惩罚。"

"费尔顿先生，"白金汉说道，"您给我从这儿出去，立刻去禁闭室！"

"您要一直听我把话讲完，大人。您引诱了这个年轻姑娘，又侮辱了她，玷污了她。请您弥补对她所犯的罪过，就让她自由地离开吧，我就对您再没有别的要求了。"

"您再也没有别的要求啦！"白金汉说道，他不胜惊讶地注视着费尔顿，而且每个字都加重了语气。

"大人，"费尔顿继续说道，越说情绪越激动，"大人，您要当心，整个英国都厌倦了您的罪恶；大人，您滥用了王国的权力，您几乎篡了权；大人，老百姓和上帝都憎恶您了。将来上帝要惩罚您，而我，今天就要惩罚您。"

"哼！简直太放肆啦！"白金汉嚷道，同时他朝房门跨了一步。

费尔顿挡住他的去路。

"我恭恭敬敬地请求您了，"费尔顿又说道，"您就签发一道命令，释放德·温特夫人吧。您想一想，那个女人，可是被您败坏名誉的呀。"

"您给我出去，先生，"白金汉说道，"要不然，我就叫人，让人给您戴上镣铐。"

"您休想叫人，"费尔顿说道，他已经扑过去，隔开公爵和放在一张镶银独脚圆桌上的摇铃，"您要当心，大人，现在您落到了上帝的手中。"

"您是要说，落到了魔鬼手中吧。"白金汉嚷道，他提高嗓门儿，是要把人引来，但是还没有直接喊人。

"您签发吧，大人，签发命令，释放德·温特夫人吧。"费尔顿说道，他把一张纸推给公爵。

"强迫我！您开什么玩笑！喂，帕特里克！"

"签吧，大人！"

"绝不签！"

"绝不签！"

"来人啊！"公爵喊道，与此同时，他一纵身去取自己的剑。

然而，费尔顿不给公爵抽出剑的时间，他已经从怀里掏出一把明晃晃的刀，正是米莱狄用来刺自己的那把刀，一跃逼到公爵面前。

恰好这时，帕特里克进来，高声禀报：

"大人，法国来的一封信！"

"法国来的！"白金汉嚷道，他把一切都置于脑后，只想这封信是谁写来的。

费尔顿趁此机会，一刀深深刺进公爵的肋中，直插到刀柄。

"噢！叛徒！"白金汉叫了一声，"你杀了我……"

"抓刺客！"帕特里克叫喊。

费尔顿环顾四周要逃走，他见房门敞着，就冲进隔壁厅里，也就是前面说过的，拉罗舍尔代表团等候的候见厅。他穿行跑过去，奔向楼梯，可是刚下一级，就迎面撞见温特爵士。温特爵士见他脸色惨白，神情失态，手上和脸上都有血迹，便扑上去掐住他的喉咙，高声说道：

"我知道准是这样，等我猜到就晚了，迟了一分钟！噢！我好糊涂，好糊涂啊！"

费尔顿丝毫也不反抗，温特爵士把他交给卫士们，便冲向白金汉的书房。费尔顿则被押到俯临大海的小平台上，听候处理。

费尔顿刚进前厅碰见的那个人，听见公爵的叫声，又听见帕特里克呼叫，也冲进书房。

他看见公爵躺在一张沙发上，抽搐的手紧紧按住伤口。

"拉波尔特，"公爵奄奄一息，声气微弱地说，"拉波尔特，是她派您来的吗？"

"对，大人，"奥地利安娜忠诚的持衣侍从回答，"可是，也许太迟了。"

"别说话，拉波尔特！您说话可能让人听见。帕特里克，不让任何人进来。噢,怕是我等不了知道她让人转告我什么了!上帝啊,我这就死了。"

公爵随即昏过去。

这工夫,温特爵士、拉罗舍尔的代表们、远征军的将领们、白金汉的侍从军官等,都蜂拥进入白金汉的房间,到处发出绝望呼喊。这一消息传遍海军部,不久又传遍全城,整个海军部一片唏嘘哀叹声。

一声炮响,宣示刚刚发生了重大的意外事件。

温特爵士直揪自己的头发。

"迟了一分钟!"他嚷道,"迟了一分钟!噢!我的上帝,我的上帝,多么不幸啊!"

早上七点钟,温特爵士就得到报告,说是在城堡的一扇窗下发现一条绳梯。他当即跑到米莱狄的房间,发现人去屋空,窗户敞开,铁条锯断了。于是,他想起达达尼安派人向他传达的口信,感到不寒而栗,担心公爵的安危,便跑向马厩,来不及吩咐人备鞍,随便跳上一匹马,就飞驰而来,赶到海军部院子跳下马,又跑步上楼。我们说过,他跨上最后一级台阶时撞见了费尔顿。

不过,公爵并没有死,他又苏醒过来,睁开眼睛。所有人的心中重又燃起希望。

"先生们,"他说道,"请让我同帕特里克,同拉波尔特单独待一会儿。"

"哦!您来了,德·温特!今天早晨,您给我派来一个奇怪的疯子,瞧他把我害成什么样子?"

"噢!大人!"男爵高声说道,"我要终生痛悔!"

"这您就错了,我亲爱的温特,"白金汉说着,把手伸给男爵,"我看没有人值得另一个人为他终生痛惜。好吧,求求您,先出去吧。"

男爵痛哭流涕出去了。

第五十九章 一六二八年八月二十三日朴次茅斯发生的事件

房间里只剩下受伤的公爵、拉波尔特和帕特里克。

有人去找医生，却没有找到。

"您会活下去的，大人，您会活下去的。"奥地利安娜的忠实仆人跪在公爵的沙发前，一遍一遍地重复道。

"她给我写的什么？"公爵气息微弱地说，伤口还不住地流血，他为了谈自己心爱的人，强忍着剧烈的疼痛，"她给我写的什么？念给我听听。"

"噢！大人！"拉波尔特说道。

"服从吧，拉波尔特，你没看见我的时间耽误不起了吗？"

拉波尔特弄开封漆印，在公爵面前展开那张羊皮纸。然而，白金汉怎么也看不清信上的字迹了。

"念吧，念吧，"公爵说道，"我看不见了，念吧！因为，也许很快，我连听都听不见了，而我死了，还不知道她给我写了什么。"

拉波尔特不再推却，念道：

大人：

  自从认识您以来，我就因您并为您而吃了苦头。看在这种痛苦的分上，我恳求您，假如您关心我的安宁，就停止这样大规模地扩充军备，停止对法国的这场战争吧。而这场战争，人们在公开场合说，是宗教引起的，而在私下议论说，您对我的爱情则是隐蔽的原因。这场战争，不仅会给法国和英国带来巨大灾难，而且还会带给您，大人。这一切令我抱恨终天。

  您有性命之忧，务请多加防范，等到我不再被迫把您视为敌人的时候，我就会珍视您的生命。

您的深情的
安娜

白金汉聚集了他生命仅余的全部气力,来聆听念这封信,等信念完了,他就仿佛尝到一种苦涩的失望似的:

"你就没有别的话,要亲口转告给我的吗,拉波尔特?"他又问道。

"有哇,大人,王后委托我转告您,您千万保护好自己,因为她获取消息,有人要暗杀您。"

"就这些吗,就这些吗?"白金汉迫不及待地又问道。

"她还委托我告诉您,她一直爱您。"

"啊!"白金汉说道,"感谢上帝!我的生死,对她来说就不是一个毫不相干的人了!⋯⋯"

拉波尔特泪如雨下。

"帕特里克,"公爵又说道,"去给我取来那个装钻石别针的小匣子。"

帕特里克将公爵要的东西取来,拉波尔特也认出,这件物品原先是王后的。

"现在,再把那个白缎子小口袋取来,那袋上用珍珠缀成她的姓名缩写的图案。"

帕特里克又遵命去办了。

"喏,您瞧,拉波尔特,"白金汉说道,"这是她送给我的唯一的信物,这只小银匣子和这两封信。您就带回去,还给王后陛下⋯⋯算是最后的纪念⋯⋯(他看看周围想找一样珍贵的东西)⋯⋯您再添上⋯⋯"

他还在寻找,但是他那临近死亡而模糊的目光,仅仅看见从费尔顿手上失落的刀子,那把染红了的还冒着血气的刀子。

"您再添上这把刀子。"公爵抓住拉波尔特的手,又说道。

他还能将小袋子装进匣里,再让刀子落进匣里时,他向拉波尔特示意,他讲不出话来了。接着,他最后一次痉挛,身体已无气力与之抗争,便从沙发滚落到地板上。

帕特里克号叫一声。

白金汉还想最后微笑一次,然而,他这个念头被死亡制止了,仅仅刻在他的额头上,宛若爱情的最后一吻。

这时候,公爵的医生慌里慌张地赶来。刚才他已经上了旗舰,派去的人不得不上旗舰把他叫来。

他来到公爵跟前,抓起公爵的手,握了一会儿,重又放下了。

"一点儿办法也没有了,"医生说道,"他已经死了。"

"死啦,死啦!"帕特里克嚷道。

那一大群人闻声又回到房间,形成一片惊愕和混乱的场面。

温特爵士一见白金汉咽了气,便跑去见费尔顿。费尔顿在海军司令部的平台上,仍然由士兵们看押着。

"坏蛋!"温特爵士对年轻人说道,"坏蛋!你这是干的什么啊?"

费尔顿刺杀了白金汉之后,又恢复了平静和镇定,而且他再也不会离开这种神态了。

"我报了仇!"他答道。

"你报了仇!"男爵说道,"不如说你让那个该死的女人当工具使了。不过我向你发誓,这将是她最后一桩罪行。"

"我不明白您要说什么,"费尔顿平静地说道,"我不知道您指的是谁,大人。我杀了德·白金汉先生,因为他两次拒绝了您让我晋升上尉的提议。我无非惩罚了他的不公正。"

温特爵士不胜惊愕,他看着捆住费尔顿的士兵,真不知道该如何看待这个年轻人如此冷漠的态度。

然而,还是有一件事,使费尔顿纯净的额头浮现阴云。这个天真的清教徒,每听见一点响动,就以为听出是米莱狄的脚步和声音,以为她跑来投入他的怀抱,承认自己有罪,要和他一起受死。

突然,他打了个寒战。他所在的平台俯临大海,一览无余。他那海员的鹰一般的目光，凝望一个白点，换一个人会以为那是波涛上游弋的一只海鸥，而他却认出那是驶向法国海岸的单桅帆船。

他面失血色，用手按住他那颗破碎的心，他明白那是百分之百的背叛行为。

"最后请求一个恩典，大人！"他对男爵说道。

"什么事？"男爵问道。

"告诉我现在几点钟了？"

男爵掏出怀表。

"差十分钟九点。"男爵说道。

米莱狄将起航的时间提前了一个半小时，她一听见宣布不幸事件的炮声，就当即吩咐起锚。

船行驶在蓝天下，距海岸已经相当远了。

"这是上帝的意志。"他说道，表现出宗教狂的那种听天由命的态度。然而，他的目光却难以移开，毫无疑问，他觉得看出他要为之牺牲生命的那个女人的白色身影。

温特爵士顺着他的目光望去，探测他痛苦的原因，并且完全猜出来了。

"你先单独受惩罚吧，坏蛋，"温特爵士对着不由自主眼睛转向大海的费尔顿说道，"而且，我以对我深爱的堂兄的缅怀向你发誓，你的同谋也逃不掉。"

费尔顿垂下头，一声不吭。

这时，温特爵士则疾步走下楼梯，向港口走去。

第六十章
在法国

英国国王查理一世获知白金汉遇刺身亡的噩耗，担心的头一件事，就是如此骇人听闻的消息，会大伤拉罗舍尔人的士气。黎世留就在《回忆录》中写道，查理一世尽可能长时间地封锁消息，关闭他那王国的所有港口，严密监视，不准一艘船出海，直到他代替白金汉，亲自监督白金汉备战的舰队出发。

他这道命令十分严厉，就连已经辞行的丹麦使臣的船只，就连查理一世已经归还给联省共和国①、要由荷兰常驻大使带回符利辛根港的东印度船队，也都一律不得离港。

然而，他想到下这道命令，已是发生事件的五小时之后，即下午两点钟，此前已有两只船离开了港口，其中一只我们知道，送走了米莱狄。她已经猜测出这一变故，后来又望见旗舰的桅杆上飘扬起那面黑旗，她就更加确信了。

至于第二只船，我们后文再说明送走什么人，又是如何驶离港口的。

---

① 联省共和国：即荷兰共和国，这个地区各省发生了资产阶级革命，缔结了乌得勒支同盟，于1581年宣布成立共和国，摆脱西班牙的统治。

这段时间，围困拉罗舍尔的军营里，没有发生任何新情况，国王还照旧感到十分无聊，而且在大营里所感到的无聊，也许比待在别处要多出几分，于是他决定暗自回圣日耳曼过圣路易节[①]，要红衣主教给他安排一支仅有二十名火枪手的护卫队。红衣主教有时也会受到国王无聊情绪的感染，因此，他十分痛快地准了假，而他这位身居王位的副帅，也许诺赶在九月十五日返回军营。

德·特雷维尔先生听了法座的安排，便准备行囊。他虽然不了解原因，但是知道他那几位朋友渴望，甚至必须回巴黎一趟，自不待言，他就指定他们几人参加护卫队。

德·特雷维尔先生首先通知了这四个年轻人，因而他们得知这个消息，仅仅比德·特雷维尔先生晚一刻钟。到这种时候，达达尼安才充分领会，红衣主教让他进入火枪卫队是多大的恩典。否则的话，他只能眼睁睁看着朋友们走了，他还得留在军营。

他要返回巴黎的这种急切心情，不用说是担心博纳希厄太太的安危，怕是那位死敌米莱狄也去贝蒂纳修女院。正如前面所述，阿拉密斯当时立即写信给玛丽·米松，一位认识有权有势的人的图尔女裁缝，托她设法替他们请求王后允许博纳希厄太太离开修女院，前往洛林或者比利时暂避一时。没等多久，八九天之后，阿拉密斯便接到了这封回信：

我亲爱的表兄：

现寄去我姐姐允许我们那小使女离开修女院的证明，既然您认为贝蒂纳修女院的空气对她不利。我姐姐十分高兴能把这份证明寄给

[①] 圣路易节：定于每年8月25日。圣路易即法国国王路易九世（1214或1215-1270），第八次十字军远征时，他率军远征突尼斯，准备建立基地，再进军埃及。但是他刚登陆迦太基国便染病去世。1297年封圣。

您，因为她特别喜爱那个年轻姑娘，希望以后对她仍能有所帮助。

我拥抱您

玛丽·米松

信后附有一份证明文件，措辞如下：

贝蒂纳修女院院长见到本证明后，请将我推荐给修女院并受我保护的初习修女，交给送交本文件的人。

安娜

一六二八年八月十日于卢浮宫

不难理解，阿拉密斯同一位称王后为姐姐的女工有这种亲戚关系，大大激发了这些年轻人开玩笑的兴致。然而，波尔托斯开的玩笑太粗俗，阿拉密斯有两三次脸涨得通红，就请求他几位朋友以后不要再提这事，并且郑重表明态度，谁再提一句，再有这类事情他就绝不求他表妹从中帮忙了。

于是，这四名火枪手，谁也不再提玛丽·米松了。况且，他们已经如愿以偿，拿到了博纳希厄太太离开贝蒂纳的加尔默罗会修女院的准许书。当然，只要他们还驻守在拉罗舍尔的军营里，即在法国的另一端，这道命令也就解决不了他们多大问题。因此，达达尼安正准备要向德·特雷维尔先生请假，原原本本地告诉队长这次离队多么重要，设想到得到这一消息，国王要去巴黎，他和三个伙伴都参加由二十名火枪手组成的护卫队。

他们真是乐不可支，打发跟班携带行李先行一步，他们要等次日早晨才动身。

红衣主教为国王送行，从苏热尔一直送到莫泽。到了莫泽，国王和他的首相道别，彼此表现出深厚的情谊。

国王要在二十三日抵达巴黎，虽然尽快赶路，但是沿途寻些消遣，不时停下来观赏人家放鹰捕鹊。他对鹰猎的喜好，还是从前由德·吕伊纳[①]培养起来的，而且他也一直偏爱这种消遣方式。路上碰到这种情况，二十名火枪手中，倒有十六名欢快地享受这种好时光，而另外四名则不住嘴地抱怨。尤其是达达尼安，他总是感到耳鸣。对这一情况，波尔托斯则有很好的解释：

"一位非常高贵的夫人告诉过我，有这种现象，就表明有人在什么地方谈论您。"

终于，在二十三日夜晚，护卫队穿过巴黎市区。国王感谢德·特雷维尔先生，准许他给部下放四天假，但是有一个条件，享此优待的卫士，绝不准在公共场合露面，违者必究，要关进巴士底狱。

头四个获准假期的人，不难猜想，正是我们的四个朋友。不仅如此，应阿多斯的请求，德·特雷维尔先生还把他们的四天假追加到六天。六天再添两个夜晚，因为，他们于二十四日晚五点钟启程，而德·特雷维尔先生又特别照顾，签发的日期写成二十五日早晨。

"嘿，我的上帝！"达达尼安说道，他这个人，大家也知道，什么事情都深信不疑，"我倒觉得，这么一件很简单的事，何必劳师动众呢。我一个人去就成了，累死两三匹马（无所谓，我这儿有钱），花两天工夫，就能赶到贝蒂纳，把王后的信交给修女院院长，就可以把我去接的宝贝带走，但不是送往洛林，也不送往比利时，而是带回巴黎。我会把她妥善地藏起来，特别是红衣主教远在拉罗舍尔这段时间。等到班师回来，那也好办！五分有阿拉密斯的表妹的保护，五分有王后的关照。王后念我们为她效过力，肯定能答应我们的请求。因此，你们就留下吧，不

[①] 德·吕伊纳（1578-1621）：路易十三的训猎鹰师，十分受宠，被封为公爵。

必白折腾，来回累得要命。这趟出门事情这么简单，有我和卜朗舍就足够了。"

阿多斯听了，平静地答道：

"钱嘛，我们手头也都有，要知道，卖钻石戒指分得的钱，我买酒喝并没有全花光，波尔托斯和阿拉密斯虽好美食也没有全花掉。因此，累死一匹马还是四匹马，我们都没有问题。可是，您要想一想，达达尼安，"他又补充道，声调十分阴沉，让这个年轻人听了不禁打了个寒战，"想一想贝蒂纳，正是红衣主教约见一个女人的城市，而那个女人走到哪儿，就把不幸带到哪儿。假如您要对付的，达达尼安，仅仅是四个男人，那我就让您独自一个人去了。然而，您要对付的却是那个女人，咱们就得四个人去，再加上四个仆人，但愿咱们的人数足够了。"

"您真让我毛骨悚然，阿多斯，"达达尼安高声说道，"我的上帝啊，您究竟怕什么呢？"

"什么都怕！"阿多斯回答。

达达尼安再审视其他伙伴的脸，他们也都同阿多斯一样，脸上显露一种隐忧。于是，大家催马疾驰，继续赶路，谁也没有再讲一句话。

二十五日晚上，他们进入阿拉斯城，到金钉齿耙客店跳下马，达达尼安正要喝杯葡萄酒，这时一名骑手从驿站的院子里出来，刚换了一匹精力十足的驿马，朝巴黎方向飞驰而去。他经过客店临街的大门时，一阵风掀开在八月份时他还紧紧裹着的斗篷，还吹起他的帽子。就在帽子要飞走时，他却一把抓住，又急忙低低地压在脑袋上，几乎盖住眼睛。

达达尼安注视那人，忽然他面失血色，酒杯也失手掉下去。

"您怎么啦，先生！"卜朗舍问道……"哎呀！快来呀，先生们，我的主人要晕过去！"

三个朋友全跑来，看见达达尼安非但没有晕过去，还跑去要上马。他们在门口拦住了达达尼安。

"喂!真见鬼,你这是要去哪儿啊?"阿多斯冲他喊道。

"是他!"达达尼安嚷道,他气得脸煞白,额头冒出汗来,"正是他!让我去追他!"

"他,究竟是谁呀?"阿多斯问道。

"他,就是那个人!"

"哪个人呀?"

"那个该死的家伙,我的灾星,我每次见到他,就总要倒霉。我第一次遇见那个女人时,陪伴那可怕女人的正是那个人;我冒犯了我们的朋友阿多斯时,寻找的正是那个人;博纳希厄太太遭绑架的当天早上,我见到的还是那个人!我瞧见他了,正是他!正巧风掀开他的斗篷,我一眼认出了他!"

"见鬼!"阿多斯说了一句,便思考起来。

"上马,先生们,上马,咱们去追,准能追上他。"

"我亲爱的,"阿拉密斯说道,"您也不想想,他和咱们走的路方向正相反,而且,他骑上一匹精力十足的马,可咱们这四匹马已经跑累了。因此,咱们就是把马跑死了,也不可能追上那个人。就让那个人去吧,达达尼安,还是去救那个女人吧。"

"喂!先生!"一名马厩的伙计喊道,跑着去追那个陌生人,"喂!先生!给您,从您帽子里掉出的一张纸!喂!先生!喂!"

"我的朋友,"达达尼安说道,"半个皮斯托尔,换这张纸!"

"好哇,先生,非常乐意!给您!"

马厩伙计乐不可支,觉得这一天运气真好,他又回到客店的院子里。达达尼安则展开那张纸。

"怎么样?……"几个朋友围上来,问道。

"只写了一个词儿!"达达尼安回答。

"不错,"阿拉密斯也说道,"这可能是一座城市,或者一个村庄的名字。"

"阿尔芒蒂埃尔，"波尔托斯念道，"这名字我不知道。"

"这是个城市或者村庄的名字，是她亲手写的！"阿多斯高声说道。

"好了，好了，咱们仔细保存这张纸，"达达尼安说道，"也许，我这半个皮斯托尔没有白花！上马，朋友们，上马！"

四个朋友前往贝蒂纳，在大路上策马飞驰。

第六十一章
贝蒂纳加尔默罗会修女院

但凡罪大恶极者,都有一定的命数,他们在罪恶的路上,能战胜一切障碍,规避所有危险,直到天主厌腻了,指定他们邪恶气数殆尽的时刻为止。

米莱狄的情况也正是如此,她乘船穿过两国敌对的巡洋舰,抵达布洛涅,没有出一点儿意外。

在朴次茅斯上岸时,米莱狄就自称是英国人,遭受法国的迫害,被人从拉罗舍尔驱逐出来。航行两天之后,她在布洛涅上岸时,又声称自己是法国人,在朴次茅斯受尽憎恨法国的那些英国人的骚扰。

何况,米莱狄拥有一种最有效的通行证,那就是她的美貌、她那高贵的仪表,以及她挥金如土的气派。年迈的港务总监吻了她的手,脸上挂着和蔼可亲的微笑,十分殷勤地免去了应当履行的手续。她在布洛涅略事停留,只为写一封信。信的内容如下:

寄呈拉罗舍尔城下军营红衣主教德·黎世留法座。

法座大人尽可放宽心,白金汉公爵大人绝不会向法国进发了。

德·××夫人

二十五日晚于布洛涅

附笔：遵照法座的意愿，我将去贝蒂纳的加尔默罗会修女院，等候法座指令。

米莱狄果然在当天傍晚就启程了。天黑之后，她便投宿在一家乡村客店过夜。次日凌晨五点钟，她重又上路，三小时之后便进入贝蒂纳城。

她问清了路，立刻去了加尔默罗会修女院。

院长迎到门口，米莱狄出示红衣主教的命令，院长便吩咐人为她安排一间卧房，给她准备早餐。

在这个女人的心目中，过去的一切已经一笔勾销了，她的目光凝注着未来，只看到红衣主教会赋予她的富贵荣华，以酬劳她一举成功，又丝毫没有把他的名字牵连到这桩血案中。她的精力消耗在层出不穷的贪欲中，结果她的生活的表象，酷似天上飞驰的云彩，时而呈现天蓝色，时而呈现火红色，时而呈现暴风雨来临前的漆黑色，给大地留下的痕迹，唯有灾难和死亡。

吃罢早饭，院长前来看她。修女院中极少消遣，善良的院长就急于结识新来的寄宿生。

米莱狄也想讨好院长，这对她来说易如反掌。这个女人确确实实超群绝伦，她要显得和蔼可亲，就变得可爱，并以其多样丰富的谈话、周身洋溢的优雅迷住了院长。

院长也是出身贵族世家，尤其爱听宫廷的故事。而那些宫廷里发生的事情，很难传到王国的边陲，更难越过修道院的高墙，平日里就连市井的喧闹到修道院的门前也悄然止息了。

反之，米莱狄却十分熟悉贵族的所有计谋与权术，而她就是在这种倾轧中度过了五六年。于是，她对善良的院长讲起法国宫廷的社交活动，还涉及国王的过分虔诚；她还讲述朝廷的一些高官命妇的丑闻艳事，也略微透露一点儿王后和白金汉的爱情。她大谈特谈，而且谈到的一些高官命妇的姓名，也是院长耳熟能详的，目的就是想引对方也谈一点儿。

然而，院长却仅限于听，仅限于微笑，从头至尾也不搭腔。不过，米莱狄还是看出院长听得津津有味，也就接着讲下去，只是讲到最后，她的话题就落到红衣主教身上了。

但是，她感到十分为难，不知道院长是国王派，还是红衣主教派，只好谨慎一些，采取不偏不倚的态度。可是，院长却保持一种更为谨慎的持重态度，每逢刚来的客人提到法座的名字，她就深深地颔首。

米莱狄开始认为在修女院，她会感到十分烦闷，于是决意试探一下，也好随即弄清楚该如何对付这种环境。她要看看这位善良的院长这种谨慎，到底能达到什么程度，便讲点儿红衣主教的坏话，开头很隐晦，继而就很详细了。她讲述了这位大臣同戴吉荣夫人，同玛丽蓉·德·洛姆，以及同其他一些风流女子的艳情。

院长更加注意听了，情绪逐渐活跃起来，还不时微笑。

"好哇，"米莱狄心中暗道，"她对我讲的事儿感兴趣了。她即使是红衣主教派的，也不是那么狂热。"

于是，她进而谈到红衣主教如何迫害他的仇敌。院长听了，仅仅在胸前画十字，既不表示赞成，也不表示反对。

这就加强了米莱狄的看法，这位修女更像是国王派的，不大像是红衣主教派的。米莱狄就添枝加叶，越说越邪乎。

"所有这些事情，我都一无所闻，"院长终于说道，"不过，我们尽管远离朝廷，尽管完全置身于尘世的利害纷争之外，却还是有一些极悲惨的例子印证您刚才所讲述的。在我们这里寄宿的女子中，就有一位深受红衣主教先生的报复和迫害之苦。"

"寄宿在您这儿的一位女子，"米莱狄说道，"噢！我的上帝！可怜的女人，真叫我同情。"

"您说得对，她确实值得人同情。坐牢、人身威胁、百般虐待，这些苦她全吃过。但是，归根结底，"院长又补充道，"红衣主教先生这样做，也许有说得过去的理由。虽然她像个天使，但是判断一个人，不应该总根据外貌。"

"好哇！"米莱狄心中暗道，"还真难说！也许在这里，我会发现什么新情况呢，我的运气真好。"

可是，她脸上却竭力摆出一副极其天真的表情。

"唉！"米莱狄说道，"这我知道，大家都这么说，知人知面不知心，不应以貌取人。但是，不相信天主最美的创作，那还能相信什么呢？就拿我来说，也许一生我都要上当受骗，可我还是要信赖一个相貌给我以好感的人。"

"这么说，您倒是觉得，那个年轻女子是无辜的了？"院长不禁问道。

"红衣主教先生不只是追究罪行，"米莱狄说道，"比起某些重大罪恶来，一些美德还要受到他更为严厉的追究。"

"恕我冒昧，夫人，您真令我吃惊。"院长说道。

"吃惊什么？"米莱狄天真地问道。

"就是您使用这样的言语。"

"这样的言语，您觉得有什么奇怪的呢？"米莱狄微笑着问道。

"既然您是红衣主教派来的，那么您就是他的朋友了，可是您……"

"可是我却讲他的坏话。"米莱狄接口说道，将院长想说的话补充完整。

"至少您没有讲他的好话。"

"这就表明我不是他的朋友，"米莱狄说着，叹息一声，"而是他的受害者。"

"然而，他向我推荐您，写的那封信呢？……"

"那是一道命令，就像坐牢似的把我关起来，以后再派他几个打手把我提走……"

"您为什么没有逃走呢？"

"我往哪儿去呢？只要红衣主教愿意伸出手去，您认为这个世界上还有哪个地点他达不到吗？假如我是个男子汉，那么真把人逼急了，倒还有可能逃走。然而，我毕竟是个女流之辈，一个女人能有什么办法呢？在您这里寄宿那位年轻女子，她有没有试图逃走呢？"

"没有，这倒是真的。不过她嘛，却是另一回事，我认为她是被爱情拖在法国了。"

"这么说来，"米莱狄叹了口气，说道，"她有恋情，那就不是一个完全不幸的人。"

"这样看来，"院长说道，她更加感兴趣地注视着米莱狄，"我眼前莫非又是个受迫害的可怜女子？"

"唉！是啊！"米莱狄答道。

院长又不安地注视米莱狄半晌，就好像她的思想里产生了一个新念头。

"您不是我们神圣信仰的敌人吧？"院长结结巴巴地问道。

"我，"米莱狄高声说道，"我，新教徒？哎！不对，我请能听见我们谈话的上帝做证，恰恰相反，我是个虔诚的天主教徒。"

"既然如此，夫人，"院长微笑道，"您就放心吧。您住的这所房子，不会是一座严酷的监狱，我们会尽一切努力，来改善您的囚禁生活。此外，您在这里，还能经常见到那个年轻女子，毫无疑问，她是受宫廷里某一密谋的牵连而遭迫害。她人又文雅，又可爱。"

"您怎么称呼她？"

"是一个地位很高的人推荐给我的，名叫凯蒂。我也没有打算了解她还有别的什么名字。"

"凯蒂！"米莱狄叫道，"什么！您能肯定吗？……"

"肯定她叫这个名字吗？当然肯定，夫人，您碰巧认识她？"

第六十一章 贝蒂纳加尔默罗会修女院

米莱狄心中暗暗发问，没承想那个年轻女子，很可能就是她从前的使女。一想起那姑娘她就来气，一种复仇的愿望搅乱了米莱狄脸上的神态。不过，这个有一百张变脸的女人，刚刚失态，几乎马上就恢复了与人为善的平静表情。

"对这个年轻女子，我已经产生了极大的好感，什么时候我能够见到她呢？"米莱狄问道。

"今天晚上吧，"院长答道，"就是今天白天也成啊。可是，您一连四天在路上，您不是亲口对我这么说的吗？今天凌晨五点钟，您就起床了，肯定需要休息。您就躺下吧，先睡一觉，到吃晚饭的时候，我们会来叫醒您。"

这是一次新的冒险行动，米莱狄有阴谋欲的那颗心，又完全亢奋起来，不睡觉也能挺得住，尽管如此，她还是接受了院长的建议。须知这十二三天，或者半个月以来，她经历了多少大风大浪，多少大喜大悲，即使是铁打的躯体还能耐得疲劳，可她的心灵却需要休息一下了。

因此，等院长一辞别离去，她就躺下了，由凯蒂这个名字自然唤起的复仇念头的轻轻抚慰，也就渐渐进入梦乡。她还记得如果英国之行一举成功，红衣主教曾许诺给她近乎无限的行动自由。她成功了，达达尼安便成了她的掌中之物！

只有一件事令她惶惶不安，那就是想到她的丈夫，德·拉费尔伯爵。她原以为丈夫死了，至少移居国外了，讵料他化名为阿多斯，还是达达尼安的最好朋友。

不过，如果说他是达达尼安的朋友，那么在王后挫败红衣主教的计划所倚仗的阴谋诡计中，他也一定助了达达尼安一臂之力。如果说他是达达尼安的朋友，那他必然是红衣主教的敌人。而她撒开复仇之网，希望扼杀年轻的火枪手，当然最终也能把阿多斯网住。

这种种希望，对米莱狄来说都是甜美的念头，抚慰她很快就睡着了。

床头响起一个温柔的声音，将她唤醒。她睁眼一看，只见院长由一位年轻女子陪伴来了。那年轻女子一头金发，脸色白里透红，充满善意好奇的目光正在注视她。

那年轻女子的相貌是她从未见过的。她们二人一边寒暄，一边仔细地相互端详。两个人都是绝色佳人，但是两种截然不同的类型的美。不过，米莱狄还是微笑起来，只因她看出在高贵的仪态和高雅的举止方面，她远远在那年轻女子之上。当然，年轻女子身穿初习修女服，这样来赛美也的确很不利。

院长引见她们彼此认识，这种礼节性的引见之后，她还要去教堂做功课，于是丢下两个年轻女子便走了。

初习修女见米莱狄还躺着，就想随院长一同离去，但是被米莱狄挽留住了。

"怎么，夫人，"米莱狄对她说，"我刚见到您，您就要走，不肯陪我坐一会儿？不瞒您说，我还真指望有您陪伴，消磨我不得不在这里度过的时光。"

"我不是要走，夫人，"初习修女回答，"我原本只是担心来得不是时候。您很累，还要睡觉。"

"哎！"米莱狄说道，"睡觉的人，还能有什么要求呢？无非是醒来心情愉快。这种醒后的愉快，您给了我，请让我充分享受吧。"

米莱狄说着，就握住她的手，把她拉到床旁边的椅子跟前。

初习修女便坐下来。

"我的上帝！"她说道，"我真是太不幸了！来到这里半年了，一丁点儿消遣还没有呢。您来了，今后有您做个伴儿，真叫人高兴。不过，我也很可能随时离开修道院！"

"怎么！"米莱狄问道，"您很快就离开啦？"

"至少我是这样希望。"初习修女回答，她丝毫也不想掩饰脸上快乐的表情。

"我听说您好像吃了红衣主教不少苦头，"米莱狄接着说道，"我们彼此有好感，这恐怕又是一个原因。"

"我们善良的院长嬷嬷对我讲的，看来是真的了，您也一样，遭受了那个凶狠教士的迫害。"

"嘘！"米莱狄说道，"即使在这里，我们也不能这样随便议论他。我的全部不幸的根源，就是当着一个女子的面，我讲了类似您刚才讲的话，而我当作朋友的那个女人出卖了我。您呢，也成为被人出卖的受害者吗？"

"不是，"初习修女答道，"我受害，是因为我忠心，对我爱的一位女子忠心耿耿。当时为了她，我可以献出自己的生命，现在为了她，我还可以献出自己的生命。"

"而她抛弃了您，是这样吧！"

"我也曾有过这种不公正的想法，但是两三天之前，我得到了相反的证据，真应当感谢上帝。真让我相信她把我忘记了，那我心里就太难过了。可是您呢，夫人，"初习修女接着说道，"我看您有行动自由，要想逃走，这完全取决于您本人了。"

"您让我去哪儿呢？我没有朋友，又没有钱，法国这一带我也不熟悉……"

"哎！"初习修女高声说道，"要说朋友嘛，您走到哪里都会有朋友的，您看上去那么和善，长得又那么美丽！"

"这都没用，"米莱狄又说道，同时让自己的微笑更加和悦，好显出一种天使的表情，"我照旧这样孤孤单单，受人迫害。"

"请听我说，"初习修女说道，"要知道，对上天一定要抱热切的希望。时候一到，做的好事就会在上帝面前替您讲话了。对了，您遇见我，也许是一种运气呢，尽管我地位卑微，没有一点权势，但是，等我从这里出去，喏！我有几个很有权势的朋友，他们为我的事奔波之后，还可以为您的事斡旋。"

"哎！刚才我说孤孤单单，"米莱狄说道，她希望用话引初习修女谈她自己，"并不等于说我没有地位很高的几个熟人。然而我那些熟人，在红衣主教面前也都战战兢兢。就连王后本人，也不敢支持谁同那位可怕大臣抗争。我有事例证明，王后陛下虽然心地无比善良，也不得不多次舍弃为她效力的人，交给发怒的法座去处理。"

"请相信我，夫人，王后表面上可能舍弃了那些人，但是绝不要相信表面现象。那些人越是受到迫害，她越是想着他们。他们往往最不去想的时候，却意外地得到她惦记他们的证据。"

"唉！"米莱狄说道，"这我相信，王后那么善良！"

"哦！您认识她呀，认识那位美丽而高贵的王后，才会用这种口气谈论她！"初习修女激动地高声说道。

"这么说吧，"米莱狄再也编不下去了，便说道，"我本人还没有这种荣幸认识王后，但是，我认识她的许多密友，我认识德·皮唐日先生，我在英国那时候，结识了杜雅尔先生，我也认识德·特雷维尔先生。"

"德·特雷维尔先生！"初习修女高声说道，"您认识德·特雷维尔先生呀！"

"对，很熟悉，甚至非常熟悉。"

"国王的火枪卫队队长？"

"国王的火枪卫队队长。"

"啊！真的，您会看到，"初习修女高声说道，"等一会儿，我们彼此就熟识了，差不多会成为朋友。既然您认识德·特雷维尔先生，那么您一定去过他府上吧？"

"经常去！"米莱狄说道，她走上这条路，一见谎话奏了效，就要一直走到底。

"您在他府上，也一定见到他的一些火枪手吧？"

"他平时接待的那些全见过！"米莱狄回答，她对这种谈话真正开始感兴趣了。

"把您认识的火枪手，列举出几个来，您就会看到，他们是我的朋友。"

"要列举，"米莱狄不免犯难，说道，"我认识德·苏维涅先生、德·库尔蒂夫隆先生、德·费吕萨克先生。"

初习修女让她说下去，看看她住了口，便问道：

"有一个名叫阿多斯的贵绅，您不认识吗？"

米莱狄脸色陡变，就跟她躺着的衾单一样白，她自我控制的能力那么强，也还是忍不住叫了一声，同时紧紧握住对方的手，眼睛还死死地盯住对方。

"怎么！您这是怎么啦？噢！我的上帝！"这个可怜的女人问道，"莫非我讲了什么话，伤害您了吗？"

"没有。不过，一提这名字我特别惊讶，因为我也同样，认识这位贵绅，忽然碰到一个同他似乎非常熟悉的人，我就觉得很奇怪。"

"哦！对！非常熟悉！非常熟悉！不只是他，还有他的朋友，波尔托斯和阿拉密斯两位先生！"

"真的呀！他们，我也都认识！"米莱狄高声说道，她已经感到一阵寒气直袭她的心头。

"那好哇！您既然认识他们，就一定知道他们是又善良、又诚实的伙伴。您需要帮助的时候，怎么不去找他们呢？"

"这么说吧，"米莱狄讷讷说道，"我同他们当中任何人，都没有建立紧密的关系。我认识他们，是因为听他们的一位朋友，达达尼安先生经常提起来。"

"您认识达达尼安先生！"初习修女高声说道，这回轮到她紧紧抓住米莱狄的手,眼睛死死地盯住米莱狄。

接着,她注意到米莱狄的眼神有一种怪异的表情,于是就问道:

"对不起,夫人,您认识他,是什么关系呢?"

"就是……"米莱狄颇为窘迫地回答,"就是朋友关系呗。"

"您骗我,夫人,"初习修女说道,"您曾是他的情妇。"

"您才是呢,夫人。"米莱狄高声说道。

"我?"初习修女说道。

"对,是您,现在我知道您是谁了,您就是博纳希厄太太。"

年轻的女人不胜惊愕和恐惧,往后退去。

"哎!不要否认!回答吧。"米莱狄步步进逼。

"好吧!对,夫人!"初习修女答道,"我们是情敌吗?"

米莱狄的脸就像燃起野火,烧得通红。换了别种场合,博纳希厄太太早就吓跑了,可是这次,嫉妒完全占据了她的心。

"喂,说吧,夫人,"博纳希厄太太接着又说道,她那种坚定有力的口气实在出人意料,"您曾是他的情妇,或者现在是她的情妇呢?"

"哎!不是!"米莱狄嚷道,她那声调不允许人怀疑她的话有假,"绝不是!绝不是!"

"我相信您的话,"博纳希厄太太说道,"可是,刚才您为什么那样嚷起来?"

"怎么,您还不明白!"米莱狄说道,刚才一阵慌乱,现在她完全镇定下来了。

"您让我怎么能明白呢?我什么也不知道啊。"

"您还不明白,达达尼安先生是我的朋友,有什么知心话都对我讲吗?"

"真的呀!"

"您还不明白,什么我都知道了,知道您在圣日耳曼的那座小房里遭人绑架,知道他如何心痛欲绝,他的朋友们如何心痛欲绝,知道从那时候起,他们又如何徒劳地寻找您!我们那么经常地谈起您,他又全心全意地爱您。使得我还未见面就喜爱上您了,而这次事先也没有想到,就同您不期而遇,您怎么能让我不感到惊奇呢?嗯!我亲爱的孔斯唐丝,我找到您啦,我终于见到您啦!"

米莱狄说罢,就朝博纳希厄太太张开手臂。博纳希厄太太被这番话说服了,刚才她还以为这个女人是她的情敌,一会儿工夫,她就把人家完完全全看成诚挚而忠实的朋友了。

"嗯!请您原谅!请您原谅!"她高声说道,同时情不自禁地伏到米莱狄的肩上,"我多么爱他呀!"

一时间,两个女人搂抱在一起。如果米莱狄也有仇恨那么大力量,那么可以肯定,博纳希厄太太就休想活着离开这次拥抱。米莱狄看看不能勒得她窒息而亡,就只好冲她微笑。

"亲爱的美人儿啊!亲爱的好孩子!"米莱狄说道,"见到您我有多高兴啊!来,让我好好瞧瞧您。"她这么说着,还真的贪婪地注视对方,"不错,正是您。嗯!根据他向我描述的,这会儿我认出您来了,完完全全认出您了。"

可怜的女人哪里猜得出来,这样纯净的前额,这样明亮的、唯有关切和同情的神色的眼睛所构成的壁垒后面,酝酿着何等凶残险诈的念头。

"这么说,您了解我吃了多少苦头,"博纳希厄太太说道,"既然他对您说过他吃了什么苦头。不过,为他受苦,心里也感到甜美。"

米莱狄机械地附和道:

"对,心里感到甜美。"

她心里想的是别的事。

"话又说回来,"博纳希厄太太继续说道,"我遭的罪也该到头了。明天,也许今天晚上,我又能同他见面了,一见了面,过去的事儿就全不存在了。"

"今天晚上？明天？"米莱狄高声重复道，她被这几句话从沉思中拉出来，"您要说什么？您在等他的什么消息吗？"

"我在等待他本人来。"

"他本人？达达尼安，到这儿来？"

"是他本人。"

"然而，这不可能啊！他还在红衣主教的指挥下，围困拉罗舍尔城呢，要等拿下城池之后，他才能够回来。"

"您是这样认为的，然而，对我的达达尼安，这个高尚而忠诚的贵绅来说，难道还有什么办不到的事情吗？"

"哎！您讲的我不能相信！"

"那好哇！您念念这个！"这个不幸的年轻女子由于骄傲和喜悦，一时忘乎所以，就把一封信交给米莱狄。

"德·舍夫勒兹夫人的笔迹！"米莱狄心中暗道，"哼！我就算定他们在这方面串通一气！"

于是，她如饥似渴地看了下面这几行信文：

> 我亲爱的孩子，您要做好准备，我们的朋友很快就要去看您了。他去看您的唯一目的，就是要把您接走，当时为了人身安全，才把您隐藏在那座监狱里。您就做好离开的准备吧，对我们永远不要失去信心。
>
> 我们那位可爱的加斯科尼人一如既往，新近又有忠勇的表现，请告诉他，某地有人感谢他的忠告。

"不错，不错，"米莱狄说道，"不错，这封信说得很明白。您知道那忠告是什么吗？"

第六十一章 贝蒂纳加尔默罗会修女院

"不知道。我猜想他可能通知王后,红衣主教又要搞什么阴谋诡计。"

"对,肯定是这么回事儿!"米莱狄说着,把信还给博纳希厄太太,而她头垂到胸前陷入沉思。

这时,忽然传来一匹马奔跑的嘚嘚声。

"啊!"博纳希厄太太叫了一声,就跑向窗口,"难道他已经赶来了?"

米莱狄仍待在床上,被这意外的情况惊呆了。这么多事情万难预料,都突然发生在眼前,她第一次感到不知所措。

"他!他!"她咕哝道,"难道是他来了?"

她待在床上,两眼发直。

"唉!不对!"博纳希厄太太说道,"那个男人我不认识,可是看样子是来这儿的。没错儿,他放慢了速度,在门口停住,他在拉门铃。"

米莱狄跳下床。

"您就那么肯定不是他吗?"米莱狄问道。

"嗯!对,非常肯定!"

"也许您没有看清楚吧。"

"哎!他呀,我只要看见他那呢帽上的羽毛、他那斗篷的下摆,就能马上认出他来!"

米莱狄还在穿衣裳。

"没关系!您是说,那人往这儿来了?"

"对,他进门了。"

"不是来找您就是来找我的。"

"啊!我的上帝!看样子您这么激动!"

"对,我承认,我没有您那样的信心,红衣主教那边有一点动作我就害怕。"

"嘘!"博纳希厄太太说道,"有人来了!"

果然,房门打开了,院长走进来。

"您是从布洛涅来的吗?"院长问米莱狄。

"对,我是从布洛涅来的,"米莱狄回答,她力求恢复镇定,"是谁找我?"

"一名男子,他不肯说出姓名,但他是红衣主教派来的。"

"他要同我谈话?"米莱狄问道。

"他要同一位从布洛涅来的夫人谈话。"

"那就请您让他进来吧,院长嬷嬷。"

"噢!我的上帝!我的上帝!"博纳希厄太太说道,"又带来什么坏消息了吗?"

"恐怕是这样。"

"那我先走开,让您同那陌生人见面。不过,等他一走,如果您允许的话,我马上就回来。"

"那还用说!当然要请您过来。"

院长和博纳希厄太太便出去了。

米莱狄独自留下,眼睛盯着房门。过了一会儿,只听有人上楼马刺发出声响,继而脚步声越来越近,接着房门开了,出现一个男人。

米莱狄欢快地叫了一声,来的人正是德·罗什福尔伯爵,法座的死党。

第六十二章
两类魔鬼

"啊!"罗什福尔和米莱狄同时叫起来,"是您啊!"

"对,是我。"

"您这是从哪儿来?"米莱狄问道。

"从拉罗舍尔来。您呢?"

"从英国回来。"

"白金汉呢?"

"不死也伤得很重。我离开的时候,一个宗教狂刚刚刺杀了他,但是我没有得到任何有关他的消息。"

"哈!"罗什福尔笑道,"真是个幸运的巧合!法座一定会非常满意!您通知他了吗?"

"我在布洛涅给他写了一封信。对了,您怎么到这儿来了?"

"法座有些担心,便派我寻找您。"

"我昨天才到达法国。"

"昨天以来,您做了些什么?"

"我的时间没有白过。"

"嗯!这我猜得出来!"

"您知道吗,我在这里遇见了谁?"

"不知道。"

"猜一猜。"

"您让我怎么猜呢?……"

"王后给弄出狱的那个年轻女子。"

"达达尼安那小子的情妇?"

"对,就是博纳希厄太太,红衣主教还不知道她躲到哪里去了。"

"那好哇!"罗什福尔说道,"又是一个巧合,同另外一个巧合相得益彰。红衣主教先生真是天助之人啊!"

"我同这个女人不期而遇,突然面对面的时候,"米莱狄继续说道,"您能理解我有多惊讶吗?"

"她认识您吗?"

"不认识。"

"这么说,她认为您是一个毫不相干的人?"

米莱狄微微一笑:

"我成了她的最好朋友!"

"说老实话,"罗什福尔说道,"这世上只有您,我亲爱的伯爵夫人,才能创造出这种奇迹。"

"我也真是幸运,骑士,"米莱狄说道,"您知道就要发生什么事情吗?"

"不知道。"

"就在明天或者今天下午,有人奉王后之命要把她接走。"

"真的吗?!谁来接她?"

"达达尼安和他那几个朋友。"

"真的,他们这么干就太过火了,我们不得不送他们进巴士底狱。"

"为什么早不这样处理呢?"

"有什么办法!还不是红衣主教先生对那几个人偏爱姑息,实在让我弄不懂。"

"真的吗?"

"就是这样。"

"那好,您就把这些情况告诉他,罗什福尔,您告诉他说,他和我在红鸽棚客店的谈话,被那四个人听去了;您告诉他说,他刚一走开,他们当中的一个人就上楼来,强行夺走他签发给我的全权证书;您告诉他说,他们事先通知了温特爵士关于我去英国的消息,而且,他们这次又险些挫败我的使命,就像钻石别针的事件那样;您告诉他说,那四人当中,只有两个人令人生畏,那就是达达尼安和阿多斯;您还告诉他,第三个人,阿拉密斯,是德·舍夫勒兹的情夫,必须留他一个活口,好了解他的秘密,他那个人也许有用处,至于第四个人,波尔托斯,那是个傻瓜,白痴,是个自命不凡的人,对他倒无须多虑。"

"然而此刻,这四个人应该在围困拉罗舍尔的大营里。"

"我原先也是您这样认为的,可是,博纳希厄太太收到大元帅夫人①一封信,她不慎给我看了,我看了信才得知,情况恰恰相反,他们四人正力图前来把她接走。"

"真见鬼!那怎么办呢?"

"关于我,红衣主教对您讲了什么?"

"他让我拿了您的书面报告,或者听取您的口头报告,然后就乘驿马赶回去。等他了解了您做过的事之后,他再考虑您应当作什么。"

"我还得留在这里吗?"

"留在这里或者附近。"

"您怎么不能把我带走呢?"

"不行,命令十分明确。在大营附近,您会被人认出来,而您也应当

---

① 大元帅夫人:即德·舍夫勒兹夫人,她的头一个丈夫德·吕伊纳公爵曾被路易十三任命为陆军元帅。

明白，您出现在那里，就可能连累法座。"

"好了，我必须在这里，或者附近一带等候。"

"不过，您先要告诉我，您在什么地方等待红衣主教的消息，到时候我好能找见您。"

"听我说，我大概不能留在这里。"

"为什么？"

"您忘了，我的仇敌随时可能到来。"

"不错。可是这样一来，那个小女子就要逃离法座的掌握啦？"

"嗳！"米莱狄说道，同时她脸上泛起她特有的微笑，"您又忘了，我可是她最好的朋友。"

"嗯！不错！那么，关于这个女人，我就可以对红衣主教说……"

"就说请他放心。"

"就这一句话？"

"他会明白这话的意思。"

"他猜得出来。现在，瞧瞧，我该干点儿什么呢？"

"立刻上路。我觉得您带回去的消息，值得您星夜赶路。"

"驶进利莱尔的时候，我的马车辐条断了。"

"好极了！"

"什么，好极了？"

"对，我需要您的马车呀。"

"那我怎么走啊？"

"快马加鞭呀。"

"说得倒轻巧，那是一百八十法里的路程啊。"

"那又怎么样？"

"好吧。还有呢？"

"还有，您经过利莱尔，把您的马打发给我，要吩咐您的跟班听从我

第六十二章 两类魔鬼

的调遣。"

"好吧。"

"您一定随身带着红衣主教的手令吧？"

"我有全权证书。"

"您出示给院长，就说今天或者明天，要有人来接我，我必须跟随以您的名义来接我的人离开。"

"很好。"

"不要忘记向院长谈到我时，语气凶狠一些。"

"有这个必要？"

"我是受红衣主教迫害的人，一定得引起那个可怜的小女子，博纳希厄太太的同情。"

"是这个理儿。现在，您能不能给我写一份报告，记述发生的所有情况？"

"那些事件，我跟您讲过了，您记忆力好，就把我对您讲的复述一遍即可，写在纸上有可能失落。"

"您说得对。不过，要告诉我再去哪儿能找见您，免得我在这一带到处乱跑。"

"这倒也是，等一等。"

"您要查地图吗？"

"哎！这地方我熟悉得很。"

"您！什么时候您到过这里呀？"

"我就是在这里长大的。"

"真的吗？"

"您瞧见了吧，生长的地方，有时候也能派上用场。"

"这么说，您等我，在什么地方？……"

"容我考虑一下。哦，这么吧，在阿尔芒蒂埃尔。"

"阿尔芒蒂埃尔，是什么地方啊？"

"利斯河畔的一座小镇子，我只要一过河，就到了外国。"

"好极了！不用说，只有出现危险的情况，您才会过河。"

"那当然了。"

"既然如此，我又如何知道您在哪里呢？"

"您离得开您的跟班吧？"

"离得开。"

"这个人靠得住吗？"

"经得住考验。"

"您把他交给我。谁也不认识他，他留在我离开的地方，可以带您去我转移的地点。"

"您是说让他在阿尔芒蒂埃尔等着我？"

"是，在阿尔芒蒂埃尔。"

"这个地名给我写在纸片上，我怕忘掉。一个镇子的名称，总不会坏什么事，对不对？"

"哼，谁晓得呢？无所谓，"米莱狄说着，就把地名写在半张纸上，"我把自己搭上了。"

"好了！"罗什福尔说道，他从米莱狄手中接过那半张纸，折起来，放进呢帽的夹层里，"您就放心好了，我会像小孩子那样，怕万一把这张纸丢了，一路上反复背这个地名。现在，没有别的什么事儿了吧？"

"我看没有了。"

"再好好回想一下：白金汉死了，或者受了重伤；您同红衣主教的谈话，被那四名火枪手听去了；温特爵士得到通知，知道您到朴次茅斯；达达尼安和阿多斯应当关进巴士底狱；阿拉密斯是德·舍夫勒兹夫人的情夫；波尔托斯是个自命不凡的人；博纳希厄太太又找见了；尽早把马车给您打发来；让我的跟班听从您的调遣；要把您当成红衣主教的受害者,以免引起院长的疑心;阿尔芒蒂埃尔坐落在利斯河畔。就这些吧?"

"真的,我亲爱的骑士,您的记忆力惊人。对了,再添加一件事……"

"什么事?"

"我瞧见有一片美丽的树林,大约紧连着修道院的花园,您就对院长说,允许我在那片树林里散步。谁知道呢?到时候也许我必须从一道后门出去。"

"您想得真周全。"

"而您却忘记一件事……"

"什么事儿?"

"问问我用不用钱。"

"这倒是,您想要多少?"

"您带的金币全给我。"

"我差不多有五百皮斯托尔。"

"我也有这么多,有了一千皮斯托尔,出现什么情况都能应付了。把您的口袋都掏空吧。"

"都给您。"

"很好!您这就走吗?"

"过一个小时,就是吃点东西的工夫,派人去牵来一匹驿马。"

"好极了!再见,骑士!"

"再见,伯爵夫人!"

"在红衣主教面前给我说点好话。"

"在撒旦面前也给我说点好话。"

米莱狄和罗什福尔相视一笑,便分手了。

一小时之后,罗什福尔骑马飞驰而去,跑了五小时就过阿拉斯城了。

我们的读者已经知晓,他如何被达达尼安认出来,而认出他之后,四个火枪手又如何产生新的担心,更快地赶路了。

第六十三章
一滴水①

罗什福尔前脚刚走,博纳希厄太太后脚就进来了,她发现米莱狄满面笑容。

"怎么样!"年轻女子说道,"您所担心的事儿终于发生了。今天傍晚或者明天,红衣主教不是要派人来把您带走吗?"

"这是谁跟您说的,我的孩子?"米莱狄问道。

"我是听到那名信使亲口讲的。"

"过来,坐到我的身边吧。"米莱狄说道。

"好吧。"

"等一下,我得先查看清楚,有没有人听我们谈话。"

"为什么要这样小心呢?"

"等一会儿您就知道了。"

米莱狄起身走到门口,打开房门朝走廊里望了望,又返身坐到博纳希厄太太的身边。

"老实说,他这角色扮演得真好。"

---

① 法国谚语云:"再加一滴水,杯水往外溢。"意为再多一点点,就过分而令人难以容忍了。

第六十三章 一滴水

"谁呀？"

"就是自称红衣主教派来去见院长的那个人。"

"怎么，他那是做戏？"

"对呀，我的孩子。"

"那人难道不是……"

"那人，"米莱狄压低声音说道，"就是我哥哥呀。"

"您哥哥！"博纳希厄太太高声说道。

"就是啊！这个秘密，只有您知道，我的孩子，假如您透露出去，无论透露给什么人，那我就毁了，也许您也跟着一道毁掉。"

"嗯！我的上帝！"

"您听我说，事情是这样的，我哥哥前来搭救我，必要的话，他就凭武力把我从这儿抢走。正巧，他碰见奉红衣主教之命来提走我的密使，于是就跟踪那人，到了一个偏僻无人的路段，他就拔剑在手，喝令那名使者把随身携带的证件交出来。那名使者想要抵抗，就被我哥哥杀了。"

"噢！"博纳希厄太太浑身一抖，说道。

"您想想，这可是唯一的办法了。我哥哥当机立断，放弃武力而用计谋。他拿了证件，来到修女院，自称是红衣主教的密使，再过一两个小时，就会驶来一辆马车，以法座的名义将我拉走。"

"我明白了，那辆马车，是您哥哥派来接您的。"

"正是这样。而且，事情还不只这些，您收到的那封信，以为是德·舍夫勒兹夫人写来的……"

"怎么样？"

"那是伪造的。"

"怎么能是伪造的呢？"

"就是伪造的，那是个圈套，他们来带您走时，您就不会反抗了。"

"可是，来接我的人是达达尼安啊。"

"您清醒清醒吧,达达尼安和他那些朋友,都在围攻拉罗舍尔城,根本脱不开身。"

"您是怎么知道的?"

"我哥哥遇见红衣主教派遣的人,全都一身火枪卫士的打扮。他们到了门口会呼叫您,让您以为来的是朋友,结果却把您劫走,一直押回巴黎。"

"噢!上帝啊!这么多乌七八糟的罪恶行径,弄得我晕头转向。"博纳希厄太太双手捧住额头,接着说道,"这种情况假如还继续下去,那我就非得发疯不可!"

"等一等……"

"什么?"

"我听见马蹄声,那是我哥哥骑马走了,我要对他最后说一声再见。您过来。"

米莱狄打开窗户,招呼博纳希厄太太也过去。于是,这年轻女子也跟了过去。

罗什福尔骑着马跑过去。

"再见,哥哥!"米莱狄喊道。

那名骑士抬起头,望见两位年轻女子,他马不停蹄,向米莱狄打了个友好的手势。

"这个心地善良的乔治!"米莱狄边关窗户边说道,她的脸洋溢着一种深情和忧伤的表情。

她又返身坐到原来的位置上,仿佛陷入了纯粹关乎个人的深思。

"亲爱的夫人!"博纳希厄太太说道,"请原谅打断您的思索!我要问,您建议我怎么办呢?我的上帝呀!您比我经验多,说话吧,我听您的。"

"首先,"米莱狄说道,"也有可能是我弄错了,也许达达尼安和他那几位朋友真的会来救您。"

"哈！那就太美啦！"博纳希厄太太叫起来，"这么大的幸福，恐怕不是给我准备的！"

"看来，您是挺明白的。这仅仅是一个时间的问题，是看谁先到达的一种赛跑。如果在速度上，您的朋友占了上风，那么您就得救了，红衣主教的爪牙若是占了上风，那么您就交代了。"

"嗯！对，对，彻底交代了！那怎么办呢？怎么办呢？"

"倒是有一个办法，非常简单，也非常自然……"

"说呀，什么办法？"

"就是藏在附近等待，这样就会搞清楚来接您的是什么人。"

"可是，躲在哪儿等待呢？"

"哎！这事儿不成问题，我本人也要先落脚，躲藏在离这里几法里远的地方，等待我哥哥来接我。好吧！我就带您一道走，我们一同躲起来，一同等待。"

"然而，这里不会放我走，我在这里几乎形同囚犯。"

"既然这里的人相信，我是遵照红衣主教的指令离开的，也就没人相信我会那么着急跟随您走。"

"那又怎么样？"

"这么着！等马车停到门口，您就登上踏板，同我告别，要最后拥抱我一次。我哥哥的仆人来接我，事先就授意好了，他给马车夫打个手势，马车就会拉着我们飞快地离去。"

"可是达达尼安呢，达达尼安呢，他若是来了呢？"

"我们怎么能不知道呢？"

"怎么才能知道呢？"

"这再容易不过了。我跟您说过，我哥哥的那名仆人可以信赖，我们再把他派到巴蒂纳来。他化了装，就住在修女院的对面，见到红衣主教派的人来了，他就原地不动，如果见到来的是达达尼安和他的朋友们，他就带他们到我们待的地点。"

"他认识他们吗？"

"当然了，他在我家中不是见过达达尼安先生吗？"

"嗯！对，对，您说的有道理。这样安排，一切都很好，再好不过了，可是，我们离开这儿不要太远。"

"顶多七八法里吧，比方说，我们就停留在边境一带，一有什么风吹草动，我们就离开法国。"

"在那之前这段时间，我们做什么呢？"

"等待呗。"

"可是，他们若是先到呢？"

"我哥哥的马车会抢先到达的。"

"假如来接您的人到了，我没有同您在一起，比方说，吃午饭或者吃晚饭的时候呢？"

"那您就做一件事。"

"什么事儿？"

"您就对善良的院长说，请求她允许您和我一起吃饭，以便尽量少分开。"

"她能允许吗？"

"这有什么妨碍吗？"

"嗯！很好，照这样，我们片刻也不分开了！"

"好啦！您下楼去见院长，向她提出您的请求！我觉得脑袋发沉，我去花园里走一走。"

"去吧，过一会儿我去那儿找您！"

"过一小时，您还是来这儿。"

"过一小时我来这儿。嗯！您真好，谢谢您了。"

"我对您怎么能不关心呢?您就是不这么美丽和可爱,总还是我最要好的朋友的朋友啊!"

"亲爱的达达尼安,嗯!他会多么感激您呀!"

"我希望如此。好了,全都说定了,下楼去吧。"

"您要去花园吗?"

"对。"

"您就沿着这条走廊,再下一座小楼梯,就到花园了。"

"好极了!谢谢。"

两个女人相视粲然一笑,便分手了。

米莱狄讲的是实话,她感到脑袋沉重,因为她有好多计划打算,还乱糟糟一团,在头脑里相互冲突。她需要单独一个人待一会儿,理一理纷乱的思绪。前景她隐隐约约看到了,但是各种念头还有点模糊,她需要静下心来,好看清轮廓,制订一个计划。

刻不容缓的一件事,就是劫走博纳希厄太太,将她安置在保险的地方,必要时还可以把她当作人质。米莱狄也开始畏忌了,这场决斗十分激烈,胜负难卜,她虽然拼命一搏,她的敌人也同样坚持不懈。

况且,就像人们感到暴风雨要来临那样,她感到事情快要有个了结,肯定是很惨烈的。

正如我们所讲,对她说来,关键是把博纳希厄太太完全掌握在她手中。博纳希厄太太,就是达达尼安的命。他所爱的女子的命,比他本人的命还要宝贵。因此,万一碰到背运的时候,博纳希厄太太就是她讨价还价的筹码,肯定能换取有利的条件。

而且,有一点确定无疑,博纳希厄太太对她信赖有加,会跟随她走的。博纳希厄太太同她,一旦躲藏在阿尔芒蒂埃尔,就能很容易让这女人相信,达达尼安并没有来贝蒂纳。最多无须半个月,罗什福尔就能返回,况且有这半月时间,她也能考虑好如何报复那四个朋友。谢天谢地,她不会闲得无聊,要周密地安排一次漂亮的复仇行动,这是多事之秋能向这种性格的女人提供的最美妙的消遣。

米莱狄边思索,边游目四望,将园子的地形物貌秩序井然地印在脑海中。米莱狄好比一位优秀的将军,要同时预见胜利和失败,根据战况的变化,随时准备向前推进或者向后撤退。

过了一小时,她听见一个温柔的声音在叫她,那是博纳希厄太太的声音。善良的院长自然有求必应,第一件事,就是她们可以在一起吃晚饭。

她们走到院子,就听见驶来一辆马车,停到门口的声响。

米莱狄侧耳细听。

"您听见了吧?"她问道。

"听见了,驶来一辆马车。"

"是我哥哥给我们派来的。"

"哦!我的上帝!"

"瞧您,鼓起勇气。"

有人拉修女院的门铃,米莱狄说得不错。

"上楼回您的房间,"她对博纳希厄太太说道,"您一定有几件首饰渴望带走。"

"我有他写来的信件。"博纳希厄太太回答。

"好吧!快拿去,然后到我的房间找我,我们抓紧时间吃晚饭,夜晚要赶一段路,吃饱点儿好有体力。"

"万能的主啊!"博纳希厄太太手捂胸口,说道,"我心慌,要喘不上气来,腿都迈不开步了。"

"鼓起勇气,好了,鼓起勇气!想一想嘛,再过一刻钟,您就得救了。再想一想,是为了他,您才这么做的呀。"

"嗯!对,对,为了他。您的一句话就鼓起了我的勇气。您走吧,我马上就过去。"

米莱狄匆忙上楼回房间,果然看到罗什福尔的跟班来了,于是,她向跟班交代了一些事情。

他要到门口等,万一那些火枪卫士出现,他就赶马车迅速撤离,绕过修女院,行驶到树林另一侧的小村子去等候米莱狄。如果碰到这种情况,米莱狄就穿过花园,一直走到那个村庄。前面说过,米莱狄十分熟识法国的这个地区。

假如那些火枪卫士并没有来,那么一切就照原定的安排进行。博纳希厄太太借口同她道别,登上马车,于是就被米莱狄带走了。

博纳希厄太太进来了,为了彻底打消她可能产生的疑虑,米莱狄又当着她的面,对跟班原话重复了她指示的后半部分。

米莱狄又问了马车的情况。那是一辆三套马拉的轻便旅行车,由一名驿站车夫赶着。罗什福尔的跟班则骑马在马车前面带路。

其实,米莱狄大可不必担心,博纳希厄太太没有疑虑。这个可怜的女人心地过于纯洁,根本不会怀疑一个女人能如此背信弃义。再说,德·温特伯爵夫人的名字,她虽然听院长说过,却完全是陌生的。她甚至不知道她所遭遇的几次不幸,这个女人居然起了巨大的,乃至致命的作用。

"您看到了,"米莱狄等跟班离去,便说道,"一切准备就绪。院长丝毫也没有觉察,她以为是红衣主教派人来把我提走。这个人去最后吩咐几句。您稍微吃点儿,喝口葡萄酒,然后我们就走。"

"对,"博纳希厄太太机械地重复,"对,我们走。"

米莱狄打了个手势,让她坐到对面,给她倒了一小杯西班牙葡萄酒,还给她叉了一块鸡胸脯肉。

"您瞧瞧,"米莱狄对她说道,"是不是什么都在帮助我们。天也开始黑下来了,等到天亮的时候,我们就能赶到躲避的地点,谁也想不到我们在那里。喂，鼓起勇气，吃点儿东西。"

博纳希厄太太机械地吃了几口，拿起酒杯沾了沾嘴唇。

"喝下去，喝下去，"米莱狄说着，把酒杯举到唇边，"就像我这样喝。"

然而，她酒杯刚举到嘴边，手就悬在半空不动了。此刻她听见大路上的马蹄声，由远而近，几乎同时，她还仿佛听见几匹马的嘶鸣。

那声响把她从喜悦中拉出来，犹如急风暴雨惊醒人的美梦。她脸色唰地白了，跑到窗口。博纳希厄太太也战战兢兢地站起来，扶住椅子以免跌倒。

现在还没有望见影子，只是听见马蹄声越来越近。

"噢！我的上帝！"博纳希厄太太问道，"那是什么声音啊？"

"来的不是我们的朋友，就是我们的敌人，"米莱狄以惊人的冷静答道，"您就待在那儿，有什么情况我来告诉您。"

博纳希厄太太立在原地，默默无言，又一动不动，脸色苍白得活似一尊大理石像。

马蹄声越来越近，奔驰的马不会有一百五十步远了，只因大路有个弯道，一时还望不见它们。不过蹄声听来已十分真切，根据蹄铁有节奏的声响，能判断出是好几匹马。

米莱狄聚精会神望着大路，天色还有点亮光，她能辨认出来是什么人。

忽然，大路的弯道出现闪闪发亮的镶饰带的帽子，以及帽子上飘动的羽翎。米莱狄数着，两个、五个，一共有八个骑马的人。其中一人跑在前头，同其他人拉开两马身的距离。

米莱狄赶紧憋住一声哀叹，她认出领头的那人正是达达尼安。

"噢！我的上帝！我的上帝！"博纳希厄太太高声问道，"到底是怎么回事呀？"

"是红衣主教先生的卫士服，片刻也不能耽误了！"米莱狄嚷道，"我们快逃，赶紧逃走吧！"

"快，对，我们快逃！"博纳希厄太太重复着，可是她被惊恐钉在原地，一步也迈不出去了。

只听骑马的人从窗下跑过。

"走哇！您倒是走哇！"米莱狄嚷道，同时试着拉起年轻女人的手臂，"幸好有花园，我们还能逃走，我这儿有钥匙。可是，我们得赶紧，再过五分钟，再想走就太晚了。"

博纳希厄太太试着走一走，但是迈两步腿就一软，双膝跪倒在地。

米莱狄极力扶起她，将她拖走，可是她也没有那么大力气。

这时，又传来马车行驶的隆隆声，车夫一见火枪手来了，就赶车飞快地离开。继而，又听见三四声枪响。

"最后一次问您，您要不要走？"米莱狄嚷道。

"噢！我的上帝！我的上帝！您看得清清楚楚，我一点劲儿都没有；您看得清清楚楚，我走不了路了，您一个人逃吧。"

"我一个人逃！把您丢在这里！不行，不行，绝不！"米莱狄嚷道。

她猛然站住不动了，眼睛里射出一道寒光。她快步走到桌子跟前，极其迅疾地打开宝石戒指的底座，将里面装的物品倒进博纳希厄太太的酒杯里。

那是一粒淡红色的小丸，一入葡萄酒中就溶解了。

接着，她一只手稳稳地拿起杯子，说道：

"这酒喝下去，您身体就有劲儿了。喝下去吧。"

说着，她就把酒杯送到年轻女人的嘴边，博纳希厄太太机械地喝了酒。

"哼！本来我并不想以这种方式报仇，"米莱狄一边说着，一边把酒杯放回桌上，同时她的脸泛起狞笑，"不过，老实说，也不可强求，尽人力就行了。"

说罢,她便冲出房间。

博纳希厄太太眼睁睁望着她逃走,自己却不能跟去。她这种状态,正像梦见被人追赶,而自己怎么也迈不动脚步那样。

几分钟就这样过去了,大门口传来骇人的声响。每一瞬间,博纳希厄太太都期望米莱狄重又出现,然而,她始终没有再露面。

她那滚烫的额头上,无疑是因为惶恐,好几次冒了冷汗。

她终于听见铁栅门开启的吱咯声响。继而,楼梯上响起马靴和马刺的声响,并且伴随七嘴八舌的议论声,越来越近。在混杂的话语中她仿佛听见有人说出她的名字。

突然,她惊喜地大叫一声,就要冲向门口,她听出了达达尼安的声音。

"达达尼安!达达尼安!"她叫道,"是您来了吗?我在这儿,我在这儿。"

"孔斯唐丝!孔斯唐丝!"年轻人答应,"您在哪儿呢?我的上帝!"

与此同时,房门一下子开了,不是打开的,而是着急撞开的,好几个男人呼啦冲进房间。博纳希厄太太瘫在一张扶手椅上,动弹不得了。

达达尼安扔掉还在手上冒烟的一把手枪,跪倒在他的情妇面前。这时,阿多斯将自己的手枪插回到腰带上。波尔托斯和阿拉密斯各执一把,也重又插回鞘中。

"啊!达达尼安!我心爱的达达尼安!你没有骗我,真的是你啊!"

"是啊,是啊,孔斯唐丝!又相聚了!"

"噢!她满口乱说你不会来,可我内心深处还抱着希望,我不想逃走。哦!我做得太对了,我太幸福啦!"

一听到"她"这个词,本来安安静静坐下的阿多斯,霍地就站起来。

"她!谁呀,她?"达达尼安问道。

"就是我的女伴,正是她出于友好的感情,要帮我逃脱那些迫害我的人;正是她把你们当成了红衣主教的卫士,刚才逃掉了。"

"您的女伴,"达达尼安叫起来,脸色陡变,比他情妇的白纱巾还要白,"您要说的,到底是什么女伴呀?"

"就是有一辆马车候在门口的那个女伴,就是自称是您的朋友的一个女人,达达尼安,就是您对她无所不谈的一个女人。"

"她叫什么名字,叫什么名字!"达达尼安嚷道,"我的上帝!莫非您连她的名字都不知道吗?"

"知道,有人在我面前说过,等一等……咦,这是怎么了……噢!我的上帝!我的头脑全乱了,眼睛也看不见了。"

"快来呀,朋友们,快帮忙!她的双手冰凉,"达达尼安叫起来,"她情况不好,万能的上帝啊!她失去知觉啦!"

这时,波尔托斯扯开嗓门儿呼救,阿拉密斯则跑向桌子,要倒一杯水,可是看到阿多斯表情失态,便站住了。阿多斯站在桌旁,头发倒竖,目光惊呆了,死死盯住一只酒杯,仿佛被最可怕的怀疑攫住了。

"噢!"阿多斯说道,"噢!不,这不可能!上帝不能允许犯下这样的罪行!"

"拿水来,拿水来,"达达尼安嚷道,"拿水来!"

"可怜的女人啊,可怜的女人!"阿多斯声音嘶哑地咕哝道。

在达达尼安连连亲吻下,博纳希厄太太重又睁开了眼睛。

"她醒过来了!"年轻人嚷道,"嗯!我的上帝,我的上帝!我真感激您!"

"夫人,"阿多斯问道,"夫人,看在老天的分上,告诉我,这杯酒是谁喝干的?"

"是我,先生……"年轻的女人气息微弱地回答。

"是谁往这杯中给您倒的葡萄酒?"

"是她。"

"她,到底是谁呀?"

"哦!我想起来了,"博纳希厄太太说道,"就是德·温特伯爵夫人……"

四个朋友不约而同地惊叫一声，但是数阿多斯的声音最高。

这时，博纳希厄太太的脸变得惨白，她受腹内剧痛的折磨，已经气息奄奄，瘫倒在波尔托斯和阿拉密斯的怀中。

达达尼安抓住阿多斯的手，那惶怖的神情难以名状。

"怎么！"他问道，"您认为……"

说着，他已经泣不成声了。

"我认为什么情况都有可能。"阿多斯咬着嘴唇说道，为了憋住叹息都咬出血来了。

"达达尼安，达达尼安！"博纳希厄太太叫道，"您在哪儿？不要离开我，您应当明白，我要死了。"

达达尼安还紧紧握住阿多斯的双手，这时他放开，又跑向博纳希厄太太。

她那张极为俊美的脸完全变了形，两眼呆滞，已然丧失了神采，全身痉挛抖动，汗珠从额头淌下来。

"看在老天的分上！快去呀，叫人来呀。波尔托斯，阿拉密斯，快去找人救命！"

"没救了，"阿多斯说道，"没救了，她下的这种毒没有解药。"

"是呀，是，救命，救命啊！"博纳希厄太太咕哝道，"救命啊！"

接着，她集中全身的气力，用双手捧住年轻人的头，注视了一会儿，就仿佛整个灵魂都倾注在她的目光中。继而，她一声号啕，将自己的嘴唇贴到他的嘴唇上。

"孔斯唐丝！孔斯唐丝！"达达尼安叫道。

一声叹息，从博纳希厄太太的口中发出来，拂过达达尼安的嘴边。这声叹息，就是升天而去的这颗如此纯真、如此多情的灵魂。

年轻人号叫一声，便倒在他情妇的身边，脸色同样惨白，身体也同样冰凉了。

波尔托斯落泪了,阿拉密斯向天空挥拳,阿多斯则在胸前画十字。

这时候,门口出现一个人,他的脸色同屋里的人几乎同样苍白。他望了望四周,看到死去的博纳希厄太太和昏过去的达达尼安。

此人的出现,恰逢巨大灾难降临之后的惊愕时刻。

"我没有判断错,"他说道,"这正是达达尼安先生,而你们是他的三位朋友,阿多斯、波尔托斯和阿拉密斯先生。"

被提到名字的几个人,都惊奇地注视这个陌生人,他们三人也都恍惚见过他。

"先生们,"新来的人接着说道,"你们同我一样,在寻找一个女人。"他狞笑一下,又补充一句,"她一定经过了这里,因为我看见留下了一具尸体!"

三个朋友都默默无言,不过,此人的声音和相貌,都使他们想起曾经见过面。

"先生们,"陌生人继续说道,"既然你们不想认一个可能受你们两次不杀之恩的人,我就只好自报姓名了。我是德·温特爵士,那个女人的小叔子。"

三个朋友都惊叫一声。

阿多斯站起来,向他伸出手去。

"欢迎您,爵士,"阿多斯说道,"您也加入我们这伙了。"

"我从朴次茅斯启程,比她晚了五小时,"德·温特爵士说道,"她到达布洛涅之后三小时,我就抵达了。我赶到圣奥梅尔时,同她只差二十分钟了,最后,到达利莱尔那儿,我却失去了她的目标。我只好乱闯,向所有人打听,忽然看见你们骑马奔驰而过,我认出了达达尼安先生,我喊你们,可是你们没有回答。我想跟随你们,可惜我的马跑得太乏了,跟不上你们几匹马奔驰的速度。然而,你们尽管飞速赶路,看来到得还是太迟了!"

"您看吧。"阿多斯说着,就指了指,让德·温特爵士看死去的博纳希厄太太、波尔托斯和阿拉密斯力图唤醒达达尼安。

"他们二人全死了吗?"德·温特爵士冷静地问道。

"幸好不是,"阿多斯答道,"达达尼安先生只是昏迷过去了。"

"嗯!那太好了!"德·温特爵士说道。

这时候,达达尼安果然又睁开了眼睛。

他立刻挣脱波尔托斯和阿拉密斯的手臂,发疯一般扑到他情妇的遗体上。

阿多斯站起身,步伐缓慢而庄严地朝他朋友走去,深情地拥抱达达尼安。当年轻人失声痛哭时,他又以令人信服而无比庄重的声音,对他说道:

"朋友,要像个男子汉。女人为死者痛哭,男子汉则为死者报仇!"

"嗯!对,"达达尼安说道,"对!如果是为了给她报仇,我就准备跟随你!"

有了报仇的希望,这个不幸的朋友便恢复了力量,阿多斯就抓住这一时刻,让波尔托斯和阿拉密斯去找院长来。

两个朋友在走廊里碰见了院长。一下子出了这么多变故,院长惊慌失措,还没有定下神儿来。她唤来几名修女,也不顾修女院的各种习惯,就直接出现在五个男人的面前。

"院长嬷嬷,"阿多斯挽上达达尼安的胳臂,说道,"这个不幸女子的遗体,我们就留给您,请您按照教规为她举行葬礼。她升天成为天使之前,在大地上就是一位天使了。对待她就像您的一位修女吧,将来有一天,我们还要来到她的墓前祈祷。"

达达尼安将脸埋在阿多斯的胸口,放声大哭。

"哭吧,"阿多斯说道,"哭吧,洋溢着爱情、青春和活力的心!唉!我多么希望也能像你一样哭泣!"

阿多斯将他的朋友带走了,他就像父亲那样慈爱,就像教士那样给人以安慰,也像饱受磨难的人那样心胸豁达。

他们五个人，后面跟着为他们牵马的跟班，一同走向已经望见城郊的贝蒂纳城，见到一家客店便停下。

"怎么，"达达尼安说道，"咱们不去追赶那个女人？"

"等以后吧，"阿多斯说道，"我还要采取一些措施。"

"她要从咱们手中逃掉的，"年轻人接口说道，"她要从咱们手中逃掉的，阿多斯，那可就是你的过错了。"

"我担保她逃不掉。"阿多斯说道。

达达尼安完全相信他朋友讲的这句话，就再也没有说什么，低着头走进客店。

波尔托斯和阿拉密斯面面相觑，根本不明白阿多斯何以把握十足。

德·温特爵士以为他这么讲，只是要减轻达达尼安的痛苦。

"现在，各位先生，"在问清客店还剩五间空客房之后，阿多斯说道，"我们就各自去房间吧。达达尼安需要单独一个人，想哭就哭，想睡就睡。一切都有我呢，诸位放心好了。"

"然而我觉得，"德·温特爵士说道，"要采取什么措施对付伯爵夫人，这同我有关，她是我的嫂子。"

"我啊，"阿多斯则说道，"她是我妻子。"

达达尼安的脸绽开笑容，他已明白，阿多斯报仇有了十分把握，才会端出这种秘密。波尔托斯和阿拉密斯对视一下，都大惊失色。德·温特爵士则心想，阿多斯恐怕是个疯子。

"各自去客房吧，"阿多斯说道，"事情让我来做吧。你们都完全理解，我身为丈夫，当然与此事相关。只不过，达达尼安，从那人帽子里掉出来的那张纸，您如果没有丢掉的话，就交给我吧，那纸上写着村庄的名称……"

"哦！"达达尼安说道，"我明白了，她亲手写的那个地名……"

"你看怎么样，"阿多斯说道，"天上还有个上帝。"

第六十四章
身披红斗篷的人

阿多斯这个人创痛巨深,痛苦郁积而浓缩,因而他的聪明才智显得尤为灵敏。

他满脑子只有一个念头,不忘他许下的诺言,也不忘他担起的责任。他最后一个撤离,到自己的客房,并请店主给他找来一张本省的地图,俯在上面,察看标出的路线,确认有四条不同的路,能从贝蒂纳通到阿尔芒蒂埃尔。然后,他又叫来几个跟班。

卜朗舍、格里莫、木斯克东和巴赞都来了,接受了阿多斯的明确的、限定时间的严令。

他们必须在次日拂晓时分动身,每人走一条通往阿尔芒蒂埃尔的路。四人中最聪明的卜朗舍,要走那辆马车逃逸的那条路。我们还记得,四个朋友朝着开枪的那辆马车上,还有罗什福尔的仆人。

阿多斯让几个跟班探路,首先是因为,这些人给他和他几个朋友当差以来,他看到每人身上都有主要优点,各不相同。

其次,仆人向行人打听事,比他们的主人出面要好,不容易引起人怀疑,反倒能赢得更多的同情。

最后还有一点,米莱狄认识他们几个主人,却不认识几个跟班,反

第六十四章 身披红斗篷的人

之,这几个跟班全认识米莱狄。

他们四人必须在次日十一点钟会齐,假如他们发现了米莱狄的藏身之所,三人就留在原地守住她,第四个人赶回贝蒂纳来通知阿多斯,并且给他们四个朋友带路。

这些事情交代完毕,几个跟班也都告退了。

于是,阿多斯从椅子站起身,系上佩剑,穿上斗篷,便走出了客店。这时大约是晚上十点钟,而众所周知,到了夜晚十点钟,外省的街道上就行人寥寥了。阿多斯来到街上,显然要找人打听点情况。他终于碰见一个迟归的行人,走上前去说了几句话。那人吓得连连后退,不过,他听了火枪手的问话,还是指了指一条路。阿多斯掏半个皮斯托尔,想请那人带路,却被那人拒绝了。

阿多斯走上那人指的街道,可是走到一个十字路口,他又停下了,显然拿不定主意。由于十字路口比任何别的地点更容易碰见人,他就停在那里了。果然,不大工夫,就走过来一名巡夜的人。阿多斯又重复了向头一个人提出的问题,巡夜的人脸上也流露出同样的恐惧神色,只是指了指他应当走哪条路,也同样拒绝陪同他前往。

阿多斯按那人所指的方向走去,一直走到另一边城郊,同他和几个朋友进城的郊区恰成反方向。到了那里,他重又显得心神不定,踌躇不前,便第三次站住。

幸好走过来一个乞丐,走到阿多斯跟前讨施舍。阿多斯掏出一埃居,提出要把他带到他想去的地方。那乞丐犹豫了一下,但是瞧见在夜色中闪闪发亮的银币,也就决定了,走在前头给阿多斯带路。

二人走到一条街的拐角,那乞丐指了指远处一座孤零零的、凄凉的小房子,接过赏钱便撒腿跑掉了。阿多斯则朝那座小房走去。

阿多斯围着房子转了一周,终于在涂成淡红色的屋墙上辨认出房门。护窗板的缝隙没有透出一点灯光,屋里也没有一点动静表明有人住,小房幽暗而沉寂，仿佛一座坟墓。

阿多斯敲了三次门，始终无人应声。但是，在敲第三下时，就听见屋里有走过来的脚步声。房门终于微微开启，露出一个高个子男人，一副苍白的面孔，胡须头发则是黑色的。

阿多斯同他低声交谈几句话。接着，那高个子男人示意，火枪手可以进屋。阿多斯得到允许，立即闪身进去，房门随后又关闭了。

阿多斯不顾跑远路，费了许多周折才找到。这个人把阿多斯请进实验室。主人刚才正忙着，用铁丝将一副咯咯作响的骨骼穿连起来。整个骨头架子都已接好，只缺放在桌子上的一颗骷髅头了。

室内余下的陈设，无不表明主人正从事自然科学研究。有装满蛇的短颈大口瓶，瓶子上还贴了种类的标签。黑色大木框里，放着晒干了的蜥蜴，闪闪发亮，宛若琢磨过的绿宝石。最后，还有散发芳香的一束束野草，悬挂在天棚上，从屋子各个角落垂下来，其性能显然不为一般人所认识。

此外，这房屋只住这高个子一人，没有家人，也没有仆役。

阿多斯冷眼观察我们刚刚描述的各种物品，他应主人之请，坐到他寻找之人的身边。

坐定之后，他便说明来意，想请对方帮忙做什么事情。那陌生人一直站在火枪手的对面，刚听他讲完所求何事，便吓得连连后退，一口拒绝了。于是，阿多斯从兜里掏出一张小纸，上面写了两行字，并且签了名，盖了印章。那个过于匆忙拒绝的高个子男人接过字条，一看了这两行字和署名，一辨认了印章，就立即点头表示再也毫无异议，他准备服从。

阿多斯也别无他求，他站起身，颔首告辞，出了小屋，又沿原路回到客店，回自己客房关起门来。

天刚亮，达达尼安就走进他的房间，问他下一步该怎么办。

"等待吧。"阿多斯回答。

过了一阵工夫，修女院院长派人来通知几名火枪手，葬礼定于中午时分举行。至于那个下毒的女人，仍无下落，但是可以认定，她是从花园逃走的。在花园的沙径上发现了她的脚印，还发现花园门锁上了，而钥匙却不见了。

德·温特爵士和四位朋友按时去了修女院。几口钟狂敲不已，礼拜堂的门大敞四开，而祭坛的铁栅门却关闭了。祭坛正中停放着受害者的遗体，还穿着生前的初习修女服。祭坛两侧以及修女院铁栅门的后面，都聚着加尔默罗会修女，她们在那里聆听弥撒，同教士们一起唱圣诗，但是她们看不见世人，而世人也看不见她们。

达达尼安站在礼拜堂门口，又感到丧失了勇气，回身寻求阿多斯的支持，不料阿多斯却不见了。

阿多斯一心要完成复仇的使命，让人领到花园去察看，他知道那个女人所过之处必留下血腥的痕迹，便沿着她在沙径上的浅浅脚印，一直走到朝向树林的园门，又让人把门打开，走进密林深处。

这样一来，他的种种怀疑便得到证实。那辆消失的马车行驶的路线，正是绕着树林边缘的这条路。阿多斯沿路走了一段，眼睛注视着地面，发现一点一点的淡淡血迹，大概是骑在马车的头套马上的先导受了伤，或者有一匹马中了子弹。走出约四分之三法里，离费斯蒂贝尔还有五十步远，他还发现一块稍大的血迹，地面也被马蹄反复践踏过。在树林和这个留下踪迹的地点之间，在被马蹄踏烂的地面稍微靠后一点儿，又发现和花园里相同的小脚印，说明那辆马车在此处停过。

米莱狄正是从这一地点走出树林，登上马车的。

这一发现证实了他的全部怀疑，阿多斯满意地回到客店，见到了正焦急等待他的卜朗舍。

整个情况，不出阿多斯所料。

卜朗舍也是沿着后来阿多斯发现血迹的那条路，也同阿多斯一样，看出了马车暂停的地点。但是他往前走得远一些，到了费斯蒂贝尔村，在一家客栈喝酒时，无须探听便得知，昨天晚上八时半许，乘驿车来了一男一女，那男人受了伤，不能再继续赶路，只好中途留下。据说驿车驶在树林出的事，碰到了几名劫匪。那男的留在村里，那女的在换了驿马之后又乘车继续赶路。

卜朗舍又开始寻找赶驿车的那名车夫，还果真找见了。车夫说他赶车一直把那位夫人送弗罗梅尔，而那位夫人又从弗罗梅尔动身，去阿尔芒蒂埃尔了。于是，卜朗舍抄近道，早晨七点钟就赶到了阿尔芒蒂埃尔。

那里只有一家客店，即驿站客店。卜朗舍到了客店，声称是丢了饭碗的跟班，要寻求新的差使。他同客店里的人交谈还不过十分钟，就了解到，昨天半夜十一点钟，一位单身女子前来投店，要了一间客房，还让人把店主叫去，对店主说她希望在这一带逗留一段时间。

卜朗舍无须了解更多的情况了，于是他赶到碰头地点，看到三个跟班都按时赴约，他就安排那三人守住客店的每个出口，他本人回来找阿多斯。阿多斯听完卜朗舍的报告，他的朋友们也都回来了。每人的脸都那么阴沉，眉头紧锁，就连阿拉密斯平时那么和悦的脸也不例外。

"到底怎么办呢？"达达尼安问道。

"等待。"阿多斯回答。

于是，各自回客房。

到了晚上八点钟，阿多斯便吩咐备马，并且让人通知德·温特爵士和几位朋友准备出征。

转瞬间，五个人都准备妥当。每人都检查了武器，随时可以动用了。阿多斯最后一个下楼，看见达达尼安已经上了马，等得不耐烦了。

"耐心点儿，"阿多斯说道，"咱们还少一个人。"

四名骑手不免诧异，四周望望，在头脑里怎么搜索，都找不出他们

第六十四章 身披红斗篷的人

还能缺少什么人。

这工夫,卜朗舍将阿多斯的马牵来,这名火枪手轻捷地翻身上马。

"诸位等我一下,"他说道,"我这就回来。"

说罢,他策马飞驰而去。

一刻钟之后,他果然返回,还带来一个戴着面具、身披一件红色大斗篷的人。

德·温特爵士和三个火枪手用目光相互询问,但是谁也不能向别人提供什么情况,大家都不清楚来者是何人。不过,这事既然是阿多斯安排的,他们就认为应当如此。

九点钟,这一小队人马便出发了,卜朗舍在前面带路,走在那辆驿车驶过的道路上。

这队人马行色凄怆,六个人在沉默中奔驰,各自陷入沉思,沮丧的神情如同绝望的化身,肃穆的神态又像行使的惩罚。

第六十五章
审判

这天夜晚要来暴风雨，天空黑沉沉的，一大片乌云在飞驰，遮住了星光，月亮要到午夜才能升起来。

远处不时划亮一道闪电，照见在眼前伸展的白茫茫、空荡荡的大路。继而闪电熄灭，天地万物又回到黑暗之中。

时时刻刻，阿多斯都要招呼总抢到前头的达达尼安，迫使回到原来的位置上。然而转瞬间，他又擅离位置，他满脑子只有一个念头，就是往前冲，于是就催马向前。

他们默默地穿过费斯蒂贝尔村，那名受伤的仆人仍留在村里。接着，他们绕过里什堡树林，抵达埃尔利埃，一直在前面带路的卜朗舍，这时朝左面拐去。

有好几次，或是德·温特爵士，或者波尔托斯，或是阿拉密斯，都曾试图同那披红斗篷的人搭话。可是每次见面，他就躬了躬身，却不应答。几位赶路的人于是明白了，那陌生人保持沉默，必有他的缘故，他们也就不同他拉话了。

况且，暴风雨逼近了，闪电一道紧接着一道，雷声隆隆，也开始响起来。暴风骤雨的前奏，大风，已经在几位骑手的羽翎和头发间呼啸了。

这小队人马奔跑起来。

刚过弗罗梅尔不远,便大雨滂沱,他们都展开斗篷遮雨,还剩下三法里的路程,要冒着暴雨前进了。

达达尼安摘掉呢帽,身上也没有披斗篷,他就乐意让雨水浇在滚烫的额头上,顺着像发寒热症而抖动的身体往下淌。

这小队人马过了戈斯卡尔,快要到达驿站时,一个躲在树下避雨、身影与树干在黑暗中融合的人,突然离开树干,走到大路中央,将手指按在嘴唇上。

阿多斯认出是格里莫。

"出什么情况了?"达达尼安高声问道,"她离开了阿尔芒蒂埃尔了吗?"

格里莫点了点头。达达尼安牙齿咬得咯咯作响。

"别说话,达达尼安!"阿多斯说道,"这一切是我负责安排的,因此要由我来问格里莫。"

"她在哪里?"阿多斯问道。

格里莫伸出双手,指向利斯河。

"离这里远吗?"阿多斯又问道。

格里莫向主人伸出打弯的食指。

"独自一个人吗?"阿多斯还问道。

格里莫又点了点头。

"先生们,"阿多斯说道,"她独自一个人朝那条河的方向去了,离这里不过半法里远。"

"好啊,"达达尼安说道,"带我们去吧,格里莫。"

格里莫穿越田地,为这队人马带路。

他们走了将近五百步,便涉水过了一条小溪。

"就是那儿吗,格里莫?"阿多斯问道。

格里莫摇了摇头。

"大家都别出声!"阿多斯说了一句。

这伙人继续赶路。

又是一道闪电,格里莫伸出手臂指着不远的地方。在火蛇一般淡蓝色的亮光中,他们望见离渡口一百步远的河畔,有一座孤零零的小房子。

一扇窗户亮着灯光。

"咱们到了。"阿多斯说道。

这时,一个趴在沟里的人站起来,正是木斯克东,他指了指有亮光的窗户。

"她在那里。"木斯克东说道。

"巴赞呢?"阿多斯问道。

"我守窗户,他守着门。"

"很好,"阿多斯说道,"你们全是忠心的仆人。"

阿多斯翻身下马,缰绳交给格里莫,他又打了个手势,让其他人绕到门口去,他则朝窗户走去。

小房子由一道绿篱围着,阿多斯跨过只有两三尺高的绿篱,一直走到窗下。窗户没有护窗板,但是拉严了半高的窗帘。

他爬上砌石的窗台,便能从窗帘上面窥视屋内了。

他借着一盏灯光,看见一个裹着深色斗篷的女人。她坐在奄奄一息的炉火旁边的凳子上,两个臂肘撑在一张破旧桌子上,白如象牙的两只手托着脑袋。

她的脸还难以看清,不过,阿多斯的嘴角掠过一丝狞笑。错不了,她正是他寻找的那个女人。

这时,一匹马嘶叫了。米莱狄抬起头,瞧见贴在玻璃窗上的阿多斯那张苍白的脸,不禁惊叫一声。

阿多斯明白自己被人认出来,他就手和膝盖并用,猛推窗户,窗户撞开了,玻璃也打碎了。

阿多斯活似索命的鬼魂,纵身跳进房间。

米莱狄赶紧跑,打开房门,达达尼安却把住门口,他的脸比阿多斯还要苍白,还要凶狠。

米莱狄尖叫一声,又往后退。达达尼安以为她还有办法逃走,真担心她从他们手里逃脱,就从腰带拔出手枪。但是,阿多斯一抬手制止了他。

"把枪插回去,达达尼安,"阿多斯说道,"这个女人必须受审,不能就这么杀掉。再稍等一会儿,达达尼安,您会如愿以偿的。都进来吧,先生们。"

达达尼安服从了,因为阿多斯俨如天主亲自派遣的一名审判官,声音十分庄严,那手势又威严又有力。达达尼安一进屋,身后也跟进来波尔托斯、阿拉密斯、德·温特爵士,以及那个身披红斗篷的人。

四名跟班守住门和窗户。

米莱狄瘫倒在椅子上,伸出双手,就仿佛要驱走眼前这种骇人的幻象。她又瞧见她的小叔子,不禁惨叫一声。

"你们要干什么?"米莱狄高声问道。

"我们要找夏洛克·贝克松,"阿多斯回答,"她早先称德·拉费尔伯爵夫人,后来又称德·温特夫人、德·谢菲尔德男爵夫人。"

"是我,是我!"她惶恐到了极点,咕哝道,"你们找我干什么?"

"我们要审判您的罪行,"阿多斯说道,"您可以为自己辩护,尽量证明您无罪。达达尼安先生,您首先来控告。"

达达尼安走向前。

"我要在上帝和世人面前,"他说道,"控告这个女人昨天傍晚毒死了孔斯唐丝·博纳希厄。"

他转向波尔托斯和阿拉密斯。

"我们做证。"两名火枪手异口同声地说道。

达达尼安继续指控:

"我在上帝和世人面前,控告这个女人曾企图毒死我本人。她往葡萄酒里下毒,派人从维尔鲁瓦给我送来,还伪造一封信,让我相信那酒是我的几位朋友送给我的。上帝救了我,但是有个人替我死了,他名叫布里斯蒙。"

"我们做证。"波尔托斯和阿拉密斯又同声说道。

"我在上帝和世人面前,控告这个女人曾企图让我杀害德·瓦尔德男爵,我这项指控的真实性,由于无人能够证明,就由我本人做证。"

"我讲完了。"

说罢,达达尼安就和波尔托斯、阿拉密斯走到房间的另一头去。

"该您指控了,爵士!"阿多斯说道。

德·温特男爵便走上前。

"我在上帝和世人面前,"他说道,"控告这个女人唆使人刺杀了白金汉公爵。"

"白金汉公爵被杀害啦!"在场的所有人都异口同声地叫起来。

"对,被杀害了!"男爵说道,"我根据你们写给我的那封通知信,派人将这个女人抓起来,交给一个忠诚的部下看守。不料她迷惑了那个人,交给他一把匕首,唆使他刺杀公爵。也许就在此刻,那个费尔顿正以头颅抵赎这个疯狂女人的罪恶。"

这些不为人知的罪恶一经揭发,在场的审判官们无不毛骨悚然。

"还不只这些,"德·温特爵士又说道,"我的堂兄指定您做他的继承人之后,得了一种怪病,三小时的工夫就死了,全身出现了青紫斑痕。喂,嫂夫人?您的丈夫是怎么死的?"

"太恐怖啦!"波尔托斯和阿拉密斯高声说道。

"杀害白金汉的凶手,杀害费尔顿的凶手,杀害我堂兄的凶手,我要求惩处您,我现在宣布,别人如果没有替我办到,那我就亲自动手。"

德·温特爵士说罢,就走到达达尼安身边站定,腾出位置给下一个控告者。

米莱狄双手捧住垂下的额头,她觉得要昏死过去,头脑一片混乱,但还是极力呼唤自己的各种意念。

"现在轮到我了,"阿多斯就像狮子见到蟒蛇那样,浑身颤抖着说道,"轮到我了。这个女人还是少女时,我娶了她,我不顾全家人反对娶了她,我把自己的财产给了她,把自己的姓氏也给了她。讵料有一天,我发现这个女人身上有烙刑印,这个女人左肩烙着一朵百合花。"

"哼!"米莱狄站起来说道,"我敢断言,你们找不出对我做出这种无耻判决的法庭。我还敢断言,你们找不出对我执刑的那个人。"

"静一静,"一个声音说道,"这种话,要由我来回答。"

那个身披红斗篷的人,说着便走上前来。

"他是什么人,他是什么人?"米莱狄嚷道,她惊恐万状,气也喘不上来,脸色惨白,头发披散开,仿佛活了似的纷纷竖起来。

大家的目光都转向这个人,因为除了阿多斯,谁也不认识他。

然而,阿多斯注视这个人,同别人一样惊愕不已,因为他并不知道,此人和眼前这场临近结局的可怕悲剧怎么会有关系。

陌生人缓步庄严地走到米莱狄跟前,只隔着一张桌子了,他就摘下面具。

此人的黑头发和黑髯须,围住一张苍白的、唯一的表情就是冷若冰霜的脸。米莱狄对着那张脸注视了一会儿,越来越感到恐怖。继而,她猛地站起身,一直退到墙根,边退边说道:

"噢!不,不!这简直是从地狱里钻出来的鬼魂!这不是他!救命啊!救命啊!"她声音嘶哑地叫嚷,边叫边转身面壁,就好像能用手扒开一条通道似的。

"您到底是谁呀？"目睹这个场面的人都高声问道。

"你们就问问这个女人吧，"披红斗篷的人答道，"你们也都看得一清二楚，她呀，她认出了我。"

"里尔的刽子手，里尔的刽子手！"米莱狄嚷道，她简直吓傻了，双手扶住墙以免跌倒。

大家都闪开，屋子中央只剩下那个披红斗篷的一人了。

"噢！饶命啊！饶命啊！宽恕我吧！"坏女人跪倒在地，高声哀求道。

陌生人等着重新静下来。

"我不是明确对你们说，她认出我来了嘛！"他又说道，"对，我正是里尔的刽子手，下面就是我的那段经历……"

大家的目光都凝注这个人，以急切而不安的心情等待他要讲的话。

"这个年轻女人，从前是一个和今天同样貌美的姑娘。她本是唐普尔马尔的本笃会修女院的修女。修女院教堂的住持，是一个年轻教士，十分虔诚，有一颗纯真之心。她就力图引诱那教士，并且得手了，即使一个圣徒她也能引上钩。

"他们二人都发过神圣的誓愿，而且是不可反悔的。这样，他们私通不可能持续很久，否则势必双双毁掉。于是，那女的就说服男的一道离开当地，不过，要离开当地，一同逃离，要逃到法国的另一个地方，无人认识他们的地方，以便安安静静地过日子，那就必须有钱，而他们俩谁都身无分文。教士偷卖了圣器，二人正准备一同逃走，却被抓住了。

"一周之后，她勾引了狱卒的儿子，乘机逃掉了。年轻的教士被判处打上烙印，戴着镣铐囚禁十年。正如这个女人所讲，我那时是里尔城的刽子手，给罪犯打烙印，我责无旁贷，而那罪犯，先生们，却是我弟弟呀！

"于是我就诅咒发誓，这个女人毁了我那兄弟，而且怂恿他犯罪，就不只是他的同谋犯，至少也应当让她受到同样的惩罚。我猜到了她的藏身之所，便前去追捕，将她拿住了，捆绑起来，给她身上打了和我弟弟身上同样的烙印。

"我返回里尔的次日，我那兄弟也越狱逃走了。有人指控我是同谋犯，判处我代替他在狱中服刑，直到他自首归案时为止。我那可怜的兄弟并不知晓对我的判决，他又找见那女人，他们一同逃到贝里地区。他在那里谋了一个本堂神父的小小位置。那女人就冒充是他妹妹。

"他的教堂所在地方的领主看到那个冒牌妹妹，就一见钟情，正式向她求婚。于是，那女人就离开了被她毁掉的男人，投靠了将要被她毁掉的男人，一变而成了德·拉费尔伯爵夫人……"

大家的目光又都转向阿多斯，这才是他的真名实姓。阿多斯则首肯，表示刽子手所言全部属实。

"就这样，"那人接着说道，"我那可怜的兄弟痛苦欲绝，简直要发疯了，决意摆脱那种被她剥夺了一切、剥夺了荣誉和幸福的生活，又回到了里尔，得知我被惩处在狱中替他服刑的判决，便投案自首，当天晚上，他就在牢房的气窗自缢身亡。

"此外，还应当说句公道话，判处我的那些人履行了诺言，他们一旦确认了尸体，就立刻释放了我。

"以上就是我控告她犯下的罪行，也就是我给她打上烙刑印的原因。"

"达达尼安先生，"阿多斯问道，"您要求给这个女人判什么罪？"

"死罪！"达达尼安答道。

"德·温特爵士，"阿多斯接着问道，"您要求给这个女人判什么罪？"

"死罪。"德·温特爵士回答。

"波尔托斯先生和阿拉密斯先生，"阿多斯又问道，"你们是审判官，你们要给这个女人判什么罪？"

"死罪。"两名火枪手声音低沉地同时回答。

米莱狄发出一声凄厉的号叫，跪着朝审判官们移近了几步。

阿多斯伸手指向她。

"夏洛特·贝克松、德·拉费尔伯爵夫人、德·温特夫人，"阿多斯说道，"您犯下的累累罪行，天地难容了。假如您还记得点儿祈祷文，那就念念吧，您既已定了死罪，也就难免一死了。"

这几句话没有给她留下一丝生的希望，米莱狄听了，便又直挺挺站起来，打算回敬几句话，可是没有了一点儿气力。她感到一只无情的手，强有力地揪住她的头发，如同命运把人拖走一样，也把她拖向不归路。她走出房屋，甚至连一点儿反抗的企图都没有了。

德·温特爵士、达达尼安、阿多斯、波尔托斯和阿拉密斯，也都随后走出来。几名跟班则紧随着主人，而人去屋空，只剩下打破的窗户、大敞的房门，以及桌上冒着烟的凄凉的孤灯。

第六十六章
执刑

时近午夜,一弯下弦月,被暴风雨的余威拍打成血红色,从阿尔芒蒂埃尔小镇身后冉冉升起。惨淡的月光,勾勒出小镇房舍幽暗的侧影,以及印在半空的钟楼高矗的骨架。对面利斯河水流淌,就仿佛熔化的锡流。河对岸一大片黑黢黢的树木,由波谲云诡的天空鲜明地衬托出来,而古铜色的大团大团乌云,给午夜的天空增添了一种暮色。左侧矗立着一座废弃的旧磨坊,叶轮静止不动,那废墟中有一只猫头鹰,间歇地发出一阵阵尖厉而单调的鸣声。这支瘆人的押解队伍所走的路,两边都是平野,不时出现几株粗矮的树木,看似蜷缩在那里的畸形矮人,在这凶险的时刻窥伺着行人。

一道拓宽的闪电,时而划破整个天边,在黑黢黢树木上方蜿蜒伸展,好似骇人的土耳其弯刀,将天空与河流劈为两截。空气十分沉闷,没有一丝风,一片死寂倾轧着自然万物。由于刚刚下过雨,地面又湿又滑,荒草生机勃发,加劲地散发着芳香。

两个跟班各架着米莱狄的一条胳膊,拖着她往前走,刽子手紧随其后。刽子手后面紧紧跟随着德·温特爵士、达达尼安、阿多斯、波尔托斯和阿拉密斯。

卜朗舍与巴赞则走在队尾。

两名跟班架着米莱狄走向河边。她的嘴虽然沉默不语,但是她的眼神却难以描摹,那么能言善辩,轮番注视并哀求这两个人。

等到同后边的人拉开几步远的时候,她就对两个跟班说:

"你们若肯保护我逃走,就给你们每人一千皮斯托尔。你们若是把我交给你们的主人害死我,这附近就有人为我报仇,让你们付出惨痛的代价。"

格里莫犹豫不决,木斯克东则浑身打哆嗦。

阿多斯听见米莱狄说话的声音,就急忙走上前来,德·温特爵士也有同样的反应。

"换掉这两个跟班,"阿多斯说道,"她对他们讲了话,他们就靠不住了。"

他叫过来卜朗舍和巴赞,换下格里莫和木斯克东。

一行人到了河边,刽子手走上前来,将米莱狄的手和脚全捆住了。

这时,她打破沉默,开始叫嚷了:

"你们全是懦夫,你们全是卑鄙的杀人凶手,你们汇聚了十个人,来杀害我一个女人。你们可要当心,这次即使救不走我,也会有人替我报仇。"

"您不是一个女人,"阿多斯冷冷地说道,"您是从地狱里逃出来的恶鬼,根本不是人,现在我们就把您送回地狱。"

"哼!你们这些道貌岸然的先生们!"米莱狄说道,"你们当心,谁碰一碰我的一根头发,谁就成为杀人凶手。"

"刽子手就可以杀人,也不会因此而成为杀人凶手,"身披红斗篷的人说道,同时他拍了拍自己那把大宽剑,"就因为刽子手是最后的审判官，拿我们的邻居德国人的话来说，就是：Nachrichter[①]。"

他一边讲这番话，一边捆米莱狄的手脚。米莱狄则号叫两三声，那叫声升向夜空，消失在幽林，给人一种阴森而奇异的印象。

"可是，假如我有罪，假如我犯了你们控告我的罪行，"米莱狄叫嚷，"那就把我送上法庭。你们不是法官，不能判决我。"

"我早就向您建议，把您送到泰伯恩，"德·温特爵士说道，"您为什么不愿意去呢？"

"因为我不愿意死！"米莱狄一边挣扎，一边叫嚷，"因为我这么年轻，还不应该死！"

"您在贝蒂纳毒死的那个女子，比您还年轻，夫人，她呢？却让您害死了！"达达尼安说道。

"那就让我进修道院，当修女。"米莱狄说道。

"您进过修道院，"刽子手说道，"而您出来，就断送了我的兄弟。"

米莱狄恐怖地尖叫一声，双膝跪倒。

刽子手双手插到她的腋下，要把她搀起来，再拖到船上去。

"噢！我的上帝，"她嚷道，"我的上帝！您这是要把我淹死吗？"

这种叫喊真像撕肝裂胆，就连当初最起劲追捕米莱狄的达达尼安，听了也受不了，一屁股坐到一个树墩上，垂下脑袋，用手掌捂住耳朵。尽管如此，他还是听得到她那威胁与叫喊之声。

这些人里，数达达尼安最年轻，他的心也最软。

"噢！这场景惨不忍睹，我看不下去！我也不能同意这样处死这个女人！"

米莱狄听见了这两句话，心里又萌生一线希望。

"达达尼安！达达尼安！"她喊道，"想一想我爱过你呀！"

[①] 德文，意思为"刽子手"。

年轻人站起身,朝她走了一步。

这时,阿多斯也站起来,抽出剑,挡住他的去路。

"如果您再跨一步,达达尼安,那咱们就用剑较量吧。"

达达尼安跪下去祈祷。

"喂,刽子手,"阿多斯又说道,"履行你的职责吧。"

"遵命,大人,"刽子手说道,"我是个虔诚的天主教徒,这是千真万确的,而我坚决相信对这个女人执刑,也同样是天公地道的。"

"很好。"

阿多斯朝米莱狄走了一步。

"我宽恕您给我的伤害,"他说道,"我宽恕您断送了我的前程,毁了我的名誉,玷污了我的爱情,我也宽恕您使我陷入绝望而永远影响我灵魂的获救。您可以安心地死了。"

德·温特爵士也走上前。

"我宽恕您毒死了我的堂兄,"他说道,"我宽恕您谋杀了白金汉公爵大人,我宽恕您葬送了可怜的费尔顿的一条命,我也宽恕您企图危害我的性命。您可以安心地死了。"

"还有我,"达达尼安说道,"请您宽恕我,夫人,用了与贵族不相配的欺骗手段,引起了您的愤怒。反过来我也宽恕您害死了我那可怜的女友,宽恕您对我的残忍报复。我宽恕您,并为您哭泣。您可以安心地死了。"

"I am lost!"[①] 米莱狄用英语咕哝道,"I must die[②]."

这时,她就主动站起来,她那似乎冒火的眼睛,向四周射出明亮的目光。

她什么也没有望见。

---

① 英文,意思为:"我完了!"
② 英文,意思为:"我死定了。"

第六十六章 执刑

她又侧耳细听，什么也没有听到。

她的周围只有敌人。

"我要死在哪里？"她问道。

"在河对岸。"刽子手答道。

于是，他把米莱狄拖上小船，自己也要上船时，阿多斯交给他一笔钱。

"给您，"阿多斯说道，"这是行刑的费用，要让人们明白，我们是按照审判程序办事的。"

"很好，"刽子手则说道，"现在，也该让这个女人明白，我不是在完成我的职守，而是履行我的责任。"

说着，他就把钱掷到河中。

小船载着罪犯和刽子手离岸，朝利斯河左岸移去。其余的人全部停留在右岸，跪在地上。

小船沿着横拉在渡口河面的绳索，缓缓地滑行，而这工夫，一片白云低垂，在水面映出倒影。

只见小船靠了对岸，两个黑黢黢的身影，由发红的远天映衬出来。

在渡河这段时间，米莱狄设法解开了捆住双脚的绳子，等船一靠拢，她就敏捷地跳上岸，开始逃跑。

然而地面潮湿，她上到岸坡顶，不料脚下一滑，便跪倒在地。

毫无疑问，她受到一种迷信的想法的打击，心下明白这是老天不肯救助她，于是她就跪在原地，双手合十，脑袋垂下去了。

这时，大家在对岸望见刽子手慢慢地举起双臂，那把宽剑晃着一束月光，闪闪发亮，那双臂重又落下去，只听剑带风声，而受刑人一声惨叫，随即望见砍掉头的躯体瘫软在地上。

这时，刽子手脱下红斗篷，铺在地下，将尸体平放在上面，再把头颅扔下去，拉起斗篷四个角打了结，扛上肩膀，重又上了小船。

小船移至利斯河中间便停下，他拎起大包悬在水面，高声说道："让上帝去审判吧！"

他随即松手，让尸体落水，沉入最深处。

三天之后，四名火枪手返回巴黎，没有超期归队。当天晚上，他们又照例去拜见德·特雷维尔先生。

"怎么样！先生们，"为人厚道的队长问道，"你们这次出游，玩得很开心吧？"

"开心极了！"阿多斯回答，同时表达了他自己和几个伙伴的意思。

大结局

到了下个月六号,国王信守他对红衣主教的许诺,离开巴黎,又返回拉罗舍尔。当时白金汉遭谋杀的消息已传开,国王出京城时,头脑还处于惊悉这条消息的愕然状态。

至于王后,尽管事前就得到通知,说她心爱的男人面临危险,但是她听人宣告这个噩耗时,还是不肯相信,甚至还不慎地叫起来:"这是假消息!他刚刚还给我写过信。"

然而次日,她就不得不相信这一噩耗了。拉波尔特同所有人一样,因查理一世国王的指令,滞留在英国,他终于带回来白金汉临终时送给王后的礼物。

国王万分欣喜,他也不肯费神去掩饰这种喜悦,甚至在王后面前还故意表现出乐不可支。路易十三同所有心胸狭隘的人一样,没有宽大为怀的气量。

不过,国王很快又转喜为忧,愁眉不展了,身体状况也欠佳,他属于舒展眉头持续时间不长的那类人。他感到一旦返回大营,便又恢复那种受束缚的日子,然而,他还是回到围城的营地。

在国王看来,红衣主教就是一条蛇,具有慑服力,而他就是鸟儿,在树枝间飞来飞去,却逃不出这条蛇震慑的范围。

因此，返回拉罗舍尔真是一趟苦旅。尤其我们这四位朋友，令他们的战友惊诧不已。他们一路并肩行走，形影不离，脑袋耷拉着，眼神黯淡无光。唯独阿多斯时而抬起他那宽阔的额头，眼里闪现一道亮光，嘴角掠过一丝苦笑，他随即又像他的几个伙伴那样，再度陷入冥思苦想中。

每到一座城市，护卫队护送国王到下榻之处，然后这四位朋友立即躲回自己的房间，或者去一家僻静的小酒店。他们在那里既不赌钱，也不喝酒，只是窃窃私语，同时观察周围是否有人偷听。

有一天，国王中途停驾，要放鹰捕鸟儿。四位朋友照例没有随行打猎，而是停留在路边的一家小酒馆。这时，一个人从拉罗舍尔纵马飞驰而来，到店门口停歇，要喝杯葡萄酒，那人往里面张望一眼，瞧见餐桌坐着四名火枪手。

"喂！达达尼安先生！"他喊道，"那儿坐的是不是您啊？"

达达尼安抬起头，惊喜地叫了一声，正是他称作他的幽灵的那个人，正是他在默恩、在掘墓人街、在阿拉斯碰见过的那个陌生人。

达达尼安拔剑在手，冲向酒馆门口。

然而这次一反往常，那陌生人非但不逃跑，反倒翻身下马，朝达达尼安迎过去。

"哼！先生，"年轻人说道，"我终于找到您了，这一回，您休想从我手中逃脱。"

"我也无此打算，先生，因为这一次，我是专为找您来的。我以国王的名义逮捕您。我要求您把剑交出来，先生，不许反抗，我警告您，这可是掉脑袋的事儿。"

"您究竟是什么人？"达达尼安问道，他把剑放低，但是还不打算交出去。

"我是德·罗什福尔骑士，"那陌生人回答，"是德·黎世留红衣主教先生的侍从。我奉命押送您，交给法座。"

"我们正是要回到法座那里，骑士先生，"阿多斯这时上前说道，"达达尼安先生可以向您保证，他一定直接前往拉罗舍尔。"

"我必须把他交给卫士，由卫士们押解回军营。"

"这件差使由我们来办吧，先生，我们以贵族的荣誉保证。"阿多斯皱起眉头，又补充说道，"我们绝不让达达尼安先生离开我们。"

德·罗什福尔骑士望了望身后，瞥见波尔托斯和阿拉密斯站在那里，把他出门的路截断了。他当即明白，自己完全被这四个人控制了。

"先生们，"他说道，"假如达达尼安先生同意把剑交给我，并且同意和诸位一起做出保证，那么我也就接受你们的许诺，由诸位将达达尼安先生送到红衣主教大人的营房。"

"我向您保证，先生，"达达尼安说道，"这把剑也给您。"

"这样办更好，"罗什福尔补充道，"因为，我还得继续赶路。"

"假如您要去找米莱狄，"阿多斯冷言冷语，"那就大可不必，您再也找不到她了。"

"那她怎么啦？"罗什福尔急忙问道。

"回到军营，您就会知道了。"

罗什福尔考虑片刻，心想到苏热尔仅有一天的路程，红衣主教就要到苏热尔迎驾，于是他就决定采纳阿多斯的建议，同他们一起返回。

况且，他立刻返回还有一个好处，可以亲自监视他要捉拿的犯人。

王驾重又上路了。

次日下午三点钟，王驾到达苏热尔。红衣主教在那里迎候路易十三。君臣二人讲了许多寒暄的话，彼此祝贺这次偶发事件，可谓天助，摆脱了挑动欧洲反对法国的这个死敌。此前，红衣主教已听了罗什福尔的报告，得知捉拿到了达达尼安，急于见见他，于是就告退，约定第二天陪国王去观看竣工的海堤工程。

傍晚时分，红衣主教回到他在石桥旁边的营房，看见他居住的房舍门前，站着没有佩剑的达达尼安，以及三名全副武装的火枪手。

这一次，红衣主教仗着人多势众，就给了他们点儿颜色看看，用目光和手势，示意达达尼安随他进去。

达达尼安遵命了。

"我们等着你，达达尼安。"阿多斯说道，他的声音相当高，好让红衣主教听见。

法座皱起眉头，脚步停了一下，最后还是一言未发，继续往前走。

达达尼安跟随红衣主教走进门，随即就有人把守住门口。

法座走进充当办公室的屋子，示意罗什福尔将年轻的火枪手带进来。

罗什福尔遵命将人带来，便退了出去。

达达尼安单独面对红衣主教了，这是他第二次同黎世留会面，而他心中承认，他早就确信这是最后一次了。

黎世留靠在壁炉上站着，他和达达尼安之间隔着一张桌子。

"先生，"红衣主教说道，"您是我下的命令逮捕的。"

"有人对我说过了，大人。"

"您知道为什么吗？"

"不知道，大人，因为我可能被捕的唯一事由，法座还不知道。"

黎世留定睛地注视年轻人。

"哦嗬，"法座问道，"这话是什么意思？"

"假如大人肯先告诉我，别人往我头上安了什么罪过，那么随后我就让您听听我做了什么事。"

"别人安在您头上的那些罪行，足以让比您地位高得多的人掉脑袋，先生！"红衣主教说道。

"是哪些呢，大人？"达达尼安问道，他那平静的态度倒令红衣主教颇为诧异了。

"有人指控您和王国的敌人通消息，指控您窃取了国家机密，还指控您企图使您的将领的作战计划流产。"

"是什么人这样指控我,大人?"达达尼安说道,他料想必是米莱狄所为,"是被地方法庭打过烙刑印的一个女人,是在法国嫁过人,到英国又嫁人的一个女人,是毒死了她第二个丈夫,还打算毒死我本人的一个女人!"

"您这是从何说起啊,先生!"红衣主教提高嗓门,惊奇地问道,"您这是说的哪个女人啊?"

"我说的就是德·温特夫人,"达达尼安答道,"对,就是德·温特夫人。毫无疑问,法座抬举信任她的时候,并不了解她的累累罪行。"

"先生,"红衣主教说道,"假如德·温特夫人犯下了您所讲的罪行,那她就将受到惩罚。"

"她已经受到惩罚,大人。"

"谁给她的惩罚?"

"我们。"

"把她关进了监狱?"

"把她处死了。"

"死啦?"红衣主教重复道,他还难以相信听到的话,"死啦!怎么,您是说她死啦?"

"她曾经三次企图杀害我,我都宽恕了她,不料她又杀害了我所爱的女人。于是,我和我的朋友抓住了她,审判并处以死刑。"

于是,达达尼安讲述了在贝蒂纳加尔默罗会修女院,博纳希厄太太如何被她毒死,他们在一座孤零零的房子里如何审判她,在利斯河岸上如何执行了死刑。红衣主教不由得打了个寒战,而他绝非轻易打寒战的人。红衣主教脸色一直阴沉着,但是不知一种什么隐秘的念头起了作用,他的表情突然变化,逐渐开朗,最后完全宁静了。

"这么说,"红衣主教又说道,他声调的和悦同话语的严厉形成鲜明的反差,"你们就自命为审判官,却不想一想,没有惩罚职责的人施行惩处,就无异于杀人凶手。"

"大人,我向您起誓,我片刻也没有打算违抗您而保护自己的脑袋。我接受法座要施加给我的任何惩罚,在下不是那么贪生怕死的一个人。"

"不错,我知道,您是个勇敢的人,先生,"红衣主教说道,他的声音近乎亲热了,"我事先就可以告诉您,您会受到审判,甚至会判成死罪。"

"换一个人也许要回答法座说,他兜里装着豁免证书。然而我只想对您说,下命令吧,大人,我听候处理。"

"您的豁免证书?"黎世留吃惊地问道。

"对,大人。"达达尼安回答。

"由谁签发的!国王吗?"

红衣主教讲这句话时,带着一种特别鄙夷的表情。

"不,是法座您签发的。"

"我签发的?您说疯话吧,先生?"

"大人一定还认得自己的字迹。"

达达尼安说道,把这份宝贵的文件呈给红衣主教。这份证书是阿多斯从米莱狄手中夺来的,给了达达尼安当作护身符。

法座接过证书,声音缓慢地,一字一顿地念道:

　　本文件持有者,奉我之命,做了其所做的事。

　　　　　　　　　　　　　　　　　　黎世留
　　　　　　　　　　　　　　　　一六二八年八月五日
　　　　　　　　　　　　　　　　于拉罗舍尔军营①

---

① 这份文件两次出现在第四十五章和第四十七章,这次出现,缺少"为了国家的利益"的内容,日期与地点也不同,显然是作者写作匆忙,没有查阅对照前文。

红衣主教念了这两行文字，便陷入沉思，但是他没有把证书还给达达尼安。

"他在琢磨用哪种酷刑处死我，"达达尼安心中暗道，"好吧，老实说，他会看到一位贵族如何视死如归！"

年轻的火枪手镇定自若，准备英勇赴刑。

黎世留还在考虑，那份证书在他手中搓来卷去。最后他抬起头，鹰隼般的目光凝视达达尼安那副忠诚、开朗而聪明的面孔，从那张眼泪冲出痕迹的脸上能看出，一个月来他经受了多少痛苦，于是第三次或第四次想到，这个只有二十一岁的青年，会有多么远大的前程，如遇明主，他能发挥出多大能力、多大胆识和才智。

另一方面，米莱狄的罪行、能量和作恶的天赋，也不止一次令他惊恐。想想永远摆脱这样一个危险的同谋者，他倒隐隐有一种庆幸之感。

他把达达尼安慨然交给他的那份证书，一点一点撕碎。

"我彻底完了。"达达尼安心中暗道。

他对着红衣主教深深鞠了一躬，不言之意分明是："大人，您的意愿一定得以实现。"

红衣主教走到桌前，但是没有坐下，站着在一张有三分之二写了字的羊皮纸上，写了几行字，再盖上印鉴。

"这是我的死刑判决书，"达达尼安思忖道，"他让我免受巴士底狱的烦闷，免受审判的缓慢过程。这又是他的一番好意。"

"拿着吧，先生，"红衣主教对年轻人说道，"我拿走了您一份空白的全权证书，现在还给您另外一份。这份证书上姓名空着，您自己填写就行了。"

达达尼安颇为犹豫地接过来，朝羊皮纸上看了一眼。

原来是一份火枪卫队副队长的委任书。

达达尼安扑通一下跪到红衣主教面前。

"大人，"他说道，"我的生命属于您，此后就由您支配。不过，您赐给我的这种恩典，我还受之有愧。我有三位朋友，他们比我更有资格，更有能力……"

"您是个正直的小伙子，达达尼安，"红衣主教终于收服了这个天生敢抗争的人，心里美滋滋的，他亲热地拍了拍年轻人的肩膀，接口说道，"这份委任书随您怎么处理吧，但是您要记住一点，尽管这上面姓名还空着，可我就是给您的。"

"我一辈子也不会忘记，"达达尼安答道，"法座尽可放心。"

红衣主教转过身去，高声呼唤：

"罗什福尔！"

骑士毫无疑问就在门外，他立刻进来。

"罗什福尔，"红衣主教说道，"您瞧见了达达尼安先生，我把他收入我的朋友之列。因此，大家要相互拥抱，大家都放明白点儿，别拿自己的脑袋开玩笑。"

罗什福尔和达达尼安相互拥抱，嘴唇仅仅拂了一下对方的面颊。然而，红衣主教站在一旁，目光警觉地注视着他们。

他们二人同时走出房间。

"我们还会见面的，对不对，先生？"

"您什么时候高兴都行。"达达尼安说道。

"总会有机会的。"罗什福尔答道。

"嗯？"黎世留打开房门，发出一声疑问。

两个男子汉相视而笑，握了握手，又向法座施礼。

"我们开始等得不耐烦了。"阿多斯说道。

"我回来了，朋友们！"达达尼安应声说道，"不仅自由了，还受到宠信。"

"怎么个情况，您讲给我们听听好吗？"

"今天晚上就告诉你们。"

当天晚上，达达尼安果然来到阿多斯的营房，看见他快要喝完那瓶西班牙葡萄酒，这是他每天晚上必做的功课。

达达尼安对阿多斯讲述，他和红衣主教之间发生了什么事，然后从兜里掏出委任书，说道：

"拿着，我亲爱的阿多斯，这东西自然应当归您。"

阿多斯和蔼可亲地微微一笑。

"朋友，"他说道，"这对阿多斯来说太重了，对德·拉费尔伯爵来说又太轻了。您就留着吧，这份委任书是您的。唉！我的上帝！您换取它来，付出相当高的代价呀！"

达达尼安离开阿多斯，又走进波尔托斯的寝室。

他进屋一看，只见波尔托斯穿上极漂亮的衣服，一身华丽的锦绣，正在照镜子。

"哦！哦！"波尔托斯说道，"是您啊，亲爱的朋友！您觉得我穿上这身衣服好吗？"

"好极了，"达达尼安说道，"不过，我来提供给您一件更合体的衣服。"

"什么服装？"波尔托斯问道。

"火枪卫队副队长的服装。"

于是，达达尼安便讲述了他和红衣主教见面的情况，然后从兜里掏出委任书，对波尔托斯说道：

"您拿着，亲爱的朋友，在上面填好您的姓名，当一位善待我的好长官。"

波尔托斯瞧了瞧委任书，又还给了达达尼安，着实令年轻人大感惊奇。

"是的，"他说道，"这种恩典让我好高兴，然而我享受不了多久。就在我们前往贝蒂纳那次行动期间，我那位公爵夫人的丈夫去世了。因此，亲爱的朋友，那位逝者的钱柜伸手招呼我，我要娶那位寡妇了。您瞧，我这不正试穿婚礼服呢。这份副队长的委任书，还是您留着吧，亲爱的朋友，您留着吧。"

他说着，便把委任书还给达达尼安。

年轻人又走进阿拉密斯的寝室。

他见阿拉密斯跪在祈祷凳前，额头埋在打开的日课经里。

他也向阿拉密斯讲了他同红衣主教见面的情况，又第三次从兜里掏出委任书。

"您啊，我们的朋友，我们的光辉思想，我们的无形保护者，"他说道，"请接受这份委任书吧，就凭您的智慧，就凭您总能取得绝佳结果的计谋，您比任何人都更胜任。"

"唉，亲爱的朋友！"阿拉密斯答道，"我们近来的种种历险，完全令我厌弃了人生和军旅生涯。这一次，我横下一条心，义无反顾了。围城战一结束，我就进入遣使会①。这份委任书您留着吧，达达尼安，您适于从事军人的职业，一定能成为勇猛果敢的队长。"

达达尼安眼里闪着感激的泪花和喜悦的光芒。他又回头找阿多斯，只见阿多斯仍坐在桌前，在灯光下凝视他最后一杯马拉加葡萄酒。

"真是的！"达达尼安说道，"他们也都拒绝我了。"

"这就是说，亲爱的朋友，谁也不如您更有这个资格。"

阿多斯说着，就拿起一支笔，在委任书上填了达达尼安的名字，然后交给他。

"这样一来，我再也不会有朋友了，"年轻人说道，"唉！除了心酸的回忆，什么也没有了……"

他说着，脑袋耷拉下去，用双手捧住，两颗泪珠顺着面颊滚淌下来。

"您呀，您还年轻，"阿多斯接口说道，"您的心酸回忆久而久之，就会化为温馨的回忆！"

---

① 遣使会：天主教修会，由圣万桑·德·保罗于1625年创建于巴黎，以派遣修士往乡村贫民区传教为宗旨，故名"遣使会"。

尾声

拉罗舍尔受围攻一年,失去了英国舰队和白金汉所许诺的大军的救援,使十一六二八年十月二十八日请降,并签订了投降协议。

同年十二月二十三日,王驾开进巴黎。国王受到的欢迎无异于凯旋之师,就好像他战胜的是敌军,而不是法国人。他进城所经过的圣雅克城郊大街,用绿树枝扎了一道道凯旋门。

达达尼安接受了委任的军衔。波尔托斯退役,第二年娶了科克纳尔太太,备受觊觎的大钱柜,存有八十万利弗尔。

木斯克东穿上了华丽的号服,而且如愿以偿,他一生的梦想得到了满足,即站在一辆金碧辉煌的大轿车的车尾。

阿拉密斯去了一趟洛林,之后便突然失踪了,也不再给他的朋友们写信了。后来还是德·舍夫勒兹夫人向她的两三个情夫透露,几个朋友才得知阿拉密斯在南锡①,进了一所修道院。

巴赞成为不授神品的办事修士。

阿多斯接受达达尼安的指挥,还做他的火枪手,直到一六三一年

---

① 南锡:法国东部洛林大区默尔特-摩泽尔省省会。

那年，他去都兰旅行一趟，回来之后也退了役，他说在鲁西永①继承了一小笔遗产。

格里莫也跟阿多斯走了。

达达尼安同罗什福尔决斗过三次，把对方伤了三次。

"再有第四次，我很可能杀掉您。"达达尼安说着，伸手把罗什福尔拉起来。

"我们就此罢手吧，这对您对我都大有好处。"伤者答道，"活见鬼！您想不到我是您多好的朋友。因为，第一次相遇之后，我只要对红衣主教讲一句话，就会叫您人头落地。"

他们这次相互拥抱，都诚心诚意了，再也不算计对方。

卜朗舍靠罗什福尔的提拔，在卫队里当上了中士。

博纳希厄先生太太平平地过日子，根本不知道他妻子的下落，他也不去操那份儿心。有一天，他不慎想到托人代他向红衣主教问声好。主教派人答复说，要供给他一切用度，此后再也不会让他缺少任何东西。

果然，第二天晚上，博纳希厄先生去卢浮宫，就再也没有在掘墓人街露面。据消息灵通的人士透露，博纳希厄先生被安置在王国的某座城堡，食宿花费全由慷慨的法座解囊。

---

① 鲁西永：法国旧地名，在法国南部，相当于现今的东比利牛斯省。

后记

非常的大仲马

2002年间，法国发生一个非常事件，轰动法国文坛乃至世界文坛。在大仲马诞生二百周年之际，或者逝世一百三十二年之后，法国政府做出一个非常决定：给大仲马补办国葬，让他从家乡小镇维莱科特雷搬进巴黎的先贤祠。

先贤祠是何等地方，乃是真正不朽者的圣殿。它始建于1764年，坐落在塞纳河左岸，圣日内维埃芙山上，右依巴黎索邦大学，左拥巴黎高师，俯临法国参议院所在地——卢森堡宫。

永久居住在先贤祠的文人，先前已有五位。

首批入住的是伏尔泰和卢梭，即法国十八世纪启蒙时期的两位大师，法国现代文明的两座思想的灯塔。随后则是十九世纪的两位代表人物：大文豪与共和斗士雨果；在德雷福斯案件中挺身而出、发表《我控诉……》的文学家和社会正义的卫士左拉。二十世纪法国仿佛进入迷惘的时代，在先贤祠险些空缺，最后总算将马尔罗安排进去，虽有以争议替代尴尬之嫌，但这位神主毕竟有人格力量，是当代人类生活状况的勇敢探索者。

进入二十一世纪，仿佛为了填补时间的空白，法国人做出了非常之举，将逝世一百三十余年的大仲马请进先贤祠，完成了跨世纪的工程。不过，法国人虽然素有别出心裁的名声，但是，这种史无前例的非常之举，如果选错了对象，还是会造成超现实的大笑话。

必是非常之人，才配得上这种非常之举，而大仲马恰恰是这种非常之人。因此，法国这一超越文坛的盛事，只给世人以惊喜，并没有引起什么非议。如果在全世界的读者中搞一次差额选举，我敢断定大仲马会赢得多数票，虽然别的候选人的作品在文学价值上比大仲马的可能高出一筹。这就是大仲马的非常之处。

我拈出"非常"这两个含义宽泛的字眼儿来界定大仲马，就因为给风格鲜明的那些作家冠名的用词，放到大仲马的头上都不大合适。提起雨果就会想到浪漫主义，提起司汤达或者巴尔扎克，必然想到批判现实主义，而提起左拉，则回避不了自然主义。大仲马和雨果、司汤达、巴尔扎克是同时代人，他们都投入了在法国刚刚兴起的浪漫主义运动；而且，大仲马的浪漫主义剧作《亨利三世和他的宫廷》，于1829年在巴黎演出又打响了第一炮，可是称大仲马为浪漫派作家，就难免以偏概全了。

不少文学批评家称大仲马为通俗作家，这倒有一定道理。十九世纪四五十年代，报纸为了吸引读者，刮起了小说连载风，于是，连载的通俗小说大量涌现，同时也涌现了大批通俗小说作家。雨果、巴尔扎克等，也都给报纸写过长篇连载小说，但是最负盛名的，还要数当时并驾齐驱的大仲马和欧仁·苏。然而，通俗小说大多是短命的，这已为历史所证明，那个时期大批通俗小说及其作者，都已湮没无闻了。可是大仲马的代表作品，如《三个火枪手》及其续集、《基督山伯爵》等，在世界上却一直拥有大量读者，甚至被越来越多的人所赏阅，显示出特别的生命力，这便是大仲马的非常之处。

大仲马名下的作品（因为某些作品有合作者）非常庞杂，难以计数,有的材料上称多达五百卷。仅就戏剧和小说而言,他尝试了所有剧种,创作了近九十种剧本,而小说的数量则近百部。这种庞杂也招致批评,说他的作品多有疏漏,流于肤浅,缺乏鲜明的风格。这些指责都有一定道理。大仲马的写作往往高速运转,疏漏明显存在。此外,他搞的不是命题文学,也不专门探讨某一社会问题,只是讲故事,讲好听的故事,求生动而不求深刻,结果创造出一个非常生动的大世界,不能拿文学精品去衡量的一个充满非常景、非常事、非常人的大世界。

非常景、非常事、非常人,构成了大仲马的非常世界。文如其人,人如其文。大仲马一生都那么放诞,夸饰,豪放,张扬。因而,他所创造出来的世界里,景非常景,事非常事,人非常人,一切都那么非同寻常,就好像童话,就好像神话。

景非常景。大仲马不像巴尔扎克等人那样,花费大量笔墨去描绘故事发生的背景和场所。大仲马总是开门见山,起笔就要用故事抓住读者的注意力。本书正文第一句话便是:"话说一六二五年四月头一个星期一,《玫瑰传奇》作者的家乡默恩镇一片混乱,就好像胡格诺新教派要把它变成第二个拉罗舍尔。只见妇女都朝中心街方向跑去……"读者也一定要跟着跑去,"想瞧瞧发生了什么事"。

无独有偶,《基督山伯爵》开头一句话也是:"一八一五年二月二十四日,从士麦那①起航,取道的里雅斯特②和那不勒斯的三桅帆船法老号,驶近马赛港……"紧接着便是码头上"很快挤满了看热闹的人"。

这两部小说一开场,主人公就在变故中亮相,这就决定了故事情节展开和发展的速度,也决定了故事背景的特异和不断变幻。大仲马总把他的主人公置于命运的变化关头,或者历史的动乱时期。不断变幻的特异场景,恰好适应故事情节快速发展的需要,与巴尔扎克"静物写

---

① 土耳其西部的一座港口城市;今称"伊兹密尔(Izmir)"。
② 意大利东北部边境港口城市。

生"式的场景大相径庭。

《基督山伯爵》的主人公唐代斯刚刚升为船长，在同心爱的姑娘结婚的婚礼上，因遭诬陷而突然被捕，并且很快被押往伊夫狱堡终身监禁。于是他开始了由命运安排的非常经历，越狱逃生，找到财宝，报恩又报了仇。非常的经历，自然都发生在非常的场景中：海水环绕的狱堡地牢、荒凉岩岛的山洞，就是沙龙和花园、各种交际场所，也都因为密谋而笼罩着特殊的气氛。

《三个火枪手》的故事背景则是一桩宫闱密谋和拉罗舍尔围城战，场景频频变化，忽而路易十三宫廷，忽而红衣主教府，忽而火枪手卫队队部，忽而乡村客栈，忽而修女院，忽而拉罗舍尔围城战大营，忽而英国首相白金汉宫……每一处作者都不多加描述，但是每一处都因为有参与密谋的人物经过，便丧失了日常的属性，增添了特异的神秘色彩，故而常景非常景了。

事非常事。大仲马不是现实主义作家，无意像巴尔扎克等作家那样，绘制社会画卷。基督山伯爵恩仇两报，犹如神话，表面常事掩饰着非常事，事事都惊心动魄，引人入胜。

《三个火枪手》是历史题材的小说，然而大仲马坦言："历史是什么，是我用来挂小说的钉子。"这一比喻不大合乎中国读者的习惯，换言之，历史不过是大仲马讲故事的幌子，他不但善于讲故事，还善于戏说历史。达达尼安的雄心和恋情，同宫闱秘事、国家战事纠缠在一起，事事就都化为非常事了。他和三个伙伴为了挫败红衣主教的阴谋，前往英国取回王后赠给白金汉的十二枚钻石别针，一路险象环生，绝处逢生，完成了不可能完成的使命，保全了王后的名誉，但是结怨了权倾朝野的红衣主教，性命就握在黎世留的手中了。神秘女人米莱狄为了要达达尼安等人的性命，就奉红衣主教之命，去阻止英国首相白金汉发兵，救援被法国大军围困的拉罗舍尔的新教徒。于是，双方暗中进行一场你死我活的较量，故事情节演进发展，铺张扬厉，逐渐超越社会，超越历史，成为超凡英雄的神奇故事了。

多少读者的历史知识，是从阅读历史小说中获取的。中国老百姓所了解的三国历史，大半不超过《三国演义》，而有关清朝历史的知识，更是来自各种戏说和历史武侠小说。同样，大仲马的历史小说，也向法国读者提供了似是而非的历史知识。通而观之，人类阅读追求故事情节的兴趣，多少世纪以来并没有减弱。这就是为什么，大仲马的一些小说至今仍然经久不衰。此外，大仲马讲述故事的轻快语调，情节每发展一步都同读者的兴趣所达成的默契，也都是他的作品具有长久生命力的原因。

人非常人。大仲马笔下的主人公，如唐代斯、达达尼安等，当初就是普通的海员、乡绅子弟，但是命运（作者的安排）把他们变成了非凡的人物。何止主人公，就是其他重要人物，如路易十三、火枪卫队队长德·特雷维尔、红衣主教黎世留、英国首相白金汉、法国王后奥地利安娜等这些历史人物，本来都在尘封的历史书中长眠。可是，他们一旦被大仲马拉进小说，就改头换面，注入了新的生命力，从历史人物摇身变为历史小说人物，从而有了超越历史的非凡之举，他们特异的性格与命运，也就引起了读者的极大关注了。

大仲马的小说人物的非凡之举，原动力固然因人而异，其中不乏高尚的忠诚、友情、正义感和侠义精神，但是几乎无一例外地受贪欲的驱使。他们贪图荣誉、金钱、女人、权力，贪图美酒佳肴，还渴望报仇……由希腊宙斯等诸神所开创的贪欲和复仇的传统，源远流长，在欧洲文艺复兴时期又发扬光大。从拉伯雷到伏尔泰，再到大仲马，可以说一脉相承。

大仲马笔下人物的超常胃口，也正是大仲马的胃口，他在生活中的各种贪欲，都最高程度地体现在他塑造的人物身上。例如达达尼安，差不多什么都贪，贪图功名、金钱、地位、女色，等等，正是这些贪欲激发出他的冒险精神，促使他走上一条充满各种诱惑的人生之路。三个火枪手也各有所贪，连最清高的阿多斯，也还贪酒和复仇，更不用说波尔托斯了。位极人臣的黎世留贪权贪名，国王路易十三贪钱，心胸狭隘又贪图"正义"的名声，让人们称他"正义者路易"。

大仲马在生活中和作品里，都毫不掩饰，甚至炫耀各种欲望，而在他的笔下，不炫耀者便是心怀叵测的人物。当然，在达达尼安和三个伙伴身上，如果没有忠诚和豪爽的一面，贪欲就成了讨厌的东西了。他们四个人是"有福同享，有难同当"的生死朋友，谁有钱都拿出来大家花，遇到事情也一起行动。达达尼安很想当官，他拿到空白的火枪卫队副队长的委任令时，还是先去逐个请求三个朋友接受。在大家都拒绝，而阿多斯填上达达尼安的名字后，达达尼安禁不住流下眼泪，说他今后再也没有朋友了。

大仲马的人物贪欲而不求安逸，他们认为安逸是仆人和市民过的日子，不冒任何风险，无异于慢慢等死。他们是躁动型的，往往捅马蜂窝，自找麻烦，冒种种危险而乐在其中，凭智慧、勇敢和天意，最后总能实现不可能的事情。

大仲马一生充满贪欲和豪情，过着躁动疯狂的生活。他花费二十余万法郎建造基督山城堡，每天城堡里高朋满座、食客如云，多至数百人，豪华的排场名噪一时。他不断地写作，不断地赚钱，又不断地挥霍，屡次陷入债务的麻烦，最后连他的城堡也被廉价拍卖了。有福同享的大有人在，有难同当者却不见一人，这就是他的小说与现实的差异。

大仲马深知，唯一借用而无须还债的东西，就是智慧。他以自己的大智慧，创造出一个由非凡的人、非凡的故事构成的文学世界。但是千虑还有一失，有一个非常动人、出人意料的故事，没有写进他的作品：在逝世一百三十二年后，大仲马作为这个奇异故事的主人公，完成了从家乡小镇迁入巴黎先贤祠的非凡之举。

李玉民

出 品 人：许　永
出版统筹：林园林
责任编辑：许宗华
特邀编辑：张　洋
装帧设计：海　云
印制总监：蒋　波
发行总监：田峰峥

投稿信箱：cmsdbj@163.com
发　　行：北京创美汇品图书有限公司
发行热线：010-59799930

创美工厂
官方微博

创美工厂
微信公众号

Les Trois
Mousquetaires

三个火枪手

[法] 大仲马 著　李玉民 译

上册

中国友谊出版公司

图书在版编目（CIP）数据

三个火枪手 /（法）大仲马著；李玉民译. —北京：中国友谊出版公司，2016.11（2021.9重印）

书名原文：Les Trois Mousquetaires

ISBN 978-7-5057-3897-3

Ⅰ．①三… Ⅱ．①大… ②李… Ⅲ．①长篇小说－法国－近代 Ⅳ．①I565.44

中国版本图书馆CIP数据核字(2016)第261621号

书名	三个火枪手
作者	[法] 大仲马
译者	李玉民
出版	中国友谊出版公司
发行	中国友谊出版公司
经销	新华书店
印刷	文畅阁印刷有限公司
规格	880×1230毫米 32开 23.75印张 580千字
版次	2017年5月第1版
印次	2021年9月第3次印刷
书号	ISBN 978-7-5057-3897-3
定价	78.00元（全2册）
地址	北京市朝阳区西坝河南里17号楼
邮编	100028
电话	(010) 64678009

版权所有，翻版必究

如发现印装质量问题，可联系调换

电话 (010) 59799930-601

目录 CONTENTS

主要人物表 /01

序 言 /03

第一章 老达达尼安的三件礼物 /001

第二章 德·特雷维尔先生的候客厅 /016

第三章 谒见 /027

第四章 阿多斯的肩膀、波尔托斯的佩带
以及阿拉密斯的手帕 /039

第五章 国王的火枪手与红衣主教的卫士 /048

第六章 路易十三国王陛下 /059

第七章 火枪手的内务 /078

第八章 宫廷一桩密谋 /087

第九章 达达尼安初显身手 /096

第十章 十七世纪的捕鼠笼子 /105

第十一章 私通 /116

第十二章 乔治·维利尔斯·白金汉公爵 /135

第十三章 博纳希厄先生 /144

第十四章 默恩那个人 /154

第十五章 法官与军官 /166

第十六章 掌玺大臣一如既往,不止一次寻钟敲打 /174

第十七章 博纳希厄夫妇 /186

第十八章 情人和丈夫 /200

第十九章 作战计划 /208

第二十章 旅行 /218

第二十一章 德·温特伯爵夫人 /230

第二十二章 梅尔莱松舞 /240

第二十三章 约会 /247

第二十四章 小楼 /259

第二十五章 波尔托斯 /269

第二十六章 阿拉密斯的论文 /288

第二十七章 阿多斯的妻子 /307

第二十八章 回程 /328

第二十九章 猎取装备 /345

第三十章 米莱狄 /354

第三十一章 英国人和法国人 /363

第三十二章 讼师爷的午餐 /371

第三十三章 使女和女主人 /381

第三十四章 话说阿拉密斯和波尔托斯的装备 /392

第三十五章 黑夜里猫全是灰色的 /401

第三十六章 复仇之梦 /409

第三十七章 米莱狄的秘密 /418

第三十八章 阿多斯如何唾手而得装备 /426

第三十九章 幻象 /437

第四十章 一个可怕的幻象 /447

第四十一章 拉罗舍尔围城战 /455

第四十二章 安茹葡萄酒 /468

第四十三章 红鸽棚客店 /477

第四十四章 火炉烟筒的用途 /486

第四十五章 冤家路窄 /495

第四十六章 圣热尔韦棱堡 /501

第四十七章 火枪手密议 /509

第四十八章 家务事 /528

第四十九章 命数 /544

第五十章 叔嫂之间的谈话 /553

第五十一章 长官 /562

第五十二章 囚禁第一天 /574

第五十三章 囚禁第二天 /582

第五十四章 囚禁第三天 /591

第五十五章 囚禁第四天 /601

第五十六章 囚禁第五天 /611

第五十七章 古典悲剧的手法 /627

第五十八章 逃走 /635

第五十九章 一六二八年八月二十三日
朴次茅斯发生的事件 /645

第六十章 在法国 /657

第六十一章 贝蒂纳加尔默罗会修女院 /664

第六十二章 两类魔鬼 /679

第六十三章 一滴水 /686

第六十四章 身披红斗篷的人 /702

第六十五章 审判 /708

第六十六章 执刑 /717

大结局 /723

尾声 /733

后记 /735

主要人物表

达达尼安	约十七八岁，风流倜傥，忠诚刚直，意志坚强，剑术超群。
阿多斯	三个火枪手之一。
阿拉密斯	三个火枪手之一。
波尔托斯	三个火枪手之一。
奥地利安娜	西班牙公主，法王路易十三之妻。
黎世留	法国首相，红衣主教。
白金汉	英国首相和公爵。
特雷维尔	达达尼安父亲的朋友，国王火枪队队长。
米莱狄	黎世留的爪牙，原为修女。
德·温特	英国男爵，港务总监，米莱狄的小叔子。
费尔顿	英国海军军官。
博纳希厄	休业的服饰用品商。
博纳希厄夫人	博纳希厄的妻子，安娜王后的贴身女仆，达达尼安的情妇。
凯蒂	米莱狄的使女，达达尼安的情妇。

序 言

看官赏光，我们要在这里讲的故事，主人公的姓名尽管以 OS 或 IS 结尾，却与神话毫无关系，这是确定无疑的。

约莫一年前，为了编纂一部路易十四①的历史，我在皇家图书馆研究材料，无意中看到一本《达达尼安先生回忆录》。这本书同那时大部分作品一样，是在阿姆斯特丹红石书局印发的。当时执意要讲真话，又不想进巴士底狱待一段时间的作者，就只能到国外出书。这本书的书名就吸引了我，我便借阅回家，一睹为快，自然是得到馆长先生的同意。

这是一部奇书，但我在此无意分析，只想把它推荐给欣赏时代画卷的那些读者。他们在书中会看到一些堪称大师手笔的画像，这些画像的背景虽说往往是军营的房门和酒馆的墙壁，但读者不难辨认其人，就跟昂克蒂先生的历史书中的路易十三②、奥地利安娜公

---

① 路易十四（1638-1715）：法国国王，1643 年至 1715 年在位，人称"太阳王"。——本书注释未注明者皆为译注
② 路易十三（1601-1643）：法国国王，1610 年至 1643 年在位。他登基后，由母后玛丽·德·梅迪契摄政，他主政时，便任红衣主教黎世留为首相，成为一代强势君主。

主①、黎世留②、马萨林③等形象同样逼真。

不过,众所周知,能激发诗人狂放不羁思想的东西,不见得就会打动广大读者。别人当然会赞赏我们所指出的情节,而我们在赞赏之余,最关注的,自不待言,正是此前谁也没有稍微留意的事情。

达达尼安叙述他初次拜见国王火枪卫队队长德·特雷维尔先生,在候客厅遇到三个年轻人,名叫阿多斯、波尔托斯和阿拉密斯,他们正是在他想光荣参加的显赫的卫队中效力。

老实说,看到这三个外来名字,我们很惊讶,立即想到无非是化名,达达尼安用来掩饰一些可能非常显赫的姓氏,再不然就是这三个人穿上简单的卫士军服的那天,一时心血来潮,出于不满心理或者由于家境不好,才选用了这种化名。

这些特别的姓名引起我们极大的好奇心,从此我们便不得消停,总想在当代著作中,找到一些蛛丝马迹。

为此,我们查阅的书籍,单单列出书目,就能拉成整整一个篇章,也许能让人大开眼界,可是读者肯定没有什么兴趣。因此,我们只能对读者说,我们大量查阅资料而一无所获,不免泄气,正要放弃研究时,却遵照我们的杰出朋友、学识渊博的保兰·帕里斯的指点,终于找到了一部对开本的书稿,编号为4772还是4773,记不大清楚,标题为:"德·拉费尔伯爵先生回忆录——路易十三朝末年至路易十四朝初年大事记"。

可以想见我们该有多么高兴。这部手稿,我们寄托了最后一线希

---

① 奥地利安娜公主(1601-1666):路易十三的王后,西班牙公主。她与黎世留政见不合,她儿子路易十四即位后,她摄政直到1661年。
② 黎世留(1585-1642):红衣主教,法国政治家,任首相十八年,大大加强了波旁王朝的专制主义。
③ 马萨林(1602-1661):法国红衣主教,路易十四即位时,奥地利安娜王太后任马萨林为首相(1643-1661),政治上很有建树。

望，翻到第 20 页，果然就发现阿多斯这个名字，翻到第 27 页，又发现波尔托斯的名字，翻到第 31 页则发现阿拉密斯的名字。

值此历史科学高度发展的时代，居然发现根本无人知晓的一部书稿，真让我们觉得是个奇迹。事不宜迟，我们赶紧请求同意出版，以备不时之需。我们带着自己的行头，一旦进不了法兰西学院——这是很可能的，也好拿上别人的行头，进入文献学和文学研究院。应当说明一下，进入研究院的请求得到恩准了，在此记上一笔，以便公开批驳那些别有用心的人，他们硬说现政府不大关心文人。

今天，我们奉献给读者的，是这一珍贵手稿的第一部分，并起了一个合适的书名，同时我们也保证，这一部分果如我们深信的那样，获得应有的成功，就紧接着发表第二部分[①]。

教父也就是第二个父亲，因此，读者看得有趣还是无聊，都请把责任算到我们头上，而不要怪罪德·拉费尔伯爵。

交代完这一点，就书归正传吧。

[①] 即本书的续篇《二十年后》，后来还有再续篇：《布拉热龙子爵》。

第一章
老达达尼安的三件礼物

话说一六二五年四月头一个星期一,《玫瑰传奇》作者的家乡默恩镇一片混乱,就好像胡格诺新教派要把它变成第二个拉罗舍尔①。只见妇女都朝中心街方向跑去,又听到孩子在门口叫喊,好几位有产者急忙穿上铠甲,操起一把火枪或一把长矛,用以支撑不大安稳的心神,也跑向自由磨坊主客栈。客栈门前人越聚越多,围得里三层外三层,都想瞧瞧发生了什么事。

那年头人心惶惶,常出乱子,差不多每天都有个把城市发生这种事件,记录在档。有领主之间的冲突,也有国王跟红衣主教打起来的,还有西班牙向国王宣战的。除了这些明争暗斗,明火执仗或者暗中进行的战争,还有盗匪、乞丐、胡格诺新教徒、恶狼和悍仆,也向所有人开战。城镇居民都常备不懈,随时准备对付盗匪、恶狼和悍仆——也时常对付领主和胡格诺新教徒——还时而对付国王——但是从来没有反对过红衣主教和西班牙人。这种习惯已经根深蒂固,因此,在上面所说的一六二五年四月头一个星期一这天,居民听见喧闹声,既没看到红黄两色的旌旗②,也

---

① 拉罗舍尔:法国西部大西洋海岸港口城市,现为海滨夏朗特省省会,当年是新教教徒的阵地和避难所。本书后面的第四十一章即讲述朝廷打击新教势力的拉罗舍尔围城战。
② 红黄两色旗为西班牙军旗。

没有看见德·黎世留公爵扈从的号衣，就纷纷朝自由磨坊主客栈跑去。

跑到那里一看，才明白这种骚动的起因。

原来是来了个年轻人——让我们用一笔勾勒出他的形象：活似一个十八九岁的堂吉诃德，只是没有戴盔披甲，仅仅一身短打扮，蓝呢子紧身衣褪了色，变成难以描摹的葡萄酒渣和碧空的混合色。他长一张长脸，呈棕褐色，颧骨很高，这是精明的标志。腭部的肌肉极为发达，这是加斯科尼①人的特征，他即使没有戴贝雷帽，也能让人一眼就认出来，何况这个年轻人又戴着插根羽毛的贝雷帽，眼睛还睁得圆圆的，显得很聪明，那鹰钩鼻子长得倒挺秀气。看那个头儿，说是小青年，未免太高，说是成年汉子，又嫌矮了点儿；如果没有那把挂在皮肩带下的长剑，缺乏眼光的人就会认为他是个赶路的农家子弟：他步行时用那把长剑拍打他的小腿，骑马时则拍打他坐骑倒竖的长毛。

不错，我们这位年轻人有一匹坐骑，那坐骑特别引人注目，也的确惹人注意了。那是一匹贝亚恩②矮种马，看牙口有十三四岁，一身黄皮毛，马尾巴脱落，腿上少不了长了疮，走路时脑袋低到膝盖以下，因而缰绳也就多余了，尽管如此，一天它还是能走八法里③路。这匹马的优点，可惜完全被它怪异的皮毛、别扭的步伐给掩盖了，又恰逢人人都自认为会相马的年头，因此，这匹矮种马从博让希门进入默恩镇刚刚一刻钟，就引起轰动，贬抑之词由马殃及它的骑手。

达达尼安（骑在另一匹罗西南特④马上的堂吉诃德便是这样称呼）不管骑术怎么高明，也不能无视这种坐骑给他带来的滑稽可笑之处，因此，他听到评头论足的议论，就感到格外难堪。当初他父亲，达达尼安老先生，把这

---

① 加斯科尼：法国旧地名，位于法国西南部，九世纪形成加斯科尼公园，十五世纪并入法国，加斯科尼人讲奥克语，他们性格外露，极好张扬，都德等作家都塑造出鲜明的形象。
② 贝亚恩：法国旧地名，位于法国西南部。
③ 一法里约合四公里。
④ 堂吉诃德的坐骑的名字。另有诸多译法，不在此罗列。

样一头牲口当作礼物送给他时，他接受了，却没少叹息，心里怎能不知道，这总归还能值二十利弗尔①。当然，伴随礼物所嘱咐的话，可就无价了。

"孩子啊，"那位加斯科尼老贵族所讲的，还是亨利四世②一辈子改不了的贝亚恩方言，"孩子啊，这匹马就在您父亲家出生，快有十三年了，还从未离开过家门，因此您应当喜爱它。千万不要卖掉它，就让它体体面面地安享天年吧。您若是骑着它去打仗，就要像对待老仆人似的多多照顾它。"老达尼安接着说道："如果有幸进朝廷做事，而您出身古老世家，也有权享有这份荣誉，那您就不能有辱门庭，要知道五百多年来，您的祖先始终保持这个门庭的名声，为了您，也为了您的人。我所说您的人，是指您的亲人和朋友。除了红衣主教和国王，您不买任何人的账。一个世家子弟，要靠自己的勇敢，仔细听清楚，只能靠自己的勇敢，才能建功立业。谁在一瞬间发抖了，也许就会丧失命运之神恰好送来的机会。您还年轻，有两个理由应当勇敢：第一您是加斯科尼人，第二您是我的儿子。不要害怕各种机会，要敢于闯荡。我教过您怎么用剑，您有铁腿钢臂，找点碴儿就动武，现在禁止决斗，就更要跟人斗一斗，这样，打架就要表现出双倍的勇敢。孩子啊，我只能送给您十五埃居③、我的马和您刚听到的叮嘱。另外，您母亲还要给您一种制药膏的秘方，那种创伤膏，她是从一个波希米亚④女人那儿学来的，疗效神奇，只要没伤着心脏就能治好。无论什么您都要尽量利用，要活得痛快，活得长久。——我只有一句话要补充了，想提供给您一个榜样，但不是我本人，我没有在朝廷当过差，仅仅当过志愿兵去参加宗教战争。我要说的是特雷维尔先生：他从前是我的邻居，他小时候，有幸跟路易十三世一块玩耍——愿天主保护我们的国王！他们游

---

① 利弗尔：法国古币名，价值随时代和地区不同而变化。
② 亨利四世（1553—1610）：法国波旁王朝的第一代国王。
③ 埃居：法国古代钱币名称，种类多而价值不等。
④ 波希米亚：捷克西部地区。波希米亚人在欧洲各地流浪，以卖艺、算命、治病为生，有时也称吉卜赛人。

戏，有时还真动起手来，但是国王并不总能占便宜，挨了拳脚，但是国王反倒非常器重他，对他情深义重。后来，德·特雷维尔先生头一次前往巴黎，一路上同人打过五场架。从老国王驾崩一直到当今国王成年，不算作战和攻城，他同人决斗过七次；从国王成年直到今天，也许同人决斗了上百次！——然而，虽有法规、条例明令禁止决斗，他还照样当他的火枪卫队队长，也就是说，国王特别倚重而红衣主教颇为忌惮的一批勇士的头领，而众所周知，红衣主教先生是不惧怕什么的。此外，德·特雷维尔先生年俸一万埃居，因此，他是个大派头的贵族。——他开头跟您一样。拿着这封信去见他，照他的样子，学他的榜样。"

说完这番话，达达尼安老先生将自己的剑给儿子佩挂上，深情地吻了他的面颊，并为他祝福。

年轻人从父亲房间出来，又见到母亲。她拿着那张神奇的药方，正等着儿子，从上文极力推荐的话来看，这个药方今后会常常用上。母子话别比父子分手持续时间要长，更加难舍难分。倒不是达达尼安先生不喜爱自己的儿子，他唯一的后嗣，但他是条汉子，认为过分伤悲，就不配当一个男子汉。达达尼安老太太就不同了，她是女人，又是母亲，她流了一大把眼泪。我们在这里也要称赞一句小达达尼安先生，他虽然极力控制，要像未来的火枪手那样坚定，但还是流了不少泪，也仅仅忍住了一半。

这个年轻人当天就上路了，带着父亲赠给他的三样东西，即上文交代的十五埃居、一匹马和致德·特雷维尔的一封信。不言而喻，叮嘱的话我们没有算在内。

达达尼安 vade mecum[①]，他就从精神到外表，成了塞万提斯那部小说主人公的精确复制品了。而我们作为历史学家，必须描绘他的形象，在上文对两者也做了恰当的比较。堂吉诃德把风车当作巨人，把羊群视

---

① vade mecum，拉丁文，意思是"带着这些上路"。

为军队；达达尼安则把每个微笑当作侮辱，把投来的每一个眼神视为挑衅。因此，从塔尔布一直到默恩，他始终握紧了拳头，而且两只手握着按住剑柄，每天也不下十次，不过，拳头还没有击到任何人的腮帮子上，剑也没有拔出鞘来。这并不等于说，过路人瞧见这匹寒酸的小黄马，脸上没有绽出过笑容。可是，小马上面毕竟有一大把长剑啪啪作响，长剑上面还有一对炯炯发亮的眼睛，而那眼神露出的凶光多于傲慢，行人也就憋住笑声，如果实在憋不住而失慎，他们也至少像古代面具那样，尽量用半边脸笑。就这样，达达尼安一路行来，保持凛然难犯的神态，也安然无恙，直到默恩这座倒霉的城市。

他到了默恩，在自由磨坊主客栈门前下马，却不见来人招呼，无论老板、伙计还是马夫，都没有到下马石来扶马镫。他从一楼半开的一扇窗户望进去，看见一个身材魁伟、虽然眉头微皱但神态十分高贵的绅士，正对着两个似乎洗耳恭听的人谈论什么。达达尼安凭自己的习惯，自然而然以为他是谈论的对象，于是侧耳细听。这一次，达达尼安只错了一半，人家谈论的不是他，而是他的马。那位绅士仿佛在向听者列举这匹马的各种优点，而正如我所讲的，听者对讲话的人十分恭敬，他们时时哈哈大笑。须知微微一笑，就足以惹恼这个年轻人，因此可以想见，这样哄堂大笑对他会起什么作用。

不过，达达尼安倒想先看清，嘲笑他的那个放肆家伙的尊容。他以高傲的目光凝视那陌生人，看那样子，年龄在四十至四十五岁之间，黑眼睛目光敏锐，脸色苍白，鼻子特别突出，黑髭胡修得十分齐整。再看他的衣着，只见他穿 什紧身短上衣和 条紫色齐膝短裤，配以同色的饰带，除了露出衬衣的袖衩之外，就再也没有什么装饰了。那短裤和紧身上衣虽是新的，却很皱巴，就好像长时间搁置在箱子里的旅行服。达达尼安的观察又迅疾又极为细腻，注意到这几点，而且他无疑出于本能，还感到那个陌生人对他的未来生活会产生重大影响。

且说达达尼安正盯着瞧那位身穿紫上衣的绅士，那位绅士也正品评那匹贝亚恩矮种马，发表一段极为渊博而深刻的议论，惹得那两个听客哈哈大笑，而他本人也一反常态，脸上显然有一抹淡淡的微笑在游荡，假如可以这样说的话。这一次再也没有疑问，达达尼安确实受到了侮辱。因此，他深信不疑，便把帽子往下一拉，模仿他在加斯科尼偶尔见到的旅途中的一些贵绅，摆出朝廷命官的派头，向前走去，一只手按住剑柄，另一只手叉在腰上。然而不幸的是，他越往前走越气昏了头，本来想好了一套话，要义正词严地向人寻衅，可是从他嘴里吐出来的，却完全是狂怒地打着手势的一个粗鲁家伙的言辞。

"嘿！先生，"他嚷道，"说您哪，就在这扇窗板里面的那位！对，就是您，您在那儿笑什么呢？说给我听听，咱们好一起笑笑。"

那贵绅的目光，从马缓缓地移到骑马的人身上，仿佛半响才明白过来，这种莫名其妙的指责是冲他来的。继而，再也没有一点疑问了，他就微微皱起眉头，又沉吟了好一会儿，才以难以描摹的讥讽和放肆的声调，回答达达尼安："我可没跟您讲话，先生。"

"可是我，我在跟您讲话！"年轻人又嚷道，他见对方又放肆又得体，又鄙夷又掌握分寸，就更加气急败坏。

那陌生人淡淡地笑着，又打量他一会儿，便离开窗口，慢腾腾地走出客栈，来到距达达尼安两步远的地方，正好站到马的对面。他那样泰然自若，又一副嘲笑的神气，引得仍然站在窗口的那两个人越发大笑不止。

达达尼安见那人走过来，立刻拔剑出鞘一尺来长。

"这匹马嘛，说它现在是，不如说它年轻时，肯定是毛茛黄花色。"陌生人接着说道，他继续端详这匹马，但是对着窗口那两个人讲话，就好像根本没有注意到达达尼安恼羞成怒，尽管年轻人就站在他和那两个人之间："这种颜色，在植物中很常见，但是迄今为止，这种颜色的马却寥寥无几。"

"嘲笑马的人，未必敢嘲笑马的主人！"堪与特雷维尔匹敌的人狂怒地嚷道。

"我不常笑，先生，"那陌生人接口道，"您自己瞧一瞧，就能从我这张脸的神色看出这一点。不过，我高兴笑就笑，这种权利我执意要保留。"

"我不管，"达达尼安又嚷道，"反正我不高兴就不让别人笑！"

"真的吗，先生？"陌生人更加镇定自若，继续说道，"很好，这样完全公正。"说罢一掉身子，就要从大门回客栈。达达尼安刚到的时候，就注意到门下拴了一匹备好鞍的马。

然而，达达尼安岂肯让一个放肆嘲笑过他的人溜掉，他拔出剑来，边追边嚷道："掉过头来，掉过头来，嘲笑人的先生，可别让我从身后袭击您。"

"咦，袭击我？"那人转过身来，又惊讶又鄙夷地注视年轻人，"哼，算了吧，小老弟，您敢情疯了！"

接着声音转低，仿佛自言自语：

"真可惜！陛下正四处招募勇士，扩充火枪卫队，这个人多合适啊！"

话音还未落地，达达尼安就一剑猛刺过来，那人急忙往后一跳，动作稍慢一点，就可能再没机会开玩笑了。陌生人这才明白，这回玩笑可开大了，于是他拔出剑来，先向对手致意，然后拉开架势。就在这工夫，那两名听客由客栈老板陪同，各操棍棒、铲子和火钳等家伙，一齐砸向达达尼安，来势凶猛，好似一场冰雹，逼得达达尼安只好全力招架，而那对手以同样准确的动作，将剑插回鞘中，演员没当成，重又成为这场搏斗的旁观者，并保持他那一贯的冷漠的神态，不过嘴里却咕哝道：

"该死的加斯科尼人！把他扔到那橘黄马背上，让他滚蛋！"

"懦夫，没干掉你，休想把我赶走！"达达尼安嚷道，一边奋力抵挡三名敌手的围攻，一步也不肯后退。

"又是一个硬充好汉的家伙，"那绅士咕哝道，"老实说，这些加斯科尼人，真是不可救药！既然他非要找不自在，那就继续玩吧。等玩累了，他就会说够了够了。"

然而，那陌生人还不知道，他在同多么顽固的一个人打交道。达达尼安这个人，什么时候也不会讨饶。搏斗又进行了几秒钟，达达尼安终于精疲力竭，猛然一棍子打来，剑给打断，手上的半截也给震飞。紧接着又是一击，正中额头，将他打倒，满面流血，几乎昏过去。

正是这时候，居民从四面八方跑向出事地点。客栈老板也怕事情闹大，就让伙计帮着，将打伤的人抬进厨房，稍微给他治疗包扎一下。

那位贵绅则回到原来窗口的位置，颇不耐烦地看着围观的人，见他们没有散去的意思，不禁有点儿恼火。

"喂！那个疯子怎么样啦？"他听见开门的声响，便回身问进来问候他身体状况的店主。

"阁下安然无恙吧？"店主问道。

"是的，安然无恙，我亲爱的店家，我是在问您，那小伙子怎么样了？"

"他好些了，"店主答道，"刚才他不省人事了。"

"真的吗？"那贵绅问道。

"不过，他昏过去之前，还拼命喊您，喊着向您挑战。"

"这小伙子，难道是魔鬼的化身？"陌生人高声说道。

"哎！不是，阁下，他不是魔鬼。"店主又答道，同时做了个轻蔑的鬼脸，"因为，他昏过去后，我们搜了他的身，他的包裹里只有一件衬衣，他钱袋里也只有十一埃居，就这样子，他要昏过去时还说，这件事如果出在巴黎，您当即就要后悔，发生在这儿也得后悔，只是晚点罢了。"

"这么说，他是什么王子王孙化了装啦。"那陌生人冷淡地说道。

"我向您提这情况，阁下，也是想让您多留神。"店主接口说道。

"他发怒时有没有提起什么人？"

"怎么没有，他指着衣兜说：'看看德·特雷维尔先生怎么说，居然有人侮辱受他保护的人。'"

"德·特雷维尔先生？"陌生人说道，他开始注意起来，"他拍着衣兜，提起德·特雷维尔先生的名字吗？……喏，我亲爱的店家，我可以肯定，在那年轻人昏迷的时候，他那衣兜，您不会不同样瞧一瞧。兜里有什么？"

"有一封信，是给火枪卫队长德·特雷维尔先生的。"

"真的吗？"

"我荣幸对您讲的，阁下，就是真的。"

店主缺乏洞察力，丝毫也没有注意到，他的话引起那陌生人表情的变化。本来，那人一直待在窗口，臂肘撑在窗台上，现在他离开那里，皱起眉头，显得惴惴不安。

"见鬼！"他咕哝道，"这个加斯科尼人，难道是特雷维尔派来对付我的？他这么年轻！不过，刺一剑就是刺一剑，不管举剑刺来的人有多大年龄。对一个孩子，人们倒不大提防。一个极小的障碍，有时就能毁掉一个重大计划。"

陌生人陷入沉思，过了好几分钟，他才又说道：

"喏，店家，您就不能把这个疯子给我打发掉吗？在良心上，我不能杀掉他，然而，"他脸上露出冷酷的凶相，补充道，"然而，他碍我的事。他在哪儿呢？"

"在楼上我老婆的房间，有人正给他包扎伤口。"

"他的那口袋衣物都随身带着吗？他那短外套没有脱掉吗？"

"没有，这些东西都放在楼下厨房里。不过，那个疯小子，既然碍您的事……"

"当然碍事。他给贵店添了这么大乱子，体面的人怎能不气愤。您上楼去吧，给我结账，再告诉仆人一声。"

"怎么，先生这就要走？"

"这您完全清楚。我不是早就吩咐您备马了吗，难道没有照我说的去办吗？"

"当然照办了，正如阁下见到的，马已经备好，就拴在大门下面。"

"那好，您就照我讲的去办吧。"

"哦！"店主心中暗道，"莫非他怕那个小子？"

这时，陌生人瞥来命令的目光，打断他的思路。他卑微地施了一礼便出去了。

"可不能让那个怪家伙瞧见米莱狄①，"陌生人继续说道，"她很快就要从这里经过，而且，她已经晚了。毫无疑问，我最好骑马去迎她……我若是能了解给特雷维尔的那封信内容就好了！"

他自言自语，走向厨房。

这工夫，店主已无疑虑，确信这年轻人一来，就逼得那陌生人离开客栈。他上楼到妻子房间，看到达达尼安终于苏醒过来，于是就让年轻人明白，他向一位大老爷——照店主看来，那陌生人只能是个大贵族——寻衅斗殴惹了祸，很可能要招来警察，劝他不管身体多么虚弱，也要快点起来继续赶路。达达尼安头还发晕，上身没穿外衣，脑袋缠满了绷带，一听这话只得站起来，由老板半扶半推着下楼，到了厨房，头一眼就看见他的挑衅者，那人站在由两匹诺曼底高头大马拉的一辆大轿马车踏板上，正安闲自在地同人说话。

谈话的对方是个二十来岁的女子，从车窗探出头来。前面讲过，达达尼安能捕捉一个人的全貌，速度快得出奇，因而一眼就看出那女子又年轻又美丽。如此美貌的女子，他在一直居住的南方从未见过，因此尤为惊讶。她的脸色略显苍白，一头金发长长的，拳曲着披在肩上，一对蓝色大眼睛带着几分忧郁的神色，那朱唇赛似玫瑰，纤手雪白如玉。她正非常激动地同那陌生人谈话。

"这么说，法座②命令我……"那夫人说道。

---

① 我们都知道，米莱狄这种称谓，习惯跟姓氏一起用，然而，手抄本原稿如此，我们就不便改动［米莱狄（Milady）应是英语 My Lady "我的夫人"的变形］。——原注
② 法座：对红衣主教的尊称，此处指红衣主教黎世留。

"即刻返回英国,如果公爵①离开伦敦,就直接禀报法座。"

"还有什么指示?"美丽的女行客问道。

"全装在这匣子里,等过了拉芒什海峡②,您再打开。"

"好吧。那么您呢,您怎么办?"

"我嘛,这就回巴黎。"

"也不惩罚那个无礼的小子?"那夫人问道。

陌生人正欲回答,要开口的当儿,不料全听在耳中的达达尼安冲到大门口。

"是那无礼的小子惩罚别人,"他嚷道,"但愿这次,该受惩罚的家伙不会像头一次那样逃脱。"

"不会逃脱?"那陌生人皱起眉头接口道。

"不会,当着女人的面,谅您也不敢逃走。"

"想一想,"米莱狄见那贵绅手按剑柄,便高声说道,"想一想吧,稍有延误,就可能满盘皆输。"

"您说得对,"那贵绅高声说道,"那么您和我,都各自赶路吧。"

说罢,他朝那贵妇颔首致意,便骑马飞驰而去,大轿车的车夫也用力挥鞭赶马。两位对话者,就是这样朝这条街相反的方向奔驰而去。

"嘿!您还没付账呢!"店主叫起来,他见旅客没结账就走,心中的敬意顿时化为极大的轻蔑。

"去付钱,笨蛋!"那行客对仆人吼道,同时还一直奔驰。那仆人回马,往店主脚下扔了两三枚银币,又追主人去了。

"哼!懦夫,哼!无耻之徒!哼!冒牌绅士!"达达尼安边嚷边追那仆人。然而他受了伤,身体还太虚弱,经不住这样折腾,刚跑了十来步远,就觉得耳朵嗡嗡响,眼前一黑,便跌倒在街中央,嘴里仍喊着:

---

① 公爵:指英国任首相的白金汉公爵。
② 拉芒什海峡:英国称英吉利海峡,位于法国和英国之间。

"懦夫！懦夫！懦夫！"

"他的确是个懦夫！"店主走到达达尼安跟前，也咕哝一句，想通过这句迎合的话同这可怜的年轻人和解，就好像寓言中所说，那只鹭鸶要同它晚上碰到的蜗牛和解一样①。

"对，十足的懦夫，"达达尼安有气无力地说道，"不过她嘛，很美丽！"

"她，是谁？"店主问道。

"米莱狄。"达达尼安结结巴巴地说道。

接着，他再次昏迷过去。

"反正也一样，"店主说道，"那两个走掉了，还剩下这一个，我有把握，至少也能留他几天，总还可以赚上十一埃居。"

我们知道，十一埃居正好是达达尼安钱袋里所余的钱数。

店主算计用十一天养伤，每天一埃居。然而，他没有连这个旅客的其他用度一起算计。第二天一大早，刚刚五点钟，达达尼安就起床，自己下楼到厨房，要了葡萄酒、橄榄油和迷迭香，此外还要了几种配料，但是单子没有流传下来，我们也就不得而知。他拿着母亲给他的药方，为自己配了创伤膏，抹在好几处伤口上，绷带也由自己来换，不愿意再请任何医生。无疑多亏波希米亚人创伤膏的疗效，也许还亏了没找任何大夫，达达尼安当天晚上就能起立行走，第二天就几乎伤愈了。

这两三天，达达尼安为治疗绝不进食，唯一的开销就是用了迷迭香、橄榄油和葡萄酒，而那匹黄马则不然，照店主的说法，它吃的草料，要比它那个头儿的马正常吃的多出三倍。可是要付钱的时候，达达尼安掏空口袋，也只找到旧丝绒钱袋和里面的十一埃居，致德·特雷维尔先生的那封信却不翼而飞。

开头，年轻人以极大的耐心找信，将衣裳的大兜小兜翻来翻去足

---

① 法国寓言诗人拉封丹（1621—1695）的寓言诗《鹭鸶》，讲它挑食，不肯吃冬穴鱼等，到晚上饿极了，见到一只蜗牛也觉得是好食物。

有一二十遍，旅行袋也掏了又掏，钱袋打开又关上，关上又打开，最后确信那封信找不到了，他第三次怒不可遏，差一点又要消耗葡萄酒和橄榄油。因为，这个脾气暴躁的年轻人又大发雷霆，威胁说如果不把他的信找回来，他就把客栈全砸了。店主见状，已经操起一支长矛，他老婆也抓起一把扫帚柄，伙计们也都各自操起前天使用过的棍棒。

"我的推荐信！"达达尼安嚷道，"我的推荐信！妈的，还给我！要不然，我就让你们像猎来的雪鸦那样，全插在烤扦上！"

可惜的是，有一种情况阻碍了年轻人实施他的威胁。前面已经交代过，在第一次搏斗时，他的剑断为两截，这事儿他完全丢在脑后，结果达达尼安真拔剑时，握在手中的只是八九寸长的断剑，这是店主细心插进剑鞘里的。至于另一段剑，大厨已经转移走，打算改成往瘦肉中塞肥膘的扦子。

然而，这种挫折也许不足以阻止暴躁的年轻人，幸好店主考虑到，这位旅客向他提出的要求完全是正当的。于是，他放低长矛，问道："可是，那封信，到底哪儿去了呢？"

"对呀，信哪儿去了？"达达尼安嚷道，"我可先告诉您，这封信是写给德·特雷维尔先生的，必须找到，如果找不回来，他会让人找到的，哼！"

这种威胁，终于把店主吓住了。除了国王和红衣主教、军人，甚至老百姓，最经常提起的人，恐怕就是德·特雷维尔先生了。当然喽，还有约瑟夫神父①，不过，他的名字，人们提起来，从来要把声音压得很低，那位人称灰袍法座、红衣主教的亲信，简直让人谈虎色变。

店主干脆把长矛扔掉，还命令他老婆扔掉手中的扫帚柄，命令手下伙计扔掉棍棒。接着，他又做出表率，开始寻找失踪的信件。

店主找了一会儿毫无结果，便问道：

"这封信里装有什么贵重的东西吗？"

---

① 约瑟夫神父（1577-1638）：嘉布遣会修士，他成为黎世留的心腹和顾问，一度权倾朝野。

"那还用说！我想当然贵重啦！"加斯科尼青年高声说，他本来把这封信当作进宫的路条，"信里装着我的财富。"

"是西班牙债券吗？"店主不安地问道。

"是国王陛下专用金库的债券。"达达尼安答道。他是要靠这封推荐信进宫当差，就觉得这种颇为轻率的回答不算说谎。

"真见鬼！"店主说了一声，这下他可一筹莫展了。

"不过也无所谓，"达达尼安接着说道，一副他那地方人处变不惊的神态，"也无所谓，钱不算什么，信比什么都要紧。我宁可丢掉一千皮斯托尔①，也不愿意把信弄丢了。"

就是说两万皮斯托尔，也不算太过分，但是这个青年还有几分羞耻心，也就适可而止了。

店主闹翻了天也一无所获，却猛然心头一亮，高声说道：

"信根本没有丢啊！"

"哦！"达达尼安应了一声。

"没有丢，是让人拿走了。"

"拿走啦！谁拿的？"

"是前天的那位绅士。他去过厨房，而您的上衣就放在那里。他一个人在那里待了好一阵。我敢打赌，是他偷走了信。"

"您这样认为？"达达尼安接口道，他不大相信店主的话，因为他比谁都清楚，这封信仅仅对他个人至关重要，想不出别人拿去能贪图什么。事实上，这家客栈的任何伙计、任何旅客，拿了这封信也捞不到一点好处。

"您是说，您怀疑那个傲慢无礼的贵绅了。"达达尼安又说道。

"跟您说吧，肯定是他，"店主继续说道，"当时我告诉他，老爷您是受德·特雷维尔先生保护的，您身上甚至还带着给那位显贵的一封

---

① 皮斯托尔：法国古币名，相当于十个利弗尔。

信。他听了神色十分不安,就问我信放在哪里,得知您的上衣放在厨房,他随即下楼去那里。"

"这么说,是他偷了我的信了,"达达尼安应声道,"我要向德·特雷维尔先生告他的状,德·特雷维尔先生就会向国王告他的状。"

说罢,他神气十足地从兜里掏出两埃居,付给店主。店主帽子拿在手上,送他一直送到大门口。达达尼安又跨上黄毛马,一路行去,再也没有出什么事情,到达巴黎圣安托万门,三埃居将马卖掉。马卖这个价就相当不错了,须知最后这一程,达达尼安路赶得很急。因此,马贩子花九利弗尔买了马,丝毫也不向这个年轻人掩饰,他出这个大价钱,只因马的毛色很独特。

且说达达尼安腋下夹着小包裹,走进巴黎城内,步行许久,才找到他租得起的一间房屋。那房屋是间顶楼,位于卢森堡宫[1]附近的掘墓人街。

定金一交,达达尼安就入住了。这天余下的时间,他就用来往紧身衣和外短裤上缝绦子。这些绦子,是老达达尼安七八成新的紧身衣上的,被他母亲偷偷拆下给他了。然后,他又去铁器码头街,给他的断剑重配了剑身,再去卢浮宫,遇见个火枪手便打听德·特雷维尔先生的府邸。那府邸在老鸽棚街,也就是说,恰巧在达达尼安租的客房附近。看来是个好兆头,他此行必达目的。

这些事情料理完,他就上床,心安理得地睡觉。他对自己在默恩的表现颇为满意,对过去毫无愧疚,对现时满怀信心,对未来也充满希望。

一觉醒来已是早晨九点钟,这还纯粹是外省人的酣睡时间。他起了床,便去见那大名鼎鼎的德·特雷维尔先生,据他父亲判断,那是王国的第三号人物。

---

[1] 卢森堡宫:建于1615年至1620年,为法国王后、亨利四世的妻子玛丽·德·梅迪契所建,今为法国参议院所在地。

第二章
德·特雷维尔先生的候客厅

德·特雷维尔先生是到巴黎之后改的姓,他的家族在加斯科尼仍叫德·特鲁瓦维尔,他出来闯荡时,也确实同达达尼安一样,即身无分文,仅有胆量、机智和聪慧。然而,有了这种资本,最贫穷的加斯科尼小贵族有望从父辈那儿得到的遗产,往往超过佩里戈尔或贝里①地区最富有的贵族实际收益。他那异乎寻常的勇武、更加异乎寻常的运气,在动刀动剑如下冰雹一般的年代,就使他平步青云,一跃四级,登上人称朝廷恩宠的那架难上的梯子的顶端。

他是国王的朋友,而众所周知,国王十分怀念父王亨利四世。当年在对天主教同盟②战争中,德·特雷维尔先生的父亲,就忠心耿耿地为亨利四世效力。亨利四世要酬谢效力之人,却没有现金,这个贝亚恩人终身都缺少钱这东西,于是他就用他唯一无须借用之物,也就是说用精神来奖励,不断地偿还债务,就在拿下巴黎之后,他特准德·特雷维

---

① 佩里戈尔和贝里均为法国中世纪的封建领地。
② 天主教同盟:1572年屠杀胡格诺派的巴托罗缪惨案之后,法国内战重起,陷于分裂。胡格诺派支持纳瓦尔国王亨利,即后来的法国国王亨利四世。北方的天主教贵族以亨利·德·吉兹公爵为首,于1576年成立天主教同盟,企图推翻在巴黎掌握中央政权的法国国王亨利三世。

尔先生的父亲用金狮子形象做族徽：狮子行走在直纹的红底色上，题名为：fideliset fortis①。就荣誉而言，确实皇恩浩荡，但是从实惠来说，就微不足道了。因此，伟大的亨利王的这位杰出伙伴去世时，给儿子仅仅留下他的剑和族徽的题名。也正是仰仗这两件遗赠，以及毫无污点的姓氏，德·特雷维尔先生才被年轻王子收到麾下，用剑效力，十分忠于族徽的题名。以致路易十三，王国的斗剑高手，平常总这么说，一遇朋友要进行决斗，就劝那朋友请助手首先请他，其次请特雷维尔，甚至建议先请特雷维尔。

可见，路易十三确实喜爱特雷维尔，当然国王的喜爱是自私的喜爱，但仍不失为一种喜爱。只因在动乱的年代，谁不力图网罗特雷维尔这样铁打的好汉。许多人都可以把他那题名的第二部分"坚强"当作座右铭，但是贵族中，能以题名的第一部分"忠诚"自谓者，可就屈指可数了。特雷维尔就是屈指可数中的一个，他这种人十分难得，具有家犬一样听命主人的聪明、盲目的勇猛，眼疾手快，那种眼力专门能看出国王对谁不满，那种铁手也专门打击那种讨厌的人，诸如贝姆、莫尔维尔、波特罗·德·梅雷、维特里②之流。只是迄今为止，他没有机会而已，然而，他总在伺机而动，决心不放过任何稍纵即逝的机会。正因为如此，路易十三才任命特雷维尔当他的火枪卫队长。那些火枪手对路易十三的忠诚，确切地说狂热的崇拜，不亚于近侍传令官之崇拜亨利三世，苏格兰卫士之崇拜路易十一。

在这方面，红衣主教也不甘落后。法兰西的这位第二号，甚至第一号国王，看到路易十三身边有这样一支精锐卫队，也要建立自己的卫

---

① "fideliset fortis"，拉丁文，意思是"忠诚与坚强"。
② 贝姆受雇于德·吉兹公爵，杀害了胡格诺派一位首领科利尼元帅。波特罗·德·梅雷（1537-1563），他受科利尼的指使，于1563年将天主教派军队首领弗朗索瓦·德·吉兹公爵刺成重伤致死，他也被判处死刑。维特里（1581-1644），路易十三的卫队长，他于1617年杀死拒捕的孔奇尼，被封为法兰西元帅。

队。于是，他效法路易十三，有了自己的一队火枪手。当时有目共睹，这两个掌握国家大权的对手，在法国各个省，甚至在各国，挑选剑术高超的名手。因此，黎世留和路易十三晚上下棋的时候，还竞相夸赞自己的侍卫如何勇猛。每人都炫耀亲随的服饰和勇力。他们一边公开反对决斗和斗殴，一边又纵容手下人动手，听说自己的人输了或者赢了，着实感到伤心或者欣喜若狂。至少，一个人的《回忆录》中是这样讲的，他就常参加搏斗，输过几次，赢的次数则多得多。

特雷维尔早已抓住了主子的弱点，就凭这种机灵劲儿，在没有留下十分忠于友谊好名声的国王身边，能够长期不断地得到这宠信。他还一脸嘲讽的神气，让他的火枪手在红衣主教阿尔芒·杜普莱西面前耀武扬威，气得法座的花白胡子都竖起来。特雷维尔透彻领悟那个时期的战争，知道军人不靠敌人养活时，就得靠同胞供养。因此，他的士兵组成了魔鬼军，无法无天，只服从他，不买任何人的账。

国王的火枪卫士，确切地说，德·特雷维尔先生的火枪卫士，一个个衣冠不整，总是醉醺醺的，身上还挂着破皮的伤痕。酒馆、散步场地、游乐场所，都有他们的身影，他们捋起小胡子，大嚷大叫，弄得佩剑噼啪作响，遇见红衣主教先生的卫士就故意冲撞，在大街上，动不动就拔出剑来，满嘴调笑和戏谑。有时他们也有人被杀，但是他们确信发生这种情况，会有人哀悼并为之报仇，大多情况他们还是杀了别人，可也同样确信德·特雷维尔先生会去要人，绝不会让他们在监牢里发霉。正因为如此，这些人崇拜他，颂扬他，把赞美的话都说尽了。他们这些人一个个凶神恶煞，在他面前却战战兢兢，仿佛老师面前的小学童，听他随便说句话就奉为圣旨，受到他一点点指责，就不惜以性命为代价去洗刷。

德·特雷维尔先生惯用这支强大的力量，首先为国王及其友人效命，其次为他本人和他的友人所用。然而，那个时期留下来许多回忆录，却没有一部讲述这位权贵受过什么指责，连仇敌的指责也没有，按说他在文人和军人中间，仇敌都同样不少。可以这样说吧，哪里也没有见到记载，指责这位权贵利用部下营私敛财。他善搞阴谋，具有罕见的天分，堪与最高明的阴谋家媲美，但他仍不失为正人君子。此外，尽管激战会扭伤腰，艰苦操练会把人弄得疲惫不堪，他还是照样成为那个时期出入内室沙龙的一个最风流人物，一个最优雅的公子哥儿，一个最为能言善辩的角色。人们谈论特雷维尔春风得意，就像二十年前巴松皮埃尔①惹人议论那样，这种说法可是相当有分量的。可见，这位火枪卫队长受人赞赏、畏惧和爱戴，这就构成了人生造化的顶峰。

路易十四光芒四射，吸纳了他朝廷的所有小星辰。他父亲则是颗pluri bus impar②太阳，让他每个宠信都自己放光，让每个朝臣都展现个人价值。当时在巴黎，除了国王和红衣主教这两颗大太阳升起，还有二百来颗颇受关注的星辰升起③。在二百颗升起的星辰中，特雷维尔是最受趋奉的一颗。

德·特雷维尔先生的府邸位于老鸽棚街，庭院夏天从六点起，冬天从八点起，简直成了一座兵营。大批火枪手仿佛轮流替换，在庭院里总保持五六十名的可观数目，他们全副武装，走来走去，准备应付一切情况。几座宽大的楼梯所占的地基，在今天足够建一整座房舍了。沿着一条楼梯上上下下，净是跑来请求照顾的巴黎人、渴望受录用的外省士绅，以及身穿各种号服、为主人给德·特雷维尔先生送信的仆人。候客厅排列的一圈长凳上，坐着入选的人，即准备受召见的人。厅里嗡嗡的话语声，从早到晚也不间断。德·特雷维尔先生就在隔壁的办公室里，

---

① 巴松皮埃尔（1579-1646）：法国元帅、外交家，因反对黎世留而被关进巴士底狱（从1631年全1643年）。
② "pluri bus impar"，拉丁文，意思是"特立独行的"。
③ 法文 le lever 一词有"日出""晨起"等意思。

接见拜访者，听人申诉或者发布命令。他只要站到窗口，就能像国王站在卢浮宫阳台上那样，检阅他的人马和装备。

达达尼安来求见这天，庭院里聚集的人多极了，尤其在一个外省来的青年看来。不错，这个外省青年是加斯科尼人，而且尤其在那个时期，达达尼安的同乡都有绝不会轻易让人吓退的名声。他一跨进铆着方头长钉的厚重大门，就落入一大群军人之间，他们佩着剑，在庭院里交错行走，彼此打招呼，相互争吵和打闹。要想穿过这一片波涛旋涡，非得是军官、显贵或者漂亮的女人才行。

因此，我们的年轻人正是从这乱哄哄拥挤的人群中往前走，心不禁怦怦直跳，让自己的长剑紧紧贴在瘦腿上，一只手捏着他的毡帽檐儿，脸上似笑非笑，正是外省人硬装沉得住气的尴尬神态。他穿过一群人后，呼吸就轻松多了，但是他明白，别人都纷纷回头瞧他。迄今为止，达达尼安自我感觉一直良好，这是他有生以来头一回觉得自己可笑了。

到了楼梯口情况更糟了。有四名火枪手站在头几个梯级上，正练习下述的剑法，另有十一二人在楼梯平台上，等候轮流上场。

四人中一个占据上面的梯级，挥剑阻止，或者竭力阻止另外三人上楼。

那三人动作灵活，挥舞着剑攻击他。乍一看，达达尼安还以为他们用的是花剑，剑梢是圆头，但是瞧见划出的几道伤痕，他随即就明白恰恰相反，每把剑都磨得十分尖利，而每当剑划出血道子，不仅旁观者，就连比剑的人都狂笑不已。

占据上面梯级的人，这时出色地压住了三个对手。大家围住他们：按规定，被剑伤着就得出局，将谒见队长的机会让给胜者。斗了五分钟，三个人都着了一剑，一人伤在手腕，一人伤在下巴，一人伤在耳朵，而守卫上面梯级的人却没有伤着。按比赛规则，剑法精者受奖，他便赢得三次谒见的优待。

这种嬉戏式的斗剑不是有多么难，而是多么难于让人惊讶，但也确实让我们远道而来的青年感到惊奇了。他在外省家乡那片土地上，看惯了人们头脑容易发热，但要决斗总还有个准备过程，然而这四位斗剑者的张狂劲儿，简直登峰造极，甚至在加斯科尼他也闻所未闻。他仿佛置身于格列佛①被吓得要命的著名巨人国。然而，他还没有走到头呢，前方还有楼梯平台和候客厅。

楼梯平台上的人不再斗剑了，他们讲起了女人的故事，候客厅里的人则大谈朝廷的故事。达达尼安经过楼梯平台时脸红了，进入候客厅又不寒而栗。他的想象力被唤醒，开始任意驰骋了，而在加斯科尼时，他就曾想象自己对年轻的女仆，有时甚至对年轻的女主人，具有极大的诱惑力。但是就在那种痴心妄想的时刻，他所梦想的，也达不到这里所谈的艳遇的二分之一，情场神勇的四分之一，而且这里所谈的更胜一筹，有大名鼎鼎的人物和不加掩饰的情节。不过，如果说在楼梯平台上，他热爱美德之心受到伤害，那么进了候客厅，他就因敬重红衣主教而感到愤慨了。达达尼安在候客厅万分惊讶，听见有人公然批评令欧洲发抖的政策，批评红衣主教的私生活，而多少达官贵人，就因为企图深究这种政策和私生活，便受到了惩罚。老达达尼安先生所敬重的这个伟大人物，在这里竟然成为德·特雷维尔先生的火枪手的靶子，他们嘲笑他那双膝外撇的腿和驼背；有几个人用小调唱他的情妇戴吉荣夫人，他侄女德·孔巴莱夫人的故事；还有一些人商议，如何整一整那位公爵红衣主教的侍从和卫士。凡此种种，在达达尼安听来，简直是天方夜谭。

在对红衣主教的这种种戏谑中，偶尔也提及国王的名字，这时就好像有什么布团，一下子将所有嘲笑的嘴巴堵住似的，大家迟疑地左顾右盼，仿佛担心隔壁墙不大隔音，话会传到德·特雷维尔先生的办公室似的。不过，一句含沙射影的话，很快又把话题拉回到法座身上，于

---

① 格列佛：英国作家斯威夫特（1667—1745）小说《格列佛游记》中的主人公。书中第三部分为《巨人国游记》。

是，谈笑声变本加厉，把法座的所作所为，全暴露在光天化日之下。

"这些人肯定全要关进巴士底狱，全要被绞死，"达达尼安心里惶恐地想道，"我呢，也毫无疑问，要跟他们一块儿完蛋，因为，我既然听了，也听见了他们的言论，就会被看成他们的同谋。我那位老父亲千叮咛万嘱咐，一定要尊敬红衣主教，他若是知道我同这样不信教的人为伍，又会怎么说呢？"

因此，不用我讲，大家也能猜出，达达尼安不敢参与这种谈话。他只是睁大了眼睛，竖起耳朵，五种感官全调动起来，以免漏掉一个字。他虽然相信父亲的叮嘱是正确的，但还是感到自己受兴趣和本能的推动，对这里所发生的闻所未闻的事情，他无意谴责倒想赞扬。

在德·特雷维尔先生这群属下中，由于他完全是个陌生人，头一次在这里出现，这时就有人来问他有何公干。达达尼安见这一问，就十分谦恭地报了自家姓名，特别强调同乡人的身份，请求前来问他的这位跟班去通报一声，让德·特雷维尔先生接见他片刻。跟班以保护者的口气，答应立即传达他的请求。

刚开始达达尼安十分惊讶，现在他稍微回过神儿来，便可从容地研究一下那些人的服饰和相貌了。

最活跃的一圈人中间，有一个身材魁伟的火枪手，他神态高傲，服饰怪异，成为大家注意的对象。此刻，他没有穿统一的军服，而在这自由较少，但是独立性较大的时期，不见得非穿军装不可。他穿的是一件天蓝色紧身衣，略微有点褪色与磨损；身上挎着一条金线绣花的肩带，非常华丽，如太阳照在水面那样波光粼粼；肩上还披着一件深红色天鹅绒长斗篷，显得十分潇洒，仅仅胸前露出金光闪闪的佩带，以及挂在下面的一把极长的剑。

这名火枪手刚刚下岗回来，抱怨自己伤了风，不时还佯装咳嗽两声。因此，他对周围的人说，他不得不披上斗篷。他扬着头说话，同时神气活现地捻着小胡子。大家都热情赞美他的绣花佩带，最起劲的要算达达尼安了。

"有什么办法呢，"这名火枪手说道，"现在又兴这个了。我也知道，这太奢靡了，可这是时髦呀。再说了，家里给的钱，总得花在什么上面。"

"喂！波尔托斯！"在场的一个人高声说，"你也别编故事，让我们相信这佩带是你父亲解囊买的，肯定是上星期天，我在圣奥诺雷门附近碰见你时，和你一起的那位戴面纱的夫人送给你的。"

"不对，我以人格和贵族的名誉担保，的确是我自己买的，花我自己的钱。"刚刚被人称呼波尔托斯的人回答。

"不错，"另一名火枪手说道，"跟我买这个新钱袋一样，花的是我那情妇放在我旧钱袋里的钱。"

"我讲的是真话，"波尔托斯说道，"有证据，我付了十二皮斯托尔。"

尽管还有疑虑，赞叹声却倍增了。

"对不对呀，阿拉密斯？"波尔托斯回身对另一名火枪手说道。

另一名被称为阿拉密斯的火枪手，同这个问话者形成鲜明的对照：那是个二十二三岁的青年，面孔甜甜的很天真，黑眼睛十分温存，脸色红润，像秋天的桃子那样毛茸茸的。他那浅浅的髭须在唇上描出笔直的线条，他的双手不敢放下，唯恐暴起青筋，但不时抬手捏捏耳垂，好让耳朵保持透明的肉红色。平时他话少，说起话来慢悠悠的，频频点头向人致意，笑不出声，只是露出一口漂亮的牙齿，显然牙齿同他身体其余部位一样，受到他精心的护理。他点了点头，肯定地回答朋友的询问。

这种首肯，似乎打消了关于佩带的所有疑问，于是，大家又接着赞赏，但是不再议论了，思路急速一拐弯，就突然转到另一个话题上。

"你们怎么看沙赖[①]的骑术师所讲的事儿？"另一名火枪手问道。他

[①] 沙赖（1599-1626）：伯爵，路易十三宠臣，因密谋反对红衣主教而被处死。

面对全场，而不是直接问哪个人。

"他讲什么了？"波尔托斯以妄自尊大的口气问道。

"他说他在布鲁塞尔碰见了罗什福尔，红衣主教的那个罪恶灵魂化装成嘉布遣会①修士。那个该死的罗什福尔，就凭着乔装打扮，将德·莱格先生给玩傻了。"

"地道的傻瓜，"波尔托斯说道，"不过，这事儿确实吗？"

"我是听阿拉密斯讲的。"那名火枪手答道。

"真的吗？"

"哎！您明明知道嘛，波尔托斯，"阿拉密斯说道，"昨天，我还对您本人讲来着，这事儿就不要再提了。"

"不要再提了，这是您的看法，"波尔托斯接口说道，"不要再提了！好家伙！您的结论下得也太快了。怎么！红衣主教派一个奸诈小人，一个强盗，一个无赖，暗中监视一位贵族，偷他的信件，并且利用盗取的信件，诬告沙赖企图谋害国王，让王爷②同王后结婚，结果砍了沙赖的脑袋。这个谜，没人知道一个字，而您昨天告诉了我们，极大地满足了我们的好奇心。大家还在惊愕不已的时候，今天您却来告诉我们，这事儿不要再提了！"

"要谈就谈吧，喏，随你们的便。"阿拉密斯不急不躁，又说道。

"这个罗什福尔！"波尔托斯高声说，"我若是那个可怜的沙赖的骑术师，就会让他遭一会儿罪。"

"可是您呢，红衣公爵也会让您难受一刻钟。"阿拉密斯又说道。

"嘿！红衣公爵！妙极了，妙极了，红衣公爵！"波尔托斯又拍手又点头，应声附和道，"红衣公爵，这称号真妙，亲爱的，请放心，我一

---

① 嘉布遣会：1528年由意大利人玛窦·巴西创建，属天主教方济各会。
② 王爷：指加斯东·德·奥尔良公爵（1608—1660），路易十三的胞弟。在未来的路易十四出生之前，他是王位的唯一继承人。

定传播出去。这个阿拉密斯，脑袋瓜多灵！亲爱的，真可惜呀，您没有实现您的志愿！否则的话，您会成为一个多么风趣的神父！"

"嗯！不过是推迟一段时间，"阿拉密斯又说道，"总有一天，我会当了神父。您也了解，波尔托斯，为此我还继续学习神学。"

"他说到做到，"波尔托斯接口说，"早晚他会那么干的。"

"只早不晚。"阿拉密斯说道。

"他只等一件事儿，就会最终决定了，重新穿上就挂在军装后面的道袍。"一名火枪手也说道。

"他等什么事儿？"另一名火枪手问道。

"他等着王后给法兰西王位添一位继承人。"

"这可开不得玩笑，先生们，"波尔托斯说道，"感谢天主，王后还在生育的年龄。"

"听说白金汉先生[①]在法国呢。"阿拉密斯狡狯地笑道，他这话表面极为简单，可是一笑就大有文章了。

"阿拉密斯，我的朋友，这回您可错了，"波尔托斯接口说道，"您讲俏皮话成癖，往往做得过火。假如让德·特雷维尔先生听见了，您这样就很不恰当了。"

"您要来教训我，波尔托斯！"阿拉密斯嚷道，那温柔的眼神仿佛闪过一道光芒。

"亲爱的，或者当火枪手，或者去做神父，随便做哪一种都行，千万不要兼做两种。"波尔托斯又说道，"对了，阿多斯那天还对您说来着，所有槽子里的草料您都吃。嗯！咱们可别翻脸，求求您了，翻脸也无济于事。您完全清楚，您、阿多斯和我，咱们三人有约在先。您常

---

① 白金汉（1592-1628）：英国政治家，两朝国王的宠臣，他因主张和解而引起议会的仇恨。1628年，他准备派兵援助法国被围困的胡格诺派时，被英国一清教徒军官刺死。

去戴吉荣夫人府上,向她献殷勤,您还常去看德·舍夫勒兹夫人[①]的表妹,德·布瓦-特拉西夫人,看样子您深得那位夫人的青睐。哎!我的上帝,不要承认您情场得意,没有探问您的隐私,大家也知道您这人嘴很紧。不过,您既然拥有这种美德,见鬼!那就用在王后陛下身上。国王和红衣主教的事儿,谁都可以谈,随便怎么议论都成,但王后是神圣不可亵渎的,要议论也只能讲好话。"

"波尔托斯,您也太自负了,跟那喀索斯[②]一样,这话我可先跟您说下,"阿拉密斯回敬道,"您也了解,我讨厌说教,除非出自阿多斯之口。至于您嘛,亲爱的,您的佩带太华丽了,还没有资格教训我。到了合适的时候,我就去当神父,可眼下我是火枪手,凭这种身份,我愿意说什么就说什么,而此刻我想对您说,您把我惹烦了。"

"阿拉密斯!"

"波尔托斯!"

"哎!先生们!先生们!"他们周围的人嚷道。

"德·特雷维尔先生等候达达尼安先生。"跟班打开办公室的门,打断他们的争吵。

宣布召见时,办公室的门一直开着,人人都噤声了,在这种肃静中,加斯科尼青年穿过候客厅的一段距离,走进火枪卫队长的办公室,心里十分庆幸及时摆脱了这种奇特争吵的终场。

[①] 德·舍夫勒兹夫人(1600-1679):公爵夫人。在路易十四未成年而马萨林掌权时,投石党叛乱(从1648年至1652年)中扮演重要角色。

[②] 那喀索斯:希腊神话中的美少年,只爱自己,因拒绝回声女神的求爱而受惩罚,爱恋自己水中的影子,憔悴而死,化为水仙花。

第三章
谒见

德·特雷维尔先生这时情绪极糟，不过，他见年轻人一躬到地，便以礼相还，接受对他的恭维时还面露微笑，听到年轻人的贝亚恩口音，便同时回想他的青年时代和故乡。这种双重的回忆，能让任何年龄的人绽开笑容。可是，他几乎随即朝候客厅走去，同时朝达达尼安打了个手势，仿佛请年轻人允许他先了结别人的事儿，再开始他们的谈话。他连叫三声，嗓门一声高过一声，因而从命令到愤怒，所有语调都表达出来了：

"阿多斯！波尔托斯！阿拉密斯！"

那两名火枪手我们已经认识了，他们听见三个名字的后两个，立刻应声，离开在一起的伙伴，走向办公室，进去之后，门就又关上了。他们的举止神态，虽不能说完全泰然自若，却也无拘无束，显得既充满自尊，又乐于服从，这激发了达达尼安的赞叹。在他看来，他们已是半人半神，而他们的头领，就是奥林匹斯山上掌握霹雳的天神朱庇特。

两名火枪手一进来，房门随即又关上。候客厅重又响起嗡嗡的议论声，而刚才那几声呼唤，无疑又给谈话增添了新内容。德·特雷维尔眉头紧锁，一言不发，从办公室这一头走到那一头，来回走了三四趟，每次都打波尔托斯和阿拉密斯面前经过，而他们默不作声，身体直挺挺的,仿佛接受检阅一般。最后,他在二人对面戛然止步,用恼怒的目光从头到脚打量他们。

"你们知道国王对我说了什么吗?"他嚷道,"这没多久,就是昨天晚上的事。先生们,你们知道吗?"

"不知道,"两名火枪手沉吟一下,这才回答道,"不,先生,我们不知道。"

"不过,我希望您能赏脸告诉我们。"阿拉密斯又补充一句,语气十分有礼,还极为优雅地鞠了一躬。

"他对我说,今后要在红衣主教的卫士中间,挑选他的火枪手!"

"在红衣主教先生的卫士中间挑选!这是何故?"波尔托斯急切地问道。

"因为他清楚地看到,他的酒差劲,需要掺些好酒提提味儿。"

两名火枪手脸唰地红到耳根。达达尼安也无地自容,真想钻进百米深的地下。

"是啊,是啊,"德·特雷维尔越说越激动,"陛下说得有理,我也可以用名誉担保,火枪手在朝廷上很不争气。昨天,红衣主教先生在跟国王下棋的时候,说话的那种揶揄人的口气,让我讨厌极了。他说前天,那些该死的火枪手,那些魔头,他这么称呼时加重了讥讽的语气,越发令我讨厌。他还用山猫的眼睛注视我,又补充说,那些硬充好汉的家伙,深更半夜,还泡在费鲁街的一家酒馆里,而他的卫士——一支巡逻队,不得不逮捕那些捣蛋分子——当时我以为,他真要冲我嘿嘿冷笑了。活见鬼!你们总该了解点情况!逮捕火枪手!你们就在其中,不要狡辩,有人认出你们了,红衣主教还点了你们的名字。这的确是我的过错,对,是我的过错,人是我挑选的。就说您吧,阿拉密斯,您穿上道袍多么合适,真见鬼,为什么向我讨这身火枪手军装呢?再说您吧,波尔托斯,您这金丝佩带多漂亮,难道挂的是一把木剑吗?还有阿多斯,怎么不见阿多斯,他去哪儿了?"

"先生,"阿拉密斯愁眉苦脸地答道,"他病了,病得很重。"

"您说什么,病了,病得很重?得了什么病?"

"怕是生了天花,先生,"波尔托斯回答,他也想插一言,"情况相当糟糕,他那张脸十有八九要破相。"

"生了天花!波尔托斯,您又来给我编美妙的故事!……他那年龄,还生天花?……不可能!……一定是受了伤,也许被杀了。——哼!事先让我知道就好了!……他奶奶的!火枪手先生们,跑到那种坏地方,在大街上斗嘴,在十字街头耍剑,这些我都不允许。总之,我不愿意让我的人落人话柄,给红衣主教先生的卫士们嘲笑。他们可都是勇士,又安稳又机灵,从来不会落到遭人逮捕的地步,况且,他们也绝不会束手就擒!——这一点我敢肯定……他们宁可死守,也不肯后退一步……什么开溜,逃命,抱头鼠窜,这种行为,只有国王的火枪队卫士干得出来!"

波尔托斯和阿拉密斯气得浑身发抖。听话听音,他们感觉出德·特雷维尔先生这样讲,正是基于对他们深厚的爱,否则早就扑上去把他掐死了。他们在地毯上连连跺脚,嘴唇都咬出血来,手也死死地握住剑柄。前面说过,外边的人听见了喊阿多斯、波尔托斯和阿拉密斯三人的名字,从声调听出德·特雷维尔先生怒不可遏。十来个好奇的人,耳朵贴在房门的挂毯上,一字不落地听见了他斥骂的话,并且陆续传给候客厅的所有人。一会儿工夫,从办公室的房门一直到临街大门,整座公馆都沸反盈天了。

"哼!国王的火枪手,就任凭红衣主教先生的卫士给抓起来。"德·特雷维尔先生接着说道,他从内心深处,跟自己的部下同样恼怒,但是他故意一板一眼,拖长声调,好让说出的每句话都像一把匕首,刺进听者的胸口,"哼!法座的六名卫士,逮捕了陛下的六名火枪手!活见鬼!我已经想好了,这就去卢浮宫,辞掉国王火枪卫队队长的职务,请求去红衣主教的卫队当个副队长,哼!假如遭到拒绝,我就干脆去当神父。"

听他这么说，门外议论的人就炸开了锅，各处都听见谩骂和诅咒。什么见鬼去！他妈的！让那些魔鬼全死光！在空中交织起来。达达尼安恨不能躲进一道帷幔的后面，恨不能钻到桌子底下去。

"听我说！队长，"波尔托斯心头火起，说道，"我们确实六个对六个，但是他们偷袭了，不待我们拔出剑来，我们两个弟兄就已经倒下死了，阿多斯受了重伤，也顶不了什么事儿了。阿多斯，您是了解的，队长，真是好样的！有两次他撑着要起来，可是又倒下去了。然而，我们并没有投降，没有！是他们硬把我们带走的。半路我们还逃脱了。至于阿多斯，原以为他死了，就让他安静地躺在战场上，认为没有必要把他抬走。事情经过就是这样。真见鬼，队长！谁也不能百战百胜。伟大的庞培①在法萨罗战役中败绩，国王弗朗索瓦一世②，我听人讲过，也不比别人差，然而在帕维亚战役中，他却吃了败仗。"

"我荣幸地向您保证，我杀了他们一个人，而且用他自己的剑，"阿拉密斯说道，"因为我的剑，头一下招架就折断了。……杀死的还是捅死的，先生，随您怎么高兴说吧。"

"这情况我不知道，"德·特雷维尔先生又说道，口气稍微缓和了，"看来，红衣主教先生夸大其词了。"

"对了，求求您了，先生，"阿拉密斯继续说道，他见队长情绪平静下来，就大着胆子提出一个请求，"求求您了，先生，不要说阿多斯本人受了伤，传到国王的耳中，阿多斯会伤透心的。况且伤势很严重，剑从肩膀一直刺进胸部，只怕是……"

话音未落，只见门帘撩起，流苏下面露出一张惨白的、高贵而

---

① 庞培（公元前106-前48）：罗马将军、政治家，公元前49年，恺撒向罗马进军，在法萨罗击败庞培。
② 弗朗索瓦一世（1494-1547）：法兰西国王（1515-1547年在位）。1525年，在意大利的帕维亚战役中，他被日耳曼皇帝查理五世打败而被俘。

英俊的面孔。

"阿多斯!"两名火枪手叫起来。

"阿多斯!"德·特雷维尔先生也跟着叫了一声。

"您要见我,先生,"阿多斯对德·特雷维尔先生说道,他的声音微弱,但是十分平静,"听伙伴们说,您要见我,于是我就赶来,听候您的差遣。喏,先生,您有什么盼咐?"

这名火枪手说罢这些话,便脚步稳健地走进办公室,他衣着十分整齐,无可挑剔,跟平常一样紧紧束着腰身。这种勇敢的表现,深深打动了德·特雷维尔的心,他急忙迎上去。

"我正对这两位先生说,"德·特雷维尔先生又说道,"我不准我的火枪手无谓地去拿生命冒险,因为,勇敢的人是国王特别看重的,国王也知道,他的火枪队卫士是天下最勇敢的人。您的手,阿多斯——"

不等刚来的人对这种亲热的表示做出反应,德·特雷维尔先生就抓住他的右手,用全力握紧,却没有注意到阿多斯再怎么硬挺,也不禁疼得哆嗦一下,他的脸色不可思议地越发苍白了。

房门一直半开着。阿多斯受伤的消息虽然保密,但是无人不晓了,因而他一到来便引起轰动。听了队长这最后几句话,大家都满意地欢呼起来,有两三个人过分冲动,从门帘探进来脑袋。这是违反规矩的行为,德·特雷维尔先生当然要严厉申斥了,可是他突然感到,阿多斯的手在他手里抽搐起来,一看阿多斯才发现他要昏过去了。与此同时,阿多斯集中全身力气与疼痛搏斗,但终于支撑不住,就跟死了一般倒在地板上。

"叫外科大夫!"德·特雷维尔先生喊道,"叫我的、国王的,最好的外科大夫来!外科大夫!要不然,老天爷啊!我的英勇的阿多斯就没命啦!"

德·特雷维尔先生这样一叫喊,大家全拥进办公室,队长也顾不上关门禁入了。人人都围上来,要关心照料受伤者,但是他们的热心于事无补,幸好大夫就在公馆里。外科大夫从人群中间挤进来,到了一直昏迷不醒的阿多斯跟前。他见人多乱哄哄的，妨碍治疗，首先提出最紧急的要求，就是将这名火枪手抬到隔壁房间。德·特雷维尔先生立刻打开一扇门，在前面引路，波尔托斯和阿拉密斯抱起他们的伙伴跟上，走在后面的大夫又随手把门关上了。

德·特雷维尔的办公室，这个平时极受敬重的地方，临时变成了候客厅的旁厅。每人都高谈阔论，敞开嗓门骂骂咧咧，诅咒红衣主教及其卫士全部见鬼去。

过了片刻，波尔托斯和阿拉密斯又出来了，外科大夫和德·特雷维尔先生仍留在伤者的身边。

德·特雷维尔先生也终于出来了。伤者恢复了知觉。大夫明确说，这名火枪手的伤势不严重，无须朋友们担心，他现在特别虚弱，仅仅是失血过多的缘故。

接着，德·特雷维尔先生打了个手势，屋里的人就全退出去了，只剩下达达尼安，他丝毫也没有忘记是来谒见的，留在原地未动，表现出加斯科尼人那种特有的倔强性格。

等所有人都退出去，房门重又关上，德·特雷维尔先生回过身来，就单独面对这个年轻人了。刚刚发生的事情，多少打断了他的思路，因而他就问这个执着的求见有什么要求。达达尼安报了姓名，于是，现在和过去的事儿，德·特雷维尔先生就一股脑儿想起来了，也就明白他眼前是什么局面。

"抱歉，"他面带微笑，对达达尼安说道，"抱歉，亲爱的老乡，真的，我把您完全置于脑后了。有什么办法呀！一队之长就是一家之长，只不过责任要比寻常家长大得多。士兵们都是些大孩子，但是我要坚持这一点：国王的指令，尤其红衣主教先生的指令，必须执行……"

达达尼安不禁微微一笑。德·特雷维尔先生从这微笑中判断，他面对的绝不是个傻瓜，于是话锋一转，直截了当地问道：

"我十分喜欢令尊大人，但不知我能为他儿子做点儿什么？有话从速讲，我的时间不由我来支配。"

"先生，"达达尼安说道，"我离开塔尔布，来到这里，就是要请您看在您还没有忘记的这种交情分上，赏给我一套火枪手的军装。然而，两小时以来我在这里所见到的一切，就明白这一恩典太大，恐怕我根本不配。"

"这的确是一种恩典，年轻人，"德·特雷维尔先生答道，"不过，也许它并不像您以为的，或者像您嘴上说的这样高不可攀。陛下倒是有过决定，要预防这种情况，我不得不遗憾地告诉您，无论谁要当火枪手，事先必须经过考验：参加几场战役，有几次不凡的举动，或者在条件不如我们的部队服役两年。"

达达尼安颔首领教，没有答言。得知穿上火枪手的军装竟如此难，他的渴望反而剧增了。

"不过，"特雷维尔继续说道，同时凝视着这位同乡，敏锐的目光似乎要看透对方的内心，"不过，我说过令尊是我的老朋友，看在他的面上，年轻人，我愿意为您做点儿什么。我们贝亚恩地区的子弟通常并不富有，自我离开家乡之后，这种情况恐怕没有多大变化。想必您随身带的钱，不大够您维持生活的。"

达达尼安挺直了身子，高傲的神态表明，他不向任何人乞求施舍。

"很好，年轻人，很好。"特雷维尔接着说道，"这种态度我了解。当年我来巴黎的时候，兜里只装着四埃居，但是有谁敢说我买不起卢浮宫，我就会跟他决斗。"

达达尼安的腰杆儿越发挺直了，他多亏卖了马，在闯荡生涯之初的本钱，比当年的德·特雷维尔先生还多出四埃居。

"我是说啊，您的钱，不管数目有多大，也必须省着花，而且，您作为一个世家子弟，还必须相应地提高各种素养。今天我就给皇家学院院长写封信，明天他会接纳您，免除一切费用。这点儿小意思您不要拒绝。那些出身很高贵、极其富有的世家子弟，有时还求而不得呢。您要学好骑术、剑术和舞蹈。在那里您能结识一些有用的人，您也可以不时地来一趟，向我谈谈您的情况，看看我能为您做点儿什么。"

达达尼安虽然一点不通朝官的做派，也看出了这样接待的冷淡态度。

"唉！先生，"他说道，"今天我算明白了，家父让我带着推荐信给您，看来是多么必不可少啊！"

"我的确感到奇怪，"德·特雷维尔先生答道，"您离家出远门，却没带这样的盘缠，这可是我们贝亚恩人唯一的依托。"

"我本来带着的，先生，而且谢天谢地，信写得完全得体，"达达尼安高声说道，"不料有人心怀叵测，将信给偷走了。"

接着，他就把默恩发生的情况，一五一十地讲了一遍，还详详细细地描述了那个陌生贵绅的形貌，从头至尾讲得有声有色，真实可信，德·特雷维尔先生都听得入了迷。

"这事儿可就怪了，"德·特雷维尔先生若有所思，说道，"看来，您高声提起过我的名字啦？"

"是的，先生，毫无疑问，我犯了这种失慎的过错，有什么办法？像您这样一个人的名字，应当成为我行路的护身符。您想想看，我是不是应该常用来保护自己呀！"

当时盛行恭维，德·特雷维尔先生喜欢别人烧香，这跟国王或红衣主教一样。因此，他不禁微微一笑，显然挺满意。但是笑容旋即消失，他又把自己的思路拉回到默恩的事件。

"告诉我，"他又说道，"那个贵绅，脸上是不是有一道轻疤？"

"对，好像是一颗子弹擦伤的。"

"他是不是仪表堂堂？"

"对。"

"高个头儿?"

"对。"

"脸色苍白,棕褐色头发?"

"对,对,正是。先生,您怎么会认识那个人呢?哼!等我哪天找见他,我向您发誓,我一定找见他,哪怕是找到地狱去……"

"他在等候一位女子?"特雷维尔继续问道。

"同他等候的女人至少谈了一会儿话,他才走了。"

"他们谈话的内容,您不知道吗?"

"他交给那女人一个匣子,对她说里面装着他的指示,叮嘱她到伦敦之后再打开。"

"那女人是英国人吗?"

"他叫那女人米莱狄。"

"是他!"特雷维尔喃喃说道,"是他!我还以为他在布鲁塞尔呢!"

"嗯!先生,"达达尼安高声说道,"您若是知道那是什么人,就请告诉我他是谁,是从哪儿来的,那我就再也不求您什么了,甚至不提您答应我进火枪卫队的事儿,因为,我首先得报仇。"

"千万不要这么干,年轻人,"特雷维尔高声说道,"如果您看见他从街道的一侧走过来,那您就走另一侧。您不要去碰那样一块岩石,您会像只玻璃杯一样被碰得粉碎。"

"这我不管,只要让我找见他……"达达尼安说道。

"眼下嘛,"特雷维尔又说道,"如果要我给您一个忠告,那还是不要去找他。"

特雷维尔猛然起了疑心,就止住了话头。年轻人说在旅途中,那人偷了他父亲的信件,这事听起来不大真实,他这么叫嚷着,表明对那人有深仇大恨,这其中隐藏着什么险恶用心呢?这个年轻人,会不会是法座派来的呢?是不是派来给他设下什么陷阱?这个自称是达达尼安的人，是不是红衣主教的一个密探，想安插到他府上，布置在他身边，骗取他的信任之后，再一下子毁掉他，这种事可屡见不鲜啊！他第二次凝视达达尼安，比头一次盯得更紧，看到年轻人有几分狡黠的机灵相和佯装的谦卑，他还总难放下心来。

"不错，他是加斯科尼人，"他心中暗道，"但是，他能为我所用，也能为红衣主教所用，还是得考验考验他。"

"朋友，"他缓缓地说道，"由于您是我老朋友的儿子，因为我相信遗失信件的事是真的，我希望，为了弥补您在我接待中起初看出的几分冷淡，我希望向您泄露我们政治的秘密。国王和红衣主教是最好的朋友，他们的争执是表面的，只为哄骗那些傻瓜。我认为我们一个同乡，一名英俊的骑士，一个前途无量的勇敢青年，绝不会被这些假象蒙蔽，绝不会像傻瓜一样上当受骗，步许多受愚弄的傻瓜的后尘。您要确信，我忠于这两位万能之主，我的任何重大的举措，都旨在为国王和红衣主教先生效劳，须知红衣主教先生是法兰西所产生的一个最卓越的天才。现在，年轻人，您就要以此为准绳，调整您的行为。假如由于家庭或者朋友关系，甚至出于本能，您对红衣主教先生怀有某种敌意，正如我们所见在贵族身上表现出来的那样，那么您就向我告辞，我们就此分手。在许多方面，我还可以给您帮助，但是不能把您留在我身边。不管怎样，但愿我的坦率能让您成为我的朋友，因为迄今为止，您是我坦白相告的唯一的年轻人。"

特雷维尔心中却暗道：

"这只小狐狸，如果是红衣主教派来的，那么他知道我恨他到了极点，就一定要告诉他的密探，讨好我的办法莫过于诋毁他。因此，这个狡猾的家伙虽然听了我的声明，还是肯定回答我说他十分痛恨法座。"

事实完全出乎特雷维尔所料，达达尼安直截了当地回答：

"先生，我来到巴黎，也抱着完全相同的意图。家父就叮嘱过，除了国王、红衣主教先生和您本人，要我不买任何人的账，他认为你们是法国首屈一指的人物。"

我们发现，本来说两个人，达达尼安临时增添了德·特雷维尔先生，不过他觉得，这样做绝不会坏事。

"因此，我极为崇敬红衣主教先生，"他继续说道，"也极为尊重他的所作所为。如果像您说的这样，您对我坦诚相告，先生，那就是我的福分，因为，您让我荣幸地看到这种相同的好恶。不过，假如您对我还有疑虑，况且这也十分自然，我就会感到讲了真话要毁了自己，然而，也顾不了这许多，您照样还会瞧得起我的，这是我在世上最看重的一点。"

德·特雷维尔先生惊讶到了极点。多么透彻，又多么坦诚，这引起他的赞叹，却还不能完全消除他的怀疑。这个年轻人越是比其他年轻人强，他越是害怕自己看走了眼。然而，他还是紧紧握住达达尼安的手，对他说道："您是个正直的小伙子，但是眼下，我只能做刚才向您提出来的事情。我这公馆的大门永远对您开放。您能随时来见我，因此可以抓住各种机会，今后您也许会如愿以偿，得到您渴望获取的东西。"

"换句话说，先生，"达达尼安接口说道，"您是等我有了资格之后。好吧，请放心，"他以加斯科尼人的那种毫无拘束的口气，补充一句，"您不会等多久的。"

他要施礼告退，仿佛此后，其余的全是他个人的事了。

"稍等一下，"德·特雷维尔先生叫住他，"我答应过您，给学院院长写封信。我的年轻绅士，您是不是自尊心太强，不肯接受呢？"

"不是的，先生，"达达尼安回答，"我向您保证，这一封信，绝不会出现上封信那种情况。我向您发誓，我会很好地保存，一定交到收信人手中。谁要企图从我手中夺走，那就让他遭殃！"

听了这种大话，德·特雷维尔先生微微一笑。二人站在窗口交谈，这时他离开年轻的同乡，走到一张桌子前坐下，开始写他许诺的推荐信。这段时间达达尼安无事可做，就一边用手指敲打玻璃窗，奏出《进行曲》的节拍，一边望着窗外，看那些火枪手陆续离去，直至他们的身影消失在街道的拐角。

德·特雷维尔先生写完信，盖上封印，站起走过去，准备交给年轻人；不料，就在达达尼安伸手接信的当儿，德·特雷维尔看见受他保护的人猛然一跳，气得满脸通红，嘴里嚷着跑出办公室：

"嘿！他妈的！这回他跑不掉啦！"

"谁呀？"德·特雷维尔先生问道。

"是他，偷我信的那个窃贼！"达达尼安回答，"哼！臭无赖！"

他已经跑没影儿了。

"发什么疯！"德·特雷维尔咕哝道，"还别说，"他又补充一句，"他见事情败露，也许这是他的脱身妙计。"

第四章
阿多斯的肩膀、波尔托斯的佩带以及阿拉密斯的手帕

达达尼安怒气冲冲,纵身跃了三步,就穿过候客厅,冲到楼梯,想一跳四级冲下去,跑得太急收不住,一头撞到一名火枪手的肩膀,那人刚巧从德·特雷维尔先生的房间旁门出来,挨了撞叫了一声,确切地说是惨叫一声。

"请原谅,"达达尼安说着,又要继续往前跑,"请原谅,我有急事。"

他刚跑下一级,肩带就被一只铁手抓住,只好停下。

"您有急事!"那名火枪手脸色像裹尸布一般惨白,高声说道,"有这个借口就撞我,说一声'请原谅',以为这就够了吗?还不够,我的年轻人,请相信我。只因听见德·特雷维尔先生对我们讲话粗暴一点儿,您就以为别人也可以像他那样对待我们?别做梦了,伙计,您啊,您不是德·特雷维尔先生。"

"真的,"达达尼安辩解说,他认出是阿多斯,而阿多斯出人夫包扎之后,正要返回住所,"真的,我不是有意的,我说过'请原谅'。这我也就觉得够了。然而,我再向您重复一遍,这一次也许是多余的。我以个人的名义担保,我有急事,事情很急。放开我吧,求求您了,让我去办事儿。"

"先生,"阿多斯放开他,说道,"您不讲礼貌,看得出您是从远地方

来的。"

达达尼安已经冲下去三四级,但是听见阿多斯这样讲,他又戛然停下。

"真见鬼,先生!"他说道,"不管我从多远的地方来,告诉您吧,还轮不到您来给我上礼貌课。"

"也许吧。"阿多斯应道。

"哼!我若不是这么急,"达达尼安高声说道,"若不是去追赶一个人……"

"急着追赶人的先生,您不用追赶就能找见我,这话您明白吗?"

"请问,在什么地方?"

"在赤足加尔默罗修道院附近。"

"几点钟?"

"正午时分。"

"正午时分,很好,我必到场。"

"尽量别让我等候,到了十二点一刻,我可要追赶着将您的双耳割下。"

"好吧!"达达尼安冲他嚷道,"十二点差十分人就到。"

他就像魔鬼附体,又跑起来,希望还能追上那个迈着方步不会走远的陌生人。

不料在临街的门口,波尔托斯正同一名站岗的士兵谈话,二人之间恰好有一人宽的空当儿,达达尼安认为能容他通过,就一直朝前冲,要像一支箭似的穿过去。可是,达达尼安没有估计到风,他正要穿过去,却一头扎进被风吹起的波尔托斯的长斗篷里。毫无疑问,波尔托斯不肯脱下这重要部分的衣着自有其道理,因为,他非但没有放手,反而用力往里拉着斗篷大襟,他这样固执地硬拉,斗篷襟往里一卷,也就把个达达尼安卷进天鹅绒大襟里了。

达达尼安听见火枪手在咒骂,他在斗篷里两眼一抹黑,在褶皱中摸索路子想钻出来,又特别害怕弄脏了我们见识过的崭新华丽的佩带。

第四章 阿多斯的肩膀、波尔托斯的佩带以及阿拉密斯的手帕

继而，他小心翼翼地睁开双眼，却发现自己的鼻子正贴在波尔托斯的肩膀之间，也就是说，恰好贴在那条佩带上。

唉！世间大部分事物，都徒有其表，这条佩带也不例外：它的前面是金丝线的，后面则是水牛皮的。波尔托斯实在是个爱炫耀的人，金丝佩带买不起一整条，至少也弄它半条，现在大家该明白了，伤风感冒为何必不可少，斗篷为何非穿不可。

"真邪门！"波尔托斯边叫嚷边使出浑身力量，要摆脱在他背后乱窜的达达尼安，"您要什么疯，钻到人家背后来啦！"

"请原谅，"达达尼安从这巨人肩下钻出来，说道，"不过我有急事儿，我正追赶一个人，而且……"

"您这么跑追人，难道没长眼睛？"波尔托斯问道。

"不对，"达达尼安也恼了，答道，"不对，我正是长了这双眼睛，才看到甚至别人看不见的东西。"

波尔托斯不管听懂还是没听懂，反正他控制不住，心头火起：

"先生，"他说道，"我先警告您，您这样冲撞火枪手，是成心找不自在。"

"找不自在，先生！"达达尼安说道，"这话够厉害的。"

"对一个习惯于面对敌人的人，这话正合适。"

"哎！当然啦！我知道您不会转身背对您的敌人。"

年轻人讲了这句俏皮话，非常得意，放声大笑着走开了。

波尔托斯气得嘴冒白沫儿，他往前一动，要扑向达达尼安。

"以后吧，以后吧，"达达尼安朝他喊道，"等您不再披这件斗篷的时候。"

"那就一点钟吧，在卢森堡宫后面。"

"很好，一点钟。"

达达尼安答应一声，就拐到另一条街上。

可是，无论他刚跑过的那条街，还是现在一览无余的这条街，他都没有见到人。那个陌生人走得再慢，也该走相当远了，没准儿走进了

哪所房子。达达尼安逢人便打听,沿着下坡街道一直走到渡口,再上坡沿塞纳河街和红十字街走去,还是没有,连个人影儿都没见到。不过,他这次奔波还是有益的,虽然跑得满头大汗,心却冷静下来了。

于是,他开始思考刚才发生的几件事,一下子发生这么多不利的事情。才十一点钟,这个上午,他就已经失去了德·特雷维尔先生的好感,人家肯定认为,他贸然离去颇为失礼。

此外,他还惹来两场非同儿戏的决斗:那两个对手,每个人能杀掉三个达达尼安,总之,那是两名火枪手,即他十分敬重的人,是他心目中强过其他人的两个人。

预想结果会很惨。命肯定要丧在阿多斯手中。这个年轻人不大在乎波尔托斯,这也是可以理解的。然而希望,总是在人心里最后破灭,因而他还是抱着一线希望,经过两次决斗,自己仍活下来,尽管受了伤,当然伤得很重。在幸免一死的情况下,他将作如下的自责。

"我多没头脑,多么愚蠢啊!那个勇敢而不幸的阿多斯,恰好肩膀受伤,而我像头公羊,偏偏一头撞到他有伤的肩上。撞得他一定疼痛难忍,唯一令我奇怪的是,他没有当即杀了我——他有权利这么做。至于波尔托斯——哈!至于波尔托斯,老实说,就更滑稽可笑了。"

年轻人憋不住笑起来,不过同时也环顾四周,别伤害哪个过路人,他独自这样笑,在他人眼里是毫无来由的。

"至于波尔托斯,就更滑稽可笑了。尽管如此,我还是一个笨拙的冒失鬼。不说声小心点儿就扑向大家!这哪儿成!怎么能钻进人家斗篷里,去看里面没有的东西呢!假如我不向他提那该死的佩带,他就会原谅我,肯定会原谅我的。不错,他没有明说,对,说得十分巧妙!唉!我真是个该死的加斯科尼人,掉进热锅还讲俏皮话!好了,达达尼安,我的朋友,"他继续自说自道,并且尽量客客气气地对待自己,"假如你大难不死,这不大可能,假如你大难不死,将来为人处世,一定要处处

第四章 阿多斯的肩膀、波尔托斯的佩带以及阿拉密斯的手帕

讲礼貌。从今往后，必须让人佩服你，必须让人把你当作榜样。对人要和蔼可亲，彬彬有礼，这不等于示弱。瞧瞧人家阿拉密斯吧，他就是和气的典范，文雅的化身。怎么样！难道有人想说阿拉密斯是懦夫吗？没有，肯定没有，从今往后，我要处处以他为表率。嘿！那不正是他嘛。"

达达尼安边走边自言自语，还有几步远就到戴吉荣府，只见阿拉密斯在府邸门前，正同国王的三名侍卫谈笑风生。阿拉密斯也瞧见了达达尼安，但是他绝没有忘记今天早晨，德·特雷维尔先生正是当着这个年轻人的面，大发一通雷霆。火枪手挨训的一个见证人，无论如何也不会讨他的喜欢，因此，他装作没有看见。达达尼安则相反，还一心想着和解，想着如何讲礼貌的计划，他走近前，面带极其和善的笑容，向四个年轻人深施一礼。阿拉密斯略微点了点头，根本没有还以微笑。而且，四个人也不约而同地中断了谈话。

达达尼安也没有傻到家，看不出自己是多余的人，但是他还不大懂社交的一套礼数，闯到不大熟悉的人中间，掺和人家与他无关的谈话，却不会大大方方地摆脱这种尴尬的处境。于是，他心里琢磨，要设法退出，又不显得太笨拙，恰巧这时，他瞧见阿拉密斯失落了一条手帕，还无意中踩在上面，他认为这正是弥补自己唐突的好机会，便弯下腰去，以极优雅的姿势，不管火枪手如何用力踩住不放，也硬把手帕拉出来，交给失主，同时说道：

"先生，这条手帕，我想您丢了会心疼的。"

绣花手帕的确很精美，一角还绣有花冠和族徽。阿拉密斯红头涨脸，他不是接过，简直是从加斯科尼人手中一把夺过手帕。

"哈！哈！"一名卫士高声说道，"口风特别紧的阿拉密斯，你还敢说你同德·布瓦－特拉西夫人关系不好吗？瞧这位可爱的夫人多体贴人，连自己的手帕都借给你啦！"

阿拉密斯瞥了达达尼安一眼，那目光让人一看就明白，对方结了

一个死敌,继而,他又拿出一副虚情假意的表情:

"你们搞错了,先生们,"他说道,"这手帕不是我的,我也不知道为什么,这位先生拾起来,竟莫名其妙地交给我,而不是交给你们当中的一位。我说话有证据,喏,我的手帕,就在我兜里装着呢。"

说着,他就掏出自己的手帕。这条手帕也很精美,高级细麻布的质地,当时颇为昂贵,但是手帕没有绣花,也没有族徽图案,只有物主姓名的缩写字母。

这一下,达达尼安不再吭声了,他已认识到又出了差错。然而,阿拉密斯的朋友们却不听那一套,其中一人装出一副郑重其事的样子,对年轻的火枪手说道:

"情况如果真像你说的这样,我亲爱的阿拉密斯,我可就不得不从你手中讨回手帕。因为,你也知道,布瓦-特拉西是我的一个密友,我不愿看到有人拿他妻子的物品到处炫耀。"

"这种要求你可提得不妥,"阿拉密斯回答,"你讨回手帕,我承认实质上是对的,方式上我却要予以拒绝。"

"其实,"达达尼安怯声怯气地贸然说道,"手帕是不是从阿拉密斯先生兜里掉出来的我也没有看到,只看见他踩在上面,当时就想,手帕既然踩在他脚下,就肯定是他的了。"

"您搞错了,我亲爱的先生。"阿拉密斯冷淡地应声道,对他的补救并不领情。

接着,他又转身,面向那个自称是布瓦-特拉西的朋友的卫士,继续说道:

"况且,我亲爱的布瓦-特拉西的密友,我想我也是他的朋友,关系不见得不如你的亲密,因此,严格说来,这条手帕可能从你兜里,也可能从我兜里掉出去的。"

"不对,我以人格担保!"禁军卫士嚷道。

"你以人格担保,我还以个人名义发誓呢。我们两个人,显然有一个要说谎了。这样吧,蒙塔朗,我们两全其美,每人各拿半条。"

"半条手帕?"

"对。"

"十全十美,"另外两名卫士都高声说道,"所罗门王①的审判。没的说,阿拉密斯,你满脑子都是鬼点子!"

几个年轻人哈哈大笑,可以想象得出,此事也不会再有下文。过了一会儿,他们就不再聊了,亲热地握手之后,三名卫士和阿拉密斯就各干各的事去了。

"跟这位雅士和解的时机到了。"达达尼安心中暗道。在这场谈话的后半段时间,他避开点儿一直站在旁边。阿拉密斯再也没有注意他,正要离开的时候,达达尼安凑上前去,就抱着这种良好的愿望。

"先生,"他对阿拉密斯说,"但愿您能原谅我。"

"哎!先生,"阿拉密斯接口说道,"请允许我向您指出,您在今天这种场合,不像一位绅士所应有的表现。"

"什么,先生!"达达尼安提高嗓门儿,"您推测……"

"我推测,先生,您不是个傻瓜,您虽然来自加斯科尼,还是完全清楚,一个人不会无缘无故,就把脚踏在手帕上。真见鬼!巴黎街道绝不是用亚麻布铺成的。"

"先生,您不该这样侮辱我。"达达尼安说道,他爱争吵的天性又冒头了,超过他和解的决心,"不错,我是从加斯科尼来的,您既然知道了,就无须我告诉,加斯科尼人性情可急躁,因此,他们道了一次歉,哪怕是因干了一件蠢事而道了歉,就确信他们多做了一半该做的事情。"

---

① 所罗门王:古代以色列国王(约公元前十世纪),他在位时期为以色列强盛时期。他以智慧著称,一次两个妇人争一个婴儿,所罗门命令劈开婴儿,各分一半,结果一个同意,另一个反对,所罗门从而断定反对者是婴儿的母亲。

"先生，我对您这么说，绝不是要向您寻衅吵架，"阿拉密斯回答，"谢天谢地！我不是个好斗之人，当火枪手不过是权宜之计，只有在被逼无奈的时候，才肯同人打架，总是非常勉强。不过这次，事情很严重，您损害了一位夫人的名誉。"

"应当说我们损害了她的名誉。"达达尼安高声说道。

"您为什么那么笨拙，将手帕还给我呢？"

"您为什么那么笨拙，让手帕掉下去呢？"

"我说过，再重复一遍，先生，这条手帕不是从我的兜里掉出去的。"

"好哇，您说了两次谎，先生，因为我看见它从您兜里掉出来的！"

"哼！您居然以这种口气说话，加斯科尼人先生！那好，我就教教您如何做人。"

"我呢，就打发您回去做您的弥撒，神父先生！请吧，现在就拔出剑来。"

"不行，劳驾，我的小帅哥，至少不能在此处。您没瞧见吗，对面就是戴吉荣府，府内尽是红衣主教的人！没准儿您是法座派来要我脑袋的吧？说来可笑，这颗脑袋，我还挺珍惜，觉得它配我这副肩膀相当合适。因此，我要杀了您，放心好了，但是要选个隐蔽的地方，悄悄地要您的命，在那儿，您就不能向任何人炫耀您的死了。"

"好吧，不过，您也别太自信了，带上您的手帕，不管是不是您的，也许您用得着。"

"先生是加斯科尼人？"阿拉密斯问道。

"是的，先生为谨慎起见，不会推迟一次约会吧。"

"谨慎，先生，对于火枪手，是一种相当无用的美德，这我知道，但是对于教会的人，则是必不可少的。我不过暂时当当火枪手，所以仍须谨慎。两点钟，我荣幸地在德·特雷维尔先生的府邸恭候。到那里，我再向您指定合适的地点。"

两个年轻人相互施礼告别。阿拉密斯又沿上坡通往卢森堡宫的街道走去。达达尼安看看时候不早了,便前往赤足加尔默罗修道院,一路边走边想:"毫无疑问,我难逃此劫。然而,我如被杀死,至少也是被一名火枪手杀死的。"

第五章
国王的火枪手与红衣主教的卫士

达达尼安在巴黎一个人也不认识，他去阿多斯约会的地点，也就没有带助手，决定接受对方挑选的助手。况且，他的意图也很明确，要以各种适当的方式，向那位英勇的火枪手表示歉意，但并不示弱，他所担心的是，一个健壮的年轻人同一个虚弱的伤者决斗，什么结果都不利，输了会使对手得到双倍喝彩，赢了则要被人指责狡诈和投机之勇。

此外，达达尼安这个出来闯荡世界的人，要么我们没有把他的性格描绘好，要么读者已经看出他绝非凡夫俗子。因此，他一面叨叨咕咕说自己必死无疑，一面又不甘心，唯恐自己这么轻易死掉，就落一个不大勇敢、又不知克制的名声。他考虑要与他决斗的几个人的不同性格，开始看清楚自己的处境。他希望靠诚恳的道歉，能赢得阿多斯的友谊，只因他非常喜欢阿多斯高贵的气派和凝重的神态。佩带的意外事件，能让波尔托斯害怕他很得意，如果决斗不被杀死，他就可以向所有人讲述，要巧妙地追求效果，让波尔托斯成为笑柄。最后，至于那个阴险狡猾的阿拉密斯，他倒不大害怕，假如闯过两关能同阿拉密斯决斗，他就干净利落地把他干掉，至少采取恺撒吩咐部下对付庞培的士兵的办法，专门往脸上刺，永远毁掉阿拉密斯那么引以自豪的容貌。

其次，达达尼安的决心，还有不可动摇的基础，那是父亲的忠告在他心中奠定的，这些忠告大致是："除了国王、红衣主教和德·特雷维尔先生，绝不买任何人的账。"因此，他简直不是走向，而是飞向赤足加尔默罗修道院——当时人们简单称为赤足修道院——那是一座没有窗户的建筑物，毗邻干旱的牧场，算是教士牧场的分支，这里通常是没有闲工夫的人约会的地点。

达达尼安终于望见修道院脚下那小片荒地，这时阿多斯刚等了五分钟，正午的钟声就敲响了。可见，他像撒马利亚人水塔一般守时，就连对决斗最挑剔的人也无话可说。

阿多斯的伤口，虽由德·特雷维尔先生的医生重新包扎过，但一直疼痛难忍。他坐在一块界石上，等待对手到来，始终保持安详和庄严的神态。他一看见达达尼安，就站起身，有礼貌地迎上去几步。达达尼安也一样，帽子拿在手里，帽上的羽毛拖到地下，走到对手跟前。

"先生，"阿多斯说道，"我让人通知我的两位朋友，来给我当助手，可是他们还没有到。他们迟到我感到奇怪，这不是他们的作风。"

"我没有助手，先生，"达达尼安说道，"因为，我昨天刚到巴黎，除了德·特雷维尔先生，还不认识任何人。家父有幸，多少算得上德·特雷维尔先生的朋友。"

阿多斯考虑了一下。

"您只认识德·特雷维尔先生？"他问道。

"对，先生，我只认识他。"

"哦，是这样，"阿多斯半对自己，半对达达尼安，继续说道，"哦，是这样……我若是杀了您，我呀，就该像个吃小孩的怪物啦！"

"不见得，先生，"达达尼安应声说道，同时不失自尊地施了一礼，"不见得，因为您身上带伤，行动必定十分不便，还肯赏脸拔剑同我决斗。"

"老实说，的确非常不便，还应当说，您撞我那一下，疼得要命。

不过，我可以用左手，碰到这种情况，我通常这么办。因此，别以为我让您，我使剑两只手同样。一个左撇子，对方如无准备，就觉得很难对付。实在抱歉，这种情况我没有早些告诉您。"

"先生，"达达尼安又鞠了一躬，说道，"您真是雅人深致，让我不知如何感谢。"

"您这么说让我惭愧，"阿多斯以贵族的风度回答，"劳驾，我们还是谈谈别的事吧，假如这不拂您的意的话。噢！见鬼！您撞得我好疼！这肩膀火烧火燎。"

"如果您允许的话……"达达尼安怯声怯气地说道。

"什么事，先生？"

"我有一种创伤膏，疗效神奇，是家母给我的，我在自己身上也试用过。"

"怎么样？"

"怎么样！我有把握，用这种创伤膏，不出三天准能把您的伤治好。三天之后，等您的伤痊愈了，先生，嗒！到那时能与您交手，对我仍是莫大的荣幸。"

达达尼安这番话讲得很实在，既昭示他的谦恭，又丝毫不损他的勇敢。

"真的，先生，"阿多斯说道，"这个建议我很喜欢，并不是说我就接受，而是说隔一法里就能感到绅士的行为。这便是查理曼[①]大帝时代骑士的言行，他们是每一位骑士应当效法的榜样。可惜我们所处的已不是伟大皇帝的时代，而是红衣主教先生的时代，三天之后，他们就会知道，我是说，不管怎样严守秘密，他们也会知道我们要决斗，于是前来阻止。咦！怎么着，人还不来，在哪儿闲逛呢？"

"如果您有急事儿，先生，"达达尼安说道，语气还像刚才要推迟

[①] 查理曼（747-814）：又译查理大帝，法国古代法兰克人国王（768-814年在位），他以武力扩张，建立起可与拜占庭帝国比肩的查理大帝帝国。

三天再决斗时那样诚恳,"如果您有急事儿,又高兴立刻将我打发掉,那就请您不必顾虑。"

"这又是一句我爱听的话,"阿多斯说着,优雅地向达达尼安点了点头,"讲此话的人绝非无头脑,还肯定是个勇敢的人。先生,我喜爱您这样的性情之人,依我看,假如我们谁也没有杀死谁,今后在您的谈话中,我会得到真正的乐趣。请再等一等那两位先生吧,我有充分的时间,这样做也更合规矩。啊!来了一位,我想是的。"

在伏吉拉尔街的尽头,果然出现波尔托斯高大的身影。

"怎么!"达达尼安高声说,"您的头一个见证人,就是波尔托斯先生?"

"对,您觉得不妥吗?"

"不,毫无不妥之处。"

"第二位也来了。"

达达尼安顺着阿多斯所指的方向,认出了阿拉密斯。

"怎么!"他又高声说,声调比头一次又多两分惊讶,"您的第二位见证人,就是阿拉密斯先生?"

"当然了,难道您还不知道吗?无论在火枪卫队还是在禁军卫士中间,无论在朝廷还是在城里,从来没有人看见我们分开过,大家都叫我们阿多斯、波尔托斯和阿拉密斯,或者三个形影不离的人。看来,您是刚从达克斯或波城①来的吧……"

"从塔尔布来的。"达达尼安答道。

"也难怪您不了解这一情况。"阿多斯说道。

"真的,先生们,"达达尼安说道,"你们这样称呼很好,而我的这次冒险经历,如果引起轰动,至少可以证明你们的同心同德,绝不是建立在性格反差的基础上。"

---

① 达克斯和波城均位于法国西南部,地处遥远。

这工夫，波尔托斯已走到跟前，举手同阿多斯打了招呼，再转向达达尼安，一下子愣住了。

顺便交代一句：他已换了佩带，脱掉了斗篷。

"哦！哦！"他说道，"这是怎么回事儿？"

"我是同这位先生搏斗。"阿多斯说着，指了指达达尼安，并顺势向他致意。

"我也是同他决斗。"波尔托斯说道。

"不过，那是定在一点钟。"达达尼安答道。

"还有我，也是同这位先生决斗。"阿拉密斯也来到场地，说道。

"不过，那是定在两点钟。"达达尼安以同样平静的口气说道。

"对了，阿多斯，你是因为什么事决斗？"阿拉密斯问道。

"老实说，我也不大清楚，他把我的肩膀撞疼了。那么你呢，波尔托斯？"

"老实说，我决斗就是因为决斗。"波尔托斯回答，脸唰地红了。

什么也逃不过阿多斯的眼睛，他看见加斯科尼人的嘴唇掠过一丝微笑。

"关于布料质地，我们争论起来。"年轻人说道。

"你呢，阿拉密斯？"阿多斯又问道。

"我嘛，是为了神学而决斗。"阿拉密斯回答，同时向达达尼安使了个眼色，请求他为决斗的原因保密。

阿多斯看见达达尼安的嘴唇第二次掠过微笑。

"真的吗？"阿多斯问道。

"对，在圣奥古斯丁①的一个观点上，我们看法不同。"加斯科尼人说道。

"毫无疑问，他是个聪明人。"阿多斯喃喃地说道。

---

① 圣奥古斯丁（354-430）：拉丁教会的神学博士，著名的神学家、哲学家和伦理学家，他的作品对西方神学发展起了决定性的影响。

"先生们，现在你们人都齐了，"达达尼安说道，"请允许我向你们道歉。"

一听"道歉"二字，一片阴影掠过阿多斯的额头，一丝高傲的微笑滑过波尔托斯的嘴唇，一种否定的眼神则是阿拉密斯的回答。

"先生们，你们没有听懂我的意思，"达达尼安说道，同时抬起头，恰巧射来一束阳光，将那清秀而果敢的脸庞映成金黄色，"我向你们道歉，是考虑这种情况，我可能无法偿还你们三人的债，因为，阿多斯先生有权头一个杀掉我，这就使您的债权价值损失大半，波尔托斯先生，也使您的债权价值所剩无几了，阿拉密斯先生。现在，先生们，我再说一遍，请你们原谅，但仅仅是在这种意义上，准备动手吧。"

达达尼安已经血气升腾，在这种时刻，他拔出剑来，敢于对付王国的所有火枪手，就像对付阿多斯、波尔托斯和阿拉密斯这样。

正午刚过一刻钟，烈日当头，整个儿晒到选作决斗的这片场地。

"天气真热，"阿多斯也拔出剑来，说道，"然而，我不能脱下紧身衣，因为刚才我还感到伤口在流血，担心让先生看到不是自己的剑刺出的血，会感到不自在。"

"不错，先生，"达达尼安说道，"不管是我的剑还是别人的剑所致，我向您保证，看到一位如此英勇的绅士的血，我总是感到特别遗憾。因此，我也穿着紧身衣决斗。"

"瞧瞧，瞧瞧，"波尔托斯说道，"客套话讲得够多了，别忘了，我们还等轮到我们呢。"

"您要讲这种失礼的话，波尔托斯，就不要把我拉上。"阿拉密斯接口说道，"我倒觉得，两位先生彼此讲的话很好，完全符合两位绅士的风度。"

"请动手吧，先生。"阿多斯说着，就拉开架势。

"我在等候您的吩咐。"达达尼安说着，两把剑就交了锋。

不料两剑相交,刚碰出一下声响,法座的一小队卫士,由德·朱萨克先生率领,就出现在修道院的拐角。

"红衣主教的卫士!"波尔托斯和阿拉密斯同时叫起来,"收剑,先生们,快收剑!"

然而太迟了。两名决斗者的架势让人瞧见了,那种意图是毋庸置疑的。

"啊哈!"朱萨克嚷道,他招呼部下跟上,就朝他们走过来,"啊哈!火枪手,在这儿决斗呢?怎么,拿禁令不当回事儿?"

"你们都很宽容啊,卫士先生们。"阿多斯满腔怨恨地说道,因为前天袭击他们的人中就有朱萨克,"假如我们看见你们决斗,我呢,可以向你打包票,我们绝不上前阻止。因此,你们就由着我们干吧,你们不费吹灰之力就能开心。"

"先生们,"朱萨克说道,"我十分遗憾地向你们声明,这种事不可能。我们的职责高于一切,请收起剑,跟我们走一趟吧。"

"先生,"阿拉密斯滑稽地模仿朱萨克,"我们会十分高兴接受您的盛情邀请,假如我们做得了主。但可惜的是,这种事不可能,德·特雷维尔先生不准我们这样做。您就走您的路吧,最好别管闲事儿。"

听了这种嘲笑,朱萨克恼羞成怒,他说道:

"如果你们违抗命令,我们可就动手了。"

"他们五人,"阿多斯低声说道,"而我们只有三人,又要被打败,干脆,我们就战死在这里,我要在此声明,我绝不会再以战败者的身份面见队长。"

朱萨克指挥士兵一字排开,这边阿多斯、波尔托斯和阿拉密斯也彼此靠拢。

这一瞬间,达达尼安就足以做出决定:面临的事件决定人的一生,必须在国王和红衣主教之间做出选择,一旦选定,就必须坚持到底。搏斗,就意味违抗法令，就意味拿脑袋去冒险，也就意味同比国王权势还大的一位大臣为敌。这些情景，年轻人都隐约看到，让我们称赞一句，他连一秒钟也未犹豫，就转向阿多斯及其朋友，说道："先生们，请让我稍微纠正一下你们说的话。你们说只有三个人，但是我觉得，我们是四个人。"

"但您并不是我们的人。"波尔托斯说道。

"不错，"达达尼安答道，"我没有穿军装，但有这颗心灵。我有一颗火枪手的心，这一点我有明显的感觉，先生，因而作此决定。"

"您走开，年轻人，"朱萨克喊道，他从达达尼安的举动和脸上的表情，无疑猜出了他的意图，"您可以离开，我们同意。逃命去吧，快走。"

达达尼安一动不动。

"毫无疑问，您是个出色的小伙子。"阿多斯握住年轻人的手，说道。

"快点儿！快点儿！快作决定。"朱萨克又喊道。

"喏，我们总该做点什么。"波尔托斯和阿拉密斯都说道。

"这位先生有一副侠义心肠。"阿多斯说道。

然而，三人都想到达达尼安太年轻，怕他缺乏经验。

"我们仅有三人，一个还受了伤，再加上一个孩子，"阿多斯继续说道，"可是事后，别人还是照样说我们是四个人。"

"对，然而后退！"波尔托斯说道。

"退也很难。"阿多斯接口说道。

达达尼安明白他们为何犹豫不决。

"先生们，就让我试试吧，"他说道，"我以人格向你们发誓，假如我们打败了，我绝不会活着离开这儿。"

"您叫什么名字，我的朋友？"

"达达尼安，先生。"

"好吧！阿多斯、波尔托斯、阿拉密斯和达达尼安，前进！"阿多斯高喊。

"怎么样！嗯，先生们，你们合计好做出决定了吗？"朱萨克第三次喊道。

"决定了，先生们。"阿多斯回答。

"你们打算怎么办？"朱萨克问道。

"我们就要荣幸地向你们进攻了。"阿拉密斯回答，他一只手略一掀帽子，另一只手就拔出剑来。

"哼！你们抗拒！"朱萨克高声说。

"真见鬼！这还让您吃惊吗？"

九个人厮杀起来，斗在一起，狂怒中还不失一定的章法。

阿多斯选定一个叫卡于扎克的红衣主教的红人，波尔托斯的对手是比卡拉，阿拉密斯则面对两名敌手。

至于达达尼安，他冲向朱萨克本人。

加斯科尼青年的心几乎要跳出来，谢天谢地！那不是由于害怕，他丝毫也不畏惧，而是因为争强好胜。他投入搏斗，好似一只愤怒的老虎，围住对手转来转去，不断变换招式和位置。朱萨克呢，如当时人们所传，是一名剑术高手，经验十分丰富，不料碰上这样一个对手，简直难以招架，对方身手灵活，蹿来跳去，不时背离剑法的成规，同时从四面八方进袭，进袭中又不忘防护，不让自己的肌肤伤着一点儿。

这种打法，最终打得朱萨克失去耐心，他恼羞成怒，自己竟然败在他视为毛孩子的一个人手下，头脑一发热，招数就开始出现纰漏了。达达尼安缺乏实战经验，却有一套高深的理论，加倍使出灵活变招的剑法。朱萨克无心恋战，想尽快克敌制胜，便正面进攻，一剑猛刺向对手，但是对手拨开这一剑，就趁朱萨克重新挺身未定，如蛇一般钻到他剑下，一剑刺透了他的身体。朱萨克重重地摔倒了。

这时，达达尼安颇为担心，迅速扫视一下战场。

阿拉密斯已经干掉一个对手，另一个仍步步紧逼，但阿拉密斯处于优势，能对付得了。

比卡拉和波尔托斯刚刚各吃一剑,波尔托斯伤在胳臂,比卡拉则伤在大腿,但是二人伤势都不严重,彼此斗得更凶了。

阿多斯再次被卡于扎克刺伤,眼见面失血色,但他不后退半步,只是换到左手使剑搏斗。

按照当时的决斗规则,达达尼安可以援救别人,他用目光寻找哪个伙伴需要支援时,捕捉到阿多斯的一瞥。这一瞥具有极大的说服力。阿多斯死也不肯喊人相救,但是他可以投出去目光,用目光求援。达达尼安看出此意,便一个箭步,蹿到卡于扎克的侧面,大喊一声:"跟我斗斗,卫士先生,让我来杀掉您!"

卡于扎克转过身去。真及时啊!阿多斯仅靠非凡的勇气支撑着,这时腿一软,一个膝盖着地了。

"该死的!"他冲达达尼安嚷道,"先别杀他,年轻人,求求您了。我还有老账跟他算,等我养好伤再说。解除他的武装就行了,缴下他的剑。就是这样。好!很好!"

这声欢呼是阿多斯发出的,只因卡于扎克的剑被打飞出去二十来步远。达达尼安和卡于扎克同时扑过去,一个要重新拾起剑,另一个则要夺走,还是达达尼安捷足先登,一脚把剑踩住。

卡于扎克又跑向被阿拉密斯杀死的那名卫士,拾起那人的长剑,要回头再找达达尼安厮杀,中途却撞上阿多斯。刚才多亏达达尼安接战,阿多斯才得以喘息片刻,这会儿又怕他的仇敌被达达尼安杀掉,就想重新搏斗。

达达尼安明白,不让阿多斯动手了结,就会惹他不悦。果然,几秒钟之后,卡于扎克被一剑刺穿咽喉,倒下去了。

与此同时,阿拉密斯用剑抵住倒地的对手的胸口,逼迫他讨饶。

还剩下波尔托斯和比卡拉一对了。波尔托斯大吹大擂,又是问比卡拉大约几点钟了,又是祝贺他兄弟在纳瓦尔团升任了连长。然而,他连嘲带讽，却什么也没有捞到。比卡拉是一条铁汉，只有死了才会倒下去。

可是，必须结束战斗。巡逻队可能来，会把所有参加搏斗的人抓走，不管受伤与否，也不管是国王的人还是红衣主教的人。阿多斯、阿拉密斯和达达尼安围住比卡拉，勒令他投降。他虽然一人对付多人，而且大腿还中了一剑，还是要顽抗。不过，朱萨克这时用臂肘支起身子，喊他投降。比卡拉跟达达尼安一样，也是加斯科尼人，他佯装没听见，一笑置之，在招架的空隙，他还用剑尖指着一块地方：

"此地，"他滑稽地模仿《圣经》里的一句话，"比卡拉将死在此地，同伴中唯独他一人。"

"他们是四个对付你一个，算了，我命令你。"

"哦！如果是你的命令，那就是另一码事儿了，"比卡拉说道，"你是小队长，我必须服从。"

于是，他朝后一纵身，又在膝盖上将剑折断，投进修道院的围墙，就是不想缴械，然而双臂往胸前一叉，用口哨吹起一支颂扬红衣主教的歌曲。

英勇无畏，即使表现在敌人身上，也总是受人尊敬。火枪手们举剑向比卡拉致敬，然后收剑入鞘。达达尼安也照样做了，接着，他在比卡拉这个唯一没有倒下的人的协助下，将朱萨克、卡于扎克，以及阿拉密斯的对手中仅受了伤的那个，抬到修道院的门廊下面。前文说过，那第四个人已经死了。继而，他们敲响了钟，举着五把剑中的四把，兴高采烈地走向德·特雷维尔先生的府邸。

只见他们挽着胳臂、拉成整条街那么宽，遇到火枪手全叫上，结果汇成一支胜利之师。达达尼安陶醉在喜悦中，他走在阿多斯和波尔托斯之间，亲热地挽紧他们的手臂。

跨进德·特雷维尔先生府邸的大门时，达达尼安对几位新朋友说："如果说我还不是一个火枪手，那么现在，至少收下我做学徒了，对不对？"

第六章
路易十三国王陛下

　　这个事件引起极大的轰动。德·特雷维尔先生高声斥责他的火枪手，暗里却祝贺他们。然而事不宜迟，要赶紧禀报给国王，德·特雷维尔先生就急忙赶到卢浮宫。还是太迟了，国王正与红衣主教密谈。近侍对德·特雷维尔先生说，国王正处理政务，这时不接见任何人。到了晚上，德·特雷维尔先生又进宫，国王正在打牌，而且赢了钱，他十分吝啬，赢了钱情绪就特别好，远远望见就招呼特雷维尔。

　　"到这儿来，卫队长先生，"他说道，"过来让我好好训斥您。您知道吗，法座可来向我告状，状告您的火枪手，他太气愤了，今晚已经病倒。好家伙！您的火枪手，简直无法无天，一个个都该绞死！"

　　"不然，陛下，"特雷维尔回答，头一眼他就看出事情会如何发展，"不然，恰恰相反，他们全是善良之辈，如羔羊一般温顺，我可以担保，他们只有一个愿望，只为陛下效劳时，他们才拔出剑来。可是，有什么办法呢，红衣主教先生的卫士们，持续不断地向他们寻衅。这些可怜的年轻人，正是为了卫队的荣誉，才不得不奋起自卫。"

　　"听着，德·特雷维尔先生！"国王说道，"听着！这么说，简直就像个宗教团体！真的，我亲爱的卫队长，我很想解除您的职务，由德·舍姆罗尔小姐接手,我答应过给她一座修道院。不要以为我会相信您的一面之词。别人称我正义者路易,德·特雷维尔先生,等一会儿,等一会儿我们再看吧。"

"啊!陛下,我恰恰信赖您主持公正,陛下,才会耐心地、放心地等待陛下的旨意。"

"那就等着吧,先生,等着吧,"国王说道,"我不会让您等多久的。"

果然手气变了,国王开始输掉赢来的钱,有个借口脱身也是好的,做一回"查理曼"①——请原谅借用赌徒的这种说法,我们承认不知道出处。不大工夫,国王也就站起身,把面前的钱币装进口袋,大部分是他刚赢来的。

"拉维约维尔,"他说道,"您来接替我,我有要事,必须同德·特雷维尔先生谈谈。啊!……刚才,我面前摆着八十路易金币,您也要拿出同样数目,以免输了钱的人有所怨言。首要的是公平。"

说罢,他又转身,同德·特雷维尔先生走向一个窗口。

"怎么样!先生,"国王继续说道,"您是说,法座的卫士们向您的火枪手寻衅?"

"对,陛下,一贯如此。"

"说说看,事情究竟是怎么发生的?其实您也知道,我亲爱的卫队长,法官必须倾听双方当事人的陈述。"

"哦!天主啊!事情的发生极其简单,又极其自然。我的三名最出色的士兵,陛下知道他们的姓名,而且不止一次表彰过他们的忠诚,我敢向陛下保证,他们一心一意为陛下效劳。是啊,我的三名最出色的士兵,阿多斯、波尔托斯和阿拉密斯先生,今天上午出去游玩,带着我托付给他们的从加斯科尼来的一名世家子弟。我想,他们要到圣日耳曼去

---

① 查理曼:意为"赢了钱便走",源于查理大帝驾崩时,扩张的疆界寸土未失。

走走，便相约在赤足加尔默罗修道院那里会齐，不料受到一帮卫士的骚扰，德·朱萨克先生，以及卡于扎克和比卡拉先生，还有两名卫士，他们聚众去那里，不可能不别有用心，要违反禁令。"

"哦！哦！您让我想到，"国王说道，"他们当然是去决斗的。"

"我没有这样指控他们，陛下，而是由陛下判断，五个全副武装的人，跑到赤足加尔默罗修道院附近那种偏僻的地方，究竟能去干什么呢。"

"对，您说得对，特雷维尔，您说得对。"

"可是，他们一看见我的火枪手，就改变了主意，把个人恩怨置于脑后，要报团队之仇。因为，陛下也不是不知道，火枪手效忠国王，仅仅效忠于国王，也就是效忠于红衣主教先生的卫士们的天敌。"

"是啊，特雷维尔，是啊，"国王忧伤地说道，"法兰西就这样形成两派，王国长了两个脑袋，请相信我，看着太让人伤心了。不过，这一切必将结束，特雷维尔，这一切必将结束。您是说，那些卫士向火枪手寻衅？"

"我是说，情况有可能是这样，但是我不敢打包票，陛下。您也清楚，了解真相该有多难，除非像路易十三这样，具有赢得正义者名声的非凡本能……"

"您说得对，特雷维尔。不过，在场的不仅是您的火枪手，和他们一起的还有个孩子？"

"对，陛下，其中一人带伤，因此，三名国王的火枪手有个伤号，加上一个孩子，他们不仅顶住了红衣主教先生五名最厉害的卫士的袭击，还把其中四个打倒在地。"

"真的，这可是一次胜仗啊！"国王容光焕发，高声说道，"一次全胜！"

"是的，陛下，同塞桥①之役一样，是一次全胜。"

---

① 塞桥：法国西部卢瓦尔河畔城镇，被放逐的土太后、路易十三之母曾两次发动叛乱。1620年，国王率军在塞桥击败她的部队。

"四个人,您是说,其中一个带伤,一个是孩子?"

"刚刚算个小青年,他这次表现得非常完美,因此,我要冒昧地推荐给陛下。"

"他叫什么名字?"

"达达尼安,陛下。他父亲是我从前的一位老朋友,曾有光荣的经历,跟随先王打过仗。"

"那个年轻人,您是说表现得很出色?讲给我听听,特雷维尔,您知道我爱听战争和打仗的故事。"

路易十三得意地捋着小胡子,同时臀部斜靠在窗台。

"陛下,"特雷维尔又说道,"我跟您说过,达达尼安先生差不多还是个孩子,没有当上火枪手的荣幸,一身普通百姓的打扮。红衣主教先生的卫士们见他特别年轻,又不是火枪卫队的人,就让他趁他们动手之前离开。"

"喏,显而易见,特雷维尔,"国王接口说道,"是他们先动手的。"

"正是如此,陛下,这样就无可怀疑了。他们勒令他赶紧走开,然而他却回答,他有一颗火枪手的心,完全效忠于陛下,因此要留下来,同几位火枪手先生并肩作战。"

"勇敢的年轻人!"国王喃喃说了一句。

"果然,他留在他们身边,陛下又得到一个勇士,正是他给了朱萨克重重一剑,惹得红衣主教先生大发雷霆。"

"是他刺伤了朱萨克?"国王高声说道,"他一个孩子!这事儿,特雷维尔,简直不可能。"

"正像我荣幸地向陛下报告的这样,完全真实。"

"朱萨克,王国的一流击剑高手!"

"不错,陛下,他找到了师傅。"

"我要见见这个青年,特雷维尔,我要见见他,如果能为他做点儿什么,那好!我们就想法儿办到。"

"陛下什么时候召见他？"

"明天正午吧，特雷维尔。"

"只带他一个人来吗？"

"不，四个人全给我带来。我要同时向他们所有人表示感谢。忠心的人很难得，特雷维尔，必须褒奖忠心。"

"正午，陛下，我们准时到卢浮宫。"

"嗯！走小楼梯，特雷维尔，走小楼梯。不必让红衣主教知道……"

"是，陛下。"

"您也明白，特雷维尔，法令终究是法令，归根结底，还是禁止决斗。"

"不过，陛下，这次冲突，超出了决斗的常规，完全是一场斗殴。红衣主教的五名卫士，袭击我的三名火枪手和达达尼安先生。"

"说得对，"国王说道，"尽管如此，特雷维尔，还是走小楼梯上来吧。"

特雷维尔微微一笑。对他来说，能让这孩子起而反抗老师[①]，已经算大有收获了。于是，他毕恭毕敬地向国王施礼，得到允许才告退。

当天晚上，三名火枪手就得知给他们的殊荣。他们早就认识国王，对此也就不那么兴高采烈，达达尼安则不然，他发挥加斯科尼人的想象力，从中预见自己的前程，这一夜净做黄金梦了。因此，刚早上八点钟，他就来到阿多斯的住所。

达达尼安看到这位火枪手已经穿戴齐整，准备出门了。要到中午才去觐见国王，他就和波尔托斯、阿拉密斯约好，去卢森堡宫的马厩附近的网球场，打一场网球。阿多斯邀请达达尼安一同前往。达达尼安不会打网球，也从未打过，但还是接受了，因为刚到九点钟，到中午十二点这段时间，他还不知道该怎么打发。

另外两名火枪手先到了，正在一起练球。阿多斯擅长各种体育项

---

① 本书开场为1626年，路易十三时年25岁，而执掌朝政的首相黎世留已经41岁，当时他们被看成学生与老师的关系。

目,他就和达达尼安组对,到球场另一边,向他们挑战。他打球虽用左手,但试着刚击头一个球,心里就明白受伤日期太近,不宜进行这种运动。于是,达达尼安单独留在场上,他明确表示自己打不好,不能按规则比赛,这样,他们只打球不计分。波尔托斯腕力超人,打过来一个球,贴着达达尼安的脸飞了过去。达达尼安心中一惊,不免想道:这个球如果不是擦边过去,而是击到脸上,那么觐见国王的事儿就可能告吹,他带着那张紫青脸,就根本无法面见国王了。可是在他这加斯科尼人的想象中,他的一生前程都取决于这次觐见,因此,他非常客气地向波尔托斯和阿拉密斯施了一礼,宣布等他提高技艺,能对抗时再来同他们打球,说罢退场,走到界绳外面的观众廊站定。

也该着达达尼安出事,观众里正巧有法座的一名卫士,他因战友昨天刚遭到的失败还愤愤不平,决心一遇机会就要报仇雪恨。他认为时机已到,便对身边的人说:

"这个年轻人怕被球击中,也不足为奇,毫无疑问,他是火枪队里的一名学徒。"

达达尼安就像被蛇咬了一口,猛地转过身去,凝视说这种放肆话的卫士。

"活见鬼!"那卫士傲慢无礼地捋着小胡子,又说道,"随您怎么看我都成,我的小先生,这话我说了。"

"您的话非常清楚,无须解释,"达达尼安低声回答,"我就请您跟我走一趟。"

"什么时候?"那名卫士以同样嘲讽的口气问道。

"这就请吧。"

"不用说,您知道我是谁啦?"

"我嘛,根本不知道,管您是谁呢。"

"这您就错了,假如您知道我的名字,也许您就不会这么急着走了。"

"您叫什么名字？"

"贝纳茹，愿为您效劳。"

"好哇，贝纳茹先生，"达达尼安泰然自若地说道，"我去门口等您。"

"走吧，先生，我跟着。"

"不要太急，先生，别让人看出我们是一道出去的。您应当明白，要干我们这种事，人太多就碍手碍脚。"

"好吧。"那卫士回答，心中不免奇怪：他的名字对年轻人没有产生任何作用。

贝纳茹的大名，的确无人不知，无人不晓，也许只有达达尼安是个例外。因为，那些不顾国王和红衣主教的三令五申，天天发生的打架斗殴中，出现次数最多的人里就有他一个。

波尔托斯和阿拉密斯正专心打球，阿多斯正聚精会神看他们打球，他们根本没有瞧见年轻的伙伴出去了。达达尼安按照他对法座的那名卫士讲的，走到门口站住，不大工夫，那名卫士也出来了。中午就要去觐见国王，达达尼安没有充裕的时间了，他扫视一下四周，见街上无人，便对他的对手说：

"真的，您实在幸运，尽管您叫贝纳茹，要对付的也仅仅是火枪队的一个学徒。不过，请放心，我会尽力而为。接招儿吧！"

"然而我觉得，这地点选得不好。"受到达达尼安挑战的人说道，"我们最好还是去圣日耳曼修道院后面，或者去教士牧场。"

"您说得完全有道理，"达达尼安答道，"可惜我时间不多，中午十二点还有约会。接招儿吧，先生，接招儿吧！"

这种恭维的话，贝纳茹可不是那种让人说上两遍的人，说话间，他已经拔剑在手，亮闪闪朝对手猛刺过去，想欺对手年轻，会被他吓倒。

然而昨天，达达尼安已经当过学徒，刚刚胜利出师，心气儿正旺，决心一步也不后退。因此，两把剑相交，直卡到护手，他也坚决顶住，逼迫对手后撤一步。贝纳茹在后撤这步的动作中，剑锋稍微偏离肩和臂一线，达达尼安就趁势收剑，猛刺过去，一剑正中对手的肩膀。紧接着，达达尼安也后撤一步，举起了剑，然而，贝纳茹却冲他高喊这无所谓，又莽撞地冲过去，结果主动撞到对手的剑上。不过，他没有倒下，又不承认战败，只是朝德·拉特雷姆依先生府邸退去，他有个亲戚在那府上当差。达达尼安也不知道对手第二次伤得多重，还步步紧逼，无疑要第三剑结果他的性命。恰好这时，街上喧闹声一直传到网球场。那名卫士有两个朋友听见他和达达尼安交谈几句，还看见他说完话就离开了，于是，他们急匆匆走出网球场，扑向这个胜家。可是，阿多斯、波尔托斯和阿拉密斯也紧跟着到了，迫使那两个转身抵挡，而无暇攻击他们的年轻伙伴。恰好这时，贝纳茹倒下了，两名卫士见自己要对付四个人，就大声叫喊："快来帮忙，德·拉特雷姆依府的人！"府里的人听到喊声，纷纷跑出来，扑向那四个伙伴。他们四人也开始喊人："快来帮忙。"

这种喊叫通常能叫来人，因为大家知道，火枪手是法座的死对头，他们基于对红衣主教的仇恨才喜欢火枪手。因此，除了阿拉密斯所称的红衣公爵的卫士，其他禁军卫队的卫士在这种斗殴中，通常都站在国王的火枪手一边。这时，德·艾萨尔先生卫队的三名卫士经过这里，有两名立即上去增援那四个伙伴，另一名则跑向德·特雷维尔先生府，而且边跑边喊："快帮忙，火枪手，快来帮忙！"跟往常一样，德·特雷维尔先生府里挤满了火枪手，他们都去救助他们的战友。斗殴变成一场混战，但是火枪手占了上风，红衣主教的卫士和德·拉特雷姆依先生府的家丁，只好撤进府中，并且及时关上几道门，没有让敌人跟着涌进来。至于那个伤号，早已抬进府去了，正如上文所说，他的情况不妙。

火枪手及其盟友群情激愤到了极点。大家已经议论，为了惩罚德·拉特雷姆依先生家丁放肆攻击火枪手的行为，他们，要不要放火烧毁这座府邸。这个倡议一经提出，就被大家热烈采纳。幸而这时，十一点的钟声敲响了,达达尼安及其伙伴猛然想起,他们还要去觐见国王,而眼下这次非凡之举,他们不参加就仿佛特别遗憾似的,于是劝大家冷静下来。众人仅仅掀起几块铺路石砸门,砸了几下见门砸不开,也就松劲了。况且,他们视为这次行动的带头人,已经离去有一会儿了,前往德·特雷维尔先生府。德·特雷维尔先生正等着他们,他已经得知这次冲突了。

"快点儿,去卢浮宫,"他说道,"去卢浮宫,片刻也不能耽误,要赶在国王得到红衣主教的通知之前见到他。我们就对他说,这件事是昨天事件的延续,让两件事一同了结。"

德·特雷维尔先生由四个年轻人陪同,便朝卢浮宫走去。可是进宫听说国王去圣日耳曼森林猎鹿了,火枪卫队长不禁大吃一惊,他让人把这消息说了两遍,而每说一遍,陪同他的几个人都看见他的脸色逐渐阴沉了。

"陛下是不是昨天就有这次打猎的计划?"德·特雷维尔先生问道。

"不是,阁下,"近侍答道,"今天早晨围场总管来禀报,夜间赶出一头鹿供陛下猎取。陛下开头回答说不去,后来又不忍放弃这次打猎的乐趣,吃罢饭就起驾了。"

"国王见过红衣主教吗?"德·特雷维尔先生又问道。

"很有可能见过了,"近侍回答,"因为今天早晨,我看见法座的马车备好了,我问去哪里,法座回答说:'去圣日耳曼①。'"

"他抢在我们之前了,"德·特雷维尔先生说道,"先生们,今天晚上我面见国王,至于你们嘛,我还是劝你们别去冒这个险了。"

这种劝告太有道理了,尤其出自特别了解国王的一个人之口,四个年轻人就更不想辩驳了。德·特雷维尔先生让他们回自己的住处,等待他的消息。

德·特雷维尔先生回到府上,想到应当抓紧时间先告状。于是,他

---

① 指圣日耳曼-昂莱,位于巴黎西面,伊夫林省地区首府,周围有 3500 公顷森林,城中建有法国国王弗朗索瓦一世的行宫。

写了一封信，打发仆人送到德·拉特雷姆依先生府上，信中请求德·拉特雷姆依先生将红衣主教先生的卫士赶出府去，并且斥责自己的家丁胆敢袭击火枪手。然而，德·拉特雷姆依先生已先有他的骑术师的进言，谁都知道，那名骑术师正是贝纳茹的亲戚。德·拉特雷姆依先生答复说，恰恰相反，应当提出控诉的是他，而不是德·特雷维尔先生，也不是那些火枪手，正是火枪手攻击了他府上的人，还要烧毁他的府邸。两位大人自然都固执己见，争论起来可能旷日持久。于是，德·特雷维尔先生想出一个办法，以便彻底了结，即亲自拜访德·拉特雷姆依先生。

就这样，他赶到德·拉特雷姆依府，让人通报进去。

两位大人客客气气地相互施礼，要知道，二人之间即使谈不上友情，至少彼此还敬重，他们都是勇敢的人，看重荣誉的人。德·拉特雷姆依先生信奉新教，很少有机会见到国王，他不属于任何政治派别，在社会交往中，一般也不带有任何偏见。然而这一次，他待客虽然彬彬有礼，却要比往常冷淡得多。

"先生，"德·特雷维尔先生说道，"我们都认为有理由控告对方，而我来登门拜访，就是希望我们一同将事情弄个水落石出。"

"乐于奉陪，"德·拉特雷姆依先生答道，"不过，我要先告诉您，情况我都了解了，事情全怪您的火枪手。"

"您是个特别公正、特别通情达理的人，"德·特雷维尔先生说道，"想必不会不接受我要向您提出的建议。"

"说吧，先生，我听着呢。"

"您的骑术师的亲戚，贝纳茹先生的状况现在如何？"

"嗯，先生，状况很糟。他臂上中了一剑，伤势倒还不算太危险，另外还中了一剑，穿透了肺部，医生说恐怕凶多吉少。"

"那么，他神志还清醒吗？"

"完全清醒。"

"能说话吗？"

"很困难，不过还能说话。"

"那好，先生，我们这就去见他，以上帝的名义要求他讲出真相，也许他要被召去见上帝了。我把他视为他自己案件的审判官，先生，我相信他讲出的话。"

德·拉特雷姆依先生沉吟一下，随即便接受了，看来很难提出更为合理的建议了。

二人下楼，来到安置伤员的房间。伤员见两位尊贵的大人来看望他，便要起身相迎，怎奈他身体十分虚弱，这一支撑便精疲力竭，身子又倒下去，几乎失去知觉。

德·拉特雷姆依先生走到近前，给他闻了闻嗅盐，这才使他苏醒过来。德·特雷维尔先生不愿让人日后指责对伤者施加影响，就请德·拉特雷姆依先生亲自询问。

果然不出德·特雷维尔先生所料。贝纳茹在弥留之际，甚至连想也没有想隐瞒真相，他向两位大人原原本本讲了事情的经过。

这正是德·特雷维尔先生所期望的，他祝愿贝纳茹早日康复，告辞了德·拉特雷姆依先生，回到自己府邸，立即派人通知那四位朋友，说他等他们共进晚餐。

德·特雷维尔先生接待的宾客，都十分有教养，而且完全是红衣主教的对头。因此不难理解，晚餐自始至终，谈话都围绕法座的卫士接连遭受的两次失败进行的。达达尼安是这两天的英雄，赞扬的话全落到他的头上，而阿多斯、波尔托斯和阿拉密斯并不争功，一来是大家已经成为好伙伴，二来他们也常有机会受表彰，这次也就情愿让给达达尼安了。

将近六点钟，德·特雷维尔先生宣布他要去卢浮宫。既然过了陛下原定的召见时间，他就不要求从小楼梯上去，而是带着四个年轻人直接走进候见厅。国王打猎尚未回来。我们年轻人混杂在众多的朝臣之间，等了差不多有半小时，所有宫门都敞开了，宣布陛下回宫。

听见这一声宣告，达达尼安感到浑身一阵震颤，直达骨髓。随后的片刻时间，很可能就要决定他此后的一生。因此，他死死盯住国王要进来的那扇门，眼里流露出惶惶不安的神色。

路易十三终于出现，他走在前头，穿一身还满是尘土的猎装，足下登一双长筒靴，手执一条马鞭。达达尼安一眼就断定，国王脑海里正孕育着一场暴风雨。

陛下的这种心情再怎么显而易见，朝臣还是列队迎候，并不规避。在王宫的候见厅里，哪怕国王怒目而视，被他瞧上一眼，也比根本没看见要强得多。因此，三名火枪手并不犹豫，抢前一步，达达尼安则不然，还是躲在他们的身后。国王虽然认识阿多斯、波尔托斯和阿拉密斯，但是从他们三人面前走过时，既不看他们，也不同他们讲话，就好像从未见过面似的。至于德·特雷维尔先生，国王的目光在他身上停留片刻，他就十分坚定地同国王对视，最后还是国王把目光移开。接着，陛下边走边咕哝着什么，回到自己的套房。

"事情不妙，"阿多斯微笑道，"骑士的封号，我们这回又要落空了。"

"在这里等待十分钟，"德·特雷维尔先生说道，"过十分钟，你们还不见我出来，那就回我的府上，不必再等下去了。"

四个年轻人等了十分钟，一刻钟，二十分钟，仍不见德·特雷维尔先生出来，他们就惴惴不安地离开，不知要出什么事儿。

德·特雷维尔先生壮着胆子走进国王的书房，看到陛下情绪非常恶劣，坐在扶手椅上，用马鞭柄拍打着马靴。尽管如此，他还是十分镇定，问陛下的身体是否安好。

"不好，先生，不好，"国王答道，"我感到无聊。"

这的确是路易十三最严重的病症，他时常抓住一位大臣，拉到窗口，对大臣说道："某某先生，我们一同来感受无聊吧。"

"怎么！陛下感到无聊！"德·特雷维尔先生问道，"今天打猎，不是挺高兴吗？"

"太高兴了，先生！我以灵魂发誓，全都搞得一团糟，我不知道是猎物没了踪迹，还是猎犬没了鼻子。我们追逐一头角分十根杈儿的鹿，追赶了六个小时，眼看要逮住了，圣西蒙已经举起号角，要吹响猎物入围的信号，突然间，所有猎犬都认错追捕的目标，扑向一只小鹿。等着瞧吧，我已放弃了鹰猎，还不得不放弃围猎。噢！我真是个不幸的国王，德·特雷维尔先生！我本来只剩下一只北欧大隼了，前天它还死了。"

"不错，陛下，我能理解您的痛苦，这是巨大的不幸。不过，您好像还有不少隼、鹰和小点儿的猛禽。"

"没有一个人训练它们，驯鹰的人全走了，精通犬猎艺术的人也只剩我一个。等我一死，就全失传，将来打猎，就只能使用捕兽器、陷阱和活板了。我若是有点时间，培养几个学生该有多好！是啊，可红衣主教先生总在我眼前，不容我有片刻的空闲，跟我谈西班牙呀，跟我谈奥地利呀，跟我谈英国呀！嗯！提到红衣主教先生，德·特雷维尔先生，我对您感到不满。"

德·特雷维尔先生就等着国王露出底牌。他对国王有长期的了解，知道他那一大套抱怨，仅仅是一个开场白，是激励自己，鼓足勇气的办法，最终才讲出自己的本意。

"我怎么这么不幸，在什么事情上惹陛下不悦了？"德·特雷维尔先生问道，并装出一副深感诧异的样子。

"您就是这样尽职的吗，先生？"国王没有正面回答德·特雷维尔先生，继续说道，"我任命您当火枪卫队队长，难道就是让他们杀死一个人，把一个街区闹翻天，还要放火烧掉巴黎吗？可您连一句话也不提！不过，"国王接着说下去，"我这样责怪您恐怕太性急了，捣乱分子一定下了大狱，而您就是来向我报告，这案子已经审了。"

"陛下，"德·特雷维尔先生平静地回答，"正相反，我就是来请求您审判。"

"审判谁？"国王提高嗓门。

"审判诽谤者。"德·特雷维尔先生说道。

"哦！这倒是件新鲜事，"国王又说道，"莫非您要对我说，您那三个该死的火枪手，阿多斯、波尔托斯和阿拉密斯，还有您那贝亚恩小子，他们不是跟疯子一样，扑向可怜的贝纳茹，围攻摧残他，也许此刻他正在咽气呢！莫非您要说，他们接着没有围攻德·拉特雷姆依公爵府，也根本没有想把它烧掉！如果是在战争时期，烧掉它也许算不上闯了多大祸，反正那是胡格诺派的一个巢穴，可是现在天下太平，这就成了一个恶劣的榜样。说说看，莫非您要否认这一切吗？"

"这种美妙动听的故事，是谁讲给您听的，陛下？"德·特雷维尔先生平静地问道。

"是谁讲给我听的这种美妙动听的故事，先生！除了我睡觉他守夜，我娱乐他工作，在王国内外，在法国和欧洲指挥一切的那个人，还会是谁呢？"

"陛下所指一定是上帝了，"德·特雷维尔先生说道，"因为，据我所知，唯有上帝才高高位于陛下之上。"

"不，先生，我指的是国家的支柱，我唯一的仆人、我唯一的朋友，红衣主教先生。"

"法座可不是教皇陛下。"

"您这话是何用意，先生？"

"我想说，唯独教皇才万无一失，而这种万无一失的品性，并没有扩大到那些红衣主教身上。"

"您想说他欺骗我，您想说他背叛我。您这是控告他。喏，说吧，坦白地承认，您在控告他。"

"不，陛下。但是我要说，他自己弄错了，我要说他得到的情报不准确，我要说他急于控告陛下的火枪手，对他们有失公正，他没有从可靠的来源汲取情报。"

"控告是来自德·拉特雷姆依先生，来自公爵本人。您还有什么说的？"

"我还是要说，陛下，在这个问题上，他的利害关系太大，不可能充当十分公允的见证人，但是，我绝不这样讲，我知道公爵是一位正直的绅士，愿意相信他的证言，不过有个条件，陛下。"

"什么条件？"

"陛下召他入宫，亲自问他，不要有人在场，单独问他。等陛下一接见完公爵，我就再来觐见。"

"好吧！"国王说道，"您肯相信德·拉特雷姆依公爵的证言吗？"

"对，陛下。"

"您肯接受他的宣判？"

"当然。"

"您肯接受他提出的赔偿要求？"

"完全接受。"

"拉舍纳伊！"国王叫道，"拉舍纳伊！"

路易十三的心腹跟班总是守在门口，应声进来了。

"拉舍纳伊，"国王说道，"立刻去给我传召德·拉特雷姆依先生，今天晚上我要同他谈话。"

"陛下能向我许诺，在接见德·拉特雷姆依先生和我中间，不再见任何人吗？"

"谁也不见，以绅士的信誉担保。"

"那好，明天见，陛下。"

"明天见，先生。"

"陛下认为几点钟合适？"

"随您的便。"

"可是，我来得太早，怕吵醒陛下。"

"吵醒我？难道我还睡得着吗？我睡不着觉了，先生，有时我还做做梦。仅此而已。您想来多早都成，就七点钟吧。不过，您要当心，您的火枪手别真有罪。"

"我的火枪手如果真有罪，那就交给陛下，随陛下怎么处置。陛下还有什么要求？请讲吧，我都遵旨照办。"

"没有了，先生，没有了。大家称我正义者路易，也不是没有道理。明天见吧，先生，明天见。"

"愿上帝保佑陛下睡得好。"

国王睡得极少，而德·特雷维尔先生睡得更糟。当天晚上，他就派人去通知他的三名火枪手及其伙伴，早晨六点半到他府上来。他带着他们一道进宫，但是没有向他们保证什么，也没有许诺什么，而且没有向他们隐瞒，他们能否得宠，甚至他本人的宠幸，全看运气如何了。

来到王宫小楼梯下面，德·特雷维尔先生让他们等着。假如国王还一直生他们的气，他们就不必露面，自动离去；假如国王同意接见他们，那只要派人叫他们就是了。

德·特雷维尔先生走进国王专用候见厅，看见拉舍纳伊在那儿。拉舍纳伊告诉他，头天晚上去府邸没有找见德·拉特雷姆依公爵，而公爵回府又太晚，不便进宫了，因此他刚来一会儿，现正在国王的房间里。

德·特雷维尔先生听说这一情况，心里非常高兴，这就可以肯定，德·拉特雷姆依先生做证和他觐见之间，别人没有机会向国王进言了。

果然，刚过去十分钟，国王书房的门就打开了，只见德·拉特雷姆依先生走出来，走到面前对德·特雷维尔先生说道：

"德·特雷维尔先生，陛下刚才派人把我召来，了解昨天上午在我宅邸发生的事件。我向他讲了真相，即错在我的家丁，并说我准备向您道歉。既然在此相遇，就请您接受我的歉意，并请您始终把我当作朋友。"

"公爵先生，"德·特雷维尔先生则说道，"我十分信赖您的正直，在陛下面前，除了您我没有找别的辩护人。现在看来我做对了，我要向您表示感谢，是您的行为表明，如今法国还有人无愧于我对您的评价。"

"很好！很好！"国王在两道门之间，听见了彼此称颂的话，便说道，"只不过，特雷维尔，既然他声称是您的朋友，那么您就对他说，我也愿意成为他的朋友，可他疏远我，快有三年我没有见到他了，这次还是我派人找他，才算见上一面。这些话请您转告他，因为一位国王不便亲口讲。"

"谢谢，陛下，谢谢，"公爵说道，"不过，希望陛下相信，并不是一天当中，陛下随时能见到的那些人，当然德·特雷维尔先生不在此列，并不是随时能见到的那些人，才最忠于陛下。"

"嗯！您听到了我讲的话，这样更好，公爵，这样更好。"国王一直走到门口，"哦！是您啊，特雷维尔！您的火枪手在哪儿呢？前天我就让您带他们来见我，您为什么还未带来呢？"

"他们就在楼下，陛下，您吩咐一声，拉舍纳伊就可以去叫他们上来。"

"好，好，让他们立刻上来，快八点钟了，九点钟我要等一个人来访。好了，公爵先生，务必常来。进来吧，特雷维尔。"

公爵施了礼走了。他打开套间门时，三名火枪手和达达尼安由拉舍纳伊带领，已经出现在楼梯口了。

"来吧，我的勇士们，"国王说道，"来吧，让我来训斥你们。"

火枪手走近前施礼，达达尼安则跟在他们身后。

"真是鬼晓得！"国王说道，"你们四个人，两天当中，就让法座的七名卫士丧失战斗力！这太多了，先生们，太多了。照这样干下去，三周之后，法座就不得不更换卫队了，我也不得不极其严厉地推行那些法令。偶尔搞他一个，我也不会说什么，然而两天里七个，我再说一遍，这太多了，实在太多了。"

"这不，陛下也看到了，他们万分痛悔，前来请求宽恕。"

"万分痛悔！得了吧！"国王说道，"我根本不相信他们虚伪的面孔，尤其是那边的加斯科尼人的那张脸。过这儿来，先生。"

达达尼安明白，这句赞扬的话是冲他讲的，于是他走上前去，摆出一副痛不欲生的样子。

"怎么！您怎么对我说他是个年轻人？明明是个孩子，德·特雷维尔先生，名副其实一个孩子！狠狠一剑刺中朱萨克的，就是他吗？"

"还有刺中贝纳茹那漂亮的两剑。"

"真有这事儿！"

"这还不算，"阿多斯说道，"如果不是他把我从比卡拉手中救出来，那么完全可以肯定，此刻我没有荣幸向陛下致以卑微的敬礼。"

"怎么，这个贝亚恩小子，是个地道的魔鬼呀！正如先王所说是个鬼胎，对吧，德·特雷维尔先生？要练成这一手，必得刺透多少紧身衣，折断多少把剑。可是，加斯科尼人还一直那么穷困，对不对？"

"陛下，我应当说，在他们的山区，还没有发现金矿，尽管天主完全应当为他们创造这种奇迹，奖赏他们支持先王的宏图所立的功劳。"

"这就是说，是加斯科尼人把我推上王位的，既然我是我父亲的儿子，对不对，特雷维尔？那好！就这样吧，我不否认。拉舍纳伊，去翻翻我所有的衣兜，能不能找出四十皮斯托尔，如果找到了，就给我拿来。喏，现在呢，将手放在良心上，讲讲是怎么回事儿？"

于是，达达尼安详详细细，讲述了昨天发生的事件：他要觐见陛下，兴奋得如何睡不着觉，还差三小时才能进宫，他就到了朋友的住所，他们如何去了网球场，他怕球打到脸上，流露出惧色，如何受到贝纳茹的嘲笑，而贝纳茹为一句嘲笑话险些丢了性命，跟此事毫无关系的德·拉特雷姆依先生，也险些毁了自己的府邸。

"情况是这样，"国王喃喃说道，"对，公爵给我讲的，也是这么回事。可怜的红衣主教！两天损失了七个人，还是他最得力的亲信。不过，就到此为止，先生们，请听明白！到此为止，费鲁街的仇你们算报了，甚至过了头，你们也应该满意了。"

"如果陛下满意，我们也就满意了。"特雷维尔说道。

"对，我满意了。"国王补充道，同时从拉舍纳伊手上抓了一把金币，放到达达尼安手里。"拿着，"他说道，"这是我满意的一种体现。"

当今流行的自尊的观念，那个时期还不时兴。一位绅士从国王手里接过金钱，丝毫也不会觉得丢面子。达达尼安一点儿也不客气，将四十皮斯托尔装进兜里，还万分感谢陛下。

"好了，"国王说着，瞧了瞧挂钟，"好了，现在八点半了，你们退下吧。我说过，九点钟还等一个人。感谢你们的忠心，先生们。我可以依赖了，对不对？"

"哎！陛下！"四个伙伴异口同声地嚷道，"为陛下我们可以粉身碎骨。"

"很好，很好，但身体还是保持完好无损，这样更好，你们对我会更有用处。特雷维尔，"国王等其他人退出去，又低声补充道，"您的火枪卫队没有空缺，而且我们早有决定，要有个见习期，才能进火枪卫队，这个年轻人，您就安置在您妹夫德·艾萨尔的卫队里吧。哈！真的！特雷维尔，想想真开心，红衣主教那张脸又要怪模怪样了，他一定恼羞成怒，但是我不在乎，我占着理呢。"

国王挥手同特雷维尔告别。特雷维尔出宫找他的火枪手，看见他们正同达达尼安分那四十皮斯托尔。

果然如陛下所说，红衣主教恼羞成怒，简直怒不可遏，一周没有理睬国王的活动。尽管如此，国王见了他还是无比亲切，笑脸相迎，每次都以极其柔和的声调问他：

"对了，红衣主教先生，您手下那个可怜的贝纳茹、那个可怜的朱萨克，现在情况如何？"

第七章
火枪手的内务

出了卢浮宫,达达尼安就征求朋友意见,如何使用他那份四十皮斯托尔的奖赏,阿多斯建议他到松果饭店订一桌丰盛的宴席,波尔托斯建议他雇一名跟班,阿拉密斯则建议他找一个像样的情妇。

一桌宴席当天就吃了,跟班在旁边侍候。宴席由阿多斯订的,跟班则是波尔托斯提供的。这个自负的火枪手,为了这顿饭,当天就雇了一个庇卡底①人当跟班。当时,那个庇卡底人正在拉图奈勒桥上,往河里吐痰,望着河面上形成的一圈圈水纹。

波尔托斯断言,这种消遣方式表明一种深思熟虑的性格,再不要别的推荐,就把人给带来了。

这个庇卡底人名叫卜朗舍,他原以为是受雇于这位气宇轩昂的贵族,但是看见这位置让一个叫木斯克东的人给占了,又听到波尔托斯说自己房子虽大,还不需要两个仆人,因此他得给达达尼安做事,他就不免微微有些失望。及至主人请客吃晚饭,他在一旁侍候,看见主人从兜里掏出一把金币付账,便又认为交了好运,感谢上天让自己碰上这

---

① 庇卡底:法国古代北部地区名,包括今天的索姆省,以及瓦兹、埃纳和加来海峡三省的部分地区。

样一个大阔佬。这种看法，他一直保持到晚宴结束，宴席剩下的菜肴也填补了他长期的饮食不足。可是到了晚上给主人铺床，卜朗舍的幻想破灭了。这个套间一厅一室，只摆了一张床。卜朗舍就睡在前厅，铺的毯子还是从达达尼安的床上抽出来的，此后，达达尼安的床上就少了一条毯子。

阿多斯也有一个跟班，名叫格里莫，是用独特方法训练出来服侍他的。这位尊贵的老爷一向沉默寡言，我们当然说的是阿多斯。他与波尔托斯和阿拉密斯相处五六年之久，成为无比亲密的伙伴。回想起来，他们时常看见他微笑，但是从未听见他的笑声。他的话简短有力，总是表达要表达的意思，毫无多余的成分，没有粉饰，没有美化，也没有什么花样。他的谈话只讲事实，不带任何插曲。

阿多斯虽然才三十岁，而且仪表堂堂，天禀聪颖，但是谁也不知道他有没有情妇。他从不谈女人，不过别人在他面前谈论，他并不阻止，偶尔插言，也无非是辛酸话、愤世嫉俗的评点，别人不难看出，他对这类谈话完全反感。他的保留态度，落落寡合，以及寡言少语，几乎把他变成一个老人。他也让格里莫养成习惯，看见他打个手势或者嘴唇动一动，就明白怎么干。只有在万不得已的情况下，他才同格里莫说话。

格里莫就像怕火一样惧怕主人，但对他那个人又十分依恋，对他的天赋极为敬重，有时以为完全理解他渴望什么，跑去执行他发出的命令，结果做得满拧。碰到这种情况，阿多斯就耸耸肩膀，一点儿也不发火，只是狠狠揍格里莫一顿。每逢这种日子，他才讲几句话。

波尔托斯呢，大家已然看出，他的性格同阿多斯截然相反。他不仅话多，而且嗓门儿大，不过，也应该说句公道话，他并不在乎别人听不听，只图说话的乐趣，只图听见自己说话的乐趣。他无所不谈，只是不谈学问，其辩解的理由是，他对有学问的人，从小就怀有根深蒂固的仇恨。他显得不如阿多斯那么高贵。自愧不如的这种感觉，在他们交往之初，往往使他对这位绅士有失公允，他还竭力以华丽的服饰来超过对方。然而，阿多斯只穿着火枪卫队军服，仅仅靠仰头和举足的姿态，便立刻占据了理应归他的位置，使张扬摆阔的波尔托斯退居第二位。波尔托斯也有聊以自慰的办法：让德·特雷维尔先生的候客厅、卢浮宫的卫队室充满他的艳遇的宣扬，而这正是阿多斯绝口不提的。从穿袍贵族的夫人到佩剑贵族①的夫人，从法官的太太又到男爵夫人，波尔托斯频频得手，眼下他开口闭口就是一位外国公主，人家如何对他倾心相许。

古谚云："有其主必有其仆。"因此，我们就从阿多斯的仆人谈到波尔托斯的仆人，从格里莫谈到木斯克东。

木斯克东是诺曼底人，原名博尼法斯，听来太温和，主人就给他改成木斯克东这个无比响亮的名字。木斯克东给波尔托斯做事，只要求管穿管住，但是要穿得讲究、住得好。另外，每天只要求给他两小时自由活动，以便满足他的别种需要。波尔托斯接受了这种条件，觉得这事儿十分合意。他让人用他的旧礼服和替换的斗篷，给木斯克东改成几件紧身衣。有一位裁缝十分灵巧，将旧衣服翻了面，做成新衣裳，木斯克东穿上，跟在主人身后还显得挺神气。至于那位裁缝的老婆，有人怀疑她想要波尔托斯降尊纡贵，放下他的贵族习惯。

还有阿拉密斯的性格，我们认为阐述得相当充分了。而且，他和他同伴们的性格，我们还将继续关注其发展。他的仆人名叫巴赞。既然主人希望有朝一日当修士，仆人也一天到晚穿着一身黑衣服，符合神职人员的仆人那种打扮。他是贝里地区人，年龄约在三十五岁至四十岁之间，性情温和而平静，身体肥胖。有了空闲时间，他就阅读宗教书籍，平时不得不做饭时，也只为主仆二人烧很少的菜肴，但是美味可口。此

---

① 当时法国贵族分两大类：任司法官员的称穿袍贵族，在军队中任职的称佩剑贵族。

外,他又聋又哑又瞎,忠诚可靠经得住任何考验。

这几对主仆,现在我们已经了解,至少有了肤浅的了解,再看看他们每人的住所吧。

阿多斯住在费鲁街,离卢森堡宫仅有两步路。带家具出租的套房,只有两小间屋,但是陈设很雅净。女房东还年轻,也还的确很有姿色,却白白送给他许多秋波媚眼。这简朴住宅的墙上,倒还挂着几件旧物,显示昔日的辉煌:譬如一把古剑,剑身华丽,嵌着金银丝图案,式样可以追溯到弗朗索瓦一世的时代,单单镶嵌宝石的剑柄,就值二百皮斯托尔。然而,阿多斯在最穷困的时候,也绝不肯抵押或者卖掉这把剑。波尔托斯也垂涎好长时间,如能得到这把剑,少活十年他也干。

有一天,波尔托斯要赴约去见一位公爵夫人,竟想借用那把古剑。阿多斯一句话不讲,只是掏空所有口袋,拿出所有珠宝、钱包、军服的饰带、金链子,情愿全部送给波尔托斯,但是那把剑,他说已经嵌在墙壁上,只有他本人离开这住所,剑才能离开那墙壁。室内除了古剑,还挂着一幅画像,画的是亨利三世朝代的一位贵族,服饰极其华丽,佩戴着圣灵勋章,那相貌与阿多斯有相似之处,即族亲之间的那种相似,这表明画像上的那位大贵族,国王赐封的骑士,是阿多斯的祖先。

最后,还有一个特别精美的金匣子,上面的纹章与古剑、画像上的纹章一致,作为装饰品摆在壁炉台正中,同壁炉其他装饰品显得极不协调。匣子的钥匙,阿多斯一直带在身上。不过有一天,他当着波尔托斯的面打开匣子,波尔托斯也就亲眼看清,匣中只有几封信和文件材料,无疑是情书和家族的文件。

波尔托斯住在老鸽棚街,那套房非常宽大,装饰得十分豪华。波尔托斯每次同朋友从窗下经过,身穿号服的木斯克东总站在一扇窗前。波尔托斯便抬起头,举手指着说道:"那是我的住宅。"然而,去他住所从来就找不见他,他也从未邀请谁上去过,因此没人想象得出,那豪华的外观里面，究竟装有什么真正的财富。

至于阿拉密斯，他住的一套房很小，只有一厅一室和一间餐室。套房在一楼，卧室朝向绿荫浓郁、花木清新的小花园，能挡住邻人的目光。

还有达达尼安，他的居住情况，我们已然了解，也认识了他的跟班卜朗舍师傅。

达达尼安生来特别好奇，就像具有搞阴谋的天赋之人那样，费尽心机想查清阿多斯、波尔托斯和阿拉密斯的确切身份。因为这几个年轻人参军时用了化名，隐瞒了贵族姓氏，尤其是阿多斯，一法里之外，就能嗅出他那贵族大老爷的气味。达达尼安向波尔托斯打听阿多斯和阿拉密斯的情况，又向阿多斯了解波尔托斯。

可惜的是，对他那寡言少语的伙伴，波尔托斯也一知半解。据说阿多斯在爱情上遭受很大不幸。一次极为恶劣的背情负义，害了这个文雅之人的一生。那次背情负义是怎么回事儿，大家都不得而知。

那么波尔托斯，他和两位伙伴的真名实姓，唯独德·特雷维尔先生知晓，除了姓名，他的生活倒很容易弄清楚。他爱慕虚荣，嘴又没有把门的，整个人儿如同水晶制品，让人看个通透。只有一件事会把琢磨他的人引入歧途，即听了他自吹自擂的话都信以为真。

至于阿拉密斯，看样子好像毫无秘密，却又是个浸透神秘色彩的青年。向他打听别人的事儿，他几乎不予回答，问他个人的事儿，他更是避而不答。有一天谈起波尔托斯，达达尼安盘问他许久，得知这个火枪手同一位王妃的一段美事儿，于是就进而了解对面谈话者的种种艳遇。

"您本人呢，我亲爱的伙伴，"他对阿拉密斯说，"您怎么净谈别人交上男爵夫人、伯爵夫人、王妃公主呢？"

"请原谅，"阿拉密斯接口说道，"我谈论，是因为波尔托斯本人也这么说，是因为他在我面前大声宣扬所有这些美事儿。假如我是听另一个人讲的，或是他本人对我的交心话，那么请相信，我亲爱的达达尼安先生，世上绝没有比我还严守秘密的忏悔师了。"

"这一点我不怀疑，"达达尼安说道，"可是我总觉得，那些纹章，您本人也相当熟悉，有一条绣花手帕就是明证，我有幸认识您就多亏了那条手帕。"

这次阿拉密斯一点也没发火，反而摆出极为谦虚的神态，亲热地答道：

"亲爱的，不要忘记我是要进教会的，我总逃避各种社交活动。您见到的那条手帕，根本不是送给我的，而是一位朋友忘在我家了，我不得不收起来，以免有损他和那位夫人的名声。至于我嘛，没有，也不想有情妇，这是效仿阿多斯非常明智的榜样，他也同样没有情妇。"

"真是活见鬼！您是火枪手，还不是神父。"

"临时当当火枪手，亲爱的，如红衣主教所讲，我是违心的火枪手，心愿还是教会的人，请相信我这话。阿多斯和波尔托斯把我拉进火枪卫队，就是让我有点营生干，当时我正要授圣职，却跟人弄出一点小麻烦……不过，谈这个您不大感兴趣，浪费了您的宝贵时间。"

"绝不是，我非常感兴趣。"达达尼安嚷道，"再说，现在我一点事儿也没有。"

"是啊，可是，现在我要念日课经了，"阿拉密斯回答，"然后，还应戴吉荣夫人之请作几行诗，接下来要去圣奥诺雷街，为德·舍夫勒兹夫人买胭脂。您瞧，亲爱的朋友，您是闲得很，可我却忙得不可开交啊。"

阿拉密斯亲热地伸出手，同年轻的伙伴告别。

达达尼安费多大劲儿，也未能多了解一点儿三位新友的底细。于是，他就此罢手，眼下就相信别人谈到他们过去的那些说法，希望将来会有更准确、更广泛的发现。他权且把阿多斯视为阿喀琉斯①，把波尔托斯视为埃阿斯②，把阿拉密斯视为约瑟③。

总之，这四个年轻人日子过得很快活。阿多斯赌博，而且总输钱。然而，他从不向朋友借一文钱，尽管他的钱袋不断供给他们使用。他不赌现钱的时候，次日清晨六点钟总去叫醒赢家，还清头天夜晚所欠的赌债。

波尔托斯有时也头脑发热，在这种日子里，如果赢了钱，他就目空一切，神采飞扬；如果输了钱，他就一连几天无影无踪，等重新露面时，便脸色煞白，神情沮丧。口袋里却有了钱。

至于阿拉密斯，他从不赌博。但是，若说最坏的火枪手，餐桌上最搅局的客人，那就非他莫属。他总是离不开工作。有时晚宴进行到一半，大家酒兴正浓，谈话正热烈，都以为在餐桌上还可以开心度过两三个小时，不料阿拉密斯瞧了瞧怀表，站起身来，璨然微笑着向大家告辞，说是去请教一位他约好的决疑论者。还有几次，他回住所要写论文，请朋友不要去打扰。

碰到这种情况，阿多斯则微微一笑，那笑容迷人而忧郁，同他那张高贵的面孔十分相称。波尔托斯却边喝酒边断定，阿拉密斯永远也只能做个乡村教士。

达达尼安的跟班卜朗舍交上好运，倒也显得颇为大气。每天工钱能拿三十苏④，在头一个月，他回到住所时，快活得像只燕雀，对主人也很亲热。可是，背运之风一开始刮向掘墓人街的这个住户，即路易

---

① 阿喀琉斯：希腊神话传说中的英雄，海洋女神的儿子，在特洛伊战争中英勇无敌，扭转战局，率领希腊联军获胜。
② 埃阿斯：希腊神话传说中的英雄，英勇善战。特洛伊陷落后，他闯入雅典娜神庙，奸污并掠走女祭司卡珊德拉，受雅典娜的报复，在归途中被海陆夹击而粉身碎骨。
③ 约瑟：《圣经》人物，犹太人十二列祖之一。曾被法老的护卫长买去做奴隶，护卫长的妻子多次勾引他未遂，反诬陷他。后来因给法老解梦，当上埃及宰相。
④ 苏：法国辅币名称，当时20苏合1利弗尔，后来20苏合1法郎。

十三国王赏赐的四十皮斯托尔被吃光,或者所剩无几了,他就开始发牢骚,阿多斯听了觉得恶心,波尔托斯认为不成体统,而阿拉密斯觉得愚蠢可笑。阿多斯劝达达尼安辞掉那个东西,波尔托斯主张先狠狠揍他一顿,阿拉密斯则认为,当主人的只应当听恭维自己的话。

"你们说说倒容易,"达达尼安接口说道,"您呢,阿多斯,您跟格里莫一起生活,整天沉默不语,也禁止他讲话,因此从来听不到他讲什么难听的话。还有您,波尔托斯,您过着神仙的日子,您在仆人木斯克东的眼里就是个神仙。至于阿拉密斯,您总是潜心研究神学,赢得您的仆人巴赞由衷的尊敬,而巴赞本人也是个既温和又虔诚的人。可是我呢,既没有财产地位,又不是火枪手,甚至连个普通卫士都不是,我怎么做才能让卜朗舍对我又亲近,又惧怕,又敬重呢?"

"事情很严重,"三位朋友答道,"这是件家务事,有些仆人就跟女人一样,必须立即把他们置于该待的地方。仔细考虑考虑吧。"

达达尼安想了又想,决定先揍卜朗舍一顿再说。他干什么事都认认真真,这次也不例外。狠揍了一顿之后,他还禁止卜朗舍未经他允许,擅自辞职。他又补充说:"因为,将来我一定错不了,等着,肯定会时来运转。你留在我身边,也就能发财。我这个当主人的,心地特别善良,总不能你请求辞职我就放人,让你失去发财的机会。"

这种做法,令三名火枪手十分敬佩达达尼安的策略。卜朗舍也佩服得五体投地,此后再也不提走的事儿了。

四个年轻人的生活就变得一致起来。达达尼安来自外省,没有任何习惯,他到了一个全新的环境,立即随俗,接受朋友们的习惯。

他们冬季八点左右起床,夏季六点左右起床,前往德·特雷维尔先生府邸,了解当天口令和卫队的情况。达达尼安虽不是火枪手,也还按时值勤,令人感动,三位朋友无论谁站岗他都陪伴,因而总在岗位上。在火枪卫队总部,人人都认识他,都把他当作好伙伴。刚一见面,德·特雷维尔先生就很赏识他，后来对他还真有了感情，有机会就向国王推荐。

三位火枪手也非常喜爱这个年轻伙伴。这四人被友谊联结在一起，有时为决斗，有时为公务，有时为消遣，每天要见面三四次，简直就是形影不离了。从卢森堡宫到圣绪尔比斯教堂广场①，或者从老鸽棚街到卢森堡宫，别人总能遇见这四个形影不离的人在彼此寻找。

德·特雷维尔先生许诺的事情，也一直在进行。果然有一天，国王命令德·艾萨尔骑士，将达达尼安收进他的禁军卫队当见习生。达达尼安连连叹气穿上新军装，如能换成火枪手的卫士服，少活十年他也干。但是，德·特雷维尔先生已然许诺，两年见习期满，一定给予这种优待，而且，达达尼安只要有机会为国王效力，或者立了大功，见习期还可以缩短。得到这种许诺之后，达达尼安便告退，次日就开始服役了。

达达尼安站岗时，现在又轮到阿多斯、波尔托斯和阿拉密斯去陪伴了。德·艾萨尔骑士先生的部队，从收下达达尼安的那天起，就同时收下了四个人。

---

① 圣绪尔比斯广场：位于巴黎塞纳河左岸，1646 年开始兴建的圣绪尔比斯教堂前面的广场。

第八章
宫廷一桩密谋

世上一切事物都有始有终，国王路易十三赏赐的那四十皮斯托尔，有个起始，也同样有个终结。这事终结之后，四个伙伴的生计又窘迫了。先是阿多斯拿出钱来，让大伙支撑了一阵子。接着是波尔托斯，他还是靠惯用手法，失踪两天弄来钱，又管了大家半个月的生活需求。最后轮到阿拉密斯，他也乐意担起责任，说是拿出他的神学书籍，变卖了一些皮斯托尔。

接下来呢，还一如既往，去向德·特雷维尔先生求助，他也只能预支一点儿军饷。但是，他们支取那点儿钱维持不了多久。因为，三名火枪手账上已经拖欠了不少，而一名禁军士兵还未拿军饷。

大家终于看到真要身无分文了，就最后挤一挤，凑了八九个，十来个皮斯托尔，由波尔托斯拿去赌一把。他正赶上手臭，全部输掉，还欠了二十五皮斯托尔赌债。

这样一来，窘迫就进而变得忍饥挨饿了。几个饥肠辘辘的人带着自己的仆人，跑遍一条条河滨路和禁军各部，到外面的朋友家，只要可能就混一顿晚餐。要知道，按照阿拉密斯的见解，人在富足的时候，就随手播种几餐饭，到了失意的时候也好有所收获。

阿多斯接受四次邀请，每次都带着他的朋友及其跟班。波尔托斯有六次机会，也和他的伙伴们共享。阿拉密斯则有八次机会，看得出来，此人说得少干得多。

达达尼安在京城还不认识什么人，他仅仅在一个同乡的教士家，蹭了一顿巧克力早餐茶，在禁军的一名掌旗官那里蹭了一顿晚餐。他率领全班人马来到教士家，一下子吃光了人家供两个月用的储备品。掌旗官则十分豪爽，然而正如卜朗舍所言，吃得再多，也总归是一顿饭。

阿多斯、波尔托斯和阿拉密斯搞到那些丰盛的宴席，而达达尼安只给伙伴们提供了一顿半饭，在教士家的那顿早餐只能算半顿，他觉得挺丢面子，认为自己要由大家养活，却忘了他怀着年轻人的满腔热忱，曾供养这伙人达一月之久。他心事重重，头脑开始活跃起来，他考虑这四个勇敢的年轻人，既精力充沛又有进取心，结合起来应当另有目的，而不能整天这样闲逛，上上剑术课，搞点儿恶作剧。

的确如此，他们这样四个人，彼此情深义重，从钱财到生命都可以献出来，四个人始终相互支持，绝不后退，单独或者一起执行共同做出的决定。四个人的手臂分别威胁四个方位，或者合力指向一点，这样四个人，不管是秘密还是公开的，不管是通过坑道还是通过战壕，不管是使用计谋还是武力，就必然能闯出一条路子，奔向他们要达到的目的，哪怕这种目的被严格禁止，或者相距十分遥远。唯一令达达尼安惊讶的是，他的伙伴们根本没有想到这一点。

他达达尼安想到了，甚至非常认真地考虑，绞尽脑汁要给这种增大四倍的独一无二的力量找到一个方向。他毫不怀疑，这种力量就是阿基米德① 寻找的杠杆，运用起来就能撬起地球。正想到此处，忽听有人轻轻敲门，达达尼安叫醒卜朗舍，吩咐他去开门。

---

① 阿基米德（公元前287－前212）：古希腊数学家，发现杠杆定律和阿基米德定律。据传他有一句豪言：给他一个支点，他能把地球撬起来。

第八章 宫廷一桩密谋

达达尼安叫醒卜朗舍这句话，读者看了千万不要以为当时天已黑了，或者还没有天亮。不对！刚刚敲过下午四点钟。两小时前，卜朗舍就来向主人讨午饭，主人就用这句谚语作答："睡觉就是吃饭。"因此，卜朗舍就拿睡觉当饭吃。

带进来的是一个男子，外表相当朴素，看样子像个市民。

卜朗舍想听听他们的谈话，权当饭后甜食。然而，那市民却明确对达达尼安说，他要谈的事情很重要，也很机密，希望能单独跟他谈谈。

达达尼安打发走卜朗舍，请来访者坐下。

冷场片刻，二人相互对视，仿佛要先认识一下，然后，达达尼安点了点头，表示洗耳恭听。

"我听人讲，达达尼安先生是个非常勇敢的年轻人，"市民开口说道，"他完全配得上这个好名声，这使我决定告诉先生一个秘密。"

"请讲吧，先生，请讲吧。"达达尼安说道，他凭直觉嗅出这是件好事。

那市民又停顿一下，才接着说道：

"我妻子在宫里给王后掌管衣物，先生，她挺聪明，也很美丽，和我结婚快有三年了。她虽然只有一小笔财产，但是受到她的教父，王后的侍衣侍从德·拉波尔特先生的保护……"

"怎么样呢，先生？"达达尼安问道。

"怎么样！"那市民接口说，"怎么样！先生，昨天早晨，她从工作间出来，就遭人绑架了。"

"您妻子遭谁绑架啦？"

"那我哪儿知道，先生，不过，我怀疑一个人。"

"您怀疑的那个人是谁？"

"一个男人，很长时间就跟踪她。"

"见鬼！"

"那我能怎么对您说呢，先生，"那市民接着说道，"我确信这事儿是政治原因，没有什么爱情的成分。"

"是政治原因，没有什么爱情成分，"达达尼安接口说，一副沉思的样子，"您怀疑什么事儿？"

"我怀疑的事儿，不知道该不该告诉您……"

"先生，我要提请您注意，我绝没要求您做什么。是您来找我的，是您对我说，要告诉我一个秘密。随您便吧。现在走还来得及。"

"不，先生，不，看您样子是个正派的年轻人，我信得过。是这样，我认为我妻子被绑架，不是因为什么恋情，而是因为一位比她高贵得多的夫人的恋情。"

"嗯！嗯！会不会是德·布瓦-特拉西夫人？"达达尼安问道，他要在这市民面前显示他熟悉宫廷里的事。

"还要高贵，先生，还要高贵。"

"那就是戴吉荣夫人？"

"还要高贵。"

"德·舍夫勒兹夫人吗？"

"还要高贵，高贵得多！"

"那就是王……"达达尼安戛然住口。

"对，先生。"那市民万分惶恐，声音压得极低地答道。

"跟谁？"

"还能跟谁，如果不是跟……公爵……"

"那位……公爵……"

"对，先生！"市民回答，声调又低沉了许多。

"这种事，您是怎么知道的？"

"唔！我是怎么知道的？"

"是啊，您是怎么知道的？说话不要留半截，否则的话……您也明白。"

"我是听妻子说的，先生，听我妻子亲口说的。"

"她呢,又是听谁讲的?"

"听德·拉波尔特先生讲的。我不是对您说过嘛,她是王后的心腹德·拉波尔特先生的教女?情况就是这样!德·拉波尔特先生把她安置在王后陛下身边,就是让王后身边至少还有一个可靠的人。王后也真可怜,被国王抛弃,受红衣主教的监视,简直众叛亲离!"

"嗯!嗯!事情画出轮廓了。"达达尼安说道。

"我妻子四天前回来过,先生,她进宫做事提出的条件,有一条就是每周回家看我两次。因为,正如我荣幸地向您讲过的,我妻子非常爱我,四天前她回家来,向我透露说,这阵子王后特别害怕。"

"真的吗?"

"是真的。看来,红衣主教先生变本加厉,折磨她并迫害她。萨拉班德舞①那件事,他不能原谅王后。萨拉班德舞那件事您知道吗?"

"这还用问,当然知道!"达达尼安答道,其实他一无所知,要装出全部了解的样子。

"结果,现在不再是怨恨,而是报复了。"

"真的吗?"

"而且王后认为……"

"怎么,王后认为如何?"

"王后认为,有人以她的名义,给白金汉公爵写了信。"

"以王后的名义?"

"对,要把他引到巴黎来,一旦到巴黎,再诱他掉进陷阱。"

"见鬼!可是,我亲爱的先生,您妻子,她搅进那里干什么?"

"他们知道她忠于王后,就打她的主意。要么把她从女主人身边拉走,要么恐吓她,逼她讲出王后陛下的秘密,要么引诱利用她充当密探。"

---

① 萨拉班德舞:原是西班牙的一种交谊舞,17世纪成为法国宫廷舞会的流行舞蹈。

"有这种可能，"达达尼安说道，"那么，绑架她的那个人，您认识吗？"

"我跟您说过，我觉得认识他。"

"他叫什么？"

"不知道，我仅仅知道他是红衣主教的人，一个该死的走狗。"

"那么，您见过他吗？"

"见过，有一天，我妻子指给我看了。"

"他形貌有什么特征，能让人认出来呢？"

"嗯！当然有了，他是一副大老爷的架势，黑头发，古铜色的脸膛，目光锐利，牙齿雪白，鬓角有一道伤疤。"

"鬓角有一道伤疤！"达达尼安叫起来，"还是雪白的牙齿，锐利的目光，古铜色脸膛，黑黑的头发，大老爷的架势，正是我在默恩碰到的那个人！"

"您是说，那人您见过？"

"对，对，不过同这事毫无关系。不对，我说错了，恰恰相反，如果您这个人正是我那个人，事情就简单多了，我就能一下子报了两个人的仇，就这么简单。可是，去哪儿能找到那个人呢？"

"这我可不知道。"

"他住在哪儿，您一点儿也不掌握情况吗？"

"一点儿也不掌握。有一天，我送妻子去卢浮宫，她要进去时，正赶上他出来，她指给我看了。"

"见鬼！活见鬼！"达达尼安咕哝道，"这些情况都太含糊。您妻子被绑架的事，是谁告诉您的？"

"是德·拉波尔特先生。"

"他对您讲了什么具体情况？"

"什么具体情况也没有讲。"

"从另一方面，您也没有得到什么消息吗？"

"有消息，我收到了……"

"什么？"

"我真不知道说出来是不是太冒失了？"

"您又来了，这回我可要提醒您注意，再打退堂鼓就有点晚了。"

"妈的，我不打退堂鼓！"市民高声说道，他骂了一句是要给自己鼓气，"而且，以博纳希厄的人格发誓……"

"您叫博纳希厄？"

"对呀，这就是敝姓。"

"您说，以博纳希厄的人格发誓！请原谅我打断您的话，真的，这名字我好像听说过。"

"这有可能，先生。我是您的房东。"

"哦！哦！"达达尼安说道，欠了欠身施礼，"您是我的房东？"

"对，先生，对。您住进我这儿已有三个月了，不用说，您总忙着大事儿，就把付房租的小事儿给忘了。我要说，我一点也没有烦扰您，因此就想，这种体恤之心，您一定注意到了。"

"那还用说嘛，我亲爱的博纳希厄先生，"达达尼安接口说道，"请相信，我十分感谢这样一种做法，正如我刚才讲的，假如我能为您做点什么……"

"我相信您，先生，我相信您，这话刚才我就要对您讲了，以博纳希厄的人格发誓！对您我信得过。"

"那么，您开了头的话，就对我讲完吧。"

市民从兜里掏出一张纸，递给达达尼安。

"一封信！"年轻人说道。

"是我今天早晨收到的。"

达达尼安打开信，由于天色暗下来，他就凑到窗口。市民也跟上去。

"不要寻找您的妻子，"达达尼安念道，"等到用不着她了，就会送还给您。您只要采取行动，想找到她，那您就必定完蛋。"

"说得真明白,"达达尼安接着说道,"不过,归根结底,这只是一种威胁。"

"对,但是,这种威胁叫我心惊胆战。我呀,先生,刀剑我一窍不通,我也害怕巴士底狱。"

"嗯!"达达尼安说道,"其实我也一样,并不怎么喜欢巴士底狱。如果只是动动剑,那我还可以。"

"可是,先生,碰到这种情况,我早就指望上您了。"

"是吗?"

"看见您的周围总有一些特别帅的火枪手,也认出那是德·特雷维尔先生手下的火枪手,因而也就是红衣主教的敌人,于是我就想,您和您那些朋友,一定会仗义相助我们可怜的王后,也乐得戏弄戏弄法座。"

"那当然了。"

"接着我又想,您欠了三个月房租,我就从来没有向您提起过。"

"是啊,是啊,这种理由,您已经对我讲了,我也认为非常充分。"

"而且,我还打算,只要您赏脸继续住在我这儿,以后的房租我也绝不向您提起……"

"很好。"

"此外,如果需要的话,如果眼下您手头紧,虽说这根本不可能,我打算奉送给您五十皮斯托尔。"

"好极了。看来,您很富有啊,我亲爱的博纳希厄先生。"

"应当这么说吧,先生,我的生活还算宽裕。我是做服饰用品生意的,积攒了一笔钱,大约有三千埃居的年金,尤其还有一笔资本,投入著名航海家让·莫凯[①]的最近一次航行中。因此,您就能明白,先生……啊!怎么……"那市民嚷道。

[①] 让·莫凯(1576-约1617):法国旅行家,他曾奉命游历世界许多地方,为国王亨利四世搜集奇珍异物。

"什么事?"达达尼安问道。

"那是谁?"

"在哪儿?"

"街上,在您窗户的对面,那户人家门斗下有个裹着斗篷的人。"

"是他!"达达尼安和市民同时嚷道,二人同时认出各自要找的人。

"哼!这回他可休想逃掉!"达达尼安说着,一纵身扑向自己的剑。他抽出剑,冲出房间。

他在楼梯撞见阿多斯和波尔托斯。二人闪避一旁,达达尼安像箭一般从他们中间穿过去。

"喂!你这是往哪儿跑啊?"两名火枪手异口同声地问道。

"是默恩的那个家伙!"达达尼安答道,随即就消失了。

达达尼安不止一次向朋友讲述,他如何同那陌生人发生冲突,如何出现一位旅行的美丽女郎,那陌生人又如何交给她一封重要信件。

当时阿多斯认为,达达尼安是在打斗中丢失了信件。照达达尼安的描绘,那陌生人应是位贵族,只能是位贵族,在他看来,一位贵族绝不会那样下作,偷人信件。

波尔托斯则认为,这件事纯粹是一次幽会。不是一位贵妇约会一名骑士,就是一名骑士约会一位贵妇,不料达达尼安和他的黄马出现给搅了局。

阿拉密斯却说,这种事秘不可测,没有必要寻根问底。

因此,听了达达尼安匆匆说的一句话,他们就明白是怎么回事了。不管达达尼安追上那个人,还是不见了那人的踪影,他们认为他最终还是要回来,于是接着上楼。

两人走进达达尼安房间,里面已空无一人。房东担心年轻人和那陌生人准要闹出事来,再由于他本人对自己性格的剖析,就认为还是小心为妙,便溜之大吉了。

第九章
达达尼安初显身手

不出阿多斯和波尔托斯所料，半小时之后，达达尼安果然回来了。这次又没有追上，那人也神了，忽然消失得无影无踪。达达尼安手执长剑，跑遍了附近所有街道，没有看到一个像他要找的那个人。最后无奈，他又折回来，做他也许一开头就该先做的事，去敲敲刚才那陌生人靠过的那扇门。然而，他用门环连续叩了十一二下，也是徒劳，根本无人答应。邻居们听到敲门声，有的跑到门口，有的从窗口探出头，明确告诉他，那所房子整整半年无人住了，而且，所有门窗也确实关得严严实实。

就在达达尼安沿街奔跑，敲人家大门的工夫，阿拉密斯来找两个同伴，等达达尼安回来一看，大家全会齐了。

"怎么样？"三名火枪手齐声问道，他们见达达尼安进来，满头大汗，一脸怒气。

"怎么样！"达达尼安把剑往床上一扔，嚷道，"那家伙肯定是魔鬼，就跟幽灵、鬼影、阴魂一般，忽然消失了。"

"您相信鬼魂显形吗？"阿多斯问波尔托斯。

"我嘛，只相信亲眼所见的，鬼魂显形，我从未见过，也就不相信。"

"《圣经》教导我们必须相信,"阿拉密斯说道,"撒母耳①的鬼魂,就在扫罗面前显现;这是个信条,我看到有人怀疑就要气愤,波尔托斯。"

"那家伙,不管是人还是鬼,是肉体还是幽灵,是幻影还是现实,反正他是我的灾星。要知道,他一逃走,先生们,就搅了我们一桩好买卖,本来有一百皮斯托尔好赚,也许还要赚得多些呢。"

"怎么回事?"波尔托斯和阿拉密斯异口同声问道。

至于阿多斯,仍信守他那缄默的原则,仅以目光询问达达尼安。

"卜朗舍,"达达尼安见仆人这时从门缝探头探脑,想听谈话的片言只语,便吩咐道,"下楼去找房东博纳希厄先生,要他给我们送来六瓶博让西②葡萄酒来,那是我爱喝的酒。"

"嘿!怎么,您在房东这儿开了赊购账户啦?"波尔托斯问道。

"不错,"达达尼安答道,"从今天开始,你们就放心了,他的酒如果不好,我们再让他换别的。"

"应利用而勿滥用。"阿拉密斯以训诫的口吻说了一句。

"我总是说,咱们四人之中,真有头脑的要数达达尼安。"阿多斯抛出这种见解,便立刻恢复习惯的沉默,而达达尼安则点头逊谢。

"您倒是说说看,究竟什么事儿啊?"波尔托斯问道。

"是啊,"阿拉密斯也说道,"这事儿向我们透透风吧,亲爱的朋友,除非怕连累某一位夫人的名声,如果是这样,您就最好把这秘密藏在心里。"

"你们放心吧,"达达尼安答道,"我要告诉你们的事儿,不会惹起

---

① 撒母耳:《圣经·旧约》中人物,希伯来先知。他奉耶和华之命,遵照民意立扫罗为王。后来扫罗违背神意,撒母耳便秘密立大卫为以色列王。撒母耳死后,扫罗同非利士人交战前,撒母耳鬼魂显形责备扫罗,并预告次日他必死。

② 博让西:法国中部的城镇。

任何人抱怨连累了名誉。"

于是，他原原本本向几位朋友讲述，他和房东之间刚刚发生了什么事，绑架可敬的房东妻子的那个男人，如何就是在自由磨坊主客栈同他发生争执的那个人。

"您这桩买卖还真不赖。"阿多斯十分内行地品了品葡萄酒，点了点头，表示他认为是好酒，然后说道，"从这个正派人身上，还能捞他五六十皮斯托尔。现在要弄清楚的问题，就是为了这五六十皮斯托尔，值不值得拿四颗脑袋去冒险。"

"不过请注意，"达达尼安高声说，"这桩买卖牵涉一个女人，一个被劫持的女人。她肯定受到威胁，也许还在受折磨，而她落到这种地步，就是因为她忠于自己的女主人。"

"当心，达达尼安，当心啊，"阿拉密斯说道，"一谈到博纳希厄太太的命运，我看您就有点太激动了。女人啊，是为了毁掉我们而被创造出来的，那是我们一切不幸的源泉。"

听了这一警句，阿多斯皱起眉头，又咬住嘴唇。

"我所担心的，绝非博纳希厄太太，"达达尼安高声说道，"而是王后。王后遭到国王的遗弃，还受红衣主教的迫害，只能眼睁睁看着她的所有朋友一批一批掉了脑袋。"

"她为什么要爱我们最恨的西班牙人和英国人呢？"

"西班牙是她的祖国，"达达尼安回答，"她爱西班牙人是极其自然的，那是和她生活在同一片土地的孩子。至于您指责她的第二点，我就听人说过，她不是爱所有英国人，而是爱一个英国人。"

"嗯！老实说，"阿多斯说道，"应当承认，那英国人也很值得爱。我还从没有见过他那样气宇轩昂的人。"

"且不说他衣着就与众不同，"波尔托斯也说道，"他撒珍珠那天，我恰巧在卢浮宫，真的，我也拾到两颗，每颗卖了十皮斯托尔。你呢，阿拉密斯，你认识他吗？"

"跟你们一样熟悉，先生们，因为在亚眠①的花园逮捕他的人，就有我一个，是王后的马厩总管德·普唐日先生带我进去的。那时，我还在神学院学习，觉得出了那种事，对国王是很残忍的。"

"尽管如此，"达达尼安说道，"我若是知道白金汉公爵在什么地方，还是会拉起他的手，把他带到王后身边，哪怕仅仅为了气气红衣主教先生。因为我们真正的、我们唯一的、我们永远的敌人，先生们，就是红衣主教。如有办法狠狠跟他搞个恶作剧，老实说，拿脑袋去试一试我也心甘情愿。"

"对了，"阿多斯又说道，"达达尼安，那个服饰用品商对您说过，王后认为有人是用假信把白金汉公爵骗来的吧？"

"她担心是这样。"

"请等一等。"阿拉密斯说道。

"什么？"波尔托斯问道。

"接着说吧，我是在回忆一些情况。"

"现在我确信了，"达达尼安说道，"劫持王后身边这个女子的事件，同我们所谈的事有关系，也许同白金汉先生来巴黎也有关系。"

"这个加斯科尼人真有脑子。"波尔托斯赞佩地说道。

"我很喜欢听他说话，"阿多斯说道，"听他讲方言真有趣。"

"先生们，"阿拉密斯说道，"听我讲讲这件事。"

"听听阿拉密斯怎么说。"三位朋友说道。

"昨天，我到一位很有学问的神学博士家里，我时而去向他讨教神学问题……"

阿多斯微微一笑。

---

① 亚眠：法国北方索姆省省会，当时为庇卡底地区首府。

"他住在一个偏僻的街区，"阿拉密斯接着说道，"这是他的爱好和职业要求。且说我从他家出来的时候……"

阿拉密斯收住话头。

"怎么样？"听众问道，"您从他家出来的时候，怎么啦？"

阿拉密斯就像一个正说谎的人，不料碰到障碍，想控制一下自己，然而，他三个伙伴的眼睛都盯着他，都竖着耳朵倾听，说的话无法收回了。

"那位博士有个侄女。"阿拉密斯接着说道。

"哦！他有个侄女！"波尔托斯插言道。

"非常令人尊敬的一位夫人。"阿拉密斯说道。

三个朋友哈哈大笑。

"哼！你们如果嘲笑，如果怀疑，那就什么也了解不到。"阿拉密斯来了一句。

"我们就像伊斯兰教徒那样虔诚，就像灵台那样缄默。"阿多斯说道。

"那我就接着说，"阿拉密斯说道，"那位侄女时而去看望她叔父。昨天碰巧，我去时她也在场，离开时，我当然主动送她上自己的马车。"

"哦！她还有一辆马车，博士的侄女？"波尔托斯接口说道，他的一个缺点就是嘴没有把门的，"结识的人挺有身份啊，我的朋友。"

"波尔托斯，"阿拉密斯又说道，"我已经不止一次向您指出，您太不谨慎，这有损您在女人面前的形象。"

"先生们，先生们，"达达尼安高声说道，他隐约看出这件事的实质，"这是件严肃的事儿，如果能办到，咱们尽量不要开玩笑。讲下去，阿拉密斯，讲下去吧。"

"忽然来了个男人，他身材魁伟，棕色头发，举止神态像个绅士……类似您的那个人，达达尼安。"

"也许是同一个人。"达达尼安答道。

"有可能，"阿拉密斯继续说道，"那人隔着十步远，身后跟随五六个人，他走到我面前，十分客气地对我说：'公爵先生，还有您，夫人……'他又对挽着我手臂的那位夫人说……"

"对博士的侄女？"

"别插嘴，波尔托斯！"阿多斯说道，"您真叫人受不了。"

"那人说：'请上这辆车吧，不要打算有一点点反抗，也不要弄出一点点动静。'"

"他把您当作白金汉了！"达达尼安高声说。

"我认为是这样。"阿拉密斯答道。

"可是那位夫人呢？"波尔托斯问道。

"他把她当作王后了！"达达尼安说道。

"一点不错。"

"这个加斯科尼人，真是鬼精灵！"阿多斯高声说道，"什么也瞒不住他。"

"事实上，"波尔托斯说道，"阿拉密斯同英俊的公爵个头儿相仿，体态也有相似之处。然而我觉得，火枪手这身装束……"

"我披了一件肥大的斗篷。"阿拉密斯说道。

"这七月的天儿，真见鬼！"波尔托斯说道，"难道博士怕您被人认出来？"

"密探看错了形体，"阿多斯说道，"我还能理解，然而面孔……"

"我戴了一顶大檐儿帽。"阿拉密斯说道。

"嗬！上帝呀，"波尔托斯高声说道，"研究神学，还采取这么多防范措施！"

"先生们，先生，"达达尼安说道，"咱们别打哈哈浪费时间，咱们出去四处寻找服饰用品商的妻子，这是识破阴谋的钥匙。"

"身份如此低下的一个女人！您这么看，达达尼安？"波尔托斯说着，撇嘴做鄙夷状。

"她是王后心腹跟班德·拉波尔特的教女。我不是对你们说过吗，先生们？再说，也许这是王后陛下的一种安排，这次她借助于身份极低的人。地位高的人远远就能惹人注意，而红衣主教眼力又特别好。"

"好吧！"波尔托斯说道，"您先跟那服饰用品商谈好价钱，要个好价。"

"不必，"达达尼安说道，"因为我相信，他不付钱，另外一方也会给咱们相当高的报酬。"

这时，楼梯忽然响起急促的脚步声，房门啪的一声打开，服饰用品商像丧家犬似的，冲进正聚着商量事的房间。

"哎呀！先生们，"他喊道，"救救我，看在老天的分上，救救我呀！有四个人来抓我，救救我，救救我呀！"

阿尔密斯和波尔托斯忽地站起来。

"请等一下，"达达尼安高声说道，同时打了个手势，让他们把抽出半截的剑插回鞘里，"请等一下，现在需要的不是勇武，而是谨慎。"

"然而，"波尔托斯高声说道，"我们总不能让……"

"你们就让达达尼安去处理，"阿多斯说道，"我重复一遍，他是我们当中脑袋瓜最灵的，我这方面，我明确表态服从他。你看怎么办都成，达达尼安。"

这时，四名卫士到了前厅门口，他们瞧见屋里站着四名火枪手，都佩着剑，于是犹豫，不敢贸然闯入。

"请进，先生们，请进，"达达尼安叫道，"你们这是光临寒舍，我们大家都是国王和红衣主教先生的忠实仆人。"

"这么说，先生们，你们不会反对我们执行接受的命令吧？"小队长模样的那个人问道。

"正相反，先生们，如果需要，我们可以助你们一臂之力。"

"哎，你这是什么话？"波尔托斯咕哝道。

"你是个傻瓜，"阿多斯说道，"别作声！"

"可是，您答应过我……"可怜的商人压低声音说道。

"我们只有保住自由，才能救您，"达达尼安低声快速说道，"我们若是表示保护您，他们就会把我们连同您一起抓走。"

"然而我觉得……"

"进来吧，先生们，进来吧，"达达尼安朗声说道，"我毫无理由保护这位先生。今天我是头一回见到他，是为了什么事，他本人会告诉你们的，是来向我讨房租。是不是真的，博纳希厄先生？回答呀！"

"千真万确，"商人高声说道，"可是，先生没有告诉你们……"

"千万不要提我，也不要提我的朋友们，尤其不要提到王后，否则，您要毁了所有人，也救不了您自己。动手吧，先生们，动手吧，将这个人带走！"

达达尼安把蒙了头的商人推到卫士手中，同时对他说：

"您是一个无赖，我亲爱的，居然来向我要钱！向一名火枪手要钱！关进大牢！先生们，再说一遍，把他押走，关进大牢，尽量多关些日子，我好有充分的时间付给他房租。"

几个打手连声道谢，把他们追捕的人押走了。

他们正要下楼时，达达尼安拍了拍小队长的肩膀。

"我们干吗不喝一杯，彼此敬祝健康呢？"达达尼安说着，就斟了两满杯博纳希厄先生慷慨送来的博让西酒。

"这是我的莫大荣幸，"打手的头儿说道，"我接受，非常感谢。"

"好，为您的健康干杯……您怎么称呼？"

"布瓦勒纳尔。"

"布瓦勒纳尔先生！"

"为您的健康，我的绅士，该我问您了，请问您怎么称呼？"

"达达尼安。"

"为您的健康,先生!"

"还有最高的祝酒,"达达尼安嚷道,仿佛控制不住激动的情绪,"为国王和红衣主教干杯。"

如果酒不好,打手的头儿就可能怀疑达达尼安的诚意,然而酒确实是好酒,他也就相信了。

"您这搞的是什么鬼名堂?"波尔托斯见那警官去追他那些伙伴,而屋里只有他们四个朋友了,便说道。"呸!四名火枪手,眼瞅着一个求助的不幸者让人抓走!一位绅士,同一个走卒碰杯!"

"波尔托斯,"阿拉密斯说道,"阿多斯先就说你是个傻瓜,现在我同意他的看法。达达尼安,你是个了不起的人,等你到了德·特雷维尔先生的职位,我就请求你保护,设法让我主持一座修道院。"

"怪事!真把我搞糊涂了,"波尔托斯说道,"你们赞成达达尼安刚才那么干?"

"我想当然是这样,"阿多斯说道,"他刚才那么干,我不仅赞成,还要向他祝贺呢。"

"现在,先生们,"达达尼安说道,他也不费那个劲儿向波尔托斯解释他的行为,"大家为一人,一人为大家,这就是我们的座右铭,对不对?"

"可是……"波尔托斯又说道。

"伸出你的手,宣誓!"阿多斯和阿拉密斯同时嚷道。

波尔托斯在榜样面前败下阵来,他嘟嘟囔囔伸出手去,四个朋友异口同声地重复达达尼安口授的誓词:

"大家为一人,一人为大家。"

"很好,现在,各回各的住所,"达达尼安说道,就好像他这一生除了指挥,就没有干过别的事,"因为,从此时此刻起,咱们开始跟红衣主教较量了。"

第十章
十七世纪的捕鼠笼子

　　捕鼠笼不是我们今天时代的发明，人类社会形成过程中，一旦发明了某种警察机构，那么警察机构就发明出捕鼠笼。

　　读者也许还不熟悉耶路撒冷街的这一切口①，而且，我们写作十五年来，还是头一次使用表达这种事物的切口，那就让我们给读者解释一下，捕鼠笼为何物。

　　在一所房子里，无论什么房子，如果逮捕了某桩罪案的嫌疑人，逮捕行动又秘密进行。然后在头一间屋里埋伏四五个人，谁敲门都打开，等人进来再关上门，来一个抓一个。这样，不出两三天，常来这所房子的人就差不多全逮住了。

　　这就是一只捕鼠笼。

　　博纳希厄老板的那套房间，就成了一只捕鼠笼，谁进去都要被捕，由红衣主教先生的属下审问。不过，达达尼安住在二楼，有专用的通道，来找他的人也就没有碰到任何麻烦。

　　况且，来找他的也只有三个火枪手。他们三人已经分头查访，但

---

① 耶路撒冷街：当时巴黎警察局所在地。耶路撒冷街的切口，即指警察所用的暗语。

是查访一无所获，没有发现一点线索。阿多斯甚至问到德·特雷维尔先生头上，由于这个可敬的火枪手平时沉默寡言，此举倒使他的队长深感诧异。不过，德·特雷维尔先生也一无所知，他最近一次见到红衣主教、国王和王后，看出红衣主教忧心忡忡，国王神色不安，而王后眼睛红红的，显然彻夜未眠，或者流过眼泪。这后一种情况，他倒不觉得怎么奇怪，王后结婚之后，经常失眠，并且以泪洗面。

德·特雷维尔先生还是嘱咐阿多斯，务必要为国王效劳，尤其要为王后效劳，还请他把这种嘱咐转达给他的伙伴们。

达达尼安却守在住所，没有动窝，他把房间改成观察哨所，从窗口能看到有人来自投罗网。此外，他还掀起几块地下的方砖，挖开地板镶木，这样，楼上楼下的房间就只隔一层天花板，楼下房间进行的审讯，审问者和被告的问答，他全听到了。

被捕的人先仔细搜身，再进行审问，审问不外乎这样几个方面。

"博纳希厄太太交给您什么东西，让您转交给她丈夫，或者转交给其他什么人吗？"

"博纳希厄先生交给您什么东西，让您转交给他妻子，或者转交给其他什么人吗？"

"他们夫妇二人，有哪个亲口向您透露过什么秘密吗？"

达达尼安心中暗道，他们若是掌握了什么情况，就不会这样发问了。现在，他们要了解什么事呢？是想知道白金汉公爵在不在巴黎，他有没有见过王后，或者有没有打算见王后。

达达尼安停留在这种想法上，根据他听到的那些话来判断，他这种想法很可能对头。

不管怎样，捕鼠笼还在使用，达达尼安也时刻警惕。

可怜的博纳希厄被抓走的第二天晚上，阿多斯刚同达达尼安分手，要去德·特雷维尔先生府邸。九点钟刚过，卜朗舍开始铺床，忽听有人敲临街的门，那扇门随即打开又关上，有人钻进捕鼠笼。

达达尼安急忙跑到掀起方砖的地方，卧倒在地，侧耳细听。

很快就传来几声喊叫，接着是有人企图捂住嘴而发出的几声呻吟。这一回却不审问。

"见鬼！"达达尼安心中暗道，"我觉得是个女人，有人搜身，她在反抗——还对她使用暴力——这帮浑蛋！"

达达尼安虽然行事谨慎，还是得极力控制自己，以免跑去干预楼下的事件。

"我可告诉你们，我是这所房子的女主人，先生们。我可告诉你们，我是博纳希厄太太。我还告诉你们，我是王后的人！"那不幸的女人喊道。

"博纳希厄太太！"达达尼安咕哝道，"我的运气就这么好，找到了大家都在寻找的人？"

"我们守候的就是您。"那些审讯者答道。

那女人嘴被捂住，声音越来越低沉，忽然一阵骚乱，是撞击护墙板发出的声响。落难的女人在拼力反抗四条汉子。

"别这样，先生们，别……"那声音很低，只能听见断续之声。

"他们堵上了她的嘴，要把她拉走，"达达尼安嚷道，同时像安了弹簧似的腾地跳起来，"我的剑，哦，我挎着呢。卜朗舍！"

"先生？"

"快跑去找阿多斯、波尔托斯和阿拉密斯。他们三个人准有一个在家，也许三个全回到家了。让他们拿上武器，让他们来，快点赶来。嗯！想起来了，阿多斯去了德·特雷维尔先生那里。"

"可是您呢，这是上哪儿去，先生，您上哪儿去？"

"我从窗户跳下去，"达达尼安高声说道，"好早点赶到。你呢，再码上方砖，扫扫地板，从门出去，跑到我跟你说的地方。"

"哎！先生，先生，您会摔死的。"卜朗舍嚷道。

"闭嘴，蠢货。"达达尼安说了一句。他双手抓住窗台，身子从二楼顺下去。幸好楼层不高，一点皮也没有擦破。

紧接着他就去敲门，嘴里咕哝道：

"我要主动投进这捕鼠笼子，活该那些猫倒霉，竟敢惹我这样一只老鼠。"

年轻人手拉门锤刚一敲响门，里面的骚乱声立即停止，只听脚步声走近，门一打开，达达尼安手持长剑，冲进博纳希厄老板的套房，而那扇门无疑安了弹簧，他一进去就自动关上。

这时，博纳希厄这所倒霉的房子的其他房客，还有近邻，就听见大喊大叫，咚咚的跺脚声，剑与剑相击的叮当声，以及噼里啪啦撞翻家具的响动。过了一会儿，听到这种喧闹感到吃惊的人，就跑到窗口想看个究竟，结果看见房门重又打开，那四个黑衣人不是走出，而是飞出来，活似惊恐万状的乌鸦，将翅膀的羽毛丢在地上和桌角上，也就是说，丢下了他们的衣服和斗篷的破片。

应当说，达达尼安没有费多大力气就大获全胜，因为，只有一名打手有武器，而且也只是装装样子抵挡两下。不错，其他三人也操起椅子、凳子和瓷器，要砸死这个年轻人。然而，加斯科尼人用长剑在他们身上划了两三处轻伤，就把他们吓得屁滚尿流。十分钟就挫败他们，达达尼安控制了战场。

邻居们打开了窗户，那种冷静的神态，是见惯了骚乱和斗殴的巴黎居民所特有的，他们瞧见那四个黑衣人仓皇逃走，便又关上窗户，凭本能就知道，这一切暂告结束。

再说，时间也晚了，那时同今天一样，卢森堡街区的住户睡得早。

屋里只剩下达达尼安和博纳希厄太太了。他朝那可怜的女人转过身去，只见她仰倒在一把扶手椅上，已经半昏迷了。达达尼安迅速地打量她一眼。

这个可爱的女人有二十五六岁，一头棕发，两只蓝眼睛，鼻子微微上翘，牙齿令人赞叹，肤色则白里透红。她能被人误认为是位贵夫人的特征，也就仅此而已。手虽白皙但不纤巧，双脚也表明出身并不高贵。幸而达达尼安还没有注意这种细节。

达达尼安打量博纳希厄太太，正如我们所说，打量到脚的时候，忽见旁边地上失落一条细麻纱手帕，他照习惯拾起来，看到角上绣有缩写姓名的字母图案，认出同他见到的另一条图案一样，那条手帕害得他险些跟阿拉密斯拼命。

从那以后，达达尼安对绣有纹章图案的手帕怀有戒心，因此，他拾起手帕，一言未发，就放回博纳希厄太太的兜里。

这时，博纳希厄太太苏醒过来，她睁开双目，惊恐地四下张望，看见房里空了，只剩下她和她的救星，便立即绽开笑容，朝他伸出双手。博纳希厄太太的粲然笑容能把人迷倒。

"哦！先生！"她说道，"是您救了我，请允许我向您表示感谢。"

"太太，"达达尼安答道，"换了任何别的绅士，都会像我这样做，因此，您无须向我道谢。"

"该谢的，先生，该谢的，但愿我能向您证明，您帮助的不是一个忘恩负义的女人。可是，那些人抓我干什么呢？开头我还以为是盗贼呢，博纳希厄先生怎么不在家呢？"

"太太，那些人可比盗贼危险得多，因为，他们是红衣主教先生手下的人。至于您丈夫，博纳希厄先生，他是不在家，昨天就来人把他抓走，押进巴士底狱了。"

"我丈夫被押进巴士底狱！"博纳希厄太太叫起来，"噢！我的上帝！他干了什么呀？心爱的人，真可怜！他整个人，就是清白无辜的化身！"

年轻女子惊魂未定的脸上，微微泛起一种类似微笑的神态。

"他干了什么，太太？"达达尼安说道，"我认为他唯一的罪过，就是同时既有福气又不幸地成为您的丈夫。"

"怎么，先生，您知道了……"

"我知道您曾遭绑架，太太。"

"被谁绑架，您知道吗？噢！您若是知道，能告诉我吗？"

"那男人有四五十岁，黑头发，皮肤晒成古铜色，左鬓角有一道伤疤。"

"是这样，是这样。那么，他叫什么名字？"

"哦！问他名字吗？这我可不知道。"

"我丈夫，他知道我被绑架啦？"

"绑架者本人写了一封信，通知了他。"

"他想到这个事件的起因吗？"博纳希厄太太颇为尴尬地问道。

"照我看，他归咎于政治原因。"

"起初我还怀疑不是，现在我跟他的想法一样了。这么说，这位亲爱的博纳希厄先生，一刻也没有怀疑过我……"

"嗯！非但不怀疑，太太，他对您的智慧，尤其对您的爱情，还感到万分自豪呢。"

美丽的少妇粉红的嘴唇上，再次掠过难以觉察的微笑。

"不过，"达达尼安接着说道，"您是怎么逃脱的呢？"

"从今天早晨起，我就知道了为什么绑架我，于是趁着他们把我单独关在屋里的机会，就吊下床单从窗口爬下去。我还以为我丈夫在家，就跑回来了。"

"来寻求他的保护？"

"哎！不是，可怜的亲人，我很清楚他无力保护我。不过，他在别的事情上，对我们可能还有用处，我就想通知他一声。"

"通知什么事儿？"

"嗯！这不是我个人的秘密，因而不能告诉您。"

"再说，"达达尼安说着，"恕我冒昧，太太，我虽是卫士，还是提醒您要谨慎小心。再说，在这儿谈机密的事并不合适。被我打跑的那些人，一定会带着增援卷土重来。他们再来这儿找到我们，那我们就完了。我算做对了，派人去通知我的三个朋友，然而，能不能在家里找见他们，谁知道呢。"

"对，对，您说得有道理，"博纳希厄太太惊慌地说道，"咱们快逃，赶紧逃走吧。"

她说着，就挽起达达尼安的胳臂，急忙拉他走。

"可是，逃哪儿去呀？"达达尼安说道，"咱们往哪儿逃啊？"

"先远远离开这所房子，然后再看去哪儿。"

这少妇和这年轻人，连房门都不费心关上，就匆匆沿着掘墓人街下坡走去，拐进王爷壕沟街，一直走到圣绪尔比斯广场才站住。

"现在，我们怎么办呢？"达达尼安问道，"您要我送您去哪儿呢？"

"不瞒您说，我还真不好回答您，"博纳希厄太太说道，"本来打算让我丈夫去通知拉波尔特先生，也好让拉波尔特先生明白地告诉我们，这三天来卢浮宫到底出了什么事，我进宫有没有危险。"

"有我呢，"达达尼安说道，"我可以去通知德·拉波尔特先生。"

"当然可以，只是还有一个麻烦，博纳希厄先生去卢浮宫，他们认识，就会放他进去，而您呢，他们不认识，就会让您吃闭门羹。"

"哎，好办！"达达尼安说道，"卢浮宫的哪个小角门，总会有忠于您的看门人，他凭借一个暗号就……"

博纳希厄太太定睛注视这个青年。

"暗号如果告诉您，"她说道，"您用过之后，能不能马上忘掉呢？"

"我以人格保证，以贵族的荣誉保证！"达达尼安说道，那些声调的真诚是不容置疑的。

"好吧，我相信您。看样子您是个诚实的青年。而且，您忠心耿耿办事,到头来也许前途无量。"

"我不要任何许诺,尽心尽力为国王效劳,让王后高兴。"达达尼安说道,"您就像对待朋友那样支配我吧。"

"可是我呢,这段时间,您把我安置在哪儿啊?"

"您不能去哪个人家中,再让德·拉波尔特先生去找您吗?"

"不行,谁我也信不过。"

"等一等,"达达尼安说道,"我们快到阿多斯的住所。对,正是。"

"阿多斯是谁?"

"我的一个朋友。"

"可是,他若是在家,看见我怎么办?"

"他不在家,我带您进去之后,就把钥匙拿走。"

"他若是回来呢?"

"他不会回来,即使回来,有人就会告诉他,我领来个女人,就安置在他屋里。"

"可是,这会极大地损害我的名誉,您知道吧!"

"这有什么关系!谁也不认识您,况且,我们碰到非常情况,就顾不了那许多了!"

"那就去您朋友家。他住在哪儿?"

"费鲁街,离这只有两步路。"

"去吧。"

二人又匆匆赶路。不出达达尼安所料,阿多斯不在家。门房知道达达尼安是房客的好友,照例把钥匙交给了他。他带博纳希厄太太上楼,进了我们描述过的小套房。

"您就跟到了自己家一样,"他说道,"在这儿等着,从里面插上门,谁叫门也不开,除非听见像这样敲三下,听着。"他敲了三下,头两下连着,比较重些,第三下隔开一点儿,比较轻些。

"好的，"博纳希厄太太说道，"现在，该我告诉您怎么办了。"

"我听着。"

"您到临梯子街的卢浮宫角门，找热尔曼。"

"好。然后呢？"

"他要问您有什么事，您就回答他两个词儿，图尔①和布鲁塞尔。他立刻就会听从您的吩咐。"

"我吩咐他什么？"

"去找王后的跟班，德·拉波尔特先生。"

"等他找来德·拉波尔特先生之后呢？"

"您叫他来找我。"

"好的，那么以后，我去哪儿，又怎么能再见您的面呢？"

"您非常想再见到我吗？"

"当然了。"

"那好！这事儿您放心，就由我来安排。"

"一言为定。"

"您相信我好了。"

达达尼安施礼告辞，同时向博纳希厄太太抛去无比深情的一瞥，集中投在她那娇小可爱的身体上。他下楼时，听见房门从里面拧了两道门闩。他三纵两跳就赶到卢浮宫，走进梯子街的角门接待室，恰好响起十点的钟声。我们刚才讲述的事件，是在半小时里接连发生的。

事情完全按照博纳希厄太太的吩咐进行。热尔曼听了暗号，颔首领命。十分钟之后，拉波尔特便来到接待室。达达尼安三言两语，就让他明了情况，博纳希厄太太在什么地方。拉波尔特让对方重复一遍，准确记下地址，便跑步离去。然而刚跑出十来步，他又返身回来。

---

① 图尔：位于巴黎西南方225公里处，曾是都兰地区的首府，现为安德尔·卢瓦尔省省会。

"年轻人，有个劝告。"他对达达尼安说。

"什么劝告？"

"因为刚才发生的事情，您可能受到追究。"

"您这样认为？"

"对。您有没有什么朋友，他家的时钟走得慢些？"

"那又怎么样？"

"您去看他，好让他能证明您九点半钟在他家中，在司法上，这叫'不在现场'。"

达达尼安认为，这个劝告想得很周全，于是他飞跑到德·特雷维尔先生府邸，但是没有进客厅见其他人，而是请求去办公室。达达尼安是府上的常客，他的请求没有碰上任何障碍，府上人去向德·特雷维尔先生通报，说他年轻的同乡有要事相告，请求单独接见。五分钟之后，德·特雷维尔先生就问达达尼安，他能帮上什么忙，有什么要紧事这么晚来见他。

"对不起，先生！"达达尼安说道，他利用单独待的一会儿，将时钟拨慢三刻钟，"当时我想，刚刚九点二十五分，来见您还不算太晚。"

"九点二十五分！"德·特雷维尔先生望着时钟叫起来，"真的，这不可能啊！"

"您瞧嘛，先生，"达达尼安说道，"这就是证明。"

"不错，"德·特雷维尔先生说道，"我还以为挺晚了呢。好吧，说说看，您找我有什么事？"

于是，达达尼安说起王后的事，给德·特雷维尔先生讲了好久。他表示非常替王后陛下担心，还讲述了他耳闻的红衣主教对付白金汉的计策，等等。这些情况，他讲的时候，显得非常沉稳而肯定，德·特雷维尔听了不能不信以为真，尤其是他本人，正如我们说过的那样，也早已注意到，在红衣主教、国王和王后之间，又出现了新的问题。

十点的钟声敲响了。达达尼安起身告辞。德·特雷维尔先生感谢他提供这些情况,叮嘱他要念念不忘为国王和王后效劳,然后就回到客厅。达达尼安下了楼,忽然想起手杖忘记拿了,又急匆匆上楼,回到办公室,用手指一拨,又把时针拨回准确的位置,以防第二天有人发现时钟被人动过。这样他才确信,此后他就有了一个证人证明他不在现场。他下楼去,很快就来到大街上。

第十一章
私通

拜访完德·特雷维尔先生出来，达达尼安若有所思，走最长的一条路回家。

他这样绕远道，举目望着天上的星星，时而叹气，时而微笑，究竟在想什么呀！

他在想博纳希厄太太。在一名见习火枪手看来，这位年轻女子是近乎理想的爱恋对象。她美丽、诡秘，几乎熟知宫廷的所有秘事，因此之故，她那俏丽的面容显出十足迷人的严肃表情。看样子她不是一个冷漠的人，这对初恋的人具有不可抗拒的诱惑力。再说，达达尼安把她从要搜她身，要折磨她的那些魔鬼手中解救出来，这种大恩大德，就在他们二人之间建立起感激之情，而这种感激之情又极容易带有更温存的色彩。

美梦乘着想象的翅膀，飞得特别快，达达尼安已经看见那年轻女子派了信使，交给他约会一封情书，还带给一条金链或者一颗钻石。我们说过，年轻的骑士接受国王的赏钱，并不感到羞耻，现在我们还要补充一句，在那种不修行检的时代，他们接受情妇的馈赠也毫不为耻。情妇几乎不断地送给他们珍贵而耐久的纪念物，就好像要以她们牢固的礼物，来征服他们脆弱的感情。

当时，靠女人发迹也并不脸红。仅仅貌美的女子就献出美貌，从而引出这句谚语：天下最美丽的姑娘，也只能贡献出她所拥有的。有钱的女子，还要拿出一部分钱财。那个风流时代的大部分英雄，如果不是情妇将多少装满的钱袋系在他们的马鞍上，他们既不能崭露头角，也不能进而功成名就。

达达尼安一无所有。外省人的迟疑，无非是薄薄一层清漆、瞬间凋谢的花朵、桃子表皮的绒毛，而三个火枪手作为朋友给他的违背正统观念的劝告，则像一阵风，将他的迟疑吹得无影无踪。当时的习俗相当离奇，达达尼安也入乡随俗，将巴黎当作战场，就好像来到佛兰德斯①。所不同的是，那边对付西班牙人，这边对付女人，但同样是要攻打的敌人，同样是要缴获的战利品。

不过，平心而论，这时候达达尼安所怀有的情感，还是比较高尚而无私的。服饰用品商说过他挺富有，而这个年轻人也猜测得出来，同博纳希厄先生这样的傻瓜一起生活，掌管钱柜的肯定是太太。然而这一切，丝毫没有影响他见到博纳希厄太太所产生的感情，这种起初由贪图钱财而导致的初恋，同金钱利益几乎毫不相干。我们说"几乎"，只因一个美丽、优雅、聪明的年轻女子，同时又富有，绝不会削弱，反倒会激励这种初恋。

女人生活优越，就有贵人的各种修饰和癖好，与她们的美色十分匹配。一双精织的白袜子、一件丝绸的衣裙、一副镶花边的乳罩，脚上穿一双漂亮的皮鞋，头上扎一根鲜艳的缎带，这些不会使一个丑女人变得漂亮，却可以让漂亮的女人越发显得美丽，还不要说那双手也会倍加

---

① 佛兰德斯：中世纪公国，位于法国和比利时交界处，14世纪至15世纪，英法因争夺佛兰德斯及其他地方，进行了百年战争。15世纪至17世纪归属西班牙，因而西班牙和法国又起争端。

增色。人的手,尤其女人的手,需要休闲才能保持秀美。

而达达尼安呢,读者完全了解,我们也没有隐瞒他的财产状况,他不是百万富翁。他很希望有朝一日能变成富翁,不过给自己定的这种幸福转变的时间还很遥远。可是目前,有了一个心爱的女人,眼看她渴望千百种构成女人幸福的小玩意儿,自己却不能提供,这该多么让人痛心啊!

女人如果富有而情夫没钱,他不能向她提供的东西,至少由她自己提供了。这种享乐虽说花的是丈夫的钱,却很少领丈夫的情。

再说,达达尼安准备成为最温柔的情夫,不过暂时,还是先做个忠诚可靠的朋友。他与服饰用品商的妻子相爱,做出各种打算,其中也没有忘记他的朋友们。像博纳希厄太太这样漂亮的女人,最适于带着去圣德尼平野上散步,或者去逛圣日耳曼集市,由阿多斯、波尔托斯和阿拉密斯陪伴,达达尼安征服这样一个女人,正可以得意地向他们炫耀。接着又想,闲逛的时间长了,肚子也饿了——须知好一阵子,达达尼安注意到这一点了——那么就随便在一起吃顿饭,惬意的晚餐,一边能触到朋友的手,另一边能碰到情妇的脚。总之,在紧急关头,在极端的困境,达达尼安还是他朋友的救星。

至于博纳希厄先生,达达尼安高声否认同他有关系,将他推到那些打手的手中,还悄声许诺救他,他的情况怎么样了呢?我们应当向读者承认,达达尼安根本没有去想他,即使想过,心里也要说,管他在哪儿,只要待在那儿就成,爱情是所有感情中最自私的。

然而,读者尽可放心,即使达达尼安忘掉房东,或者借口不知道将他押往何处,就佯装把他忘掉了,还有我们呢,我们并没有忘记他,也知道他人在哪里。不过,也让我们效仿这个多情的加斯科尼人,暂时把他置于脑后。以后我们还会谈到他,那位可敬的服饰用品商。

达达尼安一边思索他未来的爱情,同时向黑夜倾诉,朝星星微笑,

第十一章 私通

一边沿寻午街，或者按那时的叫法，沿猎午街上坡路走去。他恰巧来到阿拉密斯居住的街区，灵机一动，就想去拜访他这位朋友，要向他解释一下出于什么缘故，刚才打发卜朗舍去通知他火速前往捕鼠笼。阿拉密斯那会儿如果在家，毫无疑问会当即赶到掘墓人街，而到了那儿，除了他的两个伙伴之外，也许什么人也找不到，他们三人，恐怕谁也不知道究竟是怎么回事。这次打扰需要说明，这便是达达尼安高声讲出来的念头。

继而，他又心中暗道，他倒可以趁此机会，谈一谈娇小而美丽的博纳希厄太太。她的身影，如果不是占据他的心，至少占据了他的头脑。既是初恋，就不必遮遮掩掩。初恋总伴随极大的喜悦，而这种喜悦必须向外流溢，否则就会把人憋死。

两小时之前就黑了天，巴黎街道现在开始冷清了。圣日耳曼大街的所有时钟都报十一点钟。天气和暖，达达尼安沿着一条小街巷走去，那正是今天阿萨街的位置。他呼吸着和风从伏吉拉尔街带来花木的香气，那是由于夜露的浸润，微风的吹拂，花园变得清爽而散发出来的。远处平野散布的几家小酒店，还有人在饮酒，他们的歌声透过酒店厚实的护窗板，传过来就微弱难辨了。达达尼安走到街巷的尽头，便朝左拐去。阿拉密斯所住的房子，坐落在首饰匣街和塞尔旺多尼街之间。

达达尼安刚刚走过首饰匣街，已经认出他朋友住宅的大门，只见桐叶槭和铁线莲枝叶掩映，在门上交织成巨大的绿荫棚。这时，他忽然瞧见什么东西，仿佛是人影，从塞尔旺多尼街走出来。那身影裹着一件斗篷，乍一看达达尼安还以为是个男子，再看那矮小的身材、迟疑的姿态、为难的脚步，很快就认出是个女子。那女子好像不能断定那是她要找的房子，抬起眼睛辨认，停下脚步，又往回走，随即又返回来。达达尼安不免奇怪。

"我要不要上前帮她忙！"他想道，"从步伐可以看出她很年轻，也许长得很美。嗯！当然美了。不过，时间这么晚了，一位女子跑到街上来，只能是出门会情人。哎呀！别打扰人家的幽会，这样跟人拉关系可找错门了。"

这工夫，那年轻女子继续朝前走，还一边数着房舍和窗户。这倒既不费时，也不费力，因为街道两侧，各有三座公寓、两扇临街窗户。有两座公寓相像，阿拉密斯就住在其中的一座。

"见鬼！"达达尼安心中嘀咕，又想起那位神学家的侄女，"见鬼！深夜飞出来的这只小野鸽，如果是找我们朋友的房舍，那才有趣呢。真的，凭良心讲，恐怕就是这码事。啊！我亲爱的阿拉密斯，这一回，我可要弄个水落石出。"

达达尼安尽量缩小身形，躲到街道最幽暗的一侧，紧挨着墙龛里的一条石凳。

那年轻女子继续朝前走，除了轻盈的步伐显露她很年轻之外，刚才一声轻咳，嗓音无比清脆。达达尼安心想，这声咳嗽是个暗号。

这时，也许有人用约定的暗号回应这声咳嗽，这位夜间寻觅的女子不再犹豫，也许她并没有借助外力，最终跑到地方就认出来了。她果断地走近阿拉密斯的窗板，用弯曲的手指间隔均匀地敲了三下。

"她的确来找阿拉密斯，"达达尼安喃喃说道，"哼！伪君子！让我逮着了，您就这样研究神学的啊！"

刚刚敲了三下，里面的窗户就打开，从护窗板的玻璃透出一束灯光。

"哈！哈！"窃听者想道，"不敲门而敲窗户，哈！哈！里边有人等候呢。瞧着吧，窗板要打开，这位女士要跳窗户进去。很好！"

然而，令达达尼安深感诧异的是，护窗板始终关着，刚才点亮的灯光又消失了，周围又恢复黑暗。

达达尼安心想，这种情况不可能持续多久，他就接着睁大眼睛观察，竖起耳朵倾听。

他判断得不错，过了几秒钟，窗里脆生生地敲了两下。

街上的年轻女子作为回应，只敲了一下，于是，窗板就打开了。

可以想见，达达尼安该有多么贪婪地注视和谛听。

可惜，灯光移到另一间屋去了，好在这个年轻人的眼睛适应了黑暗。况且，加斯科尼人的眼睛，就有人断言，像猫眼睛一样，天生就有黑夜辨认东西的本领。

因此，达达尼安瞧见那年轻女子从兜里掏出一件白色物品，急忙展开，那形状好似一块手帕。她展开之后，又让对方注意看它的一角。

这让达达尼安想起，他在博纳希厄太太脚边拾起的那块手帕，而当时他就联想起在阿拉密斯脚下拾到的一块手帕。

活见鬼，那手帕到底有什么名堂呢？

达达尼安所处的位置，看不见阿拉密斯的脸，但是年轻人毫不怀疑，在屋里跟外面的女子谈话的肯定是他的朋友。于是，他的好奇心战胜谨慎，趁着上场的两个人物专心看手帕之机，从藏身的地方出来，动作疾如闪电，脚步又不发出一点声响，闪身贴到一个墙角，从那里望去，他的视线恰好能探进阿拉密斯的房间。

到了那里，达达尼安真想惊叫一声，同夜访的女子谈话的并不是阿拉密斯，而是一位女子。达达尼安只能分辨出她衣裙的轮廓，却看不清她的容貌。

与此同时，屋里的女子也从兜里掏出一块手帕，交换了刚才给她看的手帕。接着，两个女子匆匆交谈几句，最后，护窗板又关上了，窗外的女子转过身来，将风帽拉低，但是她采取这种谨慎措施为时已晚，她刚从离四步远的达达尼安面前走过，已被他认出是博纳希厄太太。

博纳希厄太太！她从兜里掏出手帕时，达达尼安就闪过念头怀疑是她。可是，这怎么可能呢？博纳希厄太太派他去见德·拉波尔特先生，好让德·拉波尔特先生带她回卢浮宫,她怎么可能在半夜十一点半钟,独自跑到巴黎大街上,冒着第二次被劫持的危险呢?

因此,肯定有重要事情,一位二十五岁的女人,能有什么重要事情呢?爱情。

不过,她冒着这样的危险,究竟为她自己,还是为别人的事呢?这正是年轻人在内心发出的疑问。嫉妒的恶魔在咬噬他的心,他那颗不折不扣正是情夫的心。

要弄清博纳希厄太太去哪里,倒是有一个简单易行的办法,就是在她后面跟踪。这办法实在简单,达达尼安十分自然就采用了,而且出于本能。

博纳希厄太太忽然看见一个青年离开墙壁,仿佛一尊雕像走出神龛,又听到身后响起一阵脚步声,她便轻轻叫了一下,赶紧逃跑。

达达尼安随后追赶,要追上一位身披斗篷、行动不便的女人,对他来说不是难事。因此,她逃进那条街,还没有跑出街长的三分之一,就被他追上了。不幸的女子跑得精疲力竭,一感到达达尼安的手搭到她的肩上,腿一软便单膝跪倒在地,倒不是因为太累,而是吓的,她声音哽咽着嚷道:

"您要杀就杀吧,从我这儿什么也不会问出来。"

达达尼安伸出双臂抱住她的腰,扶她起来,但是从身子的沉重上觉出她就要昏过去了,于是他赶紧表白愿为她尽心效力,让她放心。在博纳希厄太太听来,这类表白毫无意义,因为心怀恶意的人,也同样可以这样表白,但是声音胜过一切话语。年轻女子觉得听过这人的声音,便睁开眼睛,瞧一瞧把她吓得半死的那个人,认出了达达尼安,不禁高兴地叫起来:

"嗯!是您啊,是您啊!"她说道,"谢谢,我的上帝呀!"

"对,是我,"达达尼安说道,"是上帝派我来保护您的。"

第十一章 私通

"您就是抱着这种打算跟随我的吗?"年轻女子问道,同时风情十足地微微一笑。她有点爱戏谑的性情重又占了上风,一看清是朋友而非敌人,她的恐惧就烟消云散了。

"那倒不是,"达达尼安说道,"我承认,那倒不是。我是偶然在路上碰见您,看见一位女子敲我一个朋友的窗户……"

"您的一个朋友?"博纳希厄太太打断他的话。

"当然了,阿拉密斯是我一个最要好的朋友。"

"阿拉密斯!他是谁呀?"

"算了吧!莫非您要对我说,您不认识阿拉密斯?"

"这个名字我还是头一次听说。"

"这样看来,您也是头一次到那所房子去?"

"当然了。"

"您不知道那儿住着一个青年男子?"

"不知道。"

"住的是一名火枪手?"

"根本不知道。"

"您刚才不是去找他的吗?"

"绝对不是。再说,您也完全看清楚了,跟我说话的是个女人。"

"不错。不过,那女人是阿拉密斯的朋友。"

"那我就不得而知了。"

"既然她待在阿拉密斯的家中。"

"这就与我不相干了。"

"那么她是谁呀?"

"哎!这就不是我本人的秘密了。"

"亲爱的博纳希厄太太,您很可爱,但同时您也是最神秘的女人。"

"我是不是因此就掉价啦?"

"不，正相反，您令人赞叹。"

"那好，让我挽上您的胳臂。"

"乐意效劳。现在做什么？"

"您现在送送我。"

"去哪儿？"

"去我要去的地方。"

"可您要去哪儿啊？"

"到地方就知道了，您要送我到门口。"

"要我等您吗？"

"不必了。"

"怎么，您要一个人回去？"

"也许是，也许不是。"

"那么陪您返回的人，是个男人呢，还是个女人呢？"

"我还一点儿也不知道。"

"我呀，我会知道的！"

"您怎么会知道？"

"我等着看您出来呀。"

"既然如此，那就再见了！"

"这是为什么？"

"我用不着您。"

"可是刚才您还要求……"

"一位绅士的帮助，而不是一个密探的监视。"

"这话可有点儿刺耳！"

"硬要跟踪别人的人，应当怎么称呼呢？"

"冒失鬼。"

"这词儿也太轻了。"

"好了，太太，我明白了，一切都得按照您的意思办。"

"您何不做得漂亮些，当即答应照办呢？"

"那么悔改就一点儿也算不上漂亮吗？"

"您真心悔改吗？"

"我自己也不清楚。不过，我所知道的，就是答应您一切照您的意思办，假如您让我陪您一直走到那地方。"

"然后您就离开我吗？"

"对。"

"不窥伺我出来？"

"不会。"

"以人格发誓？"

"以贵族的诚信保证！"

"让我挽上您的胳臂，咱们走吧。"

达达尼安伸出胳臂，博纳希尼太太紧紧挽住，她虽然有说有笑，但是身体还是不住地打抖，二人走到竖琴街地势高的一端。到了那里，年轻女子又显得犹豫不决，就像在伏拉吉尔街那样。继而，她根据一些特征，似乎认出了一扇门，于是走到门口。

"现在，先生，"她说道，"我就到这儿了。万分感谢您盛情陪伴，使我免遭独自行走的各种危险。现在，您履行诺言的时刻到了，我已经到达目的地。"

"您回去的路上，就什么也不害怕了吗？"

"只怕强盗。"

"难道那不算什么吗？"

"他们能抢去什么呢？我身上一文钱也没有。"

"您忘了，还有那块带有纹章的漂亮绣花手帕呢。"

"什么手帕？"

"就是我从您脚边拾起来,放回您兜里的那块。"

"住口,住口,坏家伙!您想毁了我呀?"年轻女子嚷道。

"瞧见了吧,您还有危险,简单一句话就让您发抖,您也承认了,这句话如果让人听见,您就毁了。哦!听我说,太太,"达达尼安高声说道,同时握住她的手,以火热的目光凝视她,"听我说!您还是大度一点儿吧,完全信赖我。您在我的眼中,难道没有看出我心里唯有忠诚和友善吗?"

"看出来了,"博纳希厄太太说道,"正因为如此,您就问我个人的秘密吧,我会告诉您的,可是别人的秘密,那就是另一码事儿了。"

"那好,"达达尼安说道,"我自己去发现,既然这些秘密可能影响您的生活,那么我就应该掌握。"

"千万不要这样。"年轻女子叫起来,她态度那么严肃,让达达尼安不由得打了个寒战,"哎!千万不要插手关系到我的那些事,千万不要总想帮我完成那些事。我引起您的关怀,您对我的帮助我终生不忘,就以这种关怀和帮助的名义,我求您千万不要插手。请相信我对您说的话。您不要再管我了,我对您来说不存在了,就当您从来没有见过我。"

"阿拉密斯也应当像我这样做吗,太太?"达达尼安不免恼火,问道。

"这个名字,先生,您已经向我提了两三次,然而我对您说过,我并不认识他。"

"您不认识人家,却去敲人家的护窗板。得了吧,太太!您这么说,还以为我太轻信人了。"

"老实承认吧,您就是想套我的话,才编造这段故事,造出这个人物。"

"我没有编什么,也没有造什么,太太,我讲的是不折不扣的真话。"

"您说您的一位朋友住在那所房子里？"

"我是说了，而且还要重复第三遍，那所房子住着我的朋友，而那朋友就是阿拉密斯。"

"这些情况，以后会弄清楚的，"年轻女子轻声说道，"现在，先生，还是住口吧。"

"如果您能洞彻我完全敞开的心扉，"达达尼安说道，"您就会看到我心里充满好奇而可怜我，看到我心里充满爱而愿意立即满足我的好奇心。丝毫也不必担心爱您的人。"

"您谈论爱也未免操之过急了，先生！"年轻女子摇着头说道。

"因为爱来得快，这是我头一次，我还不满二十岁。"

年轻女子偷眼瞧他。

"听我说，我已经摸到线索了，"达达尼安说道，"三个月前，我差点儿同阿拉密斯决斗，就是由一块手帕引起的，而那块手帕，同您给在他家里的那个女人看的那块手帕一模一样，而且可以肯定，上面也有同样的图案。"

"先生，"年轻女子说道，"我向您发誓，您总唠叨这些问题，已经让我烦透了。"

"可是您呢，太太，这么谨慎的人，要好好想一想，您身上带着这块手帕，如果让人抓住，手帕让人搜去，您不是给自己惹麻烦吗？"

"怎么会呢，上面缩写姓名 C.B. 不正是我的姓名孔斯唐丝·博纳希厄的开头字母吗？"

"或者是卡蜜儿·德·布瓦-特拉西[①]的开头字母。"

"住声，先生，再说一遍，住声！唉！我本人所冒的危险，既然制止不了您，那就想一想您可能冒的危险！"

---

① 卡蜜儿·德·布瓦-特拉西：即本书第二章提及的德·布瓦-特拉西夫人，德·舍夫勒兹夫人的表妹。

"我？"

"对，您。认识我，就有坐牢的危险，就有生命危险。"

"那我就再也不离开您了。"

"先生，"年轻女子合拢手掌恳求道，"先生，以上天的名义，以一名军人荣誉的名义，并以一位贵族礼让的名义，请您走吧，喏，午夜十二点的钟声敲响了，时间到了，有人等我呢。"

"太太，"年轻人施礼答道，"以这种方式向我提出要求的人，我什么也不能拒绝，让您满意，我走了。"

"您真的不会跟随我，不会窥伺我吗？"

"我这就回自己的住所。"

"嗯！我早就知道，您是个诚实的青年！"博纳希厄太太高声说着，就一只手伸给他，另一只手按住几乎嵌在墙里的一扇小门的门锤。

达达尼安抓住伸给他的手，热烈地吻着。

"噢！我真希望从来就没有见过您！"达达尼安嚷道，他那种天真的粗鲁口气，往往比矫揉造作的虚礼更讨女人喜欢，因为这能暴露内心的思想，能表明感情胜过理智。

"不然！"博纳希厄太太接口说道，几乎是安抚的声调，而她那只一直被对方抓住的手，反过来紧紧握住达达尼安的手，"不然！我不会说您这种话：今天未得到，不见得将来得不到。有朝一日我解除了约束，谁知道我会不会满足您的好奇心呢？"

"对我的爱情，您也做出同样的许诺吗？"达达尼安乐不可支，高声说道。

"哎！这方面，我不愿做出任何保证，这要看您能激发我什么感情。"

"就说今天，太太……"

"今天，先生，我还只有感激之情。"

第十一章 私通

"嗯！您太可爱了，就故意怠慢我的爱情。"达达尼安伤心地说道。

"不，我承蒙您的慷慨，仅此而已。不过，请相信我这话：同某些人打交道，一切都会有转机。"

"啊！您让我成为最幸福的人。不要忘记这个夜晚，不要忘记这种许诺。"

"请放心吧，到了适当的时间和场合，我会记起这一切的。好啦！您走吧，走吧，看在上天的分上！有人午夜十二点准时等我，我已经迟到了。"

"晚了五分钟。"

"是的。然而有些情况，五分钟就等于五个世纪。"

"人在爱恋的时候。"

"哼！谁告诉您，我不是去会一个恋人呢？"

"是个男人等您？"达达尼安嚷道，"一个男人！"

"好了，又要争论起来。"博纳希厄太太说着，浅浅一笑，脸上已经流露出不耐烦的神色。

"好，好，我这就走，我走了。我相信您，我要保持我这忠诚的全部价值，哪怕这种忠诚是一种愚蠢的行为。别了，太太，别了！"

达达尼安握着她的手，仿佛感到没有勇气放开，只好猛力一甩，便跑开了。于是，博纳希厄太太去敲门，就像敲窗板那样，缓慢而均匀地敲了三下。达达尼安跑到街头拐角，回头望望，只见打开的门又关上，服饰用品商的美丽妻子身影消失了。

达达尼安接着往前走，他许诺不再窥伺博纳希厄太太的行动，哪怕她的性命交给她去的地方，交给要陪伴她的人，他达达尼安也管不了，他说过回家就得回家。五分钟之后，他就到了掘墓人街。

"可怜的阿多斯，"达达尼安说道，"他弄不清这究竟是怎么回事儿。也许他等着我就睡着了，也许他回家去了，可是到家却听说，一个女人来过。阿多斯家来了个女人！不管怎么说，"达达尼安接着说道，"阿拉密斯家里也有一个女人。这一切实在离奇，我真渴望知道，这一切该如何收场。"

"很糟，先生，很糟。"有人回答，而年轻人听出是卜朗舍的声音，因为，他像满腹心事的人那样，一路自言自语，不知不觉走进过道，走到头上楼便是他的房间了。

"怎么，很糟？傻瓜蛋，你这是什么意思？"达达尼安问道，"出了什么事儿啦？"

"什么倒霉事儿都有。"

"哪些倒霉事？"

"首先，阿多斯先生被捕了。"

"被捕了！阿多斯！被捕了！为什么？"

"他们在您这儿找到他，把他当成您了。"

"是谁来逮捕他的？"

"是被您赶跑的那些黑衣人找来的卫士。"

"他为什么不报出名字呢？为什么不说他与此事无关呢？"

"他就是故意不讲，先生。他反而走到我跟前，对我说：'此时此刻，需要自由的是你的主人，而不是我，因为他全知道，而我一无所知。他们以为抓到了他，这就给他争取了时间。三天之后，我再说出我是谁，他们只能放了我。'"

"好样的，阿多斯！高尚的心，"达达尼安喃喃说道，"从这件事儿就看出他的品格！那些打手都干了什么？"

"四个人把他押走，不知去哪儿了，也许押进巴士底狱，也许送进主教堡。两个人留下来，跟那些黑衣人到处搜查，拿走了所有材料。还有两个人，在搜查过程中把守门口。完事儿之后他们全走了，扔下门窗大开的空屋子。"

第十一章 私通

"波尔托斯和阿拉密斯呢？"

"我没有找见他们。他们没有来。"

"可是，他们随时都可能来，你不是让人转告他们，我在等他们吗？"

"对，先生。"

"很好！你待在这儿别动，如果他们来了，你就告诉他们，我这儿出了什么事儿，让他们去松果酒店等我。这里可能有危险，这房子也许被监控了。我马上去见德·特雷维尔先生，向他报告这些情况，然后再去找他们。"

"好吧，先生。"卜朗舍答道。

"让你留下，你也用不着害怕！"达达尼安走了又返回来，给他的跟班打气。

"您就放心吧，先生，"卜朗舍说道，"您还不了解我，我一干起来就勇敢，关键就是让我干。再说，我是庇卡底人。"

"那就这么定了，"达达尼安说道，"你就是让人杀了，也不能离开岗位。"

"是的，先生。为了向先生证明我的忠诚，就没有我不能做的事儿。"

"好哇，"达达尼安心中暗道，"我驾驭这个小伙子的办法，显然很有效，以后有机会还得用。"

达达尼安奔波了一整天，两条腿也有点累了，但他还是大步流星，急速赶到老鸽棚街。

德·特雷维尔先生不在府上，他的卫队在卢浮宫值勤，他和自己的卫队一起待在卢浮宫。

必须见到德·特雷维尔先生，让他了解发生的情况，这很重要。达达尼安决定试试，也许能进卢浮宫。他穿着德·艾萨尔先生的禁军卫队服,也算是一张通行证。

于是,他沿着小奥古斯丁街往下坡走去,再沿河滨路上坡,想从新桥过河。本来,他闪过念头,要乘渡船过河,可是到了河边,下意识地摸摸口袋,才发觉没钱付给摆渡的艄公。

他快要走到盖内戈街时,忽见太子妃街方向走过来两个人,走路的姿态引起他的注意。

结伴而行的两个人是一男一女。

那女子的身段好似博纳希厄太太,那男子同阿拉密斯则一模一样。

而且,那女子还披着那件黑斗篷,当时在伏吉拉尔街敲窗板,在竖琴街敲门的情景,又浮现在达达尼安的眼前。

此外,那男子身穿火枪队卫士服。

那女子的风帽拉得很低,男子则用手帕遮住脸。两个人都那么小心谨慎,显然是怕被人认出来。

他们上了桥,这也正是达达尼安去卢浮宫要走的路。于是,达达尼安跟上去。

达达尼安还没有走出二十步,就确认那女子是博纳希厄太太,那男子是阿拉密斯。

他立时就感到,由嫉妒而起的种种怀疑,在他心中闹腾开了。

他的朋友,以及他已经当作情妇所爱的那个女人,双双背叛了他。博纳希厄太太还向他赌咒发誓,说她不认识阿拉密斯,才过了一刻钟,她就挽上阿拉密斯的胳臂,又让他撞见了。

达达尼安只是没有考虑这一点:他认识美丽的服饰用品商太太也不过三个钟头,他从那些要劫持她的黑衣人手中把她解救出来,她因此对他怀有感激之情,此外什么也不欠他的,而且她也没有向他许诺什么。他却以遭受侮辱,遭受背叛,遭受嘲弄的情人自居,气得满脸通红,决意要把事情弄个水落石出。

第十一章 私通

那对青年男女已经发觉有人跟踪，便加快了脚步。达达尼安干脆跑起来，超过他们，然后再掉头朝他们走去，正好在撒马利亚人水塔前打了照面。一盏路灯照亮水塔，光亮也投在这段桥面上。

达达尼安在他们面前站住，他们也站住了。

"您要干什么，先生？"火枪手后退一步，问道，那外国口音向达达尼安表明，他的猜测有一部分错了。

"不是阿拉密斯啊！"达达尼安高声说道。

"对，先生，不是阿拉密斯，从您惊讶的声音，我听出您把我错当另一个人了，我原谅您。"

"您原谅我！"达达尼安嚷道。

"对，"外国人答道，"请让开路吧，既然您要见的人不是我。"

"您说得对，先生，"达达尼安说道，"我要见的不是您，而是这位夫人。"

"这位夫人！您并不认识她啊。"外国人说道。

"您错了，先生，我认识她。"

"哼！"博纳希厄太太责备道，"哼！先生！您以军人的荣誉、贵族的诚信向我保证过，当时我还真希望靠得住。"

"可是我，太太，"达达尼安尴尬地说道，"您也曾向我保证过……"

"挽上我的胳臂，太太，"外国人说道，"我们往前走吧。"

达达尼安碰到这意外情况，一时不知所措，神情十分沮丧，他叉着胳膊，呆立在火枪手和博纳希厄太太面前。

火枪手朝前走两步，用手推开达达尼安。

达达尼安往后一跳，抽出剑来。

与此同时，那陌生人也疾如闪电，拔剑在手。

"看在上天的分上，大人！"博纳希厄太太高声说道，她冲到两个斗士之间，双手抓住那两把剑。

"大人！"达达尼安也高声说道，他猛然醒悟，"大人！对不起，先生，莫非您就是……"

"白金汉公爵大人，"博纳希厄太太小声说道，"现在，您可能把我们全毁了。"

"大人，太太，实在抱歉，万分抱歉。不过，我爱她，大人，因而嫉妒了。您也了解爱是怎么回事，大人，请宽恕我，告诉我，我如何为公爵大人献出生命。"

"您是个诚实的青年，"白金汉说着，就把一只手递给达达尼安，而达达尼安则恭敬地握了握，"您主动要为我效劳，我接受，您隔二十步远跟随我们，一直到卢浮宫，如有人窥探我们，您就把他杀掉！"

达达尼安将拔出鞘的剑夹在腋下，让过博纳希厄太太和公爵走出二十步，便追随其后，准备不折不扣地执行查理一世[①]的这位高贵的、风度翩翩的大臣的指示。

所幸的是，这个年轻的亲信并无机会向公爵证明他的忠勇，年轻女子和英俊的火枪手一路上没有碰到麻烦，就从梯子街角门进入卢浮宫。

至于达达尼安，他随即赶往松果酒店，见到在那儿等他的波尔托斯和阿拉密斯。

然而，他还是没有说明为何让他们折腾一趟，只是告诉他们有一件事，有一阵认为需要他们的援手，最后他独自妥善处理了。

现在，我们受到这个故事的吸引，就让我们三位朋友各自回家，我们就跟随白金汉公爵及其向导，走进卢浮宫那弯弯曲曲的路径。

---

① 查理一世（1600—1649）：英国斯图亚特王朝国王，1625年至1649年在位，白金汉公爵即是他的首相。

第十二章
乔治·维利尔斯·白金汉公爵

博纳希厄太太和公爵没遇到什么阻碍就进入了卢浮宫。宫里人所共知，博纳希厄太太是王后身边的人，而公爵则穿着火枪卫士服，我们也交代过，这天晚上，正是德·特雷维尔的火枪卫队在宫里值勤。再说，热尔曼忠心维护王后的利益，万一出事，就指控博纳希厄太太将情夫带进卢浮宫，无非一件绯闻。她担着罪名，不错，她的名声要被败坏了，可是，在这个世界上，区区一个服饰用品商的妻子的名声，又能价值几何呢？

公爵和年轻女子一进入内院，就贴着墙根，走了大约二十五步远，然后，博纳希厄太太便推一推一扇杂役的小门——这扇门白天开着，夜晚通常关闭——门推开了，二人走进黑暗中。供仆役使用的卢浮宫这个区域，厅室过道迂回曲折，不过，博纳希厄太太很熟识。她随手关上小门，拉住公爵的手，摸索着走了几步，抓住一道楼梯扶手，脚触到楼梯的头一梯级，便开始上楼，公爵数着上了两层楼。接着，她拐向右边，沿着一条长廊走去，再下一层楼，又走了几步，便拿钥匙插进锁孔，打开一扇门，把公爵推进只有一盏灯彻夜照明的套间，说道："您就待在这里，公爵大人，一会儿人就来了。"然后，她又从同一扇门出去，随手将门锁住。这样一来，公爵就成了地地道道的囚犯。

然而应当说，白金汉公爵虽说孤身入深宫，却一瞬间也没有恐惧感。他的性格突出的一个特点，就是寻求冒险和浪漫的爱情。他英勇，有胆识，敢闯敢干，类似的图谋冒生命危险，这已经不是第一次了。奥地利安娜的那封信，他原以为是真的，便来到巴黎，在得知那封所谓的信是个陷阱之后，他非但不回英国，反而利用别人给他造成的处境，向王后表示不见一面绝不离开的决心。起初王后断然拒绝，后来又担心公爵意气用事，会有什么荒唐的行为。王后已经决定接见他，当面恳求他立即回国，不料当天晚上，奉命去接公爵，并把公爵带进卢浮宫的博纳希厄太太遭绑架。接连两天，她的下落无人知晓，整个安排只好暂停。她一旦重获自由，就与拉波尔特恢复联系，事情又重新启动，她刚刚完成风险极大的使命，而这项使命，她如果不被捕，三天前就该执行了。

白金汉独自留下，他走到一面镜子前：这身火枪卫士服，他穿着十分合体。

他时年三十五岁，理所当然是法英两国公认的最英俊的贵族、最风雅的骑士。

乔治·维利尔斯·德·白金汉公爵，是两朝国王的宠臣，家产百万，在王国掌管大权，翻手为云，覆手为雨，过着传奇般的生活。他一生的传奇，流传几个世纪，令后人惊叹不已。

他充满自信，也坚信自己的力量，确信支配别人的法律奈何不了他，因此，他确定了目标，就勇往直前，哪怕这个目标多么高不可攀，多么令人目眩，换一个人即使一闪念也是妄想。他就是以这种方式几次得手，接近美丽而高傲的奥地利安娜，靠耀眼的光辉赢得了爱。

如上文所述，乔治·维利尔斯面对镜子，让帽子压平的漂亮金发恢复波浪的发型，再捋着小胡子重新翘起来。他心中乐不可支，既幸福又得意，热切盼望已久的时刻就要到了，不由得冲自己微微一笑，流露出骄傲而企盼的神色。

这时，嵌在壁毯中的暗门打开，走出一位女子。白金汉在镜中看到出现的身形，忍不住叫了一声。来者正是王后。

奥地利安娜时年二十六七岁，正当韶华，光彩照人。

她的举止正是一位王后，或者一个女神的风范。她那美目十分明丽，放射出绿宝石的光芒，既饱含温柔，又充满庄严。

她那张朱红色的小口，下唇同奥地利王族一样，比上唇略微凸出、微笑时显得特别妩媚，鄙夷时又显得极其高傲。

她的肌肤以柔美和滑润著称，那双手臂佳妙无双，当时的诗人全都歌唱过。

最后，她那头秀发，少年时呈金黄色，现在变成褐色，浅浅的褐色鬈发扑了厚厚的粉，绝妙地簇拥着那张脸。对她那面孔，最严格的鉴赏者也只能希望那红润之色略微淡些，而最苛求的雕塑家，也只会提出那鼻梁再纤巧些。

白金汉一时看得出神。他在舞会上，在庆典上，在赛马场上，也见过奥地利安娜，但是在他看来，她从来没有像现在这样美。此刻她穿一件普通白缎子衣裙，由埃斯特法尼亚夫人陪伴，须知她的那些西班牙侍从女官，全因国王的嫉妒和黎世留的迫害而遭逐，只剩下埃斯特法尼亚夫人一个了。

奥地利安娜向前走了两步，白金汉扑上去跪倒在地，趁王后来不及阻止，他就连连亲吻她衣裙的下摆。

"公爵，您已经知道了，那封信并不是我命人给您写的。"

"嗯！是的，王后，是的，陛下，"公爵高声说道，"我知道自己发疯了，丧失了理智，竟然相信雪峰会活动，大理石会变热。可是，有什么办法呢，爱上一个人，就容易相信爱情。况且，我这趟行程，既然见到您，就不是完全徒劳。"

"是的，"安娜答道，"然而您也知道，我为什么，又在怎样的情况下见您,只因您对我的所有痛苦无动于衷,执意留在这座城市里,您留下来冒着生命危险,也让我冒着败坏名誉的危险。我见您是要告诉您,一切都把我们分开,渊深的大海、王国间的仇视,还有神圣的誓言。大人,要同这么多事物搏斗,就是亵渎神灵。总之,我见您是要告诉您,我们不应再见面了。"

"说吧,王后,说下去吧,"白金汉说道,"您声音的温柔,掩盖了您话语的冷酷。您说什么亵渎神灵!其实拆开天造地设的两颗心,才叫亵渎神灵。"

"大人,"王后高声说道,"您想想,我从来没有对您讲过我爱您。"

"可您也从来没有对我讲过您不爱我,若是真讲出类似的话,那么陛下就未免太绝情了。您倒是说说看,您到哪里能找见如我这样的爱情?这种爱情,无论时间、分离,还是痛苦绝望,都不可能扑灭;这种爱情,可以满足于失落的一条缎带、转瞬即逝的一瞥、脱口而出的一句话。

"三年前,王后,我初次见到您,而三年来,我始终这样爱着您。

"您愿意让我对您说说,初次见面时您的衣着打扮吗?您愿意让我细数您的每一件饰物吗?喏,您那时的模样,现在我还看得见:您按照西班牙的习俗,坐在方垫上,身穿金银丝绣花的绿缎子衣裙,垂下的袖子挽起来,用大颗的钻石扣住,露出您那美丽的胳臂,令人赞叹的胳臂。您的脖颈围着一圈皱领,头戴一顶无檐小软帽,与您的衣裙同色,帽上插着一根白鹭羽毛。

"哦!瞧瞧,瞧瞧,我闭上眼睛,就能看见您当时的模样,睁开眼睛,就看见您现在的模样,您现在比那时还要美上一百倍。"

"实在荒唐!"奥地利安娜喃喃说道,她没有勇气责备公爵把她的形象如此牢记在心,"用这样的回忆,来维系无望的爱情,这实在荒唐!"

"那么您要我靠什么活下去呢?我只有回忆呀,我。这是我的幸福、我的财宝、我的希望。每次我见到您,我心头的首饰匣就多珍藏一颗钻石。这是第四颗,您丢下而我拾起来,要知道,王后,三年当中,我只见了您四面。刚才我对您讲起第一面,在德·舍夫勒兹夫人府上是第二面,在亚眠的花园是第三面。"

"公爵,"王后红着脸说道,"请不要提那天夜晚。"

"唉!正相反,王后,我们要提一提,要提一提,那是我一生中最幸福、最光辉的夜晚。您还记得吗?那天夜色多美!空气多温和,多芳香!天空多蓝,满是星星!啊!那一次,王后,我能同您单独待一会儿;那一次,您有了思想准备,全部向我谈了您生活的孤独、心灵的忧伤。您偎依在我这胳臂上,我的头歪向您,每次感到您的秀发拂着我的脸,就不禁从头到脚打个寒战。哦!王后,王后!哦!您还不全知道,这样的时刻蕴藏多少上天的幸福、天堂的快乐。喏,我的财产、我的前程、我的荣耀、我的整个一生,都可以用来换取这样一个时刻,换取这样一个夜晚!因为,那天夜晚,王后,那天夜晚,您爱我,我可以向您发誓。"

"大人,是有这种可能,是的,环境的影响、美丽夜晚的魅力、您那目光的迷惑力,总之,千百种情景,有时汇聚在一起能毁掉一个女人,那天命定的夜晚,也聚拢在我周围。然而,大人,您已经看到了,王后来救助软弱下去的女人,对您胆敢讲出的头一句话,第一个大胆的表示,我就做出应有的回答,我喊人来了。"

"嗯!对,对,的确如此,如不是我,换了另外一个人,爱情就经不住这种考验。而我的爱情经此一劫,反而变得更加炽烈,更加恒久了。您以为返回巴黎就可以逃避我,您以为我不敢离开职守,抛下我的主人委派我看管的宝库。哼!世上的所有宝库、人间的所有国王,在我眼里又算什么!一周之后,我这不又回来了,王后。这一次,您对我无可指责,我冒着失宠的危险,冒着生命危险,就是为了见您一秒钟,我甚至连您的手都没有碰一碰,而您呢,看到我那么驯服,那么痛悔,也就宽恕了我。"

"是的,然而,所有这些荒唐之举,却被人利用去大肆诽谤,大人,您当然很清楚,这些荒唐之举与我毫不相干。国王受红衣主教的煽动,雷霆大怒,德·韦尔内夫人被驱逐,皮唐日遭流放,德·舍夫勒兹夫人也失宠了。当您想以大使的身份再来法国时,是国王本人,请您记住,大人,是国王本人表示反对。"

"是的,法兰西国王的这次拒绝,要给他的国家招来一场战争。我不能再见您的面了,王后,那好吧!我要让您每天都听到谈论我。

"这次出兵雷岛①,我还计划与拉罗舍尔的新教徒结盟,您认为是出于什么目的呢?无非是赢得同您见面的乐趣!

"我并不希望手执武器深入巴黎,这一点我很清楚,但是,这场战争又要带来和平,而这种和平就需要一个谈判代表,那个谈判代表就将是我。到那时就不敢再拒绝我了,我要再次来巴黎,再次见到您,得到片刻的欢乐。不错,为了我这片刻的欢乐,成千上万的将士将战死沙场,可是这对我又有什么关系,只要能再见您一面!这一切也许很荒唐,也许真的丧失了理智,然而,请您告诉我,哪个女子还能有更深情的情人?哪位王后还能有更热忱的仆人?"

"大人,大人,您用来为自己辩护的这些事,反而进一步成为您的罪证。大人,您向我表白爱情的所有这些证据,简直伤天害理。"

"这是因为您不爱我,王后。您若是爱我,就会用相反的眼光看待这一切。您若是爱我,啊!真的,您若是爱我,那是我天大的福分,我会乐得发疯的。啊!德·舍夫勒兹夫人,刚才您提起她,德·舍夫勒兹夫人没有您这么冷酷,霍朗爱她,她也予以回报。"

"德·舍夫勒兹夫人不是王后。"奥地利安娜喃喃说道,她身不由己,信服了如此深沉爱情的表白。

"假如您不是王后,您就会爱我啦,王后您说,您就会爱我啦?我

---

① 雷岛:法国西部沿海的岛屿,同拉罗舍尔相距很近。

可以这样认为，令您对我冷酷的，仅仅是您的身份。我可以这样认为，假如您是德·舍夫勒兹夫人，可怜的白金汉就有希望啦？谢谢您这温柔的话语，我美丽的陛下啊！万分感谢。"

"唉！大人，您听错了，理解错了，我的意思并不是说……"

"打住！打住！"公爵说道，"假如我因为误解而感到幸福，您也不要这么残忍地纠正过来。您亲口说过，有人把我诱入陷阱，我的性命也许会丢在里面，喏，说来很怪，近来我就有预感，我可能要死了。"公爵说着，微微一笑，一副既伤感又迷人的笑容。

"噢！我的上帝！"奥地利安娜高声说，她那惊骇的声调表明，她远远没有讲出对公爵的关切。

"我讲这话绝非恐吓您，王后，绝非如此。我对您这样讲，甚至颇为可笑。请相信，这类梦幻我并不在意。不过，您刚才讲的这句话，您几乎给予我的这种希望，就全都补偿了，甚至包括我的生命。"

"那好！"奥地利安娜说道，"我也一样，公爵，我呀，我也有预感，也有梦幻。我梦见您身负重伤，倒在血泊中。"

"是一把刀，刺进左肋，对不对？"公爵接口说道。

"对，正是，大人，正是这样，左肋刺进一把刀。能有谁告诉您，我做了这种梦呢？我仅仅向上帝透露，还是我在祈祷的时候。"

"我别无他求了，王后，您爱我，这很好。"

"我爱您，我？"

"是的，您。如果您不爱我，上帝会托给您相同的梦吗？如果我们二人的生活不是心心相印，我们能产生相同的预感吗？王后啊，您爱我，您会为我哭泣吧？"

"噢！我的上帝！我的上帝！"奥地利安娜高声说道，"这我实在承受不了。好了，公爵，看在上天的分上，您走吧，离开这里。我不知道爱您，还是不爱您，但是我知道，我绝不会违背婚姻的誓言。您就可怜可怜我，还是走吧，噢！万一您在法国受到袭击，万一您死在法国，如果我能确定您是因爱我而丧命的，那我就会痛苦一生，我会发疯的。您还是走吧，走吧，我恳求您了。"

"哦！您这样子有多美啊！哦！我多么爱您啊！"白金汉说道。

"走吧！走吧！我恳求您了。以后再来吧，以大使的身份，以大臣的身份再来吧，再来的时候，带上一群保护您的卫士、照看您的仆人，到那时，我就不必为您的性命担忧了，我就会高兴地再见到您。"

"哦！您对我说的这些是真话吗？"

"是……"

"那好，赏给我一件您宽容的证物，您的一件物品，好提醒我绝不是做梦，一件您佩戴过、我也能佩戴的饰物，一枚戒指、一条项链、一条表链。"

"您要的物品，假如我给了您，您就走吗？"

"是的。"

"立刻就走？"

"立刻就走。"

"您就会离开法国，返回英国？"

"对，我向您发誓！"

"等一等，请稍等。"

奥地利安娜说着，就回到自己的套房，随即又出来，手里拿着一只香木小匣，匣上有她名字的缩写，是金丝镶嵌的图案。

"给您，公爵大人，给您，"王后说道，"这是我的念心儿，好好保存。"

白金汉接过香木匣，再次跪倒在地。

"您向我保证过马上离开。"王后说道。

"我信守诺言。您的手，您的手，王后，然后我就走。"

奥地利安娜闭上眼睛，把手递过去，另一只手则扶在埃斯特法尼亚身上，只因觉得自己要挺不住了。

白金汉满怀激情，将嘴唇贴在这只美丽的手上，然后站立起来，说道："不出半年，如果我不死，我一定会再见到您，王后，为达此目的，王后，就是把世界搞个天翻地覆，我也在所不惜。"

　　他决意信守许下的诺言，随即冲出了房间。

　　他在走廊遇见等待他的博纳希厄太太。她同样小心翼翼，也同样顺利地把公爵送出卢浮宫。

第十三章
博纳希厄先生

　　大家可能注意到，在整个事件中，有一个人物处境危险，别人对他却不大关心。此人便是博纳希厄先生，政治和爱情阴谋的可敬受害者。须知那是个崇尚骑士精神而又特别风流的时代，政治和爱情的阴谋诡计总是交织在一起。

　　好在，不管读者记得还是不记得他，好在我们保证过，不会让他失去踪迹。

　　那些打手将他逮捕，径直押往巴士底狱。到了狱中，他浑身颤抖，从正给火枪装弹药的一小队士兵面前走过。

　　接着，他又被带进半地下的一条走廊，遭受押解他的人最粗鲁的辱骂、最野蛮的虐待。他们看到押来的不是贵绅，便把他当成十足的乡巴佬那样对待。

　　约莫半个小时之后，一名书记官前来制止这种折磨，但是没有消除他的担心，下令将博纳希厄先生押进审讯室。一般来说是在牢房就地审讯犯人，但是对待博纳希厄先生，就无须那么客气了。

　　两名狱卒抓住服饰用品商，押着穿过一座院子，走进设了三道岗哨的走廊，打开一扇门，把他推进一间低矮的房中。房间里一张桌子、一把椅子和一名审讯官。审讯官坐在椅子上，伏在桌子上正忙着写什么。

两名狱卒将犯人带到桌子前面，遵照审讯官的一个手势，退到听不见审讯对话的地方。

审讯官的脑袋一直伏在纸上，这时抬起来，瞧一瞧要审讯的是个什么人。这个审讯官面目可憎，尖尖的鼻子，高高的颧骨，黄黄的面皮，眼睛很小，贼溜溜的，十分敏锐，整个模样儿既像貂，又像狐狸。他的头由活动的长脖子从肥大的黑袍支出来，摇摇晃晃，活似伸出壳的乌龟头。

他先问博纳希厄先生的姓名、年龄、职业和住址。

被告回答说：他叫雅克·米歇尔·博纳希厄，今年五十一岁，是休业的服饰用品商，家住掘墓人街11号。

审讯官没有继续审问，却大谈特谈起一个地位卑微的市民，插手国家事务有多危险。

他这开场白越讲越复杂，现在又叙述红衣主教先生的作为和权力。这位无与伦比的大臣，这位击败过去大臣们的胜者，未来大臣们的楷模，无论谁对抗他的举措和权力，无不受到惩罚。

他这演说第二部讲完之后，那鹰眼便死死盯住可怜的博纳希厄先生，他让被告认真考虑自己处境的严重性。

服饰用品商早就考虑好了，他最恨德·拉波尔特先生要把教女嫁给他的那一刻，尤其恨这个教女当了王后的衣物女侍的那一刻。

博纳希厄老板性格的本质，是极端的自私，还掺杂着卑劣的悭吝和无以复加的懦怯。他的少妻在他心中激发起来的爱，完全是一种次要的情感，争不过在此列举的这些天生的情感。

博纳希厄的确考虑了刚才对他讲的话。

"可是，警官先生，"他冷静地说道，"请您相信，我比任何人都了解，也更敬重超群绝伦的法座的功德，我们受他的统治实在荣幸。"

"真的吗？"警官以怀疑的态度问道，"果真如此，您怎么又到巴士底狱来了呢？"

"我怎么来了，确切地说，我为什么来了，"博纳希厄先生答道，"这正是我根本没法儿对您讲的，因为我本人也不知道，但肯定不是冒犯了，至少不是有意冒犯红衣主教先生。"

"但您必定犯了罪，既然这里指控您叛国。"

"叛国！"博纳希厄惊恐万状，嚷道，"叛国！一个可怜的服饰用品商，既憎恶胡格诺派，又痛恨西班牙人，怎么能被指控叛国呢？想一想吧，先生，这种事，实际上是不可能的。"

"博纳希厄先生，"警官说道，他那对小眼睛盯住被告，就仿佛具有看透人心的特性，"博纳希厄先生，您有妻子吧？"

"有，先生，"服饰用品商浑身颤抖着答道，他感到一问这个，事情就要纠缠不清了，"也就是说，原来有一个。"

"什么？您原来有一个！如果说现在没有了，那么您怎么处置她了？"

"有人把她从我身边劫持走了，先生。"

"有人把她从您身边劫持走了？"警官说道，"哈！"

博纳希厄从这声"哈！"感到，事情越理越乱了。

"有人把她从您身边劫持走了！"警官又说道，"您知道劫持者是谁吗？"

"我觉得认识他。"

"他是什么人？"

"要注意，我什么也肯定不了，警官先生，我只是怀疑。"

"您怀疑是谁？喏，坦率地回答。"

博纳希厄先生陷入极大的困惑，他应当全盘否认，还是和盘托出呢？如果全盘否认，对方就可能认为他了解太多而不敢招认；如果和盘托出，他就表现出了诚意。于是，他决定和盘托出。

"我怀疑，"他说道，"是一个棕色头发、大个子的人，傲气十足，完全像个贵族大老爷，他趁我到卢浮宫角门接妻子回家，似乎跟踪我们好几回。"

警官流露出不安的神色。

"他叫什么名字？"警官问道。

"嗯！他的名字么，我根本就不知道。不过，我可以向您保证，就是在一千个人当中遇见他，我也能认出他来。"

警官的额头布满阴云。

"您是说，在一千个人当中，也能认出他来？"他追问道……

"也就是说，"博纳希厄又说道，他看出自己走错了一步棋，"也就是说……"

"您刚才回答，您能认出他来，"警官说道，"很好，今天就问到这里，再往下审问之前，必须通知一个人，说您认识绑架您妻子的那个人。"

"可是我没有对您说我认识他！"博纳希厄气急败坏地嚷道，"我对您说的正相反……"

"将犯人带走。"警官对两名狱卒说道。

"把他押到哪儿去？"书记官问道。

"单人牢房。"

"哪一间？"

"哎！我的上帝，随便哪一间，只要锁得严实就行。"警官答道，他这种无所谓的态度，却让恐怖感袭入可怜的博纳希厄的心头。

"唉！唉！"他自言自语，"大难临头，我妻子一定犯了什么滔天大罪，他们把我当成同谋，也一起惩办我。她肯定说了，肯定承认全告诉了我,一个女人啊,就是太软弱!单人牢房,随便哪一间!就这样!一夜很快就过去,明天,就上车轮刑,押上绞架!噢!我的上帝!我的上帝!可怜可怜我吧!"

两名狱卒根本不屑于听博纳希厄老板的哀诉,况且这类哀诉,他们早就听惯了,他们每人架起博纳希厄的一条胳膊,将犯人押走。这工夫,警官迅速写了一封信,而书记官等着送走。

博纳希厄没有合眼,这倒不是因为这间牢房多么不舒服,而是因为他过分惶恐不安。他通宵都坐在凳子上,稍有动静,就吓得魂不附体,看到晨曦初现,透进牢房,他也觉得曙光换上了哀悼的色彩。

忽听有人拉门闩,吓得他惊跳起来,他还以为是来押他上断头台的。因此,他一见进来的不是他等待的刽子手,而是头天审讯他的警官和书记官,他就差一点要扑上去搂住人家的脖子。

"从昨天晚上起,您的案子就变得特别复杂了,我的老实人啊,"警官对他说道,"奉劝您,还是把真相全讲出来,您只有悔罪,才能平息红衣主教的怒火。"

"我是准备全讲出来呀,"博纳希厄高声说道,"至少把我所知全讲出来。就请您问吧。"

"首先,您妻子在哪儿?"

"我不是告诉过您,她被人劫持走了。"

"是啊,然而从昨天下午五点钟起,她多亏了您,又逃掉了。"

"我妻子逃掉了!"博纳希厄叫起来,"噢!这个坏女人!先生,如果说她逃掉了,那也不是我的过错,我向您发誓。"

"出事的当天,您到邻居达达尼安先生家去干什么?您同他有一次长谈吧?"

"哦!对,警官先生,对,有这事儿,我承认我做错了。我去过达达尼安先生的家。"

"您去拜访有何目的？"

"求他帮我找回我妻子，当时我认为我有权找回她来，现在看来我错了，请求您多多宽恕。"

"达达尼安先生是怎么回答的？"

"达达尼安先生答应帮助我，不过很快我就发觉，他出卖了我。"

"您在欺骗法庭！达达尼安先生同您达成协议，而他正是依照这项协议，将逮捕您妻子的警方人员赶跑，还帮助她逃避各种追捕。"

"达达尼安先生抢走了我妻子？噢，有这种事！您这是跟我说什么呀？"

"幸而达达尼安先生也落入我们手中，您这就同他对质。"

"哦！老实说，我求之不得，"博纳希厄高声说道，"能见到一张熟面孔，总归不是什么恼火的事儿。"

"把达达尼安先生带进来。"警官对两名狱卒说。

两名狱卒将阿多斯押进来。

"达达尼安先生，"警官对阿多斯说道，"交代一下您和这位先生之间有过什么事？"

"且慢！"博纳希厄叫起来，"您给我带来的人，并不是达达尼安先生！"

"怎么，他不是达达尼安先生？"警官高声说道。

"根本不是。"博纳希厄答道。

"这位先生叫什么名字？"警官问道。

"我没法告诉您，我不认识他呀。"

"什么！你不认识他？"

"不认识。"

"您就从未见过他？"

"见倒是见到过，但是我不知道他叫什么。"

"您的名字？"警官问道。

"阿多斯。"火枪手答道。

"可这不是人名，而是一座山名①！"可怜的审讯官高声说道，他觉得自己要晕头了。

"我就叫这名字。"阿多斯平静地说道。

"可是您当初说，您叫达达尼安。"

"我？"

"对，就是您。"

"是这么着，有人对我说：'您是达达尼安先生吗？'我就回答：'您认为呢？'那些卫士就叫嚷，他们完全有把握。我不想同他们辩驳。再说，我也可能听错了。"

"先生，您这是侮辱司法的尊严。"

"绝无此事。"阿多斯平静地答道。

"您就是达达尼安先生。"

"您瞧哇，您还是这么对我讲。"

"哎，"博纳希厄先生也嚷起来，"我跟您说，警官先生，一点儿疑问也没有。达达尼安先生是我的房客，因此，他尽管没有付房租，甚至正因为如此，我才应当认得他。达达尼安先生是个青年，才十九岁，而这位先生，少说也有三十岁。达达尼安先生是艾萨尔先生禁军卫队的人，这位先生则是德·特雷维尔先生火枪卫队的，您瞧瞧他的军装嘛，警官先生，瞧瞧他的军装嘛。"

"不错，"警官咕哝道，"一点儿不错。"

这时，门忽然打开，一名信使由巴士底狱的一名传达带进来，交给警官一封信。

---

① 阿多斯山位于希腊北部，又称圣山，山上建有隐修院。

"噢！该死的女人！"警官嚷了一声。

"什么？您说什么？您在说谁？但愿说的不是我妻子吧！"

"正相反，说的就是她。您的案子，这下子可有好瞧的了。"

"怎么会这样！"服饰用品商气急败坏地嚷道，"劳驾告诉我，先生，我在牢里，怎么能因为我妻子干了什么，我的案子就越发糟糕了呢？"

"就因为她所干的事，是你们之间制订的计划的结果，一个罪恶计划的结果！"

"我向您发誓，警官先生，您陷入了天大的谬误当中，我根本不知道我妻子要干什么，她干的事，同我毫不相干，假如她干了什么蠢事，那我就不认她，我就揭穿她，诅咒她！"

"好啦，好啦！"阿多斯对警官说，"如果您这里用不着我了，就把我送到什么地方，您这位博纳希厄先生，实在无聊得很。"

"将犯人押回各自牢房，"警官用一个手势同时指阿多斯和博纳希厄，吩咐道，"对他们比以前还要严加看管。"

"然而，"阿多斯以他习以为常的平静态度，又说道，"您要审问的如果是达达尼安先生，我就不大明白，我在哪方面能替代他。"

"就照我说的办！"警官嚷道，"绝对保密！你们都听清楚啦！"

阿多斯耸了耸肩，跟随狱卒走了。博纳希厄先生却大放悲声，就连老虎听了也要心碎。

服饰用品商又被押回他过夜的牢房，关了整整一天。一整天博纳希厄都在哭，无愧于一个名副其实的服饰用品商人，他也亲口对我们讲过，他绝不是个使枪弄剑的人。

晚上约莫九点钟，他正要下决心上床睡觉的时候，忽听过道里传来脚步声，走近他的牢房，牢门打开了，狱卒走进来。

"跟我走。"跟在狱卒后面的一名士官说道。

"跟您走!"博纳希厄叫起来,"这么晚了跟您走,我的上帝,去哪儿啊?"

"去我们奉命押您去的地方。"

"这也算不上一种回答呀。"

"然而,这是我们能向您做出的唯一回答。"

"噢!我的上帝,我的上帝,"可怜的服饰用品商咕哝道,"这回我算完蛋了!"

他丝毫也不反抗,机械地跟随来押解他的狱卒走了。

这条过道他们已经走过,穿过第一座院子,便进入狱堡的第二座塔楼,最后到了前院的大门口,只见门口停着一辆马车,由四名骑卫守护。博纳希厄被押上马车,那名士官坐到他身边,车门上了锁,两个人就关在一间活动的牢房里了。

马车缓缓启动,就像柩车一样。透过挂了大锁的铁窗,犯人只能瞧见房屋和街道,但是,博纳希厄作为真正的巴黎人,从界石、招牌、路灯就能认出每一条街。到了圣保罗教堂广场,正是巴士底狱的囚犯行刑的地方,他几乎要昏过去,接连两次画十字。他本以为马车会停在广场,可是却驶过去了。

再往前行驶,他又吓得魂飞魄散,马车经过圣约翰公墓,那里埋葬着处死的国家要犯。只有一个情况令他稍微放点心,这就是埋葬要犯之前,一般都砍了脑袋,而他的脑袋还在自己的双肩上。然而,他见马车驶向通河滩广场①的那条路、望见市政厅的尖屋顶,接着,马车便驶入拱廊,心想这下子彻底完蛋了,于是他就要向那名士官忏悔,遭到了拒绝,他就连声呼号,十分凄惨,把人的耳朵都要给吵聋了,那士官不得不不断喝一声,再这样闹下去,就用布团将他的嘴给塞住。

---

① 河滩广场:从前是塞纳河右岸的一片滩地,中世纪是处决犯人的刑场,1806年起改为市府广场。

第十三章 博纳希厄先生　153

这一威胁，倒多少让博纳希厄放点心。如果要到河滩广场处决他，既然到了地方，就没有必要把他的嘴塞住了。果然，马车驶过凶险的广场，并没有停下。再令他畏惧的，就只剩下特拉瓦尔十字架①了，马车行驶的路正是通向那里。

这一次无可怀疑了，处决普通罪犯，往往是在特拉瓦尔十字架街头。本来，博纳希厄还颇为得意，自以为还配得上圣保罗广场或河滩广场，讵料他的旅程和命运，就要在特拉瓦尔十字架下终止！他还看不见那倒霉的十字架，但是在某种程度上，他感到那十字架朝他迎过来。离十字架还有二十步，就听见一片喧哗声，马车也停下了。可怜的博纳希厄接连几次心惊肉跳，这一回实在支撑不住，微微地呻吟一声，就像临终的人最后一声叹息，随即就昏过去了。

---

① 特拉瓦尔十字架：坐落在巴黎圣奥诺雷街与枯树街的交叉路口，始建于13世纪，后几经变迁，最终在18世纪倾毁了。

第十四章
默恩那个人

围观的人群,并不是等待一个要上绞刑架的人,而是在观赏已经吊在绞刑架上的人。

马车停了片刻,重又朝前行驶,穿过人群,驶入圣奥诺雷街,再拐进好人街,停到一扇低矮的门前。

车门打开,两名卫士张开手臂,接住由士官扶下车的博纳希厄。他们把他推上一条路径,让他登上一座楼梯,最后把他撂在前厅里。

这一系列走动,对他来说全是机械地进行。

他走路就像梦游者,看物品仿佛隔着一层雾,他的耳朵听见说话声却不懂什么意思。如果在这种时候处决他,他不会做出一个自卫的动作,也不会发出一声乞求怜悯的号叫。

卫士把他撂在长凳上,他就待在那里,背靠着墙,耷拉着两条胳臂。

继而,他瞧了瞧周围,没有看见一样凶险的物品,没有一点迹象表明他真有什么危险,而且长凳的垫子相当柔软,墙壁则镶着科尔多瓦①的漂亮牛皮,又见金丝带系住的红锦缎大窗帘在窗前飘动,他就渐渐明

---

① 科尔多瓦:西班牙南部城市,从前以皮革制造业闻名。

白他过分恐惧了。于是，他开始活动脑袋，向左向右，再向上向下。

他这样活动，见没人干涉，便恢复点勇气，壮着胆子收拢一条腿，再收拢另一条腿。他借助两只手，终于撑起身子，从凳子上站起来。

这时，一位相貌和善的军官掀起一道门帘，还接着同里屋的一个人说了几句话，这才转身问囚犯：

"就是您叫博纳希厄？"

"是的，军官先生。"服饰用品商结结巴巴地答道，那样子已经半死不活了，"愿为您效劳。"

"进来吧。"军官说道。

他闪身让服饰用品商进去。服饰用品商服服帖帖，走进似乎有人在等待他的房间。

这是一间大办公室，墙上挂着进攻性和防御性武器，房间门窗紧闭，颇为憋闷，虽然刚到九月末，就已经生了火。一张大方桌上，摊满了书籍和文件，上面还展开一大幅拉罗舍尔城地图。

壁炉前站着一个男子，中等身材，很有派头，两眼犀利，天庭十分饱满，脸庞瘦削，由一缕山羊胡衬着，就显得格外长，而山羊胡上边还蓄留两撇小胡。此人虽然才三十六七岁，须发却开始花白了。他没有佩剑，却有一种十足的军人气派，他那水牛皮靴还薄薄蒙着一层尘土，表明当天他骑过马。

此人便是阿尔芒-让·杜普莱西，红衣主教黎世留，他绝非别人向我们描述的那样，是个弯腰驼背的老人，痛苦不堪的殉道者，身体疲惫，声音微弱，埋在宽大的太师椅里，就仿佛提前进入坟墓，仅仅靠天才的力量维持生命，仅仅靠思想的不停运转支撑着同欧洲的斗争。其实不然，那个时期他的真实状态，还是个敏捷而风流的骑士，固然身体衰弱了，但是由一种强大的精神力量支撑着，正是有了这种精神力量，他才成为历史上出现过的最非凡的人物之一。他支持德·内维尔公爵巩固在芒托瓦公国的地位，他统兵夺取了尼姆、加斯特尔和于泽斯[①]诸城之后，又准备把英国人赶出雷岛，准备围困拉罗舍尔城。

乍一见面，根本看不出他就是红衣主教，而不认识他面孔的人，绝不可能猜出自己面对的是什么人。

可怜的服饰用品商愣在门口，这工夫，我们刚刚描绘过的那个人物定睛凝视他，仿佛要洞彻他从前的底细。

"这就是那个博纳希厄？"他沉默了片刻，才问道。

"正是，大人。"军官回答。

"好，这些材料给我，您就退下吧。"

军官从桌上拿起指定的材料，交给向他要的人，然后一躬到地，便退了出去。

博纳希厄认出，这些材料正是在巴士底狱审讯他的记录。站在壁炉旁边的那个人在看记录，他不时抬起眼睛，目光像两把匕首，一直刺进可怜的服饰用品商的内心深处。

审阅了十分钟，观察了十秒钟之后，红衣主教便主意已定。

"这家伙从未搞过阴谋，"他低声说道，"哎！管他呢，瞧瞧再说吧。"

"您被控告犯了叛国罪。"红衣主教缓缓地说道。

"有人跟我这么说过了，大人，"博纳希厄高声说道，他用刚才听见军官所用的称谓称呼对方，"但是我向您发誓，我一无所知。"

红衣主教欲笑又止。

"您伙同您妻子、德·舍夫勒兹夫人，并伙同白金汉公爵大人搞阴谋。"

"这些名字，大人，我的确听她说过。"服饰用品商答道。

"在什么场合听说的？"

"她说，德·黎世留红衣主教把白金汉公爵引诱到巴黎来，就是要

[①] 这三座城市位于法国南方，从16世纪中叶起，它们受新教徒势力的控制。

毁掉他，在毁掉他的同时，也要毁掉王后。"

"她是这么说的？"红衣主教激烈地高声问道。

"对，大人。不过，我却对她说，她这样讲是错误的，法座不可能……"

"住口，您是个蠢货！"红衣主教又说道。

"我妻子也正是这么回答我的，大人。"

"您知道是谁劫持了您妻子吗？"

"不知道，大人。"

"不过，您有所猜测吧？"

"对，大人，可是这些猜测惹那位警官先生不快，我也就不猜测了。"

"您妻子逃掉了，您知道吧？"

"不知道，大人，我是入了狱之后才听说的，还是通过那位警官先生，一个非常热情的人才知道的。"

红衣主教再次欲笑又止。

"这么说，您妻子逃走后的情况，您不知道了？"

"一无所知，大人。她一定是回卢浮宫了。"

"凌晨一点钟，她还没有回去。"

"噢！我的上帝！那她到底怎么啦？"

"会弄清楚的，您就放心吧。什么也瞒不住红衣主教，红衣主教什么都掌握。"

"既然如此，大人，您认为红衣主教肯告诉我，我妻子怎么样了吗？"

"也许吧。不过首先，您知道的必须全招了，您妻子和德·舍夫勒兹夫人有什么联系。"

"可是，大人，我一无所知呀。我从未见过那位夫人。"

"您去卢浮宫接妻子的时候，她直接跟您回家吗？"

"几乎从来不直接回家，她要去见布店老板，我就送她去了。"

"有几位布店老板？"

"有两位，大人。"

"他们住在哪儿？"

"一位住在伏吉拉尔街，另一位住在竖琴街。"

"您同她一起进去吗？"

"从来不进去，大人，我总是在门口等她。"

"那么她找什么借口单独进去呢？"

"什么借口也不找，她让我等着，我就等着。"

"您是个非常随和的丈夫，我亲爱的博纳希厄先生！"红衣主教说道。

"他称呼我亲爱的先生！"服饰用品商心中暗道，"嘿！事情有转机！"

"那两扇门您还认得吗？"

"认得。"

"门牌号您知道吗？"

"知道。"

"多少号？"

"伏吉拉尔街，是25号；竖琴街那儿，是75号。"

"很好。"红衣主教说道。

说着，他就拿起一只银铃，摇了两下。军官进来了。

"您去把罗什福尔给我找来，"他低声说道，"他如果回来了，就让他立刻进来。"

"伯爵到了，"军官说道，"他紧急要求同法座谈事情。"

"让他来吧，那就让他来吧！"黎世留急忙说道。

军官冲出房间，正显示红衣主教的所有仆从通常奉命办事的速度。

"同法座谈事情！"博纳希厄咕哝道，他的眼珠惊慌得滴溜儿乱转。

军官出去还不到五秒钟，房门就又打开，走进来一个新人物。

"是他！"博纳希厄叫起来。

"他,谁呀?"红衣主教问道。

"劫持我妻子的那个人。"

红衣主教再次摇铃。军官又进来了。

"把此人交给那两名卫士看管,让他等我传唤。"

"不,大人!不,不是他!"博纳希厄嚷道,"不,是我弄错了,那是另外一个人,一点儿也不像他!这位先生是个正派人。"

"把这蠢货带走!"红衣主教说道。

军官架起博纳希厄的胳臂,又把他带回前厅,交给押解他的两名卫士。

刚刚引进来的那个新人物,不耐烦地目送博纳希厄,直到他出去,房门重又关上。

"他们见面了。"那人急忙走近前,对红衣主教说道。

"谁?"法座问道。

"她和他。"

"王后和公爵!"黎世留高声说道。

"对。"

"在什么地方?"

"在卢浮宫。"

"您有把握吗?"

"完全有把握。"

"是谁告诉您的?"

"德·拉努瓦夫人,您知道,她完全效忠于法座。"

"为什么她没有早点儿讲呢?"

"不知是偶然,还是戒备,王后把她留了一整天,让德·苏尔吉夫人睡在她房间。"

"好吧,我们输了。我们要想法报复。"

"我全心全意帮助您,大人,请放心。"

"事情经过如何?"

"午夜十二点半,王后同她的女侍在一起……"

"在哪里?"

"在她的寝宫……"

"好。"

"有人来,转交给她衣物女侍送来的一块手帕……"

"后来呢?"

"王后当即非常激动,她尽管施了脂粉,还是看出她面失血色。"

"后来呢?后来呢?"

"她站起身,说话声调都变了,她说:'夫人们,等我十分钟,我这就回来。'于是她打开里间的门,便出去了。"

"德·拉努瓦夫人为什么没有立即来通知您?"

"当时她什么也确定不了,而且王后说了:'夫人们,等着我。'她不敢违抗王后。"

"王后离开房间有多长时间?"

"三刻钟。"

"她的女侍没有一人陪伴她吗?"

"只有埃斯特法尼亚夫人。"

"她随后又回来了吗?"

"回来了,只为了取一只带有她缩写名字的香木小匣,马上又出去了。"

"后来,小匣她带回来了吗?"

"没有。"

"小匣里装着什么,德·拉努瓦夫人知道吗?"

"知道,是陛下送给王后的钻石别针。"

"小匣她没有带回来?"

"没有。"

"照德·拉努瓦夫人的看法,王后把钻石别针给了白金汉?"

"这一点她可以肯定。"

"怎么就能肯定!"

"德·拉努瓦夫人是王后的梳妆女侍,次日白天寻找小匣,没有找见,显得很不安,终于还是问了王后……"

"王后怎么说?……"

"王后满脸通红,回答说昨天晚上,有一个别针钻石头打破了,她就派人送到首饰匠那里去修配了。"

"必须去那里查证此事是真是假。"

"我去过了。"

"好哇!首饰匠怎么说?"

"首饰匠根本不知此事。"

"好哇!好哇!罗什福尔,还不是无可挽回,也许……也许整个事态会更有利!"

"其实我并不怀疑法座的天才……"

"定然能弥补属下所干的蠢事,对不对?"

"这正是我要讲的,法座却没容我把话说完。"

"现在您知道,德·舍夫勒兹公爵夫人和白金汉公爵,躲藏在哪里吗?"

"不知道,大人,关于这方面,我的人提供不了任何准确的情况。"

"我可知道。"

"您,大人?"

"对,或者至少我猜到了。他们一个住在伏吉拉尔街 25 号,一个住在竖琴街 75 号。"

"法座要我派人去逮捕他们二人吗?"

"太迟了,他们肯定走了。"

"不管怎样,还是去查个明白。"

"从我的卫士中挑选十人,去搜查那两所房子。"

"我这就去,大人。"

罗什福尔说着,便冲出房间。

红衣主教独自一人,沉思片刻,又第三次摇铃。

还是那位军官进来了。

"将囚犯带进来。"红衣主教说道。

博纳希厄老板又被带进来了。红衣主教打了个手势,那名军官便退了出去。

"您欺骗了我!"红衣主教声色俱厉,说道。

"我!"博纳希厄叫起来,"我,欺骗法座!"

"您妻子去伏吉拉尔街和竖琴街,并不是去见布店老板。"

"公正的上帝,那她去见谁呀?"

"去见德·舍夫勒兹公爵夫人和白金汉公爵。"

"对了,"博纳希厄说道,他全想起来了,"对了,是这码事儿,法座说得对。我也觉得奇怪,布店老板在那种房子里,连块招牌也没有挂,好几次向我妻子说起这事,每次她都笑起来。啊!大人,"博纳希厄扑倒在法座脚下,"啊!您准是红衣主教,伟大的红衣主教,人人敬重的天才人物。"

对付博纳希厄这样一个俗物,所取得的胜利尽管微不足道,红衣主教还是有一瞬间的欣喜,继而,几乎紧接着,他似乎又产生一个新念头,嘴唇泛起微笑,伸手去扶服饰用品商,说道:

"起来吧,我的朋友,您是一个好人。"

"红衣主教触碰过我的手,我触碰过伟人的手!"博纳希厄嚷道,"伟人称我是他的朋友!"

"是的,我的朋友,是的!"红衣主教说道,有时候,他善于装出这种慈爱的口气,但只能欺骗不熟悉他的人。"您受到了不公正的待遇,好吧!应当给您补偿,拿着!这袋有一百皮斯托尔,请原谅我。"

"要我原谅您,大人!"博纳希厄说道,他迟疑不敢接钱袋,无疑是害怕这种所谓的馈赠,仅仅是开个玩笑。"可是,当时,您完全有这个自由让人逮捕我,现在您也完全有自由让人严刑拷打我,完全有自由让人绞死我,您是主子,我绝不会发一点儿怨言!原谅您,大人!算了吧,您不是这么想的吧?"

"哎!我亲爱的博纳希厄先生!您这是宽大为怀,这我明白,我感谢您。因此,您拿着这袋钱离开,不会感到特别不满意吧?"

"我会满心欢喜地离开,大人。"

"就此分手,或者不如说,再见,希望我们还有见面的机会。"

"大人想什么时候见面都可以,我完全听法座的吩咐。"

"会经常见面的,请放心,因为,从您的谈话中,我感到极大的乐趣。"

"嗯!大人!"

"再见,博纳希厄先生,再见!"

红衣主教向博纳希厄挥了挥手,他作为回谢,便一躬到地,然后一步一步退了出去。到了前厅,红衣主教还听见他激动地拼命高呼:"大人万岁!法座万岁!伟大的红衣主教万岁!"红衣主教这边则面带笑容,听着博纳希厄老板大肆宣泄激动的心情。继而,博纳希厄的喊声渐远,等到消失之后,红衣主教便说了一句:

"很好,从此以后,这个人就会为我卖命了。"

接着,红衣主教又开始聚精会神审视拉罗舍尔地图,前面说过,地图就摊在书案上,他拿铅笔画了一条线,而一年半之后,那条线就建成著名的大堤,封锁了被围困城市的港口。

他正极深入地考虑战略部署,忽然房门又打开,罗什福尔走进来。

"怎么样？"红衣主教霍地起身问道，那种急切的动作，表明他何等重视交给伯爵所办之事。

"果然！"伯爵答道，"在法座指出的那所房子里，的确住了一男一女。那女子有二十六七岁，住了四天，昨天夜晚离去。那男子约三十五岁至四十岁之间，住了五天，今天早晨走了。"

"是他们！"红衣主教高声说道，他望了望挂钟，"现在追赶他们，已经太迟了，"他接着说道，"公爵夫人到了图尔，公爵也到了布洛涅①。还是应当追赶到伦敦去。"

"法座有何指令？"

"只字不提所发生的事情，让王后高枕无忧，不让她知道我们已经了解她的秘密，让她以为我们密谋策划别的什么事。去把掌玺大臣塞吉埃②给我唤来。"

"那个人呢，法座怎么处置了？"

"哪个人？"红衣主教问道。

"那个博纳希厄？"

"尽人力所能，我妥善处理了，安排在他妻子身边当密探。"

对主子超群绝伦的雄才大略，德·罗什福尔伯爵自然佩服得五体投地，他深鞠一躬退了出去。

屋里只剩下红衣主教一人了，他重又坐下，写了一封信，用私章盖在封口的火漆上，然后摇铃。那名军官第四次进来。

"去把维特雷唤来，"红衣主教说道，"告诉他准备好旅行。"

不大工夫，召唤来的那个人便站到他面前，穿好了马靴，还带上了马刺。

---

① 布洛涅：即海滨布洛涅，法国西北部加来省港口，渡过海峡即是英国。
② 皮埃尔·塞吉埃（1588—1672）：法国公爵，路易十三和路易十四两朝大臣。但是，他1633年才出任掌玺大臣，1635年开始任司法大臣。

第十四章 默恩那个人

"维特雷，"红衣主教说道，"您快马赶到伦敦，路上片刻也不要停留。这封信交给米莱狄。这是二百皮斯托尔的付款单，去我司库那里领取现金。假如您在第六天头回来，差使办得很好，还可以领取同样数目的一笔钱。"

信使一言未发，鞠了一个躬，拿了信件和二百皮斯托尔的付款单，便出去了。

这封信内容如下：

米莱狄：

　　白金汉公爵一举行舞会，您就去参加。他的紧身上衣将有镶十二枚钻石的别针，您设法接近他，摘取两颗钻石。

　　两颗钻石一旦到手，您就通知我。

第十五章
法官与军官

发生这些事的次日，还不见阿多斯露面。阿多斯失踪的消息，由达达尼安和波尔托斯报告给德·特雷维尔先生。

至于阿拉密斯，他请了五天假，据说去鲁昂处理家事。

德·特雷维尔先生就是他手下兵卒的父亲。他们当中最不起眼、最不知名的人，只要穿上火枪卫队军装，就一律得到他的关照和帮助，就像对待亲兄弟一般。

他当即去见刑事总监，还派人找来红十字监狱的典狱长，陆续得到的消息表明，阿多斯暂时关押在主教堡。

我们看到博纳希厄所经受的种种考验，阿多斯也经历了一遍。

我们目睹了两名犯人对质的场面。阿多斯担心，达达尼安也遭逮捕而没有时间办事，就始终什么也不讲，直到对质时，才说出自己名叫阿多斯，而不是达达尼安。

他还补充说，他既不认识博纳希厄先生，也不认识那位太太，无论同那位先生还是那位太太，他从来就没有说过话。他是在晚上十点钟去拜访他朋友达达尼安先生，此前他一直在德·特雷维尔先生府上，同德·特雷维尔先生共进晚餐，并说可以找出二十个人做证，列举了几位很有名望的贵族，其中就有德·拉特雷姆依公爵先生。

第二个警官听了这名火枪手简单而坚定的陈述，同头一个警官一样不胜愕然，他很想报复一下，须知穿法袍的人多想压过佩剑者一头。不过，德·特雷维尔先生、德·拉特雷姆依公爵先生这些人的大名，毕竟令他有所忌惮。

阿多斯也打发给红衣主教处置，不巧红衣主教在卢浮宫面见国王。

德·特雷维尔先生分别拜会了刑事总监、主教堡典狱长之后，未能找见阿多斯，也正是在这种时候，来到国王的宫室。

身为火枪卫队队长，德·特雷维尔先生可以随时出入王宫。

众所周知，国王对王后的成见该有多深，而且这种成见又由红衣主教巧妙经营。在策划阴谋方面，红衣主教提防女人，要远远胜过提防男人。造成这种成见的最大起因之一，就是奥地利安娜对德·舍夫勒兹夫人怀有的深厚友谊。红衣主教忧虑这两个女人，要超过忧虑对西班牙的战争，同英国的纠纷，以及国家的财政困难。在他的眼里，也在他的信念中，德·舍夫勒兹夫人不仅在政治阴谋上，还在爱情密谋上为王后效劳。

红衣主教谈到德·舍夫勒兹夫人放逐到图尔，都以为她在那座城市里，她却潜入巴黎，逗留了五天，巧妙地摆脱了警察的跟踪。国王刚听一句，就雷霆大怒。国王喜怒无常，又不忠诚守信，但是偏偏让人称他"正义者路易"和"贞洁者路易"。他这种性格，后世很难理解，因为历史所做出的解释，仅仅依据事实，而从不依赖推理。

红衣主教还补充说，德·舍夫勒兹夫人不仅来到巴黎，还同王后联系上，借助的止是当时称为魔法的神秘联系方式。他还肯定地说，这种阴谋极其隐蔽，而他，红衣主教，眼看就要理出线索，掌握了各种证据，准备在犯罪现场逮捕王后派去同那放逐的女人联系的密使，一名火枪手竟胆敢粗暴地阻断司法的侦查，举剑扑向秉公处理此案，并准备报呈国王的司法人员。路易十三听到此处，就再也按捺不住，脸色气得发白,这种无声的怒火一旦爆发,就会导致国王干出冷酷而残忍的事情,他朝王后的寝宫跨了一步。

不过,红衣主教讲了这么多,还只字未提白金汉公爵。

恰好这时候,德·特雷维尔先生走进来,他沉着冷静,彬彬有礼,军容十分整肃。

有红衣主教在场,国王又满脸怒气,德·特雷维尔先生就感到自己坚强有力,如同参孙①面对非利士人。

路易十三手已经按在门把手上,听见德·特雷维尔先生进来的声音,便转过身来。

"您来得正好,先生,"国王说道,他的火气上升到一定程度,就掩饰不住了,"我听说您的火枪手干的好事。"

"我呢,"德·特雷维尔先生冷静地回答,"我也要向陛下禀报,司法人员干的好事。"

"真的吗?"国王高傲地说道。

"我荣幸地向陛下禀报,"德·特雷维尔先生以同样的口气接着说道,"一伙检察官、警官和警察,都是些十分可敬的人,但是仿佛极端仇视军人,擅自闯入一所房子,逮捕我的一名无辜的火枪手,确切地说,陛下,您的一名火枪手,押着走过大街,投进主教堡狱,而所谓的逮捕令却拒绝向我出示。那名火枪手品行无可指责,而且相当有名望,也受到陛下的赏识,他就是阿多斯先生。"

"阿多斯,"国王机械地重复道,"对,不错,这个名字我知道。"

"请陛下回想一下,"德·特雷维尔先生说道,"在那场您知道的令人遗憾的决斗中,阿多斯先生,就是不幸将德·卡于扎克先生刺成重伤

---

① 参孙:《圣经·旧约》中人物,力大无比的勇士,娶非利士女子为妻。他的情妇大利拉被非利士人收买,探出他力大无比的原因,趁他熟睡时剃去他的头发。他被缚受辱,便求神再给他一次力量,然后双手各抱一根柱子,倾覆神庙,与敌人同归于尽。

的那名火枪手。——顺便问一句,大人,"特雷维尔转向红衣主教,继续说道,"德·卡于扎克伤势痊愈了,对不对?"

"托福!"红衣主教应了一声,气得咬住了嘴唇。

"当时,阿多斯先生去看不巧外出的一个朋友,"德·特雷维尔先生继续说道,"那个朋友是贝亚恩青年,是德·艾萨尔先生禁军卫队为陛下效力的见习卫士。不料,阿多斯到朋友家刚坐下,拿起一本书来等待,一大帮法警和兵卒,一窝蜂似的围攻那所房子,撞开好几道门……"

红衣主教向国王示意:"这就是我对您所讲的案件。"

"这些情况,我们都知道了,"国王驳斥道,"那次行动是为我们效劳。"

"这么说,"特雷维尔说道,"逮捕我的一个清白无辜的火枪手,一个为陛下效命曾流过十次血,还准备流血的高尚文雅的人,被当作坏人由两名警察押着,从那些放肆无礼的刁民中间走过,这难道也是为陛下效劳?"

"哦!"国王受到震动,说道,"事情果真如此?"

"德·特雷维尔先生没有说,"红衣主教异常冷静地说道,"正是那个清白无辜的火枪手,那个高尚文雅的人,在事发一小时之前,用剑刺伤四名警官,全是我派去侦破一起重大案件的。"

"我看法座就未必能拿出证据,"德·特雷维尔先生提高嗓门,显出纯粹加斯科尼人的坦率和纯粹军人的粗鲁,"因为事发一小时前,阿多斯先生,我向陛下透露一点,他的出身十分高贵,他在我那里用完晚餐,又赏光在我府上的客厅里,同做客的德·拉特雷姆依公爵先生、德·夏吕伯爵聊天。"

国王看了看红衣主教。

"一份笔录可以做证,"红衣主教高声回答陛下的无声询问,"遭受袭击的人拟了这份笔录,敬请陛下过目。"

"司法人员的笔录,能抵得上军人以荣誉做出的保证吗?"特雷维尔骄傲地答道。

"好了，好了，特雷维尔，少说两句。"国王说道。

"假如法座对我的一名火枪手有什么怀疑，"特雷维尔说道，"红衣主教先生的公正是众所周知的，因此我请求亲自查证。"

"这次侦察的那所房子，"红衣主教不动声色，继续说道，"我想住着一个贝亚恩人，那名火枪手的朋友。"

"法座要说的是达达尼安先生。"

"我要说的是受您保护的一个年轻人，德·特雷维尔先生。"

"对，法座，的确如此。"

"难道您就不怀疑那个年轻人出坏主意……"

"给阿多斯先生，给一个年龄比他大一倍的人？"德·特雷维尔先生接口说道，"不对，大人。况且，那天晚上，达达尼安先生是在我府邸。"

"有这种事！"红衣主教说道，"那天晚上，所有人都是在贵府上过的？"

"难道法座怀疑我的话吗？"特雷维尔气红了脸，说道。

"没有，不敢冒昧！"红衣主教说道，"不过，他是几点钟到贵府的？"

"嗯！这一点，我可以明确告诉法座。因为，他进门时，我注意到挂钟是九点半，虽然我觉得时间还要晚些。"

"他是几点钟离开贵府的？"

"十点半，事件发生之后一小时。"

"然而，"红衣主教回答，他片刻也不怀疑德·特雷维尔先生的正直，感到胜利又从手指间漏掉，"然而，阿多斯毕竟是在掘墓人街那所房中逮捕的。"

"难道访友也不准许吗？我的卫队一名火枪手，同德·艾萨尔先生部下的一名卫士，难道不能密切往来吗？"

"如果那个朋友住的房子可疑，就不能密切往来。"

"那所房子可疑，特雷维尔，"国王说道，"也许您不知道吧？"

"我的确不知道，陛下。不管怎样，那所房子处处都可疑，但是我否认，达达尼安先生住的那部分是可疑的。因为，我可以向您肯定，陛下，假如我相信他所说的话，那么陛下就没有更为忠诚的仆人，红衣主教先生也没有更为由衷的崇拜者。"

"是不是那个达达尼安，有一天在赤足加尔默罗修道院附近那场不幸的决斗中，刺伤了朱萨克吧？"国王看着红衣主教，气得红衣主教满脸通红。

"第二天又刺伤了贝纳茹。是的，陛下，是的，就是他，陛下的记忆力真好。"

"好了，我们怎么办吧？"国王说道。

"这事主要关系陛下而不是我，"红衣主教说道，"要我说有罪。"

"我则否认，"特雷维尔说道，"陛下有法官，由他们判决吧。"

"这样可以，"国王说道，"将这案子交给法官，审判是他们的事，就由他们判决吧。"

"不过，"特雷维尔又说道，"在我们这个不幸的时代里，最纯洁无瑕的生活、最不容置疑的品德，也不能使人免遭污辱，免遭迫害，这实在可悲。因此，因警务的事，军队如果受到严厉的对待，我敢保证，他们是不会满意的。"

这话未免太冒失，但是，德·特雷维尔先生一言既出，就胸有成竹。他就是要引起一次爆炸，因为火药一爆炸就起火，火光会照亮一切。

"警务！"国王接过德·特雷维尔先生的话，高声重复道，"警务！您知道怎么回事，先生？还是管好您的火枪手吧，不要在这儿吵得我头疼。听您这意思，如果不巧逮捕了一名火枪手，法兰西就有危险了。哼！为了一名火枪手，闹成什么样子！我就派人抓他十个，畜生！甚至抓他一百个，整个火枪卫队都抓起来！谁也不准吭一声！"

"既然在陛下看来，他们是可疑的，"特雷维尔说道，"那么火枪手都是有罪的，因此，陛下，您瞧我，这就准备把剑交还给您。我毫不怀疑，红衣主教控告我的士兵之后，最终还要控告我本人。莫不如我投案自首,同已经被捕的阿多斯、无疑即将被捕的达达尼安一起受审。"

"加斯科尼的倔头,您还有完没完?"国王说道。

"陛下,"特雷维尔答道,大嗓门丝毫也不降低,"您下令把我的火枪手还给我,或者审判他。"

"会审判他的。"红衣主教说道。

"好!那再好不过,因为一旦审判,我就请求陛下准许我亲自为他辩护。"

国王担心闹得不可收拾,说道:

"假如法座没有什么个人的考虑……"

红衣主教领会国王的用意,便迎合道:

"请原谅,既然陛下把我看成一个有成见的法官,那我就退出。"

"喂,特雷维尔,"国王说道,"您能以我父王的名义发誓,事发的时候,阿多斯先生在您府上,绝没有参加吗?"

"以您光荣的父王的名义,并以您本人,我在世间最热爱最敬重的人的名义,我发誓!"

"请陛下考虑,"红衣主教说道,"犯人如果就这样释放,恐怕就再难查清事实真相了。"

"阿多斯先生人始终在那儿,"德·特雷维尔先生说道,"他随传随到,回答司法人员的询问。红衣主教先生请放宽心,他不会逃走,我可以为他担保。"

"的确,他不会逃走,"国王说道,"随时可以传唤他,正如德·特雷维尔先生所讲的。况且,"他压低声音,以恳求的目光注视法座,又补充一句,"我们要给他们安全感,这是策略。"

路易十三的这种策略,令黎世留哑然失笑。

"那就下旨吧,陛下,"红衣主教说道,"您有赦免权。"

"赦免权仅仅适用于罪犯,"德·特雷维尔说道,他要获全胜,"我的火枪手是清白的。陛下,您不是赦免,而是主持公道。"

"他在主教堡狱吗?"

"对,陛下,秘密关押在单人囚室,就像对待罪大恶极的人那样。"

"见鬼!活见鬼!"国王咕哝道,"到底该怎么办?"

"签署无罪释放的命令,这事儿就了结了,"红衣主教接口说道,"我同陛下一样,相信有德·特雷维尔先生的保证,就足够而有余了。"

特雷维尔恭恭敬敬地施了一礼,欣喜中也掺杂几分恐惧。他更喜欢红衣主教拼命争,见他突然随和起来,反而不放心了。

国王签发了释放的指令,而事不宜迟,特雷维尔马上带走了。

他正要出去时,红衣主教冲他友好地微笑一下,又对国王说道:

"在您的火枪卫队里,陛下,官兵之间十分融洽,这既有利于效力,大家面子也都好看。"

"他马上又要跟我玩什么鬼花招儿了,"特雷维尔自言自语,"对付这样一个人,永远也谈不上最后胜利。不过,我们得赶紧,过一会儿国王就可能改变主意。抓了人关押起来容易,人放出来,再想关进巴士底狱或者主教堡狱,可就难了。"

德·特雷维尔先生趾高气扬进入主教堡狱,解救出始终平静而不以为然的火枪手。

事后,阿多斯再一次见到达达尼安,就对他说道:

"您侥幸逃脱了,就是刺朱萨克那一剑的代价。贝纳茹挨的一剑那笔账还没算,千万不要大意啊。"

再说,德·特雷维尔先生认为事情未完,要提防红衣主教也是对的,因为火枪卫队队长刚关上门,法座就对国王说道:

"现在只剩下我们二人了,陛下如果愿意,我们就严肃地谈一谈。陛下,白金汉先生来巴黎逗留五天,今天早晨才离开。"

第十六章
掌玺大臣一如既往,不止一次寻钟敲打

这简短两句话对路易十三的作用,是无法想象的。他的脸红一阵,白一阵。红衣主教当即就看出,自己失去的地盘,一下子全夺回来了。

"白金汉先生来过巴黎!"国王高声说,"他来巴黎干什么?"

"毫无疑问,是来同您的敌人,胡格诺派和西班牙人策划阴谋。"

"不对,哼,不对!他是来见德·舍夫勒兹夫人、德·龙格维尔夫人和孔代家族①的人,阴谋策划毁损我的名誉。"

"哎!陛下,何来这种想法!王后特别贤明,尤其是特别爱陛下。"

"女人生性软弱,红衣主教先生,"国王说道,"至于说特别爱我,对于这种爱我自有看法。"

"我仍然认为,"红衣主教说道,"白金汉来到巴黎,纯粹是为了一个政治计划。"

"可是我呢,我确信他此行另有图谋,红衣主教先生。王后果真有罪,那就让她发抖吧!"

"其实,"红衣主教又说道,"我的思想不管多么踌躇,还是受陛下

---

① 孔代家族:法国波旁王室的嫡系之一,历史上出过法国国王路易一世、亨利一世、路易二世等。

的引导，考虑到这种背情负义。遵照陛下的旨意，我多次问过德·拉努瓦夫人，今天早晨她对我说，王后陛下昨天熬夜，睡得很好，早上流了许多眼泪，一整天都在写信。"

"是这样，"国王说道，"无疑是给他写信。红衣主教，王后写的信，我必须拿到。"

"可是，如何拿到呢，陛下？我认为无论我还是陛下，都不宜担负这样一种使命。"

"那次对付当克尔元帅夫人①，用的是什么办法呢？"国王怒不可遏，嚷道，"当时搜查了她的衣柜，最后还搜了她的身。"

"当克尔元帅夫人不过是当克尔元帅夫人，一个来自佛罗伦萨的冒险的女人，陛下，仅此而已。而陛下尊贵的妻子是奥地利安娜，法兰西王后，即是世界上最伟大的王后之一。"

"那她罪过只能更大，公爵先生！她越是忘记自己所处的崇高地位，就越是堕落得十分卑下。况且，我早就主意已定，要彻底了结这些政治的和爱情的小阴谋。她身边也有一个名叫拉波尔特的人……"

"不瞒您说，我认为此人是这一切的关键人物。"红衣主教说道。

"看来您像我一样，认为她欺骗我？"国王说道。

"我认为，我再对陛下说一遍，王后密谋反对她的国王的威权，但我绝没有讲她反对陛下的名誉。"

"我却要对您说，两样她全反对；我却要对您说，王后并不爱我；我却要对您说，她另有所爱；我却要对您说，她爱白金汉那个无耻之徒！他来到巴黎，您为何不派人抓他？"

---

① 当克尔元帅夫人（1580—1617）：意大利人，生于佛罗伦萨，是法国国王亨利四世的王后玛丽·德·梅迪契同奶姊妹，嫁给意大利冒险家、亨利四世宠臣孔奇尼。玛丽·德·梅迪契王后摄政时，任命孔奇尼为法国元帅，即当克尔元帅。孔代亲王纠集大贵族借故叛乱，路易十三的亲信便设计剪除当克尔元帅，又指控元帅夫人善巫术，将其斩首焚尸。

"逮捕公爵!逮捕英王查理一世的首相!您怎么想得出来,陛下?会引起多大轰动啊!而陛下的那些猜疑——对此我始终不敢苟同——果真有几分道理的话,那会引起多么可怕的轰动!会造成多么令人痛心的丑闻啊!"

"不过,既然他像个流浪汉,像个窃贼那样来此冒险,那就应该……"

路易十三说着,对自己要讲的话突然怕起来,便主动停下不讲了。而黎世留则伸长脖子,陡然等待国王留在唇间的话。

"那就应该?"

"没什么,"国王说道,"没什么。不过,他在巴黎逗留期间,您始终盯着他吧!"

"对,陛下。"

"他住在哪里?"

"竖琴街75号。"

"在什么位置?"

"靠近卢森堡宫。"

"您肯定王后和他没有见过面?"

"我相信王后特别看重自己的职责,陛下。"

"可是他们通过信。王后一整天都在给他写信,公爵先生,我要得到那些信件!"

"陛下,只是……"

"公爵先生,无论花多大代价,我都要得到。"

"然而,我还是要提请陛下注意……"

"您总是这么反对我的旨意,红衣主教先生,难道您也背叛我?难道您也投合西班牙人和英国人,也投合德·舍夫勒兹夫人和王后吗?"

"陛下,"红衣主教叹息着回答,"我原以为这种怀疑绝不会轮到我头上。"

"红衣主教先生,您听见了我讲的话,我要得到那些信件。"

"只有一种办法。"

"什么办法?"

"责成掌玺大臣塞吉埃先生完成这项使命。这件事完全是他的职责范围。"

"立刻派人唤他来!"

"他大概在我府邸,陛下。我请他去我那里,我来卢浮宫时吩咐过,他到了就请他等着。"

"那就立刻去叫他。"

"陛下的旨意必将执行,可是……"

"可是什么?"

"可是,王后也许拒绝服从。"

"拒绝服从我的指令?"

"对,假如她不知道这是国王的指令。"

"那好!我亲自去给她打声招呼,以免她心存疑虑。"

"陛下不会忘记,我已尽了力,防止关系破裂。"

"对,公爵,我知道您对王后十分宽容,也许过分宽容了。我先跟您说一声,这件事,以后我们还要谈一谈。"

"听从陛下吩咐。不过,我渴望看到您和法国王后关系和谐,这样,陛下,我鞠躬尽瘁,也会始终感到欣喜和自豪。"

"好,红衣主教,好。不过眼下,还是派人把掌玺大臣找来。我呢,这就去见王后。"

路易十三打开通道的门,走进通向奥地利安娜寝宫的走廊。

王后同女侍在一起,有德·吉托夫人、德·萨布莱夫人、德·蒙巴宗夫人和德·盖梅内夫人。从马德里伴随而来的西班牙女侍唐娜·埃斯特法尼亚则坐在角落里。大家都聚精会神,听着德·盖梅内夫人朗读,唯独王后例外,她发起这次朗读,只是佯装倾听,好能按着自己的思路想事儿。

　　这些思绪，尽管被爱情的最后一道反光映成金黄色，还照样是忧郁的。奥地利安娜失去丈夫的信任，又受红衣主教的掣肘，红衣主教怀恨在心，不肯原谅她拒绝多几分温柔的一种感情。眼前王太后就是榜样，终生受这种仇恨的迫害，虽说当初，如果当时的回忆录可信的话，玛丽·德·梅迪契不是像奥地利安娜这样始终拒绝，而是给予了红衣主教所要求的感情。奥地利安娜眼看着她的最忠实的仆人、她的最亲密的心腹、最心爱的宠臣，都纷纷在她周围倒下去了。她就像那些天生就不祥之人，跟谁接触就给谁带去不幸，她给予的友谊，就是给人招致迫害的一种凶兆。德·舍夫勒兹夫人和德·韦尔内夫人，已经遭到放逐。最后，拉波尔特也不向女主人隐瞒，他随时都可能被捕。

　　她正陷入这些最沉郁、最黯然的思索中，忽见寝宫的门被打开，国王走了进来。

　　朗读声戛然而止，所有女侍都起立，宫室一片死寂。

　　国王毫无礼貌的表示，仅仅到王后面前站住，说话也岔了声：

　　"王后，您要接待掌玺大臣先生的觐见，他将向您转告我交办之事。"

　　不幸的王后屡屡受到离婚、放逐，乃至审判的威胁，她那涂了胭脂的脸唰地变白，不禁说道：

　　"为什么他来觐见，陛下？掌玺大臣要对我讲什么，难道陛下不能亲口对我讲吗？"

　　国王没有搭理，转身离去。几乎就在同时，卫队长德·吉托先生进来通禀，掌玺大臣求见。

　　掌玺大臣露面时，国王已从另一扇门出去。

　　大法官[①]走进来，他那张脸似笑非笑，似红非红。这个人物，在以

[①] 法国旧王朝时期，掌玺大臣也是首席大法官。

后的故事中可能还要遇见，读者不妨现在就了解一下，恐怕也没有什么坏处。

这个首席大法官是个可笑的人物，是红衣主教从前的贴身仆人，后来当了巴黎圣母院议事司铎戴罗什·勒马尔，把他当作绝对忠诚的人推荐给了法座。红衣主教对他十分信任，也对他十分满意。

关于此人流传不少故事，其中有这样一个——

他经历了放荡的青春之后，便退身进了一座修道院，以便至少待上一段时间，为青年时期干下的荒唐事赎罪。

然而，这个可怜的悔罪者进入这块圣地，没有及时关上门，结果他要逃避的情欲也跟进去了。情欲苦苦纠缠，无休无止，他便向院长坦吐了这种惨痛的境况。院长表示愿意尽一切可能帮他解脱，建议他求助于钟绳，拼命拉绳敲钟，驱赶诱惑人的魔鬼。修士们听见钟声就知道，一位兄弟正受到诱惑，于是全体都开始祈祷。

未来的首席大法官认为这个建议很好，他借助修士们的祈祷来驱魔。然而，魔鬼一旦占据一个地盘，就不会轻易放弃，越驱赶就越是加倍诱惑。因此，无论白天黑夜，钟声狂响不已，宣告悔罪者所感到的禁欲的极度渴望。

修士们片刻休息时间也没有了。白天，他们要在通向礼拜堂的楼梯不停地上来下去。夜间，除了晚祷和晨祷之外，他们还不得不折腾二十次，跳下床，匍匐在单人修室的方砖地上。

不知是魔鬼放弃了，还是修士们厌烦了，总之三个月之后，这个悔罪者重入尘世，背负着世间从未见过的魔鬼附身的最大恶名。

他出了修道院，进入司法界，接替叔父的班，当了法院院长，投靠了红衣主教，此举足以表明他不乏远见，后来就当上首席大法官，为法庭仇恨王太后，报复奥地利安娜效犬马之劳，还在夏莱的案件中，煽动那些审判官,鼓励法国最大的猎物袋制作匠德·拉弗马[①]先生的试验,最后完全取得红衣主教的信任,而且当之无愧。结果这次就接受特殊的使命,为执行使命面见王后。

他进来时,王后还站着,一看见他,便重新坐到王后椅上,并示意女侍们各自坐回椅子和凳子上,然后口气极其高傲地问道:

"您有何公干,先生,进宫来因何目的?"

"奉国王的旨意,恕我对王后陛下冒昧,要仔细检查您的信件。"

"什么,先生!仔细检查……我的信件!这种事实在无耻!"

"我这么做还请宽谅,王后,不过,在这种情况下,我无非是国王使用的工具。陛下不是刚离开这里,不是亲自来请您准备好这次检查吗?"

"那就搜查吧,先生,看来我成了罪犯。埃斯特法尼亚,我的桌子和写字台抽屉的钥匙,全交出去。"

首席大法官形式上看了看家具,不过他完全清楚,王后白天写的那封重要的信,绝不会藏在抽屉里。

写字台的抽屉,大法官拉开又关上,不知重复了多少次,不管心存什么疑惧,最终还得,我是说最终还得了结这件事,即搜查王后本人。于是,大法官走向奥地利安娜,表情十分尴尬,口气特别为难地说道:

"现在,我还剩下一项主要搜查。"

"主要搜查?"

王后问道,她不明白,确切地说,她也不想明白。

"国王陛下肯定,您白天写了一封信,也知道信还没有寄出去。这封信,既没有在您的桌子里,也没有在您的写字台里,可是,它总归得在什么地方。"

"您还敢碰碰您的王后?"奥地利安娜说着站起来,挺直身子,两

[①] 伊萨克·德·拉弗马(1587-1657):因严厉判决叛乱的贵族,被人称为"红衣主教的刽子手"、"最大的猎物袋制作匠"。

眼盯住大法官，眼神近乎威胁了。

"我是国王陛下的忠实臣仆，王后，国王下什么指令，我都照办不误。"

"的确如此！"奥地利安娜说道，"红衣主教先生的密探可真为他卖力。今天我写了一封信，没有发出去。信就在这儿。"

王后收回美丽的手，拍拍胸前。

"那就把信给我吧，王后。"大法官说道。

"我只能交给国王。"奥地利安娜说道。

"假如国王要求这封信交给他，王后，他就会亲自向您提出来了。然而，我再向您重复一遍，他是派我来向您索取的，假如您不交给我……"

"怎么样呢？"

"他还是责成我从您这儿取出来……"

"什么，您这话什么意思？"

"我这话的意思是，我奉旨意可以采取极端行动，王后，我被授权，可以在陛下身上查找可疑的信件。"

"简直骇人听闻！"王后高声说道。

"王后，还是请您配合一下。"

"这种行为是一种无耻的暴力，您知道吗，先生？"

"国王指令，王后，请原谅。"

"我不能容忍，不，不，宁可死去！"王后嚷道，她身上西班牙和奥地利王族的血脉冲腾起来。

大法官深深鞠了一躬，接着意图十分明显，寸步不退，决意完成所负的使命，他就像拷问室里刑讯逼供的打手那样，朝奥地利安娜逼过去。就在这同一时刻，只见王后愤怒的泪水夺眶而出。

正如我们说过的，王后的美貌倾城倾国。

这项使命可以说很棘手，而国王因过分嫉妒白金汉，竟然不再嫉妒任何人了。

毫无疑问，掌玺大臣塞吉埃这时拿眼睛寻找那口有名大钟的钟绳，却没有找到，便主意已定，手伸向王后承认放信的部位。

奥地利安娜朝后退了一步，脸色惨白，仿佛就要死去。她左手扶住身后的一张桌子，右手从胸口掏出一张纸，递给掌玺大臣。

"拿着，先生，就是这封信，"王后语不成句，声音颤抖地嚷道，"拿着，别让我再看见您这张可憎的面孔。"

大法官激动得发抖，这很容易理解，他接过信，一躬到地，便退了出去。

门刚一重新关上，王后就半昏过去，倒在几位女侍的怀中。

大法官一字不看，将信呈给国王。国王接过信的手直颤抖，他找不到收信人的姓名和地址，不禁面失血色，缓慢地拆开信，看了头几个字便明白，信是写给西班牙国王的，便快速浏览一遍。

这是进攻红衣主教的一个完整计划。王后在信中说，黎世留不失时机地压制奥地利皇室，极大地伤害西班牙国王①和奥地利皇帝，因此，她劝说王弟和皇帝佯装向法国宣战，提出罢免红衣主教是和谈的条件。至于爱情之事，信中从头至尾只字未提。

国王高兴极了，询问红衣主教是否还在卢浮宫。侍从回答法座在办公室等候陛下的旨意。

国王立刻去见他。

"喏，公爵，"国王对他说道，"还是您说得对，我判断错了。纯粹是政治阴谋，这封信根本没有谈到爱情。反之，许多处谈到您。"

红衣主教接过信，看得十分专心，看了一遍又重看一遍。

---

① 西班牙国王腓力四世（1605-1665）是奥地利安娜的弟弟，而他们的曾祖父，与当时奥地利皇帝斐迪南二世（1578-1637）的祖父，原是亲兄弟。他们都有哈布斯堡皇族的血统，有亲族关系。

"好哇,陛下!"红衣主教说道,"您看见了,我的敌人会利用多么极端的手段:您不罢免我,他们就用两场战争相威胁。老实说,陛下,我若是处于您的位置,面对如此强权的要求,也会让步的,而且从我这方面来讲,退出政务,倒是我真正的福分。"

"您这是说什么呀,公爵?"

"我是说,陛下,这些特别激烈的斗争、这些永远也处理不完的公务,损害了我的健康。我是说,围攻拉罗舍尔的那种疲劳战,恐怕我支撑不了,您最好还是派德·孔代先生,或者德·巴松皮埃尔先生。总之,派一个以统兵打仗为职业的勇敢的人,而不是派我这样一个神职人员前往,不断地让我放下终生的志向,去干一些我根本不能胜任的事务。那样一来,陛下,您治理国内会更为顺利,对外关系方面,我也不怀疑,您会更加强大。"

"公爵先生,"国王说道,"我理解,务请放心,这封信里提到姓名的每个人,都将受到应得的惩罚,王后本人也不能幸免。"

"您这是说什么呀,陛下?但愿不要因我之故,引起王后一点点不悦!她一直认为我与她为敌,陛下,而陛下足可以证明,我始终热情地支持她,甚至站到您的对立面。噢!假如她背叛而有辱陛下的名誉,那又当别论,我会头一个主张:'绝不轻饶,陛下,对这样的罪犯绝不轻饶!'幸而事情并非如此,陛下也刚刚掌握了这样的新证据。"

"的确如此,红衣主教先生,"国王说道,"一如既往,还是您说得对。不过,王后此举,还是值得我大发雷霆。"

"哎!陛下,反倒是您惹她气恼。老实说,即便她真的同您赌气,我也理解:陛下对待她实在太严厉……"

"对待我的敌人和您的敌人,公爵,我永远持这种态度,不管他们地位有多高,也不管我严厉对待他们会冒多大风险。"

"王后与我为敌,却不以您为敌,陛下,情况恰恰相反,她忠贞、温顺，是个无可指责的妻子。因此，陛下，请让我在陛下面前为她求情。"

"那就让她俯首小心，主动来见我。"

"正相反，陛下，您要做出表率。您有错在先，怀疑了王后。"

"要我先认错！绝不！"国王说道。

"陛下，我恳求您。"

"再说，我要以什么方式认错呢？"

"办一件您肯定能让她高兴的事。"

"什么事？"

"举办一场舞会，您知道，王后多么喜欢跳舞；我可以向您保证，面对这样的殷勤之举，她的怨恨也就自消自灭了。"

"您也知道，红衣主教先生，那种社交性娱乐我都不喜欢。"

"王后也知道您憎恶这种娱乐，因而会更加感激您。而且，这对她也是一次机会，正好可以佩戴那些漂亮的钻石别针，她还一直未能用您送给她的生日礼物修饰呢。"

"以后再看吧，红衣主教先生，以后再看吧，"国王说道——他发现王后的罪过是他不放在心上的方面，而不是在他最怕的事情上，心里也就特别高兴，准备同她言归于好——"以后再看吧，不过，以我的名义发誓，您太宽容了。"

"陛下，"红衣主教说道，"把严厉留给臣子，宽容是王者的美德，运用它吧，您会看到一定受益匪浅。"

谈到此处，红衣主教听见挂钟敲了十一点，他就深鞠一躬，请求国王准许他告退，还恳请国王使他同王后和解。

信件被抄走之后，奥地利安娜料想自己要受到责备，可是次日见国王试图接近她，不禁深感诧异。她的头一个反应是排斥，她作为女人的自尊和身为王后的尊严，两者都创痛巨深，不可能一下子就回心转意。但她还是信服了女侍们的劝告，终于神情缓和，仿佛开始忘记了这件事。国王抓住这最初的转机告诉她，他打算不久举办一场舞会。

　　对可怜的奥地利安娜来说，舞会实在是件稀罕事，不出红衣主教所料，她一听到宣布这条消息，怨恨的最后一点余波也就消失了，心里如何还很难说，至少脸上没有痕迹了。她问舞会定在哪天举行，国王则回答，这一点还需同红衣主教商议。

　　其实，国王每天都问红衣主教，到底哪天举办舞会，每天红衣主教都找借口推迟定日子。

　　十天就这样过去了。

　　上文叙述的那场风波过后一周，红衣主教收到盖有伦敦邮戳的一封信，信中只有三两行字：

　　　　东西到手。但是缺少经费，我还不能离开伦敦；请汇来五百皮斯托尔，收到钱之后四五日，我即可赶到巴黎。

红衣主教收到这封信的当天，国王又照例问起舞会的事宜。
　　黎世留掐着指头计算，嘴里咕哝着：
　　"她说，收到钱后四五天赶到，钱汇到那里也需四五天，总共要十天时间，再算上逆风、意外耽搁，以及女人的一些弱点，宽打一点儿，就算十二天吧。"
　　"怎么样？公爵先生，"国王问道，"算好日子了吗？"
　　"算好了，陛下。今天是九月二十日，而在十月三日，本城市政官员要开一次庆祝会。这样安排极为妥善，因为您就不会给人以向王后计步的印象。"
　　接着，红衣主教又补充一句：
　　"对了，陛下，舞会的前一天，不要忘记对王后陛下说，您希望看看她戴上那些钻石别针是否合适。"

第十七章
博纳希厄夫妇

又提起钻石别针，这已经是第二次了，红衣主教强调这一点，就给路易十三造成强烈印象：这种叮嘱莫非隐藏着什么秘密。

国王不止一次受到红衣主教的挫辱：法座手下的警探，虽然还没有现代警察这样的高超技艺，在当时也是相当出色的，因而，红衣主教掌握宫里的家务事，比国王还要清楚得多。于是，国王要同奥地利安娜交谈一次，通过谈话弄清楚点事情，带着红衣主教知道或不知道的秘密，无论哪种情况，再去见首相，他在首相的眼里威望也会极大地提高。

国王主意已定，去见王后，又按老习惯威胁一通王后身边的人。奥地利安娜低头无语，让滔滔话语流淌过去，希望国王最终会停下来。然而，这并不是路易十三的初衷，他是要引起一场争论，在争论中好有所发现；他也断定红衣主教心怀叵测，会以其擅长的手法，给他制造一个惊诧不已的意外。国王一味指责，终于达到目的。

"可是，"奥地利安娜高声说道，她实在听烦了这些没头没脑的攻击，"可是，陛下，您心里装的话，没有全对我讲出来。我究竟做了什么？说说看，我究竟犯了什么罪？陛下这样大吵大嚷，不可能就因为我给我兄弟写了一封信吧！"

国王反过来受到如此直截了当的攻击，一时无以回答。他心想叮嘱舞会前夕讲的话，干脆趁此机会讲出来。

"王后，"他神态庄严地说道，"不久就要在市政厅举行舞会，为了给那些正派的市政官员多赏点面子，我要您去参加时盛装打扮，尤其戴上我祝贺您生日时送给您的那套钻石别针。这就是我的回答。"

这个回答吓死人。奥地利安娜以为路易十三全了解了，以为他隐忍七八天之久，还是红衣主教在起作用，而且这也符合他的性格。她的脸立时煞白，扶着托架的一只美得出奇的手，这时就像白蜡制成的，她眼神惊恐地望着国王，一个字也答不上来。

"您听见了吗，王后？"国王说道，他最大限度地玩味王后的窘迫，但是没有猜出是何缘故，"您听见了吗？"

"听到了，陛下。"王后讷讷答道。

"您参加那场舞会吗？"

"对。"

"戴上您的钻石别针？"

"对。"

如果可能的话，王后的脸还会变得更加苍白。国王见状，心中十分快意，这种冷酷是他性格恶劣的一面。

"就这么定了，"国王说道，"我要对您讲的就是这些。"

"这场舞会，究竟哪天举行啊？"奥地利安娜问道。

王后问这句话，声音微弱到了极点，路易十三本能地感到，他不应当回答这个问题。

"嗯，很快就举行，王后，"他说道，"确切的日期，我不记得了，要问问红衣主教。"

"这场舞会，看来是红衣主教告诉您的啦？"王后高声说道。

"对,王后,"国王惊讶地回答,"为什么问起这事?"

"也是他让您邀请我佩戴钻石别针出席舞会吗?"

"也就是说,王后……"

"是他,陛下,是他!"

"哎!是他还是我,又有什么关系?这次邀请还有什么罪过吗?"

"没有,陛下。"

"那么您出席吗?"

"是的,陛下。"

"那好,"国王边往外走边说道,"那好,有您这话就行了。"

王后行了个屈膝礼,这虽是出于礼仪,但主要还是因为她的双膝软了。

国王高高兴兴地走了。

"我完了,"王后喃喃说道,"完了,红衣主教全掌握了,正是他在怂恿国王,而国王现在还不清楚,但是很快就会全了解了。我完了!上帝啊!上帝啊!我的上帝啊!"

她跪在垫子上祈祷,颤抖的双臂抱住脑袋。

的确,她的处境堪虞。白金汉返回伦敦,德·舍夫勒兹夫人现在在图尔。王后受到更为严密的监视,她已隐约感到,有一名女侍出卖了她,但不知是哪一个。拉波尔特不能离开卢浮宫,她在这世间,没有一个可信赖的人。

因此,大祸临头之际,又孤立无助,她不禁痛哭流涕。

"我就不能为陛下做点什么吗?"忽然有人说道,声音充满温情与怜悯。

王后尖叫一声,不料自己这样被人撞见,一时误会了这种声调。其实,这样讲话的人肯定是朋友。

果然,王后寝宫的一扇门打开,出现美丽的博纳希厄太太。刚才国王进来时，她正在一个工作间整理衣裙和床单，来不及退避，这场谈话全听到了。

王后尖叫一声，不料自己这样被人撞见，她由于心慌意乱，头一眼没有认出那是拉波尔特推荐给她的年轻女子。

"嗯！王后，不必害怕。"年轻女子说着，就合拢双手，看到王后惶恐，自己也流下眼泪，"我的肉体和灵魂都属于陛下，不管我与陛下相距多远，我的地位又多么卑微，我认为已经找到能使陛下摆脱苦恼的办法。"

"是您！天啊！是您！"王后高声说道，"喏，正面看着我的眼睛。各处都有人出卖我，而您呢，能让我信得过吗？"

"嗯！王后！"年轻女子跪下，高声说道，"我以灵魂发誓，随时准备为陛下献出生命！"

这声呼喊发自肺腑，如同生来第一声呼叫，是绝不会误解的。

"对，"博纳希厄太太继续说道，"对，这里有人叛变了。不过，我以圣母的神圣名义发誓，没有人比我更忠于陛下的了。国王又要那些钻石别针，您却给了白金汉公爵，是不是？那些钻石别针装在香木匣里，他夹在腋下带走了，是吧？我会不会看错了呢？难道情况不是这样吗？"

"噢！上帝啊！上帝啊！"

王后讷讷说道，她吓得牙齿格格打战。

"那好！"博纳希厄太太接着说道，"那些钻石别针，一定得要回来。"

"对，毫无疑问，一定得要回来，"王后高声说道，"可是怎么办呢？怎么才能成功呢？"

"必须派人去见公爵。"

"可是派谁？……派谁？……谁靠得住呢？"

"请相信我,王后,请把这种荣誉赏给我,我就能找到使者!"

"那么还得写信啦?"

"嗯!对。信必不可少。陛下亲笔写几个字,再盖上您的私章。"

"可是,这几个字,就是我的判决,那得离婚,驱逐!"

"对,假如落入无耻小人之手!然而我保证,这几个字一定能交到收信人手中。"

"哦!上帝啊,那我就得把我的性命、我的荣誉、我的名声,全托付给您啦?"

"对,对,王后,必须如此,我呀,这一切我都可以保全!"

"可是要怎么办呢?总可以告诉我吧。"

"两三天前,我丈夫被释放了,只是我还没有时间见他。他为人正直、正派,不恨也不爱任何人。我叫他干什么他就干什么,我一声吩咐,他就会把信送到指定地点,甚至不知道带的是什么,他把信交到收信人手中,甚至还不知道是王后陛下的信。"

王后非常激动,拉起这个年轻女子的两只手,凝视她的双眼,仿佛要看透她的内心,但是在她美丽的眼中,仅仅看到真诚,于是深情地同她拥抱。

"就这么办吧,"王后高声说道,"你会保全我的性命,你也会保全我的名誉!"

"哎!不要夸大我的作用,为陛下效劳是我的荣幸,陛下无非是那些卑鄙阴谋的受害者,根本无须我保全什么。"

"是这样,是这样,我的孩子,"王后说道,"你这话有道理。"

"这封信,写了给我吧,王后,时间紧迫。"

王后疾步走到一张小桌子前,桌上有纸张、墨水、羽毛管笔。她写了两行字,加封了印章,交给博纳希厄太太。

"还有,"王后说道,"我们忘了,还有一样东西必不可少。"

"什么东西？"

"钱呀！"

博纳希厄太太脸红了。

"嗯，真的，"她说道，"我得向陛下承认，我丈夫……"

"你丈夫没钱，这就是你要说的话。"

"倒还不是，他有钱，但是他很吝啬，这是他的缺点。不过，陛下不必多虑，我们会设法……"

"其实我也没有，"王后说道（后来读过德·莫特维尔夫人①回忆录的读者，对王后这种回答不会感到奇怪），"不过，等一下。"

奥地利安娜跑去拿首饰匣。

"拿着，"她说道，"这枚戒指据说很昂贵，是我兄弟西班牙国王送给我的。这东西是我的，随我怎么支配。拿着这枚戒指，换了钱，让你丈夫出发。"

"过一小时，就照您的吩咐办了。"

"地址你看到了，"王后补充一句，声音极低，几乎听不见她说什么，"伦敦，白金汉公爵亲启。"

"信一定送交他本人。"

"热心肠的孩子！"奥地利安娜感叹一句。

博纳希厄太太吻了吻王后的手，将信藏在胸衣里，动作像鸟儿一样轻盈，一闪身就消失了。

十分钟之后，她就回到家中。正如她对王后讲的，丈夫放回来以后夫妻还未见过面，因此，她不知道丈夫对待红衣主教的态度所发生的变化。而且，德·罗什福尔伯爵前来拜访过两三次，成了博纳希厄的最好朋友，也就巩固了他这种态度的变化。德·罗什福尔伯爵没有多费唇舌，

---

① 德·莫特维尔夫人：奥地利安娜的随身女侍与心腹，曾写一本回忆录，记述王后的生活。

就让博纳希厄相信，绑架他妻子毫无恶意，仅仅是一种政治的防范措施。

她见博纳希厄先生独自在家中。这个可怜的人费了好大力气收拾屋子：家具差不多全砸烂了，大衣柜几乎空空如也。司法警察可不是所罗门王所指出的那三样东西之一：所经之处不留痕迹[1]。至于那名女佣，早在主人被捕时她就逃之夭夭。那个可怜的姑娘当时吓坏了，赶紧逃离巴黎，没有歇脚一直走回家乡勃艮第。

可敬的服饰用品商一见妻子回家，就讲述他如何顺利回来。妻子先是祝贺他，接着又说她差使太忙，刚能走开一步，什么事儿也不做，就赶回家看他。

这"刚能走开一步"，要他等了五天。如果在往常，博纳希厄老板肯定会觉得时间有点长。然而，他见到了红衣主教，又接待了几次德·罗什福尔伯爵的来访，因此要考虑的事情很多，而且众所周知，思考比干什么都耗费时间。

更何况博纳希厄考虑的是锦绣前程。德·罗什福尔称他朋友，称他亲爱的博纳希厄，见面就对他说，红衣主教特别器重他。这位服饰用品商已经看到自己走在飞黄腾达的路上。

博纳希厄太太也有所思考，但想的是别的事儿，而非个人野心。她时刻想的是那个极为诚实，似乎在热恋的英俊青年，那形象挥之不去。她十八岁上嫁给博纳希厄先生，始终生活在丈夫的朋友圈子里。这位少妇地位虽低，品性却很高，这种生活丝毫引不起她的感情共鸣，她对低俗的诱惑也始终无动于衷。然而，尤其在那个时代，贵族的头衔对市民影响极大，而达达尼安既是贵族，身上又穿着禁军卫士服，除了火枪手的军装，那是妇女们最赞赏的装束。我们再说一遍，达达尼安年轻英俊，敢闯敢干。他谈论起爱情来，显然是坠入情网的人，渴望赢得

---

[1] 事见《圣经·旧约·箴言》第三十章第十八节。统一希伯来的所罗门王说，所经之处不留痕迹的三种东西，就是"鹰在空中飞的道，蛇在磐石上爬的道，船在海中行的道"。

爱。他身上的长处，要让一个二十三岁的女子晕头转向，则绰绰有余，而博纳希厄太太正好处于人生的这个幸福的年龄段。

夫妇俩虽说一周多没有见面了，可是这段时间，两个人都经历了重大事件，这次见面就各怀各的心事。不过，博纳希厄先生又见到妻子，表现出了由衷的喜欢，张开双臂迎上去。

博纳希厄太太递给他额头亲吻。

"咱们聊聊吧。"妻子说道。

"怎么？"博纳希厄惊讶地问道。

"是啊，当然了，我有一件特别特别重要的事情要告诉您。"

"真的，我也一样，有几个相当严肃的问题要同您谈谈。您被绑架那件事，请您给我解释解释。"

"眼下要谈的根本不是那件事。"博纳希厄太太说道。

"那谈什么呀？谈我被关起来的事？"

"那事我当天就知道了，但是您什么罪也没有，什么密谋也没有参与，总之，您不知道能牵连您或别的人的任何事情，因此，我也就没有过分重视那个事件。"

"您说得倒轻巧，太太！"博纳希厄见妻子对他不大关心，感到受了伤害，便接口说道，"我被投进巴士底狱，在单人牢房关了一天一夜，您不知道吗？"

"嗯！一天一夜转眼就过去，您被关押的事先撂一撂，还是谈谈我回到您身边有什么事。"

"什么？您回到我身边有什么事！别离了一周，难道不是渴望看您丈夫吗？"服饰用品商又被刺痛，质问了一句。

"回家首先是看您，其次还有别的事。"

"说吧。"

"事关最高利益，也许还会决定我们将来的境况。"

"自从我见到您,博纳希厄太太,我们的境况大大地改观了,再过几个月,要惹许多人眼红,我也不会觉得奇怪。"

"对,但是您必须照我的吩咐行事。"

"要我去办?"

"对,要您去办。"

"这是一个好的、神圣的行动,同时还能赚很多钱。"

博纳希厄太太知道,一提起金钱,便抓了住丈夫的要害。

然而一个人,即使是个服饰用品商,只要同红衣主教黎世留谈了十分钟话,也就变成另一个人了。

"能赚很多钱!"博纳希厄撇着嘴说道。

"对,很多钱。"

"大约有多少?"

"可能有一千皮斯托尔。"

"您让我干的事情很重要喽?"

"对。"

"要干什么呢?"

"您即刻启程,拿着我交给您的一封信,无论什么情况都不能脱手,直接交到收信人的手上。"

"要我去哪里?"

"去伦敦。"

"我,去伦敦!算了吧,开什么玩笑,伦敦那儿我没有事。"

"可是有人需要您去一趟。"

"是什么人?我可告诉您,我再也不盲目干任何事情,我不仅要了解自己冒多大风险,还要了解是为谁冒风险。"

"派您去的是一位贵人,等您去的也是一位贵人。酬金会超出您的期望,这些我都可以向您保证。"

第十七章 博纳希厄夫妇

"又是些鬼鬼祟祟的事儿!总离不开鬼鬼祟祟的事儿!多谢了,现在我可要提防,而且这方面,红衣主教先生也开导了我。"

"红衣主教!"博纳希厄太太叫起来,"您见过红衣主教?"

"是他派人叫我去的。"服饰用品商得意地答道。

"您就赴约了,您也太冒失了。"

"应当说去还是不去,没有我选择的余地,因为有两名卫士架着我。不错,还应当说,我并不认识法座,如能免去这次拜访,我会打心眼里高兴。"

"那么他虐待您啦?他威胁您啦?"

"他跟我握手,称呼我是他的朋友——他的朋友!听见了吗,太太?——我是伟大的红衣主教的朋友!"

"伟大的红衣主教!"

"对他这样称呼,太太,难道您还有异议吗?"

"我没有什么异议,但是我要对您说,一位大臣的恩惠是短暂的,人只有发疯了,才会去巴结一位大臣。另外有些高于他的权势,不是基于一个人的反复无常,也不取决于一个事件的结果,要依附,就应当依附这种权势。"

"实在遗憾,太太,我不认识其他有权势的人,只认识我有幸为之效劳的那个伟大人物。"

"您为红衣主教效劳?"

"是的,太太。作为他的仆人,我绝不允许您卷入危害国家安全的阴谋,绝不允许您为一个不是法国人、天生一颗西班牙心灵的女人的阴谋效力。幸而有伟大的红衣主教,他的警惕目光在监视,能够看透人心。"

这是德·罗什福尔伯爵讲的一句话,博纳希厄听来,又一字不差地重复一遍。这个可怜的女人,原指望丈夫能助一臂之力,才向王后为他担保,现在想想就不寒而栗,自己险些坏了大事,眼下真是一筹莫展了。不过，她深知丈夫的弱点，尤其丈夫的贪婪，认为还有望把他拉回来为自己所用。

"哼！您成了红衣主教派的人了，先生！"她说道，"哼！您在为折磨您妻子、侮辱您的王后那伙人效劳！"

"在全体利益面前，个人利益微不足道。我支持拯救国家的那些人！"博纳希厄夸张地说道。

这又是德·罗什福尔伯爵讲的一句话，博纳希厄记在心中，找到机会抛出来。

"您所说的国家，您知道究竟是什么吗？"博纳希厄太太耸耸肩膀说道，"您就安心当一个毫无心计的小市民，转向给您的利益更多的方面吧。"

"哦！哦！"博纳希厄说着，拍了拍一只鼓鼓囊囊、发出钱币声响的口袋，"我的爱说教的太太，您对这个有什么说的？"

"这钱从哪儿来的？"

"您猜不出？"

"红衣主教给的？"

"有他给的，也有我的朋友，德·罗什福尔伯爵给的！"

"德·罗什福尔伯爵！可正是他绑架我的呀！"

"有这种可能，太太。"

"而您就接受这个人的钱？"

"您不是对我说过，这次绑架纯粹是政治性的吗？"

"对。然而，这次绑架的目的，就是逼我背叛我的主子，严刑逼供，好利用我的口供诋毁我尊贵主子的名誉，也许还要危害她的性命。"

"太太，"博纳希厄又说道，"您的尊贵主子是一个背信弃义的西班牙人，红衣主教所作所为完全正当。"

"先生，"年轻女人说道，"当初我认为您只是胆怯、吝啬和愚蠢，真不知道您还是个无耻之徒！"

"太太,"博纳希厄讷讷说道,他从未见过妻子发火,面对她的恼怒不禁退避,"太太,您这是怎么说的?"

"我说您是个无赖!"博纳希厄太太又恢复几分对丈夫的影响,便接着说道,"哼!就您啊,居然搞什么政治!还搞红衣主教派的政治!哼!您为了钱,把肉体和灵魂全卖给了魔鬼。"

"不对,是出卖给红衣主教。"

"这是一码事!"年轻女子嚷道,"所谓黎世留,就是撒旦。"

"住口,太太,住口,您这话会让人听见!"

"对,您说得对,您胆小如鼠,我替您感到羞愧。"

"可是,哎呀!您到底要求我做什么呀?"

"我跟您说了,您即刻动身,先生,忠实地完成我交给您的使命,这事儿办好了,我就原谅您,什么也不记恨了,而且……"她朝丈夫伸过手去,"我还恢复对您的友谊。"

博纳希厄人是又怯懦又吝啬,不过,他还是爱自己的妻子。一个五十岁的男人,面对一个二十三岁的女人,是不会怨恨多久的。博纳希厄太太见他还在犹豫,便说道:

"好了,您决定了吗?"

"可是,我亲爱的朋友,您要求我干的事,还是考虑考虑吧。伦敦距巴黎那么远,太远了,您交给我的使命,也许不敢说没有危险吧?"

"如果您能避开,那么危险又算什么呢!"

"听着,博纳希厄太太,"服饰用品商说道,"听着,我主意已定,拒绝这事,我就怕搞什么阴谋。我见识过巴士底狱,哎呀呀,太可怕了,巴士底狱!想一想我浑身就起鸡皮疙瘩。他们还威胁给我上刑。您知道受刑是什么滋味儿吗?往腿里钉木楔,一直钉到骨头爆裂!不,主意已定,我不去。活见鬼!干吗您自己不去呢?老实说,到今天为止,我想我错看了您,现在我相信,您是个男子汉,还是个最狂热的男子汉!"

"那么您呢？您是个娘儿们，一个下三烂的娘儿们，又愚蠢又糊涂。哼！您害怕啦！那好，假如您不立刻动身，我就让王后下令逮捕您，把您投进您怕得要命的巴士底狱。"

博纳希厄深入思考，在脑子里仔细衡量两种震怒：红衣主教的震怒和王后的震怒，最后还是红衣主教的震怒占了绝对优势。

"您就以王后的命令让人逮捕我吧，"他说道，"那我就去向法座申诉。"

这样一来，博纳希厄太太发觉他走得太远，几乎没有回旋余地了，不由得心惊胆战。她恐惧地注视一会儿这张愚蠢的面孔，冥顽不化的神态，一如吓破了胆的傻瓜。

"哦，那就算了吧！"她说道，"归根结底，也许您是对的，在政治上，男人比女人懂得多，尤其是您，博纳希厄先生，还跟红衣主教谈过话。不过，"她又补充道，"这也实在让我痛心，我的丈夫，我本以为感情上靠得住的一个男人，对待我竟然这样无情无义，丝毫也不满足我的一点怪念头。"

"那是因为您的怪念头会把人拖得太远，"博纳希厄得意地接口说道，"因此，我就小心为妙。"

"那我就放弃，"年轻女子叹息一声，说道，"好吧，这事儿就不要再提了。"

"哎！至少您可以跟我说说，要我去伦敦做什么。"博纳希厄又说道，他忽然想起，可惜有点迟了，罗什福尔曾叮嘱过，要他设法截获他妻子的秘密。

"没必要告诉您了，"年轻女子说道，基于一种本能的疑虑，现在她后撤了，"不过是让女人动心的一项生意，赚头很大。"

然而，年轻女人口风越紧，博纳希厄反而越以为，不肯告诉他的这件秘密很重要。他决定即刻跑去找德·罗什福尔伯爵，告诉他王后正在找一名信使要派往伦敦。

"请原谅，亲爱的博纳希厄太太，我得离开您一会儿，"他说道，"是这样，我不知您要回来看我，我已经跟一个朋友定了约会，去去就回来，您若是愿意等我，有半分钟就行了，我跟那位朋友说完话就回来，而且时间不早了，我要送您回卢浮宫。"

"谢谢，先生，"博纳希厄太太回答，"您不够勇敢，对我什么用处也没有，还不如我自己回卢浮宫。"

"那就随您便吧，博纳希厄太太，"从前的服饰用品商说道，"我很快能再见到您吗？"

"当然了，希望下周能再见面，到那时我的差使少些，能有点空闲，我就回来整理整理屋子，看来家里够乱的。"

"好吧，到时候我等您。您不怨恨我吧？"

"我嘛！一点儿也不。"

"那就改日见！"

"改日见。"

博纳希厄吻了吻妻子的手，便匆匆离去。

"好家伙，"博纳希厄太太见丈夫又关上临街的门，把她一个撂在家中，便自言自语，"这个白痴，终于成了红衣主教的走卒！而我还向王后担了保，向我可怜的主子一口应承……噢！我的上帝，我的上帝啊！她就要把我看成充斥宫里的卑鄙小人，安插在她身边监视她的！哼！博纳希厄先生！我一直就没有怎么爱您，现在就更谈不上了，我恨您！我发誓，一定要让您付出代价！"

她正说话间，忽听有人敲天花板，抬头一看，又听见一个声音隔着楼板冲她喊：

"亲爱的博纳希厄太太，把过道的小门打开，我这就下楼去找您。"

第十八章
情人和丈夫

"嗯！太太，"达达尼安从博纳希厄太太给他打开的门进来，说道，"您丈夫是个孬种。"

"怎么，我们的谈话您听见啦？"博纳希厄太太瞅着达达尼安，急忙问道。

"全听见了。"

"上帝啊，怎么听见的？"

"用我熟悉的一种方式，您同红衣主教的打手更为激烈的谈话，我也是这样听见的。"

"您从我们的谈话中了解到什么事儿？"

"很多很多事。首先了解您丈夫是个白痴，是个蠢货，幸而如此；其次了解您处于为难的境地，对此我很庆幸，这是给我的一次为您效劳的机会，上帝明鉴，为了您，赴汤蹈火我在所不辞；最后还了解王后需要一个勇敢、聪明而忠诚的人，为她跑一趟伦敦。您需要的这三种品质，我至少占两种，因此来见您。"

博纳希厄太太没有应声，不过，她的心欢快得怦怦直跳，她的眼里闪亮着一种隐隐的希望。

"这项使命，我若是同意交给您，那么您给我什么保证呢？"她问道。

"我对您的爱。喏，说吧，下命令吧，应当做什么？"

"我的上帝！我的上帝！"年轻女子喃喃说道，"这样一件秘密差使，我能托付给您吗，先生？您几乎还是个孩子呀！"

"哦！看得出来，您需要一个人为我担保。"

"我承认，那会让我放心多了。"

"您认识阿多斯吗？"

"不认识。"

"波尔托斯呢？"

"不认识。"

"阿拉密斯呢？"

"不认识。这几位先生是什么人啊？"

"都是国王的火枪卫队的。您认识他们的队长德·特雷维尔先生吗？"

"嗯！对，这个人我认识，不是认识他本人，而是好几次听人对王后提过，说他是一位勇敢而忠诚的贵绅。"

"您不会怕他为了红衣主教而出卖您吧，对不对？"

"嗯！当然不怕了。"

"那好！您就把这秘密告诉他，也不管这秘密有多重要，有多珍贵，有多骇人，您可以问问他，您能否把它托付给我。"

"可是，这秘密并不属于我，我不能随便透露。"

"您不是差点儿告诉博纳希厄先生嘛。"达达尼安气愤地说道。

"那就像把一封信放进一个树洞，系在鸽子的翅膀上，或者塞进一条狗的项圈里。"

"然而我呢，您看得一清二楚，我爱您。"

"您是这么说吧。"

"我是一个诚实的人。"

"我相信。"

"我很勇敢。"

"嗯！这一点，我深信不疑。"

"那就让我接受考验吧。"

博纳希厄太太还有最后一点疑虑，她定睛看着年轻人。这年轻人眼里饱含极大的热情，声调也显示极大的说服力，她觉得自己受到感染，开始信赖他了。况且，她陷入这种困境，只能孤注一掷了。过分谨慎同过分轻信一样，都会使王后遭殃。再说，我们也应当承认，她对这年轻的保护者无意间产生的感情，促使她决定讲出来。

"您听着，"博纳希厄太太对他说，"我就相信您的申辩，听信您的保证。但是，我要在听得见我们的上帝面前发誓，假如您背叛我，而我的敌人又宽恕我，那我就自尽，用死来控告您。"

"我也在上帝面前发誓，太太，"达达尼安说道，"我在执行您交给我的指令时，如果被捕，宁可一死，也不会做出一件事，说出一句话牵连别人。"

于是，这位年轻女子便向他透露这一可怕的秘密，而其中一部分，达达尼安在撒马利亚人水塔对面，已经偶然获知了。

这是他们彼此的爱情表白。

达达尼安容光焕发，又喜悦又得意。他掌握的这一秘密，他爱的这位女子，信赖和爱情把他变成一个巨人。

"我动身了，"他说道，"我立刻就动身。"

"什么！您这就动身！"博纳希厄太太高声说道，"那么您的卫队呢，还有您的队长呢？"

"真的，您使我把这一切都置于脑后了，亲爱的孔斯唐丝！是啊，您说得对，我必须请假。"

"又是个障碍。"博纳希厄太太愁苦地咕哝一声。

"唉！这个障碍，"达达尼安想了片刻，才高声说道，"我能够克服，您就放宽心。"

"怎么克服？"

"今天晚上，我就去见德·特雷维尔先生，请他求他妹夫德·艾萨尔先生照顾我一下。"

"现在，还有一件事儿。"

"什么事儿？"达达尼安见博纳希厄太太犹豫，没说下去，便问道。

"也许您没有钱吧？"

"'也许'这个词是多余的。"达达尼安微笑道。

"好吧，"博纳希厄太太说着，就打开一个柜门，从里面取出半小时前她丈夫深情爱抚过的口袋，"这袋钱您拿着。"

"红衣主教的钱袋！"达达尼安哈哈大笑，高声说道——我们都还记得，他掀起了几块方砖，一字不落地听到了服饰用品商同他妻子的谈话。

"红衣主教的钱袋，"博纳希厄太太回答，"您瞧见了，它还挺像样的。"

"好家伙！"达达尼安高声说，"拿法座的钱，去救王后，这件事真是大快人心！"

"您真是个又可爱又可亲的小伙子，"博纳希厄太太说道，"请相信，王后陛下绝非忘恩负义之人。"

"哎！我已经大大地得到了奖赏！"达达尼安高声说道，"我爱您，而您也允许我向您表白，这种幸福已经超出我的期望。"

"别出声！"博纳希厄太太打了个寒战，说道。

"怎么啦？"

"街上有人说话。"

"听声音……"

"是我丈夫。对，我听出来了，是他的声音！"

达达尼安跑去插上房门。

"我不离开别让他进来，"他说道，"等我走了，您再给他开门。"

"可是，我也得走啊，我。这笔钱不见了，我若是在屋怎么交代呢？"

"您说得对，必须出发。"

"出去，怎么出去？我们一出去，他准看见。"

"那就只能上楼到我的房间。"

"噢！"博纳希厄太太高声说道，"您讲这话的声调真叫我害怕。"

博纳希厄太太这么说着，眼里溢出一滴泪。达达尼安一见眼泪就没了主张，心也软了，便跪到她膝下。

"您到我的屋，"他说道，"就像进神庙一样安全，我以贵族的信誉向您保证。"

"咱们走吧，"她说道，"我就相信您，我的朋友。"

达达尼安小心翼翼地打开门闩，二人脚步极轻，像幽灵似的从里门溜进过道，悄无声息地上楼，又走进达达尼安的房间。

一进了他的屋，为了加一份保险，年轻人还把房门堵上。然后，二人走近窗口，从窗板的一道缝望去，看见博纳希厄先生正同一个披着斗篷的人谈话。

一见那披斗篷的人，达达尼安就跳起来，剑抽出半截，朝门口冲去。

冤家路窄，正是默恩那个人。

"干什么去？"博纳希厄太太嚷道，"您要把我们全毁了。"

"我发过誓，一定要杀了那家伙！"达达尼安说道。

"此刻，您生命已经献出去，不是您自己的了。我以王后的名义，禁止您去冒旅途之外的任何别的风险。"

"那么以您的名义，就不能命令我什么吗？"

"以我的名义，"博纳希厄太太十分激动地说，"以我的名义，我求求您了。真的，咱们听一听，他们似乎在谈我。"

达达尼安又靠近窗口，侧耳细听。

博纳希厄先生重又打开家门，看看房间空无一人，便回到独自待了一会儿的那个披斗篷的人。

"她走了,"博纳希厄先生说道,"一定是回卢浮宫了。"

"您能肯定她没有猜出您出门的用意吗?"那个陌生人问道。

"猜不出,"博纳希厄自负地答道,"这个女人一点见识也没有。"

"禁军卫队的见习卫士不在家吗?"

"想必不在。您也瞧见了,他的护窗板关着,缝儿里没有透出一点儿亮光。"

"不管怎样,还是应当搞确实了。"

"怎么搞确实?"

"去敲敲他的房门。"

"就说找他的跟班。"

"去吧。"

博纳希厄又回到家中,从两个潜逃的人经过的那道里门进去,上楼到了达达尼安的门前,敲了敲门。

没人应声。这天晚上,波尔托斯要摆排场,将卜朗舍借用去了。至于达达尼安,他当然特别当心,不会显露一点在家的迹象。

博纳希厄用手指一敲门,两个年轻人就感到心都要跳出来。

"他家一个人也没有。"博纳希厄说道。

"无所谓。我们还是进您屋吧,总比站在门外说话更安全。"

"哎呀!上帝啊!"博纳希厄太太咕哝道,"咱们就什么也听不见了。"

"正相反,咱们只能听得更清楚。"达达尼安说道。

达达尼安去掀起三四块方砖,就把他的房间变成了狄奥尼西奥斯[①]的耳朵。接着,他又在地上铺了一条毯子,自己跪在上面,还示意博纳希厄太太照他样子,俯身对着掀开的缺口。

"您肯定屋里没人?"那陌生人问道。

---

① 狄奥尼西奥斯(约公元前 430- 前 367):意大利古国锡拉库萨的暴君。他曾建石屋关押人,石屋构造特殊,里面的人说话能传到外面,以便窃听。

"我敢打包票。"博纳希厄答道。

"您认为您妻子……"

"回卢浮宫去了。"

"除了对您,她没有对任何人讲过?"

"我可以肯定。"

"这一点很重要,明白吗?"

"这么说,我提供的消息有价值……"

"有很大价值,我亲爱的博纳希厄,这一点我对您不隐瞒。"

"那么,红衣主教对我会满意喽?"

"毫无疑问。"

"伟大的红衣主教!"

"您能肯定吗,您妻子同您谈话中,就没有指名道姓提到谁?"

"我想没有。"

"她没提到德·舍夫勒兹夫人、德·白金汉公爵,也没有提到德·韦尔内夫人吗?"

"没有。她只是对我说,她要派我跑一趟伦敦,给一位贵人办事。"

"叛徒!"博纳希厄太太咕哝道。

"别出声!"达达尼安说着,抓住她一只手,而她也没有想到抽回去。

"不管怎样,"披斗篷的人说道,"您是个傻瓜,如果假意接受这个差使,信现在就到您手了,受到威胁的国家也就得了救,而您呢……"

"而我?"

"嘿!您啊!红衣主教就会给您签署贵族封号的证书……"

"他对您说过?"

"对,我知道他要给您一个惊喜。"

"请放心吧,"博纳希厄又说道,"我妻子非常爱我,现在还来得及。"

"白痴!"博纳希厄太太又咕哝道。

"别出声！"达达尼安说着，把她的手握得更紧了。

"怎么还来得及？"披斗篷那人又问道。

"我再去卢浮宫，请求见博纳希厄太太，对她说我经过考虑，还是接受这个差使。我拿到信，就赶紧去红衣主教府上。"

"那好！快去吧！过一会儿我再来了解您行动的结果。"

那陌生人出门去了。

"无耻！"博纳希厄太太又把这个修饰语给了她丈夫。

"别出声！"达达尼安越发握紧她的手，重复说道。

忽然一声惨叫，打断了达达尼安和博纳希厄太太的思索。原来是博纳希厄夫人的丈夫发现钱袋不见了，便大嚷捉贼。

"噢！我的上帝！"博纳希厄太太高声说道，"他会把整个街区的人全招来！"

博纳希厄叫嚷了好久，不过，这类喊叫时常听得到，尤其服饰用品商的这所房子近来名声不好，也就没有把掘墓人街任何人吸引来。他见无人理睬，便出门去一路喊叫，只听叫声渐远，朝摆渡街的方向去了。

"现在他走了，您也该离开，"博纳希厄太太说道，"勇敢些，但是要多加小心，想着您这是为王后效力。"

"为王后，也是为您！"达达尼安高声说道，"务请放心，美丽的孔斯唐丝，我一定事成回来，不辜负王后的厚意，而且事成回来，也没有辜负您的爱情吧？"

这位年轻女子没有应答，只是脸涨得通红。过了一会儿，达达尼安也出门去了，他披着的大斗篷，由一把长剑的剑鞘威武地挑起来。

博纳希厄太太目送他许久，那种饱含爱意的目光，正是一个女人伴随着感到爱她的男人所特有的目光。等达达尼安在街角拐弯，身形消失了，她就合拢双手跪下来，高声说道：

"我的上帝啊！愿您保护王后，保护我吧！"

第十九章
作战计划

　　达达尼安径直去德·特雷维尔先生府邸。他考虑过了，那个该死的陌生人大概是红衣主教的爪牙，再过几分钟，红衣主教就会得到这一情报，因此，他有理由这样想，一分一秒也不能耽搁了。

　　年轻人心里这会儿乐不可支，这真是个名利双收的好机会，还让他同所爱的女人接近了，就仿佛给了他头一个鼓舞。这种机会，他是不敢乞求上天赐予的，几乎是偶然的，让他一下子撞见了。

　　德·特雷维尔先生正在客厅，仍然陪伴那些贵绅常客。达达尼安是府上的熟客，他径直走进办公室，让人向德·特雷维尔先生通报，说他有要事求见。

　　达达尼安约莫等了五分钟，德·特雷维尔先生就进来了。可敬的队长一眼就看到年轻人喜形于色，明白肯定发生了新情况。

　　达达尼安在前来的路上，就考虑该不该向德·特雷维尔先生交底，还是仅仅向他讨一张准假条好去办密差。据说，德·特雷维尔先生对他始终厚爱有加，又特别忠于国王与王后，恨死了红衣主教，因此，年轻人就决意全部告诉他。

　　"是您要见我吗，年轻的朋友？"德·特雷维尔先生问道。

"是的，先生，"达达尼安答道，"多有打扰，还望见谅，您这就会知道事情有多重要。"

"说吧，我洗耳恭听。"

"事关……"达达尼安压低嗓门儿说道，"事关王后的名誉，也许还有王后的性命。"

"您说什么？"德·特雷维尔先生环视周围，看看有没有别人，然后收回询问的目光，盯住达达尼安。

"我是说，先生，我偶然掌握了一个秘密……"

"但愿您用生命保守这个秘密，年轻人。"

"但是我应当告诉您，先生，因为在我刚接到的王后使命中，唯独您能帮助我。"

"这秘密是您的吗？"

"不是，先生，这是王后的秘密。"

"那么王后陛下授权您告诉我了吗？"

"没有，先生，正相反，王后要我严守秘密。"

"那您为什么向我泄密呢？"

"我对您说了，只因没有您，我就一事无成，怕您不了解我请求的目的，就会拒绝我的请求。"

"保守您的秘密，年轻人，谈谈您的渴望吧。"

"我渴望您同德·艾萨尔先生说说，让他准我半个月假。"

"什么时候开始？"

"今天夜晚。"

"您离开巴黎？"

"我去完成使命。"

"您能告诉我去哪儿吗？"

"去伦敦。"

"有人不想让您达到目的吗？"

"红衣主教，我想他会千方百计地阻挠。"

"您独自前往吗？"

"独自前往。"

"这样的话，您连邦迪镇都过不去，我，特雷维尔，对您讲的是实话。"

"怎么会这样？"

"您会遭到杀害。"

"那我就以身殉职。"

"然而，您的使命没有完成。"

"这倒是真的。"达达尼安说道。

"请相信我，"特雷维尔接着说道，"要办这种事，必须有四个人，才能保证一个人到达。"

"嗯！您说得对，先生，"达达尼安说道，"不过，您认识阿多斯、波尔托斯和阿拉密斯，您看我能不能拉上他们。"

"也不告诉他们这个我不想了解的秘密？"

"我们都发过誓，永不反悔，不加考虑就相互信任，忠诚的友谊经得住一切考验。况且，您也可以对他们说，您完全信赖我，他们也就像您一样，不会有什么疑虑。"

"我所能做的，就是向他们每人提供半个月的准假条。阿多斯为伤痛所困扰，要去福尔日温泉疗养，而波尔托斯和阿拉密斯也决定陪同前往，他们不忍心看到有伤在身的朋友无人照顾。提供给他们的准假条，就表明我批准了他们的旅行。"

"谢谢，先生，您的心地真是无比善良。"

"立刻去找他们，今天晚上就全部搞定。哦！首先，给我写一份要交给德·艾萨尔先生的申请书。也许暗探已经跟踪您，您的来访，已经报告给了红衣主教，那么有了申请书，您到这儿来就有了正当理由。"

于是,达达尼安写了申请,德·特雷维尔先生收下,他保证在凌晨两点钟之前,四份准假条分别送至几个出行者的住所。

"劳驾把我那份也送到阿多斯那里,"达达尼安说道,"回我那儿恐怕要有什么麻烦。"

"放心吧。再见,一路顺风!对了,还有件事儿!"德·特雷维尔先生叫他回来。

达达尼安返身回来。

"您有钱吗?"

达达尼安拍了拍兜里的钱袋。

"够用吗?"德·特雷维尔先生又问道。

"三百皮斯托尔。"

"很好,有这笔钱,跑到天涯海角也够了。走吧。"

达达尼安向德·特雷维尔先生施礼。队长则伸出手来,达达尼安怀着又敬重又感激的心情,同队长握手。他到巴黎之后,对这位杰出的人就一直非常满意,始终认为他高尚、正直而伟大。

达达尼安先去拜访阿拉密斯,自从那个令人难忘的夜晚,他跟踪博纳希厄太太之后,就再也没有到过他这位朋友的住所。而且,刚一见面,以及后来每次见面,他从这位年轻火枪手的脸上,都觉得看出一种深深的悲哀。

这天晚上也一样,阿拉密斯没有睡觉,还是一副忧郁而沉思的神态。达达尼安问他何以这样心情郁结,阿拉密斯推说他的心思全放在一篇文章上,要用拉丁文撰写评论圣奥古斯丁著作第十八章的文章,下周必须交稿。

两位朋友聊了一会儿,忽然德·特雷维尔先生的一名仆人进屋,送来一个封上的纸包。

"这是什么?"阿拉密斯问道。

"先生要的准假条。"仆人答道。

"我，我也没有请假呀。"

"别说了，收下吧，"达达尼安说道，"您呢，我的朋友，辛苦您了，给您半个比斯托尔，回去告诉德·特雷维尔先生，阿拉密斯先生对他表示衷心感谢。去吧。"

仆人一躬到地，然后离去。

"究竟是怎么回事儿？"阿拉密斯问道。

"带上旅行半个月的必需品，跟我走就是了。"

"可是，眼下我不能离开巴黎，还不知道……"

阿拉密斯又住口了。

"不知道她现在怎么样了，对不对？"达达尼安接口说下去。

"谁？"阿拉密斯问道。

"就是在这儿待过的那位女子，有绣花手帕的那位女子。"

"谁对您说有个女子在这儿待过？"阿拉密斯反驳道，他的脸色也一下子变得惨白。

"我见过她。"

"您知道她是谁吗？"

"我想，至少我猜得出来。"

"听我说，"阿拉密斯说道，"您既然了解这么多事情，那么知道那个女子现在怎么样了吗？"

"估计她已返回图尔。"

"返回图尔？对，是这么回事儿。您认识她。不过，她怎么没有对我说一声，就返回图尔了呢？"

"因为她害怕被逮捕。"

"她怎么没有给我写信来？"

"因为她害怕连累您。"

"达达尼安,您可救了我一命!"阿拉密斯高声说道,"我原以为她鄙视我,背离我了。当时再次相见,我真是高兴极了,不敢相信她会冒着被剥夺自由的危险来见我,可是,她回到巴黎来,究竟为何事由呢?"

"就是我们要去英国的同样事由。"

"什么事由?"阿拉密斯问道。

"有朝一日您就会知道了,阿拉密斯,不过眼下嘛,我还是效仿那位博士侄女的谨慎态度。"

阿拉密斯微微一笑,他想起一天晚上,他向朋友编造的那个故事。

"好吧!既然她离开了巴黎,您又肯定了这一点,达达尼安,那么这里就没有什么拖我的后腿了。我准备跟您走,您是说我们前往……"

"眼下先去阿多斯那里,如果您愿意一起去,我还得请您快点儿,我们已经耽误了不少时间。对了,通知巴赞一声。"

"巴赞也同我们一起走吗?"阿拉密斯问道。

"有可能。不管怎样,他现在最好还是随我们去阿多斯那里。"

阿拉密斯叫来巴赞,吩咐跟班去阿多斯家找他。

"咱们走吧。"阿拉密斯说道。他披上斗篷,佩上长剑,还带上三支短枪,但是拉开三四个抽屉,却没有找到遗漏的皮斯托尔。继而他完全确定再找也是徒然,便跟随达达尼安走了,心里还在嘀咕,这个见习小卫士怎么会同他一样知道他留宿的女子是谁,甚至比他还清楚她后来的情况呢。

不过,在出门的时候,阿拉密斯又把手按在达达尼安的手臂上,定睛看着他:"您跟谁也没有谈过那女子吧?"

他问道。

"跟谁也没有谈过。"

"甚至没有跟阿多斯和波尔托斯谈过?"

"我一个字也没有向他们透露。"

"很好。"

在这重要一点上放了心,阿拉密斯才继续跟达达尼安往前走,二人很快到了阿多斯住所。

只见阿多斯一只手拿着准假条,另一只手拿着德·特雷维尔先生的信。

"我刚刚收到这份准假条和这封信,你们能不能给我解释一下是怎么回事?"阿多斯一副诧异的样子问道。

> 我亲爱的阿多斯,既然您的身体状况绝对有此需要,我就批准您休养十五天。您可以去福尔日温泉,或者去您认为合适的其他温泉疗养,尽快恢复健康。
>
> 您的挚友
特雷维尔

"跟您说吧,这份准假条和这封信表明,您必须跟我走了,阿多斯。"

"去福尔日温泉吗?"

"去那儿或者别的地方。"

"是为国王效劳?"

"为国王或者王后,我们不是两位陛下的臣仆吗?"

这时,波尔托斯走进来。

"真见鬼,"他说道,"碰到怪事儿了:从什么时候起,火枪手不申请就给假啦?"

"就从有朋友替他们申请的时候起。"达达尼安说道。

"啊哈!"波尔托斯说道,"看来这儿有新鲜事儿呀?"

"对,我们要出发。"阿拉密斯答道。

"去哪个国家?"波尔托斯问道。

"真的，我也不大清楚，"阿多斯说道，"这事儿问问达达尼安吧。"

"去伦敦，先生们。"达达尼安答道。

"去伦敦！"波尔托斯嚷道，"我们跑到伦敦那儿干什么？"

"这我可就不能对你们讲了，你们必须信赖我。"

"可是，去伦敦，"波尔托斯又说道，"必须有路费，我可没有。"

"我也没有。"阿拉密斯说道。

"我也没有。"阿多斯也说道。

"我有啊，"达达尼安接口说道，他从兜里掏出钱袋，放到桌上，"这袋里有三百皮斯托尔，每人拿上七十五皮斯托尔，足够去伦敦打个来回了。再说，也请大家放心，我们不是每个人都能抵达伦敦。"

"那是为什么？"

"因为，我们当中，很可能有人留在中途。"

"我们是去打仗吗？"

"这是最危险的一仗，我可把话说在前头。"

"是这样！我们既然冒着生命危险，"波尔托斯说道，"那我至少希望知道为什么。"

"你问也白费劲儿！"阿多斯说道。

"不过，我还是赞成波尔托斯的看法。"阿拉密斯说道。

"国王是不是有向你们汇报的习惯呢？没有。他直截了当地对你们说：'先生们，加斯科尼或者佛兰德斯在打仗，你们去参加战斗吧。'于是你们就去了。为什么呢？对此你们甚至一点儿也不关心。"

"达达尼安说得对，"阿多斯说道，"德·特雷维尔先生给我们开来三份准假条，还有不知谁给的三百皮斯托尔。让我们去哪儿战死，我们就去哪儿吧。就一条命呗，值得提那么多问题吗？达达尼安，我准备好跟你走了。"

"我也一样。"波尔托斯说道。

"我也一样，"阿拉密斯说道，"况且，离开巴黎也没有什么遗憾，我倒是需要散散心去。"

"好哇！有你们散心的，先生们，你们就放心吧！"达达尼安说道。

"那么，我们什么时候动身？"阿多斯问道。

"马上动身，"达达尼安答道，"一分钟也不能耽误。"

"来呀！格里莫、卜朗舍、木斯克东、巴赞！"四个年轻人呼唤他们的跟班，"给我们的靴子打油，到队部把我们的马牵来！"

每名火枪手及其跟班的马，的确都留在队部，都把队部当作兵营了。

格里莫、卜朗舍、木斯克东和巴赞都急忙走了。

"现在，咱们就来拟订作战方案吧，"波尔托斯说道，"咱们先去哪里？"

"先去加来①，"达达尼安说道，"那是前往英国最近的路线。"

"听着！我有这种想法。"波尔托斯说道。

"说吧。"

"四个人一道旅行可能引起怀疑，不如达达尼安把指令告诉我们每个人。我先走一步，上布洛涅大道，在前面探探路，过两个小时，阿多斯再动身，走亚眠大道，阿拉密斯则随后走努瓦永大道。至于达达尼安，随便他走哪条道，不过要跟卜朗舍换服装，让卜朗舍穿上禁军卫士服，扮成达达尼安跟我们一起走。"

"先生们，"阿多斯说道，"依我看，让跟班参与这种事情极不合适，一件秘密，偶尔可能会让贵绅给捅出去，而跟班一旦掌握，十有八九要出卖。"

"波尔托斯的方案，我觉得行不通，"达达尼安说道，"就连我本人也不知道能给你们什么指令。我只不过是去送一封信，而这封信是封好的，我没有也不可能抄写三份。因此我认为，还必须结伴同行。信就在

---

① 加来：法国西北部加来省港口城市，隔海峡与英国多佛尔港仅距三十四公里。

这兜里，"他指了指放信的口袋，"如果我被杀死了，你们当中一个人就接过去，继续赶路，如果他也遇难了，另一个再接替，如此类推，只要有一个人抵达目的地就成，这就是全部要求。"

"好哇，达达尼安！你的想法同我一致，"阿多斯说道，"而且，还必须贯彻到底。我要去洗温泉浴，你们陪同我前往，我又不去福尔日温泉，要去洗海水浴，这是我的自由。谁要逮捕我们，我就出示德·特雷维尔先生的信件，你们也出示准假条；谁若是攻击我们，我们就正当防卫；谁若是审判我们，我们就一口咬定。我们别无目的，只想多泡泡海水浴。别人很容易收拾四个单独行动的人，然而四个人行动一致，就形成一支队伍。我们还可以用短枪和火枪，把我们四个跟班武装起来。真有人派一队人马袭击我们，我们就投入战斗，而幸免于难者，就按达达尼安说的那样，一定把信件送到。"

"说得好，"阿拉密斯嚷道，"你不轻易开口，阿多斯，一说起来，可就像金嘴圣约翰[①]了。我接受阿多斯的方案。你看呢，波尔托斯？"

"我也接受，"波尔托斯答道，"如果达达尼安觉得合适的话。达达尼安是持信者，自然也就是这一行动的头儿，由他做出决定，我们执行就是了。"

"好，"达达尼安说道，"我决定我们采纳阿多斯的方案，过半小时就启程。"

"赞成！"

三名火枪手又齐声喊道。

大家都伸手从钱袋里取钱，每人拿七十五皮斯托尔，然后分头准备，好按时出发。

---

① 金嘴圣约翰（约344-407）：希腊教会神父，任君士坦丁堡主教，因其讲道才辩无双，被誉为"金嘴"。

# 第二十章
旅行

凌晨两点钟,我们这四位冒险家从圣德尼城关出巴黎。夜色极浓,大家默默行路,都不由自主地感受到黑暗的威胁,看哪里似乎都有埋伏。

晨曦初现,他们的舌头也灵便了。随着旭日东升,他们也恢复了快乐的情绪,就仿佛处于战斗的前夜,心儿怦怦跳动,而且眉开眼笑,大家感到也许要离开的生命,归根结底还是个好东西。

这队人马很是威武雄壮,火枪手的黑战马,它们的战斗雄姿,作为士兵的挚友而养成的列队行进的习惯,这些都暴露了骑手极力掩饰的身份。

跟班紧随身后,一个个全副武装。

一路平安无事,约莫早晨八点钟到达尚蒂伊。该吃饭了。他们在一家客栈门前下马,只见招牌上画着圣马尔丹将自己长袍扯一半给穷人的故事。他们吩咐跟班不给马卸鞍,准备随时重新上路。

他们走进客栈大厅,围着餐桌坐下。

同桌还有一位绅士用餐,他刚从达马尔坦大路而来。他同这几位拉话,讲些晴天下雨的事儿,这几位旅客也随意应答。他为他们的健康干杯,他们也以礼相还。

这时,木斯克东来报告马匹已备好,大家站起来正要离开餐桌,不料那陌生人又向波尔托斯提议,为红衣主教的健康干杯。波尔托斯则回敬道,他十分乐意,如果对方也愿意为国王的健康干杯的话。那陌生人却嚷道,他只认法座,不认什么国王。波尔托斯叫他醉鬼,那人就拔出剑来。

"您可干了一件蠢事,"阿多斯说道,"没办法,现在不能退缩,您就把这人杀掉,再尽快同我们会合。"

他们三人又飞身上马,疾驰而去。波尔托斯这边则向对手许诺,一定给他满身打洞,显示剑术的各种著名招式。

"损失一员!"走出五百步远时,阿多斯说道。

"那人为什么不找别人,就要攻击波尔托斯呢?"阿拉密斯问道。

"就因为波尔托斯说起话来,嗓门儿比我们都大,那人就以为他是头儿了。"达达尼安说道。

"要不我总说,这个加斯科尼的见习卫士是个人精呢。"阿多斯咕哝道。

这几位行客继续赶路。

到了博韦停了两小时,让马喘口气,也要等一等波尔托斯。过了两个小时,波尔托斯还没有赶到,也毫无消息,大家只好重又上路。

从博韦走出一法里,经过一段两道土坡逼仄的路,路面的铺石掀掉了,有十来个人似乎正在干活,有的挖坑,有的平整满是泥浆的辙道。

走到这人为的烂泥坑,阿拉密斯怕弄脏自己的马靴,便恶言恶语地呵斥他们。阿多斯想要阻止,但为时已晚。那些工人开始嘲笑几个行客,那种撒野的无礼态度,甚至把一向冷静的阿多斯也惹恼了,他催马冲向他们当中的一个人。

于是,那些人纷纷退到路沟里,取出藏好的火枪,结果七名行客只好穿越枪林弹雨。阿拉密斯中了一弹,肩膀被打穿,另一颗子弹则打进木斯克东的屁股的厚肉里。不过,唯独木斯克东落了马,倒不是他伤得多重,而是他瞧不见,就以为伤势比实际重得多。

"这是埋伏,"达达尼安说道,"咱们别开枪,快赶路。"

阿拉密斯受伤不轻，但他紧紧抓住马鬃，伏在马背上，还是跟上了其他人。木斯克东的马也赶过来，无人驾驭也加入队列奔驰。

"咱们倒有一匹马替换了。"阿多斯说道。

"我倒宁愿有一顶帽子，"达达尼安说道，"我的帽子给一颗子弹打飞了。老实说，我还算有运气，没有把信放在帽子里。"

"好家伙！可是，波尔托斯经过那里，准要被打死。"阿拉密斯说道。

"波尔托斯若是能站起来，现在早就同我们会合了，"阿多斯说道，"依我看，那个醉鬼一到决斗场，酒就该醒了。"

他们又跑了两个小时，尽管马十分疲惫，恐怕随时有可能停下。

几位行客抄了一条近道，从而希望少碰到些麻烦。然而，到了克雷沃克尔时，阿拉密斯就说不能再往前走了。的确，他伤得那么重，还保持温文尔雅的仪表和文质彬彬的风度，坚持到这里需要超人的勇气。他的脸色一阵白似一阵，有时不得不扶他在马上坐稳。到了一家小酒店门前，大家将他扶下马，留下巴赞照顾他，反正发生冲突，这个跟班只是个累赘，一点儿忙也帮不上。然后，大家重又上路，希望能赶到亚眠过夜。

他们再次上路时，就只有二主二仆，即格里莫和卜朗舍这两个跟班了。阿多斯不禁说道：

"见鬼！活见鬼！我再也不上当了，从这里到加来，我向你们保证，他们休想让我开口，也休想让我拔剑。我发誓……"

"咱们先别发誓，"达达尼安说道，"还是快跑吧，只要咱们的马同意。"

几位行客用马刺狠叩坐骑的腹部，马受到剧烈刺痛，又奋力奔跑，午夜时分终于抵达亚眠，在金百合客店下榻。

店主看样子是天下最老实的人，他一手举着烛台，另一只手拿着布睡帽，接待两位客人，安排他们每人各住一间漂亮的大客房，可惜两间客房分别在客店的两端。达达尼安和阿多斯不同意，店主回答说，其他房间都配不上两位客官，但是他们声言就睡在一间客房，在地上给每人放一张床垫即可。店主据理力争,旅客绝不松口,必须按照他们的意思去办。

他们刚排好床铺,从里侧将房门堵死,就听见从院子里敲护窗板,他们问是什么人,听出是他们跟班的声音,便打开窗户。

果然是卜朗舍和格里莫。

"看管马匹,有格里莫一个人就够了。"卜朗舍说道,"两位先生如果愿意,我就横在你们的房门口睡觉,保证谁也近不了你们的身。"

"那么你睡在什么上面呢?"达达尼安问道。

"这就是我的床。"卜朗舍答道。

他指了指一捆麦秸。

"那你就进来吧,"达达尼安说道,"你说得对,店主那副嘴脸,我看不对劲,殷勤得过分了。"

"我看也不对头。"阿多斯说道。

卜朗舍便从窗户跳进屋,横卧在门口,格里莫则回到马厩关起门,他保证早晨五点钟,他和四匹马都准备好上路。

夜晚相当安静,不过,约莫凌晨两点钟时,有人试图开门,卜朗舍一下子惊醒,喊了一声:"谁呀!"有人回答说走错了门,随即走开了。

凌晨四点钟,马厩里一片喧闹。格里莫要叫醒马厩的几个伙计,却被他们狠揍了一顿。达达尼安他们打开窗户,看见可怜的小伙子已经失去知觉,脑袋被叉子柄打破了。

卜朗舍来到院子,要给马匹备鞍,可是马脚全跛了。木斯克东的那匹马昨天没人骑,空跑五六小时,按说还能继续赶路,谁料由于不可思议的过错,据说请来给店主的马放血的兽医,却给木斯克东的马放了血。

看来苗头不对,这一系列意外事件,也许是偶然发生的,不过也很可能是一种阴谋的结果。阿多斯和达达尼安也走出客房,卜朗舍则去打听,附近是否能买到三匹马。客店门口倒拴着两匹备好鞍的骏马,又精神又强壮,很可以解决问题。于是他问两匹马的主人在哪儿,人家告诉他,那二人在客店过的夜,此刻正在同店主结账。

阿多斯也去付房费,达达尼安则站在临街的大门等着。店主在一间缩在里边、天棚低矮的屋里,伙计请阿多斯进去。

阿多斯毫无戒备,走进里屋,掏出两皮斯托尔付账。店主坐在桌子后面,桌子有一个抽屉半开着,他接过银币,拿在手中翻来覆去地查看,突然他大喊一声:"这钱是假的,这人和他的旅伴是造假币的人,喊人把他们抓起来。"

"你这怪家伙,"阿多斯逼上前,"看我不割掉你的耳朵。"

与此同时,四条全副武装的汉子,从旁门冲出来,扑向阿多斯。

"我上当啦!"阿多斯扯着嗓门大喊,"快走,达达尼安!冲啊,冲啊!"他随即放了两枪。

达达尼安和卜朗舍不等他说第二遍,解开那两匹马的缰绳,飞身上马,用马刺猛催,一溜烟儿跑了。

"你知道阿多斯怎么样了吗?"在奔驰中,达达尼安问卜朗舍。

"唔!先生,"卜朗舍答道,"我看见他两枪撂倒两个人,隔着玻璃望进去,他好像在用剑同人搏斗。"

"好样的,阿多斯!"达达尼安咕哝道,"没想到要抛下他!再说了,离这儿不远,也许还有人等着我们。前进,卜朗舍,前进!你是个勇敢的人。"

"我跟您说过,先生,"卜朗舍回答,"我们庇卡底人,真到用的时候才能显出本色来。而且,我在自己的家乡,就更来劲儿了。"

两个人催马疾驰,一口气跑到圣奥梅。他们怕出意外,就牵着缰绳让马歇一歇,在街上随便吃点东西,然后,他们又出发了。

离加来城门还有一百来步,达达尼安的马倒下了,怎么也拉不起来,马鼻子和眼睛都流了血。剩下卜朗舍的这匹马,可一停下来,就再也赶不走了。

幸好如我们所说,他们离加来城只有百十来步了,就干脆把两匹马丢在大路上，二人跑向港口。卜朗舍让他主人注意看，前边五十步有一位贵绅和一个跟班。

他们快步追上那位贵绅。那人行色匆匆，马靴上满是尘土，他正打听能不能立刻渡海去英格兰。

"这事儿本来极容易，"一艘准备扬帆起航的海船老板答道，"只是今天早晨接到一项命令，没有红衣主教先生的特别许可证，一律不放行。"

"我有这种特许证，"那位贵绅从兜里掏出证明，说道，"就是这个。"

"还得拿去让港务总监签证，"船老板说道，"签完了请坐我的船。"

"港务总监在什么地方？"

"在他别墅。"

"他别墅在哪儿？"

"离城四分之一法里，从这儿望得见，就坐落在那小山脚下，那青石板房顶。"

"很好！"贵绅说了一句。

他带着跟班，走上去总监别墅的路。

达达尼安和卜朗舍跟上去，但是拉开五百步的距离。

一出了城，达达尼安就加快脚步，等那贵绅刚走进小树林，达达尼安就追到他身边了。

"先生，"达达尼安对他说，"看样子您很急吧？"

"万分火急，先生。"

"实在遗憾，"达达尼安说道，"我也非常急，我想求您帮个忙。"

"帮什么忙？"

"让我先走。"

"这不可能，"那贵绅说道，"我四十四小时，赶了六十法里路，明天中午，我务必到达伦敦。"

"我用四十小时，也走了同样长的路程，而且明天上午十点钟，我务必赶到伦敦。"

"非常遗憾,先生,我是头一个到的,不能第二个过去。"

"非常遗憾,先生,我是第二个到的,可我非要第一个过去。"

"我为国王办差!"那贵绅说道。

"我为自己办差!"达达尼安则说道。

"看样子,您这是成心向我寻衅。"

"真见鬼!那能是什么呢?"

"您想要干什么?"

"您想知道吗?"

"当然了。"

"那好!我想要您带的那张特许证,因为我需要一张,却没有。"

"想必您是开玩笑。"

"我从不开玩笑。"

"让我过去!"

"您过不去。"

"勇敢的年轻人,我可要砸烂您的脑袋。喂,吕班!我的短枪!"

"卜朗舍,"达达尼安说道,"你对付跟班,我来解决主人。"

卜朗舍初次逞威风,无所畏惧,朝吕班猛扑过去,而且他身强力壮,一下子就把对手打翻在地,用膝盖抵住那人的胸膛。

"我的活儿干完了,先生,"卜朗舍说道,"放心干您的活儿吧。"

那贵绅见此情景,便抽出剑来,扑向达达尼安,不料碰到了强手。只用三秒钟,达达尼安就接连刺中他三剑,刺中一剑来一句:

"这一剑为阿多斯,这一剑为波尔托斯,这一剑为阿拉密斯。"

中了第三剑时,那贵绅扑通一声栽倒在地。

达达尼安以为他死了,至少昏迷过去,便上前去拿特许证。可是,他伸出手臂正要搜索时,那个剑没撒手的受伤者,突然刺向达达尼安的

胸口,还说了一句:

"这一剑给您。"

"还有我一剑!好的留在最后!"达达尼安嚷道,他怒不可遏,第四剑刺进腹部,将对手钉在地上。

这一下,那贵绅合上眼睛,昏了过去。

达达尼安看见他把特许证装进那个口袋里,便翻了出来,一看是开给德·瓦尔德伯爵的。

接着,他又最后瞥了一眼那个英俊的青年,看上去那人不过二十五岁,躺在那里失去知觉,或许已经死了。他不禁叹息一声,感叹促使人们相互残杀的这种奇怪的命运,为了素不相识的人的利益相互残杀,而那些人往往不知道世上还有他们这些人。

然而,吕班连声号叫,拼命呼救,很快把他从这种思索中唤醒。

卜朗舍用手卡住他的喉咙,竭尽全力掐紧。

"先生,"他说道,"只要我这样掐住,他就叫喊不了,这我有把握,可是我一松手,他就又叫嚷起来。我看出他是诺曼底人,诺曼底人全都这么倔巴。"

的确,喉咙给人紧紧掐着,吕班还要叫出声。

"等一等!"达达尼安说道。

他掏出手绢,把吕班的嘴给堵住。

"现在,咱们把他捆在树上。"卜朗舍说道。

这事仔细办完,他们又把德·瓦尔德伯爵拖到他的跟班旁边。天色渐晚,夜幕开始降临,而那被捆绑之人和受伤者,恐怕要在离人路不远的树林里待到第二天了。

"现在就去港务总监家!"达达尼安说道。

"可是,您好像受伤了吧?"卜朗舍问道。

"没关系,咱们先处理紧急的事情,然后再看我的伤口,而且,我觉得伤势不太危险。"

于是,两个人大步流星,朝那负责官员的别墅走去。

下人通报德·瓦尔德伯爵求见。

"您有红衣主教签发的特许证吗?"总监问道。

"有,先生,"达达尼安回答,"就是这份。"

"哦!哦!证件合乎规定,是特许。"总监说道。

"这很简单,"达达尼安应道,"我是红衣主教最忠诚的部下。"

"法座好像要阻止一个人去英国。"

"对,一个叫达达尼安的贝亚恩贵族,他同三位朋友从巴黎启程,企图去伦敦。"

"您认识他本人吗?"总监问道。

"认识谁呀?"

"那个达达尼安。"

"熟极了。"

"那您能给我描述一下他的相貌特征吗?"

"再容易不过了。"

达达尼安便把德·瓦尔德伯爵的相貌特征,详详细细地描述一遍。

"有人陪他吗?"

"有,是个叫吕班的跟班。"

"对他们要严密监视,一旦抓住他们,就可以让法座放心了,多派人把他们押回巴黎。"

"总监先生,您能这么做,"达达尼安说道,"一定会得到红衣主教的奖赏。"

"您返回之后,还能见到法座吧,伯爵先生?"

"毫无疑问。"

"请您转告他,在下是他的仆人。"

第二十章 旅行

"我一定转告。"

得到这一明确的回答,总监十分高兴,立即签发了通行证,交给达达尼安。

达达尼安也不再说客套话耽误时间,他谢了总监,施礼告辞。

一出了门,他和卜朗舍撒腿就跑,绕了一个弯,避开那片树林,从另一道城门回到城里。

那条船一直准备起锚,船老板在码头上等候。

"怎么样?"他见达达尼安便问道。

"这是签发的通行证。"达达尼安说道。

"另一位贵绅呢?"

"他今天不走了,"达达尼安说道,"不过请放心,我会付双份儿的船钱。"

"既然这样,我们就起航吧。"船老板说道。

"我们起航。"达达尼安重复道。

他和卜朗舍跳上小艇,五分钟之后便登上大船。

走得正是时候,海船驶离港口约半法里,达达尼安就望见一道闪光,接着听到一声炮响。

那是宣布封港的号炮。

现在该查看一下伤口了,好在如达达尼安所想的,伤势不算重,剑尖碰到一条肋骨滑开了,伤口又几乎立刻粘住衬衣,没有流几滴血。

达达尼安身子累得散了架,就躺到为他铺在甲板的床垫上,迷迷糊糊睡过去了。

次日拂晓,离英国海岸仅有三四法里了,一夜风力小,船行驶得缓慢。

十点钟,船到多佛尔港抛下锚。

十点半钟,达达尼安踏上英格兰大地,高声嚷道:

"我终于到啦!"

然而，事情还没有完：必须前往伦敦。英格兰驿站相当健全。达达尼安和卜朗舍各租一匹矮种马，一名骑夫在前面奔驰带路，用了四个小时便到了京城的大门。

达达尼安没到过伦敦，他连一句英语也不会讲，只好在一张纸上写了白金汉的名字，谁都可以给他指引去公爵府的路。

公爵陪国王去温莎打猎了。

公爵有个心腹跟班，每次旅行都跟随左右，能讲一口漂亮的法语。达达尼安见到那个跟班，说明他从巴黎赶来，是为了一件性命攸关的大事，务必立刻同他主人谈一谈。

达达尼安讲话坦诚，说服了帕特里克——这便是那位首相跟班的名字，帕特里克当即叫人备两匹马，亲自给这名见习卫士带路。至于卜朗舍，他浑身僵得像根藤杖，是让人扶下马的。可怜的小伙子精疲力竭了，而达达尼安却仿佛钢筋铁骨。

到了温莎城堡一打听，国王和公爵架鹰打猎，去了两三法里远的沼泽地。

又跑了二十来分钟，到达了指定地点。帕特里克很快就听见主人呼叫猎鹰的声音。

"我怎么向公爵大人通报来客呢？"帕特里克问道。

"您就说有一天夜晚，在新桥撒马利亚人水塔前，找他寻衅打架的那个青年到了。"

"这种自我介绍太古怪啦！"

"您就等着瞧吧，这样自我介绍同样管用。"

帕特里克催马向前，见到公爵，以上面所说的一套话向他通报，说是一名信使等着求见。

白金汉当即认出达达尼安，猜想法国出了什么事情，派人来通消息。他只问了一句送信的人在哪儿，远远一望便认出禁军卫士服，策马直奔达达尼安跑去。帕特里克行事谨慎，停在远处。

"王后没有出什么事吧？"白金汉高声问道，一句问话就把他的全部心思、全部爱恋暴露无遗。

"我相信没出什么事，但是我认为，她面临极大的危险，唯有大人才能救她脱险。"

"我？"白金汉高声说道，"我！如能为她做点什么事，就是我的福运！说吧！说吧！"

"给您这封信。"达达尼安说道。

"这封信！是谁写来的这封信？"

"我想是王后陛下。"

"是王后陛下！"白金汉说着，面失血色，达达尼安见状真以为他要晕过去。

白金汉弄开信的封漆。

"这怎么撕破了？"他指着信上透亮的破洞，问达达尼安。

"嗯！嗯！"达达尼安答道，"我没有看见，大概是德·瓦尔德伯爵猛刺我胸膛那一剑，把信给刺破了。"

"您受了伤？"白金汉问道，同时拆开了信。

"哦！没什么！"达达尼安说道，"擦破一点皮。"

"上天明鉴！我读到了什么内容啊！"公爵嚷道，"帕特里克，你留在这儿，不，还是去找国王，不管在哪儿也要见到，对陛下说我恳请宽恕，一件天大的事召我回伦敦。走吧，先生，走吧。"

二人又在回京城的路上飞驰。

第二十一章
德·温特伯爵夫人

　　一路上，公爵向达达尼安了解他所知道的情况，当然不可能了解发生的所有事情。他听了年轻人所说的情况，再联想他本人的记忆，就能比较准确地把握局面的严重性，而且王后的信虽然极短，又极隐晦，也能让他忖度出局面严重到了什么程度。不过，公爵特别感到惊奇的是，红衣主教那么不想让这个青年踏上英国的土地，中途却没有将他截住，达达尼安看出他那诧异的神色，便向他讲述采取了什么防范措施，如何将三位满身是血的朋友分别丢在半路，而多亏他们同心同德，他才能到达目的地，最后还挨了把王后的信也刺穿的那一剑，他又如何狠狠地回敬了德·瓦尔德伯爵。这段经历讲得十分简单明了，公爵听着，不时用惊奇的目光瞧瞧这个青年，似乎难以理解一个约莫还不到二十岁的青年，怎么会如此谨慎、勇敢和忠心耿耿。

　　两匹马风驰电掣，没用几分钟，便跑到伦敦城门口。进城之后，达达尼安还以为公爵会放慢速度，结果出乎意料，他仍然策马飞奔，根本不顾是否会撞倒行人。在穿越老城区时，果然发生了两三起这种事故，可是，白金汉甚至连头也不回，一眼也不瞧瞧被他冲倒的人。达达尼安紧随其后，穿过一片很像诅咒的叫喊声。

进入公爵府的庭院,白金汉跳下马,也不管马如何安置,只把缰绳往马脖子上一扔,就冲上台阶。达达尼安也照样办理,但是颇有点顾忌,他十分赞赏那两匹骏马良驹,不过他见到从厨房和马厩跑出三四名仆人,抓住了马的笼头,也就放下心来。

　　公爵脚步如飞,达达尼安跟着很吃力。他接连穿过好几间厅室,那厅里的豪华装饰,就连法国最大的贵族也想象不出来。最后,他走进一间赛似神仙居所的精美雅致的卧室。卧室里间还有一道门,由壁毯遮护,公爵用吊在脖子上的金链系的小金钥匙,打开了这道门。

　　达达尼安颇为知趣,就停在后面。可是,白金汉要跨进这道门时,回过头来,见年轻人迟疑不前,便说道:

　　"请进来吧。您如能荣幸地见到王后,就请您把在这里看到的一切都告诉她。"

　　达达尼安受此邀请的鼓励,便随主人进去。公爵又随手把门关上。

　　二人进入了一座小礼拜堂,只见四壁都镶着金丝图案的波斯绸缎,被大量蜡烛映得通明透亮。在一座类似祭台的台子上,由一顶上面饰有红色和白色羽翎的天蓝丝绒华盖罩着,正是奥地利安娜的画像,同真人一样大小,画得形神酷似,达达尼安一见不由得惊叫一声,真叫人以为王后就要开口讲话。

　　那只装着钻石别针的钻石匣子,就放在祭台上的画像下面。

　　公爵走到祭台跟前,如神父礼拜基督一般跪下,然后打开小匣。

　　"您瞧,"他边说边取出一个缀满闪亮钻石的大蓝缎带花结,"您瞧,这就是我发誓做我陪葬品的珍贵钻石别针。王后赠给了我,现在又要收回去,她的旨意就是上帝的旨意,要一丝不苟地照办。"

　　接着,他又一颗一颗吻了吻这些难以割舍的钻石别针。突然,他大叫一声。

　　"怎么啦?大人,出什么事儿啦?"达达尼安担心地问道。

"出什么事儿，全完了，"白金汉高声说道，他的脸变得像死人一样惨白，"少了两只别针，只剩下十只了！"

"大人是失落了呢，还是认为被人偷去了呢？"

"是让人偷走了，"公爵又说道，"这一定是红衣主教干的。喏，您瞧，托着那两颗钻石的一截缎带给剪掉了。"

"如果大人能猜到是谁偷的……也许东西还在那人手里。"

"等一等！等一等！"公爵高声说道，"这些钻石别针，我只戴过一次，是一周前国王在温莎举行的舞会上。已经跟我闹翻的德·温特伯爵夫人，在舞会上主动靠近我。这种和解，其实是嫉妒女人的一种报复。那天之后，我就再也没有见到她。这个女人是红衣主教的一个密探。"

"怎么，天下到处都有他的密探！"达达尼安感叹一声。

"哦！对，对，"白金汉咬牙切齿地说道，"对，他是个非常厉害的角斗士。不过，那场舞会什么时候举行？"

"下周一。"

"下周一！还有五天，时间足够我们采取弥补的措施了。帕特里克！"公爵打开礼拜堂的门，高声呼唤，"帕特里克！"

他的贴身仆人应声来了。

"去把我的首饰匠和秘书找来！"

贴身仆人一言不发，当即去办，这表明他已养成唯命是从、绝不回嘴的习惯。

然而，召唤的头一个人虽是首饰匠，先到的却是秘书。这道理很简单，他就住在府上。他来见白金汉，而公爵正坐在卧室的一张桌子前，亲手写几道命令。

"杰克逊先生，"他对秘书说道，"您立刻去见大法官，就说我委派他执行这些命令。我希望这几道命令立即颁布。"

"可是，大人，如果大法官问我，爵爷究竟为何采取如此异乎寻常的措施,我又该如何回答呢?"

"就回答说我高兴这么办,而我的意愿也没有必要告诉任何人。"

"他也应当向陛下转呈这种回答吗?"秘书微笑着说道,"假如王上也偶尔好奇问起来,为什么船只一律不准驶离大不列颠各港口呢?"

"您说得对,先生,"白金汉答道,"如果问起来,他就对王上说,我决定宣战,这项措施,是我对法兰西的第一个敌对行动。"

秘书施礼退下。

"这方面我们就无须担心了。"白金汉又转身对达达尼安说道,"那两支钻石别针,如果还没有送往法国,那就只能在您之后送到了。"

"怎么会这样呢?"

"我刚刚下了禁航命令,此刻在王国各港口停泊的所有船只,没有我的特许,一艘也不敢起航。"

达达尼安惊愕地注视这个人,此人仰仗一位国王的信任,竟然运用无限的权力来维护自己的爱情。白金汉从年轻人脸上的表情,看出他的想法,便微微一笑,说道:

"不错,不错,只因奥地利安娜是我的真正王后,只要她一句话,我就会背叛我的国家,背叛我的国王,背叛我的上帝。我曾许诺派兵增援拉罗舍尔的新教徒,但我应她的要求,没有派去一兵一卒。我违背了自己的诺言,可是这又算什么呢?我服从了她的意愿,说说看,我的服从,这才得到了大大的奖赏,只因服从,我才拥有了她的肖像!"

达达尼安不禁赞叹,一个民族的命运和民众的生活,是由多么细弱而不可知的线维系着。

他正这样冥思苦想,忽见首饰匠进来了。首饰匠是爱尔兰人,技艺精湛纯熟,他自己就承认,每年能从白金汉公爵的手上赚十万利弗尔。

"奥里莱先生,"公爵把他让进小教堂,对他说道,"您瞧瞧这些钻石别针，然后告诉我每颗钻石值多少钱。"

首饰匠看了一眼钻石镶嵌的精美工艺，又估算一下钻石的价值，便毫不犹豫地答道：

"每颗一千五百比斯托尔，大人。"

"这样的钻石别针，制作两支要多少天？您瞧，这上面缺少两支。"

"一个星期，大人。"

"制作一只我付三千皮斯托尔，后天一定交货。"

"大人会按时拿到。"

"您真是个不可多得的人，奥里莱先生。不过，话还没有讲完，这两支钻石别针，不能交给别人制作，而且必须在我府内制作出来。"

"不可能交给别人制作，大人，新的和旧的要看不出一点差别，也只有我能办得到。"

"因此，我亲爱的奥里莱先生，现在您是我的囚犯了。此刻，您要走出我的府邸是不可能了。您可想好了。您需要哪些伙计，告诉我名字，需要什么工具也告诉我，好让伙计带来。"

首饰匠了解公爵，知道提出任何异议都徒劳无益，因此当即就决定下来。

"能允许我通知一声我妻子吗？"

"嗯！甚至允许您同她见面，我亲爱的奥里莱先生，对您只是软禁，请放宽心。而且，凡属打扰，都要得到补偿，喏，除了制作两支钻石别针的费用之外，我再给一张一千比斯托尔的期票，以便让您忘掉我给您带来的烦扰。"

达达尼安不胜惊诧，这位大臣如此随心所欲，把世人和财富当作掌中之物。

首饰匠给妻子写了一封信，并附去那张一千比斯托尔的期票，信中嘱咐妻子把最灵巧的学徒给他派来，同时带来一组他标明重量和名称的钻石，以及开在单子上所需要的工具。

白金汉把首饰匠带进给他用的房间。半小时工夫，这间屋就改成工厂。接着，公爵又给每道门派一名岗哨，除了他的贴身仆人帕特里克，不准任何人进入，也严禁首饰匠奥里莱及其助手以任何借口出来。

这方面的事情一解决，公爵就又回到达达尼安身边。

"现在，我年轻的朋友，"他说道，"英国就是我们两个人的了，您想要什么？渴望什么呢？"

"一张床铺，"达达尼安回答，"我承认，这是我此刻最需要的东西。"

白金汉把隔壁房间给达达尼安使用。他要把年轻人留在身边，倒不是因为信不过，而是想能有人不断和他谈论王后。

一小时之后，就在伦敦颁布了命令，任何准备开往法国的海船，甚至包括运载邮件的船只，一律不准驶离港口。在所有人看来，这就等于两个王国宣战了。

到了第三天，上午十一点钟，两支钻石别针做好了，仿造得非常完美，完全一模一样，新旧混在一起，连白金汉也分辨不出来，就是最有经验的行家，也会像他一样看走眼。

他随即派人叫来达达尼安。

"您瞧，"他对达达尼安说，"这就是您来取的钻石别针，请您为我做证，凡是人力所能及，我全做到了。"

"请放心，大人，我会讲述我所看到的一切。可是，大人不把这些别针连同匣子给我吗？"

"匣子带在身上不方便，而且现在只剩下匣子，对我就更加宝贵了。您就说我把它珍藏起来了。"

"我会一字不差地完成您的托付，大人。"

"现在，"白金汉定睛凝视着年轻人，又说道，"我又该如何报答您呢？"

达达尼安的脸一下子红到耳根子。他明白公爵在设法让他接受一件礼物，而一想到他和伙伴流的血要由英国的黄金来偿付，心里就产生一种异样的反感。

"我们应当互相理解，大人，"达达尼安说道，"先就把事情掂量好了，绝不要产生一点误会。我为法国国王和王后效劳，是德·艾萨尔先生统领的禁军卫队的士兵。德·艾萨尔先生，尤其他内兄德·特雷维尔先生，都无限忠于两位陛下。再说，如果不是为了讨好我爱慕的女子的欢心，就像您所爱慕的女子是王后一样，也许我根本不会插手这件事。"

"对，"公爵微笑道，"我甚至觉得认识那位女士……那是……"

"大人，我根本没有提她的名字。"年轻人急忙接口道。

"的确如此，"公爵说道，"看来您为此事效命，我应当感谢那个人了。"

"您说对了，大人，因为，恰恰在这种要开战的时刻，我向您坦言，我仅仅把大人您视为一个英国人，也就是说一个敌人，我更高兴在战场上相遇，而不是在温莎花园或卢浮宫走廊里见面。但是这不会阻碍我不折不扣地执行我的任务，必要时为完成任务而献出生命。不过，我还要向阁下重复一遍，头一次见面我是为大人做了些事，第二次见面我是为自己做事，这次大人就不必多谢我什么。"

"我们这里的人常说：'像苏格兰人一样骄傲。'"白金汉喃喃说了一句。

"我们那儿的人常说：'像加斯科尼人一样骄傲。'加斯科尼人，就是法国的苏格兰人。"

达达尼安向公爵施了一礼，准备走了。

"怎么！您就这样走啦？从哪儿走？又如何走呢？"

"这话不错。"

"上帝明鉴！法国人总是无所顾忌！"

"我怎么忘了，英国是个岛国，而您是这里的王。"

"您去港口，找到一只'三德号'的双桅船，将这封信交给船长，他就会送您到法国的一个小渔港，而绝不会有人想到在那里等您。"

"那小港叫什么名字？"

"圣瓦勒里，您还是听下去，到了小渔港，您就走进一家小客店，那客店破烂不堪，没有名称也没有招牌，是专供水手住的破房子，而且只有那一家，您不会找错。"

"然后呢？"

"您就找店主，对他说：Forward①。"

"这是什么意思？"

"是'前进'的意思，这是暗号。店主一听到这个暗号，就会给您一匹备好鞍的马，指给您应走的路线，这样，您在路上还能得到四匹换乘的驿马。您若是愿意，就把您在巴黎的住址告诉每一站的人，那么四匹马就会随后送到。其中两匹您见过，就是我们骑过的那两匹，您作为行家，似乎很欣赏。请相信我这话，另外两匹也绝不逊色。这是装备起来的四匹战马。您再怎么骄傲，也不会拒绝收下一匹，并让您的伙伴接受另外三匹，况且，还是为了同我们作战。正如你们法国人所说，目的正当，可以不择手段，对不对呀？"

"对，大人，我接受，"达达尼安答道，"如果上帝愿意，我们会充分利用您的礼物。"

"现在，年轻人，请把手伸给我，也许我们不久就会在战场上相遇，可是现在，希望我们还是跟好朋友一样分手。"

"对，大人，但是也希望很快成为敌人。"

---

① 英语，意思为"向前""前进"。

"请放心吧，我答应您。"

"我相信您的诺言，大人。"

达达尼安拜别了公爵，便匆匆走向港口。

他到伦敦塔对面，找见了指定的那只船，将公爵的信交给船长。船长又拿着信请港务总监签发，然后便升帆起航。

准备离港的有五十艘船，都在港口等待。

同其中一只船擦舷而过时，达达尼安瞧见一个女人，觉得在默恩见过，正是那个陌生贵绅称她米莱狄的那个女子，当时达达尼安就认为她美如天仙。但是水流很急，又遇顺风，他乘坐的帆船疾驶如飞，一会儿工夫就望不见人影了。

次日上午九点钟，船抵达圣瓦勒里。

达达尼安当即走向指定的那家客店，循着屋里传出的喧闹声就能走到：欢快的水手们一边大吃大喝，一边大谈英法战争，就好像这是即将发生、无可置疑的一件事了。

达达尼安穿过人群，走向店主，说了 for'ward 这个词。店主立即示意来客跟他走，二人一同走出一道门，来到院子，又走进马棚，只见一匹已经备好鞍的马等在那里。店主还问他是否还需要别的东西。

"我需要知道应当走哪条路。"达达尼安说道。

"从这里到布朗日，再从布朗日到纳沙泰勒。到了纳沙泰勒，您就进'金杷'客店，向店主说出暗号，您就会像在这里一样，也能得到一匹备好鞍的马。"

"要我付钱吗？"达达尼安问道。

"全付过了，"店主答道，"而且大大超过。上路吧，愿上帝指引您！"

"阿门。"年轻人回答一声，便策马飞驰而去。

四小时之后，便赶到纳沙泰勒。

他严格依照指示行事。到纳沙泰勒如同到圣瓦勒里那样，也见到一匹备好鞍的马在等他。他想把挂在马鞍旁边的短枪移到新坐骑上，却发现换乘的马上皮套已装好了同样的短枪。

"请问您在巴黎的住址？"

"德·艾萨尔禁军卫队队部。"

"好。"店主说道。

"我该走哪条路？"达达尼安又问道。

"走鲁昂大道，不过，您要从城左侧绕过去，到埃库伊小村停下。村里只有一家客店，叫'法兰西盾牌'，别看它样子不起眼，马棚里却有一匹赛过这匹的好马。"

"原来的暗号？"

"完全一样。"

"再见，老板！"

"旅途顺利，阁下！您还需要什么吗？"

达达尼安摇了摇头，就又疾驰而去。到了埃库伊，又重复了同样的场面，见到同样殷勤的店主，换乘一匹精神饱满的好马，也同样留下地址，然后又以同样速度向蓬图瓦兹进发。到了蓬图瓦兹，他最后一次换了坐骑，九点钟他快马冲进德·特雷维尔先生府的院子。

十二小时当中，他跑了将近六十法里路。

德·特雷维尔先生就像当天早上还见过似的接待他，只是握手时比往常更热切些。他告诉达达尼安，德·艾萨尔先生的卫队正在卢浮宫值勤，他可以回到岗位上去了。

第二十二章
梅尔莱松舞

第二天，巴黎全城都在议论，市政长官先生们为国王和王后举办舞会，而在舞会上，国王和王后两位陛下，要跳国王特别喜爱的梅尔莱松舞。

为了举办这场隆重的舞会，一周以来，市政厅加紧筹备。细木工搭起了看台，以供受邀请的女士们观赏之用。供货商则给各个大厅装了两百支白蜡巨烛，这在当时是闻所未闻的奢华排场。最后，还请来二十名提琴师，据一份报告所称，由于通宵演奏，要付双倍的费用。

上午十点钟，禁军卫队的掌旗官德·拉科斯特先生，带两名副手和数名卫士，来见市政厅秘书克莱芒，要接收市政厅大小厅室和每道门的钥匙。钥匙当即全部交出来，每把都系着一个小标签。即刻起，看守市政厅所有门户和街道的职责，就移交给德·拉科斯特了。

十一点钟，禁军卫队的一个队长杜阿利埃也来了，他率领的五十名卫士，很快就分派守卫市政厅的各个门户。

下午三点钟，又开来两队卫士，一队法国士兵，一队瑞士雇佣兵。那队法国士兵半数是杜阿利埃先生所部，半数是德·艾萨尔先生所部。

傍晚六点钟，来宾开始入场，他们走进大厅，坐到搭好的看台上。

晚上九点钟，首席大法官夫人到，她是这次舞会仅次于王后的二号人物，受到市政长官们的欢迎，被安排坐到王后包厢对面的包厢。

晚上十点钟，在圣约翰教堂一侧的小厅里，对着由四名卫士看守的市政厅银酒台，为国王摆了一桌甜点夜宵。

午夜十二点，听见大声吆喝，以及一阵阵欢呼声，那是国王从卢浮宫出来，穿过挂满彩灯的街道，走向市政厅。

身穿呢料长袍的市政长官们立即出迎，他们由六名手执火炬的军士引领，在台阶上同国王相遇。市长向国王致欢迎词，而国王答词说到得太晚实在抱歉，但是这全怪红衣主教先生，是红衣主教拖住他不放，谈国事一直谈到十一点钟。

陛下身穿礼服，伴驾的有王爷殿下、德·苏瓦松伯爵、大修院院长、德·龙格维尔公爵、德·埃尔伯夫公爵、达尔古尔伯爵、德·拉罗什－居永伯爵、德·利昂库尔先生、德·巴拉达斯先生、德·克拉马伊伯爵，以及德·苏夫雷骑士。

大家都注意到，国王神色忧郁，心事重重。

为国王准备了一间休息室，为王爷殿下也准备了一间。每间休息室都摆好化装用的服饰。为王后和首席大法官夫人，也有同样的安排。两位陛下的廷臣和命妇，则每两人用一间化妆室。

国王走进休息室之前，吩咐说红衣主教一到，就向他通报。

国王进入市政厅半小时之后，又响起欢呼声，表明王后驾到。市政长官们像刚才迎接国王那样，也由军士引领，去迎接最尊贵的女宾。

王后走进大厅，大家注意到，她也像国工那样神色忧郁，尤其显出一副倦容。

就在王后走进大厅的时候，一个小看台一直拉着的帷幔，忽然拉开了，露出身穿西班牙骑士服的红衣主教那张苍白的面孔。他的眼睛死死盯住王后的眼睛，嘴角掠过一丝令人心惊的快意微笑，王后没有戴钻石别针。

王后在大厅停留片刻，接受市政长官的颂扬，回答各位命妇的礼拜。

突然间，国王和红衣主教出现在大厅的一个门口。国王脸色十分苍白，听着红衣主教向他窃窃私语。

国王没有戴面具，短上衣的缎带还没有系紧，他劈开人群，径直走到王后面前，说话都岔了声：

"王后，"他对王后说道，"请问，您为什么没有戴上钻石别针呢？您明明知道戴上会让我高兴！"

王后游目四望，瞧见红衣主教在身后，脸上一副狞笑。

"陛下，"王后回答，说话也岔了声，"只因这里人太庞杂，我担心钻石别针出什么差错。"

"是您错了，王后！这礼物我送给您，就是为了让您佩戴。我对您说，您错了。"

国王气得声音发抖。众人都十分诧异，看着这场面，听着这些对话，却根本不明白发生了什么事。

"陛下，"王后说道，"钻石别针在卢浮宫，我可以派人去取来，陛下也就如愿以偿了。"

"办吧，王后，办吧，要尽快办好。因为，再过一小时，舞会就开始了。"

王后施了一礼，表示遵命，然后跟随引路的命妇们去她的休息室。

国王也回到自己的休息室。

大厅里的人一阵慌乱和迷惑不解。

人人都能看出，国王和王后之间出了什么事儿，然而，两位陛下说话声音都极低，每人又都恭敬地站在几步开外，谁也没有听见。提琴师起劲地演奏，可是大家都充耳不闻。

国王头一个走出化妆室，他穿了一身极为华丽的猎装，王爷殿下和其他贵族，也都跟国王同样装扮。国王最适于穿猎装，而且如此打扮，他就名副其实成为他这王国的第一贵族。

　　红衣主教凑到国王身边，递给他一只小匣。国王打开一看，匣里装有两支钻石别针。

　　"这是什么意思？"他问红衣主教。

　　"没什么，"红衣主教回答，"只是，假如王后戴上钻石别针，对此我尚存怀疑，陛下倒可以数一数，如果只有十颗钻石，就请问问王后陛下，谁又能从她身边窃走这两颗呢。"

　　国王瞧着红衣主教，仿佛要问话，但是未待他提出一个问题，全场忽然响起一片喝彩声。如果说国王好似他这王国的第一贵族，那么王后无疑是法兰西的第一美人。

　　的确，她那身女猎手打扮，对她再适宜不过，只见她头戴一顶饰有蓝羽翎的呢帽，身穿一件用钻石别针扣住的银灰色丝绒斗篷，以及绣满银花的蓝缎子短裙，左肩系着一个缎带大花结，和羽翎及裙子同色，上面别着一排钻石。

　　国王高兴得身子发颤，而红衣主教则气得浑身发抖。不过，他们二人离王后都比较远，没法数清王后肩上钻石的数目。王后确实佩戴了钻石别针，但究竟是十颗还是十二颗钻石呢？

　　这时，提琴演奏发出舞会开始的信号。国王朝首席大法官夫人走去，应当邀请她跳舞。王爷殿下则应邀请王后跳舞。大家各就各位，舞会开始了。

　　国王位于王后的对面，每次打照面时，他的目光总注视那些钻石，但还是数不清数目。红衣主教则冒出一头冷汗。

　　舞会持续了一小时，共有十六次入场。

　　舞会在全场一片掌声中结束，每位男士都要把舞伴送回原来的座位。但是国王利用自己的特权，丢下舞伴，急忙走向王后。

"王后，感谢您尊重了我的意愿，"他对王后说道，"不过，我觉得您还缺少两颗，我给您带来了。"

他说着，就递过去红衣主教交给他的那两支钻石别针。

"怎么，陛下，"王后故作惊讶地说道，"您又给我两颗，那我总共就要有十四颗了吧？"

国王数了数，果然不错，王后肩上有十二颗钻石。

国王叫来红衣主教。

"喂！红衣主教先生，这究竟是什么意思呀？"国王声调严厉地问道。

"这就是说，陛下，"红衣主教回答，"我本想请王后接受这两颗钻石别针，我自己又不敢造次，就采用了这种办法。"

"我对法座应当格外表示谢意，"奥地利安娜说着微微一笑，表明这种费尽心机的殷勤之举骗不过她，"因为您为这两颗钻石所付的费用，抵得上陛下送给我的这十二颗钻石。"

王后说罢，向国王和红衣主教施了一礼，便又返回化妆室卸妆。

本章开始，我们引上场一些名流权贵，就不得不把注意力集中到他们身上，自然暂时未提那位功臣，多亏了他，奥地利安娜才挫败了红衣主教，获得空前的胜利。此刻，他正人不知鬼不觉混杂在人群当中，伫立在一个门口，远远望着唯独四个人知情的这个场面。这四人便是国王、王后、红衣主教和他本人。

王后回到休息室，而达达尼安正准备离开，忽然感到肩膀有人轻轻拍一下，他回头一看，只见一位年轻女子向他示意随她走。那女子戴着黑丝绒半截面罩，不过，这种小心措施不是防他，而是防范别人。他当即认出是平时的向导，那位敏捷而机灵的博纳希厄太太。

昨天晚上，达达尼安让人找她，二人在卢浮宫看门人热尔曼那儿匆匆见了一面。信使顺利归来这个大好消息,博纳希厄太太当时急于要报告给王后,结果这对情侣没有说上几句话。现在,达达尼安又跟博纳希厄太太走去,心里激荡着爱情和好奇的双重情感。过道上的人越来越少,达达尼安真想在半路拉这个女子站住,抓住她好好瞧一瞧,哪怕片刻时间也好。然而,这个女子轻捷得像只鸟儿,总是从他手中滑掉。每次他想说话,她就伸出一根手指放到嘴边,那种命令式的小动作充满魅力,令他想起自己受一种强大权力的支配,必须盲目服从,不准发出丝毫的怨言。左拐右拐走了一两分钟之后,博纳希厄太太终于打开一扇门,把年轻人带进一个漆黑的小房间。到了屋里,她又示意他不准出声,便打开另一扇隐在壁毯后面的房门,从打开的门缝突然射来一束强光,接着博纳希厄太太人就不见了。

达达尼安一动不动待在原地,心里琢磨这是到了什么地方。但是不大工夫,一束光亮又射进屋来,同时飘进来暖烘烘而芳香的气息,还传来两三位女士的谈话,那谈吐既恭谨又高雅,多次出现"陛下"的称呼,这一切都明白无误地向他表明,隔壁就是王后的休息室。

年轻人在黑暗中恭候。

王后显得满心欢喜,而周围的人看惯了她愁眉苦脸,现在不免感到惊讶。王后把她欢快的情绪归功于舞会的华美,以及舞蹈使她感到的乐趣。不管王后是笑还是哭,都不准同她的情绪唱反调,因此,大家竞相称赞巴黎市政长官们的盛情招待。

达达尼安根本不认识王后,但他很快就听出哪个是王后的声音,首先她有轻微的外国口音,其次她每句话都不容置疑,自然显露绝对权威的意识。达达尼安听见她时而走近,时而远离这扇开着的房门,有两三次,他甚至看见她那阻断亮光的身影。

最后,一只令人赞叹的白皙而曼妙的胳臂,忽然从壁毯里面伸出来,达达尼安明白这是给他的奖赏,于是他双膝跪下,握住这只手,恭恭敬敬地把嘴唇印上去。继而,这只手抽了回去,留下一物在他的手中,他认出是一枚戒指。房门随即关上了,达达尼安重又陷入伸手不见五指的黑暗当中。

达达尼安将戒指戴到手指上,又开始等待。显而易见,事情还没有完,奖励他的忠诚之后,还应当奖赏他的爱情。况且,舞虽然跳完了,但是晚会刚刚开始,三点钟要吃夜宵,圣约翰教堂的钟已经敲过两点三刻了。

果然,隔壁房间谈话的声音逐渐减缓,接着人声渐远。最后,达达尼安所待房间的门重又打开,博纳希厄太太疾步走进来。

"您啊,终于来啦!"

达达尼安高声说道。

"别出声!"年轻女子说着,就伸手捂住达达尼安的口,"别出声!走吧,您从哪儿来再从哪儿出去。"

"可是,在哪儿,什么时候我能再见到您啊?"达达尼安又高声说道。

"您回到家中,看看一封信就知道了。快走吧,快走吧!"

她说着,就打开临走廊的门,将达达尼安推出房间。

达达尼安像孩子一样顺从,既不抵制,也不提出一点异议,这表明他真的坠入情网了。

第二十三章
约会

达达尼安一路跑回家,正是凌晨三点钟,又经过巴黎最凶险的街区,倒也没有遇见恶人。众所周知,有一个神灵专门佑护酒鬼和恋人。

他进了楼,发现过道的门虚掩着,便登上楼梯,用他与跟班约定的方式轻轻地敲门。两小时前他在市政厅,就打发卜朗舍回家等他。卜朗舍闻声给他开门。

"有人给我送信来了吗?"达达尼安急不可待地问道。

"没人送信来,先生,"卜朗舍回答,"不过倒有一封信,是自己长脚跑来的。"

"你这蠢货,说什么鬼话?"

"我是说,我回来的时候,您房间的钥匙虽然在我兜里,一直没有离开过我,我在您卧室那张桌子的绿台布上,却发现了一封信。"

"信在哪儿?"

"信我没有动,还在原来的地方,先生,这不正常啊,信怎么就这样进了人家的房间。如果窗户开着,或者虚掩着,我也就不说什么。可是没有呀,全关得严严实实。先生,您可得当心,这里面准有什么魔法。"

就在他啰唆的工夫，达达尼安已经冲进房间，将信拆开。信正是博纳希厄太太写来的，内容如下：

要向您表达并转达衷心的感谢。今晚十点到圣克卢[①]来，就在戴斯特雷先生府边角那座小楼对面。

C.B.

读这封信时，达达尼安感到自己的心剧烈地扩张和紧缩，这正是折磨并爱抚恋人的心灵那种甜美的痉挛。

这是他收到的头一封情书，这也是给他的头次约会。他乐不可支，心都陶醉了，到了人称爱情的人间天堂门口，就感到要衰竭了。

"怎么了，先生！"卜朗舍见主人的脸红一阵白一阵，便说道，"是不是让我猜中了，恐怕出了倒霉事儿吧？"

"你错了，卜朗舍，"达达尼安回答，"要证据嘛，喏，给你一埃居，去为我的健康干杯。"

"我感谢先生给我的一埃居，我也保证完完全全照先生的指示办。不过，事情该怎么的还是怎么的，信就这样钻进门窗紧闭的屋子里……"

"是从天上掉下来的，我的朋友，天上掉下来的。"

"这么说，先生挺高兴喽！"卜朗舍问道。

"我亲爱的卜朗舍，我是天下最幸福的男人！"

"我能托先生的福去睡觉吗？"

"去睡吧。"

"愿所有的祝福，都从天上掉到先生的头上。不过，事情该怎么的还是怎么的，这封信……"

卜朗舍摇着头，满腹狐疑地出了屋。达达尼安的慷慨赏赐，并没

---

① 圣克卢：巴黎西郊城镇。

有完全消除他的疑虑。

屋里只剩下一个人了，达达尼安读了又读这封信，不知吻了多少次他美丽的情妇亲手写的这两三行字。他终于躺下睡觉，做起金光灿烂的美梦。

早晨七点钟，他起了床，呼唤卜朗舍，叫了两遍，卜朗舍才打开门，昨天的疑虑，还没有从他脸上完全抹去。

"卜朗舍，"达达尼安对他说，"我出门去，可能要一整天，因此，晚上七点之前没你的事儿。但是，一到七点钟，你就备好两匹马等着。"

"好吧！"卜朗舍说道，"看样子，我们身上又得让人捅几个窟窿。"

"你带上火枪和短枪。"

"瞧瞧！我说什么来着？"卜朗舍高声说道，"我心里早就有数，是一封倒霉的信！"

"哎！你就放心吧，笨蛋，只不过是出去游玩嘛。"

"哼！就像那天游玩似的，要冒枪林弹雨，脚下全是陷阱。"

"那好，卜朗舍先生，"达达尼安接口说道，"您若是害怕，我就不带您走了，路上带一个战战兢兢的伙伴，还不如我一个人旅行了。"

"先生是在骂我呀，"卜朗舍说道，"先生似乎亲眼见过，我是怎么干活的。"

"见过，我还以为，你的勇气一下子全用光了呢。"

"到时候先生会看到，勇气我还有。不过，我请先生不要太挥霍，假如先生愿意勇气留在我身上时间久些。"

"你觉得还够今天晚上用的吗？"

"但愿够用。"

"那好！我就靠你了。"

"到时候，我一定做好准备。不过，我怎么以为，禁军卫队的马厩里，只有先生一匹马。"

"这时候也许还只有一匹，到了晚上，就会有四匹了。"

"看样子，我们上次旅行，就是去补充马匹的吧？"

"一点不差。"达达尼安回答。

他用手势最后叮嘱卜朗舍一下，便出门去了。

博纳希厄先生正站在门口。达达尼安本想径直走过去，不同这位可敬的服饰用品商说话。然而，对方却十分亲热、十分和善地施了一礼，迫使这位房客不仅要以礼相还，还要同他寒暄几句。

况且，人家老婆同你约会，当天晚上在圣克卢戴斯特雷先生府小楼对面相见，现在对这位丈夫，怎能不稍微屈就一点呢！因此，达达尼安走到近前，竭力表现出最亲热的态度。

话题自然而然扯到这个可怜人如何被拘押。博纳希厄先生同默恩那个陌生人的谈话，他还不知道达达尼安窃听了，因此对这位年轻的房客，他谈起如何受那个恶魔德·拉弗马先生的迫害。在整个讲述过程中，他一再把那个恶魔称为红衣主教的刽子手，还详尽地描绘了巴士底狱、狱中的大铁门、小窗口、通风窗、铁窗栏，以及各种刑具。

达达尼安听他讲述，那种屈尊俯就的态度堪称楷模，听他讲完之后，才终于问了一句：

"博纳希厄太太呢？您知道是谁劫持她的吗？我可没有忘记，正是出了那件不幸的意外，我才有幸同您结识。"

"唉！"博纳希厄先生说道，"他们都绝口不提，而且，我妻子也对我赌咒发誓，说她不知道是谁干的。那么您呢，"博纳希厄先生用一种完全憨直的口气接着说道，"这几天您怎么啦？我没有见到您，也没有见到您那些朋友。昨天，卜朗舍给您刷马靴，上面满是尘土，我想在巴黎街道上沾不了那么多吧。"

"您说得对，亲爱的博纳希厄先生，我和几位朋友，做了一次短期旅行。"

"走得远吗?"

"嗯!上帝呀,不远,只有四十来法里。我们送阿多斯先生去福尔日温泉,几位朋友都留在那儿了。"

"而您呢,您回来了,对不对?"博纳希厄先生接口道,脸上显出极为狡猾的神态,"像您这样一个英俊的小伙子,情妇那儿就准不了长假,巴黎这儿,还有人天天盼着咱们呢,对不对?"

"真的,"年轻人笑道,"我得坦白地向您承认,亲爱的博纳希厄先生,况且我也看得出来,什么也瞒不了您哪。对,有人天天盼着我。这一点我向您保证。"

一片阴云掠过博纳希厄的额头,但是极为浅淡,达达尼安没有发现。

"嗯,咱们这么殷勤,总要得到报偿吧?"服饰用品商又说了一句,说话稍微岔了声,不过达达尼安这次也没有觉察,就像刚才这位可敬的人额头掠过一片阴云,他没有发现一样。

"嘿!还是装您的正经人去吧!"达达尼安笑道。

"不是那个意思,"博纳希厄又说道,"我要对您讲的,只是想知道,人是不是很晚才回来。"

"您怎么问起这个呢,我亲爱的房东?"达达尼安问道,"莫非您打算等我吗?"

"不,是这么回事,自从我那次被捕,家中又失盗之后,每次听见开门,尤其深夜听见开门声,我就害怕。唉!有什么办法呢!我呀,我可不是个使枪弄剑的人!"

"好吧!您不必害怕,管我凌晨一点钟,两点钟,还是三点钟回来。如果我根本不回来,您就更不必害怕了。"

这一下,博纳希厄脸色陡变,苍白极了,达达尼安不可能再视而不见,于是他问对方究竟怎么了。

"没什么,"博纳希厄回答,"没什么。不过是我遭遇那场不幸之后，有时会突然感到一阵虚弱，这会儿就是，身子感到一阵发冷。这情况您不必理会，您忙您的去，就一门心思扑到幸福上吧。"

"我很幸福，所以有得忙嘛。"

"还没到时候呢，等一等嘛，您说过，是今天晚上。"

"是啊，今天晚上会到来的，谢天谢地！也许，您也同我一样，焦急地等待今天晚上，也许今天晚上，博纳希厄太太要回家，夫妻团聚。"

"博纳希厄太太今天晚上脱不开身，"丈夫一本正经地回答，"她留在卢浮宫里做事。"

"算您倒霉，我亲爱的房东，算您倒霉。我这个人呀，我快活的时候，就希望所有人都快活，看来这是不可能的。"

年轻人哈哈大笑，扬长而去，心想这句玩笑开得爽，唯独他能够领会。

"玩您的去吧！"博纳希厄回了一句，声调阴森而可怕。

然而，达达尼安已经走远，听不见了，即使听见，他处于那种精神状态，也肯定不会留意的。

他前往德·特雷维尔先生府邸，大家还应当记得，他昨天晚上的拜访，时间很短，事情没有说明白。

达达尼安看到，德·特雷维尔先生心花怒放。在舞会上，国王和王后对他十分亲热，而红衣主教的情绪也的确糟透了。

凌晨一点钟，红衣主教借口身体不适，便离开了舞会。而两位陛下，直到早晨六点钟，才回到卢浮宫。

德·特雷维尔先生扫视房间的每个角落，确认只有他们二人了，才压低声音说道：

"现在，我的年轻朋友，来谈谈您的事吧。显而易见，国王高兴了，王后得意了，而法座却丢了面子，这些同您顺利归来都有些关系。您可就得多多当心了。"

"我有什么可担心的？"达达尼安回答，"反正我得到两位陛下的恩宠！"

"什么都得当心，请相信我。红衣主教那个人，受了愚弄，只要还没有同愚弄他的人算账，他是绝不会忘记的。而愚弄他的人，很可能就是一个我认识的加斯科尼人。"

"您认为红衣主教同您一样了解情况，也知道是我去了伦敦吗？"

"见鬼，您去了伦敦！您手指上闪闪发光的这枚漂亮钻戒，就是从伦敦带回来的吧？当心啊，我亲爱的达达尼安，敌人的一件礼物，可不是什么好东西，上面不会没有一句拉丁文诗吧……请等一等……"

"对，当然有了，"达达尼安回答，其实拉丁文的基本规则，一条也没有入他的脑子，连他的家庭教师都大失所望，"对，当然了，应当有一句拉丁文诗。"

"肯定有一句，"德·特雷维尔先生有点文学细胞，又说道，"有一天，德·邦斯拉德先生向我引了一句……等一等……哦！想起来了：timeo Danaos et dona ferentes.①

意思就是：要提防送给您礼物的敌人。"

"这枚钻戒不是敌人送给我的，先生，而是王后送给我的。"达达尼安接口说道。

"王后送的！嗬！嗬！"德·特雷维尔先生说道，"不错，这是一件名副其实的皇家珠宝，至少值一千比斯托尔。这件礼物，王后是通过谁转给您的？"

"是她亲手交给我的。"

"在什么地方？"

"就在她那间化妆室相连的小房间里。"

---

① Danaos（达那俄斯）是埃及王，为了与他的孪生兄弟争夺王位，他就让五十个女儿嫁给他兄弟的五十个儿子，并盼咐女儿们在新婚之夜杀死丈夫。四十九个女儿奉父命行事，唯独一个女儿不忍杀死丈夫林叩斯。后来，林叩斯为兄弟们报仇，杀死达那俄斯及其四十九个女儿。

"怎么进行的？"

"她伸过手来让我吻。"

"您吻了王后的手！"德·特雷维尔先生注视着达达尼安，高声说道。

"王后陛下给了我这种恩典。"

"有人在场吗？失慎的女人，太不谨慎啦！"

"哎，先生，您就放心吧，谁也没有看见。"达达尼安又说道。接着，他就向德·特雷维尔先生讲述了事情的经过。

"噢！女人，女人啊！"老军人高声感叹，"我就知道，她们的头脑里全是奇思异想，一见到带点神秘色彩的事就着迷。这么说，您见到了那只胳臂，仅此而已。以后您遇见王后也认不出她来，她遇见您也不会知道您是谁。"

"不对，还有这枚钻戒……"年轻人接口说道。

"听着，"德·特雷维尔先生说道，"要不要我给您一个忠告，一个好的忠告，朋友的忠告呢？"

"这是您看得起我，先生。"达达尼安回答。

"那好！您随便到哪家珠宝店，将这枚钻戒卖掉，价钱给多少算多少。那珠宝店老板再怎么贪心，也总会付给您八百比斯托尔。钱币上没名没姓，小伙子，而这枚戒指却有一个可怕的名字，能供出戴它的人。"

"卖掉这枚戒指！戒指可是王后赐给的呀！绝不卖！"达达尼安说道。

"那就将钻石底座转到手指里侧来。我的可怜的冒失鬼，因为大家都知道，一个加斯科尼的见习卫士，从他母亲的首饰匣里绝找不出这样的首饰。"

"照您看来，我会出什么事吗？"

达达尼安问道。

"这就是说，小伙子，即使躺在点燃引线的火药上睡觉的人，也觉得比您安全啊。"

"真见鬼!"达达尼安说道,他见德·特雷维尔先生口气十分肯定,就开始不安了,"真见鬼!那该怎么办啊?"

"您处处都要格外当心。红衣主教特别记恨人,手又伸得长。请相信我,他肯定要跟您耍鬼花招。"

"什么鬼花招?"

"唉!我怎么知道!魔鬼的所有阴谋诡计,哪一件不为他所用?最轻的,也是让人把您抓起来。"

"怎么,还敢抓为陛下效命的人?"

"算什么!抓阿多斯那会儿,顾忌什么了吗?不管怎么说,小伙子,请相信在朝廷干了三十年的一个人,您不能安安稳稳地睡大觉,那就完蛋了。恰恰相反,您要处处防范敌人,这话我跟您说下。假如有人找碴儿吵架,哪怕是一个十岁的孩子,您也要躲事避事。假如有人袭击您,不管是白天还是黑天,您一定要边战边退,不要觉得丢脸。假如您过桥,您就要试探着走,小心桥板脱落一脚踏空。假如您从一座正在建造的房子旁边经过,您就要瞧着上边,别让掉下来的石头砸着您的脑袋。假如您晚归,您就带着仆人,对仆人若是信得过,您也让他带上武器。要提防所有人,提防您的朋友、您的兄弟、您的情妇,尤其要提防您的情妇。"

达达尼安脸红了。

"提防我的情妇,"他机械地重复道,"为什么要特别提防她呢?"

"因为利用情妇是红衣主教最拿手的一招,美人计比什么都有效。一个女人,为了十皮斯托尔,就会把您给卖了,大利拉[①]就是个好例证。您读过《圣经》吧,嗯?"

达达尼安想到当天晚上,博纳希厄太太跟他的约会。不过,真应该称赞一句我们的主人公,德·特雷维尔先生总体对女人不好的评价,

[①] 大利拉:《圣经·旧约》中人物,非利士人,她受首领的指使,套出情夫参孙力大无比的秘密,然后把他出卖了。

丝毫也没有引起他对美丽的女房东的怀疑。

"对了,"德·特雷维尔先生又问道,"您的那三位伙伴,现在怎么样了?"

"我还正要问您,有他们什么消息没有?"

"一点消息也没有,先生。"

"情况是这样!我全把他们丢在半路上了。波尔托斯在尚蒂伊,要有一场决斗,阿拉密斯在克雷夫科尔,肩头中了一弹,阿多斯在亚眠遇到麻烦,背上了被人指控制造伪币的罪名。"

"您瞧,我怎么说来着!"德·特雷维尔先生说道,"您哪,您是怎么化险为夷的?"

"应当说,是个奇迹吧,先生,只是胸部挨了一剑,但是德·瓦尔德伯爵,却让我钉在加莱大路旁的小树林里,就像一只蝴蝶钉在壁毯上。"

"您瞧,又来了!德·瓦尔德,红衣主教的人,罗什福尔的一个表兄弟。有了,我亲爱的朋友,我有了个主意。"

"您说,先生。"

"我若是您,就去干一件事。"

"什么事?"

"就让法座在巴黎寻找我,我却不声不响,重又踏上庇卡底大路,去打听我那三位伙伴的消息。还用说!他们总值得您稍微关心一下。"

"这个建议很好,先生,明天我就动身。"

"明天,何不今天晚上就走呢?"

"今天晚上,先生,我还得留在巴黎,有一件事必须办。"

"唉!年轻人!年轻人啊!是会情人吧?当心啊,我再向您重复一遍,我们毁在女人手里,有多少毁多少,将来也要毁在女人手里,有多少毁多少。请相信我,今天晚上就走吧。"

"不可能,先生。"

"这么说,您答应了人家?"

"对,先生。"

"那就另当别论,然而,请您也答应我,今天晚上,您若是没有给人杀掉,那么明天一定走。"

"我答应您。"

"您还缺钱吗?"

"我还有五十皮斯托尔,想必也够用了。"

"还有那几个伙伴呢?"

"我想,他们也不会缺钱。我们从巴黎出发那时候,每人兜里都装了七十五皮斯托尔。"

"您动身之前,我们还能见面吗?"

"我想不能了,先生,除非出现了新情况。"

"好吧,祝您一路平安!"

"谢谢,先生。"

达达尼安向德·特雷维尔先生告辞,心下十分感动,觉得他对火枪手的关怀情同父子。他先后去了阿多斯、波尔托斯与阿拉密斯的住所,见他们无一人返回,连跟班也没有回来,谁也不知道他们的消息。本来也可以向他们的情妇打听消息,然而,无论波尔托斯的、还是阿拉密斯的情妇,他都不认识,至于阿多斯,他也没有情妇。

他经过禁军卫队队部,朝里边的马厩瞥了一眼,只见四匹马中已有三匹送来。卜朗舍不胜惊讶,正在给马梳理皮毛,已经梳理完两匹了。

"啊,先生,"卜朗舍一见到达达尼安,便说道,"看到您我真高兴。"

"为什么这么说,卜朗舍?"年轻人问道。

"我们的房东,博纳希厄先生那人,您信得过吗?"

"我吗?一点也信不过。"

"嗯!您说得太对了,先生!"

"可是,您怎么问起这个来?"

"是这样，刚才你们说话时，我听不见你们说什么，却在观察你们，先生，我发现他的脸色变了两三次。"

"嗬！"

"先生一心想着刚接到的信，就没有注意到这一点。我呢，正好相反，我觉得这封信来得怪，就处处留心，一点儿也没有漏掉他那表情的变化。"

"你看他那是什么表情？"

"阴险，先生。"

"真的吗？"

"这还不算，先生刚一离去，拐过街口不见了，博纳希厄先生就戴上帽子，关上房门，朝相反的方向跑去。"

"不错，卜朗舍，你说得有道理，这些情况，我也觉得很可疑，你就放心吧，事情不给咱们解释清楚，咱们就不付给他房钱。"

"先生还开玩笑，那就等着瞧吧。"

"有什么办法呢，卜朗舍，该发生的事情就得发生！"

"看来，先生还不放弃，今天晚上要出去走走。"

"恰恰相反，卜朗舍，我越是憎恶博纳希厄先生，越是要赴约，就是叫你惶恐不安的这封信给我的约会。"

"好吧，如果这是先生的决定……"

"不可动摇的决定，我的朋友。因此，九点钟，你就准备好，在队部等着，我来找你。"卜朗舍一看无望说服主人放弃计划，便长叹一声，开始给第三匹马刷毛了。

其实，达达尼安是个非常谨慎的小伙子，他没有回自己的住所，而是去那个加斯科尼人教士家吃晚饭。当初四个朋友身无分文的时候，正是到他家吃了一顿巧克力茶早餐。

第二十四章
小楼

九点钟,达达尼安来到禁军卫队队部,看见卜朗舍已经拿好武器。第四匹马也送到了。

卜朗舍装备了一杆火枪和一把手枪。

达达尼安佩带了他的剑,腰上插了两把手枪,二人上了马,悄悄地走了。夜色弥漫,没有人瞧见他们出去。卜朗舍隔着十步远,跟在主人后面。

达达尼安穿过河滨路,从会议门①出城,沿着当时远比现在优美的那条路,走向圣克卢。

只要还没有出城,卜朗舍就恭敬地保持应有的距离,一旦路途变得更为冷清,更加昏暗了,他就逐渐靠上来,结果走进布洛涅树林时,就自然而然同他的主人并肩而行了。我们也不应当掩饰,摇曳的高树、照在黑黝黝灌木林中的月光,的确叫人毛骨悚然。达达尼安发觉他的跟班产生了异乎寻常的念头。

"怎么!卜朗舍先生,"他问道,"咱们好像有点什么事儿吧?"

"您不觉得吗,先生,树林就跟教堂一样?"

---

① 会议门:巴黎旧城门,始建于1563年,1593年命为"会议门",以纪念亨利四世与天主教神圣联盟的首脑会议。

"为什么这么说呢，卜朗舍？"

"因为在这里就跟在教堂一样，都不敢大声说话。"

"你为什么不敢大声说，卜朗舍？因为害怕吗？"

"对，先生，怕被人听见。"

"怕被人听见！我们的谈话完全合乎道德规范，我亲爱的卜朗舍，谁也挑不出什么毛病来。"

"哼！先生！"卜朗舍又说道，他的思路又回到他的根本念头，"博纳希厄先生那眉毛，真够阴的，他那嘴唇一活动，也够叫人厌恶的！"

"见鬼，你怎么又想起博纳希厄来啦？"

"先生，人只能想能想的事，而不是想希望想的事。"

"就因为你是个胆小鬼，卜朗舍。"

"先生，谨慎和胆怯，不能混为一谈，谨慎是一种美德。"

"这么说，卜朗舍，你是个有美德的人，对吧？"

"先生，那边是不是一支火枪筒在闪亮？咱们是不是低低头呢？"

"真的，"达达尼安咕哝道，他又想起德·特雷维尔先生的叮嘱，"真的，到头来，这畜生还真要叫我怕起来。"

他策马开始奔跑。

卜朗舍也照学主人的动作，如影随形，又追到主人身边。

"先生，咱们就这样跑个通宵吗？"他问道。

"不，卜朗舍，你到地方了。"

"怎么，我到地方了？那先生呢？"

"我嘛，还得朝前跑几步。"

"先生要把我一个人丢在这儿？"

"你害怕吗，卜朗舍？"

"不怕，我只是想提醒先生注意，夜晚会很冷，寒气容易让人得风湿痛，而一名患了风湿痛的跟班，就是个蹩脚的仆人了，尤其是跟着一个像先生这样矫健的主人。"

"好吧，卜朗舍，你若是觉得冷，就进一家小酒馆，瞧那边有几家，明天早上六点钟，你就在酒馆门口等我吧。"

"先生，早上您给我的那枚埃居，我已经照尊意又吃又喝花光了，到了觉得冷的时候，身上就连一个子儿也没有了。"

"给你半个皮斯托尔，明天见。"

达达尼安跳下马，将缰绳往卜朗舍胳膊上一扔，用斗篷将身子裹住，急匆匆地走了。

"上帝啊，我真冷！"卜朗舍不见主人的踪影了，立刻嚷起来。他急着要暖暖身子，就赶紧去敲一家完全具备郊区小酒馆特点的房门。

这工夫，达达尼安已经抄了一条近道，沿小路径直到达圣克卢。然而，他没有走大街，而是绕到城堡的后面，踏上一条偏僻的小巷，很快便到了信上所指定的小楼对面。这地方行人绝迹。巷子一侧高墙耸立，小楼便坐落在墙角，另一侧是挡住行人进入小园子的篱笆，而园子里端有一个简陋的木屋。

他到了约会地点，由于信上没有指定他到时发什么信号，就只好等待了。

周围一点儿动静也没有，真好像离开京城千里之外了。达达尼安望了望身后的园子，便靠到篱笆上。在这道篱笆、这座园子和木屋的那边，一片昏黑的雾气，空荡荡，深不可测，笼罩着无边无际的空间，那片巴黎在安睡的空间，闪着几点灯光，就仿佛那座地狱凄凉的星星。

然而在达达尼安看来，所有景物都蒙上了幸福的色彩，所有念头都带着微笑，所有黑暗都透着亮光。约会的时间就要到了。

果然，工夫不大，圣克卢钟楼的喧嚣巨口中，就缓缓吐下来十响钟声。铜钟夜间的这种悲鸣，听来总有几分凄怆的意味。

然而，期待的钟声的每一下，都在这年轻人的心中和谐地回荡。

他的眼睛盯着墙角的那座小楼，除了二楼的一扇窗户，所有护窗板都关着。

那扇窗口射出柔和的灯光，照在园外丛生的两三株椴木的树冠，只见颤动的枝叶闪着银光。在灯光中那么优雅的小窗里面，美丽的博纳希厄太太显然在等他。

达达尼安沉浸在这种甜美的想象中，丝毫也不着急，又等了半小时，眼睛凝望着那可爱的小起居室，看见一角天棚，那金色线脚表明那套房其余部分相当华丽。

圣克卢的钟楼敲响十点半钟。

这一次，达达尼安也不知是何缘故，浑身忽然打了个寒战。也许是寒气开始侵入他的肌体，纯粹生理的一种感觉，他却当成是一种心理反应了。

他忽然又想到，也许当时他没有看清楚，而约定的是十一点钟。

于是，他走到窗前，借着一束灯光，从兜里掏出信来再看一遍，当初并没有看错，约会就定于十点钟。

他又回到原来的位置，见此地这样偏僻寂静，便开始惴惴不安了。

十一点的钟声响起来。

达达尼安真的开始担心了，怕博纳希厄太太出了事。

他拍了三次掌，这是情侣幽会通常用的暗号，但是无人回应，甚至连回声都没有。

于是，他颇为气恼地想道，这年轻女子，等他的时候莫非睡着了。

他走到围墙脚下，试着想爬上去，可是墙上新近用灰泥抹平，往上爬只能白白抠断指甲。

这时，他又瞄准那几棵树，只见树叶始终被灯光照成银白色，而有一棵树枝伸到小巷的上方。达达尼安心想，他爬到树上，透过枝叶能望见小楼里面。

这棵树容易爬上去，况且达达尼安才二十岁，还记得念小学时的本领。转瞬间，他就爬到枝叶中间，他的目光穿过透明的玻璃窗，一直探进小楼的房间。

奇怪的场面，达达尼安一见，从头发梢儿就凉到脚底板，那柔和的光亮，那盏宁静的灯，照见了骇人的凌乱场景：窗户的一块玻璃打碎了，房门撞破，挂在合页上半倒下来。本来摆好美味晚餐的桌子已经打翻在地，瓶子全摔得粉碎，散落在地上的水果都踏扁了，整个情景表明，那房间里发生过激烈而殊死的搏斗。达达尼安甚至觉得，在那乱糟糟的物品中间，能看出撕破衣衫的碎片，以及溅到桌布和帷幔上的血迹。

他的心怦怦狂跳，急忙从树上溜下来，要看看街道，能否找到施暴的其他痕迹。

在平静的夜色中，那盏小灯的柔和光亮始终照到街上，达达尼安这才发现刚来时没有注意到，也毫无理由观察的现象。地面踏得坑坑洼洼，有人的脚印和马蹄印，以及一辆马车在松软的地上留下的深深辙印。从辙印可以看出，那辆车从巴黎驶来，到小楼这儿又折回去了。

达达尼安继续察看，最后还在墙根附近发现一只撕破的女人手套，而且，手套十分洁净，一点泥也没有沾上，还散发着芳香，正是情人喜欢从一只美丽的手上脱下的那种手套。

达达尼安还继续搜索，同时脑门沁出的汗珠越多，也越冰冷了，因为极度的忧惧而一阵阵揪心，呼吸也急促起来。然而，他为了安稳一下情绪，心里就这样嘀咕，这座小楼也许同博纳希厄太太毫无关系，她约他见面的地点是小楼对面，而不是小楼里面。她可能有事，也可能丈夫吃醋，而在巴黎被拖住了。

不过，所有这些推理，全被内心的这种痛苦给击破，给摧毁，给推翻了。须知这种痛苦，在某些情况下，会控制住我们的整个身心，会通过我们身上一切旨在领悟的途径向我们呼喊：大难临头了！

这时候，达达尼安几乎丧失理智，他在大路上奔跑，又踏上已经走过的路,还一直跑到渡口,向摆渡的船工打听。

傍晚约莫七点钟,船工倒是给一个女子摆渡过河。那女子身披黑斗篷,裹得严严实实,生怕被人认出来,正因为她小心过分,船工才越发注意,看出她是个年轻漂亮的女子。

那年代同今天一样,许多年轻漂亮的女子都奔圣克卢来,谁也不想被人看到,达达尼安却一刻也不怀疑,船工所注意到的,准是博纳希厄太太。

达达尼安借着船工木屋的灯光,又看了一遍博纳希厄太太的信,确认自己没有看错,约会地点的确在圣克卢,而非别处,的确在戴斯特雷先生的小楼对面,而非别的街道。

所有迹象都向达达尼安证明,他的预感绝没有错,发生了巨大的不幸。

他重又向城堡飞快跑去,就好像他离开这工夫,那小楼又出现了新情况,正等着他去了解。

那小巷始终空荡无人,那窗口依然射出平静而柔和的灯光。

达达尼安这时便想道:那个又哑又瞎的破木屋,肯定目击了什么情况,也许还能讲一讲呢。

园门关着,他便跳过篱笆,也不理会由铁链拴着的一条狗狂吠,径直走向那木屋。

他敲了几下门,里面无人应声,死一般的寂静,同那小楼一样。然而,这木屋是他最后的指望,他还继续敲门。

他很快就听见屋里有轻微的响动,战战兢兢的,仿佛害怕被人听见。

于是,达达尼安停止敲门,而是向屋里的人恳求,声调充满忧虑、期望、惊慌和奉承,能让最胆怯的人放宽心。一扇虫蛀的护窗板终于打开,准确说来是推开一条缝。然而,屋里角落的一盏小灯的微弱光亮,一照见达达尼安身上的肩带、剑柄和手枪柄,护窗板马上又关了。但是，不管动作多么快，达达尼安还是瞥见一颗老人的头。

"看在上天的分上！"达达尼安说道，"请听我说，我等一个人却没有等来，担心得要命。这周围出了什么事儿吗？请说吧。"

窗户重又打开，同一张脸又露出来，只是比刚才更加苍白了。

达达尼安将自己的遭遇，一五一十讲了一遍，只差道出姓名了。他说如何和一位年轻女子相约，在小楼前见面，不见她来赴约，他又如何爬上椴树，借着灯光看见屋里一片混乱。

老人注意听他讲，同时点头表示情况的确如此，等达达尼安讲完了，他又摇起头，表示情况一点也不妙。

"您这是什么意思？"达达尼安高声问道，"看在上天的分上！求求您，对我明说吧。"

"唉！先生，"老人说道，"什么也不要问我。因为，我把看见的事情讲出去，就肯定不会得好。"

"您看到了什么事情？"达达尼安接口说道，"既然如此，看在上天的分上！"他丢给老人一枚皮斯托尔，继续说道，"把您看到的事情说出来吧，我以贵族的名义向您保证，您的话留在我心里，一句也不会泄露出去。"

老人从达达尼安脸上看出他十分坦诚，又极为痛苦，就示意他听着，压低声音对他说道：

"约莫九点钟，我听见街上有声响，就想瞧瞧是怎么回事。我走到门口，就发现有人要闯进来。反正我穷得很，不怕人抢我什么东西，就把门打开了，看见门外几步远站着三条汉子。黑暗中停着一辆大轿车，还套着马，另有几匹马有人牵着。那牵着的马，显然是三个身穿骑士服的人的坐骑。

"'啊！几位善良的先生！'我高声说，'你们要干什么？'

"'你大概有梯子吧？'好像是小队长的那个人问我。

"'有，先生，是我摘水果用的梯子。'

"'给我们用一用,回你的屋去,这有一埃居,算是补偿对您的打扰。不过你要记住,你看见和听到的事情,讲出一个字去,也就没命了(因为,不管我们怎么威胁你,你总是要偷看,总是要偷听的)。'

"说着,他就扔给我一埃居,我拾了起来,他就把梯子搬走了。

"我关上篱笆门之后,装作回屋,随即又从后门溜出去,钻进暗地里,一直走到那片接骨木丛中,在那里什么都看得见,又不会被人发现。

"三个男人招呼马车悄悄驶过来,从车里拉出一个矮胖的男人。那人头发已经花白,身穿普通的深色礼服,他小心翼翼地爬上梯子,鬼头鬼脑往屋里张望,又蹑手蹑脚退下来,悄声说了一句:

"'是她!'

"刚才跟我说话的那个人马上走到小楼门口,用自身携带的钥匙打开门,走进去又把门关上,人随即不见了。与此同时,另外两个爬上梯子。那个矮个老头站在马车旁边,车夫拉住套在车上的马,一名跟班则牵着另外几匹马。

"突然,小楼里发出尖叫声,一个女人冲到窗口,把窗户打开,要往外跳,却又发现窗外有两个人,赶紧退回去,那两个男人跟着就纵身跳进屋里。

"此后我再也看不见什么了,但是听得见打烂家具的声响。——那女人高呼救命,但是很快,她的喊声就给捂住了。那三条汉子又到了窗口,抬着那女子,两个从梯子下来,将那女的抬进车里,那小老头也随后钻进车里。留在小楼上的那个人又把窗户关上,过一会儿从门出来,查看一下那女的确实在车上,而他的两个伙伴已经在马上等着他,他也就翻身上马,跟班登上马车,回到车夫旁边的座位。四座马车飞快驶远,那三名骑士始终护在左右,整个事情就这样结束了。从那时候起,我就再也没有看见什么,再也没有听到什么了。"

达达尼安听到这样一条骇人听闻的消息,精神一下子就垮了,一动不动地待在原地，一句话也说不出来，而愤怒和嫉妒的所有魔鬼，在他的心里狂呼乱叫。

这种无言的绝望产生的效果，肯定要超过大哭大叫。老人见此情况，又说道："不过，我的绅士先生，算了，您也不要太伤心，他们没有把她杀掉，这是最主要的。"

"领头干这种缺德事的，"达达尼安问道，"究竟是什么人，您大概知道？"

"我不认识他。"

"既然他同您说过话，您总归看清楚了吧。"

"嗯！您是问我那人的长相吧？"

"对。"

"个子很高，干瘦干瘦，脸色晒得黑黑的，留着黑色的小胡子，一对黑眼睛，那副样子像个贵族。"

"一点儿不错，"达达尼安嚷道，"又是他！总是他！看来，他就是我的恶魔！另外一个呢？"

"哪一个？"

"那个矮个儿的。"

"嗯！那人不是贵族，我可以肯定，再说，他也没有佩带剑，其他几个人对他一点儿也不尊敬。"

"是个仆从吧，"达达尼安咕哝道，"噢！可怜的女人！可怜的女人！他们怎么处置她啦？"

"您答应过我保守秘密。"老人说道。

"我重申对您的许诺，请放心吧，我是贵族。贵族最重诺言，我向您许诺了。"

达达尼安内心伤痛，又朝渡口走去。有时他还是不能相信那就是博纳希厄太太，希望第二天在卢浮宫又见到她；有时他又担心她同另一个人有私情，那人因嫉妒而突然袭击，把她劫走。他疑虑重重，既伤心又绝望。

"唉！我的几个朋友在身边该有多好！"他高声说道，"至少我还有希望找到她。可是谁又晓得，他们究竟怎么样了呢！"

将近午夜十二点，要找到卜朗舍。于是，小酒馆只要还有点儿灯光，他就逐家敲开门，找了几家也不见卜朗舍。

找到第六家，达达尼安才考虑，这样寻找也不是个办法。当时他同跟班约好六点钟见面，那么卜朗舍到哪儿去都不为过。

而且，年轻人这时又有了一个主意：留在出事地点附近，也许能得到点线索，破解这一神秘事件。因此如我们所说，达达尼安到了第六家酒馆，就不走了，要了一瓶上好的葡萄酒，坐到最昏暗的角落，臂肘撑在桌子上，决定就这样等到天亮。不过，他这次希望又落空了，他置身的这个体面的社交圈，全是工人、仆役和车夫，他虽然竖起耳朵倾听，除了他们之间的调笑谩骂之外，就没有听见一句有关被劫持的可怜女人的线索。一瓶酒喝下去之后，实在无事可干，为了不引起怀疑，就不得不在他的角落里尽可能找个舒服的姿势，好歹睡上一觉。大家还记得，达达尼安才二十岁，人在这个年龄，睡眠的权利不受时效的约束，甚至能够驾驭绝望到极点的心灵。

将近早晨六点钟，达达尼安醒来，身体觉得很不舒服，一个人夜晚没睡好，到天亮时通常有这种感觉。他洗漱无须花什么时间，倒是赶紧瞧一瞧，会不会有人乘他睡觉时偷了他的东西，还好，钻戒还戴在手指上，钱袋还在衣兜里，手枪还别在腰带上。于是，他起身付了酒钱，出门看看，早晨是不是比夜晚更容易找见他的跟班。果然，透过湿漉漉、灰蒙蒙的雾气，他头一眼便看见诚信的卜朗舍。卜朗舍牵着两匹马，正在一家不起眼的小酒馆门前等候。昨天夜晚，达达尼安从那门前经过，甚至没有想到那是一家酒馆。

第二十五章
波尔托斯

达达尼安没有直接回住所,先到德·特雷维尔先生府邸门口下了马,疾步上楼。他心下早已决定,这一次把刚刚发生的事情和盘托出,而在这件事情上,德·特雷维尔先生肯定能给他提出好建议。而且,德·特雷维尔先生几乎天天能见到王后,也许他能从王后陛下那里得知一点消息。可怜的女人无疑是为她主子忠心办事,才付出了这种代价。

德·特雷维尔先生听着年轻人的讲述,神态十分严肃,表明在整个这次变故中,他看到的不仅是一次偷情,还有别种图谋。等达达尼安讲完了,他便说道:

"哼!整个事件,一法里之外就能嗅出法座的气味。"

"那怎么办呢?"达达尼安问道。

"没办法,眼下一点办法也没有,只能像我跟您说过的,尽早离开巴黎。我能见到王后,把这可怜女人失踪的详细情况告诉她,她肯定还不知道,得知这些情况也好有个主张。等您再回来的时候,也许我就有好消息告诉您。有我这话,您就放宽心吧。"

达达尼安知道,德·特雷维尔先生虽是加斯科尼人,却没有许诺的习惯,他偶尔答应了什么事,做的肯定要超出他的许诺。转念至此,他满怀感激,向队长施了一礼,感谢队长过去和将来的帮助。可敬的队长对这个年轻人,也感到极大的兴趣,认为他特别果敢而坚强,非常亲热地同他握手,祝他一路平安。

达达尼安决定,立即把德·特雷维尔先生的忠告付诸实践,于是,他走向掘墓人街,以便看看打点行装。快要走到住所的时候,他认出身穿晨装站在门口的人,正是博纳希厄先生。谨慎的卜朗舍昨天对他讲的房东性格很阴的话,达达尼安忽又全部想起来,他就比以往更加注视博纳希厄先生,在他脸上的皱纹中,果然发现阴险狡诈的神色,至于他那张苍白发黄的脸,只能是一种偶然的病态,表明胆汁已经渗入他的血液。一个坏蛋和一个正派人,笑的样子不同;一个虚伪的家伙哭泣,也和一个诚实人不一样。凡是虚假的,都是一副面具,而面具制作得再精美,只要细心一点儿,就能把它同面孔区分开。

达达尼安这样一看,就觉得博纳希厄先生戴了一副面具,甚至觉得那副面具特别可憎。

他确信讨厌这个人,就不想说话,径直从他面前走过去,可是像昨天一样,博纳希厄先生又叫住他。

"哎嘿!年轻人,"博纳希厄先生对他说,"看来咱们熬夜啦?早晨七点钟,好嘛!看来您要多少改变一下已经养成的习惯,在别人要出门时您回来。"

"别人可不会这样指责您啊,博纳希厄老板,"年轻人回敬道,"您是守规矩人的楷模。也的确如此,有一个年轻漂亮的妻子,就没有必要去追求什么幸福了,是幸福来找您啊,对不对,博纳希厄先生?"

博纳希厄的脸唰地白了,跟死人一样,勉强挤出一个怪笑。

"嘿!嘿!"博纳希厄说道,"您真是个爱开玩笑的伙计。真的,昨天夜晚,您跑到什么鬼地方去了,我的公子哥儿?看来那些小路不好走哇。"

达达尼安低头看了看自己沾满泥巴的马靴,但同时也顺便瞧了瞧服饰用品商的鞋袜,真好像蹚过同一个泥坑,两个人脚下沾的泥巴完全相同。

于是，达达尼安的思想里忽然闪过一个念头，那个头发花白、又矮又胖的男人，那个身穿深色服装，没有得到押车军人敬佩的跟班模样的人，正是他博纳希厄！做丈夫的，居然带人去绑架自己的妻子！

这时，达达尼安真想扑上去，掐死这个服饰用品商。不过，我们前面说了，达达尼安是个行事谨慎的小伙子，他还是克制住一时的冲动。然而，这种心理活动，明显地流露在他脸上。博纳希厄吓得要往后退，可是身后的门扇恰巧关着，退无可退，也就依然站在原地。

"哦，说这个！您又开玩笑，我的老实厚道的人。我的马靴看来应当擦一擦了，您的鞋袜也要刷一刷了。博纳希厄老板，莫非您也去寻花问柳啦？哎，见鬼！像您这样年龄的男人，又有那样一位年轻漂亮的女子，再去乱跑可就不可饶恕了。"

"噢！上帝啊，不是乱跑，"博纳希厄说道，"昨天，我是去圣芒代了，打听一个女佣的情况，我这儿少了她不行，那路太糟糕，带回来这些泥，还未抽出空儿来擦掉呢。"

博纳希厄说他去的地点，又给达达尼安的怀疑提供了一个新证据，他所说的圣芒代，同圣克卢的方向恰好相反。

这种可能性，是达达尼安的头一个安慰。如果博纳希厄知道他妻子在哪儿，那么采取一点极端的手段，总能撬开他的牙齿，让他讲出秘密。现在的问题，只是将这种可能性变成确定性。

"对不起，亲爱的博纳希厄先生，我跟您可就不讲客气了，"达达尼安说道，"不睡觉最容易口渴了，我就渴得要命，请允许我进您屋喝杯水。您也知道，邻里之间，这事儿是不能拒绝的。"

未待房东准许，达达尼安就疾步走进屋，迅疾瞥了一眼床铺。铺盖没有乱，博纳希厄没有在家睡觉，他回来顶多有一两个钟头，大概陪他妻子直到安排的地点，或者至少到了头一个驿站。

"谢谢，博纳希厄老板，"达达尼安喝下一杯水，说道，"现在我回自己房间,让卜朗舍给我刷刷马靴,等他刷完了,如果您愿意的话,我就让他来给您刷刷鞋。"

这种告别的方式实在奇怪,服饰用品商不禁瞠目结舌,心想他作茧自缚。

达达尼安上了楼,看见卜朗舍神色惊慌。

"哎呀!先生,"卜朗舍一见主人,便高声说道,"又出怪事儿了,我一直盼您早点回来。"

"又有什么事儿?"达达尼安问道。

"哼!我让您猜上一百次,先生,让您猜上一千次,猜猜您不在时,我替您接待了什么人。"

"什么时候?"

"半个钟头之前,您去德·特雷维尔先生府邸的工夫。"

"究竟谁来了?哎!你倒是说呀。"

"德·卡伏瓦先生。"

"德·卡伏瓦先生?"

"是他本人。"

"法座的卫队长?"

"正是他。"

"他来逮捕我?"

"我想是的,先生,尽管他假装很客气。"

"你是说,他假装客气?"

"也就是说,先生,他满口甜言蜜语。"

"真的吗?"

"他说,是法座派他来的,法座对您非常有好感,请您随他去王宫走一趟。"

"你是怎么回答他的?"

"我说这事不可能,既然您出门了,而且他也看得出来。"

"他又怎么说呢?"

"他说,您今天务必去他那一趟,接着,他又压低声音补充说:'告诉你主人,法座对他十分器重,他的前程,也许就取决于这次会见。'"

"红衣主教设这种陷阱,也真够笨的。"年轻人微笑着接口说道。

"因此,我也看出是陷阱,于是我回答说,您回来得知误了这事儿,准要懊悔不已。"

"德·卡伏瓦先生又问:'他去哪儿了?'"

"我回答说:'他去了香槟地区的特鲁瓦。'"

"'什么时候走的?'"

"'昨天晚上。'"

"卜朗舍,我的朋友,"达达尼安打断他的话,"你真是个难得的人啊。"

"您也明白,先生,当时我心里想,您若是想去见德·卡伏瓦先生,随时都可以否认我的话,就说您根本没有动身。这样一来,说谎的就是我了,而我不是贵族,说点谎不要紧。"

"放心吧,卜朗舍,你讲真话的名声,一定能保住。过一刻钟,咱们就动身。"

"这正是我要向您提议做的事,咱们去哪儿?如果这么问不算太多嘴的话。"

"还用问!你跟人家说我去了什么地方,就去相反方向。现在,我特别急于了解阿多斯、波尔托斯和阿拉密斯的情况,你不是也一样,特别想知道格里莫、木斯克东和巴赞的情况吗?"

"当然了,先生,"卜朗舍答道,"您什么时想走我就走。照我看,外省的空气,眼下比巴黎的空气对我们更有利。因此……"

"因此,你收拾咱们的行装吧,卜朗舍,然后咱们就动身。我先一步,两手插在兜里,不让人觉察出什么。你去队部找我。对了,卜朗舍,关于房东,我认为还是你看得准,毫无疑问,他是一个大坏蛋。"

"嗯！先生，我对您说什么事儿，就请您相信好了，我可会看相，我呀，真的！"

达达尼安按照说定的，先下楼去。继而，他就去三位朋友的住所，最后瞧一眼，免得以后有什么自责的。一点儿消息也没有，只是有阿拉密斯的一封字迹娟秀、芳香飘溢的信。达达尼安拿上信，来到队部。十分钟之后，卜朗舍就在马厩找见达达尼安。为了争取时间，他先就给马备好了鞍。

等卜朗舍将行李固定在马鞍上，达达尼安就对他说：

"很好，现在，你再把另外三匹装上鞍，咱们就动身。"

"您以为咱们每人骑两匹马，会跑得更快些吗？"卜朗舍一副狡黠的样子问道。

"不会，乱开玩笑的先生，"达达尼安回答，"然而，我们的三位朋友如果还活着，我们找到他们，有四匹马就能把他们带回来。"

"那就太幸运了，"卜朗舍回答，"不过，天主是慈悲的，咱们总该抱有希望。"

"阿门！"达达尼安说着，便跨上马。

二人出了禁军卫队的队部，在街上分手，朝相反的方向跑去。一个从维莱特门出城，一个从蒙马特尔门出城，再到圣德尼门外会合。这一战略措施从头至尾严格执行，取得了极佳效果。达达尼安和卜朗舍一起进皮埃尔菲特小镇。

应当说，卜朗舍到了白天，要比夜晚勇敢。

然而，他片刻也没有丢掉天生的谨慎。上次出行所发生的变故，一件他也没有忘，这次路上遇到的所有人，他全视为敌人，结果帽子总拿在手上，这招致主人的严厉申斥。达达尼安担心这样过分礼貌，别人会把他看成是个普通人的跟班。

不过，不知这次是行人被卜朗舍的彬彬有礼的态度打动，还是年轻人所经过的路没人设埋伏，反正两位行客平平安安到达尚蒂伊，在伟大的圣马尔丹客栈下马。上次旅行，他们就是在这家客栈歇的脚。

店主一见年轻人带着跟班，还有两匹备用的马，便走到门口恭迎。他们已经跑了十一法里了，不管波尔托斯在不在这客栈，达达尼安也认为应当歇一歇。继而他又想，一开口就打听那名火枪手的情况，也许不大妥当，于是，他没有打听任何人的消息，只是跳下马，将几匹坐骑交给跟班，便走进单人住的小客房，向店主要了一瓶上好的红葡萄酒，要一顿尽可能丰盛的午餐。有了这些吩咐，店主初见对这位旅客产生的好感就有增无减了。

因此，达达尼安要的午餐马上就上了，简直快得出奇。

禁军卫士都是从名门士族招募的，而且达达尼安旅行带着一个跟班，备有四匹骏马，尽管身穿普通的卫士服，也还是令人高看。店主要亲自侍候。达达尼安见此情景，便吩咐人拿来两只杯子，并且进行这样一场对话：

"老实说，亲爱的店家，"达达尼安边说斟满两只酒杯，"我让您给我上最好的酒，您若是欺骗了我，那就得自作自受了，要知道，我讨厌一个人喝闷酒，您来同我共饮。请拿起这只酒杯，我们干杯吧。哦，对了，我们为了什么干杯，才不至于伤和气呢？就为您这客栈生意兴隆干杯吧。"

"大人真是赏我的脸，"店家说道，"我衷心感谢阁下的良好祝愿。"

"不过，您也不要误解，"达达尼安说道，"也许您没有想到，我这祝酒包含更多的自私成分。因为，客栈只有生意兴隆了，才能招待好客人，而旅客进了生意萧条，全乱了套的客栈，就会成为陷入困境的店主的牺牲品。我哪，就经常旅行，尤其走这条道，因此希望一路上的客栈家家兴旺发财。"

"不错，"店主说道，"好像这不是头一次我有幸见到先生。"

"是啊！尚蒂伊这地方，我过往有十来趟了，在贵店歇脚少说也有三四次。对了，约莫十一二天前，我还到过这里，那次带了几位朋友，是几位火枪手，就因为穿着火枪手的军装，一个生人，素不相识的人，同他们当中一个吵起来，不知道为什么，那人就是要找他打架。"

"嗯！是有这么回事儿！"店主说道，"我完全想起来了。大人要向我提的，不就是波尔托斯先生吗？"

"我那旅伴就是这么称呼。上帝啊！我亲爱的店家，请告诉我，他是不是有什么不测？"

"大人总该注意到，他未能继续旅行。"

"确实如此，当时他说肯定能追上我们，结果我们再也没有见到他的人影。"

"他赏面子留在我们这儿了。"

"什么，他赏面子留在你们这儿了？"

"对，先生，就在这店里，我们甚至还挺担心。"

"担心什么？"

"担心他的一些花费。"

"算什么！花多少钱，他会付账的。"

"唉！先生，您真会给我吃宽心丸！我们已经垫付了不少钱，就说今天早晨，外科大夫还对我们明确说，假如波尔托斯先生不付费，他就向我要，谁让我派人请他来了。"

"怎么，难道波尔托斯受伤啦？"

"这事儿我无法告诉您，先生。"

"什么，这事儿您无法告诉我？按说您比任何人都更了解情况。"

"是啊，不过，干我们这行的，不能知道什么就说什么，先生，特别是有人跟我们打了招呼，管不住舌头，就得小心耳朵。"

"那好！我能见见波尔托斯吗？"

"当然可以，先生，请走楼梯，到二楼，敲一号客房的门。不过，您得先说出是您。"

"什么，还得先说出是我？"

"对，要不然，您就可能发生什么不幸。"

"我能发生不幸？"

"波尔托斯就有可能认为您是店里的人,发起火来,一剑刺穿您的身子,或者一枪打烂您的脑袋。"

"你们怎么招惹他啦?"

"我们向他要过住店钱。"

"哦,见鬼!我明白了,波尔托斯身上没钱的时候,最受不了讨账的了,不过我知道,他身上应当有钱。"

"当时我们也是这么想的,先生。我们店规挺严的,每星期结一次账,等他住了一星期,我们给他送去账单,可能去的时候不对,刚一开口,就让他全给轰出来了。不错,前一天他是赌过钱。"

"什么,前一天他赌过钱,同谁赌的?"

"唉!上帝呀,谁知道呢?跟一位过路的爵爷,他向人家提议,打一局朗斯克奈纸牌①。"

"这就对了,这个倒霉的家伙,肯定输得精光。"

"连马都输掉了,先生,因为,那陌生人要动身时,我们发现他的跟班给波尔托斯先生的马备鞍,于是就向他指出来。可是,他回答说我们多管闲事,那马是他的。我们马上又派人通知波尔托斯先生,告诉他发生了什么事。他却把人打发回来,传话说我们全是无赖,居然怀疑一位绅士的话,既然那位绅士说马是他的,那就肯定是他的。"

"没错,一听就是他。"达达尼安咕哝道。

"于是,"店主又说道,"我打发人回答他说,在付账问题上,看来我们注定取得不了一致意见,我就希望他至少发发慈悲,去照顾照顾我的同行,金鹰客店老板的生意。不料波尔托斯先生答复说,我的客栈是最好的,他就想留在这儿。

"这种答复太中听了,我也就不好强行让他离开,仅仅请求他把全

---

① 朗斯克奈纸牌:由德国雇佣兵于十六世纪传到法国。

店最好的客房腾出来，搬上四楼小巧玲珑的一间屋。然而，波尔托斯先生听了这种请求，却回答说他在等人，他的情妇随时会到，那是宫廷里身份最高的贵妇之一，我应当明白，就连现在他赏脸住的客房，接待那样的贵妇已经很差了。

"然而，我一方面承认他讲的是实话，另一方面认为还得坚持。可是，他根本就不想跟我废话，拿出手枪，往床头柜上一放，声明不管是搬走还是换房，完全是他个人的事儿，谁敢冒冒失失插手，向他提搬开的事，他就老实不客气地打烂谁的脑袋。因此，先生，从那以后，除了他的跟班，谁也不敢进他的房间了。"

"那么，木斯克东也在这儿了？"

"对，先生。他走了五天，又回来了，可是脾气坏极了，好像在旅途上，他也碰到了不愉快的事。不幸的是他比他主人手脚快得多，为了侍候主人，把什么都搞得乱七八糟，因为他认为提什么要求都会遭到拒绝，就问也不问一声，需要什么干脆自己动手。"

"事实上，"达达尼安说道，"我一直注意到，木斯克东身上体现出极大的忠心和聪明。"

"这是可能的，先生，然而您设想一下，同这种既忠心又聪明的人，我每年若是打上四次交道，就非得破产不可。"

"不会，波尔托斯肯定会付账。"

"哼！"店主怀疑地应了一声。

"一位十分高贵的妇人那么爱他，绝不会袖手旁观，让他陷入欠房费的这种困境。"

"关于这件事，我若是冒昧讲出我的看法……"

"您的看法？"

"不如说，我所知道的。"

"您所知道的？"

"甚至可以说，我确信无疑。"

"说说看，什么您确信无疑？"

"我要说，我认识那位贵妇。"

"您？"

"对，我认识。"

"您是怎么认识她的？"

"唔！先生，假如我能相信您会守口如瓶……"

"说吧，请相信绅士的信誉，您不会后悔的。"

"好吧！先生，您能理解，一个人有了担心，就会做不少事情。"

"您做了什么？"

"哦！一点儿也没有超出一个债主的权限。"

"究竟做了什么呀？"

"波尔托斯先生写给公爵夫人一封信，让我们送到驿站去。当时他的跟班还没回来，他又不能离开客房，只好差遣我们跑一趟。"

"后来呢？"

"信交到驿站很不保险，就没有送去，正好店里有个伙计要去巴黎，我就吩咐他把信送交公爵夫人本人。波尔托斯先生一再嘱咐，这样做也完全合乎他的心愿，对不对？"

"差不多吧。"

"嘿！先生，您知道那位贵妇是怎么回事吗？"

"不知道，我仅仅听波尔托斯说起过。"

"那位所谓的公爵夫人，您知道是怎么回事吗？"

"我再跟您说一遍，我不认识她。"

"她是夏特莱① 法庭一位讼师爷的妻子，名叫科克纳尔太太，有

---

① 巴黎市中心建有两座要塞，称大、小夏特莱。大夏特莱位于塞纳河右岸，刑事审判机构设在那里，1802 年拆毁。小夏特莱坐落在塞纳河左岸，充当监狱，于 1782 年拆毁。

五十多岁了，还总摆出醋劲十足的样子。我也觉得特别奇怪，一位公爵夫人，怎么会住在狗熊街呢。"

"这情况您是怎么知道的？"

"因为她接到信时，大动肝火，说波尔托斯先生太轻浮，又是为女人挨了那一剑。"

"怎么，他挨了一剑？"

"噢！上帝啊！瞧我这嘴，说什么啦？"

"您说波尔托斯先生挨了一剑。"

"对。可是他严禁我讲出去！"

"为什么？"

"还用问，先生！那天您走了，留下他同一个陌生人吵起来，他大吹大擂，扬言要把人家刺个穿心透，结果却被人家给撂倒在地了。波尔托斯先生可是个死要面子的人，他不愿向任何人承认自己挨了一剑，只告诉了公爵夫人，那是认为他这冒险经历会引起那位夫人的兴趣。"

"这么说，他是中了一剑，才卧床养伤？"

"我可以向您保证，那一剑很厉害。看来，您的朋友命可够大的。"

"当时您在场？"

"先生，我出于好奇，暗暗跟了去，看见了他们决斗，不过决斗的人没有看见我。"

"当时情况怎么样？"

"唔！时间倒不长，我可以向您保证。双方拉开架势，那陌生人做了个假动作，便猛刺过去，动作快极了，波尔托斯先生刚一招架，剑已经刺进他胸膛三寸深了。他仰身倒下去，那陌生人立刻用剑尖抵住他的喉咙，波尔托斯先生见大势已去，便向对手认输。于是，那陌生人问他的姓名，得知他是波尔托斯先生，而不是达达尼安先生，就伸手将他扶起来，搀回旅店，自己上马走了。"

"这样看来，那人要找的是达达尼安先生啦？"

"看来是的。"

"您知道他的下落吗？"

"还真不知道。以前我从未见过，后来我们再也没有见过他。"

"很好，我想了解的全了解了。现在，您是说波尔托斯先生住在二楼一号房？"

"对，先生，全旅店最漂亮的房间，我若安排客人住，已经不下十次机会了。"

"哎！您就放宽心，"达达尼安笑道，"波尔托斯会用科克纳尔公爵夫人的钱付您账的。"

"哦！先生，是讼师爷太太还是公爵夫人，倒也无所谓，只要她肯打开钱袋就成。不过，她答复得十分肯定，波尔托斯先生总要钱，又总负情，她已经厌倦了，再也不会寄给他一个铜子儿。"

"这种答复，您告诉了房客吗？"

"我们当然避而不谈，否则的话，他就会知道，我们用什么办法给他送信的。"

"因此，他就一直等着寄钱来？"

"嗯！上帝呀，对！昨天他还写信来着，不过这回，是他的仆人把信送到驿站。"

"照您说的，那位讼师爷太太又老又丑？"

"少说有五十岁了，照我的伙计帕托说的，一点儿也不漂亮。"

"果真如此，您就放心吧，她的心很快就会软下来。况且，波尔托斯欠您的账也不会有多少。"

"什么，不会有多少！已经有二十来皮斯托尔了，还不算医疗费。噢！他生活样样都不能少，看得出来，他过惯了优裕的生活。"

"没事儿！如果情妇丢下他不管，他总还有朋友呢，我可以向您打包票。因此，我亲爱的店家，您丝毫不必担心，他这身体状况需要什么，您就供应什么好了。"

"先生可答应过我，绝口不提讼师爷太太，也只字不讲受伤的事儿。"

"说定的事儿，您有我的承诺。"

"噢！要知道，他会要我的命！"

"不要怕，其实，他并没有那么凶！"

达达尼安说着，便上楼去，而留在原地的店主，对自己非常看重的两样东西：债权和性命，心里稍微踏实了一点儿。

上了一层楼，楼道里最显眼的一扇门上，只见用黑墨水写着一个巨型的"1号"，达达尼安敲了一下门，屋里的人叫他走开，他却举步走进屋。

波尔托斯躺在床上，正同木斯克东打朗斯克奈牌，为了练练手。插着竹鸡的铁扦在炉火前转动，大炉灶西侧的炉眼上，各放一只锅，锅里炖着菜，散发出香喷喷的白葡萄酒炖兔肉和鱼汤的味道。此外，写字台和五屉柜的大理石贴面上，还摆满了空酒瓶。

波尔托斯一见是自己的朋友，便高兴得大叫一声，木斯克东也恭恭敬敬地站起身，让出座位，去瞧一眼两只火锅，仿佛特意察看一下。

"嘿！活见鬼！是您啊，"波尔托斯对达达尼安说，"欢迎欢迎，请原谅，我不能起身迎接您。对了，"他带着几分不安的神色，瞧着达达尼安，又问了一句，"您知道我出了什么事儿了吗？"

"不知道。"

"店主没有对您说什么？"

"我问了您的客房，就直接上来了。"

波尔托斯呼吸这才显得自然了一些。

"您出了什么事儿啦，我亲爱的波尔托斯？"达达尼安问道。

"我出的事儿嘛，我就在刺中对手三剑之后，又冲过去，要刺第四剑将他结果掉，不料一脚绊到石头上，膝骨扭伤了。"

"真的吗？"

"老实话！算那浑蛋运气好，要不然，我非当场要他的命不可，我敢跟您说这话。"

"他后来怎么样了？"

"嗯！我一无所知，他吃尽了苦头，自己的东西没有要就溜掉了。对了，您呢，我亲爱的达达尼安，您的情况如何？"

"就因为膝骨扭伤了，"达达尼安接着问道，"您就不得不待在床上？"

"唉！上帝呀，对，就是这码事儿，也没什么，过不了几天我就能行走了。"

"您怎么不让人护送回巴黎呢？待在这儿，您一定闷得要命。"

"我也是这么打算的，可是，我亲爱的朋友，有一件事，我不得不向您承认。"

"什么事？"

"是这样，正如您讲的，我闷得要命，兜里又装着您分给我的七十五皮斯托尔，就想消遣消遣，请一位过路的绅士上来，提出要跟他赌骰子。他接受了，结果呢，我兜里的七十五皮斯托尔，当然就全跑到他的口袋里去了，还不算我那匹马，也被人家牵走了。可是您呢，我亲爱的达达尼安？"

"有什么办法呢，我亲爱的波尔托斯，一个人不可能处处走运，"达达尼安说道，"有句谚语您知道：'赌场失意，情场得意。'您在情场上实在太得意了，到赌场就该大走背字了。不过，输了钱，对您来说没有什么大关系！像您这样走桃花运的家伙，不是还有公爵夫人吗，她不会不来拉您一把吧？"

"对呀！我亲爱的达达尼安，"波尔托斯摆出满不在乎的神气回答，"我的手气太糟，就给她写了一封信，说明我现在的处境，急需五十路易金币，请她给我寄来……"

"结果呢?"

"结果嘛,她一定是到领地去了,没有给我回信。"

"真的吗?"

"是没回信,因此,昨天我又写了第二封信,语气比第一封信还要急切。没想到您来了,我特别亲爱的朋友,咱们谈谈您吧。不瞒您说,现在我开始有点担心您的情况了。"

"看样子,店主对待您相当好啊,我亲爱的波尔托斯。"达达尼安说着,向伤者指了指满满两锅菜和那些空酒瓶。

"马马虎虎吧!"波尔托斯回答,"三四天前,那个放肆的家伙给我看账单,让我把他连同账单赶出门去了。因此,我在这里的行为,就像战胜者,就像征服者。不过,您也看到了,我武装到了牙齿,总怕遭受袭击。"

"然而,"达达尼安笑道,"看样子,您隔三差五还出出门。"

他指了指那些酒瓶和火锅。

"出门,可惜也不是我!"波尔托斯说道,"这次可恶的扭伤,算是把我拴在床上了。是木斯克东出去张罗,带回来食物。木斯克东,我的朋友,"波尔托斯继续说道,"您瞧,咱们的增援部队来了,还得补充给养啊。"

"木斯克东,"达达尼安说道,"您务必帮我一个忙。"

"帮什么忙,先生?"

"让卜朗舍学会您的烹调法。说不上哪天,我也有可能遭受围困,如果他能像您待候主人似的,让我享受同样的福,那就是我不幸中的大幸了。"

"哦,上帝啊!"木斯克东一副谦虚的样子,说道,"这事儿再容易不过了,人只要灵巧就行了。我是在农村长大的,父亲在空闲的时候,就偷着打猎。"

"那么,其余时间,他干什么呢?"

"先生,他从事一种行当,在我看来一直很顺。"

"什么行当?"

"那是战乱时期,他看见天主教徒屠杀胡格诺教派,胡格诺教派也屠杀天主教徒,敌对双方都打着宗教的旗号,于是,他就制造出一种混合的信仰,时而是天主教徒,时而是胡格诺教派。他平时总是扛着那杆喇叭口火枪,在路旁的绿篱后面溜来溜去,一见到单人行走的天主教徒,他的头脑里胡格诺派宗教观念立刻占上风,于是把火枪放下来,瞄向那行人;等那人相距只有十步远,他就进行一场对话,临了对方总是丢下钱袋逃命去了。如果走过来的是一名胡格诺派教徒,不用说,他又觉得浑身燃起天主教的激情,那样强烈,他甚至不明白一刻钟之前,对我们神圣宗教的优越性,自己怎么能产生怀疑。我这么说,先生,因为我是天主教徒,我父亲忠于他的原则,让我哥哥当了胡格诺派教徒。"

"令尊最后结局如何?"达达尼安问道。

"噢!结局极其悲惨,先生。有一天,他在一段凹路上,同时碰见一名胡格诺派教徒和一名天主教徒,两个人都曾同他打过交道,都认出他来,于是联手对付他,把他吊死在一棵树上,然后走到附近村子的一家小酒店,大肆吹嘘一通他们的壮举。我和我哥哥正巧也在那家小酒店喝酒。"

"那你们怎么办了?"达达尼安问道。

"我们就由他们说去,"木斯克东接着说道,"等他们离开小酒店,各自朝相反的方向走去,我哥哥就跑去埋伏到那名天主教徒经过的路边,我则跑去埋伏到那名胡格诺派教徒经过的路旁。两小时之后,就全部了结,我们都各自清了账,同时心里也佩服我们父亲的远见卓识,他早就采取预防措施,让我们兄弟二人信奉不同的宗教。"

"正如您所说,木斯克东,令尊果然是个特别聪明的人。您刚才是说,这位老实厚道的人在空闲时间就偷猎,对吗?"

"是的,先生,正是他教会我结套子捕猎物,往水底下钩。因此,我看到那个坏蛋店主给我们吃的仝是大块肥肉,合乎粗人的肠胃,根本不适于我们这样讲究的胃口,我就又稍微拾起我的老行当。我在王爷的树林里散步的时候,就在有兔子出没的地方下些套子,而且躺在殿下领地水塘边上的时候,也往水里放些钓钩。结果呢,上帝保佑,先生可以做证,我们不缺少竹鸡和野兔、鲤鱼和鳗鱼,全是容易消化、营养丰富的食物,适合病人食用。"

"那么葡萄酒呢,"达达尼安问道,"谁供应葡萄酒?是店家吧?"

"要说是他也不是他。"

"怎么是他又不是他?"

"不错,是他供应,但是,他又不知道有这份荣幸。"

"给我说说清楚,木斯克东,跟您谈话,真是大长见识。"

"是这样,先生,我在旅行中,偶然碰见一个西班牙人,他游历了许多国家,还到过新大陆。"

"新大陆,跟这写字台和柜子上的酒瓶,究竟能有什么关系?"

"耐心一点儿,先生,说事儿总有个先后。"

"说得对,木斯克东,我信得过您,我听着。"

"那个西班牙人有一个跟班,陪他去过墨西哥。那个跟班又是我的老乡,我们很快成为好朋友,也是我们性格很接近的缘故。我们二人都特别爱打猎,因此,他就向我讲述潘帕斯大草原那里,土著如何用简单的绳索套子,就能猎取老虎和野牛,他们在绳索的末端仅仅打一个活结,就能套住那些可怕野兽的脖子。起先我怎么也不肯相信,就能那么灵巧,在二三十步开外,绳套想抛哪儿就抛哪儿,可是眼见为实,我不得不承认他讲的是。我的朋友拿一个酒瓶放到三十步的地方,他抛出去绳索,每次都能套住瓶颈。我也开始练这手,由于我还有一点天分,今天我抛绳索套猎物,敢跟世界上任何人相比。怎么样!您明白了吗?我们店主的酒窖藏货很多,但是门钥匙从不离身,只是没想到酒窖还有个通风窗口。于是,我就从气窗往里抛索套,现在我也掌握哪个角落有好酒,就专往那里套酒瓶。您瞧,先生,新大陆就是这样同柜子和写字台上的酒瓶联系起来了。现在,您要不要尝尝我们的酒，然后不带偏见地跟我们说说，您觉得如何？"

"谢谢，朋友，谢谢，只可惜我刚刚吃过午饭。"

"好吧！"波尔托斯说道，"摆桌子，木斯克东，我们吃午饭，达达尼安坐在旁边，向我们讲讲他离开我们十来天的情况。"

"好吧。"达达尼安答道。

波尔托斯和木斯克东吃起午饭，正康复的人胃口自然好，又在患难之中，更有把人关系拉近的那种兄弟般的情谊。达达尼安就在一旁讲述，阿拉密斯如何受了伤，不得不滞留在克雷沃克尔，在亚眠如何丢下阿多斯去对付四条汉子，只因他们诬告他制造假币，而他，达达尼安，又如何迫不得已，从德·瓦尔德伯爵的肚子上踏过去，才终于到达英国。

不过，交心话到此为止，达达尼安仅仅交代一声，他从英国回来，带了四匹好马，他和他的伙伴每人一匹。最后，他就向波尔托斯宣布，分给他的那匹马，就拴在客栈马棚里。

这时，卜朗舍走进来，告诉主人，马已经歇好了，有可能赶到克莱蒙①过夜。

达达尼安对波尔托斯的情况差不多放了心，又急于想了解另外两个朋友的消息，就伸手给养伤的人，说他要继续赶路找其他伙伴，打算还沿原路回来，等七八天之后，如果波尔托斯仍在伟大的圣马尔丹客栈，他就顺路接他回巴黎。

波尔托斯回答说，这段时间扭伤好不了，很可能他还在这里。况且，他要等公爵夫人回信，也必须留在尚蒂伊。

达达尼安祝他早日收到满意的回信，又嘱咐几句，让木斯克东好好照顾波尔托斯，再去跟店主结了账，便带着已经减掉一匹马累赘的卜朗舍，重又上路了。

---

① 克莱蒙：法国北部瓦兹省城市。

第二十六章
阿拉密斯的论文

无论波尔托斯受伤的事还是他那位讼师爷太太，达达尼安当面都绝口未提。我们这位贝亚恩小伙子，人虽年轻，脑袋瓜儿却很灵，装作句句相信这位高傲的火枪手对他讲的话，他确信揭人隐私就难保友谊，尤其这隐私关系到自尊心。再说，我们掌握别人的生活，在精神上总有一种优越感。而且，达达尼安自有深谋远虑，决定把他的三位伙伴当成他飞黄腾达的工具，因此，他乐得将他要用来牵动他们的无形的线，事先就全部握在手中。

然而一路上，他也黯然神伤，忧心忡忡，念念不忘应当奖赏他这忠心的年轻而漂亮的博纳希厄太太。不过，我们要赶紧说明一点：这个年轻人伤感的起因，主要还是担心那可怜女子身遭不幸，而不是懊恼自己失去的欢乐。他毫不怀疑，那可怜的女人成了红衣主教报复的牺牲品，而且众所周知，法座报复起来是骇人听闻的。在首相的眼里，他是如何得到高看的呢，自己实在不得其详。当然，卫队长德·卡伏瓦先生那次到他住所，如果找见了他，就能向他透露其中的奥妙了。

要想让时间过得快，让旅途缩短，最有效的办法莫过于陷入沉思，将身上的官能全部投入进去。一个人在沉思默想，就好像进入睡眠状态,而他的所思所想就是他所做的梦。受这种状态的影响,时间就无法度量了,空间也丧失了距离感。从某地启程,抵达另一个地点,仅此而已,而途中所有的经历,在记忆中就化为一片迷雾,一路上树木、山峦、风景等无数模糊的形象,全在这片迷雾中消失了。达达尼安受这种幻觉的支配,便信马由缰,走了七八法里,从尚蒂伊到克雷沃克尔,进了村子,一点儿也想不起路上见到什么了。

到了地方,他才恢复记忆,晃了晃脑袋,瞧见他丢下阿拉密斯的那家小酒店,催马一阵小跑,来到酒店门前站住。

这次不是老板,而是老板娘出门迎候。达达尼安会看相,朝老板娘看了一眼,对那张喜气洋洋的胖脸蛋便一览无余,心下就明白对她无须隐瞒什么,无须担心如此喜兴的面容。

"好心肠的太太,"达达尼安问她,"十二天前,我们不得不把一位朋友留在这里,他现在情况怎么样,您能告诉我吗?"

"是不是一位二十三四岁、温柔、可爱,又长得很好看的青年?"

"正是。"

"而且,肩上还受了伤?"

"一点儿不差。"

"嗯!先生,他一直住在这儿。"

"哦;老天啊!亲爱的太太,您真是救我一命。"

达达尼安说着,便跳下马,将缰绳往卜朗舍的胳臂上一扔,又说道:"这个亲爱的阿拉密斯,他在哪儿?让我拥抱他,老实说,我真急于同他见面。"

"对不起,先生,恐怕他现在不能接待您。"

"为什么不能接待?难道他身边有女人?"

"耶稣啊!您这是说什么话呀!可怜的小伙子!不对,先生,他身边没有女人。"

"那他跟谁在一起?"

"跟他在一起的是蒙迪迪埃的本堂神父,以及亚眠耶稣会士修道院院长。"

"上帝啊!"达达尼安高声说道,"可怜的小伙子,他情况不妙啦?"

"哎!先生,恰恰相反,他病了一场之后,接受了上天赐福,就决定出家了。"

"是这码事儿,"达达尼安说道,"我忘了他当火枪手只是暂时的。"

"先生还坚持见他吗?"

"更得见他了。"

"好吧,先生走院子右侧楼梯,上到三楼,五号客房就是。"

达达尼安照老板娘所指的方向跑去,看到一座露天楼梯——在乡村古老客栈的院子里,如今还能见到这类楼梯。不过,就这样前去,还是见不到那个未来的神父,只因去阿拉密斯房间的楼道,如同阿尔米德①的花园那样,被严密把守着。巴赞守在走廊,挡住他的去路,格外表现出了无所畏惧。因为他巴赞经历了多年磨难,终于快要熬出头,看到自己终生的雄心壮志即将有结果了。

的确如此,可怜的巴赞一生的梦想,就是侍候一位神职人员,他急切地盼望,瞻念将来时时浮现的那一时刻,阿拉密斯终于扔掉火枪手的军装,换上教士的长袍。年轻人每天都重申他的诺言,说是不会等多久了,无非是这种承诺将巴赞留住,因为他说侍候一名火枪手,势必要丧失灵魂。

现在,巴赞简直乐不可支,这一次,他的主人很可能不会食言了。肉体的疼痛与精神的痛苦合在一起,产生了很久以来企盼的作用。阿拉密斯在肉体和精神上同时吃了苦头,他的目光和思想终于停到宗教上。

---

① 阿尔米德:法国诗人、剧作家菲利浦·基诺(1635—1688)所作的歌剧脚本《阿尔米德》中的主人公。

第二十六章 阿拉密斯的论文

在他看来，他遭受的双重打击，即情妇突然失踪和肩部受伤，就是上天给他的警示。

这就不难理解，巴赞处于这种思想状态，最不愿意看到的是达达尼安闯来，生怕达达尼安此来，将他主人再次拖进随波逐流已久的世俗观念的旋涡中。因此，他果敢坚定地守住房门，只可惜已经被客栈老板娘出卖了，他不能说阿拉密斯不在，但还是要尽量向新来者证明，从早晨起，他主人就和人探究宗教信仰问题，恐怕天黑之前不会结束，因而这期间去打扰就过分鲁莽了。

然而，达达尼安才不理会巴赞师傅的高谈阔论，更不想同他朋友的跟班展开一场辩论，而是干脆一把将巴赞推开，另一只手去拧动五号客房的圆把手。

房门开了，达达尼安走进房间。

阿拉密斯身穿黑长衫，头戴类似教士帽的平顶圆便帽，坐在一张斜面桌子前，只见桌子上堆满了纸卷和大开本的书籍。他右首坐着耶稣会士修道院院长，左首坐着蒙迪迪埃的本堂神父。窗帘半掩着，只容一种神秘的光线透进来，好适于虔诚的沉思。在这样的房间里，一个年轻人，尤其一名年轻的火枪手所有能引人注目的世俗之物，就像变戏法似的全变没了，这当是巴赞怕主人瞧见重生尘世之念，便拿走了佩剑、手枪、插羽翎的军帽，以及各种各样镶花边的锦绣之物。

在那些物品的原来位置上，倒是有一条戒鞭似的东西，达达尼安隐约瞧见挂在幽暗的角落里。

阿拉密斯听见开门声，抬头一看，认出是他朋友达达尼安。然而达达尼安却十分诧异，他突然出现，并没有对阿拉密斯产生多大影响，只因他的神思远远脱离了尘世的东西。

"您好，亲爱的达达尼安，"阿拉密斯说道，"请相信，我很高兴见到您。"

"我也同样，"达达尼安应道，"尽管我还不能十分肯定，我面对的就是阿拉密斯。"

"正是我本人，我的朋友，正是我本人。怎么，是谁让您产生了怀疑？……"

"我是怕走错了房间，还以为走进了一位神职人员的屋子呢，接着，我看见这两位先生陪伴，又产生一个错误的想法，别是您伤病加重……"

那两个穿黑袍的人听出了话里有话，就狠狠瞪了达达尼安一眼，达达尼安却毫不在意。

"也许我打扰您了，我亲爱的阿拉密斯，"达达尼安接着说道，"看情形，我倒是认为您在向这两位先生忏悔。"

阿拉密斯脸上泛起难以觉察的红晕。

"您，打扰我？哎！恰恰相反，亲爱的朋友，我可以向您发誓。为了证明我所讲的话，请允许我为您安然无恙而高兴。"

"哈！他总算清醒过来！"达达尼安心中暗道，"还不是不可救药。"

"要知道，这位先生是我的朋友，他遭遇凶险，刚刚逃脱。"阿拉密斯指着达达尼安，十分热情地对两位神职人员说道。

"颂扬天主吧，先生。"两位教士躬了躬身，异口同声地说道。

"我没有忽略这一点，我的尊敬的神父。"年轻人边还礼边答道。

"您来得正好，亲爱的达达尼安，"阿拉密斯说道，"您就参加讨论吧，用您明智的见解照亮讨论的问题。亚眠的修道院院长先生、蒙迪迪埃的本堂神父先生，我们正在探讨早已引起我们兴趣的一些神学问题，我会很高兴听听您的高见。"

"一名军人的见解是无足轻重的，"达达尼安回答，他开始担心事情发展的趋势，"请相信我，您尽可信赖这两位先生的学识。"

两位身穿黑袍的人也颔首逊谢。

第二十六章 阿拉密斯的论文

"恰恰相反,"阿拉密斯接口说道,"您的见解对我们很宝贵。争论的焦点是这样:院长先生认为,我的论文必须阐述教义,富有教益。"

"您的论文!这么说,您在写论文?"

"当然了,"那名耶稣会士答道,"授予神职之前进行考核,一篇论文必不可少。"

"授予神职!"达达尼安嚷道,此前他还不相信老板娘和巴赞先后对他讲的话,"授予神职!"

他吃惊的目光扫视面前这三个人。

阿拉密斯坐在椅子上,姿态十分优雅,就仿佛身在贵妇的小客厅里,他抬起一只赛似女人的白皙而丰满的手,让手上脉管里的血液往下流,一边满意地欣赏,一边接着说道:

"嗯,您听到了,达达尼安,院长先生希望我的论文阐明教义,我却要表述理想。正因为如此,院长先生向我提议,写一个还从未有人论述过的题目,即 Utraque manus in benedicendo clericis inferioribus necesseria est①,我也承认,这个题目大有发挥的余地。"

达达尼安的博学我们是领教过的,这次跟上次一样,那次德·特雷维尔先生以为他收了白金汉公爵的礼物,就引了一句拉丁文,达达尼安连眉头也没有皱一皱。

"这句话的意思,"阿拉密斯为了给他全部方便,就接着说道,"下级教士给人祝福时,必须用双手。"

"出色的题目!"耶稣会士高声赞道。

"出色而又合乎教义!"本堂神父随声附和。他的拉丁文也同达达尼安一样半斤八两,因此,他就紧盯着耶稣会士,亦步亦趋地尾随,像回声似的重复人家的话。

---

① 拉丁文,意思为"下级教士给人祝福时,必须用双手"。

至于达达尼安，他完全无动于衷，冷眼瞧着两个穿黑袍的人的热情。

"对，很出色!Prorsus adimirable[①]!"阿拉密斯继续说道，"不过，这也需要深入研究教会圣师的著作和《圣经》。然而，我已经向这两位博学的教士承认，极其谦卑地承认，由于卫队值勤和为国王效力，我不免荒疏了学业。我若是自己选择一个题目，就能更放开，facilius natans[②]，而这个题目与这些神学难题的关系，恰如伦理学同哲学上的形而上学的关系。"

达达尼安厌烦透了，本堂神父也如此。

"看看如何开场!"耶稣会士高声说道。

"Exordium[③]。"本堂神父认为自己总该说点什么，就用拉丁文重复了耶稣会士所说的话。

"Quemadmo dum inter coelorum immensi tatem[④]。"

阿拉密斯瞥了一眼身边的达达尼安，见他朋友正张开大嘴打哈欠。

"我们讲法语吧，神父，"他对耶稣会士说道，"这样，达达尼安先生也好更快地领会我们的话。"

"是的，我一路赶来很疲倦，"达达尼安说道，"讲的拉丁文，全从我左耳进，右耳出去了。"

"嗯，好吧!"耶稣会士说道，"瞧一瞧从这条注释中能得出什么来。"

耶稣会士讲这话时有几分气恼，而本堂神父满怀感激地看了达达尼安一眼，心中喜不自胜。

---

① 拉丁文，意思为"绝对出色"。
② 拉丁文，意思为"如鱼得水"。
③ 拉丁文，意思为"开场白"。
④ 拉丁文，意思为"犹如在一望无际的天空"。

"摩西，上帝的仆人……听明白了，他仅仅是仆人！摩西用双手祝福。因为，在希伯来人同敌人作战时，摩西让人扶起他的双臂，可见他用双手祝福。况且，《福音书》是怎么说的呢：Imponitemanus，而不是manum①，即放上两只手，而不是一只手。"

"放上两只手。"本堂神父做着手势附和道。

"对圣彼得则不同，历代教皇都是他的继承人了，"耶稣会士继续说道，"Porrige digitos② 即伸出您的手指。现在您明白了吗？"

"当然了，"阿拉密斯喜悦地说道，"不过，事情很微妙。"

"手指！"耶稣会士又说道，"圣彼得用手指祝福。教皇也一样，用手指祝福。可是，用几根手指祝福呢？用三根手指，一根代表圣父，一根代表圣子，一根代表圣灵。"

大家都画了十字，达达尼安认为也应当照样做一下。

"教皇是圣彼得的继承者，代表三种神权。其余的人，神职等级中 ordines inferiores③，都是以大天使和天使的名义祝福。地位最低的神职人员，例如副祭司和圣器室管理员，都是用圣水刷祝福，圣水刷也就表示祝福的无数手指。题目可以简化成这样：Argumentum omni denudatunt ornamento④。以此为题，"耶稣会士接着说道，"我可以写成这样厚的两本书。"

他一时得意忘形，拍了拍将桌子压倾斜的《圣克里索斯托⑤ 文集》。

达达尼安浑身一抖。

"当然了，"阿拉密斯说道，"我承认这个题目美不胜收，但同时我

---

① 拉丁文，意思见紧接的下文。
② 拉丁文，意思见紧接的下文。
③ 拉丁文，意思为"地位稍低的神职人员"。
④ 拉丁文，意思为"毫无藻饰的论证"。
⑤ 圣克里索斯托（约344-407）：希腊教会神父，善于传教与解经，长于辞令，又称"金嘴圣约翰"。

也认为分量太重，我承负不了。我选好了这样的题目：Non inutileest desiderium in oblatione①，或者说：'略微留恋尘世，并不妨碍侍奉天主'，亲爱的达达尼安，告诉我这合不合您的口味。"

"住口！"耶稣会士嚷起来，"要知道，这个论题近乎异端邪说，在异端派的鼻祖冉森尼乌斯②的《奥古斯丁书》中，就有类似的论点，他的书早晚要由刽子手亲手烧掉。当心啊，我的年轻朋友，您偏向了伪学说，我的年轻朋友，您要毁掉自己！"

"您要毁掉自己。"本堂神父附和道，同时痛苦地摇了摇头。

"您触及了自由意志这一臭名昭著之点，这是一处致命的暗礁。您向贝拉基③派或半贝拉基派的邪说看齐。"

"然而，我尊敬的神父……"阿拉密斯又要申辩，反驳的论据冰雹似的砸来，弄得他有点晕头转向。

"您怎么能够证明，"耶稣会士不容他申辩，又接着说道，"人献身上帝，还要留恋尘世呢？听听这种两难推理：上帝是上帝，尘世是魔鬼。留恋尘世，就是留恋魔鬼，这就是我的结论。"

"这也是我的结论。"本堂神父说道。

"唉，口下留情！……"阿拉密斯又说道。

"Desideras diabolum④，不幸的人啊！"耶稣会士高声说道。

"他留恋魔鬼！唉！我的年轻朋友，"本堂神父又叹道，"不要留恋魔鬼呀，我这儿恳求您了。"

达达尼安简直都傻了，真像到了一家疯人院，看见疯子自己也要

---

① 拉丁文，意思见紧接着的译文。
② 冉森尼乌斯（1585-1638）：荷兰天主教反正统派神学家，是冉森（又译詹森）主义创始人。他撰写的《奥古斯丁书》在他死后由友人于1640年出版，被当时的教皇列为禁书。
③ 贝拉基（约360-约422）：大不列颠修士，周游罗马、埃及、巴勒斯坦等地，主张人生来本无罪，上天宽容和人的自由意志在起作用。与圣奥古斯丁学说相对立。
④ 拉丁文，意思为"你留恋魔鬼"。

变疯了。不过，眼前这些人讲话，他根本听不懂，就只好一声不吭。

"可是，你们倒是听我说说呀，"阿拉密斯又说道，他很有礼貌的口气中，开始透出几分不耐烦了，"我没有讲我留恋尘世，没有，我永远也不会讲出这句非正统的话……"

耶稣会士双臂举向半空中，本堂神父也照样举起双臂。

"不会讲的，然而你们至少应当承认，仅仅把自己完全厌弃的东西奉献给上帝，心还是不诚。达达尼安，我说得对吗？"

"我看说得很对！"达达尼安高声应道。

本堂神父和耶稣会士从椅子上跳起来：

"这就是我的出发点，是一种三段论法：尘世不乏诱惑，我脱离尘世，因为做出了牺牲。而且，《圣经》也说得明明白白：为天主做出牺牲。"

"的确如此。"两名对手说道。

"再者说，"阿拉密斯继续说道，同时掐着耳朵使之变红，就像刚才举手抖动使之变白那样，"再者说，我还以此为题作了一首回旋诗[①]，去年曾给乌瓦图尔[②]先生看过，那位大人物对我大加赞扬。"

"一首回旋诗！"耶稣会士不屑地说道。

"一首回旋诗！"本堂神父机械地重复。

"说说看，说说看，"达达尼安高声说道，"这会让我们换换脑筋。"

"换不了脑筋，因为，这是一首宗教诗，"阿拉密斯回答，"是用诗论述神学。"

"见鬼！"达达尼安来了一句。

阿拉密斯以略带虚伪的谦虚口吻说道："就是这样一首诗——

---

① 回旋诗：16世纪法国流行的一种诗体，形式固定，每小节五行，第一句的开头分句与第五句相同。
② 乌瓦图尔（1597-1648）：法国诗人，文风属于典型的矫揉造作派。

>您悲咽,哀悼充满魅力的过去,
>
>现在只有苦度不幸的时日,
>
>您的所有痛苦终将结束,
>
>等您的眼泪全奉献给天主,
>
>您悲咽。"

达达尼安和本堂神父听了喜形于色。耶稣会士还坚持己见。

"要当心,不要用神学著述的文体,来把玩世俗的趣味。圣奥古斯丁是怎么说的呢?Severus sit clericorum sermo[①]。"

"是啊,布道应该清清楚楚!"本堂神父说道。

"然而,"耶稣会士见他的追随者理会错了,就急忙接口说道,"然而,您的论文会讨那些贵妇的喜爱,仅此而已。它所能取得的成就,也不过像帕特吕[②]先生的一篇辩护词。"

"但愿如此!"阿拉密斯兴奋地高声说道。

"您瞧,"耶稣会士也提高声音,"世俗还在您身上大呼小叫,altissim voce[③],您还追随尘世,我的年轻朋友,我真担心,圣宠也根本不灵验了。"

"您就放心吧,神父,我为自己负责。"

"世人的自负!"

"我了解自己,神父,我的决定不可更改。"

"这么说,您执意要继续写这篇论文?"

"我感到这是一种召唤,要我论述这个题目,而不是别的题目。因

---

① 拉丁文,意思为"神职人员布道应当严肃"。
② 帕特吕(1604-1681):法国律师,著名的辩才。
③ 拉丁文,意思为"最大的声音"。

此，我要继续写下去，明天，我将根据你们的看法修改，希望你们会感到满意。"

"慢慢写吧，"本堂神父说道，"我们要让您保持最佳精神状态。"

"是啊，土地全播了种子，"耶稣会士说道，"我们倒不必担心有一部分种子落到石头上，还有的落到路边，其余的则让天上的鸟儿吃光，aves coeli comederunt illam①。"

"让瘟疫把你连同你的拉丁文一扫而光！"达达尼安说道，他觉得实在忍不住了。

"再见，我的孩子，"本堂神父说道，"明天见。"

"再见，胆大妄为的年轻人，"耶稣会士说道，"您有望成为教会的一束灵光，愿上天保佑，这束灵光别成为吞噬一切的烈火！"

这一个钟头，达达尼安烦透了，一直啃手指甲，现在啃到肉了。

两个穿黑袍的人终于起身，向阿拉密斯和达达尼安施礼告别，朝门口走去。巴赞一直站在门外，怀着虔诚的喜悦心情，从头至尾听完这场辩论，这时他急忙迎上去，拿了本堂神父的日课经，又拿了耶稣会士的弥撒经，恭恭敬敬地在前面带路。

阿拉密斯一直送到楼梯下面，随即又上楼，回到还在沉思默想的达达尼安身边。

现在屋里只剩这两个朋友了，一时冷场，彼此都有点尴尬。然而，总得有个人打破这种沉默，而达达尼安似乎决意要把这种荣幸让给他的朋友。

"您也看到了，"阿拉密斯说道，"现在我又回到我的基本想法上来了。"

"是啊，正如那位先生刚才所讲的，灵验的圣宠触动了您。"

---

① 拉丁文，意思即上面那句译文："其余的则让天上的鸟儿吃光。"

"唉!这种出家修行的计划,早就做出来了,而且,您也听我谈过,对不对,我的朋友?"

"当然了,不过讲老实话,我还以为您是开玩笑呢。"

"拿这种事情开玩笑!噢!达达尼安!"

"算什么!有人还拿死开玩笑呢!"

"那就错了,达达尼安,因为死亡,就是通向永罚或永福的门户。"

"同意。不过,阿拉密斯,劳驾,不要谈什么神学了,今天您已经谈得够多的了。至于我,拉丁文本来就没有学会,知道那么点儿也几乎全忘了。再说,我得向您讲实话,从今天上午十点钟起,我连一点东西也没有吃,简直饿得要命。"

"咱们马上就吃饭,亲爱的朋友。不过,您总归不会忘记今天是星期五,而在这种日子里,肉类我既看不得,也吃不得。我的晚餐,如果您能将就吃,只有水煮番杏①和水果。"

"您说的番杏是什么?"

"就是菠菜,"阿拉密斯又说道,"不过,我倒可以给您加几个鸡蛋,这也是严重违犯规定,因为,鸡蛋能孵出鸡来,也还是肉。"

"这可不是什么美味佳肴,不过也无所谓,为了和您待在一起,这我也忍了。"

"感谢您做出这种牺牲,"阿拉密斯说道,"不过,这种晚餐,即使对肉体没有什么好处,对您的灵魂却是有益的。"

"看来,阿拉密斯,您是非进入宗教不可了。咱们的朋友会怎么说呢?德·特雷维尔先生又会怎么说呢?我先把话说下,他们会把您当成逃兵。"

"我不是进入宗教,而是回到宗教。当初我为了贪图尘世的欢乐,

---

① 番杏:一年生草本,原产澳大利亚等地,开黄花,果实菱形,叶茎嫩时可食,又称夏菠菜。

才逃离了教会，而且您也知道，我是强迫自己穿上火枪手的军装的。"

"我可一无所知。"

"您不知道我是如何离开神学院的？"

"根本就不知道。"

"给您讲讲我那段经历。况且，《圣经》上也说：你们要相互忏悔。达达尼安，现在我就向您忏悔。"

"我呀，事先就宽恕您，您瞧，我是个好人。"

"神圣的事情，开不得玩笑，我的朋友。"

"那您就讲吧，我听着。"

"从九岁上起，我就进了神学院，差三天满二十岁的时候，我就要成为神父了，事情完全定下来了。一天晚上，我像往常那样，到我喜欢拜访的一户人家——有什么办法呢，人年轻，意志总是薄弱的。我时常给女主人念圣徒传记，一名军官看着眼红，那天晚上，他没让人通报就突然闯进来。当时，我正巧把译成诗体的犹滴①的故事念给女主人听，她大加赞赏，还伏在我肩上和我再读一遍。那种姿势，我承认是有点太随便，伤害了那名军官。当场他什么也没有讲，等我出了门，他就跟了出去，追上来，对我说道：

"'教士先生，您想要挨几手杖吗？'

"'这我说不好，先生，'我回答，'还从来没有人敢打过我呢。'

"'那好！听我说，教士先生，如果您再去今晚让我碰见的那户人家，我呢，就敢打您。'

"我觉得自己害怕了，当时面无血色，感到双腿站立不稳，也找不到话回敬对方，就只好沉默不语。

"那军官还在等待，见我迟迟不回答，便哈哈大笑，转身回屋去

---

① 犹滴：相传为犹太侠烈女，只身入敌营，以色相引诱敌首领，并趁他熟睡时割下他的头颅。事见《圣经次经·犹滴传》。

了。而我回了神学院。

"我出身名门贵族，血气方刚，这一点您也一定注意到了，我亲爱的达达尼安。这种侮辱是绝难容忍的，尽管无人知晓，然而我感到它在我内心深处存活蠕动。我向院长明确表示，我觉得准备不足，难以接任神职。院方同意我的请求，将授神职仪式推迟一年。

"我去找了巴黎最出色的剑术师，谈好条件，请他每天给我上一次剑术课，而我每天习练剑术，坚持了一年。就在我蒙受侮辱的一周年那天，我将教士长袍挂到钉子上，换了一整套骑士服装，去参加我的女友中一位夫人举行的舞会。我知道我那个对头也会去，舞会地点是自由市民街，离强力监狱①很近。

"那名军官果然在舞会上，我走上前去，见他眉目含情望着一位女子，同时唱着一首情歌，等他唱到第二段中间的时候，我就打断他。

"'先生，'我对他说，'您是不是一直不愿意让我再去帕叶纳街和某一住宅？如果我胡来不听您的话，您还要拿手杖揍我？'

"那军官惊诧地看着我，然后说道：

"'您要干什么，先生？我并不认识您。'

"'我嘛，'我回答道，'我就是念圣徒传记，并把犹滴传译成诗的那个小教士。'

"'哦！哦！我想起来了，'军官嘲弄道，'您想干什么？'

"'我希望您抽空出去同我散散步。'

"'如果您真有这种愿望，那就明天早晨，我非常乐意奉陪。'

"'劳驾，不是明天早晨，而是立刻。'

"'假如您非要求这样……'

"'是的，我要求这样。'

---

① 强力监狱：坐落在巴黎市内沼泽区，于 1850 年拆毁。

"'那我们就出去吧,'军官说道,'各位夫人,不必多虑。我出去一下,杀了这位先生就回来唱最后一段。'

"我们二人出去了。

"我把他带到帕叶纳街,正是一年前的那时那刻,他对我讲了我告诉您的那种恭维话的原地。那天晚上皓月当空,我们抽出剑来,只过一招,我一个冲刺,就把他撂倒了。"

"活见鬼!"达达尼安感叹一声。

"然而,"阿拉密斯接着说道,"那些夫人小姐不见那歌手回去,后来又有人发现他死在帕叶纳街,身子被剑刺穿了,他们自然想到是我把他修理成那样。结果事情闹得满城风雨,我不得不暂时脱下教士服。正是在那种时候,我结识了阿多斯,而波尔托斯在我上剑术课之外,还教会了我几种绝招,就是他们二人促使我下决心加入火枪卫队。国王很喜爱在围攻阿拉斯①城时阵亡的家父,也就批准了我的请求。因此,您应当明白,今天是我回到教会怀抱的时候了。"

"为什么是今天,而不是昨天,也不是明天呢?今天您发生了什么事,又是谁给您出的坏到家的主意呢?"

"就是这道伤口,我亲爱的达达尼安,这是上天对我的警示。"

"这道伤口?算了吧!差不多痊愈了,我还确信,今天,最令您痛苦的,可不是这伤口。"

"那是什么创伤呢?"阿拉密斯脸唰地红了,问道。

"您心里有创伤,阿拉密斯,是一个女人造成的,这创伤更疼痛,流血更多。"

阿拉密斯的眼神不觉闪亮一下。

"哦!"他尽量掩饰内心的激动,装出若无其事的样子说道,"不

---

① 阿拉斯:法国西北部加来海峡省首府。1640 年,路易十三从西班牙手中夺回该城。

要提那种事情了，我嘛，还想那种事！还会为失恋伤心？Vani tas vani tatum[①]！您看我这样子，像是神魂颠倒吗？又为了谁呢？难道就为我在驻防的地方追求的一个女工，或者是一个女佣吗？呸！"

"请原谅，我亲爱的阿拉密斯，我原来倒以为，您的眼光要高些。"

"眼光高些？我是什么人，能有那么大野心？一名可怜的火枪手，身无分文，又默默无闻，最憎恶束缚，根本不适合待在这个世界上。"

"阿拉密斯，阿拉密斯！"达达尼安嚷道，同时以怀疑的神气看着他的朋友。

"原本是尘埃，我还回到尘埃中去。人生处处是屈辱和痛苦，"他神色黯淡下去，继续说道，"人生与幸福相连的线，在人的手中一根根全断了。噢！我亲爱的达达尼安，"阿拉密斯接着说道，声调里略微透出点辛酸，"请相信我，您一旦有了创伤，就仔细遮掩起来。沉默是不幸者的最后一点快乐，不要让任何人摸到您痛苦的痕迹。好奇者畅饮我们的泪水，犹如苍蝇吮吸受伤的鹿身上的血。"

"唉，我亲爱的阿拉密斯，"达达尼安也长叹一声，说道，"您刚才讲的，也正是我的经历。"

"什么？"

"是的，我爱恋的、崇拜的一位女子，刚刚被人劫持走了。我不知道她在哪儿，也不知道她被弄到何处去了。也许她被囚禁起来，也许她已经死了。"

"然而，您至少还能有这种安慰，想到她并不是主动离开您的。如果说您得不到她一点音信，那是因为有人禁止她同您联系，至于……"

"至于什么？……"

"没什么，没什么。"阿拉密斯紧接着说道。

[①] 拉丁文，意思为"虚幻的虚幻"，引自《圣经·旧约·传道书》第一章。

"这么说,您要永远放弃尘世了,主意已定,再也不能更改了?"

"永远放弃。今天,您还是我的朋友,等到明天,在我看来,您就完全是个影子了,甚至不复存在了。这个尘世,不是别的,正是一座坟墓。"

"见鬼!您说得好凄惨啊。"

"有什么办法!我的天职在拉我,要把我劫走。"

达达尼安微微一笑,没有应声。阿拉密斯继续说道:

"不过,趁我还在尘世,我很想同您谈谈您,谈谈我们的朋友。"

"我呢,"达达尼安说道,"我本想同您谈谈您本人,可是见您毅然决然离开一切。爱情嘛,您说'呸',朋友嘛,全是影子,尘世还是一座坟墓。"

"唉!到时候您会亲眼看到的。"阿拉密斯叹道。

"不要再谈了,"达达尼安说道,"这封信也烧毁吧,它一定是给您带来您那女工,或者您那使女负情的消息。"

"什么信?"阿拉密斯急忙问道。

"一封信送到您的住所,而您不在,就让我替您收下。"

"信是谁写来的?"

"嗯!是哪个伤心的使女,或者绝望的女工写来的吧。也许是德·舍夫勒兹夫人的使女写来的,她不得不随女主人回图尔,为了附庸风雅,她还用了香笺,漆封盖上公爵夫人的纹章。"

"您在说什么呀?"

"咦,信怎么弄丢了!"年轻人假装寻找,阴阳怪气地说道,"幸而尘世是坟墓,而人,当然也包括女人,全是影子,爱情也是让您唾弃的一种感情!"

"哎!达达尼安,达达尼安!"阿拉密斯嚷道,"你这是要我命呀!"

"嗯!总算找到了!"达达尼安说道。

说着,他从兜里掏出信。

阿拉密斯扑上去,一把抓过信,立刻看内容,恨不能一口吞下去。他读着,脸上洋溢喜悦的神采。

"看来,那名使女挺有文采的。"送信者漫不经心地来了一句。

"谢谢,达达尼安!"阿拉密斯几乎乐疯了,高声说道,"她是迫不得已,才回图尔的,她一直爱我,没有负情背义。过来,我的朋友,过来,让我拥抱你。我真幸福,简直喘不上气来了!"

两个朋友开始手舞足蹈,围着可敬的圣克里索斯托的文集又蹦又跳,毫不吝惜地践踏着掉在地板上的论文稿。

这时,巴赞端着菠菜和摊鸡蛋进来。

"滚开,晦气的家伙!"阿拉密斯嚷道,同时摘下圆帽,劈脸朝巴赞掷去,"从哪儿来回哪儿去,这种难吃的蔬菜、这种难以下咽的摊鸡蛋,快点端走!去要一只塞猪油的野兔肉、一只肥阉鸡、一条大蒜煨羊腿,还有四瓶勃艮第陈酿葡萄酒。"

巴赞愣愣地看着主人,根本不明白何以出现这种变故,他心里一阵忧伤,不觉炒鸡蛋滑进菠菜盘里,又随着菠菜滑落到地板上。

"时候已到,该把您的一生奉献给王中之王①了,"达达尼安说道,"假如您非向他表示这种礼貌的话:Non inutile desiderium in oblatione②。"

"带着您的拉丁文去见鬼吧!我亲爱的达达尼安,咱们痛饮一番,哼,开瓶就喝,喝个痛快。您边喝边向我讲讲外面的事情。"

---

① 指上帝。
② 拉丁文,意思为"留恋尘世并不妨碍侍奉天主"。

第二十七章
阿多斯的妻子

"现在,只差阿多斯的情况了。"最后,达达尼安对心境宽畅的阿拉密斯说道。他们吃了一顿丰盛的晚餐,一个就把论文丢到脑后,另一个也忘记了疲劳;达达尼安向他讲述了在他们出发之后,京城都发生了什么事情。

"依您看,他会遭遇什么不幸吗?"阿拉密斯问道,"阿多斯遇事特别冷静,又特别勇敢,使剑也特别敏捷。"

"是的,当然了,没有人比我更了解阿多斯的勇气和剑术了。不过,我使剑宁愿对付长矛,也不愿对付棍棒,我担心阿多斯挨了奴仆的打。那些奴仆下手狠,还不轻易住手。因此,不瞒您说,我想动身越早越好。"

"我争取陪您去吧,"阿拉密斯说道,"尽管我觉得骑马还有点困难。您瞧见了挂在墙上的那条苦鞭,我试着抽自己,可是疼痛难忍,这种苦修就没有继续下去。"

"我亲爱的朋友,用鞭笞的方法来治疗枪伤,也是从来没有见过的。不过,当时您有伤痛,有伤痛头脑就犯糊涂,您那么做我认为情有可原。"

"您什么时候启程?"

"明天拂晓。今天夜晚您尽量休息好,如果明天您能行,我们就一道动身。"

"那就明天见,"阿拉密斯说道,"您就是铁打的身子,也需要休息啊。"

次日,达达尼安走进阿拉密斯的房间时,看见他正站在窗口。

"您在那儿瞧什么呢?"达达尼安问道。

"好家伙!我在欣赏马夫牵的三匹骏马,能骑上那种好马旅行,一定会像王子一样快活。"

"那好,我亲爱的阿拉密斯,您就让自己那样快活快活吧,因为,那些马有一匹就是您的。"

"真的啊!哪一匹?"

"三匹马任您挑,我看都一样棒。"

"披的那身华丽的马衣,也是我的吗?"

"当然了。"

"您是开玩笑,达达尼安。"

"从您开始讲法语的时候起,我就不再开玩笑了。"

"系在鞍鞯上的那些黄锃锃的枪套、那身天鹅绒的马衣、那副镶银的马鞍,全给我啦?"

"全是您的,同样,那匹前蹄刨地的马是我的,而打转的那匹是阿多斯的。"

"天啊!三匹都是骏马良驹。"

"我很高兴它们得到您的赏识。"

"这种礼物,是国王送给您的吧?"

"肯定不是红衣主教送的。您就别管是从哪儿来的,只想三匹马中有一匹属于您。"

"我就选定红头发仆役牵的那匹马。"

"好极了!"

"上帝万岁!"阿拉密斯嚷道,"这下子,我余下的一点儿伤痛也一扫而光,身上就是再挨三十颗枪子儿,我也要骑上那匹马。啊,凭良心

第二十七章 阿多斯的妻子

讲，那马镫真漂亮！喂！巴赞，到这儿来，马上过来。"

巴赞出现在门口，一副快快不乐、无精打采的样子。

"把我的剑擦亮了，我的毡帽弄挺实了，斗篷也刷一刷，再给我的手枪装上弹药！"阿拉密斯吩咐道。

"最后这一件就免了吧，"达达尼安接口说道，"马鞍挂的枪套里的手枪已经装上弹药了。"

巴赞叹了一口气。

"好了，巴赞师傅，您就放宽心吧，"达达尼安说道，"无论干哪一行，都能进天国。"

"先生已经是多好的神学家了！"巴赞说着，几乎要流下眼泪，"他能当上主教，也许会当上红衣主教。"

"哎！我可怜的巴赞，喏，想想看，请问，当个神职人员又有什么用处呢？也免不了去打仗。你完全明白，一有战事，红衣主教要戴上头盔，手持战戟去参加。德·诺加雷、德·拉瓦莱特先生，你说怎么样？他也是红衣主教，问问他的跟班，他给主人包扎过多少次伤口。"

"唉！"巴赞叹道，"我知道，先生，当今世界完全乱了套。"

说话的工夫，两个年轻人同可怜的跟班已经下了楼。

"给我扶住马镫，巴赞。"阿拉密斯说道。

阿拉密斯还像从前那样，以优美轻捷的动作跳上马。可是，那匹良种马打了几个转，又连连腾跃，害得骑士疼痛难忍，面失血色，身子在马上摇晃起来。达达尼安料到可能会出这种意外情况，就一直密切注视，见状急忙冲上前去，将阿拉密斯抱住，又把他送回房间。

"就这样吧，我亲爱的阿拉密斯，您好好养伤，"达达尼安说道，"我一个人去找阿多斯。"

"您真是条钢筋铁骨的汉子。"阿拉密斯说了一句。

"哪里，我只是运气好罢了。请问，您等我这段时间，打算过什么样的生活呢？不会再给手指头和祝福注释了吧，嗯？"

阿拉密斯微微一笑，说道："我就作诗。"

"对，作些香艳的诗，要像德·舍夫勒兹夫人的使女的信笺那样芳香。您也教教巴赞怎样作诗，这样他会得到些安慰。再说有了马，您每天骑一骑，慢慢恢复习惯。"

"嗯，这方面您就放心吧，"阿拉密斯回答，"等您再回来，我一定能随您走了。"

二人相互道了别，达达尼安又把他的朋友嘱托给巴赞和老板娘，十分钟之后，他便催马直奔亚眠。

怎样才能找见阿多斯呢？进而言之，他还能找见阿多斯吗？

他是在阿多斯危急时离开的，阿多斯很可能身遭不幸了。此念一生，他的额头就布满阴云，连声叹了几口气，还咕哝着发誓要报仇。他的所有朋友中，阿多斯年纪最长，在情趣和爱好方面显得同他很不相近。

然而，他特别喜爱这位贵绅。阿多斯那种尊贵而高雅的神态、从他情愿避身的阴影中不时放射出的那种伟大心灵的光彩、使他成为最易相处之人的那种不变的平易性情、那种有点勉强又有气势逼人的快乐情绪，还有那种如不是出于极其少见的冷静，就会被人称为盲目的勇武，这么多优点，不仅赢得达达尼安的敬重和友谊，还赢得了他的钦佩。

的确，在他心情好的日子里，与优雅而高贵的朝臣德·特雷维尔先生相比，阿多斯甚至还略胜一筹。阿多斯中等身材，但是肢体特别匀称，他在不止一次的搏斗中，使火枪手公认力大无比的巨人波尔托斯落败。他的目光十分犀利，鼻子挺直，下颏儿的线条酷似布鲁图斯①，整个头部具有一种难以描摹的高雅的特征。他那双手毫不着意护理，而总用杏仁膏和香脂保养双手的阿拉密斯见了，也自愧弗如。他的嗓音清朗

---

① 布鲁图斯（公元前85-前42）：罗马政治家，他组织密谋集团，刺杀了罗马独裁者恺撒。

而又和谐悦耳。还有，阿多斯平时总不显山露水，处处谦谦退让，身上却有一种难以界定的优点，即熟谙人情世故和上流社会的习俗，以及一举一动不经意间就显示出来的绅士风度。

如果举办一次宴会，阿多斯比哪个上流社会人士安排得都会更周到，能让每位宾客坐的席位，都合乎祖先为他赢得的，或者他本人奋斗达到的地位和身份。如果谈起纹章学，阿多斯则了解王国中所有显贵的家族，了解那些家族的世系、姻亲关系、族徽及其渊源。宫廷礼仪也没有他不熟悉的细节，大领主享有什么权利他知晓，甚至如何架鹰携犬行猎他也十分内行，有一天谈起这门学问来，就连公认的大行家路易十三国王也深感诧异。

他跟同时代的所有大贵族一样，精通马术和各种兵器。此外，他早年就没有放松过学习，哪怕是经院式课程也一样，像他这样学习的贵族可以说屈指可数，因此，他听到阿拉密斯说出的、波尔托斯装懂的那种只语片言的拉丁文，往往付之一笑。甚至有两三次，阿拉密斯说拉丁文时犯了几个基本的语法错误，阿多斯当场纠正了他所用的动词的时态和名词的格，让朋友们大吃一惊。还有，那个时代可不像如今这样，军人并不大在乎宗教和自己的良心，情人不大讲究钟情，而穷人也不大遵守"摩西十诫"①中的第七诫，可是在那种风气中，阿多斯正直的品格还是无懈可击的，堪称超尘脱俗的一个人。

然而，这个人天性如此高贵，相貌如此英俊，气质如此高雅，我们却看到他不知不觉转向物质生活，犹如老年人从躯体到精神都转为迟钝一样。阿多斯常有一文不名的时日，而每逢这种日子，他通身的灵光就熄灭了，光辉的一面就仿佛隐没在深邃的黑夜里。

灵光熄灭，神性消失了，剩下来的是个极其普通的人。他垂着头，眼睛无神，说话又迟钝又吃力，一连几小时凝视着酒瓶酒杯，或者凝视他的

---

① "摩西十诫"：见《圣经·旧约·出埃及记》。上帝在西奈山授予"摩西十诫"，用以约束以色列人，成为犹太教的最高律法。其中第七诫为"毋偷盗"。

跟班格里莫。格里莫已经习以为常，看到示意就知道该做什么，能从主人呆滞的目光中看出极小的愿望，并且立即设法去满足他。四个朋友假如在这种时候相聚，阿多斯费了九牛二虎之力讲一句话，就是对谈话的全力支持了。阿多斯不说话，自然是喝闷酒，酒量一个人顶四个人，而且比起平常也没有显得多特别，只是眉头皱得更紧一些，脸上更加黯然神伤。

达达尼安这个人，我们也都了解，最爱刨根问底了，可是在阿多斯这件事上，他无论多么感兴趣，想满足自己的好奇心，也丝毫未能确认这种意志消沉是何原因，有什么变故。阿多斯没有收到过信件，从来没有。阿多斯的所作所为，他的所有朋友也无不知晓。

也不能说这种忧伤是喝酒造成的，恰恰相反，他是要借酒浇愁，然而正如我们所讲，借酒浇愁，还要愁上添愁。这种极度的忧郁，同样不能说是赌钱所致，须知阿多斯和波尔托斯截然相反：波尔托斯的情绪随输赢而定，赢钱便高歌，输钱便骂街；而阿多斯无论赢钱还是输钱，总是不动声色。有一天晚上，在火枪手俱乐部里，有人看见他赢了一千皮斯托尔，随后又全部输光，还搭进去盛典时扎的金丝腰带，接着再如数捞回来，还多赢了一百路易金币，然而，他那俊美的黑眉毛丝毫也没有挑高或者垂下，他那双手也没有丧失其珠光色彩，同样，那天晚上他谈话愉快，也始终保持讨人喜欢的平静口气。

也不像我们邻国英国人那样，受气候的影响而脸色阴沉，反之，一年当中天气越好，阿多斯通常越发沉郁，而六月、七月就更加厉害了。

眼下他也没有什么伤心事，谁跟他谈起将来的打算，他就耸耸肩膀。正如有人含混地对达达尼安讲的那样，阿多斯的秘密是从前的事了。

就在阿多斯喝得酩酊大醉时，别人无论怎样巧妙地盘问他，也始终未能从他口中或眼神里套出什么来，因此，笼罩他全身的神秘色彩，就尤其引人对他感兴趣了。

"哎呀！"达达尼安心中暗道，"此刻，可怜的阿多斯也许已经死了，是因我的过错丧了命，毕竟是我把他拖进这个事件中，而他既不知道事情的前因，也不会了解事情的后果，当然也不可能从中获利了。"

"这还不算，先生，"卜朗舍接口说，"也许我们还欠他的救命之恩呢。您还记得吧，当时他大喊，快离开，达达尼安！我中了圈套。他连放两枪，接着又用剑拼杀，一片喧嚣声！真好像有二十个人，再准确点儿说，真好像有二十个疯狂的魔鬼混战一场！"

达达尼安听了这话，心情就更加急切，催赶本无须催赶的坐骑，一路狂奔起来。

约莫上午十一点钟，望得见亚眠了。十一点半，他们就到了那家该死的客栈门口。

达达尼安时常想，对那个背信弃义的店家，非得痛快地报复一下不可。只要抱着这种报复的希望，心里就会多少得到些安慰。于是，他将呢帽往下压了压，走进客栈，左手按着剑柄，右手呼呼地挥着马鞭。

"您还认得我吗？"他对迎上来打招呼的店主说道。

"我没有这种荣幸，大人。"店主回答，他对着达达尼安如此华丽的行装，一时看得眼花缭乱。

"嗯！您不认识我？"

"不认识，大人。"

"那好，我讲两句话，就能唤起您的记忆。大约两周前，您竟胆敢蓄意控告一位贵绅制造伪币，您把那位贵绅怎么样啦？"

店主面失血色，因为达达尼安的表情凶极了，而卜朗舍也效仿他的主人。

"唉！大人，可别提了，"店主以万分痛心的声调高声说道，"唉！大人，干了这件错事，我付出多大代价。唉！我简直倒霉透了！"

"我问您哪，那位贵绅怎么样啦？"

"请听我说，大人，请您宽大为怀。喏，请赏脸坐下吧！"

达达尼安又气又担心，一言未发，凛然坐下，俨如一位审判官。

卜朗舍也狐假虎威，伏在主人的椅子的靠背上。

"事情是这样，大人，"店主浑身发抖，接着说道，"现在我认出您来了。当时，我同您讲的那位贵绅刚发生那场不幸的纠纷，您就离开了。"

"对，那正是我，因此，您完全明白，如果您不讲出全部真相，我决饶不了您。"

"因此，您就请听我说，这就会了解全部真相。"

"我听着。"

"我得到地方当局的通知，一个有名的伪币制造者要到我的客店来，他和好几个同伙都伪装成禁军卫士或者火枪手，看你们几位的马匹、你们的跟班，还有你们几位大人的面孔，跟当局向我描绘过的一模一样。"

"后来呢，后来呢？"达达尼安追问道，他很快就推测出，如此准确的特征是哪里提供的了。

"有当局派来的六个人手，我根据命令，采取了必要的应急措施，好确保抓获那几个所谓的伪币制造犯。"

"还胡说！"达达尼安喝道，他听到伪币制造犯这种称呼，觉得特别刺耳。

"请原谅，大人，请原谅我这么讲，这恰恰表明我情有可原。当局令我畏惧，您也知道，一个开旅店的，必须顺着当局。"

"我再问您一次，那位贵绅，他在哪儿？现在他怎么样了？他死了吗？他还活着吗？"

"别着急嘛，大人，我们这就要谈到了。开头的情况，您也知道，而您急匆匆走掉，"店主补充说，但是他的鬼伎俩却瞒不了达达尼安，"就似乎更有理由搞个水落石出了。那位贵绅，您的朋友，当时拼命地抵抗。不料他的跟班也闹起来，找碴儿跟装扮成马夫的警察打起来……"

"哼！坏蛋！"达达尼安高声说道，"你们全都串通好了，真不知道我怎么不把你们全宰了！"

"什么？不是，大人，我们不是全串通好的，等一下您就会明白。您的那位朋友先生，请原谅，我不知道他那无疑是很高贵的姓名，没法称呼他，您的那位朋友先生，连开两枪，撂倒了两个人之后，又用剑边战边退，还伤了我的一个人，用剑面把我打昏了。"

"喂，刽子手，你有完没完？"达达尼安嚷道，"阿多斯，阿多斯怎么样啦？"

"正如我对大人说的这样，他边战边退，发现身后就是酒窖的阶梯，恰好门又开着，就拔下钥匙，进去便把门关死。反正他在酒窖里也跑不了，就随便吧。"

"是的，"达达尼安说道，"他们也不是非杀掉他不可，只是想把他关起来。"

"公正的上帝啊！把他关起来，大人？我向您发誓，他是自己把自己关起来的。开头，他打得很凶，当场杀死了一个人，又重伤了两个。死伤的人被他们的伙伴抬走了，从那以后，我再也没有听人提起这些人或者那些人。我呢，等苏醒过来之后，就去见总督先生，讲述了发生的全部情况，还问他我该如何处置关在酒窖里的那个人。不料，总督先生仿佛坠入云里雾中，说他根本不明白我要说什么，我接到的命令不是他发出来的，他还说，我若是自找倒霉，向谁讲了他同这场斗殴有牵连，他就让人把我绞死。看来我搞错了，先生，抓了不该抓的人，让该抓的人逃掉了。"

"可是，阿多斯呢？"达达尼安嚷道，他一听当局撒手不管这件事，就更加焦躁起来，"阿多斯呢，他究竟怎么样啦？"

"我也急于向关着的人赔礼道歉，"店主接着说道，"就去酒窖，好把他放出来。噢！先生，那哪儿是人，而是个魔鬼呀！他一听说要放他出去，就声明那是给他布下的陷阱，必须先答应他提的条件，他才肯出去。我也不隐讳自己处境尴尬，错抓了陛下卫队的一名火枪手，因此低声下气地对他说，我愿意接受他的条件。

"'首先,'他说道,'要把我的全副武装的跟班还给我。'

"我们赶忙遵从这一吩咐,要知道,先生,我们的确准备好了,您的朋友要我们做什么就做什么。格里莫先生(他的话尽管不多,却报出自己的名字),格里莫先生虽然伤得很重,还是下到地窖里去。他主人把他接进去,命令我们就待在店里边。"

"倒是说清楚,"达达尼安嚷道,"他在哪儿呢?阿多斯究竟在哪儿呢?"

"在酒窖里,先生。"

"什么,坏蛋,从那时候起,您就一直把他扣在酒窖里?"

"仁慈的老天爷啊!不对,先生。我们,把他扣在酒窖里!您这么说恐怕是不知道,在酒窖里,他在那里干什么吧?哼!如果您能让他出来,我会感激您一辈子的,我会像对待我的保护神那样崇拜您。"

"这么说,他在那儿呢?在那儿我能找见他?"

"当然了,先生。他执意留在酒窖里,每天都要人用叉子从气窗给他面包,要吃肉时就递给他肉。不过,唉!他消费最多的还不是面包和肉。有一回,我带着两个伙计,试图下到酒窖里,不料他暴跳如雷。我听见他扳动手枪机关,以及他的仆人扳动火枪机关的声响。于是,我们问他们想干什么,那主人回答说,他们主仆二人可以放四十响,他们宁愿打完最后一枪,也绝不准我们一个人踏进酒窖。万般无奈,先生,我就去总督那儿告状,总督却回答我说,我这是咎由自取,这事儿能教会我,以后再也不敢侮辱来住店的尊贵的老爷们了。"

"也就是说,从那之后?……"达达尼安又说道,他见店主那副可怜相,也就忍俊不禁。

"也就是说,从那之后,先生,"店主继续说道,"我们过的日子,是这世间最悲惨的了。因为,先生,您应当知道,我们的全部食品,都储存在酒窖里:我们的瓶装葡萄酒、桶装葡萄酒、啤酒、食用油和各种调料、肥肉和香肠,全在里面。他不准我们下酒窖,来了旅客,我们也

第二十七章 阿多斯的妻子

就不能供给人家吃喝了。这样一来，我们客栈营业额天天亏损。假如您的朋友在酒窖再待上个把月，我们就得破产了。"

"罪有应得，坏蛋。看外表难道还看不出来，我们都是有身份的人，而不是伪币制造者。"

"对，先生，对，您说得有道理，"店主应道，"哎呀，您听，您听，他又闹起来了。"

"一定是有人打扰他了。"达达尼安说道。

"打扰他也在所难免，"店主高声说道，"刚才店里来了两位英国绅士。"

"那又怎么样？"

"怎么样！您也了解，先生，英国人爱喝好葡萄酒。他们要了店里最好的葡萄酒。大概是我老婆去恳求阿多斯先生，让她进去，以便满足这些先生的要求。他可能像往常那样，又拒绝了。噢！仁慈的老天爷啊！越闹越凶，没活路啦！"

达达尼安果然听见，酒窖那边一阵喧闹，于是他站起身，由绞着双手的店主带路，向吵闹的地点走去，而卜朗舍拿着装好弹药的火枪则紧紧跟随。

那两位英国绅士长途跋涉，到客栈又饥又渴，现在气急败坏了。

"怎么这样霸道，"他们略带外国口音，但法语很地道，高声嚷起来，"这个疯子，居然不让这些善良的人喝酒。哼，我们干脆破门而入，如果他耍疯耍得太过分，那好！我们就把他杀了。"

"且慢，先生们，"达达尼安说着，从腰间拔出两把手枪，"奉劝你们，别想杀什么人。"

"好哇，好哇，"从门里传出阿多斯平静的声音，"这些吃小孩的家伙，就让他们进来试试看。"

那两个英国人再怎么充好汉，此刻也面面相觑，不免犹豫起来。就好像这座酒窖里有一个要吃人的魔怪，有一个民间传说中的巨人，胆敢闯进这巢穴的人,必然受到惩罚。

有一阵工夫谁也不讲话,不过,两个英国人终归觉得退却太丢脸,性情最暴躁的那个就走下地窖的五六个梯级,狠狠朝门踢了一脚,好像要把墙壁踹开似的。

"卜朗舍,"达达尼安说着,扳上了两把手枪的扳机,"我对付上面这个,下面那个交给你了。喂,两位先生,你们要打一仗吗?那好哇,现在就满足你们!"

"上帝啊,"阿多斯嚷道,是从空洞传出的声音,"我好像听见达达尼安在讲话。"

"不错,"达达尼安也提高嗓门说,"正是我,我的朋友。"

"嘿!好哇!"阿多斯说道,"这些要破门闯入的人,让我们来修理他们。"

两位英国绅士已经拔剑在手,但是他们遭受两面夹击,于是又迟疑了片刻,不过,还像上次那样,傲气又占了上风,那人踹了第二脚,只见门从上到下裂开一道缝。

"你闪开,达达尼安,你闪开,"阿多斯嚷道,"你闪开,我要开枪了。"

"先生们,"达达尼安说道,他遇事总要三思而后行,"先生们,好好想一想。阿多斯,你也耐心一点儿!你们二位这是来捅马蜂窝,要被蜇得满身是伤啊!喏,我和我的跟班,每人能打三枪,酒窖里也能打出这些子弹。此外,我们还有剑,我可以向你们保证,我和我的朋友两个人,要剑也都不含糊。我们双方的事儿,就由我来解决吧。等一会儿你们就会有酒喝了,这事儿包在我身上。"

"如果还有剩余的话。"阿多斯以嘲弄的声调咕哝一句。

店主只觉得一道冷汗沿着脊梁往下淌。

"什么,如果还有剩余的话!"他咕哝道。

"见鬼!总会有剩余的,"达达尼安又说道,"大家放宽心,就他们两个人,不会把一整窖酒喝光。先生们,你们的剑插回鞘里去吧。"

"好吧！您的两把手枪也插回到腰带上。"

"可以。"

达达尼安先带了个头，随即又转向卜朗舍，示意他拉下火枪扳机。

英国人这才信服，将剑插回鞘中。对方也向他们讲述了阿多斯被困的经过。他们毕竟是通情达理的绅士，认为这件事店主做得不对。

"现在，先生们，"达达尼安又说道，"请你们上楼回客房去，我保证再过十分钟，就会有人给你们送去你们想要的食品。"

两个英国人施了施礼，便走出去了。

"现在，我亲爱的阿多斯，只剩下我一人了，"达达尼安说道，"求求您，把窖门给我打开吧。"

"这就打开。"阿多斯应道。

接着，便听见劈柴相互撞击和梁木料咯吱移动的响声，那便是阿多斯的护墙和防御工事，由这被围困者亲手拆除了。

不大工夫，窖门启动，只见阿多斯苍白的面孔探出来，迅速地扫视了一下四周。

达达尼安冲上去搂住他的脖子，同他亲热地拥抱，然后要把阿多斯拉出这个潮湿的寄身之所，这才发现他身子有些摇晃。

"您受伤了吗？"他问阿多斯。

"我！一点儿也没有伤着，我不过是喝得烂醉了。在这方面，还从来没有人创造出更好的业绩。天主万岁，我的店家！我一个人，估计至少喝下一百五十瓶酒。"

"老天爷啊！"店主高声说，"哪怕跟班只喝了主人的一半，我也得破产了。"

"格里莫可是体面人家的跟班，喝的酒绝不敢跟我的一样，他只喝桶装酒，嗯，我想他一定忘了堵上桶塞了。您听到了吧？酒还在往外流呢！"

达达尼安哈哈大笑，这笑声使店主从打战转而发高烧了。

恰好这时，格里莫出现在他主人身后，肩上还扛着火枪，脑袋摇来晃去，犹如鲁本斯①绘画上那些醉醺醺的森林之神。他前胸后背都沾满油乎乎的液体，店主一看就认出那是上好的橄榄油。

这支队列穿过大厅，住进这家客栈最好的客房，这是达达尼安凭其威信占用的。

这工夫，店主夫妇端着灯，急忙冲进好久禁止他们入内的酒窖里，而等待他们的是一片凄惨的景象。

阿多斯用劈柴、木板和空酒桶，根据兵法的规则建造了防御工事。他打开了个缺口出来，店家进去一看，只见地下汪着油和葡萄酒，上面扔着啃光了肉的火腿骨头，而地窖左边角落则有一堆打碎的酒瓶。此外，一只酒桶的龙头还开着，流出最后几滴血。这正像古代诗人所描绘的战场，一片掠夺和杀戮的景象。

梁木上挂的五十条香肠，只剩下十条了。

于是，店家夫妇号叫起来，声音从地窖拱顶透上来，就是达达尼安听了都不免动容，可是阿多斯却连头也不扭一扭。

痛苦之后更是愤怒，店主豁出去了，操起一根烤肉铁扦当作武器，冲进了两个朋友单独待着的客房。

"拿葡萄酒来！"阿多斯见是店主，便说道。

"拿葡萄酒！"店主不禁愣住，高声说道，"葡萄酒！你们喝我的酒，已经喝了一百多皮斯托尔了。现在我破产了，完了，全毁掉了！"

"算了！"阿多斯说道，"我们还始终感到口渴。"

"你们喝酒只管喝，也就罢了，可是，怎么把所有酒瓶全砸烂了。"

"正是您把我推到一堆酒瓶子上去的，瓶子垮下来，这是您的过错。"

"我储备的油也全完了！"

---

① 鲁本斯（1577—1640）：佛兰德斯著名画家。

"油是伤口最好的涂膏，可怜的格里莫多处被你们打伤，总得敷药包扎吧。"

"我的香肠也全给啃光了！"

"这地窖的老鼠多极了。"

"所有这些东西，您得赔我。"店主气急败坏地嚷道。

"好个怪家伙。"阿多斯说着就站起来，可是他随即又瘫软坐下，他这一起身力气全用尽了。达达尼安扬起马鞭，上前相助。

店主后退一步，开始放声大哭。

"这会教您学乖点儿，"达达尼安说道，"今后更加客气地接待上帝派给您的客人。"

"上帝！不如说是魔鬼派来的！"

"我亲爱的朋友，您再这样在我们身边聒噪，那么我们四个人干脆全下到您的酒窖中，关在里面，看看造成的损坏是不是真像您说的那么大。"

"那么好吧！先生们，"店主说道，"是我的不对，我承认。可是，什么罪过都能得到宽恕，我是个可怜的开客店的，而你们是老爷，总该可怜可怜我。"

"嗯！你若是照这样讲话，"阿多斯说道，"就会让我心碎了，眼泪就会流淌，像你的葡萄酒从桶里流出来一样。别看我这样子，其实我并不那么凶。喏，你过来，咱们聊一聊。"

店主战战兢兢地凑上来。

"过来呀，跟你说了，别害怕嘛，"阿多斯接着说道，"当初我付账的时候，就把我的钱袋放到柜台上了。"

"是的，大人。"

"钱袋里装了六十皮斯托尔，钱袋呢？"

"送交法院了，大人，先就有人说那是假币。"

"好哇，你去把我的钱袋要回来，那六十皮斯托尔就归你了。"

"可是，大人非常清楚，什么东西到了法院手里就不会放了，是假币倒还有点儿希望，可惜那是真币。"

"我的老实人，你去跟法院解决吧，这就不关我的事儿了，何况，我身上一文钱也没有剩下。"

"对了，"达达尼安说道，"阿多斯骑的那匹马，在哪儿呢？"

"在马棚里。"

"值多少钱？"

"顶多值五十皮斯托尔。"

"能值八十皮斯托尔，马归你，就算两清了。"

"什么！你要把我的马卖掉？"阿多斯说道，"你要卖掉我的巴雅泽？再打仗我骑什么，骑格里莫吗？"

"我给你另外带来一匹。"达达尼安说道。

"另外一匹？"

"那可是一匹良马！"店主高声说道。

"那好，既然另有一匹更漂亮、更年轻的，老的那匹就牵走吧，咱们喝酒。"

"喝什么酒？"店主心满意足了，问道。

"放在最里端，挨着木板条的那种，还剩下二十五瓶，其余的在我摔在上面时全打碎了。那种酒拿上来六瓶。"

"嘿，这人可是个酒罐子！"店主自言自语，"哪怕他在这儿再待上半个月，喝酒付钱，我的买卖就又兴隆起来了。"

"别忘了，"达达尼安也说道，"同样的酒，给那两位英国绅士送去四瓶。"

"现在，"阿多斯说道，"趁他给我们拿酒的工夫，达达尼安，你先给我讲讲，其他人怎么样了，说说看。"

于是，达达尼安向他讲述，如何找到因"扭伤"卧床的波尔托斯，以及坐在两位神父中间的阿拉密斯。达达尼安刚讲完，店主就送来他们要的六瓶酒,还有一个幸而没有放进地窖的火腿。

"好哇,"阿多斯说着,就给自己和达达尼安的酒杯斟满,"这杯酒为波尔托斯和阿拉密斯喝下去。对了,您呢,我的朋友,您这是怎么了,您本人发生了什么事儿?我觉得您的脸色真难看。"

"唉!"达达尼安说道,"这是因为我呀,在我们所有人当中,我是最不幸的人。"

"你不幸,达达尼安!"阿多斯说道,"说说看,你是怎么不幸的?这事儿讲给我听听。"

"以后讲吧。"达达尼安回答。

"以后讲!为什么以后讲呢?就因为你以为我喝醉了吗,达达尼安?牢牢记住这一点,我只有喝足了酒,头脑才更清醒。说吧,我洗耳恭听。"

达达尼安讲述了他和博纳希厄太太的际遇。

阿多斯听他讲述,眉头也没有皱一皱,等他讲完了便说道:

"这全是倒霉事儿,倒霉事儿!"

这是阿多斯的口头禅。

"您总说倒霉事儿,我亲爱的阿多斯!"达达尼安说道,"这可不大合乎您的情况,您从来就没有爱过。"

阿多斯无神的眼睛忽然闪亮,但是旋即熄灭,又恢复往常那种黯淡而茫然了。

"的确如此,"他平静地说道,"我从来就没有爱过。"

"心如木石,那您就完全明白,"达达尼安说道,"您不该冷酷地对待我们这些柔肠多情的人。"

"多情柔肠,痛断肝肠。"阿多斯说道。

"您说什么?"

"我说爱情就是一场赌博,赌赢的人,赢的是死亡。您赌输了就太幸运了,请相信我,我亲爱的达达尼安。如果要我给您一个忠告,那就是永远赌输了。"

"看样子她特别爱我！"

"那是看样子。"

"哎！她就是爱我。"

"孩子气！男人无不像您这样，以为情妇爱他，男人也无不被自己的情妇欺骗。"

"除了您，阿多斯，您根本就没有情人。"

"这倒是真的，"阿多斯沉吟一下才说道，"我呀，我呀，根本就没有情人。咱们喝酒！"

"那么，您这个哲人，"达达尼安说道，"请开导开导我，支持我把，我需要了解和得到安慰。"

"安慰什么？"

"安慰我的不幸。"

"您的不幸只会惹人发笑，"阿多斯耸了耸肩膀，"我倒是想知道，您听了我讲的一个爱情故事，会说些什么。"

"是您的经历吗？"

"或者是我一个朋友的经历，这无关紧要。"

"讲吧，阿多斯，讲吧。"

"咱们先喝酒，这样会更好些。"

"咱们喝酒，您就讲述。"

"对了，这样可以，"阿多斯说着，干下一杯酒，重又斟满，"两件事可以并行不悖。"

"我听着呢。"达达尼安答道。

阿多斯开始凝思，而达达尼安看到，他随着凝思脸色逐渐苍白。一般人喝酒醉到这种地步，就会倒头大睡，而阿多斯却不睡觉，只是高声梦呓。这种醉态的梦游真有几分令人恐惧。

第二十七章 阿多斯的妻子

"您一定要听吗?"他问道。

"请您讲吧。"达达尼安回答。

"那就照您的意思办好了,"阿多斯说道,"我的一位朋友,我的一位朋友,您要听清楚了!不是我,"阿多斯顿了顿,阴沉地微微一笑,"那是我那省——即贝里省的一位伯爵,如同当多洛或者蒙莫朗西家族的人那么高贵,他二十五岁时,爱上一名十六岁的少女。那少女像爱神一样美丽,妙龄天真,却显露一种火热的精神,不是女人的,而是诗人的一种精神。她不是讨人喜欢,而是能把人迷倒。她同哥哥生活在一个小镇上,她哥哥是那里的本堂神父。兄妹二人由外乡迁来,来自何地也无人知晓。况且,当地人见她长得那么俊美,见她哥哥又极为虔诚,也就不会去想问他们的来历了。再说,有人称他们出身富贵人家。我那位朋友是当地的领主,也就是当地的主宰,要想引诱她或者强行夺取,完全可以随心所欲,谁能来救助两个外乡人,两个陌生人呢?可惜他是个正派人,他娶了那姑娘,真是个傻瓜,白痴,笨蛋!"

"怎么这样说呢,他不是爱她吗?"达达尼安问道。

"等一下就知道了,"阿多斯回答,"他把那姑娘带进他的城堡,让她成为省里第一夫人。也应当说句公道话,她的言谈举止完全合乎她的身份。"

"后来呢?"达达尼安问道。

"后来!有一天,她和丈夫一同去打猎,"阿多斯讲下去,声音低沉,讲得很快,"她落马摔昏过去。伯爵冲上前去救护,看到衣衫紧得她要窒息,就用匕首划开,只见她的肩膀裸露出来。猜一猜,达达尼安,她肩膀上有什么?"阿多斯问道,同时哈哈大笑。

"我怎么猜得出呢?"达达尼安反问道。

"有一朵百合花烙印,"阿多斯说道,"她受过烙刑。"

说罢,阿多斯举起手中酒杯,一口干掉。

"真可怕!"达达尼安高声说道,"您这对我说的是什么呀?"

"真事。亲爱的朋友。天使原来是个魔鬼。那可怜的姑娘曾经做过贼。"

"那么伯爵怎么办了呢?"

"伯爵是个大贵族,在领地上掌握生杀大权。他完全撕下伯爵夫人的衣衫,将她倒背手绑起来,再把她吊到一棵树上。"

"天啊!阿多斯!害一条命!"达达尼安高声说道。

"对,害一条命,仅此而已,"阿多斯说道,他的脸跟死人一样苍白,"怎么,好像不给我倒酒了。"

于是,阿多斯抓住最后一瓶酒的瓶颈,嘴对着瓶嘴,一口气喝干了酒,就像寻常干杯那样。

接着,他的头就倒伏在双手上,而达达尼安惊慌失措,呆立在他面前。

"出了这种事,我也不敢追求那些美丽的、富有诗情而多情的女人了,"阿多斯重又抬起头,说道,但是他并不想继续讲伯爵的这则寓言,"愿上帝也同样启迪您!咱们喝酒!"

"这么说她死了?"达达尼安讷讷问道。

"当然啦!"阿多斯答道,"喂,您倒是举起杯呀,拿火腿来,怪人!"阿多斯嚷道,"我们不能再喝了啦!"

"那么她哥哥呢?"达达尼安又怯声怯气地问道。

"她哥哥?"阿多斯重复道。

"对,那个神父呢?"

"嗯!我问起过他,也要让人把他吊死,不料他却抢在前头,前一天就离开了教区。"

"起码总归了解那坏蛋是什么人吧?"

"毫无疑问,他是那漂亮妞儿的头一个情夫和同谋,一个有身份的人,装扮成了本堂神父,也许是为了把他的情妇嫁出去,好让她终身有个依靠。但愿他已经被五马分尸了。"

"噢!我的上帝!我的上帝!"达达尼安说道,他惊呆了,居然有这种骇人听闻的事。

"吃点儿这火腿吧,达达尼安,味道好极了。"阿多斯边说边切下一片,放到年轻人的盘子里。"太可惜了,像这样的火腿,当时在酒窖里还不到四个!否则的话,我还能再多喝五十瓶酒。"

达达尼安再也忍受不了这种谈话,听了简直要疯了,于是,他脑袋倒伏在双手上,佯装睡着了。

"如今年轻人酒量都不行了,"阿多斯用怜悯的目光注视他,说道,"不过,这一个还真是好样的!……"

第二十八章
回程

　　阿多斯所透露的秘密真是骇人听闻，达达尼安为之惊诧不已。然而，这次还是半吞半吐，他觉得许多情况还很模糊。首先，这件事出自一个完全醉了的人之口，透露给一个半醉的人。不过，达达尼安喝下两三瓶勃艮第葡萄酒，尽管他神志模糊，第二天早上醒来时，他还是记得清清楚楚，就好像从阿多斯口中掉出的每句话，都一句句铭刻在他的头脑里。他心存种种疑问，就越发渴望问个明白，于是，他抱着继续昨晚谈话的决心，来到他朋友的客房，却看到阿多斯完全平静下来，也就是说，恢复了精明透顶、莫测高深的一个人。

　　而且，这名火枪手同他握了握手，便抢先道破他的念头。

　　"昨天我喝得大醉，我亲爱的达达尼安，"阿多斯说道，"今天早晨，我还觉得舌头不听使唤，脉搏也跳得很厉害。可以打赌，我准讲了一大堆胡话。"

　　他讲这些话时，定睛看着他的朋友，看得对方颇为局促。

　　"没有的事儿，"达达尼安反驳道，"如果我记得不错的话，您讲的全是些很平常的事儿。"

　　"哦！您真让我奇怪！我还以为向您讲了一个极其悲惨的故事。"

第二十八章 回程

说着，他盯住达达尼安，仿佛要洞彻他的内心深处。

"真的！"达达尼安说道，"看来我比您醉得还厉害，什么也想不起来了。"

阿多斯不吃这一套，他接口说道：

"您不会没有注意到，我亲爱的朋友，醉态因人而异：有人悲伤，有人欢乐。我呢，我喝醉了就悲伤，一旦喝醉就表现出我的怪癖，给人讲我那愚蠢奶妈往我脑子里灌的各种悲惨故事。这是我的缺点，我承认，是最大的缺点，但是除开这一点，我的酒德很好。"

阿多斯讲这番话时，神态口气十分自然，倒让达达尼安的信心动摇了。

"哦！的确如此，"年轻人又说道，他试图重新弄清真相，"的确如此，我想起来了，不过就像回忆一场梦似的，我们说到了吊死的人。"

"嗯！您瞧怎么样，"阿多斯说着，面失血色，但同时还勉强笑一笑，"我就肯定是这样，吊死的人正是萦绕我头脑的幻象。"

"对，对，"达达尼安接口说道，"这会儿想起来了。对，当时讲到……等一等……当时讲到一个女人。"

"瞧瞧，"阿多斯回答，脸色几乎变得惨白了，"那是我常讲的金发女人的故事，我一讲那个故事，就是喝得烂醉如泥了。"

"对，正是这个故事，"达达尼安说道，"是个高挑个儿、蓝眼睛、金发漂亮女人的故事。"

"是的，被吊死了。"

"是被丈夫吊死的，她丈夫是您认识的一位领主。"达达尼安边说，边凝视阿多斯。

"嘿！这回该明白，一个人不知所云的时候，总要受到名誉损害，"阿多斯耸了耸肩膀，仿佛自怜似的又说道，"毫无疑问，我再也不愿意喝醉酒了，达达尼安，这是一种特别坏的习惯。"

达达尼安沉默不语。

继而，阿多斯突然改变话题。

"对了,"他说道,"感谢您给我带来那匹马。"

"合您的意吗?"达达尼安问道。

"合意,不过,这匹马恐怕不耐劳。"

"这您可就错了。我骑着它赶了十法里路,还没用上一个半钟头,它也不显得疲劳,就跟在圣绪尔比斯广场上遛了一圈似的。"

"真的呀!您要让我吃后悔药了。"

"后悔药?"

"对,我把那匹马打发掉了。"

"怎么回事?"

"是这么回事:今天早上六点钟我醒来,而您还呼呼大睡,我不知道干什么好,昨天酗酒,脑袋还晕晕乎乎的。我下楼到店堂,看见那两个英国人中的一位,正就一匹马同马贩子讨价还价,只因他的马昨天中风死了。我凑上前去,看到他要买一匹栗色的马,肯出一百皮斯托尔。于是,我就对他说:

"'真巧了,阁下,我也有一匹马要卖掉。'

"'还是一匹非常漂亮的马,'那绅士说道,'昨天我见到了,是您朋友的跟班牵着的。'

"'您认为它值一百皮斯托尔吗?'

"'值啊,照这个价,您愿意把马卖给我吗?'

"'不行,但是我愿意拿它跟您赌。'

"'您愿意拿它跟我赌吗?'

"'对。'

"'怎么赌?'

"'掷骰子。'

"说赌就赌,我赌输了那匹马。啊!真想不到,"阿多斯继续说道,"马衣又让我赢回来了。"

达达尼安脸色不大好看了。

"这事儿让您恼火啦?"阿多斯问道。

"不瞒您说,是这样,"达达尼安答道,"有打仗的那天,这匹马能让人一眼就认出我们来。而且,它还是个证物、一件念心儿,阿多斯,这件事您做得不对。"

"哎!我亲爱的朋友,您设身处地想一想,"这位火枪手又说道,"当时我烦闷得要命,况且,老实说,我不喜欢英国马。喏,如果仅仅要引人注目,那好哇!有这马鞍子就足够了,马鞍还真挺出色。至于马嘛,咱们总可以找点儿原因,说明失去了。真见鬼!一匹马总是要死的,我那匹马呢,就当是患了鼻疽症或皮疽症。"

达达尼安还是眉头不展。

"您这么看重这些马匹,"阿多斯继续说道,"这也实在令我恼火,因为,这件事我还没有讲完呢。"

"您还干了什么呀?"

"我那匹马,是九点对十点输掉的,瞧这点数,我灵机一动,就想拿您那匹马赌一把。"

"不过,但愿您只是想想而已,对不对?"

"不对,我当即就付诸行动。"

"啊!真的吗?"达达尼安不安地嚷道。

"我赌了,结果赌输了。"

"输掉我的马?"

"输掉您的马,七点对八点,只差一点……那句谚语①您知道。"

"我敢打赌,阿多斯,您可不够理智啊!"

"我亲爱的,您应当在我昨天叙述那种愚蠢的故事的时候,而不应

---

① 法语有句俗谚:只差一点,马尔丹丢掉驴子。

当今天早上对我讲这话。那匹马连同全副鞍辔，我全输掉了。"

"噢，这太可怕啦！"

"等一等，您一窍不通，如果不一意孤行，我本来可以成为赌场高手。可是总一意孤行，就像喝酒时那样。当时我就一意孤行……"

"当时您怎么能赌呢，什么都没有了呀？"

"不然，不然，我的朋友，咱们还有这枚钻戒呢，这不在您手指上闪闪发亮，昨天我就注意到了。"

"这枚钻戒！"达达尼安嚷道，同时急忙用手按住戒指。

"从前我有过几枚，也算是个行家，估计您这枚能值一千皮斯托尔。"

"我希望，"达达尼安吓得半死，严肃地说道，"您总归不会提到我的钻戒吧？"

"正相反，亲爱的朋友，您也明白，这枚钻戒成为咱们唯一的财源。我用它，就能把咱们的马和鞍辔赢回来，再赢点儿钱当路费。"

"阿多斯，您真让我不寒而栗！"达达尼安嚷道。

"这样，我就向我的对手提起您的钻戒，他同样注意到了。亲爱的，您手指上戴着天上一颗星星，活见鬼！您还不愿意引人注意！不可能！"

"把话说完，我亲爱的，把话说完！"达达尼安说道，"因为，老实讲！看您这么镇定，我非得急死不可。"

"当时，我就把这枚钻戒分为十赌注，每注一百皮斯托尔。"

"哼！您想开玩笑，试探我吧？"达达尼安说道，这时，恼怒的情绪开始揪住他的头发，就像《伊利亚特》[①]中密涅瓦抓住阿喀琉斯那样。

"不，见鬼，我这不是开玩笑！我有半个月没见过一张人脸，只跟酒瓶子亲密接触，弄得昏头昏脑，我倒想瞧瞧，您若是落到这种境地会

---

① 《伊利亚特》：古希腊史诗，相传是荷马所作，主要讲述特洛伊战争最后一年的故事。密涅瓦是罗马神话中的智慧女神，即希腊神话中的雅典娜，是她催促阿喀琉斯重新上阵，为友报仇，杀死特洛伊主将赫克托尔。

怎么样。"

"您这么讲,不成为拿我钻戒去赌的理由!"达达尼安回答,同时神经质般紧紧握住拳头。

"听听最后的情况嘛。共分十注,每注一百皮斯托尔,掷十次全输了,就不能再赌了。掷到第十三次,我全部输掉:十三这个数总给我带来厄运,而且,正是七月十三日……"

"倒霉透顶!"达达尼安忽地从桌前站起来,嚷道,"今天的故事使他忘了昨天的故事。"

"耐心点儿,"阿多斯说道,"我还有个计划。那个英国人是个怪人,早晨我看见他同格里莫说话,而格里莫来告诉我说,英国人想要他去做跟班。因此,我就拿格里莫同他赌,文静的格里莫也分成十注。"

"哈!这可太过分了!"达达尼安说着,不由得哈哈大笑。

"就是拿格里莫去赌,您要听明白!他整个人也不值两个钱,还要分成十注,我就是用他赢回了钻戒。现在您还说,坚持不是一种美德吗?"

"真的,这太有趣了!"达达尼安这下安了心,高声说着,不禁捧腹大笑。

"您也明白,我感到运气来了,立刻又赌钻戒。"

"噢!见鬼!"达达尼安说了一句,脸色随即又阴沉下来。

"我又先后赢回您的鞍辔、您的马,我的鞍辔、我的马,然后又全输掉了。总而言之,最终我还是把您的鞍辔,又把我的鞍辔赢回来了。眼下咱们的情况就是这样。这一次赌得相当漂亮,我也就此打住。"

达达尼安长出了一口气,仿佛搬开了压在胸口的这家客栈。

"最终,钻戒还是给我剩下了?"他唐唐突突地问道。

"丝毫无损!亲爱的朋友,还有你那匹布凯法拉斯[①]和我那匹布凯法

[①] 布凯法拉斯:马其顿国王亚历山大(公元前356—前323)的著名战马。

拉斯的两副鞍辔。"

"可是，咱们没有马，要鞍辔干什么？"

"这我倒有个主意。"

"阿多斯，您又让我心惊胆战。"

"听我说，您呀，达达尼安，您很久没有赌了吧？"

"我毫无赌博的愿望。"

"什么事儿都不要把话说绝。我刚说了，您很久没有赌了，手气一定很好。"

"手气好又怎么样？"

"怎么样！那个英国人和他的伙伴还在店里。我注意到他们特别喜爱那两副鞍辔。您呢，您似乎很看重您那匹马。我若是您，就拿鞍辔去赌您的马。"

"可是，他也不会只要一副鞍辔。"

"那好办，就赌两副呗！我呀，我绝不像您这样自私。"

"您肯这么干？"达达尼安颇为迟疑地说道，不知不觉中，他开始相信阿多斯的话了。

"说话算数，就下一注。"

"不过，既然两匹马输掉了，我就特别想保住两副鞍辔。"

"那就拿您的钻戒去赌。"

"哎！这可是另码事，绝不，绝不拿它去赌。"

"见鬼！"阿多斯说道，"我倒也想提议，让您拿卜朗舍去赌，可是已有先例，恐怕英国人不会干了。"

"毫无疑问，我亲爱的阿多斯，"达达尼安说道，"我还是不拿任何东西去冒险为好。"

"真遗憾，"阿多斯冷淡地说道，"英国人满口袋装的是皮斯托尔。嘿！上帝啊！赌一把，快得很，一掷就得。"

"我若是赌输了呢?"

"您一定能赢。"

"可是,若是赌输了呢?"

"那您就把两副鞍辔给人家呗!"

"赌一把去。"达达尼安说道。

阿多斯去找那个英国人,到马棚找见了他,只见他正以贪婪的目光观赏鞍辔。真是好机会。阿多斯提出如下条件:两副鞍辔赌一匹马,或者一百皮斯托尔,可以随意选择。英国人很快估算了一下,两副鞍辔值三百皮斯托尔,于是他拍板了。

达达尼安哆哆嗦嗦掷出两个骰子,才掷出三个点!他脸色煞白,阿多斯一见吓坏了,只好说道:

"伙计,这把掷得可真糟糕。先生,你们那两匹马,鞍辔准能备齐了。"

英国人得意扬扬,拿起骰子连摇都懒得摇了,看也不看就掷到桌子上,他确信这把赢定了。达达尼安扭过头去,以便掩饰他那难看的脸色。

"瞧瞧,瞧瞧,"阿多斯声音平静地说道,"掷这种点真是异乎寻常,两个幺!我一生只见过四次。"

英国人定睛一看,也不免傻了眼。达达尼安这才敢瞧一瞧,不禁欢欣鼓舞。

"是的,"阿多斯继续说道,"只有四次:一次在德·克莱基① 先生府上;另一次在我家中,我那乡下的城堡里……那时我还拥有一座城堡;第三次是在德·特雷维尔先生府上,让我们所有人大吃一惊;最后,第四次是在一家小酒店,是我掷出来的,一下子输掉一百路易金币

---

① 德·克莱基(1578-1638):历史上实有其人,路易十三时期曾任元帅,战死在意大利的皮埃蒙特地区。

和一顿晚餐。"

"看来,先生要把马收回去了。"英国人说道。

"当然了。"达达尼安答道。

"这么说,不能翻本了。"

"我们先就说好条件,不能翻本,您还记得吧。"

"不错,马就让您的跟班牵回去吧,先生。"

"等一下,"阿多斯说道,"先生,请允许我单独同我朋友说句话。"

"好吧。"

阿多斯将达达尼安拉到一旁。

"怎么!"达达尼安对他说道,"您还要我怎么样,你这个诱惑者,还想让我赌,对不对?"

"不对,我是让您考虑考虑。"

"考虑什么?"

"您要收回您的马,对不对?"

"毫无疑问。"

"您错了,换了我,就要那一百皮斯托尔。您也知道,您用鞍辔赌那匹马或者一百皮斯托尔,由您随便挑。"

"是啊。"

"我宁愿要一百皮斯托尔。"

"我还是要那匹马。"

"您错了,这话再跟您说一遍。咱们两个人,要一匹马管什么用,我总不能坐到您身后马屁股上,那咱们就像失掉兄弟的两个小埃蒙①了。您也不可能让我丢面子,在我的身边骑这匹良马。换了我,片刻也不会犹豫,我就拿那一百皮斯托尔,咱们要回巴黎,一路总得用钱。"

---

① 《四个小埃蒙》,法国 12 世纪武功歌《雷诺·德·蒙托邦》的俗名。埃蒙兄弟四人共骑一匹神奇的马——巴雅尔。

"我就要那匹马,阿多斯。"

"您错了,我的朋友,一匹马往旁边一闪,或者绊一下,就可能扭伤。一匹马可能在患了炭疽病的马用过的槽里吃草料。您瞧,要一匹马,还不如说白白丢掉一百皮斯托尔。马要靠主人供养,而一百皮斯托尔则相反,能供养这笔钱的主人。"

"可是,咱们怎么回去呢?"

"还用说,骑咱们跟班的马嘛!别人见咱们相貌堂堂,总归能看出是有身份的人。"

"到时候阿拉密斯和波尔托斯骑着高头大马,而咱们俩骑这种矮小的驽马,那可有好瞧的啦!"

"阿拉密斯!波尔托斯!"阿多斯嚷着,哈哈大笑起来。

"笑什么?"达达尼安问道,他见朋友大笑,感到莫名其妙。

"很好,很好,咱们接着谈。"阿多斯说道。

"那么,照您的看法?……"

"要那一百皮斯托尔,达达尼安。有了这笔钱,咱们花天酒地,可以快活到月底,啥,劳累也就消除了,而且,咱们稍微休息一下,总归是好事儿。"

"要我休息!哎!不行,阿多斯,一到巴黎,我就要开始寻找那个可怜的女人。"

"那好哇!为了找人,您认为那匹马跟亮晶晶的路易金币一样有用吗?去拿那一百皮斯托尔吧,我的朋友,去拿那一百皮斯托尔吧。"

只要给一个理由,达达尼安就会让步。在他看来,这个理由很像样。再说,他若是再坚持下去,就怕在阿多斯眼里显得自私了,于是他同意了,选定那一百皮斯托尔。英国人当即把钱点给他。

接下来,他们一心考虑的就是启程了。除了阿多斯的那匹老马,再给店家六皮斯托尔,双方关系就算修好了。达达尼安骑上卜朗舍的马,阿多斯则骑上格里莫的马,两个跟班头顶着鞍鞯,徒步上路了。

两位朋友骑的马再怎么差劲,不久也跑到两个跟班前头去了,赶到了克雷沃克尔。他们远远就望见阿拉密斯一副忧伤的样子,正偎依在窗口上,犹如"我的姐姐安娜"①,眺望尘土飞扬的天边。

"唉嘿!喂!阿拉密斯!您在那儿干什么呢?"两个朋友齐声喊道。

"咦!是您啊,达达尼安,是您啊,阿多斯!"年轻人说道,"我在想,这世上的财物离去得多么快啊,我的那匹英国马跑远了,刚刚隐没在一团尘埃中,这令我产生了世间事物多么脆弱的鲜明影像。人生本身就可以用三个词总括:erat, est, fait②。"

"这话究竟是什么意思?"达达尼安问道,他开始觉察出了什么事情。

"这就是说,我刚才做了一笔交易,结果吃亏了:六十路易金币卖掉一匹马,看那匹马奔驰的速度,每小时能跑五法里。"

达达尼安和阿多斯放声大笑。

"我亲爱的达达尼安、阿拉密斯,请您不要过分怪我,事情迫不得已。况且,首先受到惩罚的是我本人,因为,那个无耻的马贩子,起码骗了我五十路易金币。嘿!你们二位真是节俭的好手!你们骑着跟班的马赶来,而你们的好马,就让他们牵着慢慢溜达。"

恰好这时,出现在亚眠大道上已有一阵工夫的一辆大篷车行驶到他们跟前停下,只见格里莫和卜朗舍各顶着马鞍,从篷车上下来。那辆马车空驶返回巴黎,两个跟班便搭车,讲好付给车夫路上的酒钱。

---

① 语出法国作家贝洛(1628-1703)的童话《蓝胡子》。蓝胡子先后杀了六个妻子,又因第七个妻子发现了他的秘密,就给她片刻的祈求上天的时间。要被处死的女人让她姐姐安娜登上塔楼顶,瞭望约好要来的两个兄弟。于是就有反复的问答:"我的姐姐安娜,你望见有人来了吗?""没有,我什么也没有望见……"最后,两兄弟赶来,及时救了姐姐,杀死了蓝胡子。

② 拉丁文,是"存在"一词的三种时态,即:过去存在,现在存在,将来存在。

第二十八章 回程

"这是怎么回事？"阿拉密斯看到眼前的景象，便问道，"怎么只剩下马鞍啦？"

"现在您明白了吧？"阿多斯回答。

"朋友们，恰恰跟我一样。我凭直觉，留下了鞍辔。喂，巴赞！把我那新鞍辔拿来，放到这两位先生的旁边。"

"您怎么处置那两位神父了？"达达尼安问道。

"亲爱的朋友，您走后第二天，"阿拉密斯说道，"我请他们二人吃晚饭。顺便讲一句，这里有美酒，我竭力将他们灌醉，喝到后来，本堂神父不准我脱掉火枪卫士服，那位耶稣会士也恳求我推荐他加入火枪卫队。"

"不要论文！"达达尼安嚷道，"不要论文！我呀，我要求取消论文！"

"从那之后，"阿拉密斯继续说道，"我的日子过得很快活，开始作一首诗，要每句只有一个音节相当难了，但是，任何事物，正因为难才有价值。这首诗以风流韵事为题材，第一节我念给你们听听，总共四百行，念一遍需要一分钟。"

"老实说，我亲爱的阿拉密斯，"达达尼安说道，他对诗几乎像对拉丁文一样憎恶，"有难作这个价值，再加上简洁这个价值，您至少可以肯定，您的诗会有双重价值。"

"而且，"阿拉密斯继续说道，"诗中表达了高尚的炽热爱情，等一下你们会看到的。哦，对了！我的朋友们，咱们回巴黎好吗？好极了，我准备好了。咱们又能见到善良的波尔托斯，这再好不过。我多么想那个大傻瓜呀，说起来你们不会相信吧？他绝不会将马卖掉，哪怕给他一个王国也不卖。我都等不及了，真想瞧瞧他骑在马上，坐在他那鞍辔上的神气，肯定像蒙古的可汗。"

他们停留一小时，好让马歇息一下。阿拉密斯付清了账，也让巴赞跟他的两个伙伴同乘大篷车，于是他们启程，前去找波尔托斯。

他们见波尔托斯已经下床了，脸色不像上次达达尼安见他时那么苍白了。他坐在那里，虽然一个人，餐桌上摆的晚餐够四个人食用了，有捆扎得十分考究的烤肉、挑选的葡萄酒，以及优质的水果。

"嘿！真少见！"他站起说道，"你们到得正是时候，先生们，我刚开始喝汤①，来吧，咱们共进晚餐。"

"嗬！嗬！"达达尼安说道，"这样的瓶装酒，恐怕不是木斯克东用绳索套来的，再说，这还有嵌猪油的烤小牛肉，一条里脊牛肉……"

"我正在康复，"波尔托斯说道，"我正在康复，真邪门，这种扭伤最伤身体了。您扭伤过吗，阿多斯？"

"从来没有。不过我倒记得，我们在费鲁街的那次冲突中，我中了一剑，养了两三周之后，也产生了同您一模一样的感觉。"

"真的，这顿晚餐，不是为您一人准备的吧，我亲爱的波尔托斯？"阿拉密斯问道。

"不是的，"波尔托斯回答，"我要接待住在附近的几位贵绅，但是他们刚才派人来告诉我，他们不能来了，正好由你们来取代，这样我也毫无损失。喂，木斯克东！搬座位来，这酒再让人加倍。"

吃了有十分钟，阿多斯问道："你们知道咱们在这儿正吃什么吗？"

"这还用说！"达达尼安回答，"我吃的是小牛肉配刺菜蓟和骨髓。"

"我吃的是羊羔里脊。"波尔托斯说道。

"我吃的是鸡胸脯肉。"阿拉密斯说道。

"你们全搞错了，先生们，"阿多斯一脸严肃地说，"你们吃的是马肉。"

"算了吧！"达达尼安说道。

---

① 法国人过去吃饭有先喝汤的习惯。

"马肉！"阿拉密斯重复道，同时做了个厌恶的鬼脸。

唯独波尔托斯不应声。

"对，是马肉，波尔托斯，咱们吃的是马肉，对不对呀？也许连马衣也吃进去了！"

"不，先生们，鞍辔我保住了。"波尔托斯说道。

"真的，咱们不谋而合，英雄所见略同啊，"阿拉密斯说道，"就好像咱们事先达成了一致意见。"

"有什么办法呢，"波尔托斯说道，"那样一匹良马，总让我的客人为自己的马感到惭愧，而我又不愿意让他们丢面子！"

"再说，您那位公爵还一直在温泉，对不对？"达达尼安接口问道。

"一直在那儿，"波尔托斯回答，"还说那匹马，本省的总督，即今天我邀请来吃晚饭的一位贵族，老实说，我见他万分渴望得到那匹马，也就让给他了。"

"让给他！"达达尼安嚷道。

"嗯！上帝啊！对，让给他！可以这么说，"波尔托斯说道，"因为，它肯定值一百五十路易金币，可是那个抠门的家伙只肯付我八十枚金币。"

"不算鞍辔？"阿拉密斯问道。

"对，不算鞍辔。"

"先生们，你们应当注意到，"阿多斯说道，"在咱们所有人当中，还是波尔托斯这笔生意做得最出色。"

于是哄堂大笑，笑得可怜的波尔托斯六神无主。不过，大家又赶紧向他解释这阵狂笑的缘故，而他也像往常那样，敞开大嗓门，和大家欢笑一通。

"这样一来，咱们人人都有钱花啦？"达达尼安说道。

"但是这话对我不合适，"阿多斯说道，"我觉得阿拉密斯喝的西班牙葡萄酒好极了，就买下六十瓶，装上跟班们乘坐的大篷车。这就花掉了我的大部分钱。"

"还有我，"阿拉密斯说道，"你们想想看，我的钱全赠给了蒙迪迪埃的教堂，赠给了亚眠的耶稣会修道院，一个苏也没剩下。此外，我早先做出的许诺也必须信守，请教堂为我，也为你们，先生们，做几场弥撒，别人会说，先生们，我们能大吉大利，对此我也毫不怀疑。"

"我呢，"波尔托斯说道，"我这扭伤，你们以为一文钱不用花我的吗？还没算上木斯克东的伤。我不得不请外科大夫给他治伤，每天来两次，可是外科大夫要我付双倍的出诊费，借口说木斯克东这个笨蛋身上中弹的部位，一般只能让药剂师看。因此我特意叮嘱木斯克东，再也不要让那个部位受伤。"

"算了，算了，"阿多斯说着，同达达尼安和阿拉密斯相视一笑，"我明白，您对可怜的小伙子太大方了，不愧是个好主人。"

"总之，"波尔托斯继续说道，"花费付清之后，我也只剩下三十来埃居了。"

"我呀，还剩下十来皮斯托尔。"阿拉密斯说道。

"好了，好了，"阿多斯说道，"看来咱们都是富翁了。达达尼安，您那一百皮斯托尔还剩下多少？"

"我那一百皮斯托尔？首先，我给了你五十皮斯托尔。"

"是吗？"

"当然啦！"

"嗯！不错，我想起来了。"

"还有，我付给店主六皮斯托尔。"

"店主那个畜生！你为什么要付给他六皮斯托尔？"

"是您让我付给他的。"

"不错，我的心肠太好了。一句话，还剩下多少？"

第二十八章 回程

"还剩下二十五皮斯托尔。"达达尼安回答。

"我呢,"阿多斯说着,从兜里掏几个零镚儿,"我……"

"您呀,全光了。"

"真的,或者说有点儿,也可怜巴巴的,可以忽略不计。"

"现在计算一下,咱们一共有多少钱。"

"波尔托斯?"

"三十埃居。"

"阿拉密斯?"

"十皮斯托尔。"

"您呢,达达尼安?"

"二十五皮斯托尔。"

"总共有多少?"阿多斯问道。

"四百七十五利弗尔!"达达尼安回答,他计算像阿基米德一样准确。

"到巴黎时,咱们还能有四百利弗尔,"波尔托斯说道,"另外还有几副马具。"

"对了,咱们的马呢?"阿拉密斯问道。

"这样办吧。跟班的四匹马,让出两匹给主人骑,咱们抽签决定谁骑马。那四百利弗尔分成两份,给两个不骑马的人。我们口袋里剩的零钱全交给达达尼安。他手气好,途中如遇赌钱的场所,就去赌一把。就这么安排了。"

"好,咱们就吃饭吧,"波尔托斯说道,"菜都凉了。"

从此之后,四个朋友对未来更加放心了,便开始吃饭,吃剩下的饭菜就给木斯克东、巴赞、卜朗舍和格里莫几位先生。

回到巴黎,达达尼安见到德·特雷维尔先生给他的一封信,通知他国王恩准了他参加火枪卫队的请求。

当然,除了渴望找见博纳希厄太太之外,这是达达尼安在世的全部抱负了，因此，他欢天喜地，跑去告诉刚分手半小时的伙伴们，却发现他们都满面愁容，心事重重。他们聚在阿多斯的住所，正在商议，他们每次这样，都表明情况相当严重了。

原来，德·特雷维尔先生刚刚派人通知，国王陛下圣意已决，要在五月一日开战，他们必须立即各自置办装备。

这四个人平日什么都不在乎，现在却一筹莫展，面面相觑。在军纪问题上，德·特雷维尔先生绝不开玩笑。

"你们估计装备需要多少钱？"达达尼安问道。

"唉！没什么可多说的，"阿拉密斯答道，"我们刚才算了一下，以斯巴达人那样的节俭①，每人也得一千五百利弗尔。"

"十五乘四等于六十，也就是六千利弗尔。"阿多斯说道。

"我倒觉得，"达达尼安也说道，"每人只要有一千利弗尔……我这样讲，不是像斯巴达人，而是像检察官那样……"

"检察官"这个词儿，倒提醒了波尔托斯。

"咦，我有了个主意！"他说道。

"有主意就有戏，有时连主意的影儿都不见，"阿多斯冷冷地说道，"至于达达尼安，先生们，从今往后，他成为我们火枪卫队一员了，恐怕是乐疯了，说什么一千利弗尔！我声明，光我一人就得两千。"

"二乘四得八，"阿拉密斯说道，"因此，咱们四个人的装备就需要八千利弗尔。当然，在全副装备中，鞍具咱们已经有了。"

达达尼安要去向德·特雷维尔先生表示感谢，等他一出门，阿多斯便说道：

"此外，还有咱们朋友手指上那枚亮晶晶的钻戒。见鬼，达达尼安特别讲义气，他中指戴着那样的珍宝，绝不会眼看着弟兄们陷入困境。"

---

① 古代斯巴达人以生活俭朴刻苦著称。

第二十九章
猎取装备

　　四个朋友当中，考虑最多的当然还是达达尼安，尽管他只是禁军卫士，比起火枪手那些贵绅们，装备起来自然要容易得多。然而，我们这位加斯科尼见习卫士，正如大家所见，具有深谋远虑的性格，算计得近乎吝啬，可是同时（请解释截然相反的倾向），他爱慕虚荣几乎要超过波尔托斯。此时，达达尼安为虚荣操心之外，还有那么一种不大自私的担心。他尽量打听博纳希厄太太的下落，却一点儿消息也没有得到。德·特雷维尔先生向王后提起过，王后也不知晓服饰用品商的年轻妻子的去向，答应派人寻找。但是，这种许诺十分空泛，难以让达达尼安放心。

　　阿多斯则足不出户，决心不为自己的装备奔波。

　　"咱们还有半个月时间，"他对朋友们说，"那好啊！等这半个月过去，到头来如果我还是什么也没有找到，确切地说，如果什么也没有来找我，那我就只有了断。不过，我是个十分虔诚的天主教徒，不能举枪打烂自己的脑袋，只能向法座的四名卫士或者八个英国人挑衅，交手之后，就一直打到有个人把我杀死为止。对方毕竟人多势众，我肯定能等到这种结果，别人也就会说我是为国王而死，而我既尽了职责，又不必装备自己了。"

　　波尔托斯背着手，一直在来回踱步，他一边点头一边说道：

"我还是抓住自己的念头不放。"

阿拉密斯头发凌乱,满腹心事,一言也不发。

从这些失常的小事中也能看出,一种忧伤的情绪笼罩着这个小团体。

几个跟班也不例外,犹如希波吕托斯①驱车的几匹马,都分担着主人的忧心。木斯克东收集了大量的面包皮,始终非常虔诚的巴赞,现在总是出入教堂了,卜朗舍则盯着苍蝇飞来飞去,而格里莫则唉声叹气足令石头感动,就在普遍忧伤的氛围中,他也绝不打破主人强加给他的沉默。

三个朋友,因为前面说过,阿多斯发誓不出门张罗自己的装备,三个朋友天天早出晚归,在街上游荡,注意瞧每一块铺路石,看看先过去的行人是否失落了钱袋。他们无论走到哪里,都留心观察,就好像在追寻什么踪迹。他们相遇的时候,那忧伤的眼神分明在说,你找见什么了吗?

不过,由于波尔托斯头一个有了主意,而且执意要付诸实践,他也就头一个开始行动了。这个可敬的波尔托斯,的确是个实干家。有一天,达达尼安望见他朝圣勒教堂走去,便下意识地跟在后边。波尔托斯在进入这神圣的场所之前,先将唇上两撇小胡子往上卷了卷,再把下面的胡子往下捋了捋,这种动作,总是表明不征服女人誓不罢休的意图。由于达达尼安注意隐蔽,波尔托斯还以为无人瞧见,他走进教堂,靠到一侧的大柱子上。达达尼安也跟了进去,始终没让他看见,靠到另一侧大柱子上。

教堂正巧举行一场布道,因此人很多,波尔托斯趁机瞄准那些女士。多亏了木斯克东的精心照料,波尔托斯的外貌并没有表露出内心的苦痛。不错,他的呢帽的确有点儿磨损,帽子上的羽翎有点褪色,绣花图案有点黯淡,花边也有点破损了,可是在半明半暗的教堂里,这些细微部分全都看不出来,波尔托斯还一直是英俊的波尔托斯。

达达尼安注意到,在离波尔托斯靠着的大柱最近的长椅上,坐着

---

① 希波吕托斯:希腊神话传说中雅典王子,因拒绝继母准德拉的追求,遭诬告而受父王忒修斯的诅咒。他驱车奔驰在海边时,海神派一头牛怪出海惊吓下马匹,结果马惊车覆,希波吕托斯摔死。

一位戴黑帽子的夫人，那是一位成熟的美妇，也许肌肤稍显黄了点儿，腰身稍显瘦了点儿，但是神态古板而高傲。波尔托斯目光低垂，偷偷瞧那位夫人，继而又翩翩飞向远处的中殿。

那夫人的脸一阵一阵发红，疾如闪电的目光瞥了一下朝三暮四的波尔托斯，而波尔托斯的目光随即疯狂地四处飘荡。显而易见，这是一种伎俩，能刺到那位戴黑帽子夫人的痛处，因为，她用劲咬嘴唇，甚至咬出血来了，她还不时搔搔鼻头，身子一个劲儿地在座位上乱动。

波尔托斯见那情景，便又往上卷了卷两撇小胡子，往下捋了捋胡须，开始向一位靠近祭台的漂亮夫人抛秋波。那位夫人不仅花容月貌，还显然是一位身份很高的贵妇，因为她身后有一名黑人侍童和一名使女。黑人侍童拿来她跪在上面的跪垫，使女则拎着她所念经书的绣有纹章的袋子。

戴黑帽子的夫人乜斜着眼睛，追随波尔托斯左顾右盼的目光，认定那目光落到那位跪在天鹅绒跪垫上、带着黑人侍童和使女的贵夫人身上。

这工夫，波尔托斯玩得有章有法，他丢眼色，手指按在嘴唇上，莞尔微笑，这真能要那位被冷落的美妇的命。

因此，那夫人捶着自己的胸脯，像喊 mea culpe① 那样"噢"了一声，这声感叹极为响亮，招来所有人，甚至招来跪在红垫子上那位夫人的目光。波尔托斯却不动声色，其实他心里明镜似的，只是装聋作哑罢了。

跪在红垫子上的那位贵妇长得那么妙丽，强烈地触动了戴黑帽子的夫人，显见那是个真正可怕的对手。同时波尔托斯也受到强烈的触动，他发现她比戴黑帽子的女人标致多了。还有达达尼安也同样受到强烈的触动，他认出她正是他先后在默恩、加莱和杜夫尔遇见过的那位女子，也正是被那个凌辱过他、面有伤疤的汉子尊称为米莱狄的那个女人。

达达尼安的目光始终瞟住跪在红垫子上的贵妇，同时也注视波尔

---

① 拉丁文，意为"我的罪过"，天主教信徒诵悔罪经这句话时，往往伴以捶胸。

托斯的伎俩，觉得十分有趣，他也猜得出来，那戴黑帽子的夫人准是讼师爷太太，况且她住的狗熊街离圣勒教堂也不太远。

达达尼安通过推理来判断，波尔托斯在试图报复讼师爷太太，因为他在尚蒂伊受困向她求助时，她就是不肯解囊。

然而，达达尼安也注意到，波尔托斯以眉目传情递意，在整个场面中，却没有在一张脸上引起反应。那不过是幻情与虚意。不过，在一种真爱看来，在一种真嫉妒看来，除了幻情和虚意，难道还有别种现实吗？

布道一结束，讼师爷太太便走向圣水缸，波尔托斯见状抢先一步，伸进圣水缸不是一根手指，而是整个手掌。讼师爷太太微微一笑，还以为波尔托斯是要向她献殷勤，不料她随即一阵揪心，发现自己搞错了。她走到只离波尔托斯三步远了，只见他扭过头去，目不转睛地盯住刚才跪在红垫子上的那位贵妇。那位贵妇已经站起身，正向着圣水缸走来，身后跟着小侍童和使女。

当那位贵妇走到近前时，波尔托斯就从圣水缸里抽出手，水淋淋地伸向她。那漂亮的女信徒则伸出纤指，轻轻碰了一下波尔托斯的大手掌，微笑着画了个十字，便走出了教堂。

讼师爷太太觉得这实在太过分了，她再也不怀疑，那位夫人同波尔托斯有暧昧关系。自己如果也是一位高贵的夫人，那她准要气昏过去。然而她仅仅是个讼师爷太太，就只好强压着满腔的怒火，对这名火枪手说道：

"咦！波尔托斯先生，这圣水，您怎么不献给我呀？"

波尔托斯听见这声音，浑身不禁一抖，仿佛沉睡百年忽然醒来。

"夫……夫人啊！"他高声说道，"真的是您吗？您的丈夫，那位亲爱的科克纳尔先生一向可好？他还一如既往，总那么抠门吗？这次布道讲了两个钟头，我怎么就没有瞧见您呢，我的眼睛长到哪儿去了呢？"

"我离您只有两步远，先生，"讼师爷太太答道，"您眼睛只盯着您刚才替她蘸圣水的那位漂亮夫人，当然瞧不见我了。"

波尔托斯装出一副十分尴尬的样子。

"哦！"他说道，"您注意到了……"

"瞎子才看不见呢。"

"不错，"波尔托斯若不经意地说道，"那是一位公爵夫人，是我的一位朋友，由于她丈夫特别嫉妒，我和她很难才见上一面。事先她派人来通知我，说她今天要到这僻静街区的小教堂，是专门来见我一面。"

"波尔托斯先生，"讼师爷太太说道，"能不能劳您驾，让我挽上您的胳臂待五分钟？我希望同您谈一谈。"

"这还用问吗？夫人。"波尔托斯说道，暗自眨了眨眼睛，就像要骗人上当的一个赌徒窃笑那样。

跟踪米莱狄的达达尼安，这时恰巧从旁边经过，他瞥了一眼，看到了波尔托斯眨眼那得意的神色。

"哦！哦！"达达尼安自言自语，他按照那个风流年代异乎寻常的宽宽的道德观推想，"这一位随时都可以整装待发了。"

波尔托斯由着讼师爷太太的胳臂有力的牵引，犹如一只船受舵操纵那样，走到圣马格卢瓦尔回廊，而这条廊道两端都安有回转栏，很少有人光顾。白天那里，只有吃东西的乞丐，或者玩耍的孩子。

"噢！波尔托斯先生！"讼师爷太太看到除了常驻这里的人，再也没有任何人能瞧见他们，听到他们讲话，便高声说道，"噢！波尔托斯先生！看样子，您可是个大赢家呀！"

"我，夫人！"波尔托斯昂首挺胸地说道，"怎么这么说呢？"

"刚才那会儿那么递眼色，还替人蘸圣水，究竟是怎么回事儿？真的，那位贵夫人，还带着小黑童和使女，至少是一位公主吧？"

"您弄错了，我的上帝呀，不对，"波尔托斯说道，"她不过是位公爵夫人。"

"可是，怎么会有跟班等在门口，还有那辆大轿车，穿着神气的号服的车夫坐在驾驶座上等待呢？"

波尔托斯既没有看见跟班，也没有看见大轿车。然而，科克纳尔太太那双吃醋女人的眼睛，却什么都看见了。

波尔托斯心里直后悔，不如一开始把那位跪在红垫上的贵妇称为公主。

"啊！您真是那些美女的宠儿，波尔托斯先生！"讼师爷太太叹道。

"不过，"波尔托斯回敬道，"您也明白，我天生这副相貌，总该少不了交好运的机会。"

"我的上帝！男人忘得这么快呀！"讼师爷太太举目望天，高声说道。

"照我看，还赶不上女人忘得快，"波尔托斯答道，"因为，就说我吧，夫人，我可以说成了您的受害者，当时我受了伤，奄奄一息，眼睁睁看着被外科大夫抛下不管了。而我呢，名门世家子弟，当初那么信赖您的友情，我困在尚蒂伊的一家破烂的旅店里，先是受重伤险些丧命，后来又差点儿饿死，给您写了多少封十万火急的信，可是您却不理不睬，一次也没答复。"

"不过，波尔托斯先生……"讼师爷太太讷讷说道，她感到自己做得不对，比不上当时那些最高贵的夫人的行为。

"为了您，我舍弃了那位男爵夫人……"

"这我清楚。"

"还舍掉那位伯爵夫人……"

"波尔托斯先生，别这么让我无地自容了。"

"还舍掉那位公爵夫人……"

"波尔托斯先生，请您留点儿情面。"

"您说得对，夫人，我不会全讲出来的。"

"那是我丈夫根本不想听的借钱的事。"

"科克纳尔太太，"波尔托斯说道，"您回想一下给我写的头一封信吧，我始终铭刻在心。"

讼师爷太太呻吟一声。

"那也是因为，"她说道，"您要借用的那笔钱，数额未免太大了。"

"科克纳尔太太，我给了您优先权。我只要写信给那位公爵夫人……我不愿讲出她的姓名，因为我不知道什么叫败坏一位女士的名声。不过我知道，我只要写去信，她就能给我寄来一千五百利弗尔。"

讼师爷太太掉下一滴眼泪。

"波尔托斯先生，"她说道，"我向您发誓，您已经大大地惩罚了我，今后再有类似情况，您只要找我就行了。"

"算了吧，夫人！"波尔托斯仿佛有点儿反感，说道，"劳驾，咱们别谈钱了，这实在有失脸面。"

"这么说，您不再爱我啦？"讼师爷太太缓慢而忧伤地说道。

波尔托斯一言不发，保持一副凛然的神态。

"您就是这么回答我吗？唉！我明白了。"

"想一想吧，夫人，您给了我多大伤害，就伤害在这里。"波尔托斯说着，伸手紧紧按住自己的心口窝。

"我会弥补的，好啦，我亲爱的波尔托斯！"

"再说，当时我求您什么啦？"波尔托斯耸了耸肩膀，一副憨直的样子又说道，"就是借点儿，没有别的什么。说到底，我也不是一个不讲道理的人。我知道您并不富有，科克纳尔太太，您丈夫不得不逼迫打官司的可怜人放血，捞那么几个埃居。唉！假如您是伯爵夫人、侯爵夫人，或者公爵夫人，那就另当别论了，您就是不可原谅的了。"

讼师爷太太被这话激恼了。

"告诉您吧，波尔托斯先生，"她说道，"我的保险箱，尽管是讼师爷太太的保险箱，里面装的钱，也许比您那些破落的矫揉造作的贵妇所有钱箱还要多。"

"那么您对我的伤害就是双倍的了，"波尔托斯说着，就抽回讼师爷太太挽着的胳臂,"因为,如果您富有,科克纳尔太太,那么您拒绝就再也没有什么借口了。"

"我说富有,"讼师爷太太发现自己不觉说过了头,便又说道,"这句话不能从字面上去理解。确切说来,我并不是富有,而是富足。"

"好了,夫人,"波尔托斯说道,"求求您,这种话咱们就不要再讲了。您不认我这个人了,咱们之间的情感已经完全消失。"

"您真是不讲情义!"

"嗯!奉劝一句,您就尽量抱怨吧!"波尔托斯说道。

"那您就去找您那美丽的公爵夫人吧!我也不再拉住您了。"

"嗯!我想,她还没有完全伤透了心!"

"好了,波尔托斯先生,再问一遍,最后一次了,您还爱我吗?"

"唉!夫人,"波尔托斯尽量拿出最忧伤的声调,说道,"我们就要投入战斗,而且我预感要在这场战斗中阵亡……"

"噢!不要讲这种事!"讼师爷太太失声痛哭,高声说道。

"有这种迹象。"波尔托斯继续说道,声调越发忧伤了。

"干脆说您另有所爱了。"

"没有,我这是对您讲老实话。没有任何新的目标打动我,而且,我甚至感到这儿——我这内心,有什么东西在为您说话。不过,再过半个月,不管您知道还是不知道,命里注定的这一仗就要打起来。我为自己的装备跑断了腿。此外,我还要回老家一趟,去布列塔尼边远的地方,以便凑足我出征的必要费用。"

波尔托斯注意到,爱情和吝啬在对方身上展开了最后的搏斗。

"刚才您在教堂里见到的那位公爵夫人,"他接着说道,"她的领地正巧同我的领地相去不远。我们就结伴同行。您也明白,途中有个旅伴,就会觉得路程短多了。"

"您在巴黎就没有朋友吗,波尔托斯先生?"讼师爷太太问道。

"我原以为有朋友，"波尔托斯又摆出一副忧伤的样子答道，"现在我算看清了，自己想错了。"

"您有朋友，波尔托斯先生，您有朋友，"讼师爷太太接口道，她一阵冲动，连自己都感到惊讶，"明天您到我家去，就说您是我姑母的儿子，因此您就是我的表兄弟。您是从庇卡底地区的努瓦永来的，要在巴黎打好几场官司，还没有找代理讼师。这套话，您都能记牢吗？"

"完全记得牢，夫人。"

"要赶在正餐的时候到。"

"很好。"

"在我丈夫面前要沉住气，他尽管七十六岁了，可还是鬼精灵。"

"七十六岁！好家伙！真是高寿啊！"波尔托斯接口道。

"您是说，他年老了，波尔托斯先生。正因为如此，这位可怜的老公随时都可能让我当上寡妇，"讼师爷太太继续说道，同时朝波尔托斯抛了一眼，"幸好婚约有条款规定，全部财产自然归最后活在世的一方所有。"

"全部吗？"波尔托斯问道。

"是全部。"

"看得出来，我亲爱的科克纳尔太太，您是个未雨绸缪的女人。"波尔托斯说着，亲热地握住讼师爷太太的手。

"现在咱俩重归于好啦，亲爱的波尔托斯先生？"她娇声娇气地回道。

"一生一世。"波尔托斯以同样的声调应道。

"那就再见了，我的负心汉子。"

"再见了，我的忘事女人。"

"明天见，我的天使。"

"明天见，我的生命火焰。"

第三十章
米莱狄

达达尼安暗暗跟踪米莱狄而没有被发现,他瞧见她登上那辆四轮马车,听到她吩咐车夫去圣日耳曼大街。

两匹高头大马拉着奔驰的马车,徒步跟随是徒劳无益的。于是,达达尼安又回费鲁街。

他走到塞纳河街,碰见了卜朗舍。卜朗舍站在一家糕点铺门前,对着一个最美味可口的奶油圆球蛋糕,似乎看出神了。

达达尼安吩咐他去德·特雷维尔先生府,到马厩备两匹马,主仆每人一匹,然后再去阿多斯住所找他。德·特雷维尔先生早有安排,无论什么时候,达达尼安都可以使用他的马匹。

卜朗舍往老鸽棚街走去,达达尼安仍去费鲁街。阿多斯在家喝闷酒,已经喝下一瓶西班牙名酒,是他去庇卡底旅行时带回来的。他打了个手势,要格里莫给达达尼安拿来一只酒杯,格里莫仍按老习惯照办了。

于是,达达尼安从头至尾向阿多斯讲述,波尔托斯和讼师爷太太之间在教堂发生了什么事,还说就在这工夫,他们的那位伙伴很可能在准备出征的戎装。

"至于我嘛,"阿多斯听完他的讲述之后,回答说,"我倒无须费心，反正不会有女人向我提供鞍马的费用。"

"然而，您这样一位相貌英俊、彬彬有礼的大贵族，我亲爱的阿多斯，恐怕哪位公主王妃，哪位王后也抵挡不住您的爱情的利箭。"

"这个达达尼安毕竟是太年轻啊！"阿多斯耸耸肩膀，说道。

他打了个手势，让格里莫拿来第二瓶酒。

恰巧这时候，卜朗舍从欠着缝儿的房门小心地探进头来，禀报主人说两匹马已经带到。

"什么马？"阿多斯问道。

"是德·特雷维尔先生的马，借给我去圣日耳曼兜一圈儿。"

"您到圣日耳曼去干什么？"阿多斯又问道。

于是，达达尼安又向阿多斯讲述，他刚才在教堂遇见了什么人，又见到那个女人。正是她同那个身披黑斗篷、面有伤疤的贵族，成为他挥之不去的思虑。

"这么说，您爱上那个女人了，正如先前您爱上博纳希厄太太一样。"阿多斯说道，同时不屑地耸了耸肩膀，就好像怜悯人的弱点似的。

"我嘛，绝没有的事儿！"达达尼安嚷道，"我不过是好奇，想弄清楚她那么神秘，究竟参与了什么事儿。不知道为什么，我总觉得那女人要影响到我的生活，尽管她不认识我，我也不认识她。"

"真的，还是您说得对，"阿多斯说道，"我呢，失踪了还值得寻找的女人，一个也不认识。博纳希厄太太失踪了，活该她倒霉，但愿她自己又出现了。"

"不对，阿多斯，不对，您想错了，"达达尼安说道，"我更爱我那可怜的孔斯唐丝了，如果知道她在哪里，哪怕是在世界的尽头，我也要去把她从仇敌的手中解救出来。然而，我不知道她的下落，怎么寻找也是徒劳。有什么办法呢，人总得消遣消遣吧。"

"那就同米莱狄去消遣吧，我亲爱的达达尼安。如果您这样能开心，那我就衷心祝愿您去消遣。"

"听我说，阿多斯，"达达尼安说道，"您何必像坐牢似的，关在屋里不出去呢，不如跨上马，同我一道去圣日耳曼转一转。"

"亲爱的朋友，"阿多斯答道，"等我有了马就骑自己的马，否则，我就步行。"

"那好哇！我呢，"达达尼安答道，他对阿多斯的愤世嫉俗只是报以微笑，换成别人讲这种话非刺伤他不可，"我呢，我的心气儿可没有您那么高，有马骑就行了。那就再见吧，我亲爱的阿多斯。"

"再见。"这位火枪手答道，同时示意格里莫开启他刚拿来的一瓶酒。

达达尼安和卜朗舍骑上马，前往圣日耳曼。

刚才提起博纳希厄太太，阿多斯讲的那番话，一路上又浮现在达达尼安的脑海。虽说达达尼安不是个多愁善感的人，但是，美丽的服饰用品商的妻子，在他心中留下了实实在在的印象。正如他所说，他不惜到世界尽头去找她。然而，世界是个圆球，尽头太多了，因此他拿不准去哪个方向。

眼下，他要设法弄清米莱狄是何许人。她同那个身披黑斗篷的人说过话，这表明她认识那个人。而在达达尼安的头脑里，第二次劫持博纳希厄太太的人和第一次劫持她的是同一个人，正是那个身披黑斗篷的人。因此，达达尼安说他寻觅米莱狄，就是在找孔斯唐丝，他只是说了五分假话，这种假话也不算什么。

达达尼安就是这样前思后想，不时用马刺催催马，终于跑到圣日耳曼。他沿着外墙走过的那座小楼，正是十年后路易十四出生的地方。接着，他又穿过一条十分僻静的街道，眼睛左顾右盼，看看能不能发现那位英国美人儿的踪迹，忽见按当时习惯临街无窗户的一栋漂亮小楼的一层，有个熟悉的身影。那人正在鲜花点缀的平台上散步，是卜朗舍首先认出来的。

"咦！先生，"卜朗舍对达达尼安说道，"瞧瞧张着大嘴巴呆望的那张脸，您想不起来了吗？"

"不记得了，"达达尼安回答，"不过可以肯定，我绝不是头一次看见那张脸。"

"这话我信，当然不是头一次，"卜朗舍说道，"那正是吕班，德·瓦尔德伯爵的跟班。一个月前，在加来那条去港务总监乡间别墅的路上，您狠狠教训过那位伯爵。"

"嗯！不错，"达达尼安说道，"现在我认出来了，你呢，你认为他能认出你吗？"

"老实说，先生，当时他的魂儿都吓飞了，谅他也记不清我了。"

"那好！你就去跟那小伙子搭搭话，"达达尼安说道，"说话时顺便打听一下，他的主人死了没有。"

卜朗舍跳下马，径直走过去，吕班果然认不出他了。两名跟班谈得十分投机，而这工夫，达达尼安将两匹马赶进一条小巷，然后，又绕过一座房子回来，躲到一道榛树绿篱后面，偷听他们的谈话。

他在树篱后面观察了一阵，忽听马车行驶的声响，继而望见米莱狄的大轿车停到他对面。这是千真万确的，因为米莱狄就在车厢里。达达尼安赶紧俯身在马脖子上，以便什么都看得见而不被人发现。

一头美丽金发的米莱狄从车门探出头来，吩咐她的使女做什么事。

那使女有二十一二岁，是个俊俏的姑娘，动作敏捷而麻利，是贵妇身边典型的使女。她按当时的习俗，坐在马车的踏板上，听了吩咐便跳下去，走向刚才达达尼安瞧见吕班的那个平台。

达达尼安的目光追随那名使女，只见她走向平台。然而恰巧这时，有人把吕班叫进屋去了，平台上只剩下卜朗舍，他正四下观望，要看看达达尼安从哪条路走开了。

使女把卜朗舍当成吕班，走到跟前，将一封便函交给他。

"请转交给您的主人。"她说道。

"给我的主人？"卜朗舍不免奇怪，重复一声。

"对，非常紧急。快点儿接过去。"

使女交了信，又跑向马车，跳上已经朝来的方向掉过头去的马车踏板。马车随即又驶离。

卜朗舍翻过来掉过去瞧这封信，不过，他已养成唯命是从的习惯，便跳下平台，钻进小巷，才走上二十来步，就碰见迎上来的达达尼安。刚才的场面，达达尼安全看到了。

"是给您的，先生。"卜朗舍说着，就将信递给年轻人。

"给我的？"达达尼安诧异地说道，"你能肯定吗？"

"当然啦！还问我能不能肯定，刚才使女说：'给你的主人。'除了您，我没别的主人。因此……那使女，老实说，还真是个好身段的姑娘！"

达达尼安拆开信，读到这样的话：

一个关于您而未便明言的人，希望知道贵体何日能去森林散步。明天在金锦营客店，有一名身穿黑红两色号衣的跟班等您的答复。

"嗬！嗬！"达达尼安心中暗道，"真够露骨的。看来，米莱狄和我，都牵挂着同一个人的身体呀。喂！卜朗舍，那位善良的德·瓦尔德先生，现在身体怎么样？他还没有死吗？"

"没死，先生，他挨了四剑，现在身体能这样就蛮不错了，而当时，您也的确着着实实刺了那位可爱的贵绅四剑。他身上的血几乎流光了，现在还虚弱得很。正如刚才我对先生说的，吕班没有认出我来，他把那次碰到我们的遭遇，从头至尾对我讲了一遍。"

"很好，卜朗舍，你是跟班之王。现在，你再上马，咱们去追那辆马车。"

没用多大工夫，追了五分钟，他们就望见那辆车停在路边，一名衣着华丽的骑士站在车门旁边。

米莱狄和那名骑士的谈话情绪显得很激烈，达达尼安见状，就在马车的另一侧勒住马，但是，除了那个俊俏的使女，谁也没有瞧见他。

他们是用英语对话，达达尼安听不懂，但是听声调似乎能猜出来，那位美丽的英国女郎非常气愤，她说完话伴随的一个动作，就更无可怀疑他们谈话的性质。她拿着扇子猛力一敲，把这女士小玩意儿敲得支离破碎。

骑士放声大笑，这似乎让米莱狄越发恼火。

达达尼安盘算着，这正是插手的好机会，他便绕到另一侧车门前，彬彬有礼地摘下帽子。

"夫人，"他说道，"能允许我为您效劳吗？在我看来，这名骑士惹您生气了。夫人，只要您吩咐一声，我就来惩罚他这种无礼行为。"

一听有人说话，米莱狄就扭过头来，看到年轻人，不免感到奇怪，等他讲完，便用非常地道的法语说道："先生，假如同我争吵的人不是我的兄弟，我会衷心请求您的保护。"

"嗯！那就请您原谅，"达达尼安说道，"您也理解，夫人，我不知道这种关系。"

"这个冒失鬼，管什么闲事！"那名被米莱狄称为兄弟的骑士，从马上低头到车门的高度，大声说道，"他为什么不赶自己的路呢？"

"您自己才是冒失鬼呢，"达达尼安说道，他也俯身在马脖子上对着另一扇车门回答，"我不赶路，就因为我愿意停在这里。"

那名骑士用英语对他姐姐讲了几句话。

"我呀，对您讲的是法语，"达达尼安说道，"劳驾，也请您用同样的语言回答我。您是这位夫人的兄弟，行啊，幸好您不是我的兄弟。"

大家准以为，米莱狄像女人通常那样胆小，一定会劝开刚要挑衅的双方，以免吵起来不好收拾。不料恰恰相反，她身子缩回到车厢里面，冷冷地冲车夫喊了一声："回公馆！"

俊俏的小使女神色不安地看了达达尼安一眼，小伙子的堂堂相貌似乎对她产生了影响。

马车驶走，撂下两个人面面相觑，他们之间再也没有任何障碍物了。

骑士刚要催马去追那辆马车，可是，达达尼安已经怒火中烧，他认出对方正是在亚眠跟阿多斯赌博，赢了他的马并险些赢了他的钻戒的那个英国人，就更加怒不可遏，他一催马挡住那人的去路。

"喂！先生，"达达尼安说道，"您似乎比我还没有头脑，因为在我看来，您已经忘了我们之间还有一点小争执。"

"哦！哦！"英国人说道，"原来是您，我的高手。想必您还要跟我赌点儿什么吧？"

"不错，这让我想起要翻一翻本儿。亲爱的先生，咱们再赌赌看，您玩剑是不是跟玩骰子同样拿手。"

"您明明看到，我并没有带剑，"那英国人回答，"难道您要对一个手无寸铁的人充好汉吗？"

"但愿贵府上有剑，"达达尼安反驳道，"不管怎样，我有两把剑，如果您愿意，我就跟您赌一把。"

"不必，"那英国人说道，"这类玩意儿，我家里应有尽有。"

"那好，我尊贵的绅士，"达达尼安又说道，"您就挑最长的一把，今天傍晚拿给我瞧瞧。"

"请问，到什么地方？"

"到卢森堡宫后边儿，那是个美妙的街区，正适合我向您提议的那类散步。"

"好吧，就去那里。"

"什么时候？"

"六点钟。"

"对了，也许您也有一两个朋友吧？"

"我有三个朋友，他们能跟我一道去赌一局，一定会不胜荣幸。"

"三个？好极了！真是天缘巧合！"达达尼安说道，"我恰好也有三个朋友。"

"现在，请问您是谁？"英国人问道。

"我是达达尼安先生，加斯科尼地区的贵绅，在德·艾萨尔先生麾下禁军卫队效力。请问您呢？"

"我嘛，我是温特爵士，德·谢菲尔德男爵。"

"那好！愿为您效劳，男爵先生，"达达尼安说道，"只是您的名字太难记了。"

他一催马，又奔驰在回巴黎市区的路上。

达达尼安还照惯例，每逢这种情况，就先去找阿多斯。

年轻人看到阿多斯躺在长沙发上，正如他所讲的那样，等着装备上门找他来。

达达尼安把刚才发生的事情全部过程给他讲述一遍，但是只字未提写给德·瓦尔德先生的那封信。

阿多斯听到达达尼安要去同一个英国人决斗，便喜出望外，前面交代过，这正是他梦寐以求的事。

他们当即打发跟班跑一趟，去把波尔托斯和阿拉密斯找来，并向两位朋友介绍了情况。

波尔托斯拔剑出鞘，对着墙壁刺杀，时进时退，还做屈膝动作，仿佛跳舞似的。阿拉密斯还一直作自己的诗，他躲进阿多斯的书房，把门关上，在用剑之前不准任何人打扰他。

阿多斯打了个手势，要格里莫去拿一瓶酒来。

全十达达尼安，他心里正自行安排一个小小的计划，后面我们会看到付诸实施。不过，他那张沉思的脸，时而被泛起的微笑照亮，从而表明会有一场美妙的冒险经历。

出 品 人：许　永
出版统筹：林园林
责任编辑：许宗华
特邀编辑：张　洋
装帧设计：海　云
印制总监：蒋　波
发行总监：田峰峥

投稿信箱：cmsdbj@163.com
发　　行：北京创美汇品图书有限公司
发行热线：010-59799930

创美工厂
官方微博

创美工厂
微信公众号